Liebe Leserinnen und Leser,

Sie kennen das sicher: Manchmal möcht[...] ausprobieren. Mir ging es jedenfalls so, ich wollte mal [...] ganz anderes schreiben. Für dieses Herzensprojekt habe ich meinen Mädchennamen gewählt, um Sie als Fans meiner Krimis nicht zu verwirren. Entdecken Sie »Sommer der Wahrheit«, es ist eine »echte Nele«, nur anders. Und vielleicht bald auch Ihr neues Lieblingsbuch!

Herzliche Grüße,

Nele Löwenberg

D1858542

ullstein

Das Buch

»Ich werde dich nie vergessen, Sheridan Grant. Niemals, solange ich lebe.« Mit diesen Worten verabschiedet sich Jerry an einem Sommermorgen und bricht Sheridan das Herz. Abwechslung und Zerstreuung gibt es kaum auf der Willow Creek Farm in Nebraska, auf der Sheridan mit ihren Adoptiveltern und vier Brüdern inmitten von endlosen Maisfeldern und meilenweit entfernt von der nächsten Stadt lebt. Doch dann kommt die belesene und lebenserfahrene Tante Isabella auf die Farm und eröffnet Sheridan eine aufregende neue Welt. Trotz der ständigen Schikanen ihrer gehässigen Adoptivmutter Rachel entdeckt Sheridan die Liebe. Da gibt es Danny, den Farmarbeiter, der ihr offen zeigt, wie begehrenswert er sie findet, und den Schriftsteller Christopher, der für einen Sommer ein kleines Haus in der Nähe der Farm mietet. Auf dem Dachboden findet Sheridan die Tagebücher der geheimnisvollen Carolyn, die dreißig Jahre zuvor in diesem Haus lebte und auf geheimnisvolle Weise verschwand. Plötzlich ist das Leben auf der Willow Creek alles andere als langweilig. Sheridan spielt mit dem Feuer – und ahnt nicht, worauf sie sich einlässt …

Die Autorin

Nele Löwenberg ist der Mädchenname der Bestsellerautorin Nele Neuhaus. Sie begann schon in jungen Jahren zu schreiben und erlangte mit ihren Krimis Weltruhm. Die passionierte Reiterin schreibt außerdem Pferde-Jugendbücher und legt mit Sommer der Wahrheit ihren ersten Unterhaltungsroman für Erwachsene vor.

Nele Löwenberg

Sommer der Wahrheit

Roman

Ullstein

Besuchen Sie uns im Internet:
www.ullstein-taschenbuch.de

MIX
Papier aus verantwortungsvollen Quellen
FSC® C083411

Ungekürzte Ausgabe im Ullstein Taschenbuch
1. Auflage Juni 2015
© Ullstein Buchverlage GmbH, Berlin 2014
Umschlaggestaltung: www.buerosued.de
Titelabbildung: © Jill Battaglia / Trevillion Images (Haus);
www.buerosued.de (Blumen)
Satz: Pinkuin Satz und Datentechnik, Berlin
Gesetzt aus der DorianST
Papier: Holmen Paper Hallsta, Hallstavik, Schweden
Druck und Bindearbeiten: CPI books GmbH, Leck
Printed in Germany
ISBN 978-3-548-28731-7

Für Catrin
und für Matthias,
den besten Mann der Welt

Fairfield in Nebraska
1994

Der Tag, an dem ich zum ersten Mal in meinem Leben im Gefängnis landen sollte, war ein sonniger Freitagnachmittag Anfang Mai. Die Schule war um kurz nach drei aus gewesen, und Pam, Luke und ich hatten den Schulbus wegfahren lassen, um mit Red Christie in seinem 79er Ford Bronco zu unserem liebsten Treffpunkt zu fahren.

Langdons alte Getreidemühle war nicht viel mehr als eine dem Zerfall preisgegebene Ruine. Ein rostiger Maschendrahtzaun zog sich um das Gelände, auf dem seit den achtziger Jahren des 19. Jahrhunderts Generationen von Männern aus Fairfield und Umgebung ihr tägliches Brot verdient hatten. Vor zwanzig Jahren hatte die Genossenschaft eine neue Getreidemühle auf der anderen Seite der Stadt gebaut, da man es nicht für rentabel gehalten hatte, den alten Bau zu modernisieren. Ein Abriss war allerdings auch zu teuer, und so hatte man die alte Mühle einfach stehen lassen und nur das Tor abgeschlossen.

Wir hatten die verbotenen Reize der alten Gebäude, der riesigen kirchenartigen Hallen und Lagersilos im vergangenen Herbst entdeckt. Nirgendwo in ganz Fairfield konnte man so ungestört Musik hören, tanzen, quatschen, rauchen und heimlich Alkohol trinken. Die Jungs hatten an der Seite, die an den Fluss grenzte, ein Loch in den Zaun geschnitten, und so konnten wir unbemerkt über die längst stillgelegten, von Unkraut überwucherten Gleise in die Gebäude gelangen.

Jerry, der als Einziger von uns allen nicht mehr zur Schule ging, wartete an jenem Nachmittag schon auf uns, als wir uns durch den zerlöcherten Zaun quetschten. In unserer Clique war er eine Art Anführer. Er war der Sohn von Tom Brannigan, einem rothaarigen Iren, der von der besseren Gesellschaft Fairfields verachtet wurde, weil er zum Pöbel gehörte. Jerry arbeitete wie sein Vater bei Fairfield Ready Mix, dem Betonwerk, seine Mutter bewirtschaftete allein die winzige Farm, die diese Bezeichnung eigentlich nicht verdiente, und schuftete sich auf den paar Morgen Land beinahe zu Tode. Als Kind war mir die Armseligkeit ihrer Behausung nie aufgefallen, denn Tom Brannigan war ein unterhaltsamer und lustiger Zeitgenosse, wenn er nicht gerade getrunken hatte. Nach ungefähr fünf Gläsern Bier wurde er übellaunig, nach ein paar weiteren streitsüchtig, und man ging ihm besser aus dem Weg.

Jerry war der Älteste von sechs Geschwistern, er hatte nach der zehnten Klasse die Schule verlassen müssen, um Geld zu verdienen. Das war bitter für ihn, denn er war viel intelligenter als die meisten anderen Jungs, löste mühelos komplizierte Rechenaufgaben und war für sein Alter ungewöhnlich belesen. Ich schwärmte heimlich für ihn, seitdem ich acht oder neun Jahre alt war, und es stand für mich felsenfest, dass ich ihn eines Tages heiraten würde. Jerry war genauso rothaarig, wild und impulsiv wie sein Vater, jedoch ohne dessen irische Fröhlichkeit geerbt zu haben. Er haderte mit seinem Schicksal und war oft mürrisch, aber ich bewunderte ihn kritiklos. In meinen Augen war er ein Held, und obwohl er mir nie einen Beweis dafür geliefert hatte, glaubte ich an eine liebenswerte, großzügige und mitfühlende Seite seines Charakters unter seiner rauen Schale. Jerry verehrte seine Mutter und hasste seinen Vater, und genauso hasste er die Leute aus Fairfield. Auch die anderen aus unserer Clique stammten aus Familien, die meine Mutter mit der ihr eigenen Überheblichkeit als »Pack« bezeichnete. Mir war das gleichgültig. Obwohl ich damit gegen ein strenges Verbot meiner Eltern verstieß, traf ich mich regelmäßig mit Jerry, Red, Pam, Ronnie, Sandy, Luke und Karla in der alten Getreidemühle. Wir alle langweilten uns in Fairfield zu Tode und waren uns einig, dass die beste Straße unserer Stadt diejenige war, die aus ihr hinausführte. Niemand von uns konnte es erwarten, alt genug zu sein, um Fairfield und Nebraska hinter sich zu lassen.

Jerry hatte Bier besorgt und neue Batterien für unseren CD-Player. An diesem Nachmittag war er ganz besonders aufgebracht, und wir hörten geduldig zu, wie er ohne Punkt und Komma seinem aufgestauten Zorn Luft machte. Er schimpfte abwechselnd auf seinen Chef, den er für einen kleinkarierten Idioten hielt (womit er nicht ganz unrecht hatte), auf seine geistig minderbemittelten Kollegen (womit er ganz sicher recht hatte), auf seinen Vater, die Leute aus Fairfield, die Polizei, den Gouverneur und den Präsidenten.

Wir hörten ihm wie immer nur mit einem Ohr zu, warteten, bis er Dampf abgelassen hatte und wieder vernünftig war. Dann schmiedeten wir gemeinsame Zukunftspläne, hörten Musik, tranken lauwarmes Keystone light und machten uns über die Leute in der Schule und in der Stadt lustig, die wir verachteten.

Nach einer halben Stunde ging Jerry endlich die Luft aus. Er ließ sich auf das von weißem Mehlstaub überzogene Sofa fallen, das wir in einem der ehemaligen Büros entdeckt und in die große Halle geschleppt hatten, und versank in dumpfes Brüten, aus dem er nur hin und wieder auftauchte, um den einen oder anderen zynischen Kommentar von sich zu geben.

»Mann, du bist ja mal wieder mies drauf«, sagte Karla ungehalten, nachdem Jerry ihr einmal mehr über den Mund gefahren war.

»Du redest ja auch nur blödes Zeug«, entgegnete er gereizt.

»Du etwa nicht?« Sie funkelte ihn wütend an, aber bevor es zu einem Streit kommen konnte, drehte Red den CD-Player lauter.

Jerry schenkte mir eines seiner seltenen Lächeln, als ich nun mit Whitney Houston im Duett sang, und mein Herz machte einen glücklichen Satz. Er bevorzugte Bruce Springsteen, Huey Lewis und John Cougar Mellencamp und behauptete immer, den aktuellen Mist aus den Charts könne er nur ertragen, wenn ich dazu sang. Auch die anderen fanden, dass ich eine tolle Stimme besaß, und die Akustik in der Haupthalle der Mühle war einfach grandios. Ich schloss die Augen, sang aus voller Kehle und stellte mir vor, ich stünde auf der Bühne im Madison Square Garden in New York City vor ausverkauftem Haus.

»Die Bullen!«, rief Luke plötzlich, der an einem der fast blinden Fenster saß, und sprang auf.

»Scheiße!«, fluchte Jerry, schaltete die Musik aus und rüttelte mich an der Schulter. Ich brauchte ein paar Sekunden, um in die Realität zurückzufinden, und begriff erst, was los war, als das Tor mit einem quietschenden Ächzen aufging und das Auge des Gesetzes von Fairfield in Person von Sheriff Lucas Cyrus Benton mit dem Streifenwagen durch den mehligen Staub rauschte. Als Verstärkung hatte er seine gesamte Polizeiarmee aufgeboten: Alle vier Polizeiautos, die es im Madison County gab, fuhren hinter ihm her.

»Haut ab!«, schrie Jerry, und wir spurteten sofort los, während sich die Polizisten noch aus ihren Autos schälten. Wir kannten uns gut aus in der alten Getreidemühle, es gab einige Fluchtwege, die wir sicherheitshalber schon vor längerem ausgekundschaftet hatten. Hinter uns schrie Sheriff Benton Zeter und Mordio und schickte seine jüngeren und schlankeren Kollegen aus, uns einzufangen.

Obwohl mein Herz raste, musste ich lachen. Ich war noch nie mit dem Gesetz in Konflikt geraten und kannte die Polizei nur als Freund und Helfer, deshalb fand ich, dass die ganze Situation nicht einer gewissen Komik entbehrte: Sieben bewaffnete Polizeibeamte keuchten mit grimmiger Entschlossenheit hinter einer Handvoll harmloser Jugendlicher her, als seien sie einer Horde gefährlicher Bankräuber auf der Spur. Pam und ich quetschten uns kichernd durch einen schmalen Lüftungsschacht und kletterten im Inneren des Schachtes nach oben auf das Dach des Hauptgebäudes. Von hier aus hatten wir einen guten Ausblick und beobachteten mit wachsender Fassungslosigkeit, wie zwei Polizisten Red und Jerry überwältigten. Sie stießen die Jungs zu Boden und legten ihnen Handschellen an. Da erst begriffen wir, dass es für Benton und seine Leute kein Spaß war, sondern bitterer Ernst. Wir hörten auf zu lachen.

»Scheiße, Sheridan!« Pam starrte mich aus aufgerissenen Augen ängstlich an. »Wie kommen wir hier weg? Mein Alter bringt mich um, wenn die Bullen bei uns auftauchen!«

Bentons Leute hatten die Getreidemühle umstellt. Sie führten einen nach dem anderen von uns ab, Pam und ich waren die Einzigen, die sie nicht erwischt hatten. Ich dachte fieberhaft über eine Fluchtmöglichkeit nach. Am besten erschien es mir, so lange in irgendeinem Versteck auszuharren, bis die Polizisten aufgeben und abziehen würden. Ich zerrte Pam von der Brüstung weg, aber es war zu spät, sie hatten uns bemerkt.

»Da oben sind noch welche!«, rief jemand, und Sekunden später knarzte Sheriff Bentons Stimme durchs Megaphon.

»Kommt runter! Sofort! Wir kriegen euch doch, also macht jetzt keine Scherereien.«

Pams Dad war streng, das wusste ich. Aber verglichen mit meinen Eltern war er die Güte in Person. Ich hatte weitaus Schlimmeres zu erwarten als Pam und dachte nicht daran, mich so einfach fangen und nach Hause fahren zu lassen.

»Komm«, zischte ich, aber Pam schüttelte meine Hand ab und blieb stehen – entweder aus Feigheit oder aus Vernunft. Also rannte ich allein los. Meine Chancen standen nicht schlecht, denn ich kannte mich bestens aus. Zwei Polizeibeamte kamen die rostige Metalltreppe hoch, einer ergriff Pam am Arm, der andere lief mir nach.

»Bleib stehen, Mädchen!«, rief er.

Ich dachte nicht daran. Flink wie ein Wiesel rannte ich zur anderen Seite des Gebäudes zu dem Schacht, aus dem früher das Korn in das Mahlwerk gelaufen war. Es gab kein Mahlwerk mehr, dafür aber die Möglichkeit, zu entkommen. Ich hörte die Schritte des Mannes und sein Keuchen hinter mir und riskierte einen Blick über die Schulter. Zu meinem Schrecken stellte ich fest, dass der Polizist schnell aufgeholt hatte und nur noch ein paar Meter von mir entfernt war. Das obere Geschoss der Getreidemühle war tückisch. Überall unter dem Staub und dem Schutt des verfallenen Gemäuers lauerten Löcher im Boden. Plötzlich ertönte ein gellender Schrei, und mein hartnäckiger Verfolger war verschwunden.

Das war nun wirklich kein Spaß mehr! Mir brach der Schweiß aus allen Poren, mein Herz raste vor Angst, aber ich lief weiter. Unten ertönte das Heulen der Polizeisirene, der Sheriff schrie irgendetwas durch sein Megaphon. Ich hatte den rostigen Förderschacht erreicht, kletterte hinein und hangelte mich fünf oder sechs Meter an dem wackligen Gerüst hinunter. Dabei zerriss meine Jeans am Knie. Unten in der Halle tauchten drei oder vier Männer auf, sehr viel eher, als ich erwartet hatte. Während ich auf den alten, porösen Förderbändern zum Ausgang der Mühle rannte, folgten sie mir und kamen bedrohlich rasch näher. Endlich war ich an der frischen Luft!

Ich blinzelte für ein paar Sekunden in das grelle Sonnenlicht, von links näherte sich ein Streifenwagen mit Sirene und zuckendem Rotlicht auf dem Dach, ein zweiter folgte ihm, hinter mir schnauften meine Verfolger heran. Ich musste alles auf eine Karte setzen. Mit einem wagemutigen Satz sprang ich drei Meter in die Tiefe, missachtete den Schmerz, als ich mit dem Knöchel umknickte, und rannte so schnell ich konnte im Zickzack über den Hof, auf dem das Unkraut in hohen Büschen durch den Beton gewuchert war.

Die Streifenwagen gaben Vollgas. Plötzlich stand wie aus dem Boden gewachsen einer der Beamten vor mir. Zwei Meter vor dem rettenden Loch im Maschendrahtzaun versetzte er mir einen so groben Stoß, dass ich das Gleichgewicht verlor und stürzte. Innerhalb von Sekunden waren sie über mir, drei erwachsene Männer, außer sich vor Wut. Ich trat und schlug nach ihnen, aber sie waren stärker, zerrten meine Arme nach hinten, Handschellen schnappten um meine Gelenke. Ich lag auf dem Boden, meine Wange auf den heißen Beton gepresst, und schnappte nach Luft.

»Wen haben wir denn da?«, knautschte der Sheriff, der die Eigenart hatte, beim Sprechen den Mund nicht richtig aufzumachen. Mit seiner Spiegelbrille und dem weißen Stetson wirkte er sehr martialisch. Breitbeinig stellte er sich vor mich hin, schlenkerte seinen Gummiknüppel drohend hin und her und drehte mich mit der Fußspitze um. Zwei Polizisten zerrten mich auf die Füße.

»Ach nein!« Sheriff Benton nahm die Sonnenbrille ab und starrte mich aus seinen kleinen Schweinsaugen bösartig an. »Wenn das nicht die kleine Grant ist! Wie kannst du deinen Eltern so eine Schande machen und mit diesem Pack herumlungern?«

»Was geht Sie das an?«, fauchte ich wütend.

»Bringt sie zu den anderen kleinen Mehlratten«, befahl er seinen Leuten, die mich grob vor sich her stießen.

»Warum machen Sie so eine Staatsaffäre daraus, dass wir

hier ein bisschen Musik gehört haben?«, schrie ich dem Sheriff erbost hinterher.

Das erste Mal in meinem Leben sah ich Polizisten mit anderen Augen, nicht als Helfer und Beschützer, sondern als Unterdrücker. Sheriff Benton blieb wie angewurzelt stehen und drehte sich zu mir um.

»Hüte deine Zunge, Fräulein.« Er ließ den Gummiknüppel unsanft gegen mein Schlüsselbein sausen. »Widerstand gegen die Staatsgewalt ist eine ernste Angelegenheit. Genauso wie unbefugtes Betreten eines Privatgrundstücks. Außerdem kannst du zu Gott beten, dass sich mein Kollege nicht ernsthaft verletzt hat, als er durch die Decke gebrochen ist. Denn dann bist du auch noch wegen fahrlässiger Körperverletzung dran. Hast du das verstanden, he?«

Ich schwieg trotzig. Die anderen Polizisten kamen näher und bildeten drohend einen Ring um uns.

»Ob du mich verstanden hast?«, wiederholte Sheriff Benton.

»Ich hab nur verstanden, dass Sie uns schikanieren«, erwiderte ich störrisch. »Wir haben doch nichts anderes getan als Musik gehört. Waren Sie denn nie jung?«

»Ihr habt Bier getrunken und geraucht!«, brüllte der Sheriff unversehens. Sein feistes Gesicht war krebsrot, sein Doppelkinn schwabbelte. »In einem Gebäude, das wegen Einsturzgefahr seit Jahren gesperrt ist! Das ist *verboten*! Von Schikane kann keine Rede sein! Und wenn du nicht abgehauen, sondern sofort brav mitgekommen wärst, dann hätte ich es vielleicht bei einer Verwarnung belassen. Aber so kommst du mit und bleibst im Kittchen.«

Er drehte sich um.

»So«, rief er laut. »Schluss mit dem Theater. Bringt das Pack auf die Wache. Miss Grant fährt mit mir!«

Unversehens fand ich mich auf der anderen Seite des Gesetzes wieder und erfuhr am eigenen Leib, wie erniedrigend es war, der höhnischen Willkür eines Sheriff Benton ausgesetzt zu sein. In diesem Moment verstand ich die Lieder von Bruce Springsteen und Jerrys hilflosen Zorn erst wirklich. Zähneknirschend ergab ich mich in mein Schicksal.

Fairfield war ein Städtchen mit etwa tausendfünfhundert Einwohnern – wenn man die umliegenden Farmen und Höfe mitzählte – im sogenannten Maisgürtel der Vereinigten Staaten, im Nordosten des Staates Nebraska, und gehörte unserer Ansicht nach zu den ödesten Flecken auf der ganzen Welt. Es gab eine methodistische Kirche (wer kein Methodist war, musste nach Madison fahren, wenn er in die Kirche gehen wollte), einen landwirtschaftlichen Supermarkt, zwei Tankstellen, ein Kino, ein paar Kneipen, den Big Dipper Drive In und natürlich den Farmers Ranchers Co-op, das Fairfield Ready-Mix-Betonwerk, das »Stadion«, in dem Footballspiele und andere Sportveranstaltungen ausgetragen wurden, die neue Getreidemühle und diverse Landmaschinenwerkstätten, denn in Fairfield lebte jeder direkt oder indirekt von der Landwirtschaft.

Das kulturelle und soziale Leben wurde hauptsächlich von der Kirche bestimmt, an die Kindergarten und Grundschule angeschlossen waren und die die einzigen, ausgesprochen bescheidenen Freizeitvergnügungen bot, die es in Fairfield für Jugendliche gab, mal abgesehen vom Schulsport. Nach der sechsten Klasse mussten alle Kinder ins dreiundzwanzig Meilen entfernte Madison, wenn sie auf die Junior und nach der achten Klasse auf die Senior High School gehen wollten. Einige Jugendliche verließen die Schule jedoch früher, um Geld zu verdienen. Hatten sie Glück, so fanden sie einen Job in der Gegend, und wenn sie noch mehr Glück hatten, einen, der ihnen die Möglichkeit gab, aus Nebraska zu verschwinden. In diesem menschenleeren Land am Rande und doch mitten im Herzen Amerikas schien vor hundert Jahren die Zeit stehengeblieben zu sein, und in Fairfield kannte jeder jeden, Familiengeheimnisse gab es nicht. Das dachte ich auf jeden Fall.

Mich hatte eine tragische Fügung des Schicksals nach Fairfield verschlagen. Ich war knapp drei Jahre alt, als meine Eltern bei einem Unfall ums Leben kamen und ich von Vernon und Rachel Grant adoptiert wurde. Es hätte mich schlechter treffen können. Die Familie Grant war in ganz Nebraska bekannt und hochangesehen, denn der Urahn meines Adoptivvaters war vor hundertfünfzig Jahren, lange bevor Nebraska zu einem Territorium der Vereinigten Staaten wurde, einer der ersten weißen Siedler in diesem Landstrich gewesen. Nachdem seine erste Frau gestorben war, hatte er eine Sioux geheiratet, und die Grants waren in allen Generationen Freunde der indianischen Ureinwohner geblieben.

Mein Adoptivvater Vernon Grant war ein großer, gutaussehender Mann, besonnen und schweigsam, immer umgeben von einer rätselhaften Aura der Schwermut. Er arbeitete von früh bis spät auf den mehreren Millionen Morgen Land, die zur Willow Creek Farm gehörten; die Abende verbrachte er oft an seinem Konzertflügel in der Bibliothek oder lesend in seinem Arbeitszimmer. Sonntags fuhr er mit zur Kirche, aber mir war nie klar, ob er gläubig war oder nicht. Er tat es wohl einfach, weil meine Adoptivmutter es von ihm erwartete. Sie stammte aus einer ultramethodistisch geprägten Familie, ihr Vater war Wanderprediger gewesen, bevor er sich nach einem Schlaganfall mit seiner Familie in Fairfield niedergelassen und bei den Grants um Obdach gebeten hatte. Der Mangel an Humor mochte ihrer strengen Erziehung geschuldet sein, ebenso ihre Pedanterie und ihr altmodisches Verständnis von Moral und Disziplin. Rachel Grant führte nicht nur die Geschäfte der Willow Creek Farm mit fester Hand, sie organisierte nebenbei den Haushalt, zog fünf Kinder groß und hatte außerdem in jedem sozialen oder kirchlichen Gremium der Stadt irgendeinen führenden Posten inne. Der Name Grant und seine Geschichte war für sie Verpflichtung. Meine Adoptivmutter war keine hässliche Frau, aber sie legte keinen großen Wert auf Äußerlichkeiten wie modische Kleidung, Schmuck oder einen schicken Haarschnitt. Seitdem ich mich erinnern konnte, trug sie ihr Haar zu einem strengen Knoten im Nacken frisiert und bevorzugte praktische Kleidung.

In der Ehe meiner Adoptiveltern spielte die Liebe offenbar keine zentrale Rolle, nie hatte ich sie Gesten der Zuneigung austauschen sehen. Ihre Gespräche beschränkten sich ausschließlich auf die rein funktionalen Aspekte des Lebens auf einer so gigantischen Farm wie der Willow Creek. Ich hatte vier Brüder, von denen der jüngste, Esra, ein Nachzügler und nur ein Jahr älter war als ich. Malachy, Hiram und Joseph waren so groß, gutaussehend und wortkarg wie ihr Vater, und obwohl sie von Kindesbeinen an wussten, dass Malachy nach der Tradition in Nebraska eines Tages die Farm erben würde, rackerten sich Hiram und Joseph ebenso ab wie er. Esra hingegen war völlig anders, charakterlich wie äußerlich. Er war blond und plump, besaß eine ausgeprägte Neigung zur Boshaftigkeit und fühlte sich grundsätzlich benachteiligt und missachtet, dabei war er im Gegensatz zu meinen anderen Brüdern faul. Esra mochte es, Menschen gegeneinander aufzubringen, und er konnte nur dann von Herzen lachen, wenn jemandem in seiner Gegenwart ein Missgeschick widerfuhr.

Ich passte so wenig in die Familie Grant wie ein Eisbär in die Wüste. Der liebe Gott hatte mich mit einem leidenschaftlichen Temperament, einem starken Freiheitsdrang und Humor bedacht, mit Musikalität und einer wilden Phantasie. Meine Mutter hielt all meine Talente für unnütz. Sie erzog mich streng, und ich lernte wohl oder übel, mich in die Familie einzufügen, wenn mir das auch bisweilen schwerfiel. Manchmal bemerkte ich ihren kritischen Blick und war mir insgeheim sicher, dass sie oftmals gewünscht hat, sie hätte ein anderes Kind als mich adoptiert. Zwischen den vierschrötigen Kindern in der Elementary School stach ich schon mit fünf Jahren hervor, und die Unterschiede wurden deutlicher, je älter ich wurde.

Als Kind liebte ich es ganz besonders, mit meinem Vater durch die Natur zu streifen. Ich lernte die Bäume und Pflanzen, die Jahreszeiten und die Tiere kennen, ich konnte früh schwimmen und reiten, schießen und Traktor fahren, und da ich neugieriger und wendiger war als meine Brüder, war ich ihnen immer um ein paar Nasenlängen voraus, was sie, bis auf Esra, gutmütig und neidlos akzeptierten.

Meine Kindheit war geregelt, aber nicht unglücklich. Das Leben auf einer Farm, zwölf Meilen von der nächsten Ortschaft entfernt, hatte es mit sich gebracht, dass ich nie richtige Freundinnen hatte, aber ich zog sowieso von klein auf männliche Gesellschaft vor. Zu meinem zwölften Geburtstag hatte ich ein eigenes Pferd bekommen. Waysider war ein wunderhübscher Falbe mit ungewöhnlichen goldbraunen Augen, ein Mix zwischen einem Quarterhorse und einem Lusitano und das schnellste Pferd auf der Farm. Eine ganze Weile trainierte ich mit ihm für Wettkämpfe, aber Malachy verlor das Interesse, nachdem er mich und mein Pferd ein paarmal zu Turnieren in der Umgebung gefahren hatte. Ihn faszinierten Maschinen eben mehr als Pferde.

Schon bevor ich in die Schule kam, konnte ich lesen und schreiben und verschlang jedes Buch, das mir in die Hand fiel, so dass mein Vater in unserer umfangreichen Bibliothek die Literatur, die Mutter als anrüchig bezeichnete, auf ihr Drängen in die obersten Regale verbannte. Natürlich war das kein Hindernis für mich, und schon mit zwölf Jahren las ich *Vom Winde verweht*, *Jenseits von Eden*, *Früchte des Zorns*, *Die Straße der Ölsardinen* und andere Werke, die meine ohnehin lebhafte

Phantasie manchmal zum Überschnappen brachten. Bei meiner Mutter und meinen Brüdern, die als einzige Lektüre die Kirchen- und die Landwirtschaftszeitung oder anspruchslose Groschenromane kannten, erntete ich völliges Unverständnis, wenn ich von den fiktiven Gestalten sprach, als seien es Freunde oder Bekannte. Mein Vater grinste manchmal verstohlen, wenn Mom Caleb Trask für den Kassierer aus dem Farmers Ranchers Co-op oder Scarlett O'Hara für eine meiner Klassenkameradinnen hielt, und damals kam mir bereits der Verdacht, dass hinter Dads verschlossenem Gesicht mehr steckte, als er es andere sehen ließ. Genauso befremdlich wie meine Lesewut fand meine Mutter meine Vorliebe für die Musik. Ich kannte jedes der schmalzigen Country-Lieder auswendig, die von morgens bis abends im Landfunk liefen, und hin und wieder gab ich unseren Arbeitern im Gesindehaus Vorstellungen, die mir donnernden Applaus einbrachten, worauf ich mich wie eine Primaballerina würdevoll vor ihnen verbeugte. John White Horse, der indianische Farmhelfer, begleitete mich auf der Geige oder der Mundharmonika und behauptete, aus mir würde eines Tages eine großartige Sängerin werden. In meiner Phantasie sah ich mich schon auf den großen Bühnen der Welt, aber Mom sorgte regelmäßig dafür, dass ich nach solchen Höhenflügen wieder unsanft auf dem Boden der Tatsachen landete, indem sie mich an meine häuslichen Pflichten erinnerte. Sie sah meine Gesangsauftritte nicht gerne, weil sie es für unziemlich hielt, sich vor Männern so zur Schau zu stellen, aber Dad duldete es genauso stillschweigend wie meine Kaperfeldzüge in den oberen Regalen seiner Bibliothek. Er tat so, als ob er es nicht bemerkte, und erst viel später erfuhr ich, dass er all die Jahre von meinen Bemühungen gewusst und sie amüsiert verfolgt hatte. Oft ließ er mir sogar die Rollleiter stehen, weswegen ich ihn eine ganze Weile für einfältig gehalten hatte.

Die feste Belegschaft auf der Farm setzte sich aus etwa zwanzig Leuten zusammen: Neben unserer Familie waren das Martha Soerensen, die Haus und Küche beherrschte, der Vorarbeiter George Mills mit seiner Frau Lucie, die zwar von schlichtem Gemüt, aber ebenso fleißig wie fruchtbar war. Sie hatte in zwanzig Jahren zehn Söhne geboren, von denen acht noch am Leben waren, und in dem Verwalterhäuschen war immer viel los. Die jüngsten – Jim, Bob und Fred – waren ein paar Jahre älter als Esra und ich, freundlich und von einer geistigen Schwerfälligkeit, wie sie in dieser Gegend häufig war. Die Älteren arbeiteten zum Teil auf der Willow Creek, einige waren aber auch weggezogen.

John White Horse war ein Sioux vom Stamm der Lakota unbestimmbaren Alters, dessen Vater mit Dads Vater John Lucas Grant aufgewachsen war. Er war mit Mary-Jane, einer Halbindianerin, verheiratet, deren wirklich spannende Lebensgeschichte ich dank Martha kannte, denn offen wurde nie darüber gesprochen. John Lucas' älterer Bruder Sherman Grant, Dads Onkel also, hatte bis zu seinem spektakulären Ende wie ein absolutistischer König im Madison County geherrscht, sein Appetit auf junge Mädchen war nahezu unstillbar gewesen. Zwar hatte er nie geheiratet, aber er hatte auf seine Art und Weise für eine wahre Bevölkerungsexplosion gesorgt, denn er hatte einen Haufen unehelicher Kinder in der Gegend von Fairfield hinterlassen. Besonders delikat war die Tatsache, dass er die damals knapp sechzehnjährige Mary-Jane Walker und ihre achtzehnjährige Schwester Sarah-Ann kurz hintereinander geschwängert hatte – sie bekamen ihre Kinder Nicholas und Dorothy beinahe gleichzeitig. Sarah-Ann hatte später Allister Woodward, den fleißigen Werkstattleiter des Farmers Ranchers Co-op, geheiratet und noch ein paar Kinder mehr bekommen, ihre uneheliche Tochter Dorothy war nach einem Studium nach Fairfield zurückgekehrt, um an der Madison Junior High School als Lehrerin zu arbeiten und Sheriff Benton zu heiraten. Dann gab es noch Sven Bengtson mit seiner Frau Rhonda sowie Lyle Patchett, Walter Morrisson und Hank Koenig. Sie lebten im Gesindehaus, arbeiteten hart und zuverlässig, gingen sonntags in die Kirche, aber danach fuhren sie nach Madison in den Strip Club oder in eine Kneipe, wie es unverheiratete Männer eben taten. In den Treibhäusern, in denen Gemüse und Salat angebaut wurden, arbeiteten viele Frauen aus Fairfield und Umgebung, und zur Erntezeit stellte Dad zusätzlich jede Menge Saisonarbeiter ein, um die anfallende Arbeit zu bewältigen.

In diesem Mikrokosmos war ich das einzige Mädchen unter Männern, was mir aber nie wirklich bewusst war. Ich mochte alle Leute und wuchs in dem Gefühl auf, von allen gemocht zu werden – abgesehen von meiner Mom, die, wenn sie sich über mich ärgerte, keinen Hehl daraus machte, dass sie mich für unnützes Unkraut mit unheilvollen Genen hielt.

Auf der Farm hatte ich meine Pflichten zu erfüllen, aber trotz der Bücher in Dads Bibliothek langweilte ich mich fürchterlich. Meine Mom hielt nichts vom Fernsehen und erlaubte meinen Brüdern höchstens mal, ein Footballspiel zu schauen, was mich aber nicht sonderlich interessierte. Die Schule ödete mich an, denn die Lehrer waren ihren Schülern geistig kaum voraus. Häufig versank ich in Tagträumen. Besonders dann, wenn ich mich wieder einmal von meiner Mutter ungerecht behandelt fühlte, stellte ich mir vor, dass meine echten Eltern noch lebten und ich sie durch Zufall wiederfand. In meiner Phantasie sah ich ein herrliches Schloss mit einem weitläufigen Park, in dem sie wohnten und auf mich warteten. In anderen Träumen war ich eine berühmte Sängerin, die in allen Ländern der Welt in den größten Hallen und Stadien auftrat. Ich wünschte mich an irgendeinen Ort, an dem etwas los war. Natürlich dauerte es nicht lange, bis ich mich mit genau den Leuten zusammentat, die die Langeweile und Tristesse genauso empfanden wie ich, und so verbrachten wir unsere Stunden in der Getreidemühle damit, uns auszumalen, was wir später einmal machen wollten, wenn wir Fairfield erst einmal entronnen waren.

Sheriff Benton und seine Männer eskortierten uns im Triumphzug ins Sheriff's Office an der Main Street und sperrten uns in zwei Zellen – die Mädchen in eine, die Jungs in eine andere. Bis zu diesem Moment hatte ich nichts als Zorn über die ungerechte Behandlung empfunden, aber die Gitterstäbe vor den Zellen ernüchterten mich sehr schnell. Mir wurde klar, dass ich etwas wirklich Schlimmes getan hatte. Ich hatte nicht nur gegen ein ausdrückliches Verbot meines Vaters verstoßen, indem ich mich mit Jerry und der Clique getroffen hatte, nein, ich war vor der Polizei geflüchtet, und einer der Beamten hatte sich meinetwegen so schwer verletzt, dass er nach Madison ins Krankenhaus gebracht worden war.

Mein Vater war eine Stunde später da. Ich beobachtete mit vor Angst pochendem Herzen und schweißfeuchten Handflächen, wie er mit Sheriff Benton sprach. Seine Miene war undurchdringlich, er ließ sich seinen Zorn nicht anmerken, aber als er in Begleitung des Sheriffs zu meiner Zelle kam, schlug ich die Augen nieder, weil ich seinem Blick nicht standhalten konnte.

»Komm mit, Sheridan«, sagte er nur.

Ich zitterte am ganzen Körper und blieb zwischen Pam und Karla sitzen.

»Geh lieber«, flüsterte Karla und stieß mich mit dem Ellbogen an. »Sonst wird's noch schlimmer.«

Hatte sie eine Ahnung! Ihre Eltern würden es womöglich so wenig wie die von Jerry merken, dass sie nicht nach Hause kam, aber in diesem Kaff, in dem es von engstirnigen Moralaposteln nur so wimmelte, war mein Vater mit Abstand der strengste von allen, das war allgemein bekannt. Ich stand mit weichen Knien auf.

»Schau mich an«, sagte mein Vater.

Ich hob vorsichtig den Blick. Die Ohrfeige kam so plötzlich, dass mir die Luft wegblieb. Ungläubig starrte ich meinen Vater an und presste die Hand auf meine brennende Wange. Er hatte mich noch niemals geschlagen, nicht einmal, als ich mit dem Traktor die Wand der großen Scheune in Kleinholz verwandelt hatte, weil ich vergessen hatte, den Gang herauszunehmen. Er hatte mich nicht geschlagen, als ich beim Schulschwänzen erwischt worden war, und nicht, als ich mit vierzehn Jahren heimlich Auto gefahren war, aber jetzt hatte er mich geschlagen, und das ausgerechnet vor dem Sheriff und meinen Freunden, und dafür hasste ich ihn aus tiefstem Herzen. Ich hasste es, so gedemütigt zu werden, und ich hasste es, wie mein Vater mich abführte, als sei ich eine Bankräuberin.

Er umfasste mein Handgelenk wie ein Schraubstock und zog mich quer durch das Büro des Sheriffs, der selbstgefällig grinste. Mit hocherhobenem Kopf und tränenblinden Augen marschierte ich neben meinem Vater her, die Stufen hinunter zu seinem Auto. Längst hatte sich in Fairfield herumgesprochen, was sich bei der alten Getreidemühle abgespielt hatte, und die ersten Schaulustigen versammelten sich vor der Polizeiwache.

»Du tust mir weh«, beschwerte ich mich, aber er reagierte nicht.

»Steig ein.«

Endlich ließ er mich los. Ein paar Sekunden spielte ich mit dem Gedanken, einfach wegzurennen. Vierzehn Meilen weiter östlich, am Highway 81, kamen die Trucks vorbei, und einer würde mich sicher mitnehmen. Irgendwohin, nur weg von hier.

»Einsteigen habe ich gesagt«, wiederholte er.

Ich gehorchte trotzig, ohne ihn anzusehen. Ein paar Meilen fuhren wir stumm, bevor mein Vater endlich den Mund aufmachte.

»Ich habe noch nie eines meiner Kinder aus einer *Gefängniszelle* holen müssen«, sagte er, ohne den Blick von der Straße abzuwenden. »Du kannst dir nicht vorstellen, wie maßlos enttäuscht ich von dir bin. Wie kommst du dazu, dich mit diesem Gesindel abzugeben?«

Ich starrte aus dem Fenster.

»Ich habe dich etwas gefragt!« Seine Stimme klang eher deprimiert als wütend, und das ärgerte mich aus irgendeinem Grund noch mehr.

»Das sind meine Freunde«, erwiderte ich heftig. Ich hätte ihn am liebsten angeschrien, aber ich verspürte keine Lust auf eine zweite Ohrfeige. »Wir haben nur Musik gehört und gequatscht. Was ist denn daran so schlimm?«

»Schlimm daran ist, dass ich dir den Umgang mit Jerry Brannigan verboten hatte. Noch schlimmer ist, dass du Bier trinkst und Zigaretten rauchst. Und das ausgerechnet in der Getreidemühle, die nicht ohne Grund gesperrt ist.«

»Ich habe nicht geraucht, und ich hab auch kein Bier getrunken«, begehrte ich auf.

Mein Gesicht brannte von der Ohrfeige, aber viel mehr schmerzte die Erkenntnis, dass mein Dad keinerlei Verständnis für mich aufbrachte.

»Man kann im Leben nicht immer tun, was einem gerade gefällt«, fuhr er fort. »Es gibt Regeln, an die man sich halten muss, damit eine Gesellschaft funktioniert.«

»Der blöde Sheriff hat uns behandelt wie Schwerverbrecher«, entgegnete ich wütend. »Sie haben uns mit vorgehaltenen Waffen abgeführt!«

»Wenn ich Sheriff Benton richtig verstanden habe, dann

habt ihr versucht wegzulaufen. Nur deshalb musste er zu härteren Mitteln greifen.«

»Hättest du dich etwa einfach verhaften lassen?«, begehrte ich auf.

Er beachtete meinen Einwand nicht.

»Sheriff Benton hat sich vollkommen richtig verhalten, und wenn er ein paar Jugendliche, die widerrechtlich in ein abgesperrtes Gebäude einbrechen, um dort verbotenerweise Alkohol zu konsumieren, auf diese Art einschüchtert, dann ist das seine Sache.«

Ich traute meinen Ohren kaum, der Zorn drückte mir die Kehle zu.

»Du hältst zu ihm?«, fragte ich ungläubig.

»Ja, allerdings.«

Da war es aus mit meiner Beherrschung.

»Du bist genauso ein Arsch wie dieser Sh…«

Weiter kam ich nicht, denn die zweite Ohrfeige meines Lebens traf mich auf den Mund. Ich keuchte vor Empörung auf und presste die Hand auf meine aufgesprungene Lippe.

»Ich hasse dich!«, schrie ich meinen Vater wütend an, und es gelang mir nur unter Aufbietung aller Kraft, vor ihm nicht auch noch in Tränen auszubrechen. Dad warf mir nur einen kurzen Blick zu und erwiderte nichts.

»Ich wünsche, dass du dich in Zukunft nicht mehr mit diesen Leuten triffst«, sagte er stattdessen mit einer Stimme, die so kalt war wie die Antarktis. »Hast du mich verstanden?«

Ich starrte durch die staubige Windschutzscheibe vor mir und hing wilden Rachegedanken und Fluchtplänen nach.

»Ob du mich verstanden hast, Sheridan?«

»Ich bin nicht taub.«

»Vielleicht gelingt es mir zu verhindern, dass Anzeige gegen dich erstattet wird«, sagte er. »Aber um eine Strafe wirst du nicht herumkommen.«

Wir hatten die Abfahrt zur Willow Creek Farm erreicht, und ich nahm mir vor, nie wieder auch nur ein einziges Wort mit meinem Vater zu wechseln. Ich würde ihn spüren lassen, was er davon hatte, dass er sich gegen mich und auf die Seite von Sheriff Benton gestellt hatte. Und in meinem ganzen Leben würde ich ihn nicht mehr »Daddy« nennen. Mein echter Vater, davon war ich fest überzeugt, hätte zu mir gehalten. In jeder Situation.

»Bis du dich für dein Verhalten bei mir entschuldigt hast, bleibst du auf deinem Zimmer«, sagte er noch, als er vor dem Haus bremste.

»Lieber verhungere und verdurste ich«, entgegnete ich dramatisch, stieg aus und knallte die Tür zu, bevor er mir noch eine weitere Ohrfeige verpassen konnte.

Ich stapfte die Stufen zur Veranda hoch, als die Tür aufgerissen wurde. Meine Mutter erwartete mich wie ein Racheengel. Natürlich wusste sie schon Bescheid.

»Das musste ja eines Tages so kommen«, sagte sie gehässig. »Schlechtes Blut kommt immer durch. Da nützt die beste Erziehung nichts.«

Ich biss mir auf die Lippen und wollte an ihr vorbeigehen, aber da ergriff sie mein Handgelenk und zerrte mich in ihr Arbeitszimmer neben der Küche. Insgeheim wartete ich darauf, dass Dad mir irgendwie zu Hilfe kommen würde, aber das tat er nicht. Er ging einfach über den Hof davon und überließ mich meiner Mutter, die natürlich die lang ersehnte Gelegenheit erkannte, mich endlich nach Herzenslust bestrafen zu können.

»Du hast Schande über unseren Namen gebracht«, fauchte sie. »Und wie du aussiehst! So schmutzig und vergammelt wie das Pack, mit dem du dich herumtreibst!«

»Lass mich los«, fuhr ich sie an. »Du tust mir weh!«

»Du bist respektlos und undankbar!« Sie schüttelte mich so heftig, dass sie mir dabei beinahe den Arm ausrenkte. »Es ist dir völlig egal, was wir sagen! Nimm dir ein Beispiel an deinen Brüdern! Keiner von ihnen ist jemals von der Polizei verhaftet worden!«

Ihre Augen funkelten zornig, und ich wusste, sie lauerte nur auf ein falsches Wort von mir, um mich noch ärger zu bestrafen.

»Du benimmst dich wirklich wie der letzte Abschaum! Ich schäme mich, dass du unseren Namen trägst, du … du … niederträchtiger, schlechter Mensch! Von mir aus hätte dein Vater dich ruhig über Nacht im Gefängnis lassen können.«

Da wäre ich jetzt auch viel lieber, dachte ich, hütete mich aber, diesen Gedanken laut auszusprechen. Meine Mutter redete sich immer mehr in Rage, bedachte abwechselnd mich, meine Freunde und deren Familien mit Ausdrücken, für die sie mir den Mund mit Kernseife ausgewaschen hätte. Ihr lang aufgestauter Zorn entlud sich über mir wie ein Tornado, und ich zog das Genick ein und ließ sie toben.

»Und jetzt verschwinde und wasch dich!« Sie war völlig außer Atem, als ihr endlich die Adjektive ausgingen. »Nach dem Abendessen werden dein Vater und ich dir deine Strafe verkünden! Hast du das verstanden?«

Ich hatte auf jeden Fall verstanden, dass ich in diesem Moment nicht in der Position war, trotzige Antworten zu geben, und nickte stumm.

Sie versetzte mir noch einen groben Stoß, und ich prallte mit der Schulter schmerzhaft gegen den Türrahmen.

In meinem Zimmer warf ich mich aufs Bett und vergrub mein Gesicht im Kopfkissen. Wie ich sie hasste, meine Eltern und diese ganze Familie! Hätte ich die Wahl gehabt, ich hätte sie mir wahrhaftig niemals ausgesucht! Noch immer war ich empört darüber, wie Sheriff Benton uns behandelt hatte, aber allmählich wurde mir bewusst, was ich getan hatte. Wahrscheinlich wäre es erheblich klüger gewesen, sich widerstandslos gefangen nehmen zu lassen. Ein paar reumütige Tränen beim Sheriff wären auch nicht schlecht gewesen, aber das hatte ich einfach nicht über mich gebracht.

Mein Magen knurrte. Ich stand auf und ging ins Badezimmer, das auf der anderen Seite des Flurs lag. Als einziges Mädchen der Familie hatte ich ein eigenes Bad; meine Brüder teilten sich zwei andere Bäder. Das Haus bot wahrhaftig Platz genug für eine so große Familie wie unsere. Es war keines der schlichten, gesichtslosen Farmhäuser, wie sie für den Mittelwesten typisch waren, sondern eine gewaltige Kuriosität im Queen-Anne-Stil, das einer der exzentrischen Vorfahren meines Vaters Anfang des 20. Jahrhunderts hatte errichten lassen. Die roten Backsteine, aus denen es erbaut war, waren eigens von der Ostküste nach Nebraska transportiert worden. Es war ein ausgesprochen ungewöhnliches Haus mit seinen Erkern und Türmchen, den Schornsteinen und unterschiedlich hohen Spitzdächern. Besucher bestaunten gerne die Veranden und Balkone im Obergeschoss, die weiß eingefassten Sprossenfenster und die üppigen Holzverzierungen an der Fassade. Martha schimpfte oft, weil es so groß, unpraktisch und schwer sauber zu halten war, aber auch wenn sie mit meiner Mutter selten einer Meinung war, liebte sie das Haus mit derselben Inbrunst wie sie.

Ich wusch mir Gesicht und Hände und flocht mein langes Haar zu zwei straffen Zöpfen, weil ich hoffte, dass eine ordentliche Frisur meine Mutter milder stimmen würde. Meine aufgeplatzte Lippe tat weh, jeder Knochen in meinem Körper schmerzte, aber ich hatte es wenigstens geschafft, nicht zu heulen. Die Genugtuung, mit verweinten Augen bei Tisch aufzutauchen, gönnte ich meiner Mutter nicht.

Der Geruch nach gebratenem Fleisch und Kartoffeln stieg mir verführerisch in die Nase, ich hörte unten die Schritte und

Stimmen meiner Brüder. Bevor Mutter Esra schicken konnte, um mich zu holen, schlüpfte ich in einen sauberen Pullover und frische Jeans und lief die Treppe hinunter. Sicherlich hatten meine Brüder und Martha längst von meiner Missetat gehört, wahrscheinlich entrüstete sich schon jede Menschenseele auf der Willow Creek Farm und in ganz Fairfield darüber, aber das war mir herzlich gleichgültig. Ich huschte ins Esszimmer und setzte mich auf meinen Platz zwischen Hiram und Esra. Meine Mutter sprach mit gesenktem Kopf so andächtig das Tischgebet, als wären ihr niemals im Leben bösartige Flüche über die Lippen gekommen.

Kaum jemand sprach, wie üblich. Teller und Besteck klapperten, die Schüsseln mit Kartoffeln, Fleisch und Blumenkohl gingen herum. Obwohl mein Magen wie verrückt geknurrt hatte, brachte ich nur mit Mühe zwei Kartoffeln und eine halbe Scheibe Schweinebraten herunter.

Mein Bruder Joseph zwinkerte mir zu. Auch Hiram schien die ganze Angelegenheit ziemlich komisch zu finden.

»Wie ist es denn so im Gefängnis?«, erkundigte er sich grinsend. »Gab's wenigstens Wasser und Brot?«

Joseph prustete los.

»Ich *verbiete* euch, darüber zu lachen!«, herrschte meine Mutter die beiden an.

»Warum denn nicht? Ich find's albern, dass der Sheriff ein paar Kinder verhaftet und in eine Zelle sperrt«, entgegnete Hiram. »Hat er sonst nichts zu tun?«

»Genau«, pflichtete Joseph ihm bei. »Ist doch lächerlich, so ein Fass aufzumachen, nur weil …«

»Haltet euch aus dieser Angelegenheit raus«, unterbrach Dad ihn scharf. »Ich will an diesem Tisch kein Wort mehr davon hören.«

Meine Brüder verstummten, nur Esra konnte es nicht lassen und machte abfällige Bemerkungen über meine Freunde, bis

Dad auch ihm den Mund verbot. Das Abendessen verlief in einer angespannten Atmosphäre, meine Brüder räumten das Feld, kaum dass sie ihre Teller leer gegessen hatten, und ich fand mich unversehens allein mit meinem Vater und meiner Mutter am Tisch wieder.

»Dein Vater und ich sind uns einig, dass du eine Strafe verdient hast«, begann meine Mutter. Ihre Stimme bebte – ob vor echter Empörung oder ebenso echter Genugtuung, war kaum zu unterscheiden. »Du hast unser Vertrauen enttäuscht und unsere Familie vor der ganzen Stadt bis auf die Knochen blamiert.«

Bevor sie mit ihrer Strafpredigt loslegen konnte, blickte mein Vater auf die Uhr und erhob sich.

»Ich muss los«, sagte er und verließ das Esszimmer, ohne mich eines weiteren Blickes zu würdigen. Ich konnte nicht fassen, dass er mich so schmählich im Stich ließ.

»Ab sofort wirst du keine Ausritte mehr unternehmen und hast Hausarrest«, redete meine Mutter unbeirrt weiter. »Bisher haben wir gesagt, wir *wünschen* nicht, dass du dich mit diesem … diesem Pack herumtreibst. Aber jetzt *verbieten* wir es dir. Hast du das verstanden?«

Ich nickte stumm.

»Und damit du endlich lernst, unsere Verbote zu respektieren, wirst du jeden Tag nach dem Abendessen eine Stunde laut aus der Bibel lesen und danach eine halbe Stunde im Gebet Gott um Verzeihung für dein schändliches Verhalten bitten. Bis du begriffen hast, was du unserer Familie angetan hast, und dich bei uns in ernsthafter Reue entschuldigt hast, verstanden?«

Mir kamen auf Anhieb eine paar freche Bemerkungen in den Sinn.

»Ob du mich verstanden hast?«, zischte sie.

»Ja, Mom«, knirschte ich. »Ich habe dich verstanden.«

Sie runzelte irritiert die Stirn. Wahrscheinlich hatte sie wilden Protest erwartet und schien fast ein wenig enttäuscht, dass ich ihr keinen Anlass zu einer weiteren Tirade bot.

»Gut«, sagte sie nach ein paar Sekunden. »Dann räum jetzt den Tisch ab und mach die Küche sauber. In einer Viertelstunde erwarte ich dich in meinem Arbeitszimmer.«

Ich konnte den Triumph in ihrer Stimme hören, doch ich war zu erschöpft und zu verletzt über die abgrundtiefe Feigheit meines Vaters, um an Widerworte zu denken. Mit Tränen des Zorns und der Enttäuschung in den Augen räumte ich den Tisch ab und trug das schmutzige Geschirr hinüber in die Küche. Mehr denn je hatte ich das Gefühl, eine Gefangene in diesem Haus zu sein.

Im Vorbeigehen fiel mein Blick in den Spiegel, der im Flur zwischen Esszimmer und Küche an der Wand hing. Noch immer waren die Abdrücke von Dads Fingern auf meiner Wange deutlich zu sehen. Sein Verhalten heute hatte mich zutiefst gekränkt. Mochte er auch noch so enttäuscht von mir gewesen sein, er hätte mich nicht vor allen Leuten demütigen müssen.

Ich räumte die Spülmaschine ein und stellte sie an, dann ließ ich Spülwasser einlaufen und schrubbte die Pfannen und Töpfe.

Eigentlich hatte sich unser Verhältnis bereits im letzten Jahr gravierend verschlechtert, und zwar zu dem Zeitpunkt, als ich mir beim Farmers Co-op von meinem mühsam zusammengesparten Taschengeld einen Discman gekauft hatte. Leider hatte ich nur ein paar Tage meine Freude an dem Gerät, denn meine Mutter hatte den Discman in meinem Zimmer entdeckt. Vielleicht wäre es nicht zu einem solchen Drama gekommen, hätte sich nicht ausgerechnet eine CD der Punkband Bad Religion in dem Gerät befunden. Meine Mutter war völlig hysterisch geworden, und der harmlose Discman war mitsamt der CD, die ich mir nur von Red Christie ausgeliehen hatte, in der Jauchegrube gelandet. Tagelang hatte Gewitterstimmung geherrscht, und mein Vater, von dem ich mir wenigstens moralischen Beistand erhofft hatte, hatte zu der ganzen Angelegenheit kein Wort gesagt. Damals hatte er gerade irgendein politisches Amt übernommen, das ihn manchmal tage- und wochenlang von zu Hause fernhielt. Wahrscheinlich hatte ihn das mehr beschäftigt als ein in seinen Augen lächerlicher Discman, aber ich hatte mich von ihm schnöde im Stich gelassen gefühlt. Meine kritiklose Bewunderung für ihn hatte damals erste Risse bekommen.

Auch sein Verhalten mir gegenüber hatte sich in jenen Tagen verändert. Als Kind hatte ich oft auf seinem Schoß oder seinen Schultern gesessen, er hatte mich das Reiten und die Liebe zur Natur gelehrt. Stundenlang war ich früher mit ihm auf dem Traktor, zu Pferde, in einer der beiden Cessnas, die zur Ausstattung der Willow Creek Farm gehörten, oder zu Fuß unterwegs gewesen und hatte ihn neugierig Löcher in den Bauch gefragt. Er hatte mich hin und wieder mit an die Ostküste genommen, wenn er dort seine Tante Isabella und ihren Mann Frank besuchte, hatte mir New York, Baltimore, Boston, Washington und die Niagarafälle gezeigt und geduldig die unzähligen Fragen beantwortet, mit denen ich ihn unentwegt bombardiert hatte. Meine großen Brüder hatten mir dieses enge Verhältnis zu meinem Vater nie geneidet, aber Esra war deswegen schrecklich eifersüchtig gewesen.

Von einem Tag auf den anderen war es damit vorbei gewesen. Es hatte keine Gute-Nacht-Küsse mehr gegeben, keine vertrauten Spaziergänge, ja, kaum noch eine Unterhaltung. Dafür hatte ich immer häufiger bemerkt, wie Dad mich stumm und prüfend ansah, um sofort den Blick abzuwenden, wenn ich ihn erwiderte. Die Atmosphäre im Hause Grant war ohnehin nicht gerade von Herzlichkeit geprägt, und mit dreizehn Jahren hatte ich angefangen, die Kälte und Sprachlosigkeit zu bemerken. Bis dahin war ich ein mehr oder weniger glückliches und zufriedenes Kind gewesen, aber nach dieser Discman-Affäre hatte es angefangen mit der Langeweile und den rebellischen Gedanken, die ich in selbstkomponierten Liedern auszudrücken begann. Meine Mutter nervte es, wenn ich stundenlang an Dads Flügel saß, und sie schloss das Musikzimmer ab, sobald er das Haus verlassen hatte. Ich hatte längst die Bücher aus der Schulbibliothek und sämtliche Bücher, die es im Haus gab, gelesen, und meine Mutter genehmigte mir als Lesestoff nur noch Bücher aus der Kirchenbibliothek – kindische, erbauliche Heiligengeschichten. Der Fernseher wurde nur von meinen Brüdern benutzt, wenn sie sich die Übertragungen irgendwelcher Footballspiele ansehen wollten, abgesehen davon war das Fernsehprogramm noch langweiliger als die Landwirtschaftszeitung.

Freundinnen, mit denen ich mich hätte treffen können, gab es nicht, und die Gesprächsthemen am Mittagstisch, die sich nur auf die Arbeit auf der Farm oder den neuesten Tratsch aus Fairfield beschränkten, ödeten mich an. Das Kino in der Stadt war für uns genauso tabu wie der Drive-in am Highway 81. Die von der Kirchengemeinde organisierten Barbecues, Jugendgruppen und Picknicks waren mit einem Mal fad und spießig. In der Schule langweilte ich mich zu Tode, denn ich konnte schneller rechnen, besser lesen und schöner singen als alle anderen, und irgendwann regte sich in mir ein bohrendes Gefühl der Unzufriedenheit. Ganz eindeutig war ich hier am falschen Platz, ich sehnte mich danach, aus vollem Herzen zu lachen, zu tanzen, zu *leben*. Immer öfter geriet ich mit meiner Mutter aneinander, die es sich endgültig mit mir verdarb, als sie zu mir sagte, ich sei wahrhaftig eine Missgeburt. Ich hatte schon lange aufgehört, um ihre Gunst zu buhlen, und war auf Konfrontationskurs gegangen, zog jedoch dabei regelmäßig den Kürzeren.

Ich hatte mir nicht erklären können, woher meine Unzufriedenheit und die regelmäßig wiederkehrenden Anfälle tiefster Verzweiflung kamen, bis ich merkte, dass ich nicht der einzige Mensch in Fairfield war, der mit seinem Leben haderte. Jerry und den anderen erging es ähnlich wie mir, das hatte ich mit einer Mischung aus Erleichterung und Staunen festgestellt. Mit Vorliebe hörten wir die Songs von Bruce Springsteen und John Cougar Mellencamp, die ich bald besser kannte als alle Kirchen- und Countrylieder, und in ihren Texten fand ich mich wieder.

»Wo bleibst du?« Mutters Stimme riss mich aus den Gedanken.

»Ich komme sofort!« Mit Schwung knallte ich die gespülten Töpfe in den Küchenschrank, dass es nur so schepperte, dann marschierte ich hinüber in Mutters Arbeitszimmer. Sie saß hinter ihrem Schreibtisch, die Lesebrille auf der Nasenspitze, und musterte mich kurz.

»Setz dich«, wies sie mich an. »Schlag die Psalmen auf.«

Ich gehorchte und nahm die abgegriffene Bibel zur Hand, die schon auf dem Stuhl bereitlag.

»Fang an«, befahl sie, und ich begann zu lesen.

Am nächsten Morgen bestand meine Mutter darauf, dass ich mir zwei Zöpfe flocht. Ich war seit der dritten Klasse nicht mehr mit Zöpfen zur Schule gegangen, aber ich gehorchte widerspruchslos, um ihr keinen Vorwand für weitere Schikanen zu liefern. In der Nacht hatte ich beschlossen, jede Strafe stolz und schweigend zu erdulden und in dieser Zeit die Kommunikation mit meinen Eltern auf ein absolutes Minimum zu reduzieren. Ich flocht mir also die Haare und nahm mir vor, sie spätestens auf dem Weg zum Schulbus wieder aufzumachen, doch daraus wurde nichts, denn mein Vater brachte Esra und mich höchstpersönlich zur Schule. Ich saß hinten im Auto, starrte aus dem Fenster und sagte die ganze Fahrt über keinen Ton.

Zu meinem Erstaunen blieb das befürchtete Spießrutenlaufen in der Schule aus. Natürlich hatte sich längst herumgesprochen, was gestern passiert war, und für meine Freunde und die meisten meiner Schulkameraden war ich eine Heldin. Eine coole Heldin, die vor der Polizei geflüchtet war.

Nach Schulschluss musste ich mit dem Betreuungslehrer auf meinen Vater warten, der mich wieder abholte und direkt von der Schule aus zur Polizeiwache kutschierte.

»Hübsch siehst du aus«, bemerkte Sheriff Benton spöttisch und zog an einem meiner Zöpfe. Dann verkündete er mir, dass sein Deputy, der bei der Verfolgungsjagd durch ein Loch im Boden sieben Meter in die Tiefe gestürzt war, mehrere Knochenbrüche erlitten hatte und für Wochen und Monate nicht würde arbeiten können.

Pech gehabt, dachte ich trotzig. Was hatte er auch hinter mir herrennen müssen, der Idiot? Natürlich sagte ich das nicht laut. Ich sagte überhaupt nichts.

Natürlich gab es keine Anzeige. Mein Vater hatte das ganze Gewicht seines Namens in die Waagschale geworfen, und niemand in Madison County würde etwas gegen einen Grant unternehmen. Ich hasste ihn noch mehr dafür, dass er mit allem, was der blöde Sheriff sagte, einverstanden zu sein schien. Und ich hasste sie alle beide, weil sie über mich in der dritten Person sprachen, als sei ich gar nicht anwesend.

»Noch ist es nicht zu spät für das Mädchen«, sagte der Sheriff schließlich mit geheucheltem Verständnis. »Jeder macht mal einen Fehler, und die Kleine ist jung genug, um wieder auf den rechten Weg zurückzufinden. Sie braucht eine feste Hand, Vernon. Ich erinnere mich noch gut an die Sache mit Carolyn. Die ist ja damals auch …«

»Wir sorgen dafür, dass Sheridan sich nicht mehr mit diesen Leuten trifft«, unterbrach mein Vater den Sheriff eilig. »Und sie wird sich selbstverständlich bei Deputy McMahon entschuldigen.«

Der Sheriff schien noch etwas sagen zu wollen, besann sich dann jedoch anders.

»In Ordnung.« Er zuckte die fetten Schultern. »Dann ist die Sache für mich erledigt.«

»Danke, Luke«, sagte mein Vater zu allem Überfluss. Wofür zum Teufel bedankte er sich? Die beiden Männer gaben sich die Hand, dann tätschelte der Sheriff meine Schulter. Ich zuckte vor seiner Berührung zurück, am liebsten hätte ich ihn angespuckt.

»Das soll eine Warnung für dich sein, Mädchen«, sagte er selbstgefällig. »Ein zweites Mal kommst du nicht so glimpflich davon, das kann ich dir versprechen.«

Da ich mir fest vorgenommen hatte, vorübergehend nicht mit ihm zu sprechen, konnte ich meinen Vater nicht fragen, weshalb er die dreiundzwanzig Meilen zurück nach Madison fuhr, statt zur Willow Creek Farm abzubiegen. Offenbar wollte er die ganze unerfreuliche Angelegenheit auf der Stelle abschließen und setzte eine Viertelstunde später den Blinker, um auf den Parkplatz des Madison Medical Center einzubiegen. In meinem Innern sträubte sich alles dagegen, diesen Polizisten zu sehen und mich auch noch bei ihm zu entschuldigen, aber jeglicher Protest wäre zwecklos gewesen. Aus Erfahrung wusste ich, dass mein Vater gegen heftige Gefühlsausbrüche immun war, außerdem hatte er Sheriff Benton sein Wort gegeben. Ich beschloss also, diesen unerfreulichen Krankenbesuch würdevoll und so schnell wie möglich hinter mich zu bringen, und folgte meinem Vater mit hocherhobenem Kopf ins Krankenhaus. An der Information erfuhren wir, auf welcher Station und in welchem Zimmer Deputy Curt McMahon lag.

»Bring es hinter dich. Ich warte hier«, sagte mein Vater, ohne mich anzuschauen, und wandte sich dem Kaffeeautomaten neben der Rezeption zu. Ich wandte mich zum Gehen, doch eine Stimme hielt mich zurück.

»Stopp!«

Die Empfangsdame, eine energische Schwarze, deren Namensschild sie als Schwester Loretta auswies, warf mir einen mitleidigen Blick zu und schnalzte ungehalten mit der Zunge. Dann erhob sie sich schwerfällig von ihrem Drehstuhl und schob sich hinter dem Tresen hervor.

»Hey, Sie da!«, sprach sie meinen Vater an. »Sie wollen doch wohl das Mädchen nicht allein in ein Zimmer mit drei kranken Männern gehen lassen?«

Noch nie zuvor in meinem Leben hatte ich jemanden so unerhört respektlos mit Vernon Grant sprechen hören und war prompt fasziniert.

»Reden Sie mit mir?«, erkundigte mein Vater sich denn auch verblüfft.

»Allerdings!« Schwester Loretta baute sich drohend vor ihm auf und stemmte ihre Hände in die Hüften. Sie war so groß wie Dad, aber mehr als doppelt so dick – ein Trumm von einer Frau, der man ansah, dass mit ihr nicht zu spaßen war. »Es ist ja wohl nicht Ihr Ernst, das Püppchen allein auf die Männerstation zu schicken! Was denken Sie sich denn dabei?«

Eigentlich war es mir ganz recht gewesen, die peinliche Entschuldigung ohne Anwesenheit meines Vaters rasch hinter mich bringen zu können, und zu jedem anderen Zeitpunkt hätte ich es mir vehement verbeten, als ›Püppchen‹ bezeichnet zu werden. Aber in diesem Moment gefiel es mir außerordentlich, ja, ich genoss mit geradezu gehässiger Schadenfreude, wie die Entschlossenheit meines Vaters unter Lorettas empörtem Blick bröckelte. Er versuchte gar nicht erst, mit seinem Namen zu punkten, denn er ahnte wohl, dass Loretta sich davon nicht im Geringsten beeindrucken lassen würde. Auch wenn er nicht bereit war, seine Entscheidung kampflos aufzugeben, geriet er schnell in die Defensive, denn er argumentierte, wo er normalerweise höflich befahl und Gehorsam erwartete. Loretta schüttelte nur unnachgiebig den Kopf und sagte: »Nein. Nein. Nein.«

Ich nutzte die Gelegenheit und machte mich heimlich auf den Weg, um die dem Sheriff versprochene Entschuldigung hinter mich zu bringen.

Station vier befand sich im ersten Stock. Vor der Tür von Zimmer acht zögerte ich kurz, aber dann drückte ich entschlossen die Klinke hinunter und betrat den Raum, in dem es unerträglich nach den Körperausdünstungen von drei Männern roch.

»Hey, was kommt denn da für eine nette Überraschung hereingeschneit?« Der Mann im ersten Bett richtete sich auf und stieß einen Pfiff aus. »Bist du die neue Schwester?«

Der andere, ein zahnloser Alter mit ungepflegtem Bart, kicherte und fragte mich, ob ich seinen Katheter auswechseln könne.

Ich beachtete beide nicht und ging mit starrem Blick zu dem Bett am Fenster, in dem der verletzte Polizeibeamte lag.

Curt McMahon musterte mich von Kopf bis Fuß aus wässrigen Augen. Er hatte fettige Haare, einen dicken Schnauzbart und getrockneten Speichel in den Mundwinkeln. Sein rechtes Bein war eingegipst, nur die Fußzehen mit den gelben Fußnägeln schauten hervor. Ich schauderte, als ich ihm die Hand geben musste. Seine Handflächen waren schwitzig, sein unsteter Blick wanderte über mein Gesicht und blieb auf meinen Brüsten hängen. Etwas unsanft befreite ich meine Hand aus seinem Griff und verschränkte die Arme vor der Brust.

»Tut mir wirklich leid, dass Ihnen das passiert ist«, brachte ich hervor. »Ich … das … das hab ich nicht gewollt. Ich hatte nur auf einmal echt Panik, als Sie hinter mir hergelaufen sind.«

Die anderen beiden Kerle starrten zu mir herüber und machten anzügliche Witze.

»Nimm dir doch den Stuhl und setz dich einen Moment zu mir«, schlug Deputy McMahon vor. »Ich krieg nur selten Besuch und schon gar nicht von so 'ner hübschen jungen Lady.«

Ich war heilfroh, als die Tür aufgerissen wurde und Schwester Loretta mit unheilverkündender Miene im Türrahmen auftauchte. Sofort verstummten McMahons Zimmergenossen und gaben sich uninteressiert.

»Also, noch gute Besserung«, stotterte ich und trat eilig den Rückzug an.

»Komm mich wieder mal besuchen!«, rief der Deputy mir nach. »Würde mich echt freuen.«

»Lass das Mädchen in Ruhe!«, blaffte Schwester Loretta ihn an, dann streckte sie die Hand nach mir aus und zog mich aus dem Zimmer.

Draußen auf dem Flur atmete ich erleichtert auf.

»Das hättest du nicht allein machen müssen, meine Kleine«, sagte Schwester Loretta mitfühlend und legte einen ihrer gewaltigen Arme um meine Schulter. »Ich hab deinem Dad ganz schön die Leviten gelesen.«

»Das war toll von Ihnen«, murmelte ich. »Sonst traut sich niemand, was gegen ihn zu sagen.«

»Ich hab keine Angst vor niemandem. Und wenn er der Präsident persönlich wäre – so was verlangt man nicht von seinem Kind«, erwiderte Schwester Loretta, noch immer verärgert. Sie begleitete mich zurück ins Foyer des Krankenhauses, wo Dad auf mich wartete.

Als ich mich bei ihr bedankte, schloss sie mich in die Arme und zog mich an ihren großen Busen, unter dem ein noch größeres Herz schlug. Nie zuvor in meinem Leben hatte ich mich derart beschützt und geborgen gefühlt, und ich wünschte mir nichts sehnlicher, als genauso mutig und unerschrocken zu sein wie Schwester Loretta.

Drei Wochen lang erduldete ich die Höchststrafe, die darin bestand, dass mein Vater mich täglich in die Schule eskortierte und mich auch wieder abholte, als hätte er sonst nichts Besseres zu tun. Natürlich war auch Esra immer mit von der Partie, hämisch und gleichzeitig eifersüchtig. Ihm entging natürlich nicht, dass ich in der Schule als Heldin betrachtet wurde. Auf diesen Fahrten – dreiundzwanzig Meilen Schotterpiste und Landstraße hin und dreiundzwanzig Meilen in umgekehrter Reihenfolge zurück – sprach ich während dieser drei Wochen keinen einzigen Ton und wechselte keinen Blick mit meinem Vater, strafte ihn und Esra mit höflicher Missachtung.

Ich vermisste Jerry schmerzlich, und auch in der Schule fand ich keine Gelegenheit, mit meinen Freunden zu sprechen, denn die Lehrer waren wohl genau instruiert worden, mit wem ich reden durfte und mit wem nicht. Das erste Mal in meinem Leben bekam ich eine echte Ahnung davon, wie mächtig mein Vater in dieser Gegend war, die im Volksmund auch ›Grant-County‹ genannt wurde, denn sämtliche Lehrer und selbst der verblödete Direktor gehorchten ihm aufs Wort.

Bis zum Ende des Schuljahres musste ich im Unterricht allein in der ersten Bank sitzen und meine Pausen unter Aufsicht des Betreuungslehrers Jamison Reese verbringen, der mit geradezu missionarischem Eifer versuchte, mit mir Gespräche anzufangen. Um nicht noch zusätzlich Ärger mit einem Lehrer zu bekommen, ließ ich mich zum Schein auf seine Moralpredigten ein und gab mich reumütig.

Ich fühlte mich wie eine Straftäterin in der Besserungsanstalt und zählte die Tage, bis die Sommerferien begannen.

Jeden Abend musste ich die Küche aufräumen, danach meiner Mutter aus der Bibel vorlesen und anschließend eine halbe Stunde vor dem Kreuz in ihrem Arbeitszimmer knien. Von Tag zu Tag wuchs mein Groll auf sie, und es fiel mir immer schwerer, ihre boshaften Provokationen zu ignorieren, aber ich vermied alles, was sie dazu hätte bringen können, die gegen mich verhängten Sanktionen zu verlängern.

Meine echten Eltern hätten mich niemals so grausam behandelt. Und irgendwann während dieser endlosen Stunden des Bibellesens und Schweigens beschloss ich, mehr über meine eigentliche Herkunft herauszufinden. Selbst wenn meine Eltern tot waren, so gab es vielleicht noch irgendwo auf dieser Welt eine Tante oder einen Onkel, die mich all die Jahre verzweifelt gesucht hatten und sich unbändig darüber freuen würden, mich in die Arme zu schließen. Diese Vorstellung lenkte mich von meinen düsteren Gedanken ab.

Martha, Hiram und Joseph verhielten sich mir gegenüber so freundlich wie immer und nahmen es mir nicht weiter übel, dass ich Schande über den altehrwürdigen Namen Grant gebracht hatte. Selbst Malachy behandelte mich nicht anders als sonst, obwohl er gerne seinen Status als Ältester und Vernünftigster hervorkehrte.

Ich saß also meine Strafe ab, lernte gezwungenermaßen die Bibel auswendig und ging meinen Pflichten im Haus und auf der Farm nach, stolz und schweigend, wie ich es mir vorgenommen hatte. Dabei wurde die Sehnsucht nach Freiheit, nach einem schnellen Galopp mit meinem Pferd, nach frischer Luft, nach Sonne auf der Haut und Wind im Gesicht beinahe übermächtig. Ich war meiner Mutter deshalb fast dankbar, als sie mich – anstelle der Bibellesung – in ihren Gemüsegarten abkommandierte, um Beete zu hacken und Unkraut zu jäten. Meine Tränen hob ich mir für die Nächte auf.

Die Sommerferien begannen, und ein Ende der Strafe war in Sicht. Ich reinigte gerade die Hühnerausläufe, als Fred Mills auftauchte. Er war schmächtig und sommersprossig, mit dreizehn Jahren der Jüngste der schweigsamen Mills-Sippe. Selten hatte ich ihn oder einen seiner Brüder mehr als zwei zusammenhängende Sätze sagen hören.

»He, Sheridan«, knautschte er auch jetzt maulfaul. »Hab was für dich.«

»Was denn?«, fragte ich und richtete mich auf.

Fred zwinkerte mir nur verschwörerisch zu und drückte mir einen zusammengefalteten Brief in die Hand. Dann verschwand er wieder so lautlos, wie er aufgetaucht war, bevor ich ihm noch irgendeine Frage stellen konnte, auf die ich wahrscheinlich sowieso keine Antwort bekommen hätte. Ich blickte mich nach allen Seiten um, aber außer den tausend dämlich gackernden Hühnern war niemand in Sicht. Rasch faltete ich den Brief auseinander, der mit Kugelschreiber auf die Rückseite eines Lieferscheinformulars der Ready-Mix-Betonwerke geschrieben war. Mein Herz machte einen Satz, als ich Jerrys Schrift erkannte. *Triff mich am Elm Point*, hatte er geschrieben. *Morgen früh um fünf.*

Das war alles. Nichts davon, dass er mich etwa vermisste oder wissen wollte, wie es mir ging. Ich war ein bisschen enttäuscht, aber trotzdem neugierig. Warum wollte Jerry mich treffen? Und weshalb so früh am Morgen?

In Rekordzeit machte ich die restlichen drei Ausläufe sauber, trieb die Hühner in ihre Ställe und mischte das Futter zusammen, dann rannte ich hinüber zum Paddock, in dem die fünf Pferde der Farm standen. Waysider wieherte erfreut, als er mich kommen sah. Ich vertröstete ihn rasch auf den nächsten Morgen, holte seine Kandare aus der Sattelkammer und versteckte sie in einem der Fliederbüsche, die neben dem Paddock wuchsen. Niemand hatte mich beobachtet. Ich schlenderte zum Haus hinüber, wusch mir die Hände und ging direkt ins Arbeitszimmer meiner Mutter.

Sie stand mit dem Rücken zu mir vor dem geöffneten Wandschrank, ihrem Heiligtum, der normalerweise immer verschlossen war. Alle Schubladen waren herausgezogen, sie blätterte in einem Heft.

Ich griff nach der Bibel und schlug die Stelle auf, an der ich gestern aufgehört hatte zu lesen. Jeremias 42, Vers 3.

»Möge uns der Herr, dein Gott, kundtun, welchen Weg wir gehen und was wir überhaupt tun sollen«, begann ich. »Da sprach der Prophet Jeremias zu ihnen …«

Meine Mutter fuhr wie von einer Klapperschlange gebissen herum und schob mit einem Knall die Schubladen zu.

»Musst du mich so erschrecken?«, fuhr sie mich ungehalten an.

»Entschuldigung«, erwiderte ich und las weiter. »Ich bin einverstanden. Ja, ich werde eurem Wunsche gemäß zum Herrn, eurem Gott, beten; was immer der Herr euch zur Antwort gibt …«

»Lass das für heute«, unterbrach meine Mutter mich. »Deck den Tisch und sag deinem Vater und deinen Brüdern Bescheid. Wir essen heute früher.«

Erfreut klappte ich die Bibel zu und ging hinüber in die Küche. Von Martha erfuhr ich den Grund für die schlechte Laune meiner Mutter.

»Stell dir vor«, raunte sie mir zu. »Isabella kommt zurück.«

»Wer kommt?«, fragte ich irritiert. »Und wohin zurück?«

»Isabella Duvall, die Tante von deinem Dad. Ihr Mann Frank ist doch im letzten Sommer an einem Herzinfarkt gestorben. Und da ihre Tochter als Ärztin in New Orleans arbeitet, hält sie wohl nichts mehr in Massachusetts. Sie will wieder auf der Willow Creek leben, und zwar in ihrem alten Haus.« Martha sprach mit gesenkter Stimme und behielt die Tür im Auge.

»Dein Dad wusste es wohl schon länger, aber er hat es deiner Mom erst vorhin gesagt.«

Sie gluckste leise und eindeutig schadenfroh, denn es war kein Geheimnis, dass meine Mutter eine von Herzen kommende Abneigung gegen Tante Isabella hegte.

»Ach«, antwortete ich nur. An einem anderen Tag hätte mich diese Nachricht außerordentlich gefreut, bedeutete sie doch Abwechslung im ewig gleichen Alltagstrott, doch ich war in Gedanken bei Jerry und überlegte, wie ich morgen früh aus dem Haus gelangen konnte, ohne von irgendjemandem gesehen zu werden.

Meine Mutter kam in die Küche.

»Was stehst du hier herum?«, blaffte sie mich an. »Der Tisch deckt sich nicht von allein.«

Ich nahm einen Stapel Teller aus dem Küchenschrank und trug ihn hinüber ins Esszimmer. Mir gefiel die Aussicht, dass Tante Isabella hier ganz in der Nähe leben würde, ausgesprochen gut, denn ich mochte sie. Sie war klug und humorvoll, großherzig und gebildet; ihre oftmals zynischen Bemerkungen waren von einer amüsanten Treffsicherheit.

Mein Vater war ins Haus gekommen. Er und meine Mutter standen im Flur zwischen Küche und Esszimmer. Ich blieb mit den Tellern in Händen direkt hinter der Tür stehen und spitzte die Ohren.

»Was will sie hier auf einmal nach so vielen Jahren?«, hörte ich die Stimme meiner Mutter.

»Sie will nach Franks Tod nicht länger allein in dem großen Haus bleiben«, erwiderte Dad. »Magnolia Manor gehört zwar mir, aber du weißt selbst, dass sie das Einsitzrecht auf Lebenszeit hat. Also kann sie jederzeit dort wohnen.«

»Ich bin immer fest davon ausgegangen, wir würden eines Tages dort wohnen, wenn Malachy die Farm übernimmt«, sagte meine Mutter. »Wo sollen wir denn dann hin?«

»Bis dahin gehen ja wohl hoffentlich noch ein paar Jahre ins Land«, erwiderte Dad trocken.

»Ich verstehe nicht, warum Isabella mit ihrem vielen Geld nicht in ein Altersheim nach Florida oder sonst wohin geht.« Mutter ließ nicht locker. »Sie kann doch unmöglich in ihrem Alter allein in diesem einsamen Haus da draußen wohnen.«

»Sie kann und sie wird«, antwortete mein Vater. »Außerdem ist sie mit 74 ja nicht alt und klapprig. Und wir alle wohnen in der Nähe.«

»Genau das habe ich mir schon gedacht«, nörgelte meine Mutter. »Wahrscheinlich will sie dann dauernd Gesellschaft, taucht jeden Tag hier auf und sitzt mir im Weg herum.«

»Das kann ich mir allerdings kaum vorstellen.« Dads Stimme klang spöttisch.

»Was willst du denn damit sagen?«, empörte meine Mutter sich.

»Gar nichts«, entgegnete Dad. »Was hast du überhaupt gegen Isabella?«

Er erschien im Türrahmen. Ich konnte nicht so schnell wegschauen und begegnete zum ersten Mal, seitdem er mich aus der Zelle im Sheriff's Office geholt hatte, seinem Blick.

»Ach, Sheridan«, sagte er beiläufig. »Deine Strafe ist übrigens ab heute aufgehoben.«

Ich nickte nur und verteilte die Teller auf dem Tisch. Sollte er geglaubt haben, ich würde ihm für diese vorzeitige Begnadigung um den Hals fallen, so hatte er sich geirrt.

Vor lauter Angst, zu verschlafen, tat ich in dieser Nacht kaum ein Auge zu. Um halb fünf stand ich auf und zog mich an. Ich schlüpfte in eine Jeans und meine Stiefel, streifte meine Jacke über und schob das Fenster hoch. Im Osten färbte sich der Himmel hell, das Zwielicht übergoss die ganze Landschaft mit einem feinen rosagoldenen Schimmer. Schon vor Jahren hatte ich einen Weg gefunden, wie ich das Haus verlassen konnte, ohne jemandem begegnen zu müssen. Ich kletterte aus dem Fenster und ergriff einen dicken Ast der großen Ulme, hangelte mich bis zum Stamm und ließ mich auf den Boden hinabgleiten. Der Einzige, der mich bemerkte, war Fellow, der braune Retrieverrüde. Er erhob sich aus seinem Korb, der im Sommer auf der Hinterveranda stand, streckte sich träge, gähnte ausgiebig und kam dann erwartungsvoll schwanzwedelnd zu mir getrottet. Oft begleitete er mich, wenn ich mit Waysider Ausritte unternahm.

»Hey, Fellow.« Ich strich ihm über den Kopf. »Du kannst heute leider nicht mitkommen. Geh zurück in deinen Korb.«

Der Hund verstand und blieb stehen. Er ließ enttäuscht die Ohren hängen, nur seine Schwanzspitze bewegte sich in der leisen Hoffnung auf eine Meinungsänderung. Eine Weile würde er mir noch nachschauen, dann aber zurück zu seinem Korb trotten und auf den nächsten Menschen warten, der aus dem Haus trat.

Die Luft war noch klar und frisch, aber es würde heute sicher genauso heiß werden wie gestern. Die Pferde dösten im Paddock vor sich hin, nur Waysider wieherte dunkel, als ich die Kandare aus ihrem Versteck holte und unter den Stangen des Paddocks hindurchschlüpfte. Der Wallach drängte sich zwischen den anderen Pferden hindurch bis ans Gatter und stupste mich mit der Nase an.

Auf der Willow Creek wurden schon lange keine Pferde mehr gebraucht, denn die Arbeit wurde ausschließlich von Maschinen erledigt, aber aus irgendwelchen sentimentalen Gründen weigerte sich mein Vater, die Pferde abzuschaffen. Gelegentlich nahmen er und John White Horse ein Pferd, wenn sie irgendetwas in der Nähe zu erledigen hatten, aber meine Brüder bevorzugten die Traktoren, die Cessnas oder die Pick-ups.

Ich schob Waysider die Kandare ins Maul, einen Sattel brauchte ich nicht. Das erste Mal hatte ich mit vier Jahren auf einem Pferd gesessen, und ich ritt bis heute am liebsten ohne Sattel, was meine Mutter jedes Mal in Rage brachte, denn sie war der Meinung, dass es sich für ein Mädchen nicht gehörte, wie ein Indianer zu reiten. Ich griff in Waysiders raue Mähne und saß eine Sekunde später auf seinem kräftigen Rücken. Nach einem raschen Blick auf das Haus, das friedlich und ruhig dalag, lenkte ich den Wallach in den schmalen Hohlweg, der hinunter zum Fluss führte, und atmete tief durch.

Es kam mir vor, als sei ich nach Jahren der Haft unverhofft dem Gefängnis entronnen. Auf der ganzen Welt gab es wohl kaum etwas Schöneres, als frühmorgens mit einem Pferd durch die stille und weite Natur zu reiten. Die Sonne erhob sich wie ein glühender Feuerball über dem Horizont, die Vögel stimmten in den Bäumen ihr Morgenkonzert an, und alle Sorgen und Ängste waren mit einem Mal unendlich weit weg. Der Himmel wölbte sich schier endlos über dem weiten Land, ich fühlte mich frei und beinahe glücklich bei der Aussicht, Jerry wiederzusehen.

Waysider schnaubte und tat so, als würde er sich erschrecken. Ich lachte, weil ich genau wusste, dass er bloß galoppieren wollte, und ließ ihm seinen Willen. Er kannte die Wege hier so gut wie ich und bog ganz von selbst in den sandigen Pfad ein, der dem Fluss bis zur drei Meilen entfernten Furt folgte. Dumpf klang der Hufschlag auf dem weichen Boden, ab und zu sprang ein Hase oder ein Rebhuhn auf. Nebelschwaden zogen wie dünne Schleier über den Fluss, der grünlich schäumend dahinströmte. Für Ende Mai führte er nicht viel Wasser, überall traten Sandbänke aus dem Wasser hervor, die sich großartig zum Baden eigneten. Ich ließ Waysider im Schritt durch die Furt gehen. Das Wasser spritzte bis an meine Beine, es war kalt und glasklar, und am liebsten wäre ich jetzt schwimmen gegangen, aber ich hatte nicht viel Zeit, denn spätestens um sieben Uhr musste ich am Frühstückstisch sitzen, wenn ich nicht wieder zu Bibelstunden und Hausarrest verurteilt werden wollte.

Ich sah Jerry schon von weitem. Er lehnte lässig am Stamm der verkrüppelten Ulme, die dieser Stelle an der Flussbiegung ihren Namen gegeben hatte, die Hände in den Hosentaschen. Atemlos hielt ich mein Pferd neben ihm an.

»Ich hab deinen Brief bekommen«, sagte ich unnötigerweise. Plötzlich fühlte ich mich seltsam befangen.

»Wie geht's dir?«, fragte er, und ich ließ mich von Waysiders Rücken gleiten.

»Ganz okay.« Ich zuckte mit den Schultern. Was sollte ich ihm vorjammern? Ich sah das Veilchen an seinem rechten Auge. Ihm ging es ganz sicher schlechter als mir.

»Was ist mit deinem Gesicht passiert?«

»Mein Alter war besoffen«, sagte er nur, und mehr musste er auch nicht sagen. Jerrys Vater war ausgesprochen streitlustig, wenn er nicht gerade so betrunken war, dass er im Delirium in einer Ecke lag, und Jerry war in der Vergangenheit häufig mit Prellungen und geschwollenen Augen aufgetaucht.

Er wandte sich ab und starrte eine Weile über den Fluss.

»Mein Boss hat mich gestern rausgeschmissen«, sagte er dann.

»Wieso denn das?«, fragte ich entsetzt.

Jerry drehte sich um und blickte mich lange an, dann seufzte er.

»Ich bin dem Sheriff und den Leuten hier ein Dorn im Auge.« Seine Stimme klang gepresst. »Ich hab kapiert, dass ich hier keine Chance mehr hab. Mein Boss hat mir gesagt, dass er mit mir zufrieden wär, aber Benton hat ihm geraten, mich rauszuschmeißen.«

»Aber … aber … das gibt's doch nicht!« Ich war fassungslos.

»Was soll's.« Er setzte sich auf den tiefhängenden Ast der alten Ulme, und ich setzte mich dicht neben ihn. So hatten wir manches Mal gesessen, früher, nach der Schule, als wir noch Kinder gewesen waren.

Damals war mir nicht bewusst gewesen, wer er war oder woher er kam. Er war einfach Jerry für mich, mein mutiger, starker, schlauer Freund und Held. Die Realität war leider eine andere, und sie hatte uns eingeholt.

»Ich wollt ja sowieso irgendwann hier abhauen«, fuhr er fort, die Ellbogen auf die Knie gestützt. »Und jetzt mach ich's. Das wollt ich dir nur sagen.«

Plötzlich war der Morgen nicht mehr schön.

Ich starrte ihn an und verstand, dass er gekommen war, um mir Lebewohl zu sagen. Seine Entscheidung stand unverrückbar fest, und er würde sie nicht rückgängig machen, nur weil ich ihn darum bat.

Ich war nicht auf das Gefühl der Verlassenheit gefasst, das mich bei diesem Gedanken ergriff, und mir fehlten die Worte, um auszudrücken, was ich empfand. Ein Leben ohne Jerry konnte ich mir einfach nicht vorstellen. Er war mein Freund, mein Verbündeter gegen die ganzen Hohlköpfe und Spießer, ich wollte ihn auf keinen Fall verlieren. Aber wer war ich schon, dass es sich für ihn zu bleiben lohnte? Ich wurde in ein paar Tagen gerade mal fünfzehn, war also zu jung, um mit ihm mitzugehen, und auch wenn er erst siebzehn war, so war er doch längst ein erwachsener Mann.

»Nein!«, sagte ich trotzdem und ergriff seine Hand. »Das kannst du nicht tun! Es gibt doch sicher einen anderen Job, eine andere …«

Ich verstummte, und plötzlich liefen mir die Tränen über das Gesicht. Meine ganze Welt fiel in Stücke. All die Zukunftspläne, die wir geschmiedet, all die Träume, die wir gehabt hatten, alles war vorbei. Jerry legte mir stumm den Arm um die Schulter, und ich schmiegte mich eng an ihn.

»He«, sagte er leise. »Wir sehen uns wieder, das verspreche ich dir.«

»Ich will aber nicht, dass du gehst«, schluchzte ich und schlang meine Arme um seinen Hals. »Bitte, Jerry, bitte bleib hier!«

»Mach's mir nicht so schwer, Sheridan.« Seine Stimme klang sanft, er streichelte mein Gesicht und küsste dann meine tränenfeuchte Wange. »Für mich war der Zug schon abgefahren, als ich auf die Welt gekommen bin. Auf der falschen Seite der Stadt.«

»Aber …«

»Ich hab Geld gespart«, murmelte er dicht an meinem Ohr, »und ich bin nicht blöd. Woanders kann ich's zu was bringen, aber hier nicht. Ich hab lange darüber nachgedacht. Würde ich hierbleiben, hätte ich immer Ärger mit den Bullen. Benton hat meinen Alten schon ewig auf dem Kieker, und nach dem, was jetzt passiert ist, wartet er nur darauf, dass er mir was anhängen kann. Wenn ich noch eine Chance haben will, dann muss ich gehen.«

»Aber … aber … wo willst du denn hingehen?«, stammelte ich.

»Nach Abilene«, erwiderte Jerry. »Es gibt genug Jobs auf den Ölfeldern. Da kann man 'ne Menge Geld verdienen, wenn man hart arbeitet. Und arbeiten kann ich ja.«

»Wirst du irgendwann wieder zurückkommen?« Meine Stimme klang dünn.

»Eines Tages. Vielleicht.«

Wir sahen uns an. Lange. Ihm fiel der Abschied nicht viel leichter als mir. Schließlich warf er einen Blick auf seine Uhr.

»Du musst zurück.« Er beugte sich vor und küsste mein Haar. »Sonst kriegst du wieder Ärger mit deinen Leuten.«

Ich wollte jetzt nicht zurück, wollte den Moment, diesen allerletzten wertvollen Moment mit ihm, noch etwas verlängern.

»Küss mich«, flüsterte ich. »Bitte. Ich will mich an diesen Kuss erinnern können.«

Er hatte mich noch nie geküsst. Überhaupt war ich noch nie geküsst worden. Mein Herz schlug einen Trommelwirbel, als er mich nun ernst anblickte. Dann beugte er sich vor und presste kurz seine Lippen auf meine. Meine Knie wurden weich.

»Versprich mir, dass du mich nicht vergisst!«, flüsterte ich und kämpfte wieder mit den Tränen. »Versprich mir, dass du mir schreibst, wo du bist und wie es dir geht!«

»Ich versprech's dir«, sagte er rau, seine Finger liebkosten mein Gesicht. »Ich werde dich nie vergessen, Sheridan Grant, denn du bist das tollste Mädchen, das ich je in meinem Leben getroffen habe.«

Und dann zog er mich in seine Arme, hielt mich ganz fest an sich gedrückt. Ich hörte sein Herz schlagen, und die Verzweiflung brandete über mir zusammen wie eine schwarze Welle.

»Ich werde dich vermissen«, flüsterte er. »Und ich werde dich nicht vergessen. Niemals, solange ich lebe.«

Ich nickte. Die Tränen strömten mir übers Gesicht.

»Mach's gut, Sheridan.« Jerry ließ mich los. Auch in seinen Augen standen Tränen. Ich erhob mich, ging mit zittrigen Beinen zu Waysider, griff in seine Mähne und schwang mich mit einem geübten Satz auf seinen bloßen Rücken. Es war, als ob mir jemand ein Messer ins Herz gestoßen hätte, so weh tat der Abschied von meiner ersten großen Liebe. Erst als ich schon ein Stück weggeritten war, schaute ich mich noch einmal um. Der Anblick von Jerry, wie er neben der alten Ulme am Elm Point stand und mir nachblickte, prägte sich für immer und ewig in mein Gedächtnis ein.

* * *

Tante Isabella kam an einem heißen Tag eine Woche vor dem Unabhängigkeitstag an. Das Haus auf dem Hügel mit dem hochtrabenden Namen Magnolia Manor war ein Fertighaus, das Dads Großvater in den zwanziger Jahren im Katalog von Sears, Roebuck and Co. bestellt und dann nach seinem Geschmack umgestaltet hatte. Damals hatte das Haus die exorbitante Summe von achtzehntausend Dollar gekostet, heute war es eine Rarität, und manchmal kamen Leute von weit her, um es sich anzusehen, denn die meisten Sears-Magnolia-Häuser waren längst abgerissen worden. Dad hatte das Haus, das seinem Großvater als Altersruhesitz gedient hatte, gründlich renovieren und modernisieren lassen. Unsere Farmarbeiter hatten die wild wuchernden Efeu- und Rosenranken zurückgeschnitten, das Haus frisch angestrichen und den verwilderten Garten mit den großen Magnolienbäumen in Ordnung gebracht. Die Handwerker aus Fairfield hatten drei Wochen lang Strom- und Wasserleitungen erneuert, das Dach ausgebessert und neue Fenster eingesetzt.

Ich liebte das Haus, das in einem für die Gegend sehr untypischen klassizistischen Stil mit dorischen Säulen davor erbaut war. Zwischen den hochgewachsenen Ulmen, den ausladenden Magnolien, dem Silberahorn und den Ponderosa-Kiefern wirkte es mit seiner Veranda und der Treppe davor wie eine Miniaturausgabe von Tara, dem Anwesen von Scarlett O'Hara.

Zwei große Möbelwagen brachten Tante Isabellas Habseligkeiten aus ihrem Haus an der Ostküste. Ich ritt mit Waysider sofort hinüber, um meine Tante zu begrüßen. Es war drei oder vier Jahre her, seitdem ich sie zuletzt gesehen hatte, aber zu meiner Freude fand ich sie vollkommen unverändert, das eisgraue Haar kurz geschnitten, die verschmitzten blauen Augen so jung und lebhaft wie eh und je. Sie schloss mich fest in ihre Arme und hielt mich dann ein Stück von sich entfernt.

»Mein Gott, was bist du für eine kleine Schönheit geworden, Sheridan!«, sagte sie mit ihrer rauchigen Stimme und kniff die Augen nachdenklich zusammen. »Diese grünen Augen im Kontrast zu dem dunkelblonden Haar – einfach umwerfend. Du hast doch sicher einen Haufen Verehrer hier, hm?«

»Na ja«, erwiderte ich und grinste schief. »Seitdem ich zur Schande von Fairfield geworden bin, passt Dad auf, dass mir niemand zu nahe kommt.«

»Die Schande von Fairfield?« Tante Isabella lachte belustigt. »Das musst du mir genauer erzählen.«

Vorerst kam ich nicht dazu, denn Dads silberner Dodge Pick-up tauchte in der Einfahrt auf. Er hielt neben den beiden Möbelwagen und stieg aus. Als er uns zuwinkte und näher kam, wandte ich mich ab und band mein Pferd los.

»Warte doch noch«, wollte Tante Isabella mich zurückhalten.

»Nein«, erwiderte ich, »ich will ihn nicht sehen, wenn ich nicht unbedingt muss. Mir reicht es noch immer, dass er mich drei Wochen lang jeden Tag in die Schule gefahren und wieder abgeholt hat.«

»Oha.« Tante Isabella warf mir einen forschenden Blick zu. »Mir scheint, du bist genauso ein Dickkopf wie dein Vater, hm?«

Es gefiel mir nicht, dass sie mich mit Dad verglich.

»Ich komme später noch mal vorbei«, sagte ich und schwang mich eilig auf Waysiders Rücken.

Seit der Gefängnisaffäre war das Verhältnis zwischen meinem Vater und mir nachhaltig getrübt. Ich hatte mich zwar widerwillig dafür entschuldigt, dass ich ihn als »Arsch« bezeichnet hatte, aber dennoch konnte ich ihn nicht mehr leiden und wünschte sehnlich, ich wäre achtzehn, um wie Jerry von hier verschwinden zu können. Insgeheim machte ich ihn auch dafür verantwortlich, dass man Jerry mehr oder weniger aus der Stadt geekelt hatte. Seine halbherzigen Versuche, sich mit mir zu versöhnen, hatte ich kühl zurückgewiesen. Falls er ein schlechtes Gewissen haben sollte, dann geschah es ihm nur recht.

Meine Mutter gab am Abend ohne sonderliche Begeisterung ein Begrüßungsessen für Tante Isabella, bei dem eigentlich nur Tante Isabella und Dad sprachen. Malachy war nicht da, Hiram, Joseph und Esra hielten ohnehin wenig von Konversation, Mutter sagte aus Prinzip nichts, und ich hatte nicht vor, mein selbstauferlegtes Schweigegelübde meinem Vater gegenüber zu brechen, nicht einmal Tante Isabella zuliebe.

In den folgenden Tagen hatte ich nicht viel von meinen Ferien, denn meine Mutter hatte mich abkommandiert, bei den Vorbereitungen für das Sommerfest der Kirchengemeinde zu helfen. Stundenlang sortierte ich irgendwelchen Ramsch für den Basar, strickte Schals und stellte mit anderen Jugendlichen Tische und Bänke auf. Das Einzige, was mich aus dem Trübsinn errettete, waren die Proben des Kirchenchors. Nancy Andersson, die Chorleiterin und Organistin der Gemeinde, war von meiner Stimme begeistert und ließ mich die Soli proben. Außerdem durfte ich bei ihr nach Herzenslust Klavier spielen. Ich nutzte die Gelegenheit und probierte gleich eine selbsterfundene Melodie, die mir seit Tagen im Kopf herumging.

»Was spielst du denn da für schwermütige Sachen, Kind?«, fragte sie mich nach einer Weile.

»Das habe ich mir selbst ausgedacht«, erwiderte ich. »Es gibt sogar einen Text dazu. Wollen Sie es hören?«

Nancy Andersson war begeistert. Tief verborgen in ihrer Seele steckte vielleicht auch ein kleiner Funken Widerstand gegen die bornierten Spießer, denn ihr gefiel mein Lied, das ich *Born on the wrong side of town* nannte und Jerry gewidmet hatte.

Nach dem Sommerfest der Kirche und den Feierlichkeiten zum 4. Juli, bei denen ich ebenfalls brav mitgeholfen hatte, war ich in den Augen der Gemeinde offenbar rehabilitiert. Selbst Mutters Boshaftigkeiten fielen für eine Weile milder aus als üblich. Die Getreidemühlen-Sache war Schnee von gestern, denn es gab weitaus skandalösere Neuigkeiten. Mary Philipps, die Tochter des Bäckers, war mit siebzehn Jahren schwanger, und das ausgerechnet von Elmer Hyland, dem etwas minderbemittelten, wenn auch netten Sohn des Tankstellenbesitzers an der Main Street. Das war natürlich eine noch viel schlimmere Schande, und die ganze Hühnerschar um meine Mutter herum stürzte sich mit Wonne auf diesen Skandal, der wohl nicht zuletzt aus diesem Grunde ein tragisches Ende fand. Mary konnte es eines Tages nämlich nicht mehr ertragen, dass alle Welt mit dem Finger auf sie zeigte und über sie tuschelte, und so sprang sie in ihrer Verzweiflung vom Scheunendach, wobei sie im sechsten Monat das Kind verlor und sich beide Beine brach. Der arme Elmer ließ die Tankstelle seines Vaters stehen und liegen und verschwand genauso spurlos aus Fairfield, wie es einige Wochen zuvor Jerry Brannigan getan hatte. So viel zum Thema christliche Nächstenliebe in Fairfield.

An einem Abend Ende Juli saß ich am offenen Fenster, die Ellbogen auf das Fensterbrett gestützt, und starrte trübsinnig den Ziegenmelkern nach, die anmutig in flatternden Paaren durch den Abendhimmel schossen. Selbst der Anblick des prachtvollen Sonnenuntergangs konnte mich nicht aufheitern. Am Vormittag hatte ich zufällig Mrs Brannigan getroffen, als ich mit Hiram in Fairfield auf dem Postamt gewesen war. Begierig auf Neuigkeiten von Jerry hatte ich sie angesprochen und war erleichtert, als sie mir erzählte, er habe sie schon ein paarmal angerufen. Tatsächlich war er in Texas und hatte einen Job auf den Ölfeldern bei Abilene gefunden, genau, wie er es geplant hatte.

»Was hat er erzählt?«, hatte ich gefragt. »Wie geht es ihm?«

»Ihm geht's gut«, hatte Mrs Brannigan geantwortet. »Er hat ein Zimmer bei anständigen Leuten und schickt mir jede Woche was von seinem Geld.«

»Hat er … hat er mir vielleicht irgendetwas ausrichten lassen?«

Jerrys Mutter war eine einfache Frau, zu müde und abgearbeitet, um zu verstehen, was es mir bedeutete, wenigstens einen Gruß von Jerry zu bekommen.

»Nein, hat er nicht«, hatte sie deshalb ehrlich geantwortet.

Ach, hätte sie mich doch nur angelogen! Es wäre einfacher gewesen, mit einer Lüge zu leben als mit der bitteren Wahrheit. Jerry war nun schon seit sieben langen Wochen weg. Er hatte mir bisher nicht einmal geschrieben, und ich bezweifelte inzwischen, dass er es jemals tun würde. Fairfield war Vergangenheit, und ich gehörte dazu.

Von meinem Aussichtsposten beobachtete ich meinen Vater, der langsam über den Hof schlenderte, getreulich gefolgt von Fellow. Als er den Kopf hob und zu meinem Fenster hinaufblickte, zuckte ich zurück. Er sollte auf keinen Fall glauben, ich würde irgendetwas vermissen! Die warme Luft war erfüllt vom süßen Duft blühender Bäume und Büsche, die in verschwenderischer Fülle im Garten unterhalb meines Fensters wuchsen. Es roch nach Sommer, mein Hausarrest war zumindest tagsüber aufgehoben, und ich hätte tausend andere Dinge tun können, anstatt deprimiert in meinem Zimmer zu hocken. Aber mein Herz war schwer vor Kummer, und ich versank in melancholischen Gedanken an die Sommer meiner Kindheit, in denen ich mit Jerry und einem Haufen anderer Kinder aufregende Sachen angestellt hatte. Ganz sicher verklärte meine Erinnerung diese Zeit, denn schon damals hatte es meine Mutter nicht gern gesehen, wenn ich mit Jerry, den Mills-Söhnen und den gleichaltrigen Kindern unserer Arbeiter im Fluss schwimmen ging, zeltete oder Lagerfeuer machte. Am meisten hatte sie damals wohl geärgert, dass wir Esra nur selten hatten mitmachen lassen.

Ich lehnte mich an den Fensterrahmen, stieß einen tiefen Seufzer aus und lauschte den Stimmen der Arbeiter, die vom Gesindehaus gedämpft zu mir herüberwehten. Sie lachten und schwätzten, während sie ihren wohlverdienten Feierabend im sanften Licht der untergehenden Sonne genossen. John White Horse' Mundharmonika erklang wehmütig, er spielte *My old Kentucky Home* und *Blue Ridge Mountain*, und meine Sehnsucht nach Freiheit wurde stärker als die Angst vor Strafe.

Kurz nach Einbruch der Dämmerung beschloss ich, zu Tante Isabella zu laufen. Bis zu ihrem Haus war es ein Fußmarsch von knapp zehn Minuten. Ich schwang mich aus dem Fenster, schlich gebückt über das Dach, bis ich den Ast der alten Ulme ergreifen konnte, und hangelte mich hinüber zum Stamm. Ein paar Sekunden verharrte ich reglos, aber niemand schien meine Flucht bemerkt zu haben.

Lautlos verschwand ich in der Dunkelheit und trabte wenig später den vertrauten Pfad zu Tante Isabellas Haus entlang. Von ferne hörte ich Musik, dann kam das Haus in Sicht. Isabella saß auf der Veranda in einem Schaukelstuhl, las ein Buch und rauchte ein Zigarillo.

»Hallo«, sagte ich und sprang die Stufen zur Veranda empor.

»Hallo, Sheridan.« Tante Isabella legte das Buch zur Seite. »Hast du dich heimlich weggeschlichen?«

»Ja«, gab ich zu. »Ich hab's nicht mehr ausgehalten.«

Sie warf mir einen halb amüsierten, halb mitleidigen Blick zu.

»Hol dir doch was zu trinken und setz dich zu mir.«

Ich schob die Fliegentür zur Seite und ging in die Küche. Im Kühlschrank fand ich nur Bier und Weißwein, deshalb schenkte ich mir ein Glas Milch ein und ging zurück auf die Veranda. Beim Vorbeigehen fiel mein Blick auf das altmodische Grammophon im Wohnzimmer, an das ich mich von meinen Besuchen in Isabellas Haus an der Ostküste erinnerte.

»Wer singt das?«, erkundigte ich mich neugierig. Die tiefe, rauchige Frauenstimme gefiel mir, genauso wie die Melodien und die fremde Sprache, die irgendeine dunkle Erinnerung tief in meinem Innern weckte. Ich hatte diese Sprache schon gehört. Aber wo?

»Gefällt es dir?« Tante Isabella lächelte, und ich nickte. »Das ist Zarah Leander, eine Schwedin. Sie war in den zwanziger und dreißiger Jahren in Europa sehr populär.«

»Was ist das für eine Sprache?«, wollte ich wissen. »Schwedisch?«

»Nein, das ist Deutsch.«

»Hm.« Ich setzte mich in einen der Korbsessel und lauschte. »Schön.«

Eine ganze Weile saßen wir schweigend da, genossen die laue Sommernacht und die Musik.

»Und jetzt erzähl mir mal, was wirklich passiert ist«, forderte Tante Isabella mich schließlich auf. Ich seufzte und berichtete ihr dann von den Vorfällen in der Getreidemühle und davon, was ich seitdem von meinen Eltern zu ertragen hatte.

»Na, na«, unterbrach Tante Isabella mich irgendwann mit leisem Spott. »Kennst du nicht den alten Spruch: ›Sage mir, mit wem du gehst, und ich sage dir, wer du bist‹?«

Ich zog ein beleidigtes Gesicht.

»Dad hat mich vor allen Leuten geschlagen«, sagte ich und verschränkte die Arme trotzig vor der Brust. »Das werde ich ihm niemals verzeihen.«

»Soweit ich weiß, hat er dir eine Ohrfeige verpasst, als er

dich aus dem Gefängnis holen musste, und eine weitere, weil du ihn einen Arsch genannt hast«, erwiderte Tante Isabella. »Und das gehört sich nun wirklich nicht.«

»Er hat mich aber auch so behandelt!«, fuhr ich heftig auf. »So selbstgerecht und verächtlich!«

»Ich glaube, er war nur schrecklich enttäuscht und verletzt, weil du dich heimlich mit Leuten getroffen hast, die er nicht als passenden Umgang für dich empfindet. Und außerdem – was würdest du tun, wenn dich die Polizei anruft und dir sagt, dass deine vierzehnjährige Tochter nach einer wilden Verfolgungsjagd in einer abbruchreifen Getreidemühle verhaftet wurde?«

»Du hältst zu ihm?« Ich starrte Tante Isabella an, als habe sie mir einen Dolch in den Rücken gestoßen.

»In diesem Fall im Großen und Ganzen – ja.« Sie nickte nachdenklich und nahm einen Schluck von ihrem Whisky on the Rocks. »Wenn du meine Tochter wärst, hätte ich dich wahrscheinlich grün und blau geprügelt und drei Wochen in den Keller gesperrt.«

»Ich bin nicht seine Tochter«, sagte ich widerspenstig. »Er hätte mich nicht schlagen dürfen. Dafür hasse ich ihn!«

In dem Augenblick, als ich das sagte, spürte ich, dass es nicht stimmte.

»Hass ist ein ziemlich starkes Wort«, bemerkte Tante Isabella nur. »Ist es nicht vielleicht so, dass du enttäuscht bist, weil du deinen Dad eigentlich liebst?«

Ich schüttelte unwillig den Kopf. Von Liebe wollte ich nichts hören.

»Außerdem«, fuhr sie fort, »mag er vielleicht biologisch gesehen nicht dein Vater sein, aber ich bin mir ganz sicher, dass das für ihn keine Rolle spielt. In seinen Augen bist du seine Tochter, und er will nur das Beste für dich.«

»Pah!«, schnaubte ich verächtlich. »Er hat zugelassen, dass Mom mich wochenlang gedemütigt hat! Und er interessiert sich nicht die Bohne für mich! Ihm geht es doch nur darum, dass der Name Grant nicht beschmutzt wird!«

»Das siehst du völlig falsch, Sheridan.« Tante Isabella schüttelte den Kopf. »Vernon ist sehr stolz auf dich. In all den Jahren, wenn er mich besuchen kam oder wenn wir telefoniert haben, hat er nur von dir geredet. Sheridan dies und Sheridan das. Wie gut du singen kannst, wie leicht du in der Schule lernst, wie gut du reiten und Traktor fahren kannst, wie gerne du Bücher liest und wie sehr du das Land und die Natur liebst. Meinst du, das würde er alles sagen, wenn du ihn nicht interessieren würdest?«

Ich schwieg betroffen. Das hatte ich wahrhaftig nicht vermutet.

»Weißt du, Sheridan, dein Vater ist ein ganz besonderer Mensch«, sagte Tante Isabella leise. »Er hat es weiß Gott nicht leicht gehabt in seinem Leben, und es ist ungerecht von dir, wenn du ihn dafür bestrafst, weil er dich vor einer Dummheit bewahren wollte.«

Ich biss mir auf die Unterlippe. Sie hatte ja recht. Eigentlich hasste ich ihn ja auch gar nicht. Im Gegenteil, ich hatte ihn immer bewundert und vergöttert. Den Hass auf ihn hatte ich mir nur eingeredet, damit ich voller Überzeugung wütend auf ihn sein konnte, obwohl ich genau genommen keinen Grund hatte. Unzählige Male hatte er mich gegen Mutter in Schutz genommen, nicht mit lauten Worten, sondern mit kleinen Taten. Gegen ihren Willen hatte er mir erlaubt, in der Kirchenband mitzusingen, die der junge Gemeindereferent, der es nur ein halbes Jahr gegen die geballte Ablehnung meiner Mutter und ihrer Gesinnungsgenossinnen in Fairfield ausgehalten hatte, ins Leben gerufen hatte. Wenn ich es recht bedachte, war er zu meinen Brüdern immer sehr viel strenger gewesen als zu mir.

»Ich weiß nicht, wie viel du von den Ereignissen weißt, die damals dazu geführt haben, dass Vernon die Willow Creek übernommen hat«, sagte Tante Isabella. »Da Vernon ja einen älteren Bruder hatte, wusste er von klein auf, dass er die Farm nicht bekommen würde, aber das störte ihn nicht. Er kam sehr auf seine Mutter heraus, die eine gebildete und kultivierte Dame aus der besten Bostoner Gesellschaft war. Vernon wollte studieren, an der Ostküste leben. Vielleicht hätte er das auch getan, aber dann fiel John junior in Vietnam, und Vernon war der Erbe.«

»Er hätte die Farm doch verkaufen können«, wandte ich ein.

»Sicherlich.« Tante Isabella nickte. »Wenn es einen Käufer gegeben hätte. Und wenn er weniger verantwortungsbewusst gewesen wäre. Aber Rachel war schwanger, man drängte ihn zur Heirat, und dann starb sein Vater völlig unverhofft an einem Herzschlag. Seine Mutter Sophia starb nur neun Monate darauf. Alles im selben Jahr, 1965.«

Ich war sprachlos. Meine moralische Adoptivmutter war schon vor der Hochzeit schwanger gewesen! Das alles hatte ich tatsächlich nicht gewusst.

»Vernon war hier nie glücklich«, fuhr Tante Isabella fort. »Ich glaube, erst durch dich hat er wieder Freude am Leben gefunden.«

Wir schwiegen eine Weile und hörten, wie die Grillen zirpten und die Frösche im Teich hinter dem Haus quakten. Eine Fledermaus flog dicht über unsere Köpfe hinweg und verschwand in der Dunkelheit. Es war wunderbar friedlich.

»Ich koche mir noch einen Verveine-Tee.« Tante Isabella erhob sich unvermittelt. »Willst du auch einen trinken?«

Ich nickte.

Sie verschwand im Haus, und ich blieb auf der Veranda zurück und starrte nachdenklich in die Dunkelheit. In unserer Familie war die Vergangenheit nie ein Thema, aber ich wusste von den Jahreszahlen auf den Grabsteinen des Familienfriedhofs, dass Dad in kürzester Zeit seine ganze Familie verloren hatte. Zuerst seinen älteren Bruder, dann seine Eltern. Ich rechnete zurück. 1965 war er gerade mal zwanzig Jahre alt gewesen, als er die Farm geerbt hatte und seine Träume von einem Studium im Osten begraben musste.

Plötzlich zuckte ich zusammen, denn ich hörte Schritte auf dem Kies knirschen. Ich glaubte, mir müsse vor Schreck das Herz stehen bleiben, als ich ausgerechnet meinen Vater erkannte.

»Hallo, Sheridan.« Er schien nicht besonders erstaunt darüber, mich hier anzutreffen.

»Hallo«, erwiderte ich verlegen. Er kam die Stufen der Veranda hinauf, lehnte sich gegen den Pfosten und verschränkte die Arme.

»Ich … ich bin aus dem Fenster geklettert …«, gab ich zu.

Da flog ein seltenes Lächeln über sein sonst so verschlossenes Gesicht.

»Ich weiß«, sagte er. »Und nicht zum ersten Mal.«

Sprachlos starrte ich ihn an. Er wusste es, aber er hatte es mich nie merken lassen.

»Mein Bruder und ich sind früher häufig heimlich auf diesem Weg aus dem Haus geschlichen.« Er blickte mich nachdenklich an. »Was meinst du, wollen wir einen Waffenstillstand schließen?«

Obwohl ich mir fest vorgenommen hatte, ihn für den Rest meines Lebens zu hassen, schossen mir bei diesen Worten unwillkürlich die Tränen in die Augen.

»Na komm schon«, sagte er. »Sei nicht so stur und stolz.«

»Ich bin nicht stur«, flüsterte ich. »Das bist du.«

»Stimmt. Aber einer von uns beiden muss ja den Anfang machen, oder wollen wir bis an den Rest unseres Lebens nicht mehr miteinander sprechen?«

Ich war noch nicht ganz überzeugt, zu tief hatte er mich verletzt.

»Vielleicht war ich wirklich zu streng mit dir«, fuhr er fort. »Ich kenne mich mit der Erziehung von Töchtern nicht besonders gut aus, du bist schließlich die einzige, die ich habe.«

Da war es um mich geschehen. Ich sprang so heftig auf, dass der Korbsessel umfiel, und fiel ihm schluchzend um den Hals.

»Es tut mir so leid«, flüsterte ich. »Ich wollte dich doch nie enttäuschen! Aber … ich habe mir nichts dabei gedacht, wirklich!«

Mein Vater schloss mich in die Arme und legte seine Wange auf mein Haar.

»Ich weiß«, sagte er wieder, und seine Stimme klang belegt. »Ich war nur so schockiert und traurig. Es tut mir ehrlich leid, dass ich dich geschlagen habe.«

»Und mir tut es leid, dass ich ›Arsch‹ zu dir gesagt habe.« Ich schmiegte mich in seine Arme. »Und auch, dass ich mich heimlich mit den anderen getroffen habe. Ich werde nie wieder etwas tun, womit ich dich enttäusche, Ehrenwort!«

Dad hielt mich fest an sich gedrückt, ich atmete den vertrauten Duft seines Rasierwassers und fühlte mich getröstet und sehr erleichtert.

»Okay«, murmelte er. »Lass uns nicht mehr davon reden. Es ist vorbei und vergessen. Einverstanden?«

»Ja.« Ich nickte und lächelte. »Einverstanden.«

Da kam Tante Isabella mit einem Tablett aus dem Haus.

»Ah, Vernon«, sagte sie. »Mir war doch, als hätte ich deine Stimme gehört. Du bist spät heute. Trinkst du einen Tee mit uns?«

Ich blickte erstaunt zwischen den beiden hin und her, und erst da verstand ich, dass mein Vater wohl regelmäßig abends hierherkam. Wahrscheinlich hatte er heute mit Absicht eine Weile gewartet, weil er meine Flucht beobachtet hatte. So viel Einfühlungsvermögen hatte ich ihm überhaupt nicht zugetraut.

»Gerne.« Er nickte und setzte sich zu mir auf die Bank. Ich trank einen Schluck Tee und schmiegte mich in seine Arme. Alles war gut. Dad war mir nicht länger böse, und ich hatte ihm die Ohrfeigen, die ich verdient hatte, längst verziehen. Er drückte mir einen Kuss auf die Stirn und lächelte mich an.

»Sheridan und ich haben uns vertragen«, sagte er zu Tante Isabella.

»Das ist gut.« Sie nickte und lächelte.

Ich bemerkte, wie ich nach den letzten Wochen der Anspannung schläfrig wurde, und folgte nur mit einem Ohr der leisen Unterhaltung. Irgendwann schlief ich ein, zufrieden und geborgen.

* * *

In diesen Sommertagen veränderte sich mein Leben, und mit einem Mal sah ich die Welt mit anderen Augen. Für wie erwachsen auch immer ich mich zuvor gehalten hatte – nun begriff ich, dass ich nur ein kleines Mädchen gewesen war. Ich erlebte meinen ersten schmerzhaften Liebeskummer und lernte, mich in Geduld zu üben, während ich vergeblich auf ein Lebenszeichen von Jerry wartete.

Wir hatten viel Arbeit, wie immer, wenn die Ernte begann. Für mich bedeutete das vor allen Dingen Arbeit auf dem Hof, denn meine Brüder waren mit meinem Vater und den vielen zusätzlichen Erntehelfern draußen, oft sogar über Nacht. Meine Aufgabe war die Versorgung der Hühner, Schweine und Milchkühe, aber ebenso die Arbeit in der Küche und im Haus.

Meine Mutter gehörte zu den Menschen, die mühelos den Eindruck erwecken, sie steckten von Kopf bis Fuß in Arbeit, dabei tat sie in Wirklichkeit ziemlich wenig. Sie war eine Meisterin darin, unangenehme Aufgaben an andere zu delegieren, täuschte Geschäftigkeit vor, fuhr mit ihrem Auto davon und blieb dabei meistens länger als notwendig weg. Sicher traf sie sich mit anderen Frauen, um den neuesten Klatsch und Tratsch austauschen zu können. Währenddessen überließ sie mir und Martha die ganze Arbeit.

Martha war ungefähr Anfang fünfzig, üppig, groß und stark, mit schwieligen Händen wie ein Mann. Das dunkle, von grauen Strähnen durchzogene Haar trug sie zu einem praktischen Dutt geschlungen, seitdem ich mich erinnern konnte, und ihr derbes, freundliches Gesicht war ständig gerötet. Obwohl sie noch nie den Mittleren Westen verlassen hatte, besaß sie ein skurriles Faible für alles Französische und hatte sich die Sprache mit Hilfe von Sprachkursen auf Kassetten selbst beigebracht. Auch wenn ihre Aussprache schauderhaft war, fühlte sie sich meiner Mutter durch ihre exotischen Sprachkenntnisse haushoch überlegen. Ein einziges Mal war ihr Können tatsächlich zum Einsatz gekommen, als nämlich eine Delegation aus der französischen Partnerregion auf einer Rundreise durch Nebraska die Willow Creek Farm besuchte und sie ein paar Sätze dolmetschen durfte. Von diesem Augenblick zehrte Martha noch heute, und in ihrer Erinnerung hatte sich die kurze Konversation in eine stundenlange Debatte verwandelt.

Schon Marthas Eltern hatten auf der Willow Creek Farm gearbeitet, sie war hier geboren und aufgewachsen. Mit neunzehn hatte sie Tony Soerensen, den Vorarbeiter der Farm, geheiratet, mit einundzwanzig war sie zur Witwe geworden, weil Tony, der zu Leichtsinn geneigt hatte, in irgendeine Erntemaschine geraten war. Die scharfen Messer hatten ihn so schwer verletzt, dass er verblutet war, bevor man ihn ins Krankenhaus bringen konnte. Seitdem hatte Martha ein Zimmer im Haus und war mehr und mehr zu einem unentbehrlichen Familienmitglied geworden. Sie hatte uns Kinder großgezogen, hielt das Haus sauber, kochte, wusch und bügelte, aß zusammen mit der Familie und fuhr jeden Sonntag mit zur Kirche.

Ich hegte jedoch den Verdacht, dass ihre Frömmigkeit mehr oder weniger gespielt war, denn ich hatte sie mehrfach mit einem Glas Whisky und einer Zigarette erwischt, und mein Bruder Joseph hatte mir einmal erzählt, dass ihre Tochter Christine, die nach Lincoln geheiratet hatte, elf Monate nach dem Tod ihres Mannes zur Welt gekommen war. Martha entkräftete Mutters Humorlosigkeit oft durch treffende Bemerkungen, die erstaunlich frivol sein konnten. Zwischen den beiden ungleichen Frauen herrschte eine Art stillschweigendes Abkommen der Arbeitsteilung, und obwohl sie sich nicht wirklich leiden konnten, waren sie ein äußerst effizientes Gespann. Dank Martha durchschaute ich nach und nach die komplizierten Verwandtschaftsverhältnisse der Grant-Familie, verworren, hochinteressant und zum Teil skandalös. Besonders faszinierte mich die schillernde Persönlichkeit von Sherman Grant, dem Vater von Dorothy Benton und den anderen unehelichen Kindern in der Gegend, der trotz seiner Lüsternheit und dem völligen Mangel an christlichen Tugenden ein exzellenter Geschäftsmann gewesen war. Er hatte in den Zeiten der Wirtschaftskrise gewaltige Ländereien zusammengekauft und diese mit Verstand und großem Fachwissen bewirtschaftet. Weiter westlich hingegen hatte die Unvernunft vieler Farmer das Ackerland, das sie der Prärie abgetrotzt hatten, in Hunderte Quadratmeilen Ödnis verwandelt.

Martha und ich betrachteten mit Vorliebe die sepiafarbenen Fotografien, die auf dem Dachboden des Hauses in Kartons vergilbten, und ich sog die skandalträchtigen Geschichten der Familie Grant, über die Martha bestens informiert war, begierig in mich auf, obwohl ich ja eigentlich keine von ihnen war. Sonst schien sich niemand für die wirklich spannende Genealogie der Grants zu interessieren, und ich bezweifelte, dass meine Brüder, die ausschließlich im Hier und Jetzt lebten, überhaupt wussten, wie ihre Vorfahren geheißen hatten.

Trotz meiner Arbeit fand ich genug Zeit, mit Waysider durch die Gegend zu streifen und Tante Isabella regelmäßig Gesellschaft zu leisten. Manchmal hörten wir stundenlang alte Schellack-Schallplatten, die sie von ihrer Mutter geerbt oder im Laufe der Jahre gesammelt hatte, und ich lernte deutsche Liedtexte von Zarah Leander, Marlene Dietrich und anderen Stars aus den zwanziger Jahren. Wir sangen mit, oder ich spielte die Lieder an Tante Isabellas Flügel, improvisierte dazu und genoss es, nach Herzenslust singen und Klavier spielen zu können, ohne nach drei Sekunden gleich meine Mutter im Genick zu haben.

Die größte Anziehung übte allerdings die umfangreiche Bibliothek meiner Tante auf mich aus, die sie mir großzügig zur Verfügung stellte, und dort kam ich mit einer ganz neuen Art von Literatur in Berührung. Im Gegensatz zur Büchersammlung meines Vaters, in der vor allen Dingen die Klassiker der amerikanischen Literatur vorhanden waren, war bei Tante Isabella alles zu finden, von europäischen Romanciers bis hin zu aktueller Belletristik. Sie achtete nicht darauf, was ich mitnahm, und so las ich Mario Puzo, Danielle Steel, Jackie Collins, James Albert Michener und Sidney Sheldon, und dann fielen mir die Bücher von Harold Robbins in die Hände. Ich konnte kaum fassen, was ich da las. Am meisten angetan hatte es mir jedoch ein fünfhundert Seiten dicker Schmöker namens *Henrys Leidenschaften.* Atemlos verschlang ich eine Seite nach der anderen und erfuhr staunend, dass die wahre Antriebskraft des Lebens Sex war. Ich hatte schon einige kitschige Liebesromane gelesen, aber in diesen war immer an den entscheidenden Stellen der Phantasie viel Raum gelassen worden. Der Autor von *Henrys Leidenschaften* hingegen beschrieb den

Geschlechtsakt bis ins winzigste Detail. Die mit einem Preis ausgezeichnete Handlung um diese Schilderungen herum beachtete ich kaum, immer wieder las ich mit trockenem Mund, wie es die Romanfiguren miteinander machten – Männer mit Frauen, Männer mit Männern, Frauen mit Frauen. Es war abstoßend und aufregend zugleich.

In *Henrys Leidenschaften* wurde beschrieben, welche Macht eine Frau mit einfachen Mitteln über einen Mann erringen konnte, und mit einem Mal sah ich die von Männern dominierte Welt, in der ich aufgewachsen war und lebte, aus einem völlig neuen Blickwinkel.

Das Buch verfolgte mich bis in meine Träume. Eines Nachts fuhr ich aus dem Schlaf hoch, mein Herz raste wie ein Schnellzug. Ich hatte unaussprechliche Dinge geträumt, die man als anständiges Mädchen nicht träumen sollte, wirres Zeug, das mich mit tiefer Scham, aber auch mit einem bis dahin nicht gekannten Gefühl der Sehnsucht erfüllte.

Ich lag hellwach in meinem Bett, starrte in der Dunkelheit an die Decke und verspürte das heftige Verlangen, an einer ganz bestimmten und geheimen Stelle meines Körpers berührt zu werden. Von Kindesbeinen an hatte man uns Mädchen in der Kirche und der Sonntagsschule eingebläut, dass der Körper einer Frau an und für sich schon eine Sünde sei und Lust und Leidenschaft unverzüglich mit den schlimmsten Strafen bestraft wurden, die der Herrgott auf Lager hatte. Meine Neugier war jedoch weitaus stärker als die diffuse Angst vor Hölle und Verdammnis.

Ich ließ also meine Hand zwischen meine Beine wandern, zuerst schamhaft durch den Stoff der Unterhose hindurch. Doch als mich nach ein paar Minuten noch immer kein Blitz der Vergeltung getroffen hatte, wurde ich mutiger und berührte mich dort, wo man sich selbst nicht berühren durfte. Eine wohlige Schwere stieg in mir auf, meine Beine wurden seltsam taub. Ich keuchte auf, als urplötzlich eine heiße Welle der Glückseligkeit durch meinen Körper flutete und mich mit einem Gefühl angenehmer Schwäche zurückließ.

Seit dieser ersten Begegnung mit der Todsünde der Wollust war ich verändert. Zur Erntezeit wimmelte es auf der Willow Creek nur so von Männern, denn mein Vater stellte in diesen Monaten regelmäßig jede Menge Saisonarbeiter ein, weil sonst die Arbeit nicht zu schaffen gewesen wäre. Sie kamen aus ganz Nebraska und oft sogar von weiter her, weil Dad gut zahlte. Ich beobachtete die Männer um mich herum aufmerksam, und häufig genug verspürte ich diese Wärme in meinem Unterleib aufsteigen, wenn ich mir ausmalte, wie ich von einem Mann an meiner geheimsten Stelle berührt werde. An und für sich unverfängliche Bemerkungen ließen mich erröten und kichern, und die plötzliche Klarheit in Bezug auf das andere Geschlecht war zwar nervenaufreibend, aber durchaus nicht unangenehm.

An einem Nachmittag im August, während ich in der Küche Kartoffeln für einen Haufen hungriger Männer schälte, dachte ich darüber nach, ob meine Eltern wohl noch miteinander schliefen. Ich konnte mir beim besten Willen nicht vorstellen, dass meine Mutter jemals lustvoll stöhnen und schreien sollte, wie es die Frauen in *Henrys Leidenschaften* dauernd taten, kaum dass ein Mann sie anblickte, und kicherte deshalb vor mich hin.

»Was gibt's zu lachen?«, fuhr sie mich misstrauisch an. Wenn jemand in ihrer Gegenwart lachte und sie den Grund dafür nicht kannte, bezog sie das in ihrer fundamentalen Empfindlichkeit prompt auf sich und fühlte sich verspottet.

»Ach, nichts.« Ich wandte mich ab, weil ich blutrot geworden war, und hoffte, dass sie nicht zu allem Unglück auch noch Gedanken lesen konnte. Da unser Esszimmer keinen Platz für die vielen Arbeiter bot, wurde während der Erntezeit im Anbau gegessen, einem großen, kahlen Raum, der im Winter als Garage genutzt wurde. Ich schleppte Teller und Besteck hinüber und deckte den großen Tisch.

Die meisten der Männer kannte ich seit Jahren, aber diesmal waren auch ein paar neue dabei, an denen ich meine frisch erworbenen theoretischen Kenntnisse der Verführungskunst schamlos ausprobierte. Ich nahm die Schultern beim Laufen zurück und streckte meinen recht gut entwickelten Busen vor, ich wiegte mich in den Hüften, wenn ich außer Sichtweite meiner Mutter war, und hielt den Blicken meiner Versuchsobjekte etwas länger stand, als schicklich war.

Zu meiner eigenen Überraschung wirkte es immer. Auch wenn ich mich spröde gab und so tat, als bemerkte ich es nicht, so entging mir nicht die Begierde in den Augen der Männer. Ein kurzes Hochziehen der Augenbraue, ein rascher Blick auf meinen Busen – schon wusste ich, dass ich den Fisch am Haken hatte und die Beute hätte einholen können, wenn ich es denn gewollt hätte. Esra beobachtete mich mit scharfen Augen. Er war immer eifersüchtig, und in seiner Gegenwart durfte ich nicht zu offensichtlich flirten.

Die Männer kamen wie üblich nach Einbruch der Dämmerung, nachdem sie sich Gesichter und Hände gewaschen hatten. Ich tat ihnen reihum Essen auf und ging dann hinaus, um die Küchenabfälle in den Schweinestall zu bringen. Die Schweine drängten sich um den Trog, ich sah ihnen eine Weile gedankenverloren zu, während ich mir vorstellte, mit einem jüngeren und wirklich gutaussehenden Arbeiter namens Danny zu schlafen. Eigentlich dachte ich von morgens bis abends an überhaupt nichts anderes mehr als an Sex. Danny war Anfang zwanzig, ein dunkler, verschlossener Typ mit hellen, wissenden Augen. Ich hatte ihm heute beim Essen zugelächelt, und er hatte meinen Blick lange und ernst erwidert.

Ich trödelte im Schweinestall herum, weil ich es nicht besonders eilig hatte, in die heiße Küche und zu den Bergen schmutzigen Geschirrs zurückzukehren. Als ich um die Ecke bog, erblickte ich ausgerechnet Danny und blieb wie angewurzelt stehen. Er stand an der Wasserpumpe, mit nacktem Oberkörper, und ließ den kalten Wasserstrahl über seinen Kopf laufen, so, wie es alle Männer im Sommer machten. Mein Herzschlag vibrierte bis in meine Fingerspitzen. Ich hätte einfach weitergehen sollen, aber ich konnte nicht. Stumm starrte ich ihn an und begriff, weshalb mir ausgerechnet Danny so gut gefiel: Er ähnelte der Hauptfigur aus dem *Henry*-Buch auf eine geradezu fatale Art und Weise. Ich stand also im Schatten des Stallgebäudes und betrachtete diesen fremden Mann mit trockenem Mund und klopfendem Herzen. Mein Blick glitt über seinen muskulösen Oberkörper, ich bemerkte die festen Muskeln und die glatte Haut, die dort, wo die Sonne sie nicht verbrannt hatte, hell wie Alabaster war. Ohne Zweifel hatte er einen wirklich schönen Körper, breite Schultern und schmale Hüften in ausgewaschenen engen Jeans. Meine Träume kamen mir in den Sinn, mir wurde heiß. Danny schien meine Anwesenheit zu spüren, denn er richtete sich auf und drehte sich um. Ich trat aus dem Schatten, und wir blickten uns schweigend an. Er lächelte nicht. Sein eigenartiger Blick verwirrte mich, ich war vollkommen unfähig, mich normal zu benehmen. Insgeheim verfluchte ich dieses vermaledeite Buch, aber ich konnte nicht vermeiden, dass mein Blick seinen Körper hinabwanderte. Schamesröte kroch mir vom Hals an aufwärts ins Gesicht, ich senkte den Kopf und flüchtete mit einem »Ich muss zurück in die Küche« an ihm vorbei ins Haus. Es war ungehörig, wie ich mich benommen hatte, das wusste ich. Ich musste dieses Buch unbedingt in Tante Isabellas Regal zurückstellen, bevor es mich vollends um den Verstand bringen konnte. Am besten noch heute Abend.

Nachdem ich alle Arbeiten erledigt hatte, ging ich nach Magnolia Manor, setzte mich an Tante Isabellas Flügel und spielte und sang fast eine Stunde lang ohne Unterbrechung alte Schlager, Countrysongs, aber auch ein paar Songs von Bruce Springsteen und schließlich einige meiner eigenen Kompositionen. Am Ende ließ ich meine Finger mit einem misstönenden Akkord auf die Tasten sinken. Tante Isabella applaudierte von der Veranda aus.

»Du hast eine wirklich großartige Stimme«, sagte sie, als ich hinauskam und mich ihr gegenüber in meinen bevorzugten Korbsessel sinken ließ.

»Danke«, erwiderte ich, noch immer innerlich aufgewühlt und beschämt. Wir schwiegen eine Weile, dann zündete Tante Isabella sich wieder eines ihrer Zigarillos an, um die aufdringlichen Moskitos fernzuhalten, die pünktlich mit dem Sonnenuntergang auftauchten.

»Du hast doch irgendetwas auf dem Herzen, Sheridan. Was ist es? Raus damit.«

Ich wusste nicht recht, wie ich anfangen sollte, aber dann räusperte ich mich.

»Wie alt warst du, als du das erste Mal … hm … mit einem Mann geschlafen hast?«, fragte ich zögernd.

Sie wirkte nicht sonderlich erschüttert über diese Frage.

»Ach je«, sagte sie stattdessen und schaukelte ein paar Minuten gedankenverloren hin und her, dann kicherte sie. »Ich war siebzehn. Und es war eine ganz schlimme Missachtung aller geltenden Regeln und Sitten, denn der Mann war verheiratet!«

Ich hielt den Atem an und beugte mich aufgeregt vor.

»Erzählst du mir davon?«, bat ich.

»Wenn du möchtest.« Isabellas Augen glitzerten belustigt, und ich nickte heftig und beugte mich noch weiter vor.

»Er hieß Magnus und war der Mann meiner Cousine Becky«, begann sie und lehnte sich zurück. »Er war ein Ingenieur aus Cleveland, ein Landvermesser, der den Sommer über an irgendeinem Brückenprojekt arbeitete. Weil die Brücke irgendwo auf Grant-Land gebaut wurde, war er oft auf der Willow Creek, und so lernte er Becky kennen, verliebte sich, heiratete sie und blieb mit ihr hier. Er war nicht älter als fünfundzwanzig, aber für mich war er uralt. Ach, er war ein Bild von einem Mann, breitschultrig und strohblond, mit Augen so blau wie Kornblumen. Meine Cousine Becky ähnelte deiner Mutter, sie hatte keinen Sinn für das, was Männer wollen.«

»Was wollen sie denn?«, fragte ich neugierig nach.

»Das wirst du eines Tages schon erfahren. Ich werde dir nicht alle Geheimnisse verraten«, erwiderte Tante Isabella und lachte. »Auf jeden Fall schlich ich jeden Tag um diesen armen Kerl herum, der zu Hause seine Frau nicht anfassen durfte, weil sie ständig irgendwie unpässlich war, und eines Tages passierte es. Draußen im Feld. Ich hatte es mir romantischer vorgestellt, aber es war mir egal, ich wollte es, und er war mein williges Opfer.« Sie lachte bei der Erinnerung auf. »Ich sollte dir so etwas eigentlich gar nicht erzählen, Sheridan, aber was soll's, eines Tages wirst du es ja auch erleben.«

Ich verriet ihr nicht, wie nah ich bereits davor war.

»Hast du ihn geliebt?«, erkundigte ich mich.

»Ich war vernarrt in ihn, ganz sicher.« Tante Isabella zuckte die Schultern und wedelte mit einer Hand einen Moskito weg. »Aber Liebe ist dann doch etwas anderes. Liebe ist etwas viel Tieferes, Intensiveres. Liebe ist Vertrauen und Respekt, Nähe und Vertrautheit. Liebe wächst mit der Zeit, die körperliche Begierde steht ganz am Anfang.«

Ich musste schlucken, weil ich unwillkürlich an meine Träume in den vergangenen Nächten dachte.

»Warum fragst du mich das alles, Sheridan?«, wollte Tante Isabella wissen. »Bist du etwa verliebt?«

Das wusste ich selbst nicht so genau. Die Anziehung, die Danny auf mich ausübte, war ganz anderer Art als meine Gefühle für Jerry.

»Hm.« Ich zog die Knie an und schlang meine Arme um sie. »Aber sicher nicht in den richtigen Mann.«

»Der *richtige* Mann? Meinst du den Mann, den du einmal heiraten willst? Dafür ist es für dich doch noch viel zu früh!«

»Aber man darf doch nur mit einem Mann schlafen, wenn man verheiratet ist«, antwortete ich zögernd. »Sonst kann es einem wie Mary Philipps ergehen.«

Zu meinem Erstaunen fing Tante Isabella an, herzhaft zu lachen.

»Mein Gott, Kind«, sagte sie. »Ihr lebt hier tatsächlich hinter dem Mond. Wofür gibt es wohl die Pille und Kondome?«

»Du meinst, man kann mit einem Mann schlafen, ohne gleich heiraten zu müssen?«, erkundigte ich mich ungläubig.

»Wenn es niemand erfährt und es keine Folgen hat.« Sie zwinkerte mir zu und versuchte, noch etwas mehr aus mir herauszubekommen, aber ich hatte schon genug gesagt. Es war spät, deshalb stand ich auf und küsste Tante Isabella zum Abschied auf beide Wangen.

»Gute Nacht, Sheridan«, sagte sie. »Ich hoffe, ich konnte deine Neugier etwas stillen.«

»O ja«, erwiderte ich und lächelte. Sie hatte keinen blassen Schimmer, welchen Freibrief sie mir mit ihren Worten ausgestellt hatte.

* * *

Das Häuschen mit dem hübschen Namen Riverview Cottage stand seit vielen Jahren leer, eigentlich seit dem Tag, an dem meine Großmutter Kathleen, die Mutter meiner Mutter, nach Großvaters Tod vor fünfzehn Jahren ausgezogen war. Ich wusste nicht, wer dem Haus seinen Namen gegeben hatte, aber er war zweifellos zutreffend, denn es lag auf einer kleinen Anhöhe, und man hatte einen herrlichen Blick über den Willow Creek mit seinen vielen Windungen und Sandbänken. Riverview Cottage war ein kleines, einstöckiges Holzhaus mit einer umlaufenden Veranda, umstanden von hundertjährigen Eichen und mächtigen Zedern. Seitdem ich mich erinnern konnte, waren die Schlagläden geschlossen, und auf dem Vorplatz wucherte ungehindert das Unkraut. Die Nebengebäude – eine kleine Scheune, ein Stall und ein Räucherhaus – waren kurz vor dem Zusammenbrechen.

In den seltenen Momenten, in denen ich in Ruhe lesen oder einfach nur nachdenken wollte, lief oder ritt ich zum Riverview Cottage, setzte mich auf die Veranda und genoss Stille, Einsamkeit und die Tatsache, dass meine Mutter nicht unerwartet auftauchen und mich zu irgendeiner Arbeit verdonnern konnte.

Es war ein mörderisch heißer Tag, als ich auf die Idee kam, im Fluss schwimmen zu gehen. Ich beanspruchte Waysiders willige Dienste und ließ ihn im Schatten einer mächtigen Zeder am Riverview Cottage zurück. Vom Haus aus führten fünfzig morsche Holzstufen direkt hinab zum Fluss, und zwar zu einer wirklich schönen Stelle mit vielen verlockenden Sandbänken. Da die Gefahr, von irgendwem hier überrascht zu werden, mehr als gering war, entledigte ich mich am Ufer meiner Kleider – außer einem T-Shirt und Shorts hatte ich sowieso nicht viel an – und tauchte kopfüber in die kühlen Fluten des Willow Creek. Eine Weile ließ ich mich auf dem Rücken treiben und starrte in den wolkenlosen blauen Himmel, dann kraulte ich mit ein paar Zügen zurück, um mich wieder treiben zu lassen.

Vorgestern hatte es einige Aufregung gegeben, denn Danny, mit dem ich immer heftiger flirtete, hatte sich eine böse Schnittverletzung am Oberschenkel zugezogen. Dad hatte ihn nach Madison ins Krankenhaus fahren müssen, wo man die Wunde mit fünfzehn Stichen genäht hatte. Danny wäre am nächsten Tag am liebsten gleich wieder mit raus in die Felder gefahren, denn ein oder zwei Tage ohne Arbeit bedeuteten auch ein oder zwei Tage kein Geld, aber mein Vater hatte darauf bestanden, dass er in seinem Quartier blieb. Ich hatte ihn am Morgen an der Wasserpumpe getroffen und mich nach seiner Verletzung erkundigt.

»Is' nur 'n Kratzer«, hatte er erwidert. »Hab schon Schlimmeres erlebt.«

Er sprach anders als die Männer dieser Gegend, und ich hatte ihn gefragt, woher er käme.

»Albuquerque«, war seine knappe Antwort gewesen, und ich fragte mich seitdem, was ihn dazu gebracht hatte, als Erntehelfer nach Nebraska zu kommen. Doch in dem Moment war meine Mutter aus dem Haus gekommen, was unsere Unterhaltung abrupt beendet hatte. Ich schwamm noch eine Weile, bis mir kühl wurde, dann legte ich mich in den warmen Ufersand, um mich von der heißen Sonne trocknen zu lassen. Um ein Haar wäre ich eingeschlafen, aber Waysiders Wiehern ließ mich aufschrecken. Ich schlüpfte in mein T-Shirt und die Shorts und sprang die Treppenstufen hoch zum Riverview Cottage. Mein Herz blieb beinahe stehen, als ich Danny auf den Stufen der Veranda sitzen sah, die Ellbogen lässig auf die nächsthöhere Stufe gestützt. Er hatte seinen Hut ins Genick geschoben und blickte mich an, ohne zu lächeln.

»Hallo«, sagte ich atemlos. »Was machst du denn hier?«

Obwohl das Haus meinem Vater gehörte, betrachtete ich es insgeheim als mein Eigentum, denn ich war die Einzige, die hierherkam.

»Ich hatte keine Lust mehr, auf der Farm herumzuhängen«, antwortete Danny. »Und da hab ich einen kleinen Spaziergang gemacht.«

»Wie lange sitzt du da schon?«, forschte ich misstrauisch.

»Och, 'ne ganze Weile ...«

»Du hast mir beim Schwimmen zugeschaut!«, warf ich ihm vor und wusste nicht recht, ob ich jetzt wütend sein sollte oder nicht.

Er nickte und grinste. Seine Zähne waren sehr weiß in seinem sonnenverbrannten Gesicht.

»Hast du was dagegen?« Sein Blick verweilte einen Moment auf meinen Brüsten. Mir wurde bewusst, dass meine nassen Haare den Stoff des T-Shirts fast durchsichtig gemacht hatten, und ich wandte mich beschämt und verärgert ab.

»Du siehst verdammt gut aus.« Danny erhob sich und lehnte sich gegen das brüchige Geländer der Veranda.

»Danke«, erwiderte ich, ohne mich umzudrehen.

Es begann mir zu gefallen, dass er hier war und dass wir allein waren.

»Dein Pferd ist hübsch.«

»Verstehst du was von Pferden?«

Jetzt drehte ich mich doch um und musterte ihn. Er war gut einen Kopf größer als ich, die glatte Haut von der Sonne in einen dunklen Bronzeton gebräunt, bis zu der Linie, wo der Hut auf seiner Stirn saß. In seinen hellen Augen lag ein unergründlicher Ausdruck, der mein Herz heftig klopfen ließ.

»Auf jeden Fall mehr als von Frauen«, sagte er jetzt.

Wir sahen uns schweigend an.

»Ich verstehe auch mehr von Pferden als von Männern«, bemerkte ich und senkte den Blick.

»Den Eindruck hab ich aber nicht«, erwiderte Danny. »Du kannst das ganz gut. Ich meine, Männer heißmachen.«

Ich beschloss, das als Kompliment aufzufassen.

»Ach ja?« Ich lächelte leicht, und in derselben Sekunde beschloss ich, dass Danny mein erster Mann sein würde.

»Puh«, machte er und lehnte sich an die Veranda.

»Tut dein Bein weh?«, erkundigte ich mich, woraufhin er schief grinste.

»Nee«, sagte er. »Mir tut was ganz anderes weh.«

»Aha. Und was?«

»Du musst schon herkommen, wenn du's wissen willst.«

Ich zögerte einen kurzen Moment, aber dann kam ich näher. Mein Herz raste. Er streckte die Hand nach mir aus, ich ergriff sie, und bevor ich mich versah, lag ich in seinen Armen. Danny begnügte sich nicht mit einem harmlosen Küsschen. Er kam direkt zur Sache, presste seine Lippen auf meine und seine Zunge schnellte dreist in meinen Mund. Obwohl ich das irgendwie unhygienisch fand – wer wusste schließlich, wann er sich zuletzt die Zähne geputzt hatte –, rieselte gleichzeitig ein angenehmer Schauer durch meinen Körper. Wie energiegeladene Gewitterwolken an einem schwülen Sommertag braute sich dieses schwere, eigenartig süße Gefühl in meinem Bauch zusammen, wurde mächtiger und drängender und verlangte heftig nach mehr als nur meinen Fingern. Ich vergaß jeden Anstand und alle Vorsicht.

»Was … tut … dir … denn … weh?«, murmelte ich zwischen zwei Küssen. Ohne den letzten Kuss zu unterbrechen, nahm Danny meine Hand und schob sie zwischen seine Beine. Mir stockte der Atem, als ich durch den rauen Stoff der Jeans seine Erektion spürte. Danny hielt inne und blickte mich an.

»Soll ich's dir besorgen?«, fragte er mit heiserer Stimme.

Ich zögerte nicht lange und nickte heftig. Ja, ja, ich wollte, dass er es mir besorgte, was auch immer das bedeutete! Ich wollte es jetzt und sofort. Mein Körper stand in Flammen, meine Neugier war größer als jede Angst.

Er ergriff stumm meine Hand, und wir stolperten die Stufen der Veranda hinauf. Die Tür war offen, wir betraten das Innere des Hauses. Ich wusste von meinen gelegentlichen Besuchen, dass in einem der Zimmer ein altes, mit einem vergilbten Leintuch bedecktes Sofa stand, und auf dieses steuerten wir jetzt zu. Danny warf seinen Hut auf den Boden und ließ sein Hemd folgen. Sein Oberkörper war ganz und gar unbehaart, er hatte harte, straffe Muskeln, die ich vorsichtig berührte. Das schien ihm zu gefallen, denn er holte keuchend Luft.

»Komm«, sagte er rau und zog das Tuch vom Sofa, dann wandte er sich mir wieder zu und sah mich mit einem komischen Ausdruck in den Augen an, den ich in einer anderen Situation als hungrig bezeichnet hätte. Langsam streifte ich mir das feuchte T-Shirt über den Kopf. Ich genierte mich ein bisschen, so nackt vor einem fremden Mann zu stehen, aber Danny hielt sich nicht lange mit meinem Anblick auf, sondern drängte mich auf das Sofa, das unter unserem Gewicht ächzte. Er öffnete meine Shorts, streifte sie meine Beine hinunter und küsste mich wieder, diesmal aber um einiges leidenschaftlicher als draußen. Ich ließ meine Fingerspitzen über seinen Bauch und seinen Rücken gleiten, woraufhin er erschauerte. Seine übliche Arroganz war verschwunden, und mir gefiel es, wie fügsam er plötzlich war.

»Warte«, flüsterte er und förderte etwas aus seiner Hosentasche zutage. Ich sah zu, wie er mit den Zähnen eine kleine Plastiktüte aufriss und sich ein Kondom überstreifte. Dann drückte er mich auf den Rücken, glitt zwischen meine Beine und drang in mich ein. Ich war nicht auf den höllischen Schmerz gefasst – davon hatte in dem *Henry*-Buch nichts gestanden –, und meine erste Reaktion war, ihn empört zurückzustoßen, aber das war nicht mehr möglich. Danny war sicher doppelt so schwer wie ich. Er erstickte meinen Schrei mit einem geradezu brutalen Kuss, seine Zähne stießen gegen meine.

Ich hatte das Gefühl, in der Mitte auseinanderzureißen, ich verkniff mir einen Schmerzensschrei, aber es war absolut nichts Angenehmes oder Lustvolles bei der ganzen Sache. Danny bewegte sich keuchend auf und ab, wogegen das ehrwürdige Ledersofa mit wildem Quietschen aufbegehrte. Nach zwei oder drei unendlich langen Minuten, in denen ich die Spinnweben an den Deckenbalken betrachtete und vergeblich darauf wartete, in jene wilde Ekstase zu geraten, die in *Henrys Leidenschaften* dauernd beschrieben wurde, stieß Danny ein seltsam kehliges Geräusch aus und sank schlaff auf mich herab.

»Verdammt, Sheridan«, murmelte er an meinem Busen. »Du hast kein Wort davon gesagt, dass du noch Jungfrau bist.«

»Jetzt bin ich's nicht mehr«, erwiderte ich durchaus zufrieden.

Auch wenn mich der Akt nicht wirklich beeindruckt hatte, so hatte mir doch das Gefühl der Macht über Körper und Geist eines erwachsenen Mannes mehr als gut gefallen.

Und ich wusste nun, um was es ging, wenn die Erwachsenen tuschelten. So war Mary Philipps schwanger geworden, und das hatte mein Vater mindestens viermal mit meiner Mutter getan. Letzteres fand ich ausgesprochen verstörend.

Danny beugte sich vor und angelte nach seinem Hemd, um seine Zigaretten herauszuholen.

»Du bist das hübscheste Mädchen, das ich jemals gesehen habe«, bemerkte er und zündete sich eine Zigarette an, dann schien ihm etwas einzufallen. »Wie alt bist du eigentlich?«

»Fünfzehn«, sagte ich.

»Oh, Scheiße.«

»Was soll das heißen? Ist doch wohl besser als fünfzig.«

»Das vielleicht«, gab er zu, »aber fünfzehn ist ganz schön jung.«

»Wie alt bist du?«

»Sechsundzwanzig.«

»Ganz schön alt.«

Er kniff ein Auge zusammen und musterte mich mit einer Mischung aus Belustigung und Ernst. Dann setzte er sich auf.

»Ich dachte echt, du hättest schon einige Erfahrung auf dem Gebiet«, sagte er und grinste leicht.

»Nur theoretische«, gestand ich. »Aber du kannst mir ja Nachhilfeunterricht geben.«

»Wenn dein Vater uns erwischt, schneidet er mir die Eier ab.«

Das hielt ich nicht für ausgeschlossen. Auf dem Land herrschten sehr strenge Moralvorstellungen, und mein Vater konnte hin und wieder regelrecht jähzornig sein, aber ich hatte die Hoffnung auf einen ekstatischen Rausch der Gefühle nicht aufgegeben. Wir lagen eng aneinander geschmiegt da, die Beine verschlungen. Ich streckte träge die Hand aus und berührte seine Wange.

»Bist du jetzt mein Liebhaber?«, wollte ich wissen.

Er verschluckte sich beinahe am Qualm seiner Zigarette und musste husten.

»Klar«, sagte er dann und grinste. »Klingt so richtig romantisch.«

Meine Treffen mit Danny wurden mir dadurch erleichtert, dass mein Vater und die meisten der Männer in einem weit entfernten Teil der Farm mit der Weizenernte beschäftigt waren. Die Willow Creek war mit eine der größten Getreidefarmen in ganz Nebraska, wenn nicht gar im ganzen Mittleren Westen. Da es sich nicht lohnte, jeden Tag Hunderte von Meilen und mehr zu fahren, nur um zu Abend zu essen, übernachteten die Männer in den Lodges, die sich in verschiedenen Sektionen der Farm befanden. Man arbeitete in Tag- und Nachtschichten, zwei Köche versorgten die Arbeiter direkt vor Ort. Die Ernte von Raps, Weizen, Sojabohnen und Mais war eine hochsensible Angelegenheit, bei der viele Faktoren zusammenkamen. Schon Wochen vorher waren mein Vater, Malachy, Hiram und George Mills mit der Organisation eines ausgeklügelten Logistiksystems beschäftigt, das jedoch flexibel genug sein musste, um auf unvorhersehbare Komplikationen wie zum Beispiel schlechtes Wetter zu reagieren. Hiram und Hank waren für die Maschinen zuständig, die Traktoren, Mähdrescher und Maiskolbenernter, die zur Erntezeit rund um die Uhr im Einsatz waren. Gleich nach der Ernte mussten die Felder wieder bearbeitet werden, und dann galt es, die neue Saat auszubringen. Auch hier wurde von meinem Vater genau darauf geachtet, dass die Flächen in jedem Jahr anders genutzt wurden, denn das laugte den Boden nicht so aus wie eine Monokultur. Ich war mit all diesen Überlegungen, Planungen, Sorgen und Befürchtungen aufgewachsen, sie waren mir genauso vertraut wie der Fatalismus, den mein Vater bei einer verheerenden Dürre, einem Tornado oder einem zerstörerischen Gewitter an den Tag zu legen vermochte. In diesem Sommer jedoch interessierte mich die Ernte kein bisschen.

Dannys Verletzung hatte den großen Vorteil, dass er vorübergehend zum Fahrer befördert wurde, der die Lodges jeden Tag mit Lebensmitteln, Ersatzteilen für Geräte und Maschinen und allen möglichen anderen Dingen versorgte. Das war ein wichtiger und verantwortungsvoller Job, der kaum weniger anstrengend war als die Arbeit im Feld, aber Danny war dadurch auf der Farm stationiert, und wir fanden immer wieder das eine oder andere Stündchen, um uns zu treffen.

An diesem Nachmittag war ich auf Waysider zum Riverview Cottage geritten, und Danny war zu Fuß gekommen, was er sonst nie tat. Das war aber unser Glück, denn gerade als wir uns anzogen, holperte der Dodge Pick-up meines Vaters auf den Hof. Mir blieb vor Schreck beinahe das Herz stehen, und auch Danny wurde unter seiner Sonnenbräune blass.

»Ogottogottogott«, brabbelte er hinter mir panisch. »Jetzt ist's aus. Dein Alter bringt mich um.«

»Quatsch«, erwiderte ich und knöpfte rasch meine ärmellose Bluse zu. »Er hat keine Ahnung, dass du hier bist, sonst hätte er wohl schon längst die Tür eingetreten.«

Mein cooler Liebhaber wurde noch etwas bleicher.

Durch das schmutzige Fenster sah ich, wie Dad ausstieg, ohne Eile über den Hof schlenderte und Waysider, den ich im Schatten eines Baumes neben dem Haus angebunden hatte, die Kruppe tätschelte.

»Bleib hier drin und rühr dich bloß nicht.« Ich band mein Haar zu einem Pferdeschwanz. »Ich mach das schon.«

Danny nickte nur stumm und eingeschüchtert.

»Sheridan?«, hörte ich die Stimme meines Vaters. Bevor er die Treppe zur Veranda erreicht hatte, holte ich tief Luft und öffnete die Haustür.

»Hi, Dad«, sagte ich und machte ein schuldbewusstes Gesicht.

»Hallo, Sheridan«, erwiderte mein Vater und lächelte. »Ich hab Waysider gesehen und dachte mir, dass du nicht weit sein kannst.«

»Hast du mich gesucht?«, fragte ich.

»Nein, nein. Ich … ich bin zufällig hier vorbeigekommen. Wollte mal kurz nach dem alten Haus schauen«, behauptete er, und ich wurde misstrauisch. Niemals im Leben fuhr er während der Erntezeit einfach ziellos durch die Gegend, und zum Riverview Cottage kam man nicht durch Zufall.

»Was machst du denn hier?«, wollte er wissen.

Meine Gedanken rasten, doch dann fiel mir eine prima Ausrede ein.

»Ach, ich komme manchmal hierher. Wenn ich allein sein und nachdenken will«, sagte ich und biss mir in gespielter Verlegenheit auf die Unterlippe. »Am liebsten sitze ich hier auf der Treppe und schaue auf den Fluss runter. Und manchmal denke ich darüber nach, wo ich wohl wäre, wenn meine echten Eltern nicht gestorben wären.«

Das freundliche Lächeln auf Dads Gesicht erlosch, seine Miene wurde steinern.

»Ich meine, ich … ich weiß gar nichts von ihnen«, redete ich schnell weiter. »Wer sie waren, wo sie herkamen …«

Ich verstummte bestürzt, als mich sein schockierter Blick traf. Für ein paar Sekunden war es völlig still, nur das geschäftige Brummen der Hummeln in den wild wuchernden Rosenbüschen erfüllte die warme Luft. Ich schluckte, als ich begriff, dass ich ihn mit dieser unbedachten Bemerkung, die ich ja eigentlich nur als Ablenkungsmanöver gedacht hatte, tief getroffen haben musste.

»Darüber denkst du nach?« Seine Stimme klang seltsam gepresst.

Meine Kehle war plötzlich staubtrocken, ich brachte nur mit Mühe einen Ton hervor.

»Ja. Manchmal. In der letzten Zeit, seit … seit … der Sache in der Getreidemühle«, krächzte ich mit wachsendem Unbehagen.

Das schien ihm den Rest zu geben. An seinem betroffenen Gesichtsausdruck merkte ich, dass ich mich immer mehr um Kopf und Kragen redete. Das, was ich da sagte, klang wie ein Vorwurf, die pure Undankbarkeit. Ich verfluchte mich stumm für meine grausame Gedankenlosigkeit, aber Worte, die einmal gesagt waren, ließen sich nicht mehr zurückholen.

Mein Vater hatte mich, das Waisenkind, nicht nur in seine Familie aufgenommen, er hatte mich immer wie eine Tochter behandelt und niemals spüren lassen, dass ich nicht sein eigen Fleisch und Blut war. Nur um die Entdeckung meines sündigen Schäferstündchens zu verhindern, hatte ich leichtfertig dieses sensible Thema angesprochen, das außerdem kaum dazu taugte, auf dem staubigen Hof des Riverview Cottage besprochen zu werden. Dabei hatte mich die Tatsache, adoptiert worden zu sein, nie wirklich gestört. Ich wollte ihm das sagen, mich entschuldigen und rechtfertigen, aber er kam mir zuvor.

»Du hast ein Recht darauf zu erfahren, wer deine Eltern waren und woher du kommst«, sagte mein Vater nun leise. »Ich hatte vor, es dir eines Tages, wenn du alt genug dafür bist, zu erzählen. Wahrscheinlich war ich immer … zu feige.«

Dieses unerwartete Eingeständnis einer Schwäche erschütterte mich über alle Maßen. Selten hatte ich mich so unwohl gefühlt wie in diesem Moment. Beinahe hatte ich Danny vergessen, der im Innern des Hauses saß und vor Angst sicherlich Blut und Wasser schwitzte. Aber auch meinem Vater schien der Grund seines Abstechers zum Riverview Cottage entfallen zu sein.

»Bist du jetzt böse auf mich?«, fragte ich kleinlaut.

»Großer Gott, nein.« Er schüttelte den Kopf. »Ich sollte eher böse auf mich selbst sein.«

»Wirst du Mom … von unserem Gespräch erzählen?«

Ein wachsamer Ausdruck erschien in seinen Augen.

»Nein«, erwiderte er nach einem kurzen Zögern.

»Gut.« Ich nickte erleichtert. »Sie würde es nicht verstehen.«

Darauf gab er mir keine Antwort.

»Wir sehen uns später«, sagte er nur.

Ich band Waysider mit zitternden Fingern los, zog den Sattelgurt an und schwang mich in den Sattel. Eine letzte Erklärung, so glaubte ich, war ich ihm aber noch schuldig.

»Dad?«

»Ja?«

»Vielleicht beschäftigt mich das alles auch nur deshalb, weil ich nicht glauben will, dass meine echte Mom schlecht und verkommen war«, sagte ich.

»Wer behauptet das?« Mein Vater, der sich schon zum Gehen gewandt hatte, blieb stehen und drehte sich zu mir um.

»Mutter«, erwiderte ich. »Sie hat neulich zu mir gesagt, ich sei eine genauso verkommene Missgeburt wie meine Mummy.«

Der Tag, an dem mein Vater uns beinahe im Riverview Cottage überrascht hätte, bedeutete das abrupte Ende unserer Affäre. Bei Danny hatte wohl aus purer Angst vor dem gewaltsamen Verlust seiner Männlichkeit die Vernunft wieder eingesetzt, und er erklärte mir in knappen Worten, er sei zwar scharf auf mich, aber nicht lebensmüde, und werde ab sofort wieder draußen im Feld arbeiten. Da zwischen uns ohnehin nicht mehr als körperliche Begierde gewesen war, machte es mir nichts aus. Ich dachte häufig an das, was Tante Isabella mir über die Liebe erzählt hatte. Danny bestätigte mir allerdings, dass ich eine ausgesprochen gelehrige Schülerin gewesen sei, und die Lektüre der Bücher war nun, da ich praktische Erfahrung besaß, noch um einiges aufregender. Ich hatte von ihm gelernt, dass Männer es nicht sonderlich mögen, wenn man sie nach der Zahl der Vorgängerinnen fragt, es aber durchaus schätzen, wenn man die Initiative ergreift.

Als Danny und ich uns am Ende des Sommers Lebewohl sagten, küssten wir uns nicht zum Abschied, und als ich ihn mit seinem klapprigen roten Truck wegfahren sah, wusste ich, dass ich ihn nicht vermissen würde, weil ich ihn nicht liebte.

* * *

Der Mensch altert in Schüben, das hatte ich in irgendeinem Buch gelesen. Eines Morgens schaust du in den Spiegel und bist zehn Jahre älter als noch am Tag zuvor. Als im Spätsommer die Schule wieder begann, wusste ich, dass es stimmte. Zwar konnte ich beim Blick in den Spiegel keine Falten in meinem Gesicht entdecken, aber ich war ein anderer Mensch geworden. Während des Sommers hatte der träge, gerade Fluss des Lebens, auf dem ich bislang dahingetrieben war, seine Richtung und seine Fließgeschwindigkeit verändert. Plötzlich lauerten überall tückische Strudel und unberechenbare Stromschnellen. Die irritierende Klarheit, mit der ich nun die Menschen und Dinge um mich herum wahrnahm, trug nicht gerade dazu bei, dass ich mich wohl in meiner Haut fühlte. Wäre ich gefragt worden, wie lange es her war, seitdem Jerry aus Fairfield verschwunden war, so hätte ich im ersten Moment wohl auf ein Jahr oder mehr getippt, dabei waren es nur knappe vier Monate.

Ich vermisste Jerry nicht mehr. Mit einem Anflug schlechten Gewissens stellte ich sogar fest, dass seine Gesichtszüge bereits vor meinem inneren Auge verschwammen. Weder Jerry noch Danny war die Rolle meiner großen Liebe bestimmt gewesen, allerdings hatten sie beide eine Saat in mein Innerstes gesät, die mich bedrückte. Was, wenn ich niemals *den Richtigen* träfe? Wie sollte ich überhaupt jemals beurteilen können, was genau einen Mann qualifizierte, welche Kriterien er erfüllen musste, um meine große Liebe werden zu können?

Um mich von diesen endlosen Grübeleien abzulenken, las ich in den Wochen bis zum Schulanfang ein paar ausgesprochen romantische Liebesromane aus Tante Isabellas Beständen, die mir jedoch üble Alpträume bescherten. Die quälende Sorge, mich aus Versehen in den falschen Mann zu verlieben und auf ewig in Fairfield oder einem anderen öden Kaff festgenagelt zu sein, ließ mich manche Nacht schweißgebadet aufwachen.

Die Madison Senior High School war mit vierhundertsiebzig Schülern keine besonders große Schule, aber sie besaß einen guten Ruf, denn das schuleigene Footballteam hatte bereits einige Male die Schulmeisterschaften gewonnen. Neben den

Sportmöglichkeiten gab auch ein erstaunlich großes Angebot an unterschiedlichen Kursen und Clubs. Vor allen Dingen aber gab es seit diesem Jahr Heather Costello, eine junge und sehr engagierte Musiklehrerin, die einen neuen Musik- und Performance-Club leiten würde. Ich zögerte keine Sekunde, als ich am Schwarzen Brett von diesem Club las, der auch für Freshmen und Sophomores angeboten wurde, und meldete mich sofort an. Außerdem schrieb ich mich für den Schulchor ein, für den Bibliotheksclub, belegte einen Literatur- und einen Leichtathletikkurs. In den Pflichtfächern hatte ich mich nur für die anspruchsvolleren Advanced-Placement-Kurse eingeschrieben, damit ich nicht Gefahr lief, mit Esra im Unterricht zu sitzen. Meinen Bruder interessierte eigentlich nichts, deshalb trug er sich für nichts ein, was außerhalb des regulären Stundenplans angeboten wurde. Mir war es gleichgültig, was er tat, es reichte mir schon, dass ich morgens mit ihm zusammen im Schulbus fahren musste. Er hing natürlich sofort wieder mit seinen alten Kumpels herum, die genauso uninteressiert und faul waren wie er, aber so hatte ich wenigstens tagsüber vor ihm meine Ruhe.

Ich konnte kaum den Mittwoch abwarten, an dem um drei Uhr die erste Stunde bei Mrs Costello stattfinden sollte, und ich war überrascht, dass sich außer mir noch vierundzwanzig andere Schülerinnen und Schüler für Musik und Performance interessierten. Außer Eunice Chappell, die schon Ballettwettbewerbe gewonnen hatte, war ich die einzige Schülerin aus der zehnten Klasse, alle anderen waren älter. Ich wunderte mich nicht, Oliver Whetherby und Sidney Larabee in diesem Kurs zu treffen, denn ich kannte sie vom Schulorchester und vom Chor. Heather Costello war eine energiegeladene, zierliche Person, sommersprossig und voller Enthusiasmus. Wir lauschten ihr voller Ehrfurcht, als sie uns erzählte, dass sie an der Juilliard School in New York Musicaltanz, Gesang und

Schauspiel studiert hatte und sechs Jahre lang am Broadway in Musicalproduktionen aufgetreten war. Keinem von uns Landeiern war bisher jemand begegnet, der am *Broadway* gearbeitet hatte! Ihr Mann war bei der Air Force, und man hatte ihn auf den Luftwaffenstützpunkt in der Nähe von Norfolk versetzt, woraufhin sie sich an der Schule als Lehrerin beworben hatte.

Wir hockten im Halbkreis auf dem Boden um sie herum, und sie fragte jeden Einzelnen von uns nach seinen Fähigkeiten und Erwartungen, was diesen Kurs betraf. Sie plane ein Projekt, in dem sich unser gemeinsames Können zusammenfassen und darstellen ließe. Ich hörte aufmerksam zu, was die anderen erzählten.

Oliver aus der elften Klasse war Drummer, er besaß sogar ein eigenes Schlagzeug. Auf den klassischen Kram oder Countrymusik hatte er keinen Bock mehr, er wollte Rockmusik spielen, genauso wie Sid, der ein paar Jahre in einer Kirchenband gespielt hatte und alle möglichen Instrumente beherrschte. Marjorie Harris sagte, sie würde gerne singen und tanzen, am besten beides zusammen, Eunice erzählte etwas von Ballett, Nellie Blanchard schwärmte für Opern und Theater. Wir hatten alle ziemlich verschiedene Träume und Wünsche. Schließlich war ich an der Reihe, und ich überlegte, was ich sagen sollte. Es würde sich ziemlich blöd anhören, wenn ich sagte, dass ich alle Songs von Bruce Springsteen und John Cougar Mellencamp auswendig konnte, dazu die gesamte Plattensammlung des Landfunks.

»Ich singe gerne«, sagte ich also nur. »Außerdem spiele ich Klavier. Ich hab auch schon ein paar Lieder komponiert.«

»Ach!« Heather Costello sah mich neugierig an. »Was komponierst du denn so? Kannst du uns etwas vorspielen? Vielleicht etwas Klassisches und etwas von dir selbst?«

Ich nickte, und sie wies auf den Flügel in der Mitte des Raumes.

»Bitte«, sagte sie und lächelte.

Just in dem Augenblick, als ich zum Flügel ging, wurde die Tür aufgerissen, und ein Junge, den ich vorher noch nie gesehen hatte, kam herein. Er blieb im Türrahmen stehen und starrte mich an, als hätte ich vier Arme und drei Augen.

»Mach bitte die Tür zu und komm herein«, sagte Mrs Costello hinter mir. »Du bist Brandon, nicht wahr?«

»J… ja. Sorry, dass ich zu spät komme.« Der Neue schloss die Tür, warf mir noch einen Blick zu und ging zu Mrs Costello nach vorn. Er sah ziemlich gut aus, und das hatten die anderen Mädchen wohl auch bemerkt, denn ich hörte sie tuscheln und kichern.

»Das ist okay«, erwiderte Mrs Costello. »Direktor Harris hat mir Bescheid gesagt. Bitte, Sheridan. Du kannst anfangen. Ihr anderen seid bitte ruhig.«

Das Gemurmel erstarb, der Neue setzte sich hin, und ich räusperte mich.

»Ich spiele das Stück *Serenade* von Franz Schubert«, sagte ich mit unsicherer Stimme. Durch meine Auftritte vor unseren Farmarbeitern war ich an Publikum gewöhnt, aber diesmal war meine Zuhörerschaft sehr viel anspruchsvoller und weitaus kritischer. Mir klopfte das Herz, als ich kurz dem Blick des Neuen begegnete.

Doch sobald meine Finger die Tasten berührten, befand ich mich auf vertrautem Terrain. Die Nervosität fiel von mir ab, ich vergaß die neugierigen Blicke meiner Mitschüler und auch Heather Costello und spielte das Schubert-Stück flüssig und fehlerlos. Nahtlos machte ich weiter mit *Born on the wrong side of town* und *God's forgotten about us*. Während ich spielte und sang, dachte ich an den Abschied von Jerry und meinen Herzschmerz, an Danny und an das, was ich mit ihm erlebt hatte.

Als ich geendet hatte und mich schüchtern umblickte, blickte ich in fassungslose und erstaunte Gesichter, dann applaudierten alle begeistert. Oliver pfiff sogar auf zwei Fingern, woraufhin ich tatsächlich rot wurde.

»Diese Lieder hast du *selbst* geschrieben?«, erkundigte sich Mrs Costello ungläubig.

Ich nickte.

»Nicht schlecht.« Sie musterte mich prüfend, dann grinste sie anerkennend. »Absolut nicht schlecht. Und deine Stimme ist wirklich … hm … außergewöhnlich. Wenn mich nicht alles täuscht, kannst du über fast drei Oktaven singen.«

Ich nickte wieder.

»Meine Klavierlehrerin hat mal gesagt, ich hätte ein absolutes Gehör«, entgegnete ich und lächelte verlegen. »Ich weiß nur nicht, was das bedeutet.«

Mrs Costello sah mich irgendwie seltsam an, so, wie man vielleicht ein seltenes Tier anstarrt, das einem unerwartet über den Weg läuft. Dann legte sie mir ihre Hand auf die Schulter.

»Das«, sagte sie und wandte sich den anderen zu, »hätte ich hier jetzt nicht erwartet.«

Dann hieß sie den Neuen willkommen und bat ihn, sich kurz der Klasse vorzustellen. Brandon Lacombe war in der Juniorklasse, sein Vater war Arzt und arbeitete seit Juli im Madison Medical Center.

»Vorher haben wir in Oklahoma gelebt, da war ich Quarterback im High School Footballteam an der Stillwater High«, erzählte er. »Ich liebe Sport, aber noch mehr liebe ich … Rockmusik.«

Er grinste und fuhr sich mit der Hand durch das kurzgeschnittene dunkelblonde Haar.

»In Stillwater hatte ich 'ne Band mit ein paar Kumpels. Ich spiele E- und Bassgitarre, Klavier und alle möglichen Percussioninstrumente.«

»Cool!«, sagte Oliver, und Sid stieß einen Pfiff aus.

»Du siehst, du findest hier Gleichgesinnte.« Mrs Costello

schien außerordentlich zufrieden. »Wir lassen es für heute gut sein. Am Freitag bringen diejenigen, die Instrumente spielen, ihre Musikinstrumente mit. Ich habe eine ganz grandiose Idee.«

Bevor ich den Raum verlassen konnte, hielt sie mich zurück.

»Einen Moment noch, Sheridan«, sagte sie und setzte sich an den Flügel. »Schließ bitte die Tür und komm an den Flügel.«

Ich gehorchte. Sie blickte mich forschend an, dann schlug sie einen Akkord an. Ich benannte ihr die Noten. Nach ein paar Malen war sie wohl davon überzeugt, dass ich ihr nichts vorgemacht hatte. Dann begann sie zu spielen, und ich erkannte Del Shannons *Runaway*, Brenda Lees *I'm sorry*, Crystals *Da doo Ron Ron* und schließlich *Little town flirt.*

»Wow!« Sie schüttelte den Kopf und strahlte dann über das ganze Gesicht. »Du bist gut, Sheridan.«

»Finden Sie?«, fragte ich mit klopfendem Herzen.

Das Urteil einer Frau, die auf der Juilliard School studiert hatte, bedeutete mir erheblich mehr als die Komplimente von Nancy Anderson oder Tante Isabella. Heather Costello würde mir das nicht sagen, wenn sie es nicht auch so meinen würde.

»Ja, absolut.« Sie wurde ernst. »Du hast eine wirklich großartige Stimme, ein sicheres Gefühl für Rhythmus und Intonation und so einen gewissen … Schmelz in der Stimme, etwas Ungewöhnliches, Unverwechselbares. Ich bin sehr beeindruckt.«

Ich schwebte wie auf Wolken, als ich den Musiksaal verließ.

»Hey, Sheridan!«, sagte jemand, und ich fuhr irritiert herum.

Es waren Oliver und Sid, die auf dem leeren Flur gewartet hatten.

»Hi«, erwiderte ich. »Wollt ihr noch mal zu Mrs Costello?«

»Nee, wir haben auf dich gewartet«, gab Oliver zu. »Wir wollten dich was fragen.«

»Oh … Echt? Was denn?« Ich war noch viel zu benommen von Mrs Costellos Lob, um mich darüber zu wundern. »Ich muss mich beeilen, sonst ist der Bus weg.«

Ich lief los, und sie trabten neben mir her.

»Wir haben es vorhin nicht gesagt«, sagte Oliver, »aber Sid und ich haben schon eine Band gegründet. Wir haben eben schon mal den Neuen angehauen, und der ist voll begeistert. Das Einzige, was uns echt noch fehlt, ist ein Sänger, besser gesagt, eine Sängerin. Und als wir dich eben singen gehört haben, waren wir alle total platt.«

Ich blieb stehen.

»Äh … also … wir wollten dich fragen, ob du mal mit uns proben würdest …« Oliver grinste etwas verlegen. »Ich … ich meine, vielleicht hast du ja mal Zeit.«

Ich war so überrascht, dass mir die Worte fehlten. Seit Jahren träumte ich heimlich davon, Sängerin einer Band zu sein, aber dieser Traum war so weit weg gewesen wie der Mond. Meine Freunde Jerry, Red, Karla und die anderen hatten zwar stundenlang über Musik gequatscht, sie kannten Hunderte von Songs auswendig und wohl jede Rockgruppe und Undergroundband in ganz Amerika, aber niemand von ihnen beherrschte ein Instrument.

»Also, wir … wir dachten, wir fragen dich mal, weil … also … na ja … vielleicht macht's dir ja Spaß«, stotterte Oliver. »Du musst jetzt auch nicht gleich ja oder nein sagen. Kannst ja einfach mal drüber nachdenken.«

Mein Schweigen schien die beiden offenbar völlig aus dem Konzept zu bringen. Vielleicht hielten sie mich auch für ein bisschen dämlich und bereuten ihre Frage schon.

»Nein, das … das klingt super«, sagte ich schnell, bevor sie es sich anders überlegen konnten.

Mein Blick fiel auf die Uhr an der Wand über dem Ausgang. Zehn vor fünf! In drei Minuten fuhr der letzte Schulbus Richtung Fairfield.

»Mein Bus fährt gleich«, sagte ich.

»Überlegst du es dir?«, fragte Sid und hielt mir die Glastür auf.

»Nee, muss ich nicht«, erwiderte ich, und das musste ich tatsächlich nicht. Eine Chance wie diese bot sich so schnell kein zweites Mal. Und Brandon Lacombe würde auch dabei sein! »Mach ich total gerne. Sagt mir einfach, wann und wo.«

»Oh, okay.« Oliver und Sid blickten mir etwas verdattert nach. »Wir können ja morgen noch mal reden.«

»Okay!« Ich winkte ihnen und rannte los, um den gelben Bus noch zu erwischen, der bereits mit laufendem Motor an der Haltestelle auf mich wartete.

Während der Fahrt nach Hause war ich wie in Trance. Ich hatte mir von dem Kurs etwas Abwechslung und ein bisschen Spaß erwartet, aber ich hatte nicht in meinen kühnsten Träumen damit gerechnet, dass mir so etwas widerfahren könnte. Mrs Costello hatte sicherlich schon genügend Menschen singen gehört, um ein gutes Urteil fällen zu können, und das, was sie heute zu mir gesagt hatte, ließ mich auf Wolke sieben schweben. Aber damit nicht genug! Ganz plötzlich war mein langgehegter Traum, Sängerin einer Band zu werden, in greifbare Nähe gerückt. Und ich hatte nicht etwa jemanden anbetteln müssen, mal probeweise mitsingen zu dürfen, nein, Oliver und Sidney hatten *mich* gefragt, weil sie meine Stimme cool fanden! Es war einfach unfassbar!

Ich rannte die zwei Meilen von der Schulbushaltestelle nach Hause und konnte es kaum erwarten, Dad davon zu erzählen, aber als ich zur Haustür hineinstürmte, fing mich meine Mutter mit missmutigem Gesicht ab.

»Wo hast du dich schon wieder herumgetrieben?«, nörgelte

sie. »Esra ist seit vier Uhr zu Hause, und jetzt ist es gleich halb sieben!«

»Ich hatte doch diesen neuen Musikkurs, und …«

Sie ließ mich nicht ausreden.

»Zieh dich um und komm in die Küche. Wir haben heute Abend Besuch zum Essen.«

Ich nickte. Meine Mutter hätte mir heute zehntausend dreckige Teller zum Spülen hinstellen können – es wäre mir gleichgültig gewesen, so glücklich und euphorisch war ich.

Dwight Thompson war der Präsident der Nebraska Farm Bureau Federation, der größten unabhängigen landwirtschaftlichen Organisation, der mehr als vierzigtausend Farmerfamilien im ganzen Staat angehörten. Er war etwa sechzig Jahre alt, ein stattlicher Mann mit einem schlohweißen Haarschopf und rotem Gesicht, der Typ, der in Versammlungen das Wort an sich reißt und Widerspruch mit Lautstärke und Wiederholung erstickt. Ich mochte ihn wahrscheinlich vor allen Dingen deshalb leiden, weil Mutter ihn nicht ausstehen konnte. Thompson war ungehobelt und laut und hatte immer eine Menge zweideutiger Witze auf Lager, die meine Brüder und ich gierig in uns aufsogen. Er besaß einen großen Rinder- und Schweinemastbetrieb in der Nähe von Petersburg, und es hieß, er habe so viele Ämter, dass er selbst nicht mehr wusste, wie viele es eigentlich waren. Dad und er unterhielten sich beim Abendessen über die schlechte Entwicklung der Fleischpreise im letzten halben Jahr, über irgendwelche neuen Bestimmungen des Landwirtschaftsministeriums und über die Trockenheit, die vor allen Dingen den Farmern im Süden des Staates eine schlechte Ernte beschert hatte. Ich war noch immer vom Hochgefühl meines Erfolges ergriffen und hörte nur mit halbem Ohr dem Tischgespräch zu, deshalb bekam ich es auch kaum mit, als das Essen vorbei war.

»Sheridan!«, riss mich Mutters Stimme aus meinen Gedanken.

Ich sprang auf, um ihr beim Abräumen der Teller zu helfen. Dad und Dwight Thompson begaben sich hinaus auf die Veranda, und meine Brüder trollten sich in alle Himmelsrichtungen.

»Bring deinem Vater und seinem Besuch Kaffee hinaus auf die Veranda«, befahl sie mürrisch. »Und räum dann die Küche auf.«

Ich nickte, ging in die Küche und füllte die Kaffeemaschine. Seit dem Tag, an dem mein Vater Danny und mich beinahe überrascht hatte, waren ein paar Wochen vergangen, in denen er sich erfolgreich um das versprochene Gespräch gedrückt hatte. Das war eigentlich untypisch für ihn, denn mein Vater gehörte nicht zu den Menschen, die eine unangenehme Entscheidung vor sich her schoben. Da es mir aber nicht besonders wichtig war und ich noch immer ein schlechtes Gewissen verspürte, wenn ich daran dachte, wie und weshalb ich das Thema überhaupt angeschnitten hatte, ließ ich es auf sich beruhen. Ich füllte den Kaffee in eine Kanne, stellte zwei Tassen, einen Krug mit gelber Guernsey-Sahne und Zucker auf ein Tablett und balancierte es hinaus auf die Veranda.

»Ich fühle mich wirklich sehr geehrt durch euer Vertrauen«, hörte ich meinen Vater in dem Augenblick sagen. »Aber ich weiß nicht, ob ich noch länger von der Farm wegbleiben kann, als ich es ohnehin schon muss.«

»Na komm schon, Vernon«, dröhnte Dwight Thompson gerade. »Deine Jungs sind weiß Gott alt genug, um den Betrieb zu schmeißen, und wenn du ein paar Tage mehr im Monat nicht da bist, wird es auch laufen.«

»Ein paar Tage!« Dad lachte. »Ich sehe doch seit Jahren, was du alles am Hals hast.«

»Das ist es ja«, gab Thompson zu. »Ich habe mir zu viel aufgebürdet und habe nun für die Sache, die mir am meisten am Herzen liegt, nicht mehr genug Zeit. Es täte mir in der Seele weh, wenn irgend so ein Bürokrat gewählt würde, nur weil wir keinen geeigneten Mann finden konnten. Der Vorstand hat sich einstimmig für dich ausgesprochen, Vernon. Es sind auch nur zwei Jahre! Wenn du danach merkst, dass es dir zu viel Zeit raubt, kannst du dich wieder abwählen lassen.«

Ich schenkte die beiden Kaffeetassen voll und stellte sie den Männern hin. Dwight Thompson bedankte sich liebenswürdig, mein Vater nickte nur stumm. Ich ging wieder ins Haus, blieb aber hinter dem Fliegengitter stehen, um zu lauschen.

»Vernon«, sagte Thompson eindringlich, »du kennst die Probleme unserer Leute. Sie werden dir vertrauen, weil du einer von ihnen bist. Aber du hast mehr im Kopf als hundert von ihnen zusammen, du verstehst, um was es geht und was gemacht werden muss. Du hast Ahnung, wie man Landwirtschaft vernünftig und erfolgreich betreibt, und du kannst in Washington unsere Forderungen in Worte fassen, was die meisten nicht können. Wir brauchen einen Mann wie dich, wenn wir nicht von den glatten Typen vom Ministerium ausgebootet werden wollen!«

»Ich kann das jetzt nicht auf der Stelle entscheiden«, erwiderte Dad zurückhaltend.

»Ich verlange auch keine feste Zusage. Aber bevor ich mich ins Auto setze und nach Hause fahre, möchte ich wissen, zu wie viel Prozent wir mit dir rechnen können.«

Eine Weile herrschte Schweigen, und die Vorstellung, dass mein Vater womöglich noch öfter und länger weg sein würde, gefiel mir überhaupt nicht. Dann würde ich Mutter und ihren immer unberechenbareren Launen schutzlos ausgeliefert sein.

»Ich werde darüber nachdenken«, versprach mein Vater

schließlich. »Ich bin nicht abgeneigt, aber ich muss zuerst überprüfen, inwieweit mein Betrieb auf meine Anwesenheit verzichten kann.«

Dwight Thompson schien sich mit dieser Antwort zufriedenzugeben, denn er wechselte das Thema. Ich gab meinen Lauschposten auf und machte mich daran, die Küche aufzuräumen. Keine Sekunde zu früh, denn just in dieser Sekunde tauchte meine Mutter in der Tür auf. Ihre Augen schweiften über das Geschirr und die ungespülten Töpfe und Pfannen neben dem Spülbecken.

»Na, hast du mal wieder getrödelt?«, sagte sie spitz. »Sieh zu, dass du hier fertig wirst. Martha und ich fahren jetzt zum Bingo.«

»Viel Spaß«, wünschte ich ihr und erntete einen misstrauischen Blick, bevor sie davonrauschte. Oft genug hatte ich mich voller Selbstmitleid wie Aschenputtel gefühlt, wenn ich mich nach dem Abendessen vor Bergen von schmutzigem Geschirr wiederfand, aber heute machte es mir nichts aus. Meine Brüder – mit Ausnahme von Esra, der immer mit irgendwelchen Ausreden durchkam – mussten genauso viel, wenn nicht gar mehr arbeiten als ich, das war eben so. Ich sang leise vor mich hin, während ich die Spülmaschine einräumte und die Töpfe schrubbte, und dachte über Olivers und Sids Angebot nach. Gegen die beiden konnte selbst meine Mutter nichts einzuwenden haben. Sids Vater war ein angesehener Rechtsanwalt in Madison, und Olivers Eltern betrieben eine Zahnarztpraxis. Für mich spielte das keine Rolle. Das Einzige, was mich interessierte, war, welche Musik sie mit ihrer Band spielten und wie gut sie waren. Am Wochenende würde ich es vielleicht schon wissen.

* * *

Esra durfte im Herbst den Führerschein machen, fiel aber beim schriftlichen Test zweimal durch, weil er aus reiner Faulheit nicht gelernt hatte. Er war stinksauer und ließ seinen Zorn darüber an mir aus. Mein Vater hatte den Job im Vorstand der Nebraska Farm Bureau Association tatsächlich angenommen und war noch häufiger als sonst unterwegs, manchmal für Tage oder sogar Wochen, und meine Mutter machte mir nun ungestört das Leben schwer. Natürlich hörte sie auf jede der niederträchtigen Verleumdungen, die Esra in die Welt setzte. Hätte es die Band nicht gegeben und den Kurs bei Mrs Costello, so hätten mich Esras Sticheleien und Beleidigungen vielleicht geärgert, aber so prallten sie an mir ab wie Regen an einer Ölhaut. Dad hatte mir erlaubt, in der Band zu singen, und Mutter traute sich nicht, etwas gegen die Lacombes, die Larabees oder Whetherbys zu sagen, deshalb wurden ihre Schikanen subtiler. Samstags nach dem Mittagessen, wenn ich zu Sid zum Proben musste, fuhr sie einfach weg, obwohl sie mir vorher versprochen hatte, mich nach Madison zu bringen. Einmal war der Schlüssel unauffindbar, ein anderes Mal war der Tank leer, so dass ich erst noch tanken musste.

Sid wohnte am Ortsrand von Madison. Von der Willow Creek aus waren es nur zwölf Meilen querfeldein, und so schlug ich meiner Mutter manchmal ein Schnippchen, indem ich Waysider oder das Moped nahm.

Ich wäre auch zu Fuß zu unseren Bandproben gelaufen, denn zum ersten Mal in meinem Leben machte mir etwas richtig Spaß. Die Jungs waren wirklich gut und unser Repertoire wuchs von Woche zu Woche.

Wir übten die gängigen Songs aus den Charts, beherrschten bald Lieder von Madonna, Whitney Houston, Tina Turner und Kate Bush, aber auch von den Simple Minds, Foreigner, Bryan Adams, Tears for Fears. Es machte uns Spaß, Countrysongs von Garth Brooks, Johnny Cash, Loretta Lynn oder Willie Nelson auf unsere Weise zu interpretieren, aber am schönsten fand ich es, meine selbstkomponierten Lieder zu üben. Unser Ziel war ein Auftritt beim Schulball am Ende des Semesters, aber Mrs Costello hatte eine noch weitaus ehrgeizigere Idee: Sie wollte mit uns eine Art Musical aufführen, das wir selbst schreiben sollten.

Wir waren mit Feuereifer bei der Sache und überlegten hin und her, wie wir das Musicalprojekt angehen wollten. Die bekannten Broadway-Musicals, für die Nellie plädiert hatte, fielen aus, da die Aufführungsrechte unerschwinglich waren. Schließlich schrieben Lyle Townsend und Eunice ein Theaterstück passend zu den Inhalten meiner Lieder. Die ziemlich sozialkritische Romeo-und-Julia-Geschichte spielte in einem fiktiven Ort namens Emerald, es ging um eine Liebe, die nicht sein durfte, und den Aufstand gegen Eltern, Lehrer und die Obrigkeit, weil der Jugendtreffpunkt geschlossen wird. Höhepunkt und Happy End würde eine Tanzparty sein, bei der dann alle mittanzten und -sängen. Lyle und ich übernahmen die Hauptrollen und sangen sämtliche Soli, Eunice übte gemeinsam mit Mrs Costello die von ihr geschriebene Choreographie mit uns ein, und niemand stellte ihre Autorität in Frage, obwohl sie – wie ich – erst in der zehnten Klasse war. Insgesamt wirkten beinahe fünfzig Schülerinnen und Schüler aller Jahrgangsstufen bei unserem Musicalprojekt mit und fieberten ungeduldig der Aufführung im Februar zum hundertjährigen Schuljubiläum entgegen. Heftige Diskussionen gab es über den Titel des Musicals, auf den wir uns lange Zeit nicht einigen konnten. Vorschläge wie *Road to nowhere* und *Dance your ass off* verwarf Mrs Costello als zu negativ, bis ich die Idee hatte, das Musical nach einem meiner Songs, nämlich *Rock your life* zu benennen. Dieser Titel gefiel auf Anhieb allen.

Zweifellos war es eine sehr schöne Zeit für mich, denn endlich konnte ich das tun, was mir Spaß machte, ja, ich wurde dafür respektiert. Zu Hause hingegen sprach ich nur selten über das Musical oder die Band. Hiram, Malachy und Joseph fragten mich hin und wieder, aber Esra spottete nur, und auch meine Mutter rieb mir bei jeder Gelegenheit unter die Nase, welch eine Zeitverschwendung die alberne Singerei in ihren Augen sei. Niemals hätte ich für möglich gehalten, dass ich mich in der Schule eines Tages so wohl fühlen würde, und mehr denn je hatte ich das Gefühl, mein Leben sei in zwei Hälften geteilt.

Brandon war ein sehr guter Gitarrist und fand eine perfekte Ergänzung in Oliver, Sid und mir. Er war allerdings auch ein hervorragender Schüler und kam zudem ins Footballteam der High School, was unsere Samstagsproben während der Saison fast unmöglich machte. Sehr bald gehörte er zu den begehrtesten Jungs an der Schule, doch er schien nicht besonders versessen auf eine Freundin sein. Zu meiner alten Clique hatte ich, abgesehen von Karla, die im Schulchor war, kaum noch Kontakt. Nach wie vor hingen sie am liebsten irgendwo ab, hörten Musik, beschwerten sich über die Spießer, rauchten, kifften und tranken Bier, nicht bereit, sich in irgendeiner Form zu entwickeln. Natürlich begegnete ich ihnen noch immer in der Schule, aber sie waren mir fremd geworden. Mir kam es so vor, als dämmerten sie lustlos und ewig unzufrieden einer ihnen vorbestimmten öden Zukunft entgegen, in der sie genauso lustlos und unzufrieden sein würden. Nachdem ich vergeblich versucht hatte, Paula, Red und Luke für das Musical zu begeistern, gab ich auf. Ich konnte nicht verstehen, wie man sich so ziellos treiben lassen konnte, und war insgeheim froh, diesem destruktiven Einfluss entkommen zu sein. Zum ersten Mal war ich Teil einer Gemeinschaft und hatte Freunde, gegen die selbst meine Mutter nichts einzuwenden hatte. Wir arbeiteten alle auf ein gemeinsames großes Ziel hin.

Für ein paar Wochen war ich fast glücklich, aber dieser trügerische Zustand sollte nicht lange andauern, denn nach unserer letzten Probe vor Weihnachten überraschte Brandon mich mit einem Geschenk.

»Fröhliche Weihnachten, Sheri.« Brandon war der Einzige, der mich so nannte, und ich mochte es irgendwie.

»Dir auch fröhliche Weihnachten«, erwiderte ich.

»Ich … ich hab noch was für dich.« Er grinste etwas verlegen und reichte mir ein kleines, sorgfältig verpacktes Geschenk.

»Oh! Da… Danke!« Ich war völlig verblüfft, denn ich hatte noch nie zuvor von einem Jungen ein Weihnachtsgeschenk bekommen. »Das … das ist ja … toll! Aber … ich hab gar nichts für dich …«

»Schon okay, ist nur 'ne Kleinigkeit.« Brandon lächelte unsicher. »Ich … ich hoffe, es gefällt dir.«

»Ganz sicher … es ist … also das ist …« Seine Verlegenheit übertrug sich auf mich, ich suchte vergeblich nach den passenden Worten.

»Sheri, ich muss dir noch was sagen«, fuhr Brandon nach einem kurzen Zögern fort. »Ich hatte damals echt keinen Bock, nach Nebraska zu ziehen, aber jetzt gefällt's mir hier richtig gut. Die Band, das Musical in der Schule …«

Ob es am Überschwang der sentimentalen Vorweihnachtsgefühle oder an der nur langsam abflauenden Euphorie nach der gelungenen Probe lag, weiß ich nicht mehr, aber ich ließ mich dazu hinreißen, ihn zu umarmen. Es war als kurze, freundschaftliche Umarmung gedacht, aber Brandon schloss mich in seine Arme.

»… und ganz besonders du. Du bist … einfach süß«, flüsterte er in mein Ohr. Ich hob den Kopf und blickte ihn an. Sein Gesicht war meinem ganz nahe, und ich sah, wie sein Lächeln für den Bruchteil einer Sekunde erlosch und einem anderen Ausdruck Platz machte, einem Ausdruck, den ich nicht nur in

Dannys Augen gesehen hatte. Ich erstarrte und ließ Brandon los. Mein Herz schlug mir bis zum Hals, und in meinem Bauch kribbelte es plötzlich.

»Fröhliche Weihnachten, Sheri«, wiederholte Brandon und beugte sich nach vorn. Ich drehte rasch meinen Kopf zur Seite, und so trafen seine Lippen nur meine Wange statt – wie wohl beabsichtigt – meinen Mund. Glücklicherweise flog er mit seiner Familie über Weihnachten und Neujahr zu seinen Großeltern nach Florida, mir blieben somit zwei Wochen Zeit, über das, was geschehen war, nachzudenken. Ich wollte nicht, dass er mich so ansah und mich *süß* fand! Wir waren Freunde geworden, Kumpels, Bandkollegen. Er, Oliver und Sid waren wie große Brüder für mich, und ich wollte, dass das so blieb. Nichts würde mehr sein wie früher, wenn er sich in mich verliebte. Doch trotz allem schmeichelte es mir, dass mir der tollste Junge der Schule einen kindischen Plüschteddy geschenkt hatte, der ein Herz mit dem Schriftzug *Vergiss mich nicht* in seinen Pranken hielt. Der Stoffbär wanderte tagsüber in den hintersten Winkel meines Kleiderschranks, damit er nicht etwa meiner Mutter oder gar Esra in die Hände fiel, aber abends holte ich ihn hervor und nahm ihn mit ins Bett. Dann lag ich da, den Teddy in der Hand, und überlegte, wie ich mich verhalten sollte, wenn ich Brandon wiedersah. Mit diesen Überlegungen kam die Sehnsucht wieder, stärker und quälender als je zuvor, doch gleichzeitig wusste ich, dass ich mit Brandon auf keinen Fall so etwas tun konnte wie mit Danny. Ich zerbrach mir den Kopf darüber, woran das liegen mochte, was der Unterschied war, und zum ersten Mal in meinem Leben wünschte ich mir eine Freundin in meinem Alter, mit der ich über all das würde reden können.

* * *

Der Januar kam mit Schneemassen und eisigen Temperaturen, die den Schulweg jeden Tag zu einer Herausforderung werden ließen. Dennoch hatte Heather Costello Ende Januar für einen ganzen Samstag das Tonstudio eines lokalen Radiosenders gemietet; deshalb fuhren wir in aller Herrgottsfrühe durch einen heftigen Schneesturm mit einem Bus nach Lincoln. Bis zum späten Nachmittag machten wir Aufnahmen von *Rock my life*, die auf CDs gepresst und an der Schule verschenkt und verkauft werden sollten. Unter anderen Umständen wäre ich außer mir gewesen vor Freude, denn schließlich waren es meine Songs, die wir da aufnahmen, und das in einem professionellen Studio. Aber obwohl ich jedem, der mich deshalb fragte, strahlend bestätigte, wie *unglaublich* glücklich und stolz ich sei, so fühlte ich in meinem Innern nichts von alldem. Die Luft in dem überheizten Studio war so trocken, dass ich Kopfschmerzen bekam und meine Stimme rau wurde, und auf der Rückfahrt waren wir alle so müde, dass kaum einer ein Wort sagte. Ich saß neben Brandon, mein Kopf lag an seiner Schulter, aber ich dachte nicht über den Tag im Studio und die Aufnahmen nach, sondern darüber, dass sich Brandon in mich verliebt hatte. Ich mochte ihn auch, und wir hatten gemeinsam eine tolle Zeit während der Vorbereitung unseres Musicals, der Bandproben und in der Schule. Ich mochte ihn, aber ich liebte ihn nicht, und ich würde ihn niemals lieben können. Und doch brachte ich es nicht übers Herz, ihm das zu sagen. Gestern Nachmittag hatte er mich das erste Mal geküsst, längst nicht so aufregend und gekonnt, wie es Danny getan hatte, aber ich hatte ihn glauben lassen, dass mir sein Kuss weiche Knie beschert hatte. Nun hielt er meine Hand. Ich ließ es geschehen, spielte das Spiel mit, aber ich fühlte mich elend.

Ein weiteres Problem war meine Mutter, die, kaum dass Dad abgereist war, noch gemeiner und boshafter zu mir war als je zuvor. Jeden Abend überließ sie mir die Hühnerställe, ich musste den frischen Schnee von Vorder- und Hinterveranda schaufeln und andere Dienstbotenarbeiten verrichten, die Martha nicht schaffte. Die Hausaufgaben für die Schule machte ich mittags in der Schulkantine. Abends war ich manchmal so erschöpft, dass ich weinend im Bett lag.

Mein einziger Trost war die Musik. Sid, Oliver und Brandon versorgten mich mit CDs, und zu Weihnachten hatte ich von Tante Isabella tatsächlich eine Stereoanlage bekommen. So lauschte ich nun mit Kopfhörern Bruce Springsteen, Garth Brooks, Bryan Adams, ZZ Top, aber auch klassischen Stücken von Chopin, Rachmaninow, Mozart, Beethoven und Grieg und konnte für eine Weile meine persönliche Misere verdrängen.

Die Lautsprecherdurchsage, die mich zu Direktor Harris zitierte, kam genau in dem Moment, als wir in Englisch einen unangekündigten Test schrieben. Ich hatte schon sechs von acht Fragen beantwortet, mit den nächsten beiden würde ich auch kein Problem haben und ganz sicher ein A einheimsen, denn ich kannte John Steinbecks *Von Menschen und Mäusen*, das wir gerade im Englischunterricht lasen, fast auswendig.

»Muss ich gleich gehen, oder darf ich den Test noch fertigmachen?«, fragte ich deshalb Mr Demelman, unseren Englischlehrer, der von der Durchsage genauso überrascht schien wie ich. »Ich bin schon bei Frage sieben.«

Meine Klassenkameraden warfen mir seltsame Blicke zu, einige schüttelten die Köpfe, aber sie waren daran gewöhnt, dass ich in Englisch die Beste war.

»Mach erst den Test fertig«, sagte Mr Demelman, und ich kritzelte schnell meine Antworten hin. Erst auf dem Weg zum Büro des Direktors fragte ich mich, was er wohl mitten im Unterricht von mir wollte. Sorgen machte ich mir keine, ich hatte mir absolut nichts zuschulden kommen lassen.

Die Sekretärin winkte mich gleich weiter in Mr Harris' Büro, als ich durch die Milchglastür eintrat, und ich war erstaunt, vor dem Schreibtisch des Direktors auch Mrs Costello und den Vertrauenslehrer Mr Hopper zu sehen.

»Hallo«, grüßte ich. »Ist irgendetwas passiert?«

»Hallo, Sheridan«, entgegnete Direktor Harris. »Nimm doch bitte Platz.«

Ich setzte mich und blickte ihn mit einem flauen Gefühl im Magen an. Der Direktor schien sich in seiner Haut nicht wohl zu fühlen, er räusperte sich ein paarmal, und auf seiner Stirn standen Schweißperlen, obwohl es in seinem Büro alles andere als warm war.

»Ich habe heute Morgen eine traurige Pflicht«, begann er, und ich glaubte im ersten Augenblick, einem aus meiner Familie sei irgendetwas zugestoßen, vielleicht gar Esra oder meiner Mutter, doch diese Hoffnung war verfrüht.

»Ich weiß nicht, wie ich es dir sagen soll«, fuhr er fort und wühlte mit einer Hand in seinem Bart. »Schließlich hast du das meiste dazu beigetragen, ein so großartiges Projekt wie das Musical auf die Beine zu stellen. Du weißt, dass ich persönlich sehr begeistert bin und dir, deinen Mitschülern und den Lehrern jede Unterstützung habe zukommen lassen.«

Ich nickte, aber das flaue Gefühl in meinem Magen wurde stärker.

»Nun gibt es aber leider einige Eltern, die sich – nachdem sie die CD gehört haben – über den Inhalt der Musikstücke und des Stückes an und für sich … hm … massiv beschwert haben, bedauerlicherweise direkt beim Schulamt in Omaha.« Er griff nach einem Papier auf seinem Schreibtisch. »Und das hat nach Prüfung der Beschwerde eine Aufführung des Stückes in seiner derzeitigen Form untersagt.«

»Wie bitte?« Ich traute meinen Ohren nicht, und mir kam

es so vor, als würde sich vor meinen Füßen ein schwarzes Loch auftun. Direktor Harris griff nach dem Blatt, setzte seine Brille auf und begann vorzulesen.

»*… obszöner und subversiver Inhalt der Liedtexte, eine unmoralische und zersetzende Handlung, die die gesellschaftlichen und ethischen Normen unserer Gesellschaft beleidigt und verhöhnt … nicht geeignet für Jugendliche und Heranwachsende … nach Änderung der Liedtexte und der Handlung des Stückes behalten wir uns vor, die Aufführung des Stückes nach einer ausführlichen Überprüfung zuzulassen. In der derzeitigen und vorliegenden Form ist die öffentliche Aufführung an der Madison Senior High School jedoch hiermit untersagt.*« Er blickte auf.

»Das gibt's doch nicht«, flüsterte ich tonlos und blickte mich hilfesuchend zu Mrs Costello um, die aber genauso schockiert und entsetzt zu sein schien wie ich.

»Es tut mir schrecklich leid«, sagte Direktor Harris voller Mitgefühl. »Aber mir sind in dieser Angelegenheit leider die Hände gebunden. Ihr könnt das Musical nicht wie geplant zur Hundertjahrfeier nächste Woche aufführen.«

Unsere Begeisterung, unsere monatelange Arbeit, alle Hoffnungen und Träume waren mit einem Schlag zerstört, vernichtet von ein paar betonköpfigen Moralaposteln.

Plötzlich konnte ich es nicht mehr ertragen. Ich sprang auf, stürmte durch die Tür, rannte die leeren Gänge entlang und die Treppe hinunter, durch die Eingangstür, über den Schulhof und hinaus auf die Straße. Es war ein windiger und kalter Märztag, Schnee lag in der Luft, aber ich spürte nichts von der schneidenden Kälte, als ich mich schließlich schluchzend und außer Atem auf eine Bank fallen ließ.

Irgendwann stoppte ein brauner Chevrolet Caprice Classic vor mir, und ein Mann stieg aus. Durch den Tränenschleier erkannte ich Direktor Harris nicht sofort, und ich war so durcheinander und verletzt, dass ich nicht einmal eine Strafe wegen unerlaubten Verlassens des Schulgeländes fürchtete. Er stieg aus und setzte sich neben mich.

»Komm, Sheridan.« Auch jetzt sah er mich nur bekümmert an und machte mir keine Vorwürfe, weil ich einfach weggelaufen war. »Setz dich ins Auto. Hier holst du dir ja den Tod.«

Ich stand auf und ging mit steifen Schritten hinüber zum Chevrolet, dessen Motor noch lief.

»Ich weiß doch, wie sehr gerade dein Herz an dieser Sache hängt«, sagte der Direktor, als er eingestiegen war und losfuhr. »Aber ich kann es nicht ändern.«

»Wissen Sie, wer das getan hat?«, fragte ich mit zittriger Stimme. »Wer ist so gemein und macht das alles kaputt? Wir haben alle so hart dafür gearbeitet, und wir waren so stolz!«

Wieder begann ich zu weinen, und Direktor Harris reichte mir ein Taschentuch. Er seufzte.

»Ich weiß, wer es war«, erwiderte er nach einer Weile. »Und ich verspreche dir, dass ich alles tun werde, damit es doch noch zu der Aufführung kommt. Aber einstweilen solltet ihr euch darauf einstellen, dass es nicht klappen wird.«

»Aber wir haben doch schon die Programmhefte und die Plakate drucken lassen!«, rief ich verzweifelt.

»Ich fahre dich jetzt nach Hause, Sheridan«, sagte Direktor Harris. »Morgen reden wir noch einmal ganz ruhig über das ganze Thema. Irgendeine Lösung wird uns schon einfallen.«

Ich wollte nicht nach Hause. Nicht zu meiner Mutter, die ganz sicher triumphieren würde, wenn sie hörte, was geschehen war. Bei dem Gedanken an ihr höhnisches Lächeln gingen mir plötzlich die Augen auf, aber der Verdacht schien mir so ungeheuerlich, dass ich ihn kaum aussprechen konnte.

»Mr Harris«, fragte ich nach ein paar Meilen des Schweigens, »steckt etwa meine Mutter hinter diesem Brief ans Schulamt?«

Der Direktor warf mir einen raschen Seitenblick zu. Er antwortete nicht, aber sein Schweigen war mir Antwort genug. Meine Mutter hatte geduldig abgewartet, bis sie eine Möglichkeit gefunden hatte, mich richtig zu treffen, und natürlich war es ihr nicht schwergefallen, in der Elternschaft ein paar speichelleckerische Gesinnungsgenossen zu mobilisieren.

»Ich fasse es nicht«, murmelte ich tonlos.

»Sieh mal, Sheridan«, versuchte sich der Direktor zu erklären, »deine Eltern sind sehr einflussreiche und bekannte Leute in dieser Gegend, ja, in diesem Staat. Und wenn sie sich für oder gegen etwas einsetzen, dann hat das allein durch ihren Namen ein großes Gewicht.«

Ich starrte wie betäubt durch die Windschutzscheibe auf die Straße. Mutter hatte es nicht etwa gereicht, nur mir eins auszuwischen, sie hatte Mrs Costello, den Direktor und auch meine Mitschüler in echte Schwierigkeiten gebracht.

Der Hass, der in meinem Innern aufbrach, war stärker als meine Enttäuschung. Hätte meine Mutter in diesem Moment vor mir gestanden, sie hätte es nicht überlebt.

An der Stelle, wo die gewundene Schotterstraße von der Überlandstraße zur Willow Creek abbog, bat ich Direktor Harris, anzuhalten.

»Auf keinen Fall!« Er schüttelte den Kopf. »Bei der Kälte lasse ich dich doch nicht zu Fuß laufen!«

Unter gar keinen Umständen wollte ich jetzt nach Hause, daher dirigierte ich ihn zu Tante Isabella. Sie sah das Auto wohl schon kommen und trat hinaus auf die Veranda. Ich öffnete die Autotür, noch bevor der Chevy zum Halten gekommen war, stammelte irgendetwas, sprang hinaus und rannte zu ihr. Schluchzend fiel ich in ihre Arme, sie zog mich an sich und streichelte tröstend mein Haar.

Unsere Probe hatten wir ausfallen lassen, es würde ja keine Aufführung geben. Ich hatte die halbe Nacht wachgelegen und überlegt, wie ich Mutters Triumph in eine Niederlage verwandeln konnte. Gegen drei Uhr morgens war ich zu dem Schluss gekommen, dass es das Beste war, einfach so zu tun, als sei mir die Absage der Uraufführung von *Rock my life* einfach völlig egal.

Am nächsten Morgen saß ich also am Frühstückstisch, summte vor mich hin und aß mit scheinbar gutem Appetit, obwohl ich mich am liebsten übergeben hätte. Nachdem ich gestern von Tante Isabella gekommen war, hatte ich nicht ein Wort über das abgesagte Musical verloren. Esra hatte es gar nicht mitbekommen, weil er nachmittags nicht mehr in der Schule gewesen war, und von sich aus hatte Mutter das Thema nicht anschneiden können, ohne sich zu verraten. Ich hatte ihr angesehen, wie es in ihr gebrodelt und gekocht hatte, welche Kraft sie aufwenden musste, um keine Bemerkung fallenzulassen. Diese Kraft verließ sie am Frühstückstisch.

»Direktor Harris hat mich gestern angerufen«, verkündete sie mir und betrachtete mich aus ihren Habichtaugen, damit ihr ja keine meiner Regungen entging. »Du hast einfach die Schule verlassen, und er hat dich zu Isabella gefahren. Wieso warst du nicht bei der Probe? Warum hast du mir nichts davon gesagt?«

Weil ich dir nie etwas sage, du scheinheilige Heuchlerin, dachte ich. Sie hielt sich entweder für besonders listig oder mich für besonders einfältig, aber ich hatte sie durchschaut und spuckte ihr in die Suppe, indem ich völlig ruhig, beinahe gleichgültig blieb.

»Die Probe ist ausgefallen, und ich wollte Tante Isabella noch ein Buch zurückgeben«, erwiderte ich. »Das Musical wird übrigens gar nicht aufgeführt, weil sich ein paar Eltern beim Schulamt über den Inhalt beschwert haben.«

»Ach!«, machte sie, und es klang so, als ob Überdruck mit einem Zischen aus einem Kessel entweichen würde.

»Waaas?«, fragte Martha ungläubig. »Das gibt es doch nicht!«

»Echt?« Esra blickte träge von seinem Teller hoch. »Hab ich gar nicht mitgekriegt.«

Was kriegst du schon mit, dachte ich bei mir.

»Das ist ja mal wieder typisch«, empörte sich Joseph. »Diese bescheuerten Spießer!«

»Ja, das ist wirklich schade«, fuhr ich im Plauderton fort. »Wir haben so lange dafür geübt. Aber es ist nicht weiter tragisch, wir finden sicher eine andere Möglichkeit, *Rock my life* aufzuführen.«

Mutters Mund wurde zu einem schmalen Strich, denn sie hatte natürlich Tränen, Verzweiflung und Wut erwartet, an denen sie sich ergötzen konnte. Nun war sie bitter enttäuscht.

In meinem Inneren war ich alles andere als ruhig und gelassen, aber ich musste diese Rolle durchhalten und durfte mich durch nichts zu einem Gefühlsausbruch provozieren lassen. Tante Isabella hatte mir gestern Nachmittag zwar Hilfe und Unterstützung versprochen, aber was wollte sie schon gegen das Schulamt und eine Rotte moralistischer Eiferer ausrichten, die unter Mutters Kommando standen?

In der Schule herrschte eine bedrückte Stimmung. Alle empörten sich über das Verbot des Schulamtes, und in kleinen Gruppen wurde auf dem Schulhof, in den Fluren, den Klassenzimmern und in der Schulkantine diskutiert, wie man alles noch retten könnte, aber niemand hatte eine zündende Idee. Brandon folgte mir den ganzen Tag auf Schritt und Tritt, versuchte, mich zu trösten, und ging mir dabei ganz furchtbar auf die Nerven. Ich war heilfroh, als ich um kurz nach drei in den Bus steigen konnte, um endlich in Ruhe nachzudenken. All die Jahre war es für meine Adoptivmutter ein Leichtes gewesen, mich zu schikanieren und sich daran zu erfreuen, weil ich sofort in Zornestränen ausbrach, wenn mich etwas ärgerte. Ich war durch meinen impulsiven Charakter ein berechenbares Opfer, das seine Schwachstellen allzu offen präsentiert hatte. Viel zu lange hatte ich es mit Konfrontation versucht, war trotzig, bockig und aufsässig gewesen und hatte es dadurch nur schlimmer gemacht. Im vergangenen Sommer hatte ich mein Verhalten geändert, indem ich jede Strafe stumm und widerspruchslos erduldet hatte. Plötzlich war ich eine andere, neue Sheridan geworden, eine, die nicht sofort protestierte und aufbegehrte und damit blindlings in jede heimtückische Falle rannte. Zwischen mir und meiner Mutter war schon immer alles ein einziger Kampf, ein beständiges Kräftemessen mit ungleichen Mitteln gewesen, denn ich saß regelmäßig am kürzeren Hebel. Jedes Mal war meine Adoptivmutter als Siegerin aus den größeren und kleineren Gefechten hervorgegangen, und ich hatte lange gebraucht, um zu begreifen, dass diese Demütigungen und Schikanen ihr Lebenselixier waren, ihre einzige Abwechslung im alltäglichen ereignislosen Einerlei. Wahrscheinlich hätte sie auch mit Wonne meine Brüder oder Martha drangsaliert, aber die ließen sich nicht so leicht provozieren oder gar bestrafen.

Meine Strategie war also, mich durch nichts aus der Reserve locken zu lassen, Unerfreuliches einfach zu verdrängen, gewisse Dinge als vorübergehend unabänderlich zu akzeptieren und zu gehorchen, selbst wenn es schwerfiel. Die Belohnung für diese Anstrengungen war grandios, das merkte ich schon jetzt. Selten hatte ich mich so gut gefühlt wie heute Morgen beim Frühstück, als Mutters Boshaftigkeit an meiner granitenen Gleichgültigkeit gescheitert war.

In den vergangenen Wochen und Monaten hatte ich all meine Energie in die Band und in *Rock my life* gesteckt und eine Art Tunnelblick entwickelt, der nur auf den Tag der ersten Aufführung gerichtet war. Jetzt fühlte ich mich seltsam leer und fremd, wie jemand, der aus einem wochenlangen Koma erwacht war und verwirrt bemerkte, dass Jahre vergangen waren.

Mutter war nicht zu Hause, das war wenigstens ein Lichtblick. Ich brachte meine Schultasche auf mein Zimmer und zog mich warm an. Dann ging ich hinaus zu den Stallungen und sattelte Waysider, um mit ihm etwas durch die Gegend zu reiten. Die Sonne lugte schüchtern durch die dicke Wolkendecke, aber sie war noch nicht stark genug, um den nassen Märzschnee auf den Feldern zu schmelzen. Ich schlug zuerst den Weg zu Tante Isabella ein. Kurz vor ihrem Haus entschloss ich mich jedoch, zum Fluss zu reiten, und ließ mein Pferd den schmalen Weg am Ufer entlanggaloppieren, bis es mit seinem dicken Winterpelz schnaufte.

Der Himmel war von einem stumpfen Metallgrau, der Wind hatte sich gelegt, als ob die Natur Luft holen wollte, und die Temperatur war in wenigen Minuten um mindestens zehn Grad gefallen. Ich kannte die Vorzeichen eines nahenden Blizzards, aber ich war nicht allzu weit von der Farm entfernt und würde es nach Hause schaffen, bevor es losging. Waysider hatte auch genug von unserem Ausritt und ließ sich kaum im Schritt halten. Tiere reagieren sensibel auf Veränderungen des Luftdrucks, die ein nahendes Unwetter vorausschickt, und spüren instinktiv, wenn es klüger ist, irgendwo Schutz zu suchen. Nur ein paar Sekunden nachdem wir die Scheune erreicht hatten, ging ein heftiger Hagelschauer nieder, der auf das Scheunendach prasselte und die Wipfel der Zedern und der blattlosen Ulmen peitschte. Ich sperrte Waysider in eine der Boxen und lief zum anderen Ende der Scheune, um die Pferde aus dem Paddock in den Stall zu holen. Der Blizzard raste heran und heulte wie ein Rudel hungriger Wölfe, der Sturm peitschte mir die Hagelkörner ins Gesicht und riss mir das Tor aus der Hand.

Ich konnte gerade noch zur Seite springen, sonst hätten mich die Pferde über den Haufen gerannt.

»Warte, ich helfe dir!«

Joseph tauchte neben mir auf. Wir stemmten uns mit aller Kraft gegen das schwere Tor und konnten es nur mit Mühe so weit schließen, dass sich der Riegel vorlegen ließ. Endlich hatten wir es geschafft und trieben die aufgeregten Pferde in ihre Boxen.

Waysiders feuchtes Fell dampfte in der kalten Luft. Meine Finger waren so klamm, dass ich kaum den Sattelgurt aufbekam. Joseph nahm mir den schweren Sattel ab und trug ihn in die Sattelkammer, ich verteilte mit der Heugabel eine Ration Kleeheu an die Pferde.

»Hey«, sagte Joseph zu mir. »Alles klar?«

»Ja, alles klar«, erwiderte ich und setzte mich auf einen Heuballen, denn ich hatte keine Lust, jetzt durch Hagel und Eisregen hinüber zum Haus zu laufen. Ein Blizzard konnte eine Stunde oder drei Tage dauern, aber mit etwas Glück erwischten wir eine kurze Atempause des Sturms, in der wir die Scheune verlassen konnten, ohne bis Fairfield geweht zu werden.

»Tut mir echt leid, dass ihr euer Stück nicht aufführen könnt.« Joseph ließ sich neben mich auf den Heuballen fallen. »Wirklich. Ihr habt so hart daran gearbeitet.«

»Davon geht die Welt nicht unter«, sagte ich. »Ich finde es nur traurig, dass ausgerechnet unsere Mutter dahintersteckt.«

»Oh!« Joseph sah mich aus seinen dunklen Augen betroffen an. »Bist du dir sicher, dass Mom was damit zu tun hat?«

»Ja, Direktor Harris hat es mir gesagt«, antwortete ich düster. »Die halbe Schule macht bei dem Musical mit. Alle haben sich auf die Aufführung gefreut, und jetzt ist alles aus. Und das nur, weil Mutter mir eins auswischen will.«

Joseph war mein Lieblingsbruder. Er war mit zweiundzwanzig sechs Jahre jünger als Malachy, der Älteste, und im Gegensatz zu ihm und Hiram, deren Lebensinhalt die Farm und die Landwirtschaft waren, wollte er weg von der Willow Creek, aber er wusste nicht recht, wohin er gehen und was er tun sollte. Während seiner Schulzeit war er einer der besten Quarterbacks in der High School Football League in Nebraska gewesen, dazu war er ein geschickter und begabter Mechaniker und brillanter Schütze. Eine Karriere als Profi wollte er nicht machen, aber die Arbeit als Landmaschinenschlosser langweilte ihn auch.

»Zutrauen tät ich's Mom mal auf jeden Fall«, sagte er nachdenklich. »Sie war schon immer eifersüchtig auf dich, weil dir die Herzen der Menschen zufliegen.«

»Wie meinst du das?« Ich wandte den Kopf und sah ihn überrascht an.

»Du hast was Besonderes an dir«, erwiderte Joseph. »So was Fröhliches, Lebendiges. Eine Leichtigkeit, die keiner von uns hat. Du musst dich gar nicht anstrengen, du bist einfach so.«

»Ach.« Ich schüttelte den Kopf, und Joseph grinste, als er mein verblüfftes Gesicht sah.

»Keiner von uns hat je Bücher gelesen«, redete er weiter. »Aber du hast schon immer irgendein Buch mit dir herumgeschleppt. Und du hast dir das Klavierspielen quasi selbst beigebracht. Mom hat uns alle gezwungen, auf diesem Klavier herumzuklimpern, aber weder Mal noch Hi und ich schon gar nicht haben jemals irgendeine Melodie hingekriegt.«

Mein Bruder lachte bei der Erinnerung an seine frühzeitig gescheiterte Pianistenkarriere, aber plötzlich wurde er ernst.

»Weißt du, diese Gegend hier, die ist nichts für jemanden wie dich.« Er zupfte einen Heuhalm aus dem Ballen und kaute darauf herum. »Hier wimmelt es nur so von Idioten. Ich werde hier auch verschwinden, und das ziemlich bald.«

»O nein!« Obwohl ich es insgeheim immer befürchtet hatte,

traf mich seine Ankündigung unvorbereitet. Nun würde mich nach Jerry und Dad auch der nächste Mensch, den ich gern hatte und der zu mir hielt, verlassen.

»Ich hab's noch niemandem gesagt, auch Mal und Hi nicht, aber ich hab mich beim Marinekorps verpflichtet«, gestand Joseph mir. »Fürs College oder die Uni bin ich nicht gemacht, aber hier versauern will ich auch nicht. Bei den Marines kann ich was werden. Ich hab einen guten Schulabschluss, und ich habe alle Tests mit Auszeichnung bestanden.«

»Du hast heimlich Tests gemacht?«, fragte ich und fröstelte auf einmal. Joseph nickte.

»Kurz vor Weihnachten«, sagte er. »Ich habe gesagt, ich wäre auf einem Lehrgang.«

»Stimmt«, antwortete ich. »Ich erinnere mich.«

Eine Weile sahen wir uns schweigend an.

»Wann gehst du weg?«, fragte ich mit belegter Stimme.

»Am 1. Juni muss ich mich im Boot Camp in San Diego melden. Dreizehn Wochen Grundausbildung.«

Im Halbdunkel der Scheune sah ich, dass seine Augen glänzten. Er freute sich darauf, und ich war die Erste, der er von seinen Zukunftsplänen erzählte.

»Das wird für Mom und Dad ein Schock«, sagte ich und grinste. »Aber ich find's cool. Mein großer Bruder wird ein Marinesoldat! Bist du sicher, dass du nicht seekrank wirst?«

»Und wenn schon! Scheiß drauf. Das geht vorbei.« Joseph grinste breit, seine Zähne blitzten weiß im Dämmerlicht. Ich freute mich, ihn so voller Vorfreude zu sehen, denn viel zu lange hatte er halbherzig etwas getan, was ihm keine Perspektiven eröffnet hatte. Malachy würde als Ältester die Willow Creek erben, so war das üblich im Staate Nebraska. Nun hatte Joseph eine Entscheidung für seine Zukunft getroffen, war erleichtert und glücklich.

»Ich beneide dich«, gab ich zu. »Du wirst mir fehlen, Joe.«

»Du mir auch, Sheridan.« Joseph legte seinen Arm um meine Schulter. »In zwei Jahren kannst du das auch alles hinter dir lassen. Dann geht das Leben erst richtig los.«

Diese zwei Jahre würde ich überstehen. Irgendwie.

* * *

In meiner Vorstellung war die Bosheit meiner Adoptivmutter grün. Mal war sie flüssig, mal gasförmig, und je nach Intensität variierte die Farbe von einem hellen Limonengrün für die alltäglichen kleinen Gemeinheiten bis zu einem giftigen Neongrün für die schlimmeren Attacken, die hinterhältigen Intrigen, die sie sorgfältig und nur zum Zweck der Demütigung plante.

Als ich am späten Samstagnachmittag ziemlich gutgelaunt von einem Krisentreffen mit allen Mitwirkenden von *Rock my life* nach Hause zurückkehrte, konnte ich Moms giftgrüne Aura spüren, bevor sie leibhaftig vor mir stand. Wir hatten beschlossen, gleich am Montag in der Schule mit einer Unterschriftenaktion zu starten, danach waren wir alle zusammen noch ins Big John's Diner am North Richardson Drive gegangen, hatten trotz der Kälte Ice Cream Sodas getrunken und Pfannkuchen gegessen, weiterdiskutiert und ausgelassen gelacht. Für meine Schulkameraden, die in Madison wohnten, war das ein ganz normales Nachmittagsvergnügen, für mich, die ich auf der Farm von jeder Freizeitaktivität abgeschnitten war, war es etwas Großartiges und Neues gewesen. Ich war richtiggehend berauscht von diesem Gefühl der Freiheit und des Erwachsenseins. Brandon und ich waren Arm in Arm zu seinem Auto gelaufen und hatten uns vor dem Einsteigen noch ausgiebig geküsst, bevor er mich durch den wieder stärker werdenden Schneefall nach Hause gefahren hatte.

»Wo bist du gewesen?« Meine Mutter kam aus ihrem Arbeitszimmer und schnitt mir mit verkniffener Miene den Weg zur Treppe ab. »Wo hast du dich den ganzen Tag herumgetrieben?«

»Wir haben uns bei Brandon Lacombe getroffen und wegen des Musicals gesprochen«, erwiderte ich wahrheitsgemäß.

»Von zwei Uhr mittags bis jetzt? Dass ich nicht lache!«

»Doch, das stimmt aber. Du kannst ja bei Lacombes anrufen, wenn du mir nicht glaubst«, schlug ich vor.

»Was fällt dir ein, in diesem unverschämten Ton mit mir zu sprechen?« Sie kochte vor Zorn. Ich hatte ihr mit meiner Gleichmütigkeit ihren Triumph vermasselt, und so nahm sie nun den erstbesten Grund, um ihren aufgestauten Frust an mir auszulassen. Sie beschimpfte mich und bezeichnete meine Musik als albernes Geträller und Geklimper. Früher wäre ich in Tränen ausgebrochen, aber jetzt blickte ich sie nur ruhig an und wartete darauf, dass ihr beschränkter Vorrat an Adjektiven aufgebraucht war. Die ätzend grüne Bosheit prallte scheinbar wirkungslos an mir ab, und das war mehr, als Mutter ertragen konnte.

»Ich bin froh, dass wir dieses Musical verhindern konnten!«, schrie sie schließlich.

Ihre Boshaftigkeit und ihr Drang, mich zu kränken, hatten sie unvorsichtig werden lassen. Doch das merkte sie zu spät.

»Wir haben uns schon gedacht, dass du dahintersteckst«, entgegnete ich, als sie gerade Luft holen musste, um nicht zu ersticken. »Zu schade, dass du es auf diesem Weg gemacht hast, anstatt zuerst mit uns über das, was dich stört, zu reden.«

Mutter wurde erst dunkelrot, dann totenbleich. Hatte sie in ihrer Borniertheit wirklich geglaubt, es würde nicht eines Tages herauskommen, wer diese Intrige angezettelt hatte?

»Die ganze Schule hasst dich dafür«, fuhr ich fort. »Und ich schäme mich für so eine … *Mutter.*«

»So redest du nicht mit mir, du unverschämtes Miststück«, krächzte sie, heiser vor Zorn. »In fünf Minuten bist du im Hühnerstall! Da sieht es aus, als ob eine Bombe eingeschlagen hätte, nur weil dir alles andere wichtiger ist als deine Pflichten!«

Das war der Gipfel der Unverschämtheit und eine glatte Lüge. Trotz aller Arbeit an unserem Musical und für die Schule hatte ich die verdammten Hühner keinen einzigen Tag lang vernachlässigt.

»Warum sagst du nicht, was du eigentlich sagen willst«, entgegnete ich kalt. »Nämlich, dass ich genauso verkommen bin wie meine echte Mutter.«

Sie erstarrte. Die Zeit gefror. Für ein paar Sekunden sagte sie nichts, ich konnte die Zahnräder in ihrem Kopf beinahe rattern hören. Verzweifelt suchte sie einen Ausweg aus dieser für sie wenig komfortablen Situation. Und dann tat sie das, was sie immer tat, wenn ihr die Argumente ausgingen und alle Bösartigkeiten wirkungslos verpufften. Sie prügelte auf mich ein wie eine Wahnsinnige. Obwohl ich die Schläge kommen sah und ohne Mühe hätte ausweichen können, rührte ich mich nicht von der Stelle. Ich hörte Marthas aufgeregte Stimme, sie tauchte in meinem Blickfeld auf und fiel Mutter in den Arm.

»Bist du verrückt geworden, Rachel?«, rief sie und zerrte sie von mir weg. Doch Mutter befreite sich aus Marthas Griff und stieß sie grob zur Seite. In ihren Augen stand der Zorn über die Niederlage, die sie sich durch ihre Unbeherrschtheit selbst zugefügt hatte, und ich empfand nichts als grenzenlose Schadenfreude.

»Verschwinde«, keuchte sie. Speichel sprühte wie Gift von ihren Lippen. »Verschwinde, bevor es ein Unglück gibt!«

»Nichts lieber als das.« Ich lächelte das triumphierende Lächeln der Siegerin, Öl im Feuer ihres Zorns.

»Geh, Sheridan«, sagte Martha leise. »Geh lieber.«

Ich nickte, wandte mich um und verließ das Haus. Durch

den heftigen Schneefall stapfte ich hinüber zu der Halle, die auf der Willow Creek als Hühnerstall bezeichnet wurde, und öffnete die Tür. Lange bevor der Begriff der artgerechten Haltung in das Bewusstsein der Bevölkerung drang, hielt mein Vater die Hühner, die mehr oder weniger seine Liebhaberei waren, unter großzügigen Bedingungen, Käfige gab es nicht. Im Sommer lebten die Hühner in großen, baumbestandenen Ausläufen, im Winter bot ihnen die Halle Platz zum Scharren und Picken unter Rotlichtstrahlern. Wärme, Gegacker und der vertraute muffige Geruch, den tausend Legehennen und Masthähnchen ausströmten, schlug mir entgegen. Ich schloss die Tür hinter mir, schaltete das Licht ein und setzte mich in der Futterkammer auf einen verstaubten Stuhl.

»Wow«, sagte ich zu mir selbst, holte tief Luft und begann zu lachen. Meine Wange brannte wie Feuer, und ganz sicher würde ich blaue Flecken auf den Armen und Schultern haben, aber die Schmerzen waren nichts, verglichen mit dem Sieg, den ich soeben vor Zeugen errungen hatte. Martha würde die Szene, die sich eben im Haus abgespielt hatte, hinter vorgehaltener Hand jedem schildern, das war so sicher wie das Amen in der Kirche, denn ihre Tratschsucht war unbezähmbar.

Ohne mit der Wimper zu zucken, hatte ich Mutters gemeine Intrige aufgedeckt und ihr fast beiläufig mitgeteilt, dass sie damit quasi über Nacht zur verhasstesten Person des ganzen Madison County geworden war. Für einen Menschen wie Rachel Grant, der Kritik nur schlecht vertrug, war das eine schmerzhafte Niederlage. Und irgendwann in der nächsten Zeit würde sie erfahren, dass Joseph nicht – wie von ihr geplant – auf der Willow Creek Farm bleiben, sondern zum Marine Corps gehen würde. Ich freute mich heute schon auf ihr Gesicht.

Es war fast acht Uhr abends, als ich mit der Arbeit im Hühnerstall fertig war. Vor dem Haus stand zu meiner Überraschung Dads Dodge. Ich hatte nicht gewusst, dass er an diesem Wochenende nach Hause kommen wollte. Die Schneeflocken schmolzen auf der noch warmen Motorhaube. Ich ging um das Haus herum zur Hintertür in den Raum, in dem man sich umzog, wenn man aus den Ställen oder den Feldern kam. Vorsichtig stellte ich meine schmutzigen Schuhe auf die Schuhablage, hängte meine Jacke auf und betrat auf Strümpfen das Haus, um mich so leise wie möglich hoch in mein Zimmer zu schleichen. Da kaum jemand da war, würde es wohl kein großes Abendessen geben. Malachy war in Omaha bei seiner Freundin, die dort an der Landwirtschaftsschule studierte, Hiram und Joseph verbrachten das Wochenende mit ein paar Kumpels in Kansas City und nahmen irgendein Motorsportereignis als Vorwand, sich mal ordentlich zu betrinken.

»Was tust du denn hier?«, hörte ich Mutters Stimme und blieb wie angewurzelt stehen, aber sie meinte nicht mich, sondern Dad.

»Welch ausgesprochen herzliche Begrüßung«, erwiderte Dad.

»Du hättest wenigstens mal anrufen können«, sagte Mutter. »Ich muss jetzt leider weg.«

»Nein, das musst du nicht«, antwortete Dad, und er klang alles andere als freundlich. »Ich habe mit dir zu reden. Und zwar jetzt sofort.«

»Du meinst wohl, ich stehe Gewehr bei Fuß, wenn du hier alle Schaltjahre mal auftauchst.«

»Behaupte bloß nicht, dass du mich vermisst.« Dads Stimme troff vor Sarkasmus. »Komm mit in mein Arbeitszimmer.«

Ich stand flach an die Wand gepresst da und wagte kaum zu atmen. So hatte ich meine Eltern noch nie miteinander reden hören. Sie gingen vom Flur aus in Dads Arbeitszimmer, ließen die Tür aber nur angelehnt. Es war alles andere als höflich, an einer Tür zu lauschen, aber ich konnte der Versuchung einfach nicht widerstehen und pirschte näher heran.

»Was hat dich dazu veranlasst, diese Musikaufführung an der Schule zu torpedieren?«, kam Dad ohne Umschweife zur Sache, und mir dämmerte, dass er die Hilfe und Unterstützung war, die Tante Isabella mir versprochen hatte. Sie musste ihm alles erzählt haben, und er war den weiten Weg aus Washington gekommen, um mir zu helfen.

»Ich hätte mir ja denken können, dass sie dich angerufen hat«, sagte Mutter in einem gehässigen Tonfall. »Dieses scheinheilige kleine Biest. Und es hätte mir auch klar sein können, dass du dich auf der Stelle ins nächste Flugzeug setzt und hierherkommst, wenn dein kleiner Liebling ruft.«

»Sheridan hat mich nicht angerufen«, entgegnete Dad kühl. »Also? Ich warte auf eine Antwort.«

»Die kannst du haben«, schnappte meine Adoptivmutter. »Hast du dir dieses *Musical* überhaupt mal zu Gemüte geführt? Liebesszenen, Sehnsucht, Freiheit – pah! Alles, was uns hier etwas bedeutet, alle unseren althergebrachten und guten Werte werden in diesem *Musical* mit Füßen getreten und auf übelste Art und Weise verhöhnt! Das lassen wir uns nicht gefallen!«

»Ich habe das Musical auf CD gehört. Und ich finde die Liedtexte weder anstößig noch unmoralisch. Sie verkörpern den Zeitgeist. Ein harmloser Protest der Jugend gegen diejenigen, die so tun, als ob sie noch im achtzehnten Jahrhundert lebten. Zu jeder Zeit haben junge Menschen ihre Wünsche, Gefühle und Sehnsüchte auf diese Weise ausgedrückt. Ich finde es vor allen Dingen besser, gemeinschaftlich ein Musikstück wie dieses einzustudieren, als nur herumzuhängen, Alkohol zu trinken oder Drogen zu nehmen.«

Ich hörte, wie meine Adoptivmutter Luft holte, um etwas zu erwidern, aber Dad ließ sie nicht zu Wort kommen.

»Wenn ich dich nicht so gut kennen würde, dann würde ich

dir vielleicht sogar glauben, dass du meinst, was du sagst. Aber das stimmt nicht. Dir sind der Inhalt und die Lieder des Stückes herzlich gleichgültig. Dir geht es nur darum, Sheridan zu demütigen. Du hast nur deine eigene, hässliche kleine Rache im Sinn, sonst nichts. Das ist der ganze Grund dafür, dass du dieses Theater angezettelt hast.«

»Das ist nicht …«, begann Mutter wieder.

»Sag am besten nichts mehr«, fuhr Dad sie an. Nie zuvor hatte ich ihn in diesem scharfen Ton mit ihr sprechen hören. Ich traute meinen Ohren kaum. »Es ist mir gelungen, alles wieder ins Lot zu bringen. Das Stück wird aufgeführt, mit der Genehmigung des Schulamts und des Direktors der Schule. Und ich verlange von dir, dass du dafür sorgst, dass die von dir aufgewiegelten Eltern nichts mehr dagegen einwenden. Hast du mich verstanden?«

Mir wurde vor Glück ganz warm ums Herz, und ich verspürte eine tiefe Zuneigung zu meinem Adoptivvater, auf den ich eigentlich sauer sein wollte.

»Ja, das habe ich«, erwiderte Mutter nach einer kurzen Pause widerwillig. Ich wollte gerade den Lauschposten verlassen, damit sie mich nicht überraschten, doch da schickte mein Vater noch etwas hinterher, was wie eine Drohung klang.

»Ich will dir noch etwas sagen, Rachel. Und das sage ich nur ein einziges Mal: Wenn du noch einmal den Namen Grant dazu missbrauchst, um eine deiner boshaften Intrigen anzuzetteln, dann kannst du etwas erleben! Darüber hinaus erwarte ich von dir, dass du Sheridan in Zukunft in Ruhe lässt und nicht länger schikanierst.«

»Sheridan!« Mutter spuckte meinen Namen angewidert aus. »Du machst sie zu etwas Besonderem, weil sie dein Augenstern ist. Um deine Söhne kümmerst du dich nicht.«

»*Du* hast sie ganz allein zu etwas Besonderem gemacht, weil du ständig auf ihr herumhackst, anstatt sie einfach in Ruhe zu lassen. Und *du* solltest dich etwas mehr um deine Söhne kümmern, vor allen Dingen um Esra. Der ist nämlich drauf und dran, ein fauler Taugenichts zu werden.«

»Du machst es dir sehr leicht, Vernon Grant«, erwiderte Mutter theatralisch. »Du bist wochenlang nicht zu Hause, und dann machst du mich dafür verantwortlich, dass unser jüngster Sohn in der Schule versagt! Er braucht eben eine starke Hand!«

»Die hast du doch«, erwiderte Dad trocken. »Lass sie ihn hin und wieder mal spüren und vergeude deine Energien nicht an Sheridan. Die ist nämlich zufällig die beste Schülerin in ihrer Jahrgangsstufe. Wo ist sie überhaupt?«

»Keine Ahnung, wo sie sich wieder herumtreibt. Vielleicht noch im Hühnerstall«, sagte Mutter gehässig, und ich verschwand wie der Blitz in Richtung Treppe.

Der Jubel war gewaltig, als Direktor Harris am Montag in der ersten Stunde über Lautsprecher durchsagte, dass das Schulamt seine Meinung geändert und die Aufführung des Musicals am kommenden Freitag zum Schuljubiläum nun doch genehmigt habe. Außer dem Lehrerkollegium wusste nur ich über die Hintergründe des Sinneswandels Bescheid. Mein Adoptivvater hatte mit dem Leiter des Schulamtes gesprochen, der von der Angelegenheit gar nichts gewusst und die Anordnung sofort wieder aufgehoben hatte. Die Proben gingen gleich nach dem Unterricht wieder weiter, es wurde mit Feuereifer am Bühnenbild, den Kulissen, der Beleuchtung und der Lautsprecheranlage gearbeitet.

Ich tat genauso begeistert, aber meine Freude und Euphorie waren verflogen. Das vergangene Wochenende hatte ein seltsames Gefühl in mir hinterlassen. Dad war zwar extra aus Washington angereist, um mir zu helfen, und dafür hatte er eine recht unbequeme Reise auf sich genommen, denn im Winter war das Airfield in Norfolk für Linienverkehr geschlossen, der nächste Flughafen lag im dreiundsiebzig Meilen entfernten Lincoln. Darüber hinaus hatte er dafür gesorgt, dass ich nicht mehr im Hühnerstall arbeiten musste, und er hatte Mutter verboten, mich weiterhin zu schikanieren. Trotzdem war er einem Gespräch mit mir aus dem Weg gegangen. Mit Esra hatte er eine Stunde lang in seinem Arbeitszimmer hinter verschlossener Tür geredet, aber als ich ihn fragte, ob er kurz Zeit für mich habe, hatte er ein paar dringende Telefonate vorgeschoben. Ich verstand sein Verhalten nicht. Er bemühte sich eigens nach Fairfield und beschützte mich vor Mutters Attacken, aber er sprach kaum mit mir, als habe er ein schlechtes Gewissen. Warum nur fiel es ihm so schwer, mir etwas über meine leiblichen Eltern und meine Herkunft zu erzählen?

Bei der Probe war ich nicht bei der Sache und verpatzte zweimal meinen Einsatz. Mein Herz war nicht mehr dabei, und ich war froh, wenn die Aufführung am Freitag endlich herum war.

Am Abend nach der Generalprobe hatte Mrs Costello mich zurückgehalten, als die anderen schon in die Umkleideräume gingen.

»Sheridan«, hatte sie gesagt. »Morgen wird ein alter Freund aus New York von mir da sein und zuschauen. Ich hatte ihm die CD von *Rock my life* geschickt, und er war ganz begeistert von deiner Stimme, deshalb kommt er extra her. Er will dich live hören. Harry und ich haben am Broadway zusammengearbeitet, heute ist er Produzent bei einem großen Plattenlabel in New York.«

»O mein Gott!«, hatte ich nur mühsam hervorgebracht. »Das … das … ist ja super. Aber wenn ich … wenn was schiefgeht!«

»Es wird nichts schiefgehen«, hatte sie mir versichert.

»Nicht bei dir. Aber den anderen sagen wir vorher besser nichts davon, okay? Das macht sie nur nervös.«

Ihr Vertrauen ehrte mich, aber mir wäre lieber gewesen, sie hätte mir auch vorher nichts gesagt. In der Nacht tat ich vor lauter Nervosität kaum ein Auge zu, und wenn ich einschlief, hatte ich wilde Alpträume. Morgens wachte ich wie gerädert auf und taumelte ins Badezimmer. Ich starrte mein Gesicht im Spiegel an. Heute Nachmittag würde ich vor einem Plattenproduzenten aus New York singen. Nicht auszudenken, was sich aus dieser Chance ergeben könnte, wenn ich es nicht verpatzte!

Plötzlich ging die Tür auf, und Esra kam herein.

»Geh raus!«, sagte ich. »Du hast hier nichts zu suchen.«

Ich trug nur einen Slip und ein Unterhemd, und es war mir unangenehm, dass er mich so sah.

»Ich muss aber aufs Klo, und unser Bad ist besetzt«, erwiderte er nur und starrte mich an.

»Dann geh runter! Da gibt's auch noch eine Toilette.«

Ich wollte das Bad verlassen, aber er stellte sich vor die Tür.

»Früher hat's dir nichts ausgemacht, mir beim Pinkeln zuzuschauen«, behauptete er und grinste lüstern. Mir rann ein Schauer über den Rücken.

»Das war etwas anderes. Früher waren wir Kinder«, entgegnete ich. »Wehe du …«

Aber da war es schon zu spät. Er griff in seine Schlafanzughose, und ich konnte nicht schnell genug den Blick abwenden.

»Du bist ein ekelhaftes Schwein, Esra!« Ich drehte mich um und hielt mir die Hände vors Gesicht.

»Warum stellst du dich so an? Ich wette, ihr treibt es dauernd, du und der tolle, coole Brandon.« Seine Stimme klang heiser, und mir wurde schlecht. »Ich hab gesehen, wie ihr euch gestern auf dem Schulparkplatz wieder abgeknutscht habt und wie er sich an dich gedrückt hat.«

»Verschwinde hier. Sofort! Sonst schreie ich!«, drohte ich und ärgerte mich, weil meine Stimme zitterte. Das war doch nur Esra, mein bescheuerter Bruder!

»Ich kann's mir so richtig vorstellen«, fuhr Esra unbeirrt fort. »Wie er deine Titten knetet und dir sein Ding reinsteckt und du stöhnst und schreist … Vielleicht setzt du dich auch auf ihn drauf und … o Gott!«

Ich linste durch meine Finger in den Spiegel und sah fassungslos, dass mein Bruder dabei war, sich einen runterzuholen. Außer mir vor Zorn und Ekel zerrte ich ein Handtuch vom Haken an der Wand und schlug ihm damit ins Gesicht. Er grinste verschwommen und riss mir das Handtuch aus der Hand.

»Hau ab, du widerliches Schwein! Ich bin deine *Schwester*!«, schrie ich wütend und wich so weit, wie es das kleine Badezimmer zuließ, vor ihm zurück.

»Das … bist … du … nicht.« Esra verdrehte die Augen und grunzte wie ein Schwein. Ich nutzte den Moment seiner Unaufmerksamkeit, stieß ihn zur Seite und flüchtete in mein Zimmer, schluchzend vor Zorn. Was für ein grässlicher Start in den Tag, auf den ich mich seit Monaten so sehr gefreut hatte!

Die offizielle Feier in der Schule war für drei Uhr angesetzt, aber der Tag der offenen Tür begann bereits um elf, deshalb mussten alle Aktiven und die Mitglieder des Schülerkomitees für die Hundertjahrfeier bereits um neun Uhr in der Schule erscheinen. Ich war heilfroh, dass ich einen Grund hatte, so früh das Haus zu verlassen. Joseph, der noch immer niemandem gesagt hatte, dass er in sechs Wochen nach Kalifornien gehen würde, fuhr mich zur Schule. Ich überlegte kurz, ob ich ihm erzählen sollte, was Esra heute Morgen getan hatte, verwarf diesen Gedanken aber sofort wieder. Ohne Zweifel würde Joseph Esra sofort zur Rede stellen, und dann war kaum zu vermeiden, dass Mutter von der Sache Wind bekam. Ich hielt also meinen Mund und versuchte, mich auf den Tag zu freuen.

Über Nacht war die Temperatur um fünfzehn Grad angestiegen und hatte den nassen Spätwinterschnee, den der letzte heftige Blizzard des Winters gebracht hatte, schmelzen lassen. Mit einem Schlag war der Frühling über das Land gekommen.

Das Musical sollte Höhepunkt und Ende des offiziellen Programms sein, davor würde es eine Menge Reden und Vorführungen geben, viele Ehemalige hatten sich angesagt, und es versprach ein großes Fest zu werden. Malachy und seine Freundin Rebecca Burns wollten ebenso kommen wie Hiram und Joseph. Natürlich würde auch Tante Isabella mit von der Partie sein, aber ob Mutter die Dreistigkeit besitzen und erscheinen würde, wagte ich zu bezweifeln.

Die ersten Gäste trafen ein, dazu Lehrer und Schüler. Für Eltern, Ehemalige und Verwandte wurden Führungen durch die Schule angeboten, die in den letzten zehn Jahren komplett modernisiert worden war. In den Unterrichtsräumen gab es Ausstellungen, Fotowände von ehemaligen Schülern und großen Ereignissen in der hundertjährigen Geschichte der Schule. Es gab Hamburger- und Popcornstände, Waffel- und Kakaobuden, der Bürgermeister von Madison traf ein, und allmählich füllten sich die sechshundert Stühle in der Aula sowie die zusätzlichen Tribünen an den Seiten. Der Andrang war groß, denn beinahe jeder Bewohner in der Gegend um Madison war irgendwann einmal in seinem Leben Schüler dieser Schule gewesen.

Um kurz nach drei ging das Programm mit einer feierlichen Ansprache von Direktor Harris los, dann folgten der Ehemaligensprecher, der Bürgermeister und schließlich der Kongressabgeordnete von Nebraska, der aus Madison County stammte.

Ich blieb hinter der Bühne. Hier war ich in Sicherheit vor Esra, dem ich auf keinen Fall begegnen wollte. Mehr noch als seine fiese Aktion beschäftigten mich seine schmutzigen Phantasien. Brandon und ich gingen seit zwei Monaten miteinander, aber bis heute hatten wir uns lediglich ein paarmal geküsst und hielten Händchen, mehr war noch nicht passiert, hauptsächlich aus Mangel an Gelegenheit. Wenn ich an Brandon dachte, dachte ich an alles Mögliche, aber nicht an Sex. Er brachte mich zum Lachen, und wir hatten immer eine gute Zeit, wenn wir zusammen waren, doch ich bekam weder weiche Knie noch Herzklopfen, wenn ich ihn sah.

Just als ich das dachte, kam Brandon in die Garderobe. Er blickte sich suchend um, und als er mich zwischen den vielen Leuten entdeckte, die aufgeregt wie ein Bienenschwarm herumsummten, kam er lächelnd auf mich zu. Sofort schämte ich mich für meine Gedanken. Und als er mir viel Glück für den Auftritt wünschte, dachte ich, dass er schon ziemlich süß war und ich vielleicht nur deshalb nicht in ihn verliebt war, weil ich es bisher einfach nicht zugelassen hatte.

»Also, Sheri. Viel Spaß und viel Glück!« Er lächelte, und in dieser Sekunde beschloss ich, mich in ihn zu verlieben.

»Brandon?«

»Ja?« Er blieb stehen.

»Gib mir einen Kuss«, bat ich.

»Hier? Jetzt?« Sein Gesicht war meinem ganz nah. Mein Herz klopfte mir bis zum Hals, und in meinem Bauch kribbelte es plötzlich.

»Ja.« Ich blickte ihn an. »Hier und jetzt.«

Er zögerte keine Sekunde länger, nahm mich in die Arme und küsste mich, und ich erwiderte seinen Kuss. Irgendjemand pfiff, andere kicherten, aber das störte uns nicht.

Endlich war der große Moment gekommen. Lyle und ich hatten unsere Stimmbänder warm gesungen, Band, Orchester und Chor stellten sich auf, und ich hatte ganz vergessen, nervös zu werden, ja, ich hatte sogar die Anwesenheit von Harry Hartgrave, dem Plattenproduzenten aus New York, verdrängt. Ich hatte noch nie vor so vielen Zuschauern gesungen, aber auch niemand sonst. Es war also für jeden von uns eine Premiere, außer für Mrs Costello, und die war am aufgeregtesten von uns allen.

»So«, sagte sie zittrig, »jetzt wird's ernst. Lyle, Sheridan, wenn ihr hängen bleibt, einfach improvisieren und weitermachen. Okay? Also dann, toi, toi, toi!«

»Toi, toi, toi«, erwiderten wir und gingen hinaus.

Tosender Beifall brandete uns entgegen, aber die Scheinwerfer waren so hell, dass ich die Zuschauer nicht erkennen konnte. Die vertraute Musik begann, und Lyle und ich begannen zu spielen und zu singen.

Es war grandios! Vergessen waren alle Sorgen und Probleme, die mich beansprucht und verwirrt hatten, es gab nur noch diese Bühne und die Musik, die in *meinem* Kopf entstanden war und die nun jeder hören konnte. Die neunzig Minuten waren so schnell herum, dass ich es kaum glauben konnte, und es hatte keinen größeren Patzer gegeben. Bei *Rock my life*, dem letzten Lied, gab ich alles, was ich noch hatte, und ich hätte weinen können vor Glück und Begeisterung, weil es so herrlich war, so viele Menschen einzig mit meiner Stimme mitreißen zu können. Mit dem Verklingen des letzten Akkordes brach ein wahrer Orkan der Begeisterung über uns herein.

»Zugabe! Zugabe!«, skandierte die Menge, klatschte rhythmisch und toste wieder los, als wir ein zweites Mal hinausgingen, um uns zu verbeugen. Mrs Costello hatte Tränen in den Augen und strahlte über das ganze Gesicht, wir verbeugten uns ein drittes und ein viertes Mal.

»Ihr wart toll, ihr wart großartig!«, rief sie immer wieder und umarmte jeden, der ihr in die Quere kam. Die Anspannung war weg, alle lachten und schnatterten erleichtert und glücklich durcheinander.

»Los, los, Sheridan und Lyle, geht noch mal raus, und dann singt Sheridan *Sorcerer*«, rief sie atemlos. Dieses Lied war im Musical nicht vorgekommen. Brandon, Sid und Oliver nickten, sie kannten es gut genug von unseren Bandproben.

»Ach nein«, sagte ich. »Wir singen etwas zu zweit.«

»Auf keinen Fall!«, erwiderte Lyle. »Sie wollen dich sehen, und das zu Recht. Du warst heute der Star!«

Schon schob er mich hinaus auf die Bühne. Ich ergriff das Mikrophon und hob die Hand. Sofort wurde es im ganzen Saal mucksmäuschenstill.

»Ich möchte an dieser Stelle allen danken«, sagte ich. »All denen, die mitgeholfen haben, dass aus einer Idee ein solcher Erfolg werden konnte. An erster Stelle sei natürlich unsere wunderbare Sklaventreiberin Mrs Costello erwähnt! Sie hat uns motiviert und ermutigt, über uns selbst hinauszuwachsen, und sie hat an uns geglaubt! Danke!«

Gewaltiger Jubel und Applaus, ich wandte mich um und winkte meiner Lehrerin. Als sie nicht kam, ging ich hin und zog sie am Handgelenk mit auf die Bühne. Sie lächelte verlegen und stolz und verbeugte sich, während das Publikum pfiff und klatschte.

»Dann möchte ich unserem Direktor danken. Mr Harris, danke für Ihre Nachsicht und Ihren Glauben an unseren Erfolg. Sie sind ein toller Direktor!«

Ich wies mit der Hand in seine Richtung. Er erhob sich sichtlich gerührt von seinem Stuhl in der ersten Reihe und verbeugte sich, und das Publikum feierte ihn wie den Präsidenten der Vereinigten Staaten nach einer gewonnenen Wahl.

»Danke!«, rief ich, und schon wurde es wieder ruhig. Es war

unglaublich, wie die Menge mir gehorchte, wie sie an meinen Lippen hing!

»Wie ihr alle wisst«, fuhr ich fort, »hat es ein paar Probleme und Missverständnisse im Vorfeld der Aufführung gegeben. Einige Leute befürchteten, der Inhalt des Stückes wäre nicht für eine öffentliche Vorführung geeignet. Aber sie haben ihre Meinung geändert, und dafür möchte ich ihnen danken! Danke, dass Sie uns die Chance gegeben haben, zeigen zu können, was ein paar Schüler gemeinsam auf die Beine stellen können!«

Ich verbeugte mich, und wieder tobte der Applaus.

»Aber jetzt«, sagte ich, als es wieder still geworden war, »möchte ich für euch alle noch ein Lied singen. Ich danke euch allen!«

Es herrschte erwartungsvolle Stille, und ich nickte Brandon zu. Die Band fing an zu spielen und ich sang. Zuerst saßen die Leute noch still auf ihren Plätzen, aber dann begannen sie im Takt mitzuklatschen, sie sprangen auf und drängten nach vorn Richtung Bühne, wie bei einem richtigen Rockkonzert. In dieser Sekunde wusste ich, dass dies meine Bestimmung war. Hier gehörte ich hin – auf eine Bühne, vor begeisterte Zuschauer, die klatschten und pfiffen, mit den Füßen trampelten und nicht aufhören wollten zu applaudieren, als der Vorhang gefallen war und ich schon längst auf dem Weg in die Garderobe war.

Mrs Costello holte ihren Bekannten Harry Hartgrave hinter die Bühne und stellte mich ihm vor. Der Mann aus New York schien ehrlich begeistert zu sein und beglückwünschte mich.

»Du hast wirklich eine phantastische Stimme. Und außerdem bist du – verzeih mir den Ausdruck – eine geborene Rampensau«, sagte er zu mir und lachte, als er mein verblüfftes Gesicht sah. »Das ist keine Beleidigung, sondern das größte Kompliment, das man einem Künstler machen kann. Es bedeutet nämlich, dass er in der Lage ist, den Funken auf sein Publikum überspringen zu lassen.«

»Aha«, erwiderte ich nur leicht benommen.

»Du hast sicher schon einige Erfahrung auf der Bühne, oder?«, vermutete er.

»Nein.« Ich schüttelte den Kopf. »Es war heute das erste Mal, dass ich vor so vielen Zuschauern gesungen habe.«

Da staunte er und förderte aus der Innentasche seines Jacketts eine Visitenkarte hervor, die er mir in die Hand drückte.

»Na, dann geh jetzt mal feiern«, sagte er. »Ich lasse von mir hören.«

Malachy, Rebecca, Hiram, Joseph und Tante Isabella gratulierten mir zu dem gelungenen Auftritt, viele Leute, die ich gar nicht kannte, klopften mir anerkennend auf die Schulter, und es dauerte eine Viertelstunde, bis ich endlich wieder hinter der Bühne war. Brandon, Sid und Oliver hatten schon die Instrumente abgebaut und in den Truck von Sids Vater verladen. In der Aula waren die Stühle bereits weggeräumt worden, ein DJ übernahm für die anschließende Schulparty. Ich war so aufgekratzt, als hätte ich Alkohol getrunken. Noch immer bebte ich am ganzen Körper bei der Erinnerung an das grandiose Gefühl, das mich auf der Bühne ergriffen hatte, an den Zauber, den meine Stimme bewirkt hatte. Brandon interpretierte mein Zittern jedoch völlig anders.

»Lass uns von hier verschwinden«, flüsterte er mir zu, und ich nickte. Wir entkamen ungesehen durch den Garderobenausgang und rannten Hand in Hand durch die Dunkelheit zu seinem Auto. Als die Innenbeleuchtung aufflammte, sah ich den fiebrigen Glanz in seinen Augen, ich spürte sein dringendes Verlangen wie eine Strahlung. Wir hatten nie über Sex gesprochen und taten es auch jetzt nicht, aber wir wussten beide, dass es jetzt geschehen würde.

Brandon würgte sein Auto, einen klapprigen alten Ford mit Handschaltung, zweimal ab, dann gab er viel zu viel Gas, schlitterte mit quietschenden Reifen vom Parkplatz und fuhr in Richtung Interstate. Nach ein paar Meilen bog er nach rechts ab, und das Auto rumpelte über eine zerlöcherte Schotterpiste, die, wie ich wusste, zu einem See führte, der im Sommer ein beliebtes Ausflugsziel war. In dieser Jahreszeit war dort jedoch nichts los. Der kümmerliche Vergnügungspark mit einem altersschwachen Karussell und ein paar rostigen Klettergerüsten war geschlossen, genauso wie die Imbissbuden und das Restaurant mit der Holzterrasse, die auf Pfählen in den See ragte. Die einzige Gefahr war, andere Pärchen anzutreffen, die den Moon Lake aus demselben Grund ansteuerten wie wir. Doch als wir den verlassenen Parkplatz erreichten, war weit und breit kein Auto zu sehen. Brandon fuhr bis zum äußersten Rand und parkte im Schutze von ein paar riesigen Holunderbüschen. Die ganze Fahrt über hatten wir kein Wort gesprochen, und nun saßen wir schweigend da. Der Motor knisterte, sonst war es ganz still. Vor uns lag der See im fahlen Licht des abnehmenden Mondes, der als schmale Sichel am Himmel stand.

»Du bist so süß und so außergewöhnlich, Sheri«, sagte Brandon schließlich mit rauer Stimme. »Ich hab noch nie ein Mädchen so sehr geliebt wie dich.«

Auf diesen Satz wusste ich nichts zu erwidern. Erwartete er, dass ich ihm dasselbe sagte? Ich beugte mich stattdessen zu ihm hinüber, legte meine Hand auf sein Knie und küsste ihn. Sein Atem ging schneller, sein Herz raste, während seine Zunge hektisch meinen Mund erkundete. Er war kein guter Küsser, und ich befürchtete, dass er das, was er nun zu tun gedachte, zum ersten Mal tat. Meine Hand wanderte seinen Oberschenkel hoch, unter dem dünnen Stoff seiner Hose fühlte ich, wie sich seine Muskeln anspannten.

»Großer Gott, Sheri«, flüsterte er heiser, als ich seine Erektion berührte. »Ich halt's nicht mehr aus!«

»Dann komm.«

Wir kletterten über die Lehnen der Vordersitze auf die Rückbank, auf der irgendwelches Zeug herumlag, das Brandon einfach in den Fußraum fegte. Er keuchte und zitterte, als er seine Hose öffnete, stieß sich den Kopf an und fluchte leise. Da er mit sich genug zu tun hatte, zog ich mir Jeans und Slip selbst aus und manövrierte mich in die richtige Stellung. Ich war von Danny ziemlich verwöhnt, seitdem hatte ich mit keinem Mann geschlafen. Wieder wartete ich vergeblich darauf, dass mich eine lustvolle Erregung packte, in einen besinnungslosen Taumel wilder Leidenschaft riss und mich alles um mich herum vergessen ließ. Aber mein Kopf ließ sich einfach nicht ausschalten. Die Rückbank von Brandons Ford war für zwei Personen gebaut, die brav nebeneinandersaßen, nicht für ein Liebesspiel in der Dunkelheit, bei dem einer der Beteiligten keine Ahnung hatte, was er tun sollte. Brandon bekam seine Schuhe nicht von den Füßen, seine Beine waren deshalb gefesselt. Ich lag mit unbequem abgeknicktem Hals da, irgendetwas piekste mir in den Rücken, mein linker Arm war halb unter mir eingequetscht. Es war kein bisschen romantisch und leidenschaftlich, sondern unkomfortabel und ziemlich entwürdigend.

»Bist du dir sicher, dass du es willst?«, flüsterte Brandon zu allem Überfluss an meinem Ohr, und plötzlich bereute ich zutiefst, dass ich mich in diese Lage gebracht hatte. Was war nur in mich gefahren? Eigentlich wollte ich nicht mit Brandon schlafen, es fühlte sich nicht richtig an. Aber jetzt musste ich es wohl oder übel hinter mich bringen, sonst wäre unsere Freundschaft beendet und die Band damit Geschichte. Ich blieb ihm die Antwort auf seine bescheuerte Frage also schuldig, bemühte mich um eine etwas bequemere Position und zeigte meinem unerfahrenen Liebhaber schließlich den richtigen Weg.

»O Gott, o Gott«, murmelte Brandon, bewegte sich ein paarmal auf und ab und kam. Mit einem Stöhnen sank er auf mich, und ich befürchtete, er würde einschlafen.

»Ich krieg keine Luft!«, japste ich und schob ihn von mir weg.

»Oh, Entschuldigung«, sagte er, richtete sich auf und ließ sich nach hinten sacken. Ich tastete nach meinem Slip, fand ihn zwischen dem ganzen Krempel im Fußraum und schlüpfte hinein. In dieser Sekunde fiel mir siedend heiß ein, dass wir keinerlei Schutzvorkehrung getroffen hatten. Dieser Gedanke ernüchterte mich vollends. Während Brandon keuchend neben mir saß und mir vor Glück stotternd seine ewige Liebe gestand, dachte ich an Mary Philipps, die sich vom Scheunendach gestürzt hatte.

»Ich muss nach Hause«, unterbrach ich ihn, schnappte meine Jeans und kletterte nach vorn auf den Beifahrersitz. »Sonst krieg ich Ärger mit meiner Mutter.«

Ich konnte an nichts anderes mehr denken als an Mary Philipps und meine eigene Blödheit. Brandon fuhr wie ein Betrunkener im Glückstaumel seiner neu entdeckten Männlichkeit, aber wenigstens ersparte er mir eine Lüge, indem er mich nicht danach fragte, wie es für mich gewesen sei. Wir verabschiedeten uns am Tor der Willow Creek Farm mit einem schnellen Kuss, dann beeilte ich mich, aus dem Auto und ins Haus zu kommen. Vielleicht konnte ich mit einer ausgiebigen Dusche eine Katastrophe verhindern.

* * *

Die Hundertjahrfeier der Schule und die Aufregung um das Musical waren bald vergessen, der Alltag hielt wieder Einzug, und in der Schule drehte sich alles um den Prom-Ball zum Schuljahresende. Sid und Oliver mussten für ihre Abschlussprüfungen büffeln, Brandon wurde von seinen sportlichen Aktivitäten in Anspruch genommen, und so fanden unsere Bandproben nur noch sporadisch statt. Brandon und ich waren noch immer zusammen. Da ich jedoch nicht zu den Mädchen gehörte, die bewundernd am Rande eines Sportplatzes herumhingen, sahen wir uns eigentlich nur in der Schule. Gelegentlich schliefen wir miteinander, aber ich tat es in erster Linie, weil ich gerne Feldforschung in Bezug auf Männer betrieb, und vielleicht auch ein bisschen deshalb, weil Brandon es von mir zu erwarten schien. Ich setzte mein Bücherwissen in die Praxis um und lernte, dass kleine Lügen einen Mann glücklich machen (*Oh, es war wundervoll! Du bist der Beste! Ich denke Tag und Nacht an dich*), zu viel Direktheit ihn hingegen verstören konnte (*Ja, komm, mach's mir! Nimm mich! Fick mich!*). Brandon war natürlich alles andere als repräsentativ für die Spezies Mann, dafür war er zu unerfahren, aber er gab ein durchaus williges Versuchsobjekt ab, und es war interessant zu beobachten, welche Vorlieben und Abneigungen sexueller Art er entwickelte. Er würde, da war ich mir sicher, im Bett ein Langweiler bleiben, denn er sträubte sich beharrlich, gewisse Dinge zu tun oder mit sich machen zu lassen, außerdem neigte er dazu, gleich nach dem Höhepunkt einzuschlafen. Eines Tages würde er sicherlich eine Frau finden, die ihn vergötterte und der es reichte, einen gutaussehenden Mann zu haben, der einmal in der Woche seine ehelichen Pflichten erledigte und sich ansonsten lieber auf dem Sportplatz austobte.

Ich hielt mich allmählich ernsthaft für unfähig, Leidenschaft, Ekstase und Befriedigung zu empfinden, wie die Protagonisten der Bücher, die ich nach wie vor begeistert verschlang. War ich etwa wie Sonia, die schöne, begabte, aber leider frigide Frau von Henry, dem Leidenschaftlichen, die sich vor Verzweiflung darüber in der Grand Central Station vor den einfahrenden Zug warf, mit dem Henrys Geliebte Camille in die Stadt kam? Irgendetwas war womöglich nicht in Ordnung mit mir, oder ich erwartete einfach zu viel. Hin und wieder beschlich mich der leise Verdacht, dass in den ganzen Büchern hemmungslos übertrieben wurde, was den Sex anbetraf.

Am letzten Schultag vor den großen Ferien geschahen mehrere Dinge, die den Sommer, der scheinbar eintönig vor mir lag, verändern sollten. Beim Frühstück verkündete Joseph, dass er in vier Tagen zum Marinecorps gehen würde. Ich genoss das entsetzte Schweigen, mit dem diese erschütternde Neuigkeit aufgenommen wurde. Dad fand als Erster seine Fassung wieder.

»Wieso hast du uns das nicht eher gesagt?«, wollte er wissen. »Wir stehen kurz vor der Ernte und …«

»Wir stehen immer kurz vor irgendetwas«, unterbrach Joseph ihn. »Ich habe nichts gesagt, weil ich wusste, dass ihr es mir ausreden und mir ein schlechtes Gewissen machen würdet.«

»Aber wieso denn ausgerechnet das Marinecorps?« Dad war wirklich schockiert, was selten bei ihm der Fall war. »Warum gehst du nicht aufs College?«

»Studieren ist nichts für mich«, erwiderte Joseph. »Und ich will hier endlich mal raus. Ich habe mich für fünf Jahre verpflichtet. Bis dahin weiß ich, ob ich weitermachen will.«

Mutter sagte nichts, aber sie machte ein Gesicht, als habe man sie gezwungen, Zitronen zu essen. Es fuchste sie, die Kontrollsüchtige, dass sie nichts von Josephs Plänen gewusst hatte.

»Ich find's cool«, sagte Hiram und klopfte seinem Bruder auf die Schulter. »Du alter Geheimniskrämer!«

»Äh, wo wir gerade dabei sind«, meldete sich Malachy zu Wort.

»Sag bitte nicht, dass du nächste Woche zur Army gehen willst!« Dad hob beide Hände. Dabei musste er sich keine Sorgen machen, denn Malachy hing wahrhaftig mit ganzem Herzen an der Willow Creek Farm.

»Rebecca und ich werden uns am 18. Juli verloben und am 10. August heiraten.«

»Das ist doch wohl die Höhe!« Mutter schlug so heftig mit der Faust auf den Tisch, dass das Geschirr klirrte.

»Keine Angst, Mom«, versuchte Malachy sie zu beruhigen. »Wir wollen kein riesiges Fest und keine Flitterwochen. Becky weiß, wie es auf 'ner Farm zugeht, sie kommt ja auch aus der Landwirtschaft. Nee, einfach eine kleine Familienfeier bei ihren Leuten in Iowa, und dann geht's hier voll mit der Ernte los.«

»Aber wieso so plötzlich? Ihr seid doch noch so jung! Wie alt ist Rebecca? Neunzehn?«

»Sie ist einundzwanzig und hat ihren Abschluss. Und ich bin achtundzwanzig.« Malachy hob selbstbewusst den Kopf. »Als Dad so alt war wie ich, hattet ihr schon drei Kinder.«

»Vielleicht hat deine Mutter genau aus diesem Grund Bedenken«, mischte Dad sich ein, und Mutter warf ihm einen Blick zu, der die Hölle zum Einfrieren gebracht hätte.

»Weshalb habt ihr es denn so eilig?«, fragte sie lauernd. »Müsst ihr etwa heiraten?«

»Nein!« Malachy, der brave Kirchgänger und Bibelleser, war rechtschaffen empört und sprang auf. »Wie kannst du so was denken?«

»Dann lasst euch doch noch etwas Zeit. Wie lange kennst du Rebecca? Woher weißt du, dass es richtig ist, sie zu heiraten?«

»Wir kennen uns seit anderthalb Jahren, Mom. Und wir lieben uns.« Er zögerte, biss sich auf die Lippen, aber dann platzte es aus ihm heraus. »Und wir wollen verdammt noch mal heiraten, weil … weil wir lang genug gewartet haben!«

Mein ältester Bruder lief rot an und senkte verlegen den Blick. Ich glaubte, mich verhört zu haben. Er wollte Rebecca doch nicht etwa heiraten, nur damit er endlich mit ihr schlafen konnte?

»Wenn ihr euch alle so wenig freut, dann müsst ihr auch nicht auf unsere Hochzeit kommen!«, stieß Malachy hervor, und das war der temperamentvollste Ausbruch, den ich bei meinem ältesten Bruder jemals erlebt hatte.

»So ist das doch nicht gemeint«, lenkte Dad ein. »Es ist ja nun auch eine ziemliche Überraschung für uns. Aber es ist eure Entscheidung, und wir akzeptieren sie.«

Ich wusste, was meine Adoptivmutter ärgerte. Sie fürchtete die Konkurrenz einer anderen Frau auf der Farm und im Haushalt. Rebecca war oft genug hier gewesen, sie war nett und höflich und schwer verliebt in Malachy, aber trotz ihrer Freundlichkeit hatte sie etwas Stählernes an sich, eine Stärke, die den Eindruck vermittelte, dass sie nicht leicht einzuschüchtern war. Zudem war Malachy sicher so scharf, dass er sie jeden Tag beglücken und sie, die aus einer fruchtbaren Familie mit sieben Geschwistern stammte, innerhalb kürzester Zeit schwängern würde. Dann, dachte ich gehässig und voller Schadenfreude, war Mutter *Großmutter*, die alte Mrs Grant, und das mit nicht einmal fünfzig Jahren.

»Herzlichen Glückwunsch, mein Sohn.« Dad schob seinen Stuhl zurück und stand ebenfalls auf. Er ging um den Tisch herum, umarmte Malachy und klopfte ihm auf den Rücken. »Ich freue mich für Rebecca und dich. Und Joseph …«

Mein drittältester Bruder wandte sich um, als Dad ihm die Hand auf die Schulter legte.

»Ich bin stolz auf dich und freue mich über deine Entscheidung, denn ich bin sicher, du wirst deinen Weg machen. Es tut mir nur leid, dass du mir nicht früher davon erzählt hast.«

Mutter schnaubte wie ein asthmatisches Pferd und erhob sich brüsk.

»Ich brauche wohl einen Moment, bis ich diese Neuigkeiten verdaut habe und mich darüber freuen kann«, sagte sie bitter und verließ den Tisch. Das Telefon klingelte, Malachy setzte sich, und Dad ging hinaus, um den Anruf entgegenzunehmen.

»Sag bloß, du hast sie echt noch nie gevögelt?«, fragte Hiram Malachy, der gleich wieder rot wurde.

»Nein. Uns ist es ernst miteinander«, entgegnete er würdevoll. »Becky ist genauso gläubig wie ich. Wir wollen uns füreinander aufsparen.«

»Großer Gott, in welchem Jahrhundert lebst du denn, Alter?«, spottete Joseph, noch weniger diskret als Hiram. Er hatte seit High-School-Zeiten zig Freundinnen gehabt, und ich war mir ziemlich sicher, dass er wie Hiram jede Menge Erfahrung auf diesem Gebiet hatte. »Würdest du etwa ein Auto kaufen, ohne vorher eine Probefahrt zu machen?«

Esra und Hiram prusteten los, ich verkniff mir nur mit Mühe ein Kichern, und Malachy war sauer.

»Idioten!«, zischte er und verschwand ebenfalls.

So spektakulär hatte selten ein Tag begonnen. Und es ging in der Schule ähnlich weiter, denn Direktor Harris bestellte Brandon, Oliver, Sidney, George, Lyle und mich in sein Büro. Er wirkte ziemlich aufgekratzt und lud uns ein, an dem Konferenztisch in seinem Büro Platz zu nehmen. Mrs Costello war auch da. Sie lächelte nur, sagte aber keinen Ton. Direktor Harris hielt eine kurze Rede, in der er sich noch einmal für unser Engagement bei der Schulfeier bedankte.

»Nun …« Er räusperte sich und sah uns alle der Reihe nach an. »Ich habe einen Anruf von Chester Wolcott, dem Organisator der diesjährigen Middle of Nowhere Celebration, erhalten. Er möchte euch engagieren.«

Wir hatten alles Mögliche erwartet, aber ganz sicher nicht so etwas!

Die Middle of Nowhere Celebration war das größte Ereignis in Madison County, ein einwöchiges Spektakel mit Kirmes, Maisschälwettbewerben, Hufeisenwerfen, Viehmarkt, Rodeo, Open-Air-Konzerten, einer landwirtschaftlichen Ausstellung und vielen anderen Attraktivitäten. Tausende von Besuchern, die zum Teil von weit her kamen, verwandelten Fairfield alle zwei Jahre für eine Woche in den Mittelpunkt der Region. Dieses Angebot war mehr als grandios – es war sagenhaft!

»Er bietet euch einen richtigen Vertrag und Gage an. Außer euch werden eine ganze Reihe bekannter Sänger und Gruppen auftreten, aber ihm hat eure Vorstellung so gut gefallen, dass er euch unbedingt dabeihaben will. Natürlich muss das alles mit euren Eltern geklärt werden, da ihr ja noch nicht volljährig seid, aber das wird sicher kein Problem sein.«

Ein paar Sekunden herrschte völlige Stille, dann begannen wir alle durcheinanderzureden. Der Direktor lächelte und gab uns ein paar Minuten, bevor er wieder das Wort ergriff.

»Ich muss euch nicht sagen, wie stolz ich auf euch bin«, sagte er. »Solange ich mich erinnern kann, ist noch nie eine Band unserer Schule bei einem so großen und landesweit bekannten Ereignis aufgetreten.«

Wir waren alle vollkommen begeistert von der Idee.

»Ihr solltet das mit euren Eltern und auch untereinander in aller Ruhe besprechen«, schlug Direktor Harris vor. »Von der Schule bekommt ihr alle Unterstützung, die wir euch geben können, aber im Endeffekt seid ihr auf euch allein gestellt.«

Später auf dem Schulhof fielen wir uns gegenseitig um den Hals, lachten und hüpften vor Freude herum wie Kindergartenkinder. Ein Auftritt auf der großen Bühne vor tausend und mehr Zuschauern! Das war nicht nur großartig, sondern eine

Chance für uns, bekannt zu werden. Natürlich mussten wir unserer Band endlich einen Namen geben, wir mussten ein Repertoire festlegen und üben, üben, üben. Allerdings brauchten wir die Erlaubnis unserer Eltern für dieses Unternehmen. Brandon, Sidney und Oliver waren zuversichtlich, dass ihre Eltern nichts dagegen einwenden würden, aber sie kamen auch nicht von einer Farm, auf der Musik eine vollkommen nebensächliche Rolle spielte, und sie hatten keine missgünstige Schlange als Mutter wie ich.

Wir beschlossen, uns am Nachmittag gleich in unserem Probenraum in der Scheune von Sids Vater zu treffen, um alles zu besprechen. Leider konnten wir frühestens in acht Wochen anfangen zu proben, denn Brandon, Sid und Oliver waren den Sommer über verreist. Lyle und George, die im Herbst aufs College gehen wollten, würden aber auf jeden Fall diesen Auftritt noch mitmachen.

Wie ich es nicht anders erwartet hatte, erstickte meine Mutter meine Hoffnungen im Keim und verbot mir die Teilnahme an dem Auftritt. Das war mir ziemlich gleichgültig. Wenn sie es mir nicht erlaubte, würde ich ohne ihre Einwilligung singen. Oder ich würde meine Siebensachen packen und von hier verschwinden. Dieser Auftritt war für mich der Punkt, an dem ich meine Zukunft festmachte. In der Schule hatte ich meiner Ansicht nach genug gelernt. Aufs College wollte ich nicht, denn für mich stand felsenfest, dass ich Musikerin werden würde.

* * *

So gingen die Tage mehr oder weniger ereignislos ins Land. Malachy war in Gedanken entweder auf den Feldern oder bei seiner Rebecca, Hiram war wieder einmal frisch verliebt und meistens unterwegs, und Mutter war so herrisch wie eh und je. Sie war noch bösartiger geworden, und selbst Martha verdrehte oft die Augen. Wenn ich von der Schule kam, fand meine Mutter tausend Arbeiten für mich, meistens weit entfernt vom Haus. Ich hatte den Eindruck, als wolle sie mich so wenig wie möglich sehen, und das beruhte auf Gegenseitigkeit.

Neben dem traditionellen Anbau von Weizen, Mais und Sojabohnen hatte mein Vater vor vielen Jahren mit der Gemüsezucht begonnen. Der Mittlere Westen war kein klassisches Gemüseanbaugebiet, aber aus Dads Experiment war im Laufe der Jahre ein lukratives Geschäft geworden. Wie alles auf der Willow Creek Farm hatte auch der Gemüseanbau gigantische Dimensionen und bot einer Menge Frauen aus Fairfield und Umgebung einen sicheren Arbeitsplatz. In den riesigen Treibhäusern gediehen fast das ganze Jahr über Tomaten, Gurken, Salat und vieles andere mehr. Seit ein paar Tagen grassierte ein übles Magen-Darm-Grippe-Virus in Fairfield und Umgebung und hatte ein gutes Drittel aller Tomatenpflückerinnen befallen, deshalb schickte Mutter mich nach der Schule zu Mary-Jane Walker, der Herrin der Gewächshäuser, was mir aus verschiedenen Gründen sehr recht war.

Ich mochte die eintönige Tätigkeit, bei der ich in Ruhe über alles Mögliche nachdenken konnte. Da die Pflückerei bereits am Nachmittag erledigt war, reihte ich mich am Fließband der Sortieranlage ein, um die Tomaten nach Größe sortiert in Körbe zu legen. Die Gesprächsthemen der Frauen beschränkten sich auf ihre Männer, Kinder, Enkelkinder, Essen, diverse Gebrechen und irgendwelche Fernsehserien, die mir aufgrund Mutters strenger Richtlinien allesamt unbekannt waren. Wie fast alle Menschen, die ich kannte, interessierten auch sie sich nicht im Geringsten für Ereignisse außerhalb der Grenzen von Fairfield, sicher wussten sie nicht einmal, wie der Präsident oder der Gouverneur von Nebraska hießen. Sie waren zufrieden in ihrer Beschränktheit, und selbst die jüngeren Frauen, die kaum drei oder vier Jahre älter waren als ich, ließen sich bereitwillig auf dem langsamen, breiten Fluss geistiger Anspruchslosigkeit dahintreiben, der mich entsetzlich deprimierte.

Mary-Jane war anders als diese Frauen. Obwohl sie eine Schule nur vier Jahre ihres Lebens von innen gesehen hatte, konnte sie lesen und tat das mit Hingabe. Am liebsten las sie die Zeitung und war daher genau über alles informiert, was sich in der Gegend, aber auch in Washington und im Ausland tat. Da ihr Horizont trotz allem beschränkt war, begriff sie nur selten die Zusammenhänge und zog oft die falschen Schlüsse aus irgendwelchen Nachrichten. Es war manchmal sehr komisch, wenn sie ernsthaft über Börsenkurse, Unruhen in Zentralafrika oder die Verabschiedung eines neuen Energiegesetzes redete.

Ich mochte sie aber trotzdem sehr, denn sie besaß eine bemerkenswerte Herzensgüte und einen feinen Humor, und manchmal wünschte ich mir, sie wäre meine Mutter. Ihr Lieblingsthema war ihr Sohn Nicholas, über den ansonsten auf der Willow Creek nicht gesprochen wurde. Seinen Namen kannte ich von Martha, ebenso seine skandalöse Herkunft, er war nämlich eines der vielen unehelichen Kinder von Sherman Grant. Vielleicht hätte man ihm das verziehen, wäre er ein angesehener Geschäftsmann, ein fleißiger Arbeiter oder wenigstens ein gesetzestreuer Bürger geworden, doch Nicholas war das Gegenteil von alldem und schien ein richtiger Vagabund zu sein. Was ich, die zwischen lauter langweilig statischen und verwurzelten Menschen aufgewachsen war, natürlich wahnsinnig aufregend fand.

Nicholas hatte mit sechzehn Jahren seine Sachen gepackt und seine Heimat verlassen, er hatte sich mit allen möglichen Jobs durchgeschlagen, dann war er als Soldat in Vietnam gewesen und mit einem Haufen Auszeichnungen zurückgekommen. Eine Weile war er durch Europa gereist, bevor er nach Amerika zurückgekehrt war um einer der besten Rodeoreiter des Landes zu werden. Dieser Erfolg wurde allerdings dadurch beträchtlich geschmälert, dass er eine Weile im Gefängnis zugebracht hatte, den Grund dafür hatte Martha zu meinem Bedauern allerdings für sich behalten. Nach meinen Berechnungen musste Nicholas Walker mittlerweile etwa dreiundvierzig Jahre alt sein, ein Alter, in dem die meisten Leute längst sesshaft geworden waren und eine Familie gegründet hatten. Aber ihn schien es nie für längere Zeit an ein und demselben Ort zu halten. Zu Mary-Janes Kummer hatte er weder Frau noch Kinder, und manchmal ließ er über Monate nichts von sich hören. Das schien sie ihm jedoch genauso wenig zu verübeln, wie sie es seinem Vater verübelte, dass der sie mit sechzehn Jahren geschwängert und nicht geheiratet hatte.

Während wir am Fließband standen und Tomaten sortierten, lenkte ich das Gespräch auf Mary-Janes Lieblingsthema. »Was macht Nicholas eigentlich zurzeit?«, fragte ich.

»Keine Ahnung. Das letzte Mal hat er mich aus der Nähe von Tucson angerufen.« Mary-Jane wunderte sich nicht, dass ich sie schon wieder danach fragte, sie sprach viel zu gern über ihren Sohn. »Da hatte er einen guten Job auf einer Ranch.«

»Aha. Meldet er sich oft bei dir?«

»Hin und wieder«, gab Mary-Jane zu.

»Ist er verheiratet?«, erkundigte ich mich.

»Nein«, sagte Mary-Jane, dann flog ein Schatten über ihr Gesicht. »Und ich glaube auch nicht, dass er jemals heiraten wird. Er ist wohl auch in dieser Beziehung seinem Vater ziemlich ähnlich.«

»Wie meinst du das?«, fragte ich.

Mary-Jane ließ für ein paar Sekunden die Arbeit ruhen und sah nachdenklich in die Ferne.

»Weißt du, Sherman Grant war kein bisschen so, wie die

Leute erzählen. Zwar konnte er aufbrausend und jähzornig sein, aber er hatte jede Menge Humor, und er war sehr … charmant.«

»Na ja«, sagte ich, »es ist aber nicht sehr charmant, mit so vielen Mädchen … äh … zu schlafen, oder?«

Mary-Jane warf mir einen belustigten Blick zu und lachte dunkel, beinahe etwas anzüglich.

»Die Mädchen haben es ihm aber auch ziemlich leicht gemacht«, erwiderte sie. »Kein Wunder, so gut wie er aussah, und immerhin war er der mächtigste Mann in der Gegend.«

Jetzt arbeitete ich auch nicht mehr.

»Hat er dich damals … vergewaltigt?« Ich senkte meine Stimme zu einem Flüstern.

»O nein, ganz und gar nicht.« Das Lächeln in ihrem Gesicht vertiefte sich. »Meine Mutter arbeitete bei ihm drüben im Haus als Köchin, und meine Schwester – sie war damals siebzehn – tänzelte dauernd vor seiner Nase hin und her. Sie versuchte verzweifelt, ihn auf sich aufmerksam zu machen, aber er fand nichts an ihr. Sarah-Ann war nicht besonders hübsch, und Sherman gefielen nur die Hübschen.«

Sie schien zu merken, dass sie damit sich selbst gelobt hatte, aber sie zuckte ihre Schultern. Noch heute, mit sechzig, war sie eine schöne Frau. In ihr volles schwarzes Haar mischten sich nur ein paar graue Fäden, sie hatte ein sehr ebenmäßiges Gesicht, dem die Falten Würde verliehen, statt Schaden anzurichten.

Ich lauschte ihr gespannt.

»Ich war gerade sechzehn, und er mochte mich gerne leiden. Ich durfte ihn oft auf die Jagd begleiten und bei ihm sitzen, wenn er las – er las gerne und eine Menge. Sarah-Ann war deswegen eifersüchtig. Und eines Nachts, als er ziemlich betrunken nach Hause kam, da lag sie in seinem Bett.«

Mary-Jane verzog das Gesicht.

»Welcher Mann kann in so einem Zustand schon nein sagen?«

Das Fließband lief leer vor uns her, bis eine neue Fuhre Tomaten eingefüllt wurde. Zwei junge Frauen tauschten die bereits gefüllten Sortierkörbe zwischen uns gegen leere aus.

»Sarah-Ann erzählte mir in allen Einzelheiten davon«, sprach Mary-Jane weiter, als die Frauen außer Hörweite waren. »Da wurde ich ebenfalls eifersüchtig. Auch wenn Sherman damals mindestens fünfzig gewesen sein musste, so liebte ich ihn doch aus tiefstem Herzen. Er war alles für mich, und ich hasste das Gerede über ihn. Ein paar Wochen später, es war ein heißer Sommer, lief ich ihm nach, als er zum Fluss hinunterritt. Ich versteckte mich im Gebüsch und beobachtete, wie er sich auszog und schwamm. Schnell nahm ich seine Kleider und versteckte sie in einem Busch. Und als er zurückkam, lag ich da anstelle seiner Kleider.«

»Aber du warst erst sechzehn – so alt wie ich heute!«

»Bei den Sioux wurde man früher mit zwölf verheiratet.« Mary-Jane zuckte wieder die Schultern. »Nach den Gesetzen meines Stammes war ich schon längst eine Frau.«

»Und dann hat er mit dir …?« Mein Mund war vor Aufregung ganz trocken, und in meinem Unterleib breitete sich das inzwischen schon vertraute Kribbeln aus, das sich nur leider dann nicht einstellte, wenn ich mit Brandon zusammen war.

»Ja. Wir haben damals das erste Mal miteinander geschlafen. Und auch als das Kind da war, setzten wir unsere Beziehung fort. Manchmal habe ich darüber nachgedacht, ob Sherman mich geheiratet hätte. Ich hatte ein komisches Gefühl an dem Tag, an dem er nach Boston fuhr, um Brautführer seiner kleinen Schwester Isabella zu sein, und ich bat ihn, nicht zu fahren. Aber er hat nur gelacht und mich geküsst. Zwei Stunden später war er tot. Ein Reifen an seinem Auto platzte, das Auto überschlug sich.«

Sie stieß einen tiefen Seufzer aus, und ich sah, dass sie noch immer um ihn trauerte. Nach einundvierzig Jahren.

»In seinem Testament hat er die Willow Creek und den größten Teil seines Vermögens seinem Bruder John Lucas vermacht, Isabella bekam einen großen Batzen Geld. Er hat keines seiner anderen Kinder bedacht, nur Nicholas und mich.«

Sie lächelte wieder, diesmal allerdings wehmütig.

»Sherman hat sehr gut für uns gesorgt. Noch heute bräuchte ich keinen Finger krumm zu machen, denn das Geld hatte er gut angelegt, in so einem Fonds, weißt du. Und wenn ich eines Tages sterbe, dann bekommt Nicholas das ganze Geld. Und dazu das Grundstück mit dem Haus oberhalb der Flussbiegung.«

»Du meinst Riverview Cottage?«, fragte ich erstaunt, und Mary-Jane nickte.

»Das hat Sherman mir hinterlassen.«

»Ach, dann gehört es gar nicht meinem Dad!«

»Nein.« Mary-Jane lächelte und machte sich wieder an die Arbeit. »Aber das wissen nur Vernon und ich. Und du jetzt auch.«

Ich fühlte mich geehrt von ihrem Vertrauen.

»Ich dachte, meine Mutter hätte dort mit ihrer Familie gelebt«, sagte ich und fuhr damit fort, Tomaten zu sortieren.

»Ja, das stimmt. Es stand ja leer, und als Ezechiel Cooper im Sommer 1960 nach Fairfield kam, gestattete ich Vernons Dad, Riverview Cottage an ihn zu vermieten. Der alte Cooper war Wanderprediger gewesen, aber nach einem Schlaganfall war's aus mit dem Wandern und dem Predigen.« Mary-Jane schnaubte. »Für seine Familie war das ein Glück, denn er war kein besonders angenehmer Zeitgenosse.«

»Und von was haben sie die Miete bezahlt?«, wollte ich wissen.

»Catherine Cooper war eine geschickte Näherin. Sie arbeitete von zu Hause aus, damit sie ihren Mann pflegen konnte. Und John Lucas hat nicht besonders viel Miete verlangt.«

»Hast du meine Mutter gekannt, als sie ein Kind war?«, fragte ich neugierig.

Mary-Jane blickte mich mit einem seltsamen Blick an, dann nickte sie.

»Ja, das habe ich«, erwiderte sie, dann stieß sie einen Seufzer aus. »Mach Schluss für heute, Sheridan. Du hast Ferien und solltest nicht jeden Tag hier schuften müssen.«

»Ich arbeite gerne mit dir zusammen«, erwiderte ich, nahm ihr Angebot aber an. »Hast du etwas dagegen, wenn ich hin und wieder zum Riverview Cottage gehe? Ich sitze manchmal gerne auf der Veranda.«

»Nein, natürlich habe ich nichts dagegen.« Sie lächelte. »Allerdings habe ich es ab Juni für ein halbes Jahr an einen jungen Mann vermietet.«

* * *

Am 14. Juni war mein sechzehnter Geburtstag, von dem wie üblich niemand Notiz nahm. Den ganzen Tag war ich in einer melancholischen Stimmung gewesen, und als ich spätnachmittags aus dem Treibhaus kam und sah, wie Mutter und Esra davonfuhren, sattelte ich mein Pferd und trabte hinunter zum Fluss. Der weite Himmel war wolkenlos, überall grünte und blühte es. Obwohl die Tage schon sommerlich heiß waren, schwang in der Luft noch ein letzter süßer Hauch von Frühling mit. Ich ließ Waysider flussaufwärts galoppieren, hielt ihn auf der Spitze eines Hügelkamms an und ließ meinen Blick über das schier endlos weite Land schweifen.

Spätestens übernächstes Jahr, wenn ich mit der High School fertig war, würde ich der Willow Creek Farm, Fairfield und dem ganzen Staat Nebraska ohne großes Bedauern den Rücken kehren, aber das Land als solches würde ich schmerzlich vermissen, denn meine Seele war auf geheime Weise mit diesem Flecken Erde verbunden. Jede Jahreszeit besaß ihren Reiz, ihren besonderen Duft, ihr ganz eigenes Licht, und ich liebte sie alle mit einer Intensität, die mich manchmal beängstigte. Als ich noch gehofft hatte, Harry Hartgrave würde sein Versprechen halten und sich bei mir melden, hatte ich häufig darüber nachgedacht, wie es sein müsste, in New York zu leben. Ich kannte die großen Städte von verschiedenen Besuchen, und der Trubel hatte mich, die Landpomeranze, am ersten Tag immer tief beeindruckt. Doch weil meine Augen an weites Land so gewöhnt waren wie ein Seemann an das Meer, bekam ich schon bald darauf Atemnot und Panikanfälle, so dass wir nie länger als ein paar Tage in einer Stadt geblieben waren.

Waysider tänzelte unruhig, und ich ließ ihn am Flussufer zurücktraben. Ich wollte allerdings noch nicht nach Hause und zwang ihn daher, die Furt am Elm Point zu durchqueren. In der Mitte des Flusses hatten wir eine kurze Meinungsverschiedenheit, aus der ich als Siegerin hervorging. Ich ritt an der Windschutzhecke entlang, bis ich den schmalen Durchlass fand, der auf einen Hohlweg zum Riverview Cottage führte. Mary-Jane hatte mir erzählt, dass sie Arbeiten am Haus in Auftrag gegeben hatte, den Rest wusste ich von den Arbeiterinnen, deren Männer am Riverview Cottage als Dachdecker, Schreiner, Elektriker oder Klempner arbeiteten. Dennoch war ich nicht auf die Veränderung gefasst, die mit dem verwunschenen alten Haus vor sich gegangen war. Halb entsetzt und halb erstaunt sah ich nun mit eigenen Augen, wie nachdrücklich man das Haus aus seinem jahrzehntelangen Dornröschenschlaf erweckt hatte. Das wild wuchernde Unkraut im Hof war verschwunden, das wellige Dach mit den undichten Stellen war erneuert worden, nagelneue Fenster hatten die kaputten Holzrahmen ersetzt, und die morsche Veranda war abgerissen und durch eine neue ersetzt worden. Die seit Jahren ungestört wuchernden Hecken und Büsche waren auf Miniaturgröße zurückgestutzt worden, und der Efeu war völlig verschwunden. Riverview Cottage war ein hübsches, kleines Haus geworden, aber die Aura des Geheimnisvollen, die es umgeben und zu etwas Besonderem gemacht hatte, war unwiderruflich zerstört.

Unversehens sah ich mich meines geliebten Rückzugsortes beraubt und wusste nicht, ob ich weinen oder mit den Schultern zucken sollte. Weil man aber mit sechzehn Jahren nicht mehr so schnell in Tränen ausbrach, siegte meine Neugier, und ich ritt einmal um das Haus herum. Waysiders Hufeisen klapperten auf dem Pflaster, das von Gras und Unkraut befreit worden war. Weit und breit war keine Menschenseele zu sehen. Also saß ich ab und band mein Pferd im Schatten unter der Zeder an. Ich ging auf der Veranda um das Haus herum, drückte auf die Türklinke der Haustür und bemerkte, dass sie nicht verschlossen war. Das war durchaus nicht ungewöhnlich, denn in dieser Gegend kannte jeder jeden.

Ohne schlechtes Gewissen betrat ich das Haus. Es war vollkommen leer, die Staubschicht und die Spinnweben von fünfunddreißig Jahren waren ebenso verschwunden wie das durchgesessene Sofa, auf dem ich meine Jungfräulichkeit verloren hatte. Der Dielenboden war so sauber gescheuert, dass meine Mutter ihre Freude daran gehabt hätte, und es gab ein nagelneues Badezimmer mit modernen Armaturen und glänzenden weißen Fliesen.

Ich stieg die ebenfalls neue Treppe hinauf in den ersten Stock, der noch eine komplette Baustelle war. Überall standen Farbeimer und Malerutensilien herum, die verblichenen Tapeten waren zum größten Teil schon von den Wänden gerissen worden. Es war ein trauriger Anblick. Seelenlos. Mein Blick wanderte über die Wände und blieb schließlich an einem Türchen hängen, das man nur erkannte, weil die Tapete darüber teilweise schon entfernt worden war. Ich versuchte, die Tür zu öffnen, was mir nach einer Weile und zwei abgebrochenen Fingernägeln auch gelang. Hinter der Tür befand sich ein Speicherraum, winzig klein, aber mit einem neuen Dachfensterchen, das genug Licht spendete, um etwas zu sehen.

Ich kroch hinein, richtete mich auf und blickte mich neugierig um. Es lag allerlei verstaubtes und halbverrottetes Gerümpel herum, aber dann bemerkte ich direkt unter dem Dach, zwischen einen Trag- und einen Dachbalken geklemmt, eine Kiste. Ich stellte mich auf die Zehenspitzen und zerrte an der Kiste, bis sie sich herausziehen ließ. Ein Staubregen ging über mich nieder, und ich musste ein paarmal niesen. Es war nicht ganz einfach, die verblasste kindliche Schrift auf dem schweren, akkurat mit Kordel verschnürten Schuhkarton zu entziffern: *Eigentum von Carolyn Cooper. Öffnen bei Todesstrafe verboten!*

Vorsichtig trug ich den verstaubten, fleckigen Karton in das Zimmer, stellte ihn auf den Boden und öffnete die Kordel, die wirklich sehr sorgfältig mit Dutzenden von Knoten verknüpft war. Wer war Carolyn Cooper? Hatte meine Mutter eine Schwester gehabt? Ja, sicher! Mary-Jane hatte doch kürzlich erst erzählt, dass Ezechiel Cooper 1960 nach einem Schlaganfall mit seiner Frau und *den Mädchen* nach Fairfield gekommen war! Bei anderen Leuten wäre es vielleicht eigenartig gewesen, dass nie über Eltern oder Geschwister gesprochen wurde, in der Familie Grant war es normal. Man lebte in der Gegenwart, die Vergangenheit schien niemanden zu interessieren. Plötzlich zuckte mir eine flüchtige Erinnerung durch den Kopf, und ich hielt kurz inne, aber mir wollte nicht einfallen, wann ich den Namen *Carolyn* schon einmal gehört hatte. Mary-Jane hatte ihn nicht erwähnt, da war ich mir sicher.

»Egal«, murmelte ich und löste den letzten Knoten. Endlich ließ sich der Deckel heben. In dem Karton befanden sich offenbar persönliche Dinge eines jungen Mädchens: Erinnerungsstücke aus der Kindheit, ein Fotoalbum, ein Jahrbuch, allerlei Krimskrams – und Tagebücher! *Carolyn Coopers Tagebuch, 1957*, stand mit ordentlicher Kleinmädchenschrift auf der ersten abgegriffenen Kladde. Carolyn hatte für jedes Jahr ein eigenes Tagebuch gehabt, von 1957 bis 1964. Ich schlug das Tagebuch von 1961 auf, überflog die ersten paar Seiten und beschloss dann, es zu einem besser geeigneten Zeitpunkt und an einem anderen Ort zu lesen, nicht hier zwischen Tür und Angel. Rasch verstaute ich alles wieder in dem Karton, in dem es nun so viele Jahre gelegen hatte, dann klemmte ich meinen spannenden Fund unter den Arm und verließ das Haus. Ich hatte das Paket gerade hinter Waysiders Sattel festgebunden und mich auf seinen Rücken geschwungen, als ein Auto in die Einfahrt einbog und vor dem Haus hielt. Ein Mann stieg aus. Er war nicht mehr so jung, wie ich ihn mir vorgestellt hatte, aber aus Sicht der sechzigjährigen Mary-Jane war der Begriff ›jung‹ sowieso relativ. Ich schätzte ihn auf Anfang dreißig.

»Hallo!«, rief er und musterte mich so neugierig wie ich ihn. »Das ist ja ein nettes Empfangskomitee!«

»Hallo«, erwiderte ich abwartend.

Er kam näher und setzte seine verspiegelte Sonnenbrille ab. Das dunkelblonde Haar war kurz geschnitten, er war kräftig und braungebrannt, wie jemand, der viel Zeit an der frischen Luft verbringt. Obwohl er freundlich lächelte, ärgerte ich mich über ihn, war er doch einfach in mein ganz privates Paradies eingedrungen.

»Werden Sie hier wohnen?«, fragte ich ihn.

»Ja.« Er nickte und betrachtete mich mit unverhohlenem Interesse. »Ich hoffe, du hast nichts dagegen.«

»Warum sollte ich?«

Mir wurde bewusst, wie ich nach sechs Stunden im Gewächshaus und dem Ritt durch den Fluss aussehen musste. Nicht unbedingt wie eine junge Dame, eher wie eine Landarbeiterin. Also beschloss ich, diese Rolle auch zu spielen.

»Das freut mich. Ich habe es nämlich für ein paar Monate gemietet.« Er sprach nicht wie einer aus dieser Gegend.

»Aha.« Ich lächelte nicht.

»Und wer bist du? Woher kommst du?«

»Drüben von der Willow Creek.«

»Von der Willow Creek«, ahmte er mich nach und grinste belustigt. »Das hört sich ja fast so an wie ›Ich komme von Twelve Oaks …‹«

»Was sagt man denn da, wo Sie herkommen?«, gab ich spitz zurück.

»Na ja.« Er verschränkte die Arme vor der Brust und grinste noch breiter. »Da, wo ich herkomme, gibt es Straßennamen und Hausnummern, aber das scheint hier nicht üblich zu sein. Ich heiße übrigens Christopher Finch.«

Er streckte mir die Hand hin, und ich ergriff sie nach einem kurzen Zögern vom Pferderücken aus. Sein Händedruck war fest, seine Hand erstaunlich weich und gepflegt. Er hatte schokoladenbraune Augen und sehr dichte Wimpern. Ich starrte ihn genauso unverfroren an wie er mich und kam zu dem Schluss, dass er ziemlich gut aussah, obwohl ich eigentlich keine besondere Vorliebe für blonde Männer mit Seitenscheitel hegte.

»Scarlett O'Hara«, sagte ich im wahrsten Sinne des Wortes von oben herab. Es gefiel mir, dass er zu mir aufblicken musste.

»Touché.« Er schien sich über mich lustig zu machen, und das ärgerte mich noch mehr. »Wir sind jetzt wohl Nachbarn. Deinem Vater gehört die Ranch nebenan?«

»Mein Pa ist tot. Ich arbeite da nur«, erwiderte ich, ganz die ungebildete Landarbeiterin, und das war ja strenggenommen nicht einmal gelogen. »Außerdem ist die Willow Creek eine *Farm*, dort wird hauptsächlich Mais und Getreide angebaut. Auf einer Ranch wird Viehzucht betrieben.«

»Wo du recht hast, hast du recht.« Mr Finch nickte und verschränkte wieder die sonnengebräunten Arme vor der Brust. Unter dem weißen T-Shirt zeichnete sich ein leichter Bauchansatz ab, und seltsamerweise jagte mir der Anblick dieses kleinen Makels einen heißen Schauer über die Haut. Mr Finchs Jeans saß ausgesprochen eng. Entweder hatte er einen Schlüsselbund in der Hosentasche, oder die Natur hatte ihn mehr als großzügig bedacht. In diesem Moment wurde mir bewusst, dass mein Blick ungehörig lang auf seiner Hose verweilt und er das auch bemerkt hatte, denn sein Lächeln wurde ein wenig selbstgefällig.

»Und wo kommen Sie her?«, beeilte ich mich zu fragen, bevor die Situation peinlich werden konnte.

»Aus Dayton, Ohio«, antwortete er und steckte die Hände in die Gesäßtaschen seiner Jeans. »Aber nach dem Sommer habe ich einen neuen Job in Madison, und da ich gerade an einem Buch schreibe, habe ich ein Haus gesucht, das mir gefällt und wo ich bis zum September in Ruhe arbeiten kann.«

Ich starrte ihn wohl einigermaßen unhöflich an, aber ich hatte noch nie einen leibhaftigen Schriftsteller gesehen. Irgendwie hatte ich mir Schriftsteller vergeistigt und alt vorgestellt, ganz und gar nicht wie diesen sonnengebräunten Blondschopf in Jeans und T-Shirt.

»Es ist ein wirklich schönes, charmantes Haus«, fuhr Mr Finch fort. »Die Aussicht über den Fluss und das Land ist herrlich. Ich wusste sofort, dass ich hier bleiben will.«

»Meine Mutter hat als Kind in dem Haus gewohnt«, bemerkte ich. »Es hat eine Ewigkeit leer gestanden.«

»Genau so sah es auch aus.« Mr Finch lächelte, und ich konnte nicht verhindern, dass ich ihn anstarrte. Danny hatte ich immer mit einem sehnigen herumstreunenden Wolf verglichen, Brandon assoziierte ich mit einem tapsigen, gutmütigen Hundewelpen, aber Mr Finch war ein Raubtier, ein Löwe vielleicht, oder ein Tiger. Schön anzusehen, aber gefährlich.

»Und jetzt lebt sie drüben auf der Farm?«, fragte er.

»Nein.« Ich schüttelte den Kopf. »Meine Mom ist auch tot. Sie ist gestorben, als ich zwei war.«

Ich hatte keine Ahnung, wie ich dazu kam, diesem wildfremden Mann so etwas zu erzählen, aber es schien ihn zu interessieren.

»Aha. Und wie heißt du in Wirklichkeit, Scarlett O'Hara?«, fragte er und lehnte sich lässig gegen den Baumstamm.

»Carolyn.«

Er wurde ernst, sein Blick prüfend.

»Carolyn. Ein hübscher Name. Und wie weiter?«

»Cooper.« So unvorbereitet fiel mir nichts Besseres ein als der Name, den ich gerade eben auf dem Karton gelesen hatte.

»Und was arbeitest du da drüben so? Du scheinst mir noch ziemlich jung zu sein.«

»Ich bin bald achtzehn«, log ich, ohne mit der Wimper zu zucken. »Ich arbeite in den Gewächshäusern und im Hühnerstall. Und abends in der Küche für die Familie vom Boss.«

»Aha.«

»Ich muss allmählich los. Kochen.« Ich fasste die Zügel kürzer. So faszinierend die Begegnung mit dem neuen Nachbarn war, ich wollte nach Hause und das Tagebuch dieser Carolyn Cooper lesen.

»Ja, natürlich.« Mr Finch nickte, ohne seinen Blick von mir abzuwenden. »Du kannst übrigens weiterhin gerne hierherkommen. Ich habe nichts dagegen. Vielleicht besuchst du mich mal, hübsche Carolyn.«

Mich überlief ein angenehmer Schauder, dessen Intensität mich verwirrte.

»Wenn Mrs Finch nichts dagegen hat«, sagte ich benommen.

»Es gibt keine Mrs Finch. Ich bin geschieden.«

In seinen Augen lag plötzlich ein schwer zu deutender Ausdruck. Taxierte er mich? Machte er sich über mich lustig? Oder verspürte er dieselbe eigentümliche Anziehung wie ich?

»Oh, hm ... ach so ...« Ich wusste, dass ich jetzt besser hätte nach Hause reiten sollen, aber der Drang, noch eine Weile mit ihm zu reden, war weitaus größer. Die Tagebücher hatten eine halbe Ewigkeit hinter dem Dachbalken versteckt gelegen, nun kam es auf eine halbe Stunde nicht mehr an.

»Ihr hätte es hier sowieso nicht gefallen.« Mr Finch zuckte die Schultern, und ich wusste im ersten Moment nicht, von wem er sprach. »Meine Exfrau ist eine richtige Stadtpflanze, und die Gegend hier wäre ihr ganz sicher zu ... menschenleer.«

Er stieß sich von dem Baumstamm ab und kam näher. Wir sahen uns an, und mein Herzschlag beschleunigte sich unter seinem prüfenden Blick. Dieser Mann war kein behäbiger Löwe, sondern ein geschmeidiger, hungriger Puma.

»Es war sehr nett, dich kennengelernt zu haben – Scarlett.«

Der eigenartige Moment war verflogen, er grinste wieder. Ich lächelte auch. Waysider tänzelte ungeduldig.

»Wenn ich Scarlett bin«, sagte ich mit einem Anflug von Koketterie, »wer sind Sie dann? Ashley Wilkes oder Rhett Butler?«

»Finde es doch heraus«, erwiderte er.

Was war das denn? Eine Aufforderung? Zu was? Ich tat unbeeindruckt, nahm Waysiders Zügel kürzer und ließ ihn einen perfekten Spin vorführen.

»Mal sehen«, sagte ich so cool, wie es mir möglich war, dann ritt ich im Galopp vom Hof, ohne mich noch einmal umzusehen. Obwohl mir Christopher Finch nicht wirklich sympathisch war, reizte er mich. Er ging mir nicht mehr aus dem Kopf.

Mutter und Esra waren noch nicht zurück, dafür fand ich auf meinem Kopfkissen eine kurze Nachricht von Martha in ihrer krakeligen Handschrift.

Dein Dad hat zweima angerufen, um dir härzligen Glükwunsch zum Geburstag zu sagen. Und ein junger Mann namens Brenton.

Ich lächelte kurz. Brandon hatte also an mich gedacht. Er war zu Beginn der Sommerferien mit seiner Familie verreist. Zuerst für drei Wochen nach Europa, danach bis Ende Juli ins Ferienhaus seiner Familie an der Ostküste. Er hatte mich eingeladen, mit nach Cape Cod zu kommen, aber natürlich konnte ich unmöglich während der Erntezeit Urlaub machen. Zum Abschied hatte er mir mein Geburtstagsgeschenk überreicht, mit dem Hinweis, es wirklich erst an meinem Geburtstag zu öffnen, dann hatte er mich so fest gedrückt, dass mir fast die Luft weggeblieben war.

»Versprich mir, dass du nicht vergisst, wie sehr ich dich liebe«, hatte er verlangt, und ich hatte es ihm fest versprochen. Natürlich hatte ich mit dem Auspacken nicht bis heute warten können. Brandon hatte sich nicht lumpen lassen und mir eine wirklich hübsche rosa Bluse mit einem passenden rosaweiß karierten Halstuch geschenkt und dazu einen mit Spitzen verzierten Büstenhalter, der mir mindestens zwei Nummern zu groß war. Das war wirklich süß von ihm, und ich hatte mir gewünscht, ich wäre in ihn verliebt und könnte sehnsüchtig auf seine Rückkehr warten, aber leider war das nicht der Fall. Mit jedem Tag, der verging, wurde meine Erinnerung an ihn blasser.

Ich schüttelte die Gedanken an Brandon ab, zog die Schuhe aus und warf mich mit dem ersten Tagebuch von Carolyn Cooper und dem Fotoalbum aufs Bett. Zuerst blätterte ich die Fotos durch. Da waren Bilder von meiner Mutter, die schon als Kind einen bitteren Zug um den Mund gehabt hatte. Meine Großeltern, eine verhuschte Frau mit traurigen Augen und ein herrschsüchtig wirkender Mann mit Schnauzbart, lächelten auf keinem Bild.

Das erste Bild von Carolyn war entstanden, als sie sechs Jahre alt war, und mir traten die Tränen in die Augen, als ich es betrachtete. Sie war ein süßes, hübsches Kind gewesen, das so gar nicht in diese bierernste Familie passen wollte.

Wie ich, ging es mir durch den Kopf.

Später gab es mehr Fotos, Schnappschüsse zumeist, die Carolyn mit Klassenkameradinnen und Rachel zeigten, aber dann erkannte ich auf einem Bild meinen Adoptivvater. Er war vielleicht siebzehn gewesen, ein gutaussehender junger Mann mit einem ausgelassenen Lachen, und er hatte den Arm um Carolyn gelegt, die ihn verliebt anlächelte. Dad – und die Schwester meiner Mutter?

Dann gab es Fotos von John Lucas Grant, dem im Vietnamkrieg gefallenen älteren Bruder von Dad, von Dads Mutter Sophia, seinem Vater John Lucas I., von der Willow Creek, von Schulfesten, Pferden, und immer wieder von Dad und Carolyn, Rachel und John Lucas.

Ich konnte mir keinen Reim darauf machen. Weshalb hatte Dad die unattraktive Rachel ihrer doch viel hübscheren Schwester vorgezogen, die so offensichtlich in ihn verliebt war? Die Lösung dieses Rätsels hoffte ich in den Tagebüchern zu finden. Neugierig begann ich zu lesen. Die ersten Eintragungen waren kindliche Schilderungen eines nicht besonders glücklichen Lebens. Der Vater war streng, die Mutter verängstigt, die Schwester boshaft. So eine Überraschung!

1960, als die Coopers nach Fairfield gekommen waren, war Carolyn Cooper zwölf Jahre alt gewesen. Sie hatte John Lucas und Vernon Grant kennengelernt, als die beiden mit ihrem Vater einen Antrittsbesuch im Riverview Cottage gemacht hatten, und war tief beeindruckt von den Grants. Seitenlang beschrieb sie die ganze Familie, besonders die Mutter und die beiden Brüder. Mein Großvater, der bis dahin als Wanderprediger mit seiner Familie durch den ganzen Mittleren Westen gezogen war, hatte kurz zuvor einen schweren Schlaganfall erlitten und seinen Beruf aufgeben müssen. Carolyn war keine regelmäßige Tagebuchschreiberin gewesen, im Durchschnitt schrieb sie einmal in der Woche, manchmal auch längere Zeit nicht, dann wieder fünf oder sechs Seiten lang. Ich überflog die Zeilen und hatte das bestimmte Gefühl, dass es Carolyn Cooper ähnlich ergangen sein musste wie mir, denn sie hatte, je älter sie wurde, immer mehr unter der Gefühllosigkeit und Strenge in ihrem Elternhaus gelitten. Zu ihrer älteren Schwester Rachel hatte sie ein gutes Verhältnis gehabt, sie hatte sie bewundert und geliebt, obwohl Rachel oft ziemlich niederträchtig zu ihr gewesen war.

Als hätte sie meine Gedanken gehört, rief Mutter in diesem Augenblick vom Fuß der Treppe nach mir. Ich verstaute eilig das Tagebuch, schob die Kiste unter mein Bett und lief nach unten, wo ich ein heiliges Donnerwetter zu hören bekam, weil ich vergessen hatte, an Marthas freiem Tag etwas zu kochen, wie es meine Aufgabe gewesen wäre.

Am Sonntag, nach der Kirche, las ich das Tagebuch aus dem Jahr 1963 bis zur letzten Eintragung am 25. Dezember.

Ich bin so, so, so, so wütend und enttäuscht!!! Niemals, niemals hätte ich DAS von Rachel gedacht! Wie hat sie das nur tun können? Ich bin aber auch einfach zu vertrauensselig! Aber ich habe sie eben zur Rede gestellt. Wie kann sie nur meine Tagebücher lesen und auch noch Mom daraus vorlesen? Meine Gedanken gehen sie überhaupt nichts an! V hat mir zu Weihnachten ein neues Tagebuch geschenkt …

V? Vernon? Warum sollte mein Adoptivvater ihr ein neues Tagebuch schenken?

… und ich werde auch weiterhin Tagebuch schreiben, denn das

muss ich einfach! Ich muss irgendjemandem alles erzählen, und wenn es nur ein dummes, leeres Heft ist! Aber ich werde es nicht mehr offen herumliegen lassen, sondern sehr gut verstecken. Und ich weiß auch schon, wo. Wenn Rachel glaubt, sie könnte auch meine Träume und Gedanken kontrollieren, dann hat sie sich getäuscht!

Das war die allerletzte Eintragung. Enttäuscht klappte ich die Kladde zu. Zwar hatte ich viel über meine Adoptivmutter erfahren und von dem, was ihre kleine Schwester beschäftigt, gefreut und geärgert hatte, aber ich hatte mir irgendwie mehr erhofft. Warum hatte Carolyn ihre Tagebücher und ihre Kindheitserinnerungen zurückgelassen, und wo war sie jetzt? Und wieso hatte mein Vater ihr zu Weihnachten ein Tagebuch geschenkt? Waren sie ein Paar gewesen?

Meine Neugier war geweckt, und ich beschloss, mehr über die Vergangenheit meiner Adoptiveltern herauszufinden, denn ich konnte überhaupt nicht verstehen, weshalb mein Vater wohl Rachel und nicht Carolyn geheiratet hatte.

Seitdem ich Carolyn Coopers Tagebuch gelesen hatte, sah ich meine Eltern mit völlig anderen Augen. Es war ein seltsames Gefühl, Dinge über sie zu wissen, ohne dass sie auch nur einen blassen Schimmer davon hatten. Ob ich sie einfach nach Carolyn fragen sollte? Ich konnte schließlich behaupten, ich hätte ein altes Fotoalbum aus einem der Müllcontainer beim Riverview Cottage gefischt. Vielleicht würde das zu dem längst überfälligen Gespräch führen, das Dad mir vor fast einem Jahr versprochen hatte. Es ergab sich allerdings keine passende Gelegenheit, und mein Plan, Vergangenheitsforschung zu betreiben, wurde von Christopher Finch durchkreuzt. Seit unserer ersten Begegnung übte Riverview Cottage eine geradezu unwiderstehliche Anziehungskraft auf mich aus. Die Renovierungsarbeiten waren abgeschlossen, das wusste ich von diversen kurzen Stippvisiten, und als Mary-Jane mir irgendwann beiläufig erzählte, Mr Finch sei eingezogen, beschloss ich, ihm einen Besuch abzustatten. Es ärgerte mich, dass ich dauernd an diesen Mann denken musste, dass er sich Nacht für Nacht in meinen Kopf schlich und mir unziemliche Träume bescherte. Vor ein paar Tagen war ich ihm beim Supermarkt in der Drogerieabteilung begegnet, als ich mit Martha einkaufen gewesen war. Ein zweites Mal hatte ich ihn an der Tankstelle getroffen, Malachy und Hiram hatten vorn im Pick-up gesessen, ich mit Kopftuch und Jeans und einem Haufen Saatgut hinten auf der Pritsche. Spätestens seitdem war Mr Finch wohl fest davon überzeugt, dass ich eine simple Landarbeiterin war.

Am Morgen des Tages vor dem Unabhängigkeitstag fuhren Dad und Mutter mit Malachy und Esra zu Rebeccas Leuten nach Iowa, zu einem offiziellen ersten Kennenlernen. Ich wartete bis zum späten Vormittag, dann sattelte ich Waysider und ritt ohne Umwege zum Riverview Cottage hinüber. Es war ein heißer Julitag, der gelbe Sommerflieder und die Ligusterbüsche neben der Veranda dufteten überwältigend in ihrer vollen Blüte. Ich band Waysider unter einer mächtigen immergrünen Magnolie an. Mr Finch musste zu Hause sein, denn sein silberner Chrysler stand im Hof. Ich ging die Stufen zur Veranda hoch und rief nach ihm. Doch er kam nicht aus dem Haus, wie ich das vermutet hatte, sondern stand plötzlich hinter mir.

»Hi, Scarlett«, sagte er und grinste belustigt, als ich erschrocken herumwirbelte.

»Ha… hallo«, stotterte ich. »Das ist aber nicht sehr nett, dass Sie sich so anschleichen.«

»Ich habe mich schon gefragt, ob du mich wohl vergessen hast.« Sein Blick flog rasch über meine ärmellose Bluse und die weiße, hautenge Jeans, und was er sah, schien ihm zu gefallen. Ich hatte mir den BH angezogen, den Brandon mir geschenkt hatte, weil der meinen Busen größer machte, und mein Haar offen gelassen, so dass es mir in dunkelblonden Wellen bis in die Mitte des Rückens fiel. Lange Haare – das wusste ich aus meinem schlauen Buch *Henrys Leidenschaften* – machten Männer angeblich völlig verrückt. Und genau das beabsichtigte ich mit meinem heutigen Besuch: Ich wollte Mr Finch wenn auch nicht völlig, so dann aber doch ein bisschen verrückt machen. Er sollte genauso von mir träumen wie ich von ihm.

»Es gibt im Sommer viel Arbeit«, erwiderte ich kühl und musterte ihn ebenfalls. In dem verschwitzten grauen T-Shirt, schmutzigen Jeans und Arbeitsschuhen sah er nicht wie ein Schriftsteller aus, aber ziemlich attraktiv.

»Ich habe gerade Holz gehackt«, sagte er entschuldigend, dann lachte er. »Besser gesagt – ich habe *versucht*, Holz zu hacken, aber es ist mir nicht besonders gut gelungen.«

»Soll ich Ihnen zeigen, wie es geht?«, fragte ich.

»Äh … kannst du so etwas?«

Ich hob die Augenbrauen und schüttelte dann nachsichtig den Kopf.

»Klar.«

»Okay. Dann komm mit.«

Er ging vor mir her um das Haus herum, wobei ich seinen knackigen Hintern bewundern konnte. Viel hatte er tatsächlich nicht hinbekommen.

Ich ergriff die Axt, fühlte mit dem Daumen die Schärfe der Klinge. Dann stellte ich ein Holzscheit aufrecht auf den Hackklotz und spaltete es mit einem gezielten Axthieb.

»Oha!« Mr Finch schien ehrlich beeindruckt. »Mit dir möchte ich nie Streit haben! Du kannst richtig anpacken.«

»Allerdings.« Ich lächelte zweideutig. »Das kann ich.«

Ich erklärte ihm, wie er die Axt halten musste, und reichte

sie ihm, nachdem ich ein paar Scheite in kamingerechte Stücke gehackt hatte. Sein erster Versuch schlug wieder fehl.

»Sie schlagen mit viel zu viel Kraft zu.« Ich legte meine Hände um sein Handgelenk, und allein diese Berührung elektrisierte mich sofort. »So, jetzt noch einmal. Aus der Schulter heraus, ganz locker … ja … so ist's besser.«

Nach drei Versuchen wurde es besser, und schließlich schaffte er ein paar recht passable Hiebe. Er wandte sich mir zu und mir wurde heiß. Ich roch einen Hauch von Rasierwasser und den Geruch nach frischem Schweiß auf seiner Haut. Seine Nähe war irritierend und anziehend zugleich.

»Vielen Dank«, sagte er und stellte die Axt beiseite. »Das war sehr nett von dir.«

»Nachbarschaftshilfe«, erwiderte ich, ergriff die Axt und schlug sie lässig in den Hackklotz. »Man lässt eine Axt übrigens nicht einfach so herumliegen.«

»Okay. Komm, lass uns etwas zur Abkühlung trinken«, schlug er vor. »Eistee? Cola? Bier? Weißwein? Ich hab alles da.«

»Cola wäre klasse«, sagte ich und erwischte ihn dabei, wie er auf meine Brüste starrte. Ich lächelte ihn an, und er lächelte arglos zurück.

Die Veränderung, die mit dem Hausinnern vor sich gegangen war, war kolossal. Die Küche war schneeweiß und sehr modern. Im Wohnzimmer gab es eine ganze Regalwand voller Bücher, Ledersessel und ein Ledersofa, das sehr gemütlich aussah. Ein großer Fernseher stand auf einer weißlackierten Anrichte, und an den hell gestrichenen Wänden hingen abstrakte bunte Bilder, die aussahen, als wären sie von überdrehten Kindern gemalt worden.

»Schau dich ruhig um!«, rief er aus der Küche.

Ich war schon längst dabei. In Mr Finchs Arbeitszimmer standen noch mehr Bücher in weißen Holzregalen, ein Computermonitor nahm den größten Teil des Schreibtisches ein.

Das beeindruckte mich noch mehr als die wundersame Metamorphose des Hauses, denn die einzigen Computer, die ich kannte, standen in der Schule.

»Was schreiben Sie eigentlich für Bücher?«, erkundigte ich mich.

»Wie bitte?«, rief er.

Ich schlenderte hinüber in die Küche, lehnte mich an die Arbeitsplatte und sah ihm zu, wie er Cola und Eistee aus dem Kühlschrank holte und Eiswürfel in zwei Gläser füllte.

»Was Sie so schreiben: Romane, Gedichte, Groschenromane …« Ich pustete mir eine Haarsträhne aus dem Gesicht. »Oder was für die Kirchenzeitung?«

»Ich schreibe an einer Biographie. Weißt du, was das ist?«

Idiot, dachte ich verächtlich. Doch ich hatte noch immer vor, die Rolle der ungebildeten Landarbeiterin zu spielen. Meine rauen Hände und die kurzen Fingernägel passten perfekt dazu. Also schüttelte ich den Kopf. Er schenkte Cola in eines der Gläser und reichte es mir. Dann begann er mir zu erklären, was eine Biographie war. Sein herablassender Tonfall ärgerte mich, und ich beschloss, ihn ein wenig zu provozieren.

»Hörst du mir eigentlich zu?«, fragte er plötzlich und lächelte halb belustigt, halb gekränkt, weil ich ihm offensichtlich nicht die gewünschte Aufmerksamkeit schenkte.

»Nein«, gestand ich ihm. »Ich habe gerade daran gedacht, dass ich in diesem Haus das erste Mal in meinem Leben Sex hatte.«

Diese unverblümte Erklärung wischte das Lächeln aus seinem Gesicht und zeigte die von mir beabsichtigte Wirkung. In seinen dunklen Augen erschien jener Ausdruck, der mir Herzklopfen und ein seltsames Ziehen im Bauch verursachte. Männer waren ja so einfach zu steuern! Ich hatte ihn da, wo ich ihn haben wollte. Genau so hatte Danny mich immer angesehen. Diese Erkenntnis ließ mich innerlich erzittern, erfüllte mich aber auch mit einer geradezu triumphalen Genugtuung. Christopher Finch, ein erwachsener Mann, ein Schriftsteller, sah in mir kein kleines Mädchen, sondern eine Frau, so wie der leidenschaftliche Henry diese Cecily gesehen hatte, die ja auch erst sechzehn war, die er aber für zwanzig gehalten hatte.

In meinem Bauch flatterten tausend Schmetterlinge. Ich ging rückwärts aus der Küche in Richtung Wohnzimmer, ohne Mr Finch aus den Augen zu lassen, und er folgte mir wie hypnotisiert. Das hier war etwas völlig anderes als das kindische Händchenhalten mit Brandon. Ich fühlte mich unglaublich überlegen, erwachsen und begehrenswert und lächelte Mr Finch mit einer vor dem Spiegel hinlänglich geübten Mischung aus Schüchternheit und Koketterie an.

»Da drüben.« Ich wies auf eine Ecke des Wohnzimmers. »Da stand früher ein altes Sofa.«

Er kam näher und blieb dicht vor mir stehen.

»So«, sagte er. »Da stand ein Sofa. Und was passierte auf diesem Sofa?«

Ich legte den Kopf schief und beschloss, dass es für heute reichte. Ganz sicher würde er jetzt von mir träumen.

»Das erzähle ich Ihnen, wenn ich Sie das nächste Mal besuche«, sagte ich geheimnisvoll, trank die Cola leer und wollte an ihm vorbeischlüpfen. Doch ehe ich mich versah, hatte er mir das leere Glas aus der Hand genommen und achtlos in eines der Bücherregale gestellt. Er ergriff mein Handgelenk und machte einen Schritt auf mich zu. Sein Gesicht war meinem sehr nahe, aber er küsste mich nicht, wie ich das erwartet hatte. Stattdessen strichen seine Hände über meine Hüften und schlossen sich kurz und fest um meinen Hintern.

»Willst du etwa Spielchen mit mir spielen?«, flüsterte er. »Hm?«

Mir verschlug es den Atem, so erregend war diese fordernde und keineswegs zärtliche Berührung.

»Carolyn, du kleines Biest«, murmelte er. »Ich mag Spielchen nur, wenn sie nach meinen Regeln gespielt werden.«

Ich merkte zu spät, dass ich die Kontrolle über die Situation völlig verloren hatte. Sollte ich besser verschwinden? Jetzt hatte ich noch die Chance, aber ich ließ sie ungenutzt verstreichen.

»Hast du das verstanden, Carolyn?«, fragte er.

Mein Mund und meine Kehle waren staubtrocken, mein ganzer Körper sehnte sich mit erschreckender Heftigkeit nach der Berührung seiner Hände, die so weich waren und doch so fest zupacken konnten.

»Ja«, flüsterte ich. »Das hab ich.«

»Was hast du auf dem Sofa getan?« Seine Stimme war honigweich und dunkel. »Erzähl es mir!«

Ich schluckte krampfhaft.

»Erzähl mir, wie du auf dem Sofa von einem Kerl gebumst worden bist. So war es doch, oder?« Er trat hinter mich, ohne mich zu berühren. Mir schoss das Blut ins Gesicht, und ich senkte verlegen den Kopf.

»Er hat dir sein Ding reingesteckt, und nach ein paar Minuten war alles vorbei. Stimmt's? Eine schnelle Nummer, sonst nichts. Ich glaube, du hast keinen blassen Schimmer davon, was Sex ist.«

Zu meiner Enttäuschung fasste er mich noch immer nicht an, obwohl ich mir nichts sehnlicher wünschte, ja, er trat sogar einen Schritt zurück.

»Sex beginnt im Kopf. Man muss sich in Stimmung bringen, sich vorstellen, was man erleben möchte.«

Ja, schrie eine innere Stimme, *du hast recht, ich weiß es, denn ich bringe mich seit Monaten mit diesen verdammten Büchern in Stimmung und ich träume von nichts anderem mehr!*

»Hast du wirklich geglaubt, du könntest mich heiß machen und mit mir eine schnelle Nummer abziehen? Hm? Hast du das geglaubt? Sag es mir!« Seine Stimme klang streng.

Damit hatte ich nun überhaupt nicht gerechnet.

»Ja«, gab ich zu und steckte die Hände in die Hosentaschen. »Ja, das hab ich geglaubt.«

Meine Ehrlichkeit irritierte ihn, aber nur kurz.

»Na schön.« Er schien mir meine Absichten nicht übelzunehmen, im Gegenteil. Ich hatte eher den Eindruck, dass es ihm Spaß machte und diese Zurechtweisung Bestandteil seines Spiels war.

»Ich verstehe dich durchaus, denn ich war ja auch mal so jung wie du und dachte, der Gipfel der Sexualität sei der Geschlechtsakt, die direkte, stumpfsinnige Befriedigung primitivster Triebe, die gierige schnelle Paarung auf ...« Er machte eine vage Handbewegung in Richtung der Zimmerecke. »... auf einem alten, quietschenden Sofa, auf dem Rücksitz eines Autos, unter einem Gebüsch, in einer nach Pisse stinkenden Toilette. Aber das hat nicht das Geringste mit *Erotik* zu tun, denn die verlangt Gefühl, Sinnlichkeit, Leidenschaft und Phantasie. Ja, auch ich habe früher einmal gedacht, es sei das Größte, ein williges Mädchen irgendwo schnell zu nehmen.«

Ich starrte ihn sprachlos an. Tatsächlich hatte ich so fest damit gerechnet, dass er sich auf mich stürzen und mir gierig die Kleider vom Leib reißen würde, dass ich mit dieser peinlichen Situation überfordert war. Ich spielte mit dem Gedanken, einfach wegzulaufen, doch sein Verhalten faszinierte mich. Er reagierte so anders als Danny oder gar Brandon.

Mr Finch ging an sein Bücherregal.

»Hast du schon mal ein Buch gelesen?«, erkundigte er sich.

Machte er Späße? Aus einem ersten Impuls heraus wollte ich ihm eine zynische Antwort geben, doch gerade noch rechtzeitig erinnerte ich mich daran, für wen er mich hielt.

»Ja. Ein- oder zweimal«, hauchte ich also. »Früher, in der Schule.«

»Na, hier habe ich etwas, was dir vielleicht gefallen wird.« Mr Finch zog ein Buch hervor, schlug es auf und blätterte darin herum. Seine Augen flogen hin und her, er lächelte.

»Anaïs Nin war die Geliebte von Henry Miller.« Er blickte auf und sah mich an. »Den Namen Henry Miller hast du doch sicher schon mal gehört, oder?«

»Ist das der von dem Bier?«

Ich hatte fast alle Bücher von Henry Miller gelesen, die ich in der Bibliothek meines Vaters gefunden hatte, aber natürlich stellte ich mich unwissend.

Es klappte. Mr Finch hob amüsiert die Augenbrauen und lächelte überlegen.

»Nein. Henry Miller hatte nichts mit der Miller Brewery zu tun. Er war ein berühmter amerikanischer Schriftsteller«, belehrte er mich. »Als er und seine Geliebte in den vierziger Jahren in Paris, also in Frankreich, lebten, hatten sie nicht viel Geld, deshalb schrieb sie diese erotischen Geschichten, quasi als Auftragsarbeit.«

Er reichte mir das aufgeschlagene Buch und deutete auf einen Abschnitt, der teilweise unterstrichen war.

»Ich würde mich freuen, wenn du es mir vorliest«, sagte er. »Was hältst du davon?«

Das war nun wirklich das sonderbarste Ansinnen, das ich jemals gehört hatte. Er fixierte mich mit einer Intensität, die mir einen Schauer über den Rücken jagte. Ich warf einen Blick auf den Buchtitel. *Das Delta der Venus.* Mir wurde heiß, mein Herz klopfte schneller, als ich die ersten Sätze überflog. *Neugier und Sinnlichkeit sind die Quelle sexueller Potenz. In der Eintönigkeit kann Sexualität nicht gedeihen, nicht ohne Gefühle, Einfälle, Launen, Überraschungen im Bett.* Was war das denn?

»Ich … ich weiß nicht«, sagte ich und tat verunsichert. »Ich … ich kann nicht so gut lesen … und das ist so klein gedruckt.«

»So, so.« Er kam näher, nahm mir das Buch aus der Hand. »Holz hacken kannst du also besser als lesen.«

Ich nickte.

»Ich kann alles gut, wozu man seinen Körper benutzt.« Ich sah ihn mit gespielter Schüchternheit an und erkannte, dass ihn das Gefühl der Überlegenheit, das ich ihm gab, anmachte. Seine Augen glänzten, er atmete schneller, und ich wusste, ich hatte den Spieß wieder umgedreht. Davon abgesehen, begann es mir Spaß zu machen, die naive Ungebildete zu spielen. Ich spürte die heiße Lust, die sich in mir ausbreitete, die Feuchtigkeit zwischen meinen Beinen.

»Kannst du sehen, was du mit mir gemacht hast?«, fragte Mr Finch plötzlich mit einer seltsam heiseren Stimme. »Siehst du es?«

Ich blickte an ihm herunter, streckte die Hand aus und legte sie unverfroren auf die Beule in seiner Hose. Er schluckte.

»Ja. Das sehe ich«, antwortete ich und schaute ihm geradewegs in die Augen. Seine joviale Überlegenheit schwand mit jeder Sekunde, die meine Hand mit leichtem Druck auf seiner Erektion verharrte. Noch immer berührte er mich nicht, aber sein Atem ging zunehmend schwerer.

»Die Kraft verbaler Erotik«, flüsterte er. »Die manipulative Macht der Phantasie und der Bilder im Kopf. Das ist Sinnlichkeit. Ist es nicht unglaublich, wie mächtig Worte sind?«

Ein Spinner, dachte ich erstaunlich nüchtern.

»Was ist jetzt?«, fragte ich und legte den Kopf schief. »Wollen Sie mit mir schlafen, oder können Sie nur Vorträge halten?«

Seine Miene veränderte sich in Sekundenbruchteilen. In seinen Augen glomm jener wilde Funke der Begierde, den ich schon bei Danny und Brandon beobachtet hatte. Mein Herz pochte heftig, und ich triumphierte innerlich. Seine Nasenflügel bebten, er kämpfte noch einen Moment mit sich, doch dann war der Trieb stärker als alle Bedenken.

»Du kleines scharfes Luder«, flüsterte er und packte mein Handgelenk. »Komm mit. Du kriegst schon, was du willst.«

Es war noch immer sehr heiß, aber die Sonne stand schon tief und die Bäume warfen lange Schatten, als ich Riverview Cottage verließ. Ich hatte jedes Zeitgefühl verloren, fühlte mich benebelt, als hätte ich Alkohol getrunken. Für ein paar Sekunden musste ich mich am Treppengeländer festhalten, so weich waren meine Knie. Mein echtes Leben schien mit einem Mal unwirklich und weit weg zu sein. War es wirklich erst drei Stunden her, dass ich Mr Finch gezeigt hatte, wie man Holz hackt?

Waysider wieherte, als er mich erblickte, und da kam ich endlich zu mir, und die Welt setzte sich mit einem Ruck wieder in Bewegung. Mit ein paar Schritten überquerte ich den Hof, zog den Sattelgurt fest und band mein Pferd los. Es war nicht ganz einfach, in Waysiders Sattel zu kommen, denn ich fühlte mich, als sei mein ganzer Körper gezerrt.

Das Gefühl, die Situation im Griff zu haben, hatte sich in dem Moment ins Gegenteil verkehrt, als ich auf Mr Finchs Bett gelegen hatte und mir beim Anblick seines nackten Körpers bewusst geworden war, dass es kein Entrinnen mehr gab. Er war kein schüchterner Brandon und auch kein Danny, der ständig in der Angst gelebt hatte, von meinem Vater überrascht zu werden. Christopher Finch war ein erfahrener Liebhaber, der sich nicht mit einer schnellen Nummer zufriedengab. Bei der Erinnerung an das, was er mit mir getan hatte, wurde mir heiß und kalt. Ich schämte mich fast zu Tode, wenn ich daran dachte, wie ich mich vor Lust und Verlangen gewunden, wie ich gewimmert und hemmungslos geschrien hatte. Der völlige Verlust der Selbstkontrolle hatte mich beängstigt. Aber war es nicht das gewesen, wonach ich mich gesehnt hatte? Rausch, Ekstase, Leidenschaft, all das, was ich bei meinen bisher recht unbefriedigenden sexuellen Erfahrungen vermisst hatte, hatte ich heute empfunden, und doch konnte ich nicht behaupten, dass es mir gefallen hätte. Einzig die Tatsache, dass Mr Finch sich ebenso hatte gehen lassen, milderte ein wenig meine Scham. Und trotzdem, was mochte er nun über mich denken? Könnte ich ihm jemals wieder in die Augen sehen?

»Christopher«, murmelte ich und war froh, dass es nicht Sheridan Grant gewesen war, die sich so benommen hatte, sondern Carolyn, die Landarbeiterin.

In dieser Nacht tat ich kein Auge zu. Schlaflos wälzte ich mich in meinem Bett hin und her, rekapitulierte jedes Wort, das er zu mir gesagt hatte, und jede seiner Berührungen, die mich so über alle Maßen erregt hatten. Ich war mir nicht sicher, ob ich Mr Finch nun mochte oder nicht. Und obwohl die Stunden in seinem Bett in mir ein Gefühl der Unzulänglichkeit und der Scham hinterlassen hatten, so konnte ich es doch kaum erwarten, ihn wieder zu spüren, zu riechen und zu schmecken. Gegen Morgen fiel ich endlich in einen unruhigen Schlaf, in dem ich von meinem Liebhaber träumte.

Obwohl ich mir fest vorgenommen hatte, Mr Finch etwas schmoren zu lassen, hielt ich es um elf Uhr nicht länger aus. Ich zog mir ein schlichtes geblümtes Sommerkleid an, setzte mich auf das Moped und fuhr zum Riverview Cottage hinüber. Hiram und Martha würden heute Abend sicherlich zum Feuerwerk gehen, ich hatte somit den ganzen Nachmittag und Abend Zeit, denn meine Eltern würden mich auch bei den Feierlichkeiten wähnen. Ich stellte das Moped hinter dem Haus ab, wo man es nicht sofort sah, ging die Stufen zur Veranda hoch und klopfte an der Fliegentür.

»Komm nur rein!«, ertönte Mr Finchs Stimme aus dem Innern des Hauses.

Drinnen war es kühl und dunkel, die Schlagläden waren geschlossen, wahrscheinlich, um die Hitze draußen zu halten.

»Wo sind Sie?«, rief ich, denn ich konnte mich nicht überwinden, ihn zu duzen und beim Vornamen zu nennen.

»Im Arbeitszimmer«, erwiderte er. Ich ging den Flur entlang und betrat das letzte Zimmer.

»Hi.« Er saß an seinem Computer, nur mit einem T-Shirt und Boxershorts bekleidet, und lächelte mich an. »Hübsch siehst du aus.«

»Danke«, murmelte ich.

»Wie viel Zeit hast du heute mitgebracht?«, erkundigte er sich.

»Den ganzen Tag«, erwiderte ich.

»Das ist schön. Ich habe viel vor mit dir.«

Er stand auf und kam auf mich zu. Mein Herz machte in der freudigen Erwartung einer Umarmung oder eines Kusses einen Satz, aber er ging an mir vorbei und blieb an der Wohnzimmertür stehen.

»Komm!«, forderte er mich auf, als ich ihm nicht gleich folgte.

Ich gehorchte beklommen. Als er die Tür hinter uns schloss, waren wir plötzlich von vollkommener Dunkelheit umgeben. Was sollte das?

Vor den Fenstern waren die Gardinen zugezogen, und durch die Ritzen der Schlagläden fiel nur ganz schwach etwas Licht. Meine Augen brauchten einen Moment, bis sie sich nach der blendenden Helligkeit draußen an das Dämmerlicht gewöhnt hatten. Ein Strauß halbverwelkter Rosen, die in einer Vase auf dem niedrigen Couchtisch standen, strömte einen betörenden süßlich-schwülen Duft aus.

Mr Finch setzte sich in einen der Sessel und forderte mich

mit einer Geste auf, ihm gegenüber Platz zu nehmen. Bis auf das Ticken der Wanduhr war es ganz still.

»Hat es dir gestern gefallen?«, fragte er.

Ich zögerte. Mein Mund war plötzlich ganz trocken.

»Ja«, antwortete ich schließlich. »Ihnen etwa nicht?«

»Doch. Durchaus. Für den Anfang war es nicht schlecht«, sagte er, und ich schnappte ungläubig nach Luft. Wie konnte er so ungerührt sein?

Er hatte sich bequem zurückgelehnt und sah mich abwartend an. Ich rutschte auf meinem Sessel nervös hin und her. Die Luft in dem Raum war stickig, der Rosenduft intensiv. Die Standuhr gab zwölf melodiöse Töne von sich.

»Erzähl mir, was dir, seitdem du gestern mein Haus verlassen hast, so durch den Kopf gegangen ist«, verlangte Mr Finch, als der letzte Ton verklungen war.

»Wieso sollte ich das tun?«, erwiderte ich trotzig, denn seine gebieterische Art irritierte mich.

»Weil ich es will. Ganz einfach«, entgegnete er mit weicher Stimme, in der ein Lächeln mitschwang. »Verrate mir deine Gedanken und Träume und schäme dich nicht.«

Verdammt, was sollte ich ihm erzählen? Unmöglich, auszusprechen, was ich gedacht und geträumt hatte! Oder? Ich schluckte, befeuchtete meine trockenen Lippen mit meiner Zungenspitze und versuchte, meine verkrampften Muskeln etwas zu entspannen.

»Ich … ich habe über … über …«, begann ich, verstummte aber gleich wieder. Was sollte das alles? Warum konnte er nicht einfach mit mir schlafen und fertig?

»Ich kann nicht«, gestand ich ihm.

»Doch, du kannst.« Er war nicht verärgert. »Lass dir Zeit.«

»Aber ich … es … es ist mir … peinlich.«

»Ich wünsche mir, dass du mir vertraust«, erwiderte er. »Und ein großer Beweis deines Vertrauens ist, wenn du mich an deinen Phantasien teilhaben lässt. Fang doch damit an, wie du heute Morgen aufgestanden und dich für deinen Besuch bei mir zurechtgemacht hast. Du hast dir dein Haar geflochten und hochgesteckt. Warum hast du das getan? Weil du glaubtest, dass es mir gefallen würde – was es tatsächlich tut. Du hast dir ein hübsches Kleid angezogen und einen BH, weil er deinen Busen größer aussehen lässt. Stimmt's?«

Ich legte die Hände zwischen meine Schenkel und presste die Knie zusammen. Das kleine Flämmchen in meinem Innern wurde zu einem Flächenbrand.

»Okay«, flüsterte ich, schloss die Augen und begann zu reden. Von Danny und dem Sofa und von Brandon auf dem Rücksitz seines Autos.

Die ganze Situation war vollkommen absurd – der abgedunkelte Raum, der Mann, der mich gestern beinahe um den Verstand gebracht hatte und nun vor mir saß wie bei einem Kaffeeklatsch. Irgendetwas stimmte mit Christopher Finch nicht, aber ich begann zu verstehen, was das Ganze hier sollte. Sexphantasien machten ihn scharf und, wenn ich ehrlich war, mich auch. Je länger ich redete, umso mehr verlor ich die Hemmungen. Mr Finchs Nähe und der intensive Duft der Rosen machten mich ganz benommen. Die Wanduhr schlug einmal, und ich verstummte.

»Du bist wirklich großartig, Carolyn«, sagte er, und dann beschrieb er mir bis ins kleinste Detail, was er mit mir zu tun gedachte, wie und wo. Ich bebte am ganzen Körper und holte keuchend Luft. Das brennende Verlangen wurde unerträglich.

»Ich halt's nicht mehr aus«, stieß ich schließlich atemlos hervor.

Er hielt inne.

»Sag mir, was du dir wünschst«, verlangte er.

Ich hatte längst alle Scheu und Zurückhaltung verloren und sagte es ihm unverblümt.

»Gut.« Er blickte mich an und lächelte zufrieden. »Dann lass uns nach oben gehen.«

* * *

Die Tage vergingen, und mein Empfinden für Zeit bekam völlig neue Dimensionen. In dem Moment, in dem ich durch die Tür von Riverview Cottage trat, schienen sich Stunden, Minuten und Sekunden aufzulösen und zu verfließen. Wenn ich das Haus wieder verließ, kam es mir so vor, als seien Monate vergangen. Mein normales Leben nahm ich nur noch wie durch einen Schleier wahr, und ich hatte das seltsame Gefühl, im Zeitraffer älter zu werden. Ich dachte nur noch an Sex, verlor den Appetit, das Interesse am Klavierspielen und am Lesen. Ständig erfüllte mich eine fiebrige Unruhe, die mich durch die Tage trieb. In klaren Augenblicken war mir bewusst, dass ich auf dem besten Wege war, zu einer willenlosen Hörigen zu werden. Ich hatte eine sexuelle Besessenheit entwickelt, die mir nicht guttat. Oft bereute ich, mich auf Christopher eingelassen zu haben, nahm mir wütend vor, nicht mehr zu ihm zu gehen, und tat es dann doch immer wieder.

Die Welt, in die er mich entführte, berauschte und beängstigte mich gleichermaßen in ihrer rein physischen Intensität. Alles, was ich bisher bei meinen harmlosen Liebesabenteuern vermisst zu haben glaubte, erlebte ich nun im Übermaß: zügellose Lust und ekstatische Leidenschaft, absolute Hingabe und quälende Selbstbeherrschung, triumphale Macht und demütigende Ohnmacht. Manchmal hasste ich Christopher regelrecht, weil ich so süchtig nach ihm war, nach dem, was er mit mir tat. Er war zu einer Droge für mich geworden, von der ich mich nicht fernhalten konnte und wollte. Ich fürchtete den Tag, an dem er Fairfield wieder verlassen und aus meinem Leben verschwinden würde, gleichzeitig sehnte ich ihn herbei, um wieder frei zu sein von dieser Obsession, die meine Tage, meine Nächte und mein ganzes Sein bestimmte.

Den ganzen Morgen hatte ich Tomaten gepflückt, dann hatte ich mit Martha in der Küche gestanden und das Essen für die Erntehelfer vorgekocht. Anschließend hatte ich mir rasch eine Stunde gestohlen und war zum Riverview Cottage hinübergeritten. Wie jedes Mal, wenn ich in den baumbestandenen Hohlweg einbog, der zu dem kleinen Haus führte, dachte ich an Brandon und schämte mich. Er schrieb mir Postkarten aus Europa und lange Briefe aus Cape Cod, und manchmal dachte ich, es wäre vernünftiger gewesen, seiner Einladung zu folgen, statt mich auf Christopher Finch einzulassen. Doch Minuten später waren alle Gedanken an Brandon vergessen. Ich sprang aus Waysiders Sattel, band ihn an und lief zum Haus. Christopher trat aus der Haustür und schloss sie hinter sich ab, eine Angewohnheit, die er wohl aus Dayton mitgebracht hatte.

»Hi!«, rief ich und wollte ihn umarmen, aber er wandte sich ab.

»Ich muss weg«, sagte er statt einer Begrüßung und fügte noch ein halbherziges »Tut mir leid« hinzu, als er meine Enttäuschung sah.

»Wo musst du denn hin?«, erkundigte ich mich.

»Nach Madison«, antwortete er knapp und ging zu seinem Auto. Seine Zurückweisung kränkte mich. »Sorry, ich hab's eilig, Carolyn. Nicht böse sein.«

Ich hatte ihm sagen wollen, dass ich heute den ganzen Nachmittag Zeit hätte, aber ich kam nicht mehr dazu, denn er setzte sich in sein Auto, zwinkerte mir kurz zu und fuhr ohne einen Kuss oder ein Wort des Abschieds davon.

Ich blieb zurück, sprachlos darüber, wie kühl er mich abgefertigt hatte. Er verlangte von mir, ihm alles zu erzählen, aber er selbst sprach nie von sich. Wenn ich ehrlich war, kannte ich den Mann, mit dem ich seit drei Wochen beinahe täglich Sex hatte, kaum besser als an dem Tag, an dem ich ihn zum ersten Mal getroffen hatte; weder erfuhr ich etwas über seine Vergangenheit noch über seine Pläne, Gedanken, Abneigungen, Vorlieben und Träume, sofern sie nicht sexueller Natur waren. Er ließ mich an seinem alltäglichen Leben nicht teilhaben. Es frustrierte und enttäuschte mich, dass er mir keinen Zugang zu sich gestattete und ein Fremder für mich blieb, ein Mysterium, reduziert auf seinen Körper. Vielleicht war es ein kleiner Rest von Vernunft, der mich deshalb davon abhielt, mich in diesen Mann zu verlieben, mein Selbsterhaltungstrieb, der mir sagte, dass es schädlich und zerstörerisch war, was ich erlebte.

»Mistkerl«, murmelte ich wütend und kämpfte gegen die aufsteigenden Zornestränen. Ich band Waysider los und schwang mich in den Sattel. »Zur Hölle mit dir!«

Sobald Christopher außer Sichtweite war, verachtete ich ihn und versuchte, ihn realistisch zu sehen, indem ich in Gedanken all seine Schwächen und Unzulänglichkeiten auflistete. Erst neulich hatte ich zufällig ein Gespräch zwischen Martha und meiner Mutter mit angehört, in dem Martha beiläufig einen »schwammigen Blonden« erwähnt hatte, und ich hatte einen Moment gebraucht, um zu begreifen, dass sie damit Christopher gemeint hatte. Ich hatte mich insgeheim darüber amüsiert, mich aber gleichzeitig geärgert, weil ausgerechnet ein *schwammiger Blonder* eine solch unerklärliche Anziehungskraft auf mich ausübte. Zwar hatte Christopher mir jeglichen Zweifel an meiner physischen Liebesfähigkeit genommen, doch gleichzeitig hatte er den Keim einer neuen Befürchtung in mir gesät. Wie ein Feinschmecker, dessen Sinne vom Genuss erlesenster Delikatessen verwöhnt worden waren und der deshalb nie mehr mit gewöhnlichem Essen zufrieden sein konnte, so würde auch ich vielleicht nie wieder mit durchschnittlichem Sex zufrieden sein und für den Rest meines Lebens nach dem

Extremen hungern. Würde ich jemals wieder in der Lage sein, mich unbefangen in jemanden zu verlieben? Musste ich nicht zwangsläufig enttäuscht sein, wenn sich der Mann, in den ich mich eines Tages verliebte, sich als anspruchsloser Konsument im Bett entpuppte? Entgegen seiner Behauptung, ich müsse ihm dankbar sein, denn er schenke mir unschätzbare Erfahrungen für mein ganzes Leben, ahnte ich, dass Christopher ein Stück meiner Seele irreparabel zerstört hatte.

Zu Hause saß die ganze Familie um den Mittagstisch herum, als ich ins Haus kam, zu meiner Überraschung sogar Malachy, Hiram und Dad, die ich zweihundert Meilen entfernt im Weizen gewähnt hatte. Ich hatte wegen meiner Verärgerung über Christopher glatt vergessen, dass sie ja gleich Richtung Iowa starten würden, um dort Malachys und Rebeccas Verlobung zu feiern.

»Wo kommst du denn jetzt her?«, blaffte Mutter mich an, als ich mich an meinen Platz setzte.

»Ich war ausreiten«, erwiderte ich nur.

»Hast du nichts Besseres zu tun, als ständig mit deinem Gaul durch die Gegend zu streunen?«

»Lass sie doch in Ruhe«, ergriff Dad meine Partei. »Sie hat schließlich Sommerferien und tut schon genug hier. Wenn sie hin und wieder einen Ausritt unternehmen will, ist das ihr gutes Recht.«

»Recht, Recht! Wenn ich das schon höre!«, brummte Mutter ärgerlich, und ich schämte mich ein bisschen, von Dad in Schutz genommen zu werden, schließlich waren meine Ausritte alles andere als harmlos. Mein Magen war wie zugeschnürt, und ich brachte kaum einen Bissen herunter. Während Dad mit Hiram besprach, was in den zwei Tagen während seiner Abwesenheit getan werden musste, hielten Malachy und Rebecca Händchen und schauten sich immer wieder verliebt in die Augen. Ich bezweifelte, dass die beiden jemals einen solch gigantischen Sex haben würden wie ich, und gleichzeitig beneidete ich sie so sehr um ihre ehrliche, reine Liebe, dass ich am liebsten geweint hätte.

Was zum Teufel tat ich da? Wieso konnte ich einfach nicht von dem Mann lassen, der mich verdarb und besudelte? Ich musste es beenden. Nein, mehr noch, ich musste den Spieß umdrehen. In Gedanken schmiedete ich Pläne, sah vor meinem inneren Auge, wie ich Christopher kühl abwies und ihn betteln ließ, doch leider waren diese Siege bloße Phantasiegespinste. Sobald er mir in Fleisch und Blut gegenüberstand, mutierte ich zum willenlosen Objekt seiner und meiner Begierden, ganz gleich was ich mir vorgenommen hatte.

»Schmeckt's dir etwa schon wieder nicht?«, fragte Martha spitz, als sie meinen vollen Teller sah.

»Doch, doch«, beeilte ich mich zu sagen und schob mir eine Gabel voll Hühnerfrikassee in den Mund.

»Du isst viel zu wenig«, tadelte Martha mich. »Du bist ja nur noch ein Strich in der Landschaft.«

Ich hoffte, dass Dad das Thema jetzt nicht auch noch aufgreifen würde, doch glücklicherweise blieb dafür keine Zeit, denn sie mussten los.

Ich räumte die Küche auf, schnitt Unmengen von Gemüse für einen Eintopf und entwarf dabei eine Strategie, mit der ich Christopher Finch meinerseits eine Lektion erteilen würde. Mein Blick wanderte immer wieder zur Wanduhr in der Küche. Die Stunden vergingen zäh wie Kaugummi. Esra fuhr mit ein paar Kumpels weg, Hiram, der eigentlich die Stellung auf der Farm halten sollte, wandelte mal wieder auf Freiersfüßen und verschwand eine Viertelstunde später, und Martha war gleich nach dem Mittagessen mit den Landfrauen auf irgendeine Versammlung nach Lincoln gefahren. Da Tante Isabella für sechs Monate mit zwei Freundinnen zu der Weltreise aufgebrochen war, die sie eigentlich immer mit ihrem Mann hatte machen wollen, fiel sie als Alternative zu Christopher aus. Schließlich ertrug ich es nicht mehr, verließ das Haus und holte mein Pferd aus dem Paddock, um zum Riverview Cottage zu reiten.

Christopher saß mit einem Buch auf der Veranda in der Sonne und blickte irritiert auf, als er mich kommen sah. Offenbar war ich ihm heute nicht besonders willkommen. Ich lenkte das Pferd bis ans Geländer.

»Ich kann auch wieder verschwinden«, sagte ich statt eines Grußes.

»Hallo, Carolyn«, erwiderte er und lächelte zerstreut. »Unsinn. Natürlich kannst du hierbleiben. Ich muss das hier nur gerade noch lesen, für das nächste Kapitel.«

»Okay, dann gehe ich kurz schwimmen«, antwortete ich.

Ich band Waysider an der Magnolie fest und lief die Treppenstufen hinunter bis zum Fluss, der trotz der Hitze viel Wasser führte, vielleicht hatte es am Oberlauf ein heftiges Gewitter gegeben. Ich zog Jeans und T-Shirt aus und stürzte mich nur mit Slip und BH bekleidet in die kalten Fluten, die über meinem Kopf zusammenschlugen und mich mit sich rissen. Eine Weile ließ ich mich treiben und genoss die prickelnde Kälte des Wassers auf meiner Haut, dann schwamm ich gegen die starke Strömung. Das war sehr viel anstrengender, als ich gedacht hatte. Ich brauchte alle Kraft, um zu der Sandbank in der Mitte des Flusses zu gelangen. Keuchend kroch ich ans Ufer und ließ mich erschöpft in den sonnenwarmen Sand fallen. Meine Muskeln zitterten von der körperlichen Anstrengung, aber ich fühlte mich gereinigt und erleichtert und so klar wie lange nicht mehr. Mein Atem beruhigte sich, mein Herz schlug rhythmisch und ruhig. Ich schob die Arme unter den Kopf und beobachtete das Spiel der Wolken, die träge über den tiefblauen Himmel zogen, und endlich kam mein aufgewühlter Geist zur Ruhe. Meine Augen folgten einem Raubvogel, der hoch oben seine Kreise zog und geschickt die Thermik nutzte, bis meine Lider schwer wurden. Mich überkam eine angenehme Müdigkeit; ich ließ mich von ihr mitziehen und schlief ein.

Eine Stimme, die einen Namen rief, drang mir ins Bewusstsein. Ich löste mich nur widerwillig von den Resten eines Traumes, in dem ich mit meiner Mutter, meiner echten Mutter, in einem Auto irgendwo hingefahren war, blinzelte und hob den Kopf. Verwirrt blickte ich mich um. Die Sonne stand schon tief, ich musste ziemlich lange tief und fest geschlafen haben.

»Carolyn!«

Mein Blick fiel auf einen kleinen dicken Mann, der am Ufer stand und mit beiden Armen heftig gestikulierte. Christopher! Ich schämte mich im gleichen Moment, als mir diese Assoziation durch den Kopf zuckte. Aber ich sah in Christopher nicht mehr den hungrigen Puma, sondern ein vollgefressenes, geiles Löwenmännchen. Träge streckte ich meine steifen Glieder und gähnte, dann setzte ich mich auf. Der Wasserstand des Willow Creek war in der Zwischenzeit gefallen.

»Carolyn!«, rief Christopher wieder. »Komm zurück!«

Ich hob die Hand, um ihm zu signalisieren, dass ich ihn verstanden hatte und er aufhören konnte, herumzuschreien. Nur dreimal hatte ich ihn bisher außerhalb des Hauses gesehen, und er wirkte wie ein Fremdkörper, wie er da am Flussufer rastlos hin und her tigerte. Ich stand auf und schwamm mit ein paar Zügen zu ihm hinüber. Als ich auf allen vieren aus dem Fluss krabbelte, kam er schon auf mich zu, in einer Hand meine Jeans und das T-Shirt.

»Was fällt dir ein, so lange wegzubleiben?« Er musste sich sichtlich beherrschen, mich nicht anzuschreien. »Ich habe dich überall gesucht!«

»Ich habe dir doch gesagt, dass ich schwimmen gehe«, antwortete ich und drückte das Wasser aus meinen Haaren.

»Das war vor drei Stunden.« Seine Miene drückte Verärgerung aus. Er war sauer. Nein, mehr als das. Er war regelrecht zornig. »Ich bin längst fertig mit dem Kapitel und habe auf dich gewartet. *Dringend* gewartet. Ich kann es absolut nicht leiden, wenn ich warten muss.«

Er drückte mir die Kleider in die Arme und wandte sich ab.

»Und ich kann es nicht leiden, wenn ich weggescheucht werde wie eine lästige Fliege«, rief ich hinter ihm her. »Ich bin kein Hund, den du rufen oder wegschicken kannst, wie es dir passt.«

Mit einer Schnelligkeit, die mich erschreckte, flog er herum und packte mich unsanft an den Oberarmen. Seine Finger gruben sich in mein Fleisch.

»Au. Du tust mir weh«, sagte ich, und er ließ mich los.

»Du hast zu mir gesagt, du gingest *kurz* schwimmen, und dann bist du stundenlang verschwunden!«, hielt er mir vor. »Ich hatte heute einen beschissenen Tag. Die ganze letzte Nacht habe ich an dem Manuskript geschrieben, weil ich wegen *dir* zu selten zum Schreiben gekommen bin! Dazu hatte ich heute noch einen wichtigen Termin in Madison und ein paar unerfreuliche Telefonate, und dann verschwindest du einfach für ein paar Stunden, und dein Pferd pisst und scheißt mir den Hof voll!«

Ich starrte ihn ungläubig an. So außer sich hatte ich ihn noch nie erlebt! Dieser Mann, der hier aufgelöst und zornig vor mir stand, war mir völlig fremd.

Ich wollte mir das T-Shirt über den Kopf ziehen, aber er riss es mir grob aus der Hand und umfasste mein Handgelenk.

»Verdammt!« Seine Augen glänzten wie im Fieber. »Komm jetzt, damit ich dich endlich ficken kann!«

Seine Aggressivität ernüchterte mich. Die sorgsam gepflegte Fassade der Gelassenheit zerbrach vor meinen Augen, und ich sah einen kranken Mann, einen Getriebenen, für den Sex kein Spiel war, sondern Medizin.

Diesmal ließ er sich keine Zeit für irgendwelche Verbalerotik. Er nahm mich im Haus auf der Treppe von hinten, gierig und schnell, und ich tat ihm nicht den Gefallen, ihm Verzückung vorzuspielen. Stumm ließ ich seine Lust über mich ergehen und konstatierte nüchtern, wie mit jedem Stoß die Faszination, die er auf mich ausgeübt hatte, weniger wurde und sich gänzlich in nichts auflöste, als er nach höchstens fünfzig Sekunden kam.

»Es tut mir leid, es tut mir leid«, stammelte er keuchend, zog sich zurück und sackte auf die unterste Treppenstufe. Sein Gesicht war aufgedunsen von der Anstrengung, er sah hässlich aus und alt. »Du hast mich einfach zu lange warten lassen.«

Lächerlich, die Schuld bei mir zu suchen, aber ich sagte kein Wort und kostete stattdessen meine Überlegenheit aus. Christopher war nur noch ein Häufchen Elend, wie er da saß, das Gesicht in den Händen vergraben. Ich stand auf, pflückte mein T-Shirt vom Boden und zog es an.

»Was machst du?«, fragte er mit schwacher Stimme.

»Ich ziehe mich an und gehe.«

»Nein, bitte! Geh noch nicht!«, bat er unterwürfig und ergriff meine Hand. »Verzeih mir, Carolyn. Ich habe die Beherrschung verloren. Das ist unverzeihlich, und ich schäme mich.«

Meinte er das ernst, oder war es nur wieder eine Facette seines eigenartigen Spiels, eine neue Lektion?

»Schon gut«, erwiderte ich unbehaglich.

Er ließ mich los. Ein verlorener Ausdruck erschien auf seinem Gesicht.

»Geh bitte nicht«, wiederholte er und stand auf. »Ich dusche schnell, dann mache ich uns was zu essen. Okay?«

»Okay.« Ich hatte ohnehin nichts Besseres vor.

Christopher fuhr sich mit allen zehn Fingern durchs Haar

und ging mit gesenktem Kopf die Treppe hoch. Ich schlüpfte in meine Jeans und sah nach Waysider. Er scharrte mit dem Vorderhuf, und soweit Pferde vorwurfsvoll schauen konnten, tat er das.

»Du hast sicher Durst«, sagte ich entschuldigend. »Ich hole dir was.«

Ich überquerte den Hof und schob das rostige Tor der alten Scheune auf, in der Hoffnung, dort einen Eimer zu finden. Im Dämmerlicht türmte sich das Gerümpel von mehreren Jahrzehnten: zerbrochene Stühle, alte Autoreifen, verstaubte Säcke mit Blumenerde, verrostete Gartengeräte, Seile, ein aufgerollter brüchiger Schlauch. An einer Wand stand ein von Holzwürmern zerfressener Schrank, daneben ein Waschtisch mit einem wolkigen alten Spiegel, auf dem sich zusammengebundene Packen alter Zeitungen türmten. Inmitten des ganzen Krams fand ich tatsächlich einen Eimer. Ich leerte den Inhalt auf den Lehmboden, und plötzlich durchfuhr mich ein gleißender Blitz der Erinnerung. *Aber ich werde es nicht mehr offen herumliegen lassen, sondern sehr gut verstecken. Und ich weiß auch schon, wo.* Das hatte Carolyn Cooper in ihrer letzten Tagebucheintragung geschrieben. Hatte sie nach der Entdeckung von Rachels Schnüffelei überhaupt weiterhin ein Tagebuch geführt? Vielleicht hatte sie es getan, das Buch aber mitgenommen, als sie Fairfield verlassen hatte. Aber warum hatte sie dann die anderen Tagebücher hiergelassen? Hatte sie selbst die ganzen Erinnerungen in die Kiste gepackt? Ich fragte mich, wo ich etwas versteckt hätte, was ich täglich benutzen, aber dennoch niemanden sehen lassen wollte. Ich blickte mich in der Scheune um. Eine schmale, hölzerne Treppe führte auf einen Heuboden, der ähnlich vollgestellt zu sein schien wie der untere Teil der Scheune.

Draußen wieherte Waysider ungeduldig, und ich beeilte mich, ihm Wasser zu bringen. In den nächsten Tagen würde ich Mary-Jane um Erlaubnis bitten, die alte Scheune und die anderen Nebengebäude von Riverview Cottage gründlich zu durchsuchen. Vielleicht hatte ich ja Glück und würde etwas finden.

Christopher hatte sich geduscht und umgezogen und stand in der Küche, als ich zurück ins Haus kam. Ich ließ mich von ihm dazu überreden, mit ihm zu Abend zu essen. Er kochte erstaunlich gut und sprach zum ersten Mal über ein anderes Thema als Sex, doch ich konnte ihm nicht richtig folgen, denn mich beschäftigte etwas ganz anderes. Wo hätte ich an Carolyn Coopers Stelle mein Tagebuch versteckt?

Als ich ein paar Stunden später durch die Dunkelheit nach Hause ritt, war ich in Gedanken versunken. Ich hatte es nicht eilig und nahm einen Umweg, der mich über ein abgemähtes Weizenfeld an einem kleinen Wäldchen vorbei Richtung Überlandstraße führte. Nach der Hitze des Tages war die Luft nun mild und voller Sommerdüfte. Am samtschwarzen Himmel funkelten die Sterne und schienen zum Greifen nahe. Waysider bog vor dem Wäldchen von selbst in einen schmalen Wiesenpfad ein. Ursprünglich hatte es in diesem Landstrich keine Wälder gegeben, aber der Homestead Act von 1862 hatte den ersten Siedlern vorgeschrieben, Bäume zu pflanzen, wenn sie Land bekommen wollten, daher standen immer noch hier und da dichte kleine Wälder, und Alleen säumten manche Straße, so auch die Zufahrt zur Willow Creek, in die der Wiesenpfad nach einer knappen Viertelmeile mündete. Unter den weit ausladenden Ästen der Eichen und Kastanien war es stockfinster. Ein Käuzchen flog dicht über meinen Kopf hinweg. Während ich dem dumpfen Hufschlag meines Pferdes lauschte, dachte ich wieder über Carolyn Cooper und meinen Vater nach, die sich einmal geliebt hatten. Was hatte diese Liebe beendet, und wo war Carolyn heute? Weshalb sprach niemand jemals über sie? Hatte sie wohl vorgehabt, eines Tages nach Fairfield zurückzukommen, oder hatte sie alle Brücken hinter sich für immer abgebrochen? Wenn Letzteres der Fall war, so hatte sie ihr Tagebuch höchstwahrscheinlich mitgenommen, und ich konnte mir die Sucherei sparen. Aber wen konnte ich fragen? Mit wem war sie befreundet gewesen, wem hatte sie sich anvertraut? Ich musste ihre anderen Tagebücher, die ich in meiner Christopher-Besessenheit nur überflogen hatte, unbedingt noch einmal gründlicher lesen, um mehr zu erfahren und den richtigen Leuten die richtigen Fragen stellen zu können.

Meine Gedanken wanderten zu Christopher Finch. Wenn er mir auch nicht besonders viel von sich erzählt hatte, so hatte er doch zum ersten Mal etwas von seinen Gefühlen preisgegeben. Nach dem Essen hatten wir zusammen auf der Veranda gesessen, er hatte mich im Arm gehalten und mir gestanden, dass er sich bei unserer ersten Begegnung auf Anhieb in mich verliebt hatte. Mein Zorn auf ihn schmolz unter seinen zärtlichen Berührungen dahin, und es rührte mich, als er sagte, er habe sich zunächst nur deshalb so heftig gegen seine echten Gefühle für mich gewehrt, weil er sich nach dem tragischen Zerbrechen seiner Ehe fest vorgenommen habe, so bald keine neue Beziehung einzugehen. Seine Exfrau sei eine böse, herrschsüchtige Person, eine krankhafte Nymphomanin, die ihn jahrelang belogen und betrogen habe, bis ihn ihre Unehrlichkeit und ihre abnormen Gelüste beinahe zerstört hätten. Die Trennung sei ein Drama gewesen, denn sie habe versucht, ihn zurückzugewinnen, und deshalb sei ihm nichts anderes übriggeblieben, als zu flüchten und ganz woanders einen Neuanfang zu wagen. Er sei seinem Schicksal unendlich dankbar dafür, dass es ihn ausgerechnet hierher und damit zu mir geführt habe. Von nun an, so versprach er mir, werde er sich vorerst körperlich von mir fernhalten, um mir zu beweisen, dass er nicht nur Sex von mir wollte. Da träfe es sich doch gut, dass er für ein paar Tage zu seinem Verleger nach New York müsse.

Ich war sofort bereit, meine Enttäuschung zu vergessen und ihm eine neue Chance zu geben. Es schien ganz so, als ob er es ernst mit mir meinte, und deshalb musste auch ich ihm gegenüber endlich ehrlich sein und ihm sagen, wer und wie alt ich in Wirklichkeit war. Je länger ich diese Lüge aufrechterhielt, desto schwerer würde sie irgendwann wiegen.

Schon von weitem hörte ich aus dem Haus dröhnende Heavy-Metal-Musik, Stimmen und Gelächter. Im Hof parkten mindestens zwanzig Autos. Ich brachte Waysider in den Paddock, sattelte ihn ab und beeilte mich, nachzusehen. Es war Esra, der die seltene Gunst der Stunde genutzt hatte, um mit seinen Kumpels eine Party zu veranstalten, die gerade völlig aus dem Ruder lief. Seine Gäste waren sturzbetrunken oder zugekifft oder beides. In der Küche hatten sie Kühlschrank und Speisekammer geplündert und ein wahres Schlachtfeld hinterlassen. Eigentlich sollte es mir egal sein; ich hatte nichts damit zu tun, und es war Esra, der die Folgen zu tragen haben würde, denn Folgen würde es haben, das war klar. Auf Mutters hochheiligem Wohnzimmertisch, auf den man Gläser gewöhnlich nur mit Untersetzer stellen durfte, lag ein nur noch spärlich bekleidetes Mädchen und ließ sich von Esra unter allgemeinem Gejohle aus zwei Flaschen irgendetwas Hochprozentiges in den geöffneten Mund gießen. Ich erkannte Sandra Carlson aus meiner Stufe und sah, wie einer der Jungs an ihrer Hose herumfummelte. Sie quietschte und zappelte mit den Beinen, befreite sich und taumelte hustend und würgend an mir vorbei in den Flur, wo sie sich heftig übergab.

»Wer ist die Nächste? Wer will, wer hat noch nicht?«, schrie Esra, um die dröhnende Musik zu übertönen. Sein Gesicht war knallrot, er schwitzte und lachte wie ein Irrer. So was machte ihm Spaß, ganz klar. »Claire!«, brüllte er. »Los, Claire, komm!«

»Clai-aire! Clai-aire!«, riefen nun auch die anderen Besoffenen und zerrten ein kicherndes dunkelhaariges Mädchen zum Tisch. Ein Pärchen lümmelte knutschend auf der Couch, ein anderes Mädchen hatte den Rock bis fast zum Bauchnabel hochgezogen, und einer der Jungs hing halb zwischen ihren blassen Schenkeln. In der Ecke kauerte jemand auf dem Boden zwischen leeren Bierflaschen. Claire hatte aufgehört zu kichern, sie wehrte sich gegen die Hände, die sie auf den Tisch pressten, ich sah zwischen den Rücken und Beinen der Jungs ihre strampelnden Beine und überlegte verzweifelt, was ich tun konnte, um diesen Horror zu beenden. Ich konnte Claire nicht wirklich leiden, sie war ziemlich dumm, aber jetzt tat sie mir natürlich leid. Was sollte ich nur tun? Gegen diese Horde besoffener Typen, denen ich in der Schule schon aus dem Weg ging, wenn sie nüchtern waren, konnte ich nichts ausrichten, ohne mich selbst in Gefahr zu bringen. Claire hatte aufgehört zu kämpfen und schluckte den Alkohol, bis die Flaschen leer waren. Vielleicht hätte ich mich feige zurückgezogen, hätte nicht just in diesem Moment Andy Willis, ein widerlicher dicker Typ, der in meiner Biologieklasse war, mit einem lüsternen Grinsen seine Hose geöffnet. Kurz entschlossen drängte ich mich durch die Besoffenen bis zur Stereoanlage und drehte den Ton ab. Alle fuhren zu mir herum.

»Sheridan!«

Esra stand auf, ließ achtlos die leeren Flaschen fallen und lachte falsch. »Meine tolle, schlaue Schwester. Was machst du denn hier?«

»Hört auf mit dem Scheiß«, erwiderte ich. »Lasst Claire und die anderen Mädchen in Ruhe.«

»Hau ab. Das ist meine Party.« Esra kam schwankend auf mich zu. In seinen Augen glitzerte es gefährlich.

»Ihr haut ab«, sagte ich entschlossen und stemmte die Hände in die Hüften. »Auf der Stelle.«

Unsanft schob ich die Jungs zur Seite, beugte mich über Claire und rüttelte an ihrer Schulter.

»Claire«, sagte ich eindringlich. »He, Claire, hörst du mich?«

Claires Kopf rollte hin und her, sie hatte die Augen verdreht und sah so aus, als ob es ihr schlechtging. Nach ein paar Sekunden, in denen ich schon befürchtet hatte, sie sei tot, schlug sie die Augen auf und lachte.

»He, Sheridan. Verpiss dich, du Spielverderberin!«, lallte sie.

Die Musik setzte wieder ein, lauter noch als vorher. Claire rutschte vom Tisch, kroch kichernd auf allen vieren zu Andy, dem fetten Ekelpaket, und zog sich an ihm hoch. So viel zum Thema Dankbarkeit.

»Die Party ist zu Ende«, verkündete ich.

»Das entscheidest aber sicher nicht du«, sagte Esra. Jemand packte mich von hinten und stieß mich auf den Tisch.

»Du könntest auch mal einen Schluck gebrauchen, damit du etwas lockerer wirst, Prinzessin.« Das war der widerliche Clive Oates. Mein Bruder hatte tatsächlich nur den letzten Abschaum auf seine Party eingeladen, die Verklemmten, die Alkis, die Schulversager.

»Lass mich sofort los!«, zischte ich wütend und trat nach ihm, aber er lachte nur.

»Hey, Jungs, bringt zwei Flaschen! Meine Schwester will auch mal 'ne Runde Spaß haben!«, schrie Esra, und ich wusste, dass ich einen fatalen Fehler begangen hatte, indem ich Claire retten wollte. Ich dumme Kuh!

Feuchte Hände hielten mich fest, einer der Kerle legte sich mit seinem ganzen Gewicht auf meine Beine, und Esra klemmte meinen Kopf zwischen seine Knie und hielt mir die Nase zu, so dass ich irgendwann den Mund öffnen musste. Ich spannte alle Muskeln an und versuchte verzweifelt, den Kopf zur Seite zu drehen, aber er steckte zwischen Esras Knien wie in einem Schraubstock. Sie gossen mir Schnaps aus zwei Flaschen in den Mund, ich schluckte etwas, musste aber sofort husten.

»Schlucken!«, brüllte mir jemand ins Ohr. »Nur schlucken!«

Ich bekam keine Luft mehr, Schnaps spritzte mir ins Gesicht und brannte wie Feuer in meinen Augen, die zu tränen begannen.

»Nein, bitte nicht!«, keuchte ich. Meine Nase verstopfte, ich schluckte hektisch.

»Na also, wie das geht!«, schrie Esra. »Wie du schlucken kannst! Komm, los, gleich hast du die Flaschen leer!«

Alle lachten und grölten, ich erkannte verschwommen die mitleidslose Erregung in ihren glasigen Augen, und Panik explodierte in meinem Innern. Ich würde ersticken!

Irgendwann war es vorbei, sie ließen mich los, ich glitt vom Tisch und rang schluchzend nach Luft. Diese Schweine!

Mit letzter Kraft kam ich auf die Beine und taumelte zur Tür. Mein Magen rebellierte gegen diese Riesenmenge Alkohol, ich schaffte es gerade noch auf die Toilette, schloss hinter mir ab und übergab mich. Eine ganze Weile hockte ich benommen vor der Kloschlüssel. Die Musik ging aus, ich hörte Stimmen und Gekicher, Schritte, die sich entfernten. Dann war es ganz still im Haus. Ich zog mich am Waschbecken hoch, ließ mir kaltes Wasser über das Gesicht laufen und spülte wieder und wieder meinen Mund aus, um den ekelhaften Geschmack loszuwerden. Vorsichtig drehte ich den Schlüssel im Schloss und öffnete die Tür. Ich bekam vor Schreck beinahe einen Herzinfarkt, als Esra plötzlich vor mir stand und meine Handgelenke packte.

»Du hast mir meine Party ruiniert«, zischte er, das teigige Gesicht verzerrt vor Zorn und Hass. »Du blöde Schlampe!«

»Lass mich los.« Meine Kehle brannte, jeder Muskel in meinem Körper schmerzte von meiner heftigen Gegenwehr. Vergeblich versuchte ich mich, aus Esras Griff zu befreien. Aber er war größer und viel stärker als ich, dazu war er betrunken und hasste mich. Er schob mich durch den Flur und stieß mich so heftig gegen die Wand, dass ein Bild herunterfiel.

»Soll ich dir mal zeigen, was ich schon immer gerne mal mit dir gemacht hätte, du eingebildete kleine Goldprinzessin, du beschissenes kleines Lieblingskind von Daddy?«, flüsterte er in mein Ohr.

Ich kämpfte, aber Esra hatte alle Kontrolle über sich verloren. Er schlug mir ins Gesicht, mein Kopf flog zur Seite und knallte gegen den Türrahmen. Der Flur begann sich vor meinen Augen zu drehen, ich schmeckte Blut. Esra und ich hatten uns als Kinder oft geprügelt, aber das hier war etwas anderes, und es würde schlecht für mich ausgehen, wenn nicht noch ein Wunder geschah. Mein Bruder keuchte vor Anstrengung, er stieß mich auf den Boden, bog mir gewaltsam die Arme über den Kopf und versuchte, sich zwischen meine Beine zu drängen. Irgendwie bekam ich mein Knie frei und rammte es ihm in den Unterleib. Aber der Schmerz stachelte seine wütende Entschlossenheit noch mehr an. Vier-, fünfmal schlug er mir mit der flachen Hand ins Gesicht, ich spürte, wie meine Lippe aufplatzte und Blut aus meiner Nase floss. Die Tränen sprangen mir in die Augen, und das reizte Esra offenbar noch mehr.

»Hör auf zu heulen!«, zischte er und holte aus, um mich wieder zu schlagen, doch plötzlich wurde er nach hinten gerissen.

Ich öffnete die Augen und starrte in die fassungslosen Gesichter von Hiram und George Mills. Schluchzend kauerte ich mich zusammen, schlang die Arme um meine Knie und drückte mich gegen die Wand, während mir das Blut aus der Nase und den aufgeplatzten Lippen strömte und an meinem Kinn herabtropfte. Hiram hatte seinen Bruder an den Haaren gepackt, und Esra brüllte wie ein Stier. Er war so betrunken, dass er seinen Respekt vor Hiram vergaß und auf ihn losging. Hiram streckte ihn mit einem Kinnhaken nieder, dann schleiften er und George Esra in die Küche. Ich hörte ihre Ausrufe des Entsetzens, als sie das Chaos erblickten.

»Ohgottogottogott«, hörte ich George rufen. »Wenn Martha das sieht, dann gibt's ein Unglück.«

»Und was glaubst du, was Mutter erst dazu sagt«, erwiderte Hiram. »Heilige Scheiße. Kaum ist man mal für ein paar Stunden weg …«

Er kam wieder zu mir, hob mich vorsichtig hoch und trug mich die Treppe hinauf in mein Badezimmer. Jetzt, wo der Schock nachließ, begann ich wild und hysterisch zu schluchzen.

»Soll ich dich nicht besser ins Krankenhaus fahren, Sheridan?«, fragte Hiram besorgt. »Oder soll ich einen Arzt holen?«

»Nein!« Ich schüttelte heftig den Kopf. »Nein, es ist ja nichts passiert.«

»Was? Guck dich mal im Spiegel an!«, widersprach Hiram. »Was hat dieses kleine Schwein mit dir gemacht? Was war hier los?«

»Eine Party …«, lispelte ich. »Ich war … ich war noch ausreiten, und als ich wiederkam, da … da war alles voller Leute, und sie waren besoffen. Sie haben … sie haben mich auf dem Tisch festgehalten und … und Esra hat mich gezwungen, zwei Flaschen Schnaps zu trinken.«

»Das gibt's ja wohl nicht!« Hiram tupfte mir vorsichtig das Blut vom Gesicht und legte mir ein nasses Handtuch in den Nacken, um das Nasenbluten zu stoppen. Er würde auch ordentlich Ärger kriegen, denn eigentlich hätte er ja zu Hause bleiben sollen. Kein Wunder, dass er einen Riesenzorn auf Esra hatte.

Es klopfte an der Badezimmertür, und George steckte den Kopf herein.

»Hinter dem Sofa im Wohnzimmer liegt ein bewusstloses Mädchen«, sagte er besorgt. »Ich krieg die Kleine nicht wach. Ist wohl besser, wenn ich den Notarzt anrufe.«

Damit würde es unmöglich sein, die Party geheim zu halten. Ich senkte den Kopf und begann wieder zu schluchzen. Hiram seufzte und zog mich an sich, ich klammerte mich an ihn und weinte verzweifelt. »Hiram«, flüsterte ich, »du und George, ihr dürft niemandem davon erzählen.«

»Wie bitte?« Mein Bruder starrte mich fassungslos an. »Esra hat dich zusammengeschlagen und dich gezwungen, Schnaps zu trinken. Und um ein Haar hätte er dich auch noch vergewaltigt!«

»Bitte! Hiram!« Ich umklammerte verzweifelt seine Hände. »Mutter wird das nie glauben, weil sie immer zu Esra hält, und Dad wird ausrasten. Aber wenn er wieder weg ist, bin ich Mutter und Esra ausgeliefert! Bitte, sagt nichts. Ich … ich komm damit schon klar. Wenn Esra weiß, dass du es weißt, dann wird er so was nicht mehr tun.«

Hiram war ganz und gar nicht damit einverstanden, aber er versprach mir widerstrebend, vorerst nichts zu sagen. Er brachte mich ins Bett, dann ging er nach unten, denn der Notarzt kam.

Später in der Nacht schaute Hiram noch einmal nach mir. Ich war ihm unendlich dankbar für seine Hilfe. Er hatte mich vor dem Schlimmsten bewahrt, was einer Frau passieren kann, und das würde ich ihm und George in meinem ganzen Leben nicht vergessen.

* * *

Als Dad, Mutter, Malachy und Rebecca am übernächsten Tag nach Hause kamen, hatten Hiram, George, Lucie, Mary-Jane, Martha und ich gemeinsam alle Spuren von Esras Party sorgfältig beseitigt. Das Haus sah aus wie immer, von den Verwüstungen war keine Spur mehr zu sehen. Esra lag im Bett und hatte sich nicht ein einziges Mal blicken lassen. Ich sah schlimm aus. Meine Unterlippe war dick angeschwollen, mein Gesicht übersät mit Blutergüssen, ebenso meine Arme, Oberschenkel, mein Bauch und meine Brüste, und mein linkes Auge war fast zugeschwollen.

Hiram hatte sich noch einmal bei mir erkundigt, ob ich Esra tatsächlich ungestraft davonkommen lassen wollte, und ich hatte bejaht. Daraufhin war er zu Esra gegangen, um ihm mit Schmerzen, Verstümmelung und Tod zu drohen, sollte er mich auch nur noch ein einziges Mal anrühren.

Ich machte mich auf Waysider aus dem Staub, als ich den silbernen Dodge auf den Hof fahren sah, und ritt anderthalb Stunden lang in der Gegend herum, um die erste Begegnung mit meiner Familie so lange wie möglich hinauszuzögern. Aber die Konfrontation war unvermeidlich. Sie saßen alle um den langen Esstisch versammelt: Dad und Mutter wie üblich an den Kopfenden, dazwischen Malachy und Rebecca, Hiram und Esra. Als ich eintrat, wandten sich mir alle Augen zu, und es herrschte einen Moment Totenstille.

»Ach du liebes bisschen«, sagte Rebecca, die jede Menge solcher altmodischen Ausdrücke auf Lager hatte, und starrte mich entsetzt an.

»Um Gottes willen, Sheridan!« Dad sprang so hastig auf, dass sein Stuhl fast umkippte. »Was ist denn mit dir passiert?«

»Waysider ist durchgegangen«, sagte ich undeutlich, weil meine Lippe noch immer dick war. »Er ist durch das Wäldchen unten am Swallow Gap gerast, und ich habe Äste und Zweige ins Gesicht bekommen.«

Diese Lüge war so offensichtlich, dass sie jeder am Tisch, mit Ausnahme von Mutter und Rebecca, sofort durchschaute. Ich war eine sehr gute Reiterin, und Waysider hatte Nerven wie Drahtseile. Um ihn zum kopflosen Durchgehen zu bringen, musste man schon mit einem Maschinengewehr auf ihn schießen.

»Das kommt davon, wenn du immer allein durch die Gegend trödelst«, sagte Mutter, und damit war für sie das Thema erledigt. Nicht aber für meinen Adoptivvater, das wusste ich.

Ich setzte mich auf meinen Platz und vermied es, irgendjemanden anzusehen. Die Stimmung rund um den Tisch war abgekühlt, und meine Mutter versuchte mit ungewohnt zuckersüßer Stimme, Konversation mit ihrer zukünftigen Schwiegertochter zu machen. Ich aß eine halbe Kartoffel und ein Eckchen von dem Braten und zermarterte mir das Gehirn, wie ich Dad, dessen prüfende Blicke unablässig auf meinem Gesicht ruhten, entgehen konnte.

Da kam mir mein alter Bekannter Sheriff Benton unerwartet zu Hilfe, der um kurz nach acht an der Tür klopfte und mit Dad und Esra sprechen wollte. Esra funkelte mich hasserfüllt an, bevor er aufstand und hinausging. Sie verschwanden in Dads Arbeitszimmer und schlossen die Tür hinter sich.

Ich ging mit Martha in die Küche, um den Abwasch zu machen.

»Sag ihnen doch endlich, was wirklich passiert ist«, drängte Martha. »Sie kriegen es sowieso raus, jetzt wo Sheriff Benton da ist.«

»Ich sag keinen Ton«, erwiderte ich.

»Aber …«, begann Martha, die selbst gar nicht genau wusste, weshalb ich so aussah.

»Nein.« Ich blitzte sie verärgert an. »Frag nicht.«

Sie bezähmte nur mühsam ihre chronische Neugier. Als wir beinahe fertig waren, ging die Tür auf, und Dad erschien in der Tür.

»Sheridan?«

»Ja?« Ich drehte mich nicht um.

»Lass den Abwasch«, sagte er. »Komm in mein Arbeitszimmer. Ich muss mit dir reden.«

Ich ahnte schon, dass Sheriff Benton wegen der Sache mit

Angie Keene, dem besoffenen Mädchen im Wohnzimmer, gekommen war, aber ich wollte da nicht mit hineingezogen werden. Hiram konnte nicht immer in der Nähe sein, und ich hatte keine Lust, mich vor Esras Rache zu fürchten.

»Sheridan!«, wiederholte Dad nachdrücklich.

»Geh schon.« Martha nahm mir die Spülbürste und den Schwamm aus der Hand. Mit gesenktem Kopf ging ich an meinem Vater vorbei durchs Wohnzimmer, wo meine Mutter schon lauerte.

»Keine drei Tage ist man weg«, zeterte sie, »und schon bringst du es fertig, dass die Polizei bei uns auftaucht! Was soll Rebecca nur von uns denken?«

Dad schob mich weiter, ohne einen Ton zu sagen. Entgegen meinen Befürchtungen war niemand mehr in seinem Arbeitszimmer, der Sheriff war offenbar schon wieder gefahren.

»Setz dich«, forderte mein Vater mich auf und setzte sich hinter seinen Schreibtisch. Ich nahm auf der vordersten Kante des Stuhles Platz und vermied es, ihn anzusehen.

»So.« Seine Stimme klang angespannt. »Und nun will ich von dir wissen, was sich hier vor drei Tagen abgespielt hat.«

Ich schüttelte nur stumm den Kopf.

»Sheridan.« Dad beugte sich vor. »Ist es wahr, dass Esra und seine Freunde hier ein Mädchen betrunken gemacht und dann vergewaltigt haben? Hier, in meinem Haus?«

Ich schwieg.

»Sheriff Benton hat mir gerade mitgeteilt, dass die Eltern von Angela Keene Anzeige gegen Esra und einige seiner Freunde wegen schwerer Körperverletzung und Vergewaltigung erstattet haben. Das Mädchen hat seinen Eltern erzählt, dass man ihr gewaltsam Alkohol und irgendwelche Drogen eingeflößt und sie dann vergewaltigt hat. Das ist kein Spaß mehr, sondern eine sehr ernste Sache, die hart bestraft wird.«

Angie war ganz sicher nicht vergewaltigt worden. Als ich

auf die Party gekommen war, hatte sie sich auf der Couch ziemlich aktiv mit zwei Jungs beschäftigt. Ich hätte Esra und seinen Kumpels helfen können, aber ich schwieg beharrlich.

»Sheridan!«, sagte Dad leise. »Schau mich doch wenigstens einmal an! Was ist geschehen? Die Geschichte mit dem Pferd ist doch schlicht und ergreifend gelogen, weil du mir nicht die Wahrheit sagen willst!«

Ich hob langsam den Blick und sah ihn an.

»Ein Auto hatte eine Fehlzündung. Waysider hat sich erschrocken und ist losgerannt«, sagte ich tonlos und dachte: *Muss ich mich erst von Esra zusammenschlagen lassen, damit du mit mir sprichst? Wieso hast du nicht den Mut, mir zu erzählen, wer meine echten Eltern sind und was mit ihnen passiert ist? Du hast es mir doch versprochen – vor fast einem ganzen Jahr!*

»Warum lügst du?«, wollte Dad wissen. Ich sah den bittenden Ausdruck in seinen Augen und wünschte, ich hätte es ihm sagen können, aber ich konnte nicht. Er würde irgendwann wieder wegfahren und mich allein lassen mit Esra und seinem Hass und Mutter, die mir kein Wort glauben und zu ihrem Lieblingskind halten würde. Ich hatte keine Lust, in dauernder Angst zu leben, und deshalb würde ich den Mund halten.

Dad stieß einen tiefen Seufzer aus.

»Du vertraust mir nicht mehr«, stellte er fest, und die Enttäuschung in seiner Stimme tat mir trotz allem weh. »Das ist sehr schlimm für mich, denn ich kann es nicht ertragen, dich so … misshandelt und verängstigt zu sehen. Aber wie soll ich dir helfen, wenn du mir nichts sagst? Bitte, Sheridan. Ich sorge dafür, dass derjenige, der dir das angetan hat, seine Strafe bekommt.«

»Was willst du tun? Waysider erschießen, weil er mit mir durchgegangen ist?« In meiner Kehle steckte ein Kloß, aber meine Augen blieben trocken. »Du musst mir nicht helfen.«

Der Ausdruck des Mitgefühls erlosch auf Dads Gesicht, seine Miene wurde steinern. Ich wünschte, ich hätte ihm meine Lage irgendwie erklären können, aber ich konnte nicht, ohne etwas zu verraten.

»Gut«, sagte er mit flacher Stimme. »Ich kann dich nicht zwingen. Es tut mir leid, Sheridan. Es tut mir leid, für uns beide. Du kannst gehen. Gute Nacht.«

Ich stand auf. Er blickte mich nicht mehr an, sondern starrte ausdruckslos aus dem Fenster in die Dunkelheit.

»Gute Nacht«, flüsterte ich und verließ sein Arbeitszimmer. Ich huschte lautlos die Treppe hinauf, und mein Herz blieb fast stehen, als ich mich unvermittelt Esra gegenübersah.

»Hast du dem Alten was gesagt?«, zischte er.

»Ja!«, zischte ich zurück. »Und zwar, dass Waysider mit mir durchgegangen ist. Ich habe ihn angelogen, aber er weiß genau, dass ich lüge.«

Ein erleichtertes Grinsen zuckte über Esras Gesicht. Plötzlich hatte ich keine Angst mehr vor ihm.

»Wenn du mich jemals wieder anfasst«, flüsterte ich drohend und schob ihn von mir weg, »wenn du mich irgendwann noch mal bedrohst, dann sage ich ihm, dass du mich vergewaltigen wolltest. Hiram und George sind meine Zeugen. Und ich sage ihm auch, was du neulich im Badezimmer getan hast. Und jetzt geh mir aus dem Weg!«

Esra wich vor mir zurück.

»Wenn Angies Eltern dich anzeigen, dann sollen sie das tun. Ich sage nichts, aber glaube deshalb nur nicht, dass ich auf deiner Seite bin. Wenn ich Dad sage, was du mit mir gemacht hast, dann bist du tot. Das weißt du.«

Damit drängte ich mich an ihm vorbei und schloss mich in meinem Zimmer ein.

* * *

Malachys Hochzeit wurde von dem größten Skandal überschattet, den es in Madison County seit den Zeiten von Sherman Grant gegeben hatte, und Mutter war mit Sicherheit froh, dass die Feierlichkeiten im entfernten Iowa stattfanden, wo niemand von Esras Missetat wusste. Esra war mit einem blauen Auge aus der Sache herausgekommen, denn es hatte sich in mehreren ausführlichen Vernehmungen gezeigt, dass er Angie Keene nicht vergewaltigt hatte. Er bekam eine Strafe wegen Körperverletzung und Missbrauchs von Alkohol, aber der Schaden hielt sich für ihn in erträglichen Grenzen. Der Junge, der mit Angie Sex gehabt hatte, wurde zu einer Jugendstrafe verurteilt, die auf Bewährung ausgesetzt wurde. Dieser Vorfall war für Wochen Hauptgesprächsthema in Fairfield und Umgebung, und Mutter erboste wohl am meisten, dass sie nicht genüsslich mitlästern konnte, weil es schließlich nicht ganz unwesentlich ihre Familie betraf.

Dad, der seitdem nicht mehr nach Washington gefahren, sondern auf der Farm geblieben war, war so verschlossen und schweigsam wie nie zuvor. Frühmorgens fuhr er mit den Männern raus in die Felder und kam erst wieder, wenn es schon stockdunkel war.

Brandon glaubte mir die Waysider-Geschichte ohne zu zögern, als er aus dem Urlaub zurückkam und wir uns zum ersten Mal zu einer Probe bei Sid trafen. Er war verständnisvoll, bedauerte mich und versuchte nicht einmal, mir näherzukommen, was mich erleichterte. Allerdings hatte ich auch ein schlechtes Gewissen, weil er so anständig war. Wenn wir nicht für unseren Auftritt bei der Middle of Nowhere Celebration übten, zu dem ich noch immer keine Zustimmung von Mutter erhalten hatte – Dad fragte ich gar nicht erst –, half ich auf den Gemüsefeldern oder beim Kartoffellesen, und wenn ich konnte, schlich ich mich für ein oder zwei Stunden zu Christopher. Je länger unsere Beziehung – ich weigerte mich, es eine

Affäre zu nennen – dauerte, umso schwerer fiel es mir, ihm die Wahrheit zu sagen, und irgendwann dachte ich mir, dass es ohnehin keine Rolle spielte. Christopher würde in ein paar Monaten Fairfield verlassen und wie Jerry aus meinem Leben verschwinden.

* * *

Wir übten regelmäßig für unseren großen Auftritt, und da ich Hirams altes Moped zur Verfügung hatte, konnte ich die Abkürzung durch die Felder nach Madison nehmen. Bald schon hatten wir unser Repertoire festgelegt, und bei den Proben konnte ich meine Sorgen und Nöte vergessen. Hier war ich Sheridan Grant, die großartige, gefeierte Rocksängerin, bei Christopher war ich Carolyn Cooper, die liebeshungrige Landarbeiterin. Die traurigste Figur war wohl die reale Sheridan, die nichts anderes hatte als Träume und Wünsche.

Die ganze Familie Grant – mit Ausnahme von Joseph und mir – reiste schließlich für drei Tage nach Iowa, um Zeuge zu sein, wie Rebecca Malachy das Jawort gab. Meine Adoptivmutter wollte mich damit bestrafen, und ich spielte ihr auch glaubhaft die Gekränkte vor, in Wirklichkeit aber war ich kein bisschen sauer, dass ich nicht mitfahren durfte. Ganz im Gegenteil. Vor mir lagen drei herrliche Tage in völliger Freiheit. Am späten Vormittag, nachdem meine Familie endlich abgereist war, fuhr ich verbotenerweise mit dem alten Pick-up nach Madison, und wir probten dort bis um halb vier. Danach saß ich gerade in der Küche, aß ein Sandwich und überlegte, was ich mit meiner Freiheit anfangen würde, als in Mutters Büro das Telefon klingelte. Ein Mann war am Telefon, der Mutter sprechen wollte. Er hatte eine sympathische Stimme mit einem ähnlichen Ostküstenakzent wie Tante Isabella.

»Ich richte ihr aus, dass Sie angerufen haben«, versprach ich. »Sagen Sie mir bitte noch einmal Ihren Namen?«

»Burnett«, erwiderte der Anrufer, und ich kritzelte den Namen auf den Notizblock. »Horatio Burnett.«

»Alles klar. Ich habe es aufgeschrieben.«

Dabei fiel mein Blick zufällig auf den Schrank, und ich traute meinen Augen nicht, als ich den Schlüssel im Schloss stecken sah. Das hatte ich noch nie erlebt! Rasch beendete ich das Telefonat und zögerte keine Sekunde. Mutter machte immer einen Riesenzirkus um den Schrank, weshalb mich nun die pure Neugier dazu trieb, hineinzuschauen. Mit angehaltenem Atem drehte ich den Schlüssel und öffnete die Türen aus dunkel gemasertem Walnussholz. Schon oft hatte ich mir ausgemalt, welche Geheimnisse und Kostbarkeiten sich wohl in den Fächern und Schubladen verbargen, und wurde nun bitter enttäuscht. Statt Goldschmuck, Juwelen und gebündelten Geldscheinen standen nur säuberlich beschriftete Aktenordner in Reih und Glied nebeneinander. Rechnungen, Lieferscheine, Angebote, Lohnabrechnungen. Ich zog mit wachsender Enttäuschung die Schubladen auf, stieß aber auch dort nur auf Papiere und Büromaterial. Warum in aller Welt machte sie wohl so ein Staatsgeheimnis aus diesem Kram? Das konnte nicht alles sein! Irgendetwas musste es in diesem Schrank geben, das meine Mutter geheim halten wollte. Ich reckte den Hals und überflog die Aufschriften auf den Ordnerrücken weiter oben. Kirchenvorstand, Steuerunterlagen, Fuhrpark. Völlig unspektakulär. Gerade als ich aufgeben und die Inspektion beenden wollte, blieb mein Blick an einem Etikett hängen, das eine andere Handschrift trug, nämlich die meines Vaters. *Dokumente Sheridan* stand darauf. Rasch zog ich den schmalen Ordner aus dem Schrank und schlug ihn auf. Schulzeugnisse, ein alter Impfpass, Bilder, die ich als Kind gemalt hatte. Ungeduldig blätterte ich weiter und fand hinter einem Trennblatt offiziell aussehende Dokumente. Die Adoptionsurkunde! Plötzlich klopfte mir das Herz bis zum Hals, und meine Hände wurden feucht vor Aufregung.

»Die Eheleute Vernon John Grant und Rachel Grant, geborene Cooper, nehmen das Kind Sheridan Sophia Cooper, geboren am 14. Juni 1979 in Frankfurt, Deutschland, an Kindes statt an«, las ich und stutzte verwirrt. Wieso hatte ich Sheridan Sophia *Cooper* geheißen? Und warum stand da, ich sei in *Deutschland* geboren? Aus der Adoptionsurkunde, die von einem Notar in Omaha ausgestellt worden war, gingen die Namen meiner leiblichen Eltern zu meinem Bedauern nicht hervor.

Der Grund, weshalb ich mich nie besonders für meine Herkunft interessiert hatte, war der, weil es mir nie schlecht ergangen war und ich alles Wichtige darüber zu wissen glaubte. Doch irgendetwas konnte an der kargen Geschichte, die mir erzählt worden war, nicht stimmen.

Meine leiblichen Eltern waren angeblich bei einem Unfall ums Leben gekommen. Das war tragisch, aber leider nicht so selten, wie man denken mochte. Um welche Art von Unfall es sich gehandelt hatte und wo er passiert war, war von meinen Adoptiveltern nie konkretisiert worden, und ich hatte bisher angenommen, dass sie die Details wahrscheinlich nicht genau kannten. Meine Phantasie hatte im Laufe der Zeit aus den wenigen Bruchstücken eine einigermaßen befriedigende Geschichte zusammengezimmert, die jedoch im Bezug auf ihre Logik zweifellos einige gravierende Schwächen hatte. Meine Eltern – so stellte ich es mir gerne vor – hatten sich auf den Weg von der Ostküste in den Westen gemacht, wo mein Vater einen neuen Job annehmen sollte. Da meine Mutter unter Flugangst litt, waren sie die lange Strecke mit dem Auto gefahren. Ich hatte in einem Kindersitz angeschnallt auf dem Rücksitz gesessen und geschlafen, als mein Vater vom Sekundenschlaf übermannt worden und das Auto von der Straße abgekommen war. Meine Eltern waren aus dem Fahrzeug geschleudert worden und gestorben, nur ich hatte in meinem Kindersitz mit schweren Kopfverletzungen überlebt, daher rührte die schmale weiße Narbe an meinem Haaransatz. Der Unfall hatte sich in meinem Phantasiegespinst zufällig auf der Interstate 80 ereignet, und so waren meine Adoptiveltern durch die Zeitung oder den Rundfunk auf mich, das bedauernswerte kleine Waisenkind, das auf der ganzen Welt keine Verwandten mehr hatte, aufmerksam geworden und hatten es als ihre Christenpflicht angesehen, mich zu sich zu nehmen.

Mit zitternden Fingern blätterte ich weiter und fand jede Menge Schreiben vom amerikanischen Konsulat in Frankfurt, von denen bereits das erste, datiert auf den 4. August 1981, meine Phantasiegeschichte wie eine Seifenblase zerplatzen ließ. In dem Brief, der an meinen Adoptivvater gerichtet war, bedankte man sich für das aufschlussreiche Telefonat und bestätigte das Ergebnis ihrer Nachforschungen.

Da die Identität des leiblichen Vaters nicht festzustellen ist, ist Ihre Ehefrau die einzige lebende Verwandte der verstorbenen Carolyn Elisabeth Cooper – geboren am 16.3.1948 in Gary, Indiana, verstorben am 14.7.1981 in Frankfurt am Main, Deutschland – und damit auch ihrer Tochter, Sheridan Sophia Cooper.

Schockiert starrte ich auf das vergilbte Blatt Papier, die Buchstaben verschwammen vor meinen Augen, als ich den Text ein zweites und ein drittes Mal las. Das konnte doch nicht wahr sein! Carolyn Cooper, die Carolyn, deren Tagebücher und Fotoalben ich im Riverview Cottage gefunden hatte, die jüngere Schwester meiner Adoptivmutter, war meine leibliche Mutter!

Ich brauchte ein paar Minuten, bis ich in der Lage war, weiterzulesen. Alles, aber auch wirklich *alles*, was meine Adoptiveltern mir jemals über meine Herkunft erzählt hatten, war schlichtweg gelogen:

Carolyn Cooper war am 14. Juli 1981 von ihrem Freund, einem in Frankfurt stationierten Sergeant der US-Army namens Scott Andrews, in der Wohnung eines gemeinsamen Bekannten *erdrosselt* worden. Beide hatten zum Zeitpunkt der Tat unter Alkoholeinfluss gestanden. Der Mörder war geflüchtet, hatte sich aber am nächsten Tag der Militärpolizei gestellt. Als die Polizei die Wohnung aufgebrochen hatte, hatte man dort ein etwa zweijähriges Mädchen neben der Leiche seiner Mutter gefunden – mich! Im Adressbuch der Mutter war man auf Namen und Adresse von Vernon Grant gestoßen und hatte sich daraufhin mit ihm in Verbindung gesetzt.

Benommen saß ich am Schreibtisch im Arbeitszimmer meiner Mutter – nein, meiner *Tante*! –, und mein Gehirn weigerte sich zunächst, die Tragweite dessen, was ich da gelesen hatte, zu erfassen. Meine Mummy war mitnichten bei einem Unfall gestorben, sie war *erdrosselt* worden, irgendwo in einem fremden Land, und das mit gerade mal dreiunddreißig Jahren! Und ihre Schwester, meine Adoptivmutter, die also eigentlich meine Tante war, war keineswegs sofort nach Deutschland geeilt, um mich spontan aus christlicher Nächstenliebe zu sich zu nehmen, sondern hatte sich für diese Entscheidung ein paar lange Monate Zeit genommen, denn ich war erst im Dezember 1981 von einer Mitarbeiterin des Konsulats von Europa nach Washington gebracht worden.

Ich war zu schockiert, um weinen zu können, und allmählich stellte sich bei mir das entsetzliche Gefühl ein, von allen Menschen, die ich kannte, belogen und verraten worden zu sein. Unmöglich, dass Martha oder Mary-Jane und John White Horse nichts von dieser Geschichte gewusst haben sollten! Sie mussten meine Mutter, meine echte Mutter, gekannt haben, denn sie hatte schließlich hier gelebt!

Jetzt konnte ich auch den Ausdruck in den Augen meines Vaters richtig deuten, als er mich und Danny damals beinahe im Riverview Cottage überrascht und ich ihm gesagt hatte, ich würde hin und wieder in dieses Haus kommen, um an meine echte Mutter zu denken. Er war nicht etwa verletzt oder überrascht gewesen, sondern einfach zu Tode erschrocken, weil er in der ersten Sekunde geglaubt haben musste, ich sei hinter das Geheimnis gekommen, das er und alle anderen so sorgsam hüteten! Seine Feigheit war wohl die schlimmste Enttäuschung für mich, denn ich hatte ihm vertraut und ihn mehr geliebt als jeden anderen Menschen auf dieser Welt. Wie bitter, nun zu entdecken, dass er nie den Mumm besessen hatte, mir die Wahrheit zu sagen! Wann hatten sie es mir sagen wollen? Oder hatten sie tatsächlich geglaubt, das alles für immer und ewig vor mir verheimlichen zu können? Und was war überhaupt der Grund für diese verfluchte Heimlichtuerei? Eigentlich war es doch egal, woran meine Mutter gestorben war.

Ich sprang auf, stellte den Ordner zurück an seinen Platz und drückte den Schrank zu, die Unterlagen und Briefe des Konsulats nahm ich allerdings mit in mein Zimmer. Bisher hatte ich keine sonderlich große Energie darauf verwendet, Carolyn Coopers Tagebuch von 1964 zu finden, aber jetzt hatte das natürlich eine völlig neue Bedeutung für mich erlangt. Eine Weile saß ich ratlos in meinem Zimmer herum, dann beschloss ich, mich auf die Suche nach dem letzten Tagebuch zu machen, und zwar in den Nebengebäuden von Riverview Cottage, solange Christopher nicht da war.

Ich war zu durcheinander, um mich darüber freuen zu können, dass ich endlich die Identität meiner leiblichen Mutter kannte. Während ich ein geeignetes Versteck für die geheimen Unterlagen in meinem Zimmer suchte, nahm ich mir fest vor, niemandem etwas von meiner Entdeckung zu erzählen und sie stattdessen auf die Probe zu stellen, einen nach dem anderen.

Die Versuchung war groß, meine Eltern sofort bei ihrer Rückkehr mit meinem neuen Wissen zu konfrontieren, aber dann hätte ich gestehen müssen, dass ich im Schrank meiner – nein, nie wieder würde ich an diese Frau als »meine Mutter« denken –, meiner *Tante* herumgeschnüffelt hatte, und das würde meine Position erheblich schwächen.

Ich musste mir über meine Strategie klarwerden. Zuallererst wollte ich mehr über Carolyn Cooper erfahren. Plötzlich erschienen die abfälligen Bemerkungen von *Tante Rachel* über meine schlechten Gene und meinen Charakter in einem völlig anderen Licht. Carolyn hatte in ihren Tagebüchern nur positiv von ihrer großen Schwester geschrieben, wenn man von dem allerletzten Eintrag an Weihnachten 1963 einmal absah, aber vielleicht hatte Rachel ihre kleine Schwester nicht leiden können. Möglicherweise kannte sie meinen Erzeuger, dessen Name in meiner Geburtsurkunde nicht vermerkt war, und hatte ihn aus tiefstem Herzen verachtet. Darüber hinaus interessierten mich die Umstände, unter denen ich auf die Willow Creek gekommen war. Das sollte kein allzu schwieriges Unterfangen sein, hoffte ich, denn es liefen schließlich genug Menschen in Fairfield herum, die auch damals schon hier gelebt hatten und Carolyn gekannt haben mussten. Ich musste nur äußerst diskret vorgehen, um nicht das Misstrauen von *Tante Rachel* zu erregen.

Draußen stellte ich fest, dass der Pick-up kein Benzin mehr hatte, und ich war zu faul, um zu tanken. Das Moped sprang wieder einmal nicht an, also musste Waysider herhalten, der sich offensichtlich freute, wieder einmal einen Ausritt unternehmen zu dürfen.

Wenig später ritt ich die Auffahrt zum Riverview Cottage hinauf und stutzte, als ich Christophers Auto im Hof stehen sah. Hatte er mir nicht vorgestern noch erzählt, er sei für ein paar Tage auf Recherchereise in Kanada? Außerdem stand neben seinem Auto noch ein zweites, ein verstaubtes Lexus Cabriolet mit Kennzeichen von South Carolina. Seitdem ich ihn kannte, hatte er noch nie Besuch gehabt.

Ich ließ mich von Waysiders Rücken gleiten, schlang die Zügel um die Brüstung der Veranda und klopfte an die Fliegengittertür. Es wäre unhöflich gewesen, einfach in die Scheune zu gehen und darin herumzuwühlen, deshalb wollte ich vorher kurz Bescheid geben.

Eine Weile war es ganz still im Haus. Ich rief Christophers Namen, und da kam er die Treppe herunter.

»Hi«, sagte ich. »Du bist ja doch da. Ich dachte, du wolltest …«

Er legte einen Finger an seine Lippen, und ich verstummte. Sein Hemd hing aus der Hose, das Haar war zerzaust und verschwitzt, er war barfuß und wirkte seltsam nervös.

»Was machst du denn hier?«, zischte er, trat hinaus auf die Veranda und schloss die Tür hinter sich. Das Lächeln erlosch auf meinem Gesicht angesichts dieser komischen Begrüßung.

»Hast du Besuch?«, erkundigte ich mich neugierig.

»Äh … ja …«, druckste er herum. »Ja, hm … meine … meine Schwester ist überraschend gekommen.«

»Ach so.«

Naiv und blöd wie ich war, kapierte ich nichts. Ich wunderte mich nur, weshalb er so leise sprach und sich so eigenartig benahm.

»Ich will auch gar nicht stören«, sagte ich rasch. »Ich wollte dich nur fragen, ob es in Ordnung ist, wenn ich ein bisschen in der Scheune herumräume. Stell dir vor, ich habe …«

»N… nein … hör zu, Carolyn«, unterbrach er mich. »Das ist jetzt gerade etwas ungünstig. Ich … ich habe ein paar sehr wichtige Dinge mit meiner Schwester zu besprechen. Ihr geht es nicht gut, und ich muss mich etwas um sie kümmern.«

»Chris?« Hinter dem Fliegengitter tauchte eine Frau auf. »Wo bleibst du denn? Ach! Wer ist das?«

»Niemand. Ich meine, das … das ist … ein Mädchen von der Farm drüben. Sie braucht etwas aus der Scheune«, sagte Christopher zu meiner Verblüffung. Ich fragte mich, warum er mich seiner Schwester nicht einfach vorstellte. Die schien genauso neugierig zu sein wie ich. Als sie die Tür öffnete und auf die Veranda heraustrat, klappte mir fast der Mund auf. Sie war ein paar Jahre älter als Christopher und für meine Begriffe unglaublich schön und elegant, obwohl sie nur Christophers dunkelblauen Bademantel trug, der ihr ein paar Nummern zu groß war. Sie hatte das blonde Haar lässig hochgesteckt, ihre Finger- und Fußnägel waren rotlackiert, und sie schien unter dem Bademantel nichts anzuhaben.

»Hallo.« Sie musterte mich eingehend von Kopf bis Fuß, und ich kam mir plötzlich entsetzlich trampelig vor in den abgeschnittenen Jeans und den Stiefeln.

»Hübsches Ding. Aber du hattest ja schon immer einen guten Geschmack«, sagte sie zu Christopher und lächelte spöttisch. »Sie scheint mir allerdings ein bisschen zu jung zu sein für deine Schweinereien.«

Christopher wurde abwechselnd rot und blass und sah so aus, als wünschte er sich weit weg, nach Alaska oder Südafrika. Ich hatte wahrhaftig nicht viel Erfahrung mit Männern, aber in dieser Sekunde begriff ich, dass diese Frau alles andere war als Christophers Schwester und dass ich die beiden offensichtlich gestört hatte. Als er nichts sagte, sprach die Frau weiter.

»Ich bin übrigens Sally, Christophers Frau. Und wer bist du?«

Ich bin geschieden. Ich habe nie mehr eine Frau angeschaut. Ich bin verrückt nach dir. Ich liebe dich …

Christophers Lügen hallten in meinem Kopf wider und versetzten mir den zweiten Schock des Tages. Ich machte zwei Schritte rückwärts und starrte den Mann an, vor dem ich mein

Innerstes nach außen gekehrt hatte, aber der hatte offenbar irgendetwas sehr Interessantes auf dem Boden vor seinen Füßen entdeckt. Das Blut rauschte in meinen Ohren. Ich war entsetzt, verletzt, gedemütigt, aber stärker noch als das war mein Zorn.

»Ach, Sie sind also die Nymphomanin«, entgegnete ich deshalb. »Christopher hat mir viel von Ihnen erzählt. Wie Sie ihn belogen und dauernd betrogen haben mit anderen Männern, bis er …«

»Carolyn! Was soll das?«, sagte Christopher scharf, aber zu meiner Überraschung fing die Frau – *seine* Frau – an zu lachen.

»Ach Gott, Chris! Du bist wirklich unverbesserlich!« Sie schüttelte den Kopf. »Das arme Kind. Hast du es etwa auch aus Anaïs Nins Tagebüchern vorlesen lassen, um dich scharfzumachen? Ich hoffe, du hast dir vorher wenigstens ihren Ausweis zeigen lassen …«

Vor mir tat sich ein düsterer Abgrund auf, und mir wurde schwindelig vor Enttäuschung. Er hatte mich angelogen – und ich hatte ihm alles geglaubt, naiv, wie ich war. Ich wartete seine Erwiderung nicht mehr ab.

»Viel Spaß noch«, wünschte ich der Frau, machte auf dem Absatz kehrt und überquerte den Hof. Christopher machte keinen Versuch, mich zurückzuhalten. Ich band Waysider vom Geländer los, schwang mich auf seinen Rücken und stob in vollem Galopp die Auffahrt hinunter. Der Mann, der mich das Geheimnis von Sinnlichkeit, lustvoller Verzückung und hemmungsloser Leidenschaft gelehrt, der mir ein paar Wochen quälender Besessenheit beschert und sich an meinen Qualen ergötzt hatte, mein bequemlicher, *schwammiger* Liebhaber war nichts anderes als ein mieser kleiner Lügner, der meine Leichtgläubigkeit eiskalt ausgenutzt hatte.

Ich lenkte Waysider hinunter zum Fluss und ritt zum Elm Point. Dort saß ich ab und ließ meinen Tränen freien Lauf. Weshalb musste ich das erleben? Alle Männer in meinem

Leben waren bisher Enttäuschungen gewesen, und ich hatte sie schrecklich satt. Gleichzeitig erfüllte mich eine bodenlose Trauer, denn ich befürchtete, niemals meine große Liebe zu treffen, so wie Mary-Jane damals Sherman Grant getroffen hatte oder Malachy seine Rebecca!

Es ging schon auf den Abend zu, als ich in einem weiten Bogen durch die Felder zurück zur Farm ritt. So tief war ich in meinem Kummer versunken, dass mir der staubige Pick-up mit einem Kennzeichen aus New Mexico zuerst nicht auffiel, aber dann bemerkte ich einen Mann, der damit beschäftigt war, einen geplatzten Reifen zu wechseln. Meine gute Erziehung ließ mich neben ihm anhalten. Ich wischte mir die Tränenspuren aus dem Gesicht und räusperte mich.

»Kann ich Ihnen helfen?«, fragte ich.

Der Fremde drehte sich um und warf mir einen raschen Blick aus tiefliegenden, ungewöhnlich hellblauen Augen zu. Ein bläulicher Bartschatten bedeckte ein hageres, sonnengebräuntes Gesicht, sein dunkles Haar war sehr kurz geschnitten. Er nahm einen Zug von seiner Zigarette und lehnte sich an den Kotflügel seines Pick-ups.

»Hey«, sagte er und schnippte die Zigarette auf den Schotterweg. »Ich hab 'n Platten.«

Ich betrachtete ihn neugierig von meinem sicheren Platz auf Waysiders Rücken aus. Der Mann trug eine ausgeblichene Wrangler Jeans, die so eng war, dass sie sich wie eine zweite Haut um seine muskulösen Beine spannte, ein kariertes Hemd und Cowboystiefel. Um den Hals trug er ein indianisches Amulett, ein zweites am linken Handgelenk seines sehnigen Arms. Von der Schläfe über seine rechte Wange bis zur Oberlippe zog sich eine schmale weiße Narbe. Er sah gefährlich, aber unbestreitbar gut aus.

Auf der vollgestopften Ladefläche seines Pick-ups lag unter

anderem Sattelzeug, und ich vermutete, dass er ein Cowboy und wegen des Rodeos in der Gegend war. Der verlogene Christopher Finch und seine Frau gerieten schlagartig in Vergessenheit, genauso wie Carolyn Cooper und meine unehrlichen Eltern.

»Ich seh's«, erwiderte ich.

»Das Blöde ist«, sagte der Mann, »dass mein Ersatzreifen auch kaputt ist.«

»Bis nach Fairfield sind's von hier aus sieben Meilen.« Ich hinderte Waysider daran, sich mit der Nase am Vorderbein zu reiben. »Aber ich wohne da drüben auf der Farm. Wir haben auch so einen 78er Ford. Vielleicht kann man von dem den Ersatzreifen nehmen.«

Der Mann hob eine Augenbraue und stieß einen anerkennenden Pfiff aus.

»Sag bloß, du kannst das Baujahr eines Autos erkennen?«, fragte er mit einer Mischung aus Belustigung und Staunen. »Mein lieber Mann!«

»Ich hab Brüder, die dauernd an irgendwelchen Autos und Maschinen herumschrauben.« Ich zuckte die Achseln. »Da bleibt was hängen.«

»Nicht schlecht.«

Ich war mir nicht ganz sicher, ob er mit seiner Bemerkung meine Auffassungsgabe in Bezug auf Autos oder mich persönlich meinte, aber da mich an diesem Abend niemand erwartete und anschnauzen würde, wenn ich zu spät nach Hause kam, begann mir die Begegnung mit dem Fremden durchaus Spaß zu machen.

»Nettes Pferd«, stellte er dann fest und betrachtete Waysider eingehend. »Ein Quarter-Lusitano-Mix, was? Prima Hinterhand. Er ist sicher ganz schön schnell, nicht wahr?«

Diesmal war ich beeindruckt.

»Er war Countychampion auf der Viertelmeile, als er fünf

Jahre alt war.« Ich nickte. »Gegen echte Quarters. Außerdem hab ich mit ihm ein paar Preise im Reining und Pleasure gewonnen, aber das ist schon eine Weile her.«

Der Mann kam näher heran und streckte seine Hand aus, damit Waysider ihn beschnuppern konnte. Dann tätschelte er dem Pferd die Nase. Wir sahen uns eine Weile schweigend an, und automatisch begann mein Gehirn Vergleiche zwischen Christopher Finch und dem Fremden anzustellen, wobei mein verlogener Exliebhaber nicht sonderlich gut wegkam. Als ob er meine Gedanken gehört hätte, blickte er mich mit einem durchdringenden Blick an, und ich wurde rot.

»Wenn Sie wollen, schau ich mal nach dem Reifen«, schlug ich vor.

»Das wäre sehr nett von dir. Ich bezahl ihn natürlich.« Er versetzte Waysider einen leichten Klaps auf den Hals. »Am besten, du schickst einen deiner Brüder mit dem Reifen.«

»Wieso denn das? Glauben Sie, ich kann das nicht?«, fragte ich spitz.

»Doch, daran habe ich keinen Zweifel«, erwiderte er, und der Anflug eines Lächelns erschien auf seinem Gesicht. »Aber du bist ein junges, hübsches Ding und ich ein Fremder, der zufällig hier eine Panne hatte.«

Ich kapierte.

»Sie meinen, ich bin zu vertrauensselig.«

»So was in der Richtung. Ja.«

Ich legte den Kopf schräg und musterte ihn.

»Sie sehen zwar nicht aus wie einer, der in der Sonntagsschule unterrichtet«, entgegnete ich. »Aber auch nicht gerade wie ein Lustmörder.«

»Sag bloß, du bist schon mal einem Lustmörder begegnet?« Der Fremde grinste amüsiert.

»Nicht persönlich«, räumte ich ein. »Aber ich hab schon genug Fotos von welchen gesehen.«

»Du bist gut«, sagte er und lachte. »Na, dann beeil dich mal, damit wir hier fertig sind, bevor es dunkel wird.«

»Ich bin gleich zurück!«, rief ich und gab Waysider die Fersen. Zu Hause brachte ich das Pferd rasch in den Paddock, dann rannte ich atemlos in die Scheune und fand den alten Ford hinter zwei Traktoren, die ich erst zur Seite fahren musste. Der Ersatzreifen war selbstverständlich vollkommen in Ordnung – dem gewissenhaften Malachy sei Dank.

Ich setzte mich hinter das Steuer und drehte mit vor Aufregung zitternden Fingern den Schlüssel. Der Motor sprang mit einem Blubbern an, und ich tuckerte durchs Tor hinaus Richtung Landstraße. Das alles hatte mehr als eine halbe Stunde gedauert, und ich fürchtete schon, der aufregende Fremde könnte anderweitig Hilfe bekommen haben und längst verschwunden sein, aber er war tatsächlich noch da. In der Zwischenzeit hatte er den kaputten Reifen abmontiert und lehnte wieder rauchend am Kotflügel. Als ich neben ihm bremste, stieß er sich mit einer lässigen Bewegung ab und lächelte.

Ich sah ihm zu, wie er geschickt und ohne Mühe den Reifen wechselte, und malte mir aus, wie es wohl sein müsste, von diesen starken Händen berührt zu werden. Genau in dieser Sekunde wandte er sich um, wischte sich die Hände an der Jeans ab und sah mich an. Mir schoss eine flammende Röte ins Gesicht, und ich hoffte, er würde das im Licht der Abenddämmerung nicht sehen. Kaum war der eine Liebhaber passé, hatte ich schon wieder Augen für einen anderen Mann!

»Besten Dank für deine Hilfe«, sagte der Fremde zu mir und lächelte wieder. »Ich bleibe übrigens eine Weile hier in der Gegend. Gleich morgen besorge ich einen neuen Reifen und bringe ihn bei euch vorbei. Ist das okay?«

»Klar«, sagte ich so cool wie möglich.

»Also dann.« Er ergriff seinen Hut, der auf der Motorhaube

gelegen hatte, und machte Anstalten einzusteigen. »Hat mich gefreut, dich kennenzulernen. Vielleicht sehen wir uns ja bald wieder.«

»Ja. Vielleicht.«

Wir standen da und sahen uns an, und ich wünschte, mir würde irgendetwas einfallen, was ich noch sagen konnte, aber das tat es nicht.

»Ich muss los«, sagte ich deshalb, bevor er mich für debil halten würde, setzte mich ins Auto und ließ den Motor an. Im Rückspiegel sah ich ihn neben seinem Auto stehen und mir nachblicken, und da fiel mir ein, dass ich gar nicht wusste, wie er hieß. Hoffentlich würde er Wort halten, sonst konnte ich Malachy den Reifen von meinem ersparten Taschengeld bezahlen!

Als ich zurück zur Farm fuhr, war ich so aufgewühlt, dass ich unmöglich schon ins Bett gehen konnte, deshalb nahm ich den Karton mit Carolyn Coopers Tagebüchern und fuhr zum Haus von Tante Isabella. Der Schlüssel lag in einem Versteck, das sie mir einmal verraten hatte.

»Falls du mal deine Ruhe haben willst und ich nicht da bin«, hatte sie gesagt und mir zugezwinkert. Ich schloss die Tür auf, machte Licht und setzte mich an den Flügel. In dieser Nacht komponierte ich fünf neue Lieder – das war meine Art, meine Enttäuschung über Christopher Finch, den Schock über die Entdeckung meiner wahren Herkunft und die Begegnung mit dem narbengesichtigen und dennoch so attraktiven Fremden zu verarbeiten.

Gegen drei Uhr morgens schlief ich über einem der Tagebücher meiner Mummy ein und wurde um sechs Uhr vom Schrillen des Telefons aus dem Schlaf gerissen. Es war Dad, seine Stimme klang erleichtert und besorgt zugleich.

»Herrgott, Sheridan«, stieß er hervor. »Ich habe seit gestern

Abend mindestens zwanzigmal angerufen und schon befürchtet, dir wäre etwas zugestoßen!«

»Entschuldige«, erwiderte ich. »Ich hatte Lust, Klavier zu spielen, deshalb bin ich in Tante Isabellas Haus.«

»Ist alles in Ordnung mit dir?«, wollte Dad wissen.

»Ja, natürlich«, sagte ich und dachte zynisch: *Alles in bester Ordnung. Meine echte Mutter war deine Schwägerin, der du offenbar das Herz gebrochen hast, als du ihr Tante Rachel vorgezogen hast. Ach ja, ich habe gestern übrigens zufällig herausgefunden, dass sie nicht bei einem Autounfall gestorben ist, sondern in Deutschland ermordet wurde. Außerdem habe ich den Mann, mit dem ich drei Wochen lang fast jeden Tag Sex hatte, quasi in flagranti mit einer anderen erwischt und drei Stunden später einem gutaussehenden Cowboy einen Ersatzreifen geliehen.* »Wie war die Hochzeit?«

»Die ist doch erst heute«, erinnerte mich Dad ein wenig befremdet.

»O ja, natürlich.«

»Sag mal, Sheridan, ist wirklich alles okay? Oder muss ich mir Sorgen machen?«

»Nein, nein, wirklich nicht«, versicherte ich rasch. »Du hast mich gerade aus dem Tiefschlaf gerissen. Ich fahr jetzt nach Hause und frühstücke dann bei Mary-Jane.«

Dad schien nicht wirklich beruhigt, aber ich versprach, am Abend zu Hause zu sein, wenn er wieder anrief. Ich raffte meine Notizen für die neuen Lieder zusammen und packte sie zu den Tagebüchern in den Karton, dann schloss ich sorgfältig ab und fuhr nach Hause. Unter der Dusche spülte ich in einem symbolischen Akt Christopher Finch von mir ab. Er war nur noch ein Stück Vergangenheit, genauso wie Jerry und Danny. Mein Schmerz über die Enttäuschung hatte sich über Nacht verflüchtigt, ja, ich konnte Christopher nicht mal echte Vorwürfe machen, denn schließlich hatte ich ihn von Anfang an genauso belogen wie er mich.

In meiner Kindheit war das gemütliche Häuschen von Mary-Jane und John White Horse für mich wie ein zweites Zuhause gewesen. Es war das erste in einer Reihe von fünf Häusern, die John Lucas I., der Vater meines Adoptivvaters, vor mehr als fünfzig Jahren für seine wichtigsten Mitarbeiter gebaut hatte. Damals hatte man die Häuser auf einem freien Feld, in Sichtweite der Farmgebäude, errichtet und ringsum ein paar Bäumchen gepflanzt, die mittlerweile einen kleinen Wald bildeten. Die großartige Bezeichnung ›Oaktree Estate‹ für die Häuser war der romantischen Phantasie von John Lucas' Frau Sophia entsprungen, wahrscheinlich galt das auch für ›Riverview Cottage‹ und ›Magnolia Manor‹. Früher hatten alle genau gleich ausgesehen, aber dann waren sie je nach den Bedürfnissen ihrer Bewohner aus- und umgebaut worden. Das größte war das dritte Haus, in dem George und Lucie Mills zeitweise mit einem Haufen Kinder Platz finden mussten.

Ich nahm wie üblich die Abkürzung durch unseren Garten, lief die Stufen zur Hinterveranda hoch und klopfte der Höflichkeit halber an die Fliegengittertür.

»Komm rein!«, rief Mary-Jane von drinnen.

Ich betrat die Küche, die mir so vertraut war wie unsere eigene. Mary-Jane stand am Herd und briet Eier. Ihre übliche Melancholie war wie weggefegt, und sie strahlte über das ganze Gesicht. Der Tisch war liebevoll gedeckt, es duftete nach Speck und Eiern, nach Kaffee und frisch gebackenem Brot, und ich merkte erst jetzt, wie hungrig ich war.

»Guten Morgen«, sagte ich und stibitzte mir einen Toast. »Du bist so guter Laune. Was ist los?«

»Du wirst es kaum glauben, wer gestern Abend plötzlich vor der Tür stand.« Mary-Jane lachte leise und strahlte noch etwas mehr, während sie die Speckscheiben wendete.

»Wer denn?« Ich ließ mich auf der Eckbank nieder. »Sag schon!«

»Nicholas.« Sie ergriff die andere Pfanne und tat mir Rührei auf einen Teller.

»Echt?« Ich riss überrascht die Augen auf. »Wieso denn das?«

»Er ist zum Rodeo gekommen. Ich hab's ja heimlich gehofft, aber weil er vor zwei und auch vor vier Jahren nicht da war, war ich mir nicht sicher.«

»Ist ja super.« Ich freute mich für sie und verschob die Fragen nach Carolyn Cooper auf später. Dann begann ich mit einem Heißhunger, wie ich ihn seit Wochen nicht verspürt hatte, zu essen. Gerade als ich mir den Mund so richtig vollgestopft hatte, erschien unversehens der Fremde von gestern Abend in der Küche. Erst jetzt begriff ich, dass es sich bei ihm um den legendären Nicholas Walker, den unehelichen Sohn des noch viel legendäreren Sherman Grant handelte. Sein dunkles Haar war noch feucht vom Duschen, er war frisch rasiert und trug ein blütenweißes Hemd und eine saubere, aber ebenso engsitzende Bluejeans wie gestern Abend.

»Hey«, sagte er und sah mich aus seinen hellen blauen Augen durchdringend an. »Wenn das nicht meine Retterin von gestern Abend ist.«

»Retterin?« Mary-Jane wandte sich um, ihr verwunderter Blick wanderte von ihrem Sohn zu mir und zurück. »Kennt ihr euch?«

Ich kaute verzweifelt und wurde knallrot.

Nicholas Walker musste mich mit diesen Hamsterbacken für eine völlig unzivilisierte Göre halten, dabei hätte ich zu gerne einen guten Eindruck auf ihn gemacht. Er beugte sich über seine Mutter, die er um zwei Köpfe überragte, und küsste sie auf die Wange.

»Die junge Dame hat mir gestern einen Ersatzreifen ausgeliehen«, erklärte er. »Ich hatte einen Platten.«

»Aha.« Mary-Jane lächelte. »Setz dich hin, Junge. Ich habe dir Spiegeleier gemacht.«

Dass Mary-Jane diesen erwachsenen Mann »Junge« nannte, kam mir absurd vor, aber Nicholas schien es okay zu finden und setzte sich auf die andere Seite der Eckbank. Ich würgte an meinem Toast mit Ei, bis ich mich verschluckte und auch noch einen ziemlich uncoolen Hustenanfall bekam. Er beugte sich zu mir herüber und klopfte mir auf den Rücken.

»Danke.« Ich schnappte nach Luft und senkte beschämt den Blick. Seine Gesellschaft irritierte mich. Mit gesenktem Kopf beobachtete ich aus den Augenwinkeln, wie er sich über das Frühstück hermachte und lauschte dem Gespräch zwischen Mutter und Sohn.

Nicholas erzählte von seinem letzten Job in Arizona und dass er gekündigt hatte, weil er von Rindviechern, handtellergroßen Kakerlaken und Staub vorübergehend die Nase voll hatte. Er sah seinem Vater, den ich ja nur von Fotografien kannte, tatsächlich ziemlich ähnlich. Dasselbe scharf geschnittene, männliche Gesicht, die gleiche hohe Stirn, ungewöhnlich sinnliche Lippen.

»Du isst ja gar nichts«, sagte Mary-Jane plötzlich zu mir.

»Ich … ich bin schon satt«, flüsterte ich und spürte, wie mir wieder die Röte vom Hals an aufwärts ins Gesicht kroch, als Nicholas mich ebenfalls ansah. Mary-Jane verließ die Küche, und ich fand mich allein mit Nicholas wieder.

»Sheridan«, sagte er und lehnte sich zurück.

»Ja?«

»Ein ungewöhnlicher Name.« Er betrachtete mich, und ich musste schlucken. Eigentlich war ich nicht oft um Worte verlegen und an männliche Gesellschaft gewöhnt, aber Nicholas Walker war anders als alle Männer, die ich kannte.

»Ich wusste gar nicht, dass Vernon und Rachel eine Tochter haben.«

»Haben sie auch nicht«, antwortete ich, beschloss aber, ihm nicht die ganze Wahrheit, die ich selbst noch nicht ganz fassen konnte, zu sagen. »Ich bin adoptiert.«

Ein Ausdruck des Erstaunens huschte über sein dunkles Gesicht, und der Blick aus den hellblauen Augen war so intensiv, dass ich ihn kaum ertragen konnte.

»So, so. Und was tust du so den ganzen Tag lang?«, erkundigte er sich und zündete sich eine Zigarette an. »Ich meine außer fremde Cowboys retten und durch die Gegend reiten?«

Ich war mir nicht sicher, ob er mich aufzog oder es ernst meinte.

»Wenn nicht gerade Sommerferien sind, gehe ich auf die Madison High«, antwortete ich deshalb im gleichen Tonfall.

»Tatsächlich?« Er lehnte sich zurück und kniff ein Auge zu, in das ihm wohl der Zigarettenrauch gestiegen war. »Ich dachte, du wärst schon zu alt, um noch in die Schule zu gehen.«

»Ich bin sechzehn«, sagte ich.

»Ach, noch so ein kleines Mädchen.« Nicholas grinste belustigt. »Schade.«

»Wieso schade?« Seine arrogante Art brachte mich in Rage.

»Na ja. Wärst du ein bisschen älter, dann würde ich glatt mal mit dir ausgehen.«

»Wer sagt denn, dass ich mit Ihnen ausgehen würde?«, gab ich scharf zurück, und da lachte er zu meinem Ärger und zuckte die Schultern. Bevor ich noch etwas sehr viel Schärferes sagen konnte, kehrte glücklicherweise Mary-Jane in die Küche zurück. Denn ich durfte es mir mit ihm nicht verscherzen, bevor ich nicht in Erfahrung gebracht hatte, ob er zufällig meine Mom gekannt hatte und mir etwas über sie erzählen konnte.

Nicholas aß mit gutem Appetit und beachtete mich nicht weiter. Ich betrachtete ihn verstohlen, was ihn nicht zu stören schien.

»Wie weit seid ihr mit euren Proben?«, erkundigte sich

Mary-Jane bei mir und setzte sich mit einem Becher Kaffee an den Tisch.

»Oh, wir kommen gut voran«, antwortete ich. »Die Songs haben wir ja alle schon hundert Mal geübt. In zwei Wochen sitzt alles perfekt.«

»Wofür probt ihr denn?«, erkundigte sich Nicholas neugierig, und ich erklärte es ihm. Er hob die Augenbrauen und schien beeindruckt.

»Was für Lieder singst du?«

»Ach, alles Mögliche aus den Charts.« Ich trank noch einen Schluck Kaffee. »Aber auch ein paar eigene Sachen.«

»Eigene Sachen?«

»Ja, stell dir vor«, mischte sich Mary-Jane ein. »Sheridan schreibt selbst Lieder! Im März, bei einer Schulaufführung, haben sie ein ganzes Musical vorgeführt – nur Lieder von Sheridan!«

Ich lächelte bescheiden.

Nicholas musterte mich mit neuem Interesse, was meinen Pulsschlag noch ein wenig mehr beschleunigte. Ich warf einen Blick auf die Küchenuhr.

»Ich muss jetzt auch los«, sagte ich. »Wir treffen uns um halb elf in der Schule zum Proben.«

»Du fährst aber nicht wieder mit dem alten Pick-up hin, oder?«, fragte Mary-Jane besorgt. Zwar hatte ich – wie es für Farmerkinder üblich war – schon einen Führerschein, aber ich durfte noch nicht allein fahren.

»Doch.« Ich grinste sie an und stand auf. »Das Moped springt mal wieder nicht an.«

»Wenn du magst, kann ich dich mitnehmen«, bot Nicholas mir an. »Ich wollte sowieso rüber nach Madison und mich mit jemandem treffen.«

»Mit wem denn?«, fragte Mary-Jane mit mütterlicher Wissbegierde.

»Mit Johnnie Banks, Mom«, erwiderte Nicholas, und ich horchte auf. Johnnie Banks gehörte eine berüchtigte Spelunke am Ortsrand von Madison, die allen braven Bürgern ein Dorn im Auge war. »Er hat mir einen Job als Barkeeper angeboten. Ist mal was anderes als die Drecksarbeit als Cowboy.«

»Etwa im Red Boots?« Ich riss die Augen auf.

»Genau.« Nicholas sah mich an.

»Aber das ist doch ein …« Ich brach ab und hielt mir die Hand vor den Mund. Daraufhin brach Nicholas in amüsiertes Gelächter aus.

»Ein Strip-Club«, bestätigte er grinsend. »Na und? Johnnie hat mir gutes Geld angeboten.«

Entsetzt über die ganz und gar ungenierte Erwähnung dieses Wortes wurde ich blutrot. Wenn überhaupt jemand laut über das Red Boots sprach, dann wurde es euphemistisch als ›Etablissement‹ bezeichnet.

Mary-Jane erhob sich kopfschüttelnd, aber sie sagte nichts dazu. Nicholas war ja wahrhaftig alt genug, um zu wissen, was er tat.

»Meinem schlechten Ruf hier wird's nicht mehr schaden«, bemerkte er denn auch leichthin, als habe er meine Gedanken gelesen. »Also, magst du mitfahren?«

Ich schenkte ihm den halb koketten, halb schüchternen Blick, den ich so häufig vor dem Spiegel geübt und der bisher selten seine Wirkung verfehlt hatte.

»Wenn es Ihnen nichts ausmacht, dass ich erst sechzehn bin«, erwiderte ich und lächelte leicht.

»Tut es nicht«, entgegnete er, und mein Herz schlug einen Salto. »Einen Kindersitz brauchst du ja wohl nicht mehr.«

»Nein, tatsächlich darf ich sogar schon vorn sitzen!«, schnappte ich beleidigt zurück.

»Na prima.« In seinen blauen Augen lag ein amüsiertes Funkeln. »Also, was ist?«

»Okay«, sagte ich und ging zur Tür. »Ich zieh mich schnell um. Bis gleich dann.«

Wir hatten von Direktor Harris die Erlaubnis bekommen, die Proben in der Schulaula abzuhalten, weil wir dort die große Bühne und eine ordentliche Verstärkeranlage zur Verfügung hatten. Nicholas fuhr mich also zur Schule und versprach, mich gegen vier wieder abzuholen. Während der Proben war ich so unkonzentriert wie selten, verpatzte meine Einsätze und vergaß zu guter Letzt auch noch den Text eines Liedes. Ich hatte ein flaues Gefühl im Bauch und fragte mich, ob Nicholas Walker mich tatsächlich abholen würde.

Er tat es.

Als ich um kurz nach vier mit den anderen aus dem Schulgebäude kam, stand sein verstaubter Ford direkt vor den Stufen der Eingangstreppe, und er lehnte lässig am Kotflügel, den Cowboyhut in die Stirn geschoben. Mein Mund wurde trocken, als ich ihn da so stehen sah.

»Wer ist denn der?«, fragte Brandon, als Nicholas sich nun aufrichtete und grüßend an den Hutrand tippte.

»Das ist Nicholas Walker«, erklärte ich ihm. »Der Sohn von Mary-Jane. Er ist gestern aus Arizona gekommen, um am Rodeo teilzunehmen. Und er war so nett, mich mit nach Madison und zurück zu nehmen.«

Brandon legte besitzergreifend den Arm um mich und gab mir einen Kuss. Am liebsten hätte ich seinen Arm abgeschüttelt, aber ich wollte keinen Streit provozieren. Nicht vor unserem Auftritt.

»Wann sehen wir uns?«, fragte er. »Wir könnten doch mal ins Kino gehen.«

Auf solche Ideen konnte nur ein Städter kommen!

»Ich weiß nicht«, erwiderte ich ausweichend. »Solange meine Eltern nicht da sind, muss ich auf der Farm bleiben.«

»Okay, dann erst mal bis übermorgen.« Das klang enttäuscht.

»Bald ist ja wieder Schule und die Ernte vorbei«, tröstete ich ihn halbherzig. »Dann sehen wir uns wieder jeden Tag.«

Ich wusste, dass Brandon mir nachblickte, deshalb drehte ich mich noch einmal um und winkte ihm zu. Es konnte ihm kaum gefallen, wie Nicholas übertrieben höflich den Hut zog und mir mit einer galanten Verbeugung die Beifahrertür aufhielt. Allerdings verschwendete ich für den Rest des Tages keinen weiteren Gedanken an Brandon, dafür war die Gesellschaft von Nicholas Walker viel zu aufregend.

»Und?«, fragte ich ihn, als er eingestiegen war und den Motor anließ.

»Was – und?«

»Haben Sie den Job?«

»Mhm.« Er nickte und fuhr los. »Wie war deine Probe?«

»Okay.« Ich würde mir lieber die Zunge abbeißen, als ihm zu sagen, dass ich nur an ihn gedacht und deshalb so ziemlich alles verpatzt hatte.

»War das dein Freund eben?«, erkundigte er sich mit einem leichten Grinsen im Gesicht.

»Ich hab keinen Freund«, entgegnete ich und hatte sofort ein schlechtes Gewissen, denn mir kam die Bibelstelle in den Sinn, als Petrus Jesus dreimal verleugnet hatte. Wieso hatte ich das gesagt?

»Ach.« Nicholas' Grinsen wurde spöttisch. »Sag bloß, du lässt dich einfach so von einem Jungen abknutschen?«

Darauf fiel mir keine passende Antwort ein.

»Er ist *doch* dein Freund, hm?«, stichelte Nicholas weiter. »Ihm hat es nämlich gar nicht gefallen, dass du in mein Auto gestiegen bist.«

Der Mann hatte eine scharfe Beobachtungsgabe, das musste man ihm lassen.

»Da muss er sich keine Sorgen machen.« Ich lächelte übertrieben liebenswürdig und sah ihn herablassend an. »Sie könnten ja locker mein Vater sein.«

Zufrieden stellte ich fest, dass das spöttische Grinsen aus seinem Gesicht verschwand. Er zog eine Augenbraue hoch.

»Hey! Das war aber nicht besonders charmant.«

»Es ist auch nicht charmant, eine Frau, die man kaum vierundzwanzig Stunden kennt, nach ihrem Liebesleben zu fragen«, versetzte ich.

Daraufhin begann er zu lachen, und ich war beleidigt.

»Sie lachen mich aus«, stellte ich fest.

»Entschuldige bitte.« Er grinste belustigt. »Ich fand's nur komisch, dass du dich als ›Frau‹ bezeichnest. Außerdem hatte ich nicht angenommen, dass du schon ein Liebesleben hast.«

»Wieso nicht? Sie wären überrascht, wie abwechslungsreich es ist.«

»So?« Er sah mich interessiert an. »Erzähl doch mal.«

»Ganz sicher nicht.« Ich schüttelte den Kopf. »Sie machen sich ja doch nur über mich lustig.«

»Mache ich nicht. Ehrenwort.«

Das Gespräch drohte eine heikle Wendung zu nehmen, und ich dachte nicht daran, mit ihm darüber zu sprechen. Außerdem war ich nicht besonders stolz auf meine Affären.

»Mein Motto ist: Genießen und schweigen«, sagte ich deshalb würdevoll.

Nicholas nickte anerkennend. »Du bist also keine, die mit ihren Eroberungen prahlt.«

Ich dachte kurz an meine Eroberungen Christopher und Danny. Ganz sicher würde ich damit nirgendwo prahlen, denn es hätte mir wahrscheinlich fünfzig Ohrfeigen und zehn Jahre Stubenarrest eingebracht.

»Was machen wir jetzt mit dem angebrochenen Nachmittag?«, fragte Nicholas, als wir uns der Einfahrt zur Willow Creek Farm näherten. »Willst du nach Hause, oder hast du Lust, irgendwo ein Eis essen zu gehen?«

Mit einem Schlag wurde mir die gigantische Freiheit bewusst, die ich heute hatte. Dad und Tante Rachel waren weit weg, ich hatte keine Verpflichtungen und saß neben einem Mann, dem es offenbar gefiel, seine Zeit mit mir zu verbringen.

»Ein *Eis*?«, fragte ich gedehnt, so als hätte er mich gefragt, ob ich mit ihm Topfschlagen oder Blindekuh spielen wollte.

»Ich könnte dich auch auf einen Drink einladen, wenn dir ein Eis zu kindisch ist.« Er sagte es in einem Tonfall, der hart an der Grenze zum Sarkasmus lag.

»Also, wenn ich es mir aussuchen dürfte, dann würde ich gerne mal zum Rodeo-Gelände rüberfahren«, sagte ich.

»Ihr Wunsch ist mir Befehl, Ma'am.« Nicholas schaltete und gab Gas.

Der große Platz hinter dem Sportstadion von Fairfield hatte sich bereits gehörig verändert. Dutzende von Männern hämmerten und schraubten, schrien durcheinander, rangierten mit Trucks und Tiefladern.

Nicholas parkte am Rande des Platzes, wo unzählige Paddocks für Pferde und Rinder errichtet wurden, und wir stiegen aus. Staunend sah ich den Schaustellern zu, die Stahlstreben und Schienen zu einer riesigen Achterbahn zusammenfügten. Rund um den Rodeoplatz wuchsen Tribünen aus dem Boden, Zelte wurden aufgebaut, und plötzlich wurde mir bewusst, auf welches Unterfangen ich mich da eingelassen hatte. In knapp einer Woche begann das Fest, das alle zwei Jahre stattfand, mit einem Riesenfeuerwerk. Meine Nervosität wuchs, je näher wir der großen Bühne kamen. Sie war mehr als viermal so groß wie die in der Schule.

»Hey!« Nicholas deutete auf eines der Plakate. »Das seid ihr, oder?«

Tatsächlich! Auf dem riesigen Plakat stand unser Name – *Sheridan Grant & the Madison High*, etwas Besseres war uns nicht eingefallen –, zwischen all den bekannten Stars, die hier auftreten sollten. Zweifellos würde unsere ganze Schule da sein, dazu die vielen Besucher, die eigentlich wegen Faith Hill, Tim McGraw, Steve Manero und Kenny Rogers kamen.

Ich nickte stumm. Auf einmal fühlte ich mich wie eine Hochstaplerin und war mir sicher, dass wir uns schrecklich blamieren würden.

»Da bin ich ja gespannt«, sagte Nicholas. »Komm, lass uns mal da rübergehen. Ich hab ein paar Jungs gesehen, die ich kenne.«

Ich folgte ihm durch den Tumult quer über das Festgelände zu einer Truppe von Männern, die an den Paddocks arbeiteten, aber gerade eine Pause einlegten, und war im nächsten Moment von rauen Kerlen umgeben, in deren Händen die Bierflaschen winzig aussahen. Alle starrten mich mehr oder weniger offensichtlich an; manche nur neugierig, andere unverkennbar lüstern.

Ich fühlte mich nicht besonders wohl, vor allen Dingen weil Nicholas mich offenbar kurzfristig vergessen hatte. Er redete und lachte mit ein paar Leuten, die er Spark, Jimmy und Quince nannte, sie sprachen über irgendwelche gemeinsamen Bekannten, und ich stand daneben wie bestellt und nicht abgeholt.

»Hey, Nick«, rief einer der Männer, einer von der dicken, schmierigen Sorte. »Dein Geschmack hat sich aber gebessert. Wo hast'n die kleine Maus her? Aus'm Kindergarten entführt?«

Gutmütiges Gelächter ringsum.

»Solltest dir mal ihren Ausweis zeigen lassen, bevor du mit der in den Schlafsack kriechst!«, bemerkte ein anderer.

Nicholas grinste und tat nichts, aber er beobachtete mich. Ich schwang mich auf eines der Paddockgatter und ließ die Beine baumeln.

»Hey, Süße«, rief ein jüngerer Mann mit blondem Pferdeschwanz. »Nimm lieber mich! Nick ist doch viel zu alt für dich!«

»Stimmt«, erwiderte ich. »Er ist ein alter Knacker.«

Pfiffe, Gelächter. Die Männer kamen näher, und nun erinnerten sie mich an unsere Saisonarbeiter. Rauer Umgangston, derber Humor. Männer wie die hier wurden im Allgemeinen nicht zudringlich und respektierten Frauen, die ihnen Paroli boten. Witze und Neckereien flogen hin und her.

»Wie heißt du?«, fragte mich schließlich der mit dem Pferdeschwanz und stemmte seinen Fuß auf die untere Stange des Gatters, auf dem ich saß.

»Sheridan«, antwortete ich. »Und du?«

»Louis Raymond Keane. Aber nenn mich ruhig Lucky. Willst du was trinken?«

Die anderen Männer spotteten über seinen echten Namen, der junge Kerl ließ sich aber nicht von ihnen beirren. Jetzt stellten sich mir auch die anderen vor, und einer reichte mir ein Bier, das ich gekonnt öffnete. Ich prostete den Männern zu und war eine von ihnen.

»Wo hast du denn Quick-Nick aufgegabelt?«, erkundigte sich einer.

»Quick-Nick?«, fragte ich neugierig nach. »Wo kommt denn der Spitzname her?«

Über den Köpfen der Männer begegnete mir Nicholas' aufmerksamer Blick. Er grinste nicht mehr.

»He, Nick«, rief einer. »Sollen wir's ihr verraten?«

»Quatsch, Mann, das ist nix für die Kleine«, sagte ein anderer.

»Also, wo hast du ihn aufgegabelt? Bist du aus Arizona?«

»Nein. Ich komme von hier. Und nächste Woche trete ich drüben auf der Bühne mit meiner Band auf.«

Nun war mir das allgemeine Interesse sicher. Die Männer bestürmten mich mit neugierigen Fragen, die ich zu ihrer Zufriedenheit beantwortete. Lucky hatte sich mittlerweile neben mich auf das Gatter gesetzt. Auf einmal bahnte sich Nicholas einen Weg durch die Männer. Ich tat so, als bemerke ich ihn nicht.

»Wie wär's, Prinzessin? Wollen wir weiterfahren?«

Ich warf ihm aus meiner erhöhten Sitzposition einen provozierenden Blick zu und schlenkerte mit dem Bein. Dann warf ich mein Haar in den Nacken.

»Ich hab mein Bier noch nicht ausgetrunken«, sagte ich.

»Ich fahre aber jetzt.«

»Ach, ich komme schon irgendwie nach Hause.«

Wir sahen uns an, und ich wusste, es war ein Kräftemessen. Jeder der Männer bot mir großzügig an, mich später nach Hause zu bringen, und Nicholas war in der Klemme, wie ich ausgesprochen zufrieden konstatierte. Ich fragte mich, ob er es fertigbringen würde, tatsächlich ohne mich wegzufahren.

»Komm jetzt da runter, Sheridan«, sagte er schließlich.

In diesem Augenblick ertönte direkt hinter dem Gatter, auf dem ich saß, eine Polizeisirene, und alle Augen wandten sich dem Auto des Sheriffs zu. Mir schwante nichts Gutes, als ich Sheriff Benton erkannte, der sich nun inklusive Stetson und Spiegelsonnenbrille aus dem Innern des schwarzweißen Crown Victoria schälte. Rasch drückte ich Lucky meine Bierflasche in die Hand.

»Hey, Poppy«, sagte Nicholas nun zu meiner Überraschung, und auf dem Gesicht des Sheriffs erschien ein frostiges Lächeln.

»Wenn das nicht Nicholas Walker ist«, knautschte er und stemmte die Arme in die Seiten. »So eine unerfreuliche Überraschung.«

Ich starrte auf meine Fußspitzen und wünschte mich weit weg.

»Was machst du denn hier?« Sheriff Benton hatte mich bemerkt und kam näher. Die Männer machten ihm respektvoll Platz.

»Hallo, Sheriff Benton«, sagte ich.

»Wissen deine Eltern, dass du hier bist?«, fragte der Sheriff, und ich schüttelte den Kopf.

»Ich habe Sheridan hierhergefahren«, mischte sich Nicholas ein. »Sie wird nächste Woche mit ihrer Schulband hier auftreten und wollte sich mal die Bühne ansehen. Ist das verboten?«

»Das Mädchen ist noch minderjährig«, entgegnete Sheriff Benton. Dann wandte er sich an mich. »Komm von dem Gatter da runter, Sheridan Grant.«

Ich gehorchte augenblicklich.

»Du hast offenbar eine Vorliebe für zweifelhafte Gesellschaft, Mädchen«, bemerkte der Sheriff. »Du solltest besser aufpassen, mit wem du dich in der Öffentlichkeit sehen lässt.«

Ich wurde knallrot. Hoffentlich roch er nicht, dass ich Bier getrunken hatte. Die Männer beendeten ihre Pause und gingen zurück an ihre Arbeit. Zurück blieben der Sheriff, Nicholas und ich.

»Wie geht's meiner lieben Schwester Dotty?«, erkundigte Nicholas sich.

Der Sheriff ging nicht auf seine Frage ein.

»Immer, wenn du hier auftauchst, Walker, dann gibt's Ärger«, sagte er stattdessen und deutete warnend mit dem Zeigefinger auf Nicholas. »Ich werde dich im Auge behalten. Seit wann stehst du überhaupt auf kleine Mädchen?«

»Hey, was soll das, Poppy?« Nicholas grinste nicht mehr. »Was unterstellst du mir?«

Die beiden Männer maßen sich mit Blicken, dann wandte sich der Sheriff seinem Auto zu.

»Ich unterstelle dir gar nichts«, entgegnete er. »Und nenn mich nicht Poppy. Bring das Mädchen nach Hause. Sofort.«

»Werde ich tun.« Nicholas schien sich nicht im Geringsten darüber zu ärgern. »Sag meiner Schwester einen schönen Gruß. Ich komme sie bei Gelegenheit mal besuchen.«

Benton warf seinen Hut ins Auto, wuchtete sich mit einem verächtlichen Schnauben hinters Steuer und fuhr in einer Staubwolke davon.

»Idiot«, murmelte Nicholas, dann sah er mich nicht besonders freundlich an. »Du kannst froh sein, dass er aufgetaucht ist. Sonst hätte ich dich hier nämlich sitzen lassen.«

»Sie haben sich überhaupt nicht um mich gekümmert«, warf ich ihm vor.

»Ich kann Widerworte nicht ausstehen.«

»Und ich kann's nicht ausstehen, wenn mich jemand wie Luft behandelt«, erwiderte ich böse.

Wir sahen uns stumm an.

»Dein Dad hätte dir hin und wieder mal den Hintern versohlen sollen«, sagte er. »Du bist ein vorlautes Ding.«

»Und Sie haben kein Benehmen.« Ich warf den Kopf ins Genick und ließ ihn stehen. Wenn er glaubte, er könne mich herumkommandieren, dann hatte er sich geschnitten. Am Auto holte er mich ein.

»Komm schon«, sagte er. »Sei nicht bockig. Es tut mir leid.«

Ich wandte mich um und sah ihn mit hochgezogenen Augenbrauen an.

»Was noch?«, fragte er.

»Was bedeutet ›Quick-Nick‹?«

»Das geht dich nichts an. Ist'n alberner Spitzname.« Er stieg in sein Auto.

»Ich glaube, es hat was mit Frauen zu tun«, vermutete ich.

»Und wenn schon. Steig ein.«

»Sie erledigen es gern schnell, hm?« Ich grinste spöttisch.

Er packte durchs Fenster meinen Pferdeschwanz und zog mich recht unsanft zu sich heran.

»Das würdest du wohl gerne wissen, was?«, sagte er rau. In seinen Augen lag ein schwer zu deutender Ausdruck. Die Wortgefechte mit ihm begannen mir Spaß zu machen.

»Nicht wirklich.« Ich schenkte ihm ein betont gleichgültiges Lächeln. »Aber ich hab schon öfter gehört, dass es bei älteren Männern oft mal schnell geht.«

Zu meiner Überraschung war er nicht sauer, sondern begann zu lachen. Er ließ meine Haare los.

»Du bist 'ne Marke, Sheridan Grant«, sagte er. »Los, steig ein. Wir fahren weiter, bevor dieses blöde Nilpferd, das meine Schwester geheiratet hat, wieder auftaucht.«

Grinsend stieg ich ein, und er fuhr los.

»Ich kann ihn auch nicht leiden«, sagte ich. »Erst letzten Sommer hatte ich mächtig Ärger wegen Sheriff Benton.«

»Wieso das denn?« Nicholas zündete sich eine Zigarette an.

Ich erzählte ihm die Geschichte von Langdons Getreidemühle und dem Gefängnis, die Nicholas sehr zu amüsieren schien.

»Poppy hat's gerade nötig«, sagte er, führte aber zu meinem Bedauern diese Bemerkung nicht weiter aus.

»Sie kennen hier eine Menge Leute«, stellte ich fest und betrachtete Nicholas' markantes Profil. Seine lässige Selbstsicherheit gefiel mir. *Er* gefiel mir. Immer besser.

»Klar«, erwiderte Nicholas. »Ich hab ja auch lange genug hier leben müssen.«

»Müssen?«

Das Lächeln verschwand von seinem Gesicht, und seine hellen Augen musterten mich ernst.

»Du kennst doch sicher die Geschichte«, sagte er nach einer Weile. »Ich bin in dieser Gegend als Außenseiter aufgewachsen. Ein uneheliches Kind – das war damals ein richtiger Skandal. Und mein Vater hatte außer mir noch eine ganze Menge unehelicher Kinder gezeugt, die alle hier herumliefen.«

»Sherman Grant!«, rief ich. »Der König vom Madison County.«

»Ja, so nannte man ihn wohl.« Nicholas grinste wenig erheitert. »Als ich klein war, kapierte ich nicht, was ein ›Bastard‹ ist, später dann schon. Ich war nicht nur ein uneheliches Kind, sondern dazu der Sohn einer Halbindianerin. In den Augen der braven Bürger war das damals so ziemlich das Allerletzte. In der Schule musste ich mich häufig prügeln, um mir Achtung und Respekt zu verschaffen, in der Kirche durfte ich kein Messdiener sein. Ich wurde nicht zu Kindergeburtstagen eingeladen. Ich gehörte nirgendwohin, und das machte mich wütend. Mein Traum war, so schnell wie möglich von hier wegzugehen, und mit sechzehn packte ich dann meine Sachen und ging mit einer Truppe Rodeocowboys fort. Zum ersten Mal in meinem Leben zählte weder meine Herkunft noch meine Familie, sondern nur die Leistung, die ich brachte. Ich war ziemlich schnell bei den anderen Jungs anerkannt, und das war ein gutes Gefühl.«

Er schnippte die Zigarettenasche in den leeren Kaffeebecher, der am Armaturenbrett klemmte.

»Ich bin drei Jahre durchs ganze Land gezogen«, fuhr er schließlich fort und sah mich wieder an. »Und während mich ein innerer Drang dazu trieb, immer weiterzuziehen, fehlten mir meine Wurzeln. Ich wollte irgendwo hingehören – aber wohin? Zu den Grants gehörte ich genauso wenig wie zu den Indianern. In New York geriet ich in eine Schlägerei, bei der ein Mann zu Tode kam. Sie stellten mich vor die Wahl: Gefängnis oder Armee. Ich entschied mich für die Armee, und so kam ich nach Vietnam.«

»Da haben Sie eine Menge Orden bekommen, nicht wahr?«,

sagte ich eifrig. »Mary-Jane erzählt immer davon. Sie ist total stolz.«

Nicholas verzog das Gesicht, als habe er Zahnschmerzen.

»Wenn einem alles egal ist, wenn es keine Rolle spielt, ob man stirbt oder nicht, weil es nichts im Leben gibt, was einem etwas bedeutet, dann ist man automatisch ein perfekter Soldat, denn man hat keine Angst«, sagte er. »Und wenn man fünf Jahre Auge in Auge mit dem Tod lebt, dann stumpft man ab. Als ich aus dem Krieg zurückkam, wusste ich noch weniger, was ich mit mir anfangen sollte, als vorher. Ich zog quer durch Europa, arbeitete in Nachtclubs und Kneipen, als Taxifahrer und Bademeister, als Feuerwehrmann und Bauarbeiter.«

Er sagte es ohne Bitterkeit, und ich war tief berührt und überrascht, wie freimütig mir dieser erwachsene Mann Einblick in seine Seele gewährte. Ich konnte ihn verstehen.

»Wenn ich alt genug bin«, sagte ich deshalb, »dann verschwinde ich hier auch so schnell ich kann. Das weiß ich genau.«

Nicholas schien darüber erstaunt.

»Und warum das?« Das klang gar nicht mehr spöttisch. »Du bist eine Grant, sogar eine von den Willow-Creek-Grants, keine arme Verwandte. Euch gehört halb Nebraska.«

»Mir nicht. Ich gehöre nicht hierher«, stellte ich richtig. »Und was soll ich hier? Einen Maisbauern heiraten? Mein Leben lang hoffen, dass kein Tornado oder Gewitter die Ernte zerstört und sonntags in einem geblümten Kleid in die Kirche rennen? Vielen Dank!«

Nicholas verzog belustigt das Gesicht. Das intensive Blau seiner Augen verursachte mir plötzlich dieses vertraute Kribbeln im Bauch.

»Und was stellst du dir so vor für deine Zukunft?«, fragte er.

»Ich will singen!«, erwiderte ich voller Inbrunst. »Ich möchte die Welt kennenlernen! Ich möchte New York sehen und Paris,

Los Angeles und London, die Fidschi-Inseln und Südamerika! Ich würde gern quer durch Amerika fahren und alle Staaten sehen: den Grand Canyon, den Yellowstone Nationalpark, die Golden Gate Bridge, Hollywood, Disneyland ...« Ich hielt inne und lachte. »Bescheiden bin ich nicht gerade, oder?«

»Bescheiden wird man ganz von selbst«, sagte Nicholas. »Aber wenn man jung ist, dann muss man Träume haben. Je mehr, desto besser.«

Ich blickte ihn an.

»Hatten Sie auch solche Träume?«

Es dauerte wieder eine ganze Weile, bis er antwortete.

»Ja«, gab er dann zu. »Ich hatte eine Menge Träume.«

»Sind sie in Erfüllung gegangen?«, fragte ich neugierig.

»Manche. Die meisten aber nicht.«

»Aber Sie haben ein ganz schön aufregendes Leben. Rodeos reiten, hinfahren können, wo es Ihnen gefällt. Sie sind frei.«

»Mit der Freiheit ist das so eine Sache. Nur, weil ich da hinfahren kann, wo ich gerade hinfahren möchte, bin ich nicht wirklich frei.«

Das verstand ich nicht ganz. Für mich bedeutete es den Gipfel der Freiheit, unabhängig zu sein und selbst entscheiden zu können, wo man sich am nächsten Tag aufhalten würde.

»Weißt du, Sheridan«, sagte Nicholas. »In einem Menschenleben sammeln sich Schatten an, die einem das Freisein ganz schön vermiesen. Bei manchen Leuten sind es Streitigkeiten, finanzielle Schwierigkeiten, irgendwelche Lügen, Krankheiten, Angst vor Arbeitslosigkeit. Es gibt viele Arten von Schatten.«

Wir ließen die letzten Häuser von Fairfield hinter uns, und Nicholas gab Gas.

»Sheriff Benton ist ein vollgefressener Idiot, und ich kann ihn nicht leiden. Aber in einer Hinsicht hat er recht. Du solltest dich mit mir besser nicht in der Öffentlichkeit zeigen.«

»Aber wieso denn nicht?« Ich sah ihn verständnislos an.

Nicholas lächelte nicht mehr.

»Weil ich einen sehr schlechten Ruf habe. Ich war jahrelang Alkoholiker. Ich habe im Gefängnis gesessen. Ich habe keinen festen Wohnsitz. Ich bin ganz und gar nicht der richtige Umgang für ein so hübsches Mädchen wie dich.«

Ich starrte ihn an und konnte nichts daran ändern, dass er mir trotz allem, was er gesagt hatte, immer besser gefiel.

»Woher stammen die Blutergüsse in deinem Gesicht?«, fragte Nicholas unvermittelt.

Ich war erstaunt, dass er sie bemerkt hatte, denn sie waren kaum noch sichtbar. Zuerst wollte ich auch ihm die Geschichte vom durchgehenden Pferd erzählen, aber er war so aufrichtig zu mir gewesen, dass ich auch ehrlich sein wollte.

»Mein Bruder Esra hat mich geschlagen und versucht, mich zu vergewaltigen«, sagte ich deshalb.

Bisher hatte Nicholas recht lässig auf seinem Sitz gehangen, aber nun fuhr er hoch und wandte sich mir zu.

»Wie bitte?« Zwischen seinen Augen erschien eine steile Falte.

Ich erschrak. Vielleicht hätte ich ihm das doch besser nicht erzählen sollen. Hielt er mich jetzt für eine Schlampe?

»Weiß das jemand?«, wollte er wissen.

»Ja, George Mills und mein Bruder Hiram«, antwortete ich zögernd. »Sonst niemand. Meine Mutter hält immer zu ihrem Lieblingssohn und würde mir noch die Schuld daran geben, und wenn mein Dad davon erfährt, bringt er meinen Bruder um. Aber ich komme damit klar, weil ich weiß, dass ich hier bald verschwinde.«

Nicholas erwiderte nichts darauf. Ich stemmte meine Füße gegen das Armaturenbrett und warf ihm einen Blick zu.

»Na ja, was soll's? Lange muss ich nicht mehr hierbleiben. Ich bin sowieso nur durch Zufall in diese Gegend gekommen.«

»Durch Zufall?«

»Als ich zwei war, hat ein Typ meine Mom umgebracht. Irgendwo in Deutschland«, sagte ich. »Rachel Grant war unglücklicherweise meine einzige Verwandte. Die Behörden haben sie ausfindig gemacht, und Vernon hat mich in Washington abgeholt. Dann haben sie mich adoptiert. Mutter hat mich von Anfang an nicht leiden können, und heute hasst sie mich.«

Nicholas fuhr an den Straßenrand und schaltete den Motor aus. Er blickte mich lange und ziemlich ernst an.

»Vielleicht«, sagte er langsam, »weil du deiner Mom ähnlicher bist, als es ihr gefällt. Ich hab das übrigens gar nicht gewusst. Das mit deiner Mom, meine ich.«

Ich erstarrte auf meinem Sitz. Mich überlief es heiß und kalt, und ich glaubte zuerst, ich hätte mich verhört.

»Woher wissen Sie, wer meine echte Mutter ist?«, fragte ich ihn, als ich mich wieder einigermaßen gefasst hatte.

»Na, du hast doch eben selbst gesagt, Rachel sei deine einzige Verwandte«, antwortete Nicholas und bewies damit einigen Scharfsinn, vor allen Dingen aber, dass er mir aufmerksam zuhörte. »Rachel Cooper hatte nur eine Schwester. Und wenn man Carolyn kannte und Augen im Kopf hat, dann erkennt man die Ähnlichkeit auf den ersten Blick.«

»Wirklich?« Ich war erschüttert und fasziniert zugleich.

»Ja. Hat dir das etwa noch nie jemand gesagt?« Er schaute mich wieder an. »Du bist ihr wie aus dem Gesicht geschnitten. Du hast nur eine andere Augenfarbe.«

Ich saß da wie vom Donner gerührt. Und plötzlich erinnerte ich mich, wann ich zum ersten Mal den Namen Carolyn gehört hatte. Nämlich an jenem Tag, als Dad und ich bei Sheriff Benton gewesen waren, bevor ich mich im Krankenhaus bei dem verunglückten Deputy entschuldigen musste. *Sie braucht eine feste Hand, Vernon. Ich erinnere mich noch gut an die Sache mit Carolyn. Die ist ja damals auch …* Das hatte Sheriff Benton gesagt, aber Dad war ihm unhöflich ins Wort gefallen, bevor er hatte weitersprechen können. Das war eigentlich gar nicht seine Art, und nun war mir klar, warum er das getan hatte. Er hatte nicht gewollt, dass ich etwas über Carolyn Cooper erfuhr.

Zorn flammte in mir auf, ich ballte die Hände zu Fäusten.

»Was ist?«, fragte Nicholas.

»Meine Eltern haben mir bis heute nicht gesagt, wer meine leibliche Mutter war. Ich habe es erst vorgestern zufällig herausgefunden.« Ich konnte nichts daran ändern, dass meine Stimme vor Empörung zitterte.

»Das ist nicht dein Ernst!« Nicholas schüttelte ungläubig den Kopf.

»Doch!«

Und dann platzte es aus mir heraus. Ich erzählte diesem Mann, den ich kaum vierundzwanzig Stunden kannte, wie ich in Tante Rachels Schrank die Adoptionspapiere und die Korrespondenz mit dem amerikanischen Generalkonsulat in Frankfurt gefunden hatte.

»Vor ein paar Wochen, als Mary-Jane Riverview Cottage hat renovieren lassen, habe ich auf dem Speicher dort eine Kiste gefunden«, sprach ich weiter. »Darin befanden sich Tagebücher und alle möglichen Jugenderinnerungen von Carolyn Cooper. Bis dahin hatte ich überhaupt nicht gewusst, dass meine Mu…, ich meine, dass Tante Rachel eine Schwester gehabt hatte!«

»Das ist ja ein Ding«, sagte Nicholas.

»In dieser Kiste war auch ein Fotoalbum«, fuhr ich fort. »Auf den Bildern sieht man meinen Dad immer zusammen mit Carolyn. Er hat ihr zu Weihnachten ein Tagebuch geschenkt. Und ich kapiere einfach nicht, warum er nicht sie, sondern … sondern *Rachel* geheiratet hat, obwohl die viel hässlicher war!«

Die Ungeheuerlichkeit dieser Geheimnistuerei wurde mir erst in diesem Moment richtig bewusst. Man hatte mir die Identität meiner leiblichen Mutter vorsätzlich verschwiegen, obwohl sie hier gelebt, geliebt und wahrscheinlich auch gelitten hatte. Plötzlich hatte ich Tränen in den Augen, Tränen des Zorns und der Empörung.

»Ich glaub, ich kann dir sagen, warum.« Nicholas runzelte die Stirn. »Carolyn ist damals ganz plötzlich von hier verschwunden, quasi über Nacht. Es gab 'ne Menge Gerede, aber der wahre Grund kam nie raus. Angeblich hatte sie jemanden kennengelernt und ist mit ihm weg, aber ich hab an dieser Geschichte immer gezweifelt. Carolyn war ganz verrückt nach Vernon. Als der aus Vietnam zurückkam, ist er deshalb komplett durchgedreht.«

»*Was?*«, flüsterte ich fassungslos und wischte mir mit dem Handrücken die Tränen aus dem Gesicht.

Nicholas zündete sich eine Zigarette an, inhalierte den Rauch und atmete ihn wieder aus.

»Als sie verschwand – das war im April 1965, einen Monat bevor Vernon zurückkam –, war ich vierzehn und bis über beide Ohren in Carolyn verknallt«, sagte er nach einer Weile. »Fast alle Jungs auf der High School haben für sie geschwärmt. Aber sie hat keinen von uns richtig wahrgenommen. Für sie gab es nur Vernon Grant. Als er weg war, wurde sie krank. Ich hab sie monatelang nicht gesehen, sie hat das Haus nicht mehr verlassen. Erst kurz bevor sie verschwand, habe ich sie wiedergesehen, und da sah sie schlecht aus. Ganz blass und dünn. Sie konnte nicht mehr lächeln.«

Er blickte durch die Windschutzscheibe und lächelte versonnen.

»Carolyn war so hübsch und voller Lebensfreude, niemand konnte ihr je böse sein. Sie bewegte sich nicht wie andere Menschen, sie … tanzte durchs Leben. Wo immer sie war, flogen ihr die Herzen zu. Ja, sie war wirklich etwas Besonderes, und jeder wunderte sich, woher sie das hatte. Bei diesen Eltern.«

Ein Auto fuhr vorbei, ein warmer Windstoß fuhr durch die offenen Fenster und zerzauste mein Haar. Mein Herz begann zu klopfen.

Mutter war schon immer eifersüchtig auf dich, weil dir die Herzen der Menschen zufliegen. Du hast was Besonderes an dir, so was Fröhliches, Lebendiges. Eine Leichtigkeit, die keiner von uns hat. Du musst dich gar nicht anstrengen, du bist einfach so. Das hatte Joseph zu mir gesagt, als wir während des Blizzards in der Scheune gesessen hatten.

»War Rachel … eifersüchtig auf sie?«, fragte ich leise.

»Kann schon sein.« Nicholas grinste leicht und nickte. »Rachel war ein echter Besen mit einer spitzen Zunge, sie war eher gefürchtet als beliebt. Aber sie war tüchtig, hat den ganzen Haushalt geschmissen und den kranken Vater gepflegt. Gleich nach der High School hat sie sich einen Job suchen müssen, weil das Geld vorn und hinten nicht reichte. Dann musste sie auch noch ihre kranke Schwester pflegen. Die Hilfe meiner Ma haben Rachel und ihre Mutter abgelehnt. Sie haben nie jemanden ins Haus gelassen, stolz, wie sie waren.«

»Und dann hat Rachel sich meinen Dad gekrallt«, ergänzte ich düster. »Den reichsten Mann der Gegend.«

»Eigentlich hatte sie ein Auge auf John Lucas geworfen, Vernons großen Bruder«, sagte Nicholas. »Die vier hingen eine Weile oft zusammen rum. John Lucas und Rachel, Vernon und Carolyn, dabei meinte John Lucas es nicht wirklich ernst mit Rachel. Er war kein Kind von Traurigkeit.«

Ich erinnerte mich an die Fotos, die die vier jungen Leute zusammen zeigten.

»Aber warum ist Carolyn verschwunden?«, wollte ich wissen.

Nicholas zuckte die Achseln und schnippte die Zigarette aus dem Fenster.

»Wie gesagt, es gab das Gerücht, sie sei mit einem Musiker aus New Orleans durchgebrannt, den sie auf einem Konzert in Lincoln kennengelernt habe«, erwiderte er. »Ich kann's mir nicht vorstellen. Die Wahrheit wusste wohl nur sie selbst.«

Die Sonne stand schon tief am Himmel, und eigentlich sollte ich um acht Uhr zu Hause sein, wenn Dad anrief. Aber das war mir im Augenblick egal. Ich brannte darauf, mehr über meine Mutter zu erfahren, und außerdem gefiel mir die Gesellschaft von Nicholas Walker. Er war ein echter Kerl mit einer ziemlich wilden Vergangenheit, ganz anders als Danny oder Christopher. Er war geheimnisvoll. Und aufregend. Und er hatte meine Mutter gekannt.

»Fröhliche, kleine Carolyn«, sagte er und ließ den Motor wieder an. »Es tut mir echt leid, dass sie so früh sterben musste.«

Er blickte mich an, dann lenkte er das Auto zurück auf die Straße.

»Am besten unterhältst du dich mal mit Mary-Jane«, riet er mir. »Würde mich nicht wundern, wenn sie etwas mehr wüsste als andere Leute.«

Das würde mich auch nicht wundern. Mich wunderte nur, dass sie mir in all den Jahren niemals etwas gesagt hatte. Aber ich würde schon herausfinden, warum meine Adoptiveltern ein solches Geheimnis um meine echte Herkunft machten.

Dad rief pünktlich um acht Uhr an. Ich erkundigte mich pflichtschuldig nach der Hochzeitsfeier, obwohl es in meinem Innern brodelte und ich ihn am liebsten ganz andere Dinge gefragt hätte. Er antwortete, alles sei sehr schön gewesen, und ließ schließlich die obligatorische Frage folgen, ob auf der Willow Creek alles in Ordnung sei.

»Natürlich«, erwiderte ich. »Alles bestens.«

Ich würde ihm sicherlich nicht erzählen, dass ich den ganzen Nachmittag mit Nicholas Walker in der Gegend herumgefahren war und dabei äußerst interessante Dinge über meine leibliche Mutter erfahren hatte. Nachdem das Gespräch beendet war, ging ich auf die Hinterveranda und setzte mich dort in die Hollywoodschaukel. Eigentlich hatte ich mir noch einmal Carolyns Erinnerungskiste samt den Tagebüchern vornehmen wollen, aber es gab so viel, über das ich erst mal in Ruhe nachdenken musste.

Es war ein lauer Sommerabend nach einem heißen Tag, der süßliche Geruch des blühenden Holunders und der Rosen lag schwer in der warmen Luft. Die Ziegenmelker schossen zwitschernd durch den Himmel, und die untergehende Sonne übergoss die Landschaft mit einem unwirklichen rosafarbenen Licht.

»Nicholas«, murmelte ich und schloss die Augen.

Bis gestern war er für mich nur ein Name gewesen, eine nebulöse Gestalt, von der ich oftmals gemutmaßt hatte, dass sie nur der Phantasie von Mary-Jane entsprungen sei. Und heute hatte ich ihn in wenigen Stunden besser kennengelernt als den Mann, mit dem ich wochenlang heimlich Sex gehabt hatte. Nicholas Walker. Ein Einzelgänger, wie Heathcliff aus *Wuthering Heights*, meine liebste Romanfigur.

Aus der Ferne drangen die Stimmen der Erntearbeiter und Mundharmonikaspiel zu mir herüber, und der Geruch nach gebratenem Fleisch hing in der Luft.

Kaum zu glauben, dass die Sache mit Danny erst ein Jahr her sein sollte! So viel war seitdem geschehen! Ich war erwachsen geworden und trotzdem hatte ich vom Leben und den Menschen keinen blassen Schimmer. Ob Christopher wohl wegen mir Krach mit seiner Frau bekommen hatte? Hoffentlich! Ich gönnte es ihm, diesem verlogenen Mistkerl!

Lang ausgestreckt auf der leicht hin und her schwingenden

Hollywoodschaukel, die Arme hinter dem Kopf verschränkt, döste ich vor mich hin und träumte davon, mit Nicholas Walker von hier wegzugehen. Vor meinem inneren Auge sah ich ihn im Anzug mit Krawatte und mich im weißen Brautkleid in einer kleinen Kapelle irgendwo in der Wüste von New Mexico. Wir würden kreuz und quer durchs Land fahren und bleiben, wo es uns gefiel und wo es Arbeit für uns gab. Wir würden uns ein billiges Motelzimmer nehmen, mit einem träge kreisenden Ventilator an der Decke. Wir würden uns küssen, er würde mich ausziehen, und ich würde dabei zusehen, wie er seine enge Jeans herunterstreifte und sein Hemd auszog. Und ich würde bereit sein für ihn, so bereit, wie eine Frau für einen Mann nur sein konnte …

Ich fuhr so plötzlich hoch, dass ich fast aus der Hollywoodschaukel gekippt wäre. Mein Herz klopfte heftig, und ich schämte mich für meine verstiegenen Gedanken. Verdammt! Kaum war ein Mann mal etwas freundlich zu mir, träumte ich gleich von Sex. Und – noch peinlicher – vom Heiraten! Nicholas mochte mich auch, sonst hätte er wohl kaum einen halben Tag mit mir verbracht, aber wie sah er mich wohl? Als Frau oder nur als das kleine Mädchen, das zu seiner Mom zum Frühstück kam, wenn die Eltern nicht da waren? Ob er eben zu Mary-Jane nach Hause gefahren war? Oder war er im Red Boots, zum Arbeiten? Es konnte nicht schaden, wenn ich einen kurzen Abendspaziergang unternahm und einfach mal einen Blick riskierte …

Ich stand auf und schlenderte durch den Garten hinüber zu dem Häuschen von Nicholas' Mom, das ganz im Dunkeln lag. Ich traute mich näher heran, denn ich wusste, dass Mary-Jane und John White Horse samstagabends immer beim Bingo im Gemeindezentrum waren. Nicholas' Pick-up stand da. Er war also …

»Hey«, sagte plötzlich eine Stimme aus der Dunkelheit, und mir blieb vor Schreck fast das Herz stehen.

Am anderen Ende der Veranda sah ich jetzt die Spitze einer Zigarette aufglühen. Mein Herzschlag setzte mit der Gewalt eines Schmiedehammers wieder ein, aber meine Beine waren weich wie Gummi. Ich hatte Nicholas heimlich beobachten wollen, und nun war er es, der mich beobachtet hatte. Ich schämte mich und wäre am liebsten weggelaufen, aber dafür war es jetzt zu spät.

»Hey«, erwiderte ich also und hoffte, dass es cool klang.

»Warum schleichst du so spät noch hier herum?«, fragte er. »Kleine Mädchen gehören um die Uhrzeit doch längst ins Bett.«

»So spät ist es doch gar nicht. Ich bin nur ... etwas spazieren gegangen.«

Er lachte leise.

»Du lügst«, stellte er fest. »Und das nicht mal besonders gut.«

Der Stuhl, auf dem er saß, knarrte, als er sein Gewicht verlagerte. »Hat dir niemand beigebracht, dass kleine Mädchen nicht allein im Dunkeln herumlaufen sollen?«

»Was soll denn hier schon passieren?« Ich trat an die Treppe der Veranda und legte einen Arm um den Stützpfosten.

»Wer weiß. Du bist ein hübsches Ding. Dein Daddy ist nicht zu Hause ...«

Ich ging eine Stufe höher.

Sein Gesicht leuchtete kurz in der Dunkelheit auf, als er an der Zigarette zog.

»Also noch mal: Was tust du hier?«

»Nichts. Wie gesagt, ich war ... spazieren«, murmelte ich und war froh, dass er mein Gesicht nicht sehen konnte, das sicherlich glühte. Bei der Erinnerung an meinen Traum und an das Motelzimmer mit dem Deckenventilator wurde mir ganz heiß.

»Komm her, du kleine Lügnerin. Setz dich zu mir.«

Ich zögerte einen Moment, dann ging ich auf ihn zu und ergriff seine ausgestreckte Hand. Sie war warm und schwielig, sein Händedruck fest. Er zog mich auf seinen Schoß. Was hatte das zu bedeuten? Mein Herz klopfte, und mein Mund war vor Aufregung ganz trocken. Er hatte vorhin zugegeben, dass er in meine Mom verliebt gewesen war. Und er hatte auch gesagt, ich sei ihr ähnlich. Vielleicht würde er sich auch in mich verlieben und …

»Du gefällst mir, Sheridan«, sagte er nun. »Aber für das, was du von mir willst, bin ich nicht der richtige Mann.«

Ich spürte seinen Atem auf meinem Gesicht.

»Was will ich denn von Ihnen?«, flüsterte ich atemlos, schlang einen Arm um seinen Hals und küsste seine Lippen. Er roch ganz leicht nach Schweiß, nach Sonne und Tabak.

Er antwortete nicht sofort, aber dann trat er sorgfältig seine Zigarettenkippe aus und legte seine Hand auf meine Hüfte.

»Du willst mit mir schlafen.«

Durch meinen Körper flutete bei seinen Worten eine Hitzewelle, doch das, was er dann sagte, versetzte meiner Zuversicht einen groben Dämpfer.

»Selbst wenn ich es auch wollte, würde ich mich strafbar machen«, fuhr Nicholas nämlich fort.

Ach! Hätte Henry, der Leidenschaftliche, nur halb so viel Skrupel gehabt wie er, so wäre das Buch um dreihundertsechzig Seiten dünner ausgefallen!

Ich sagte nichts und ließ meinen Arm um seinen Hals liegen.

»Kleine Mädchen sollten nicht mit erwachsenen Männern spielen«, sagte er, und ich erschauerte, weil seine Lippen mein Ohr berührten. Ich küsste wieder seinen geschlossenen Mund und legte meine Hand auf seine Brust, die sich ziemlich regelmäßig hob und senkte. Er war offenbar längst nicht so aufgeregt wie ich.

»Wenn ich älter wäre«, flüsterte ich. »Würdest du mich dann küssen?«

»Möglich.«

»Ich bin aber leider nicht älter.«

»Und deshalb küsse ich dich auch nicht.«

Ich hatte noch lange nicht alle Register meiner Verführungskünste gezogen und beschloss, es jetzt darauf ankommen zu lassen. Eine solche Gelegenheit würde sich mir so bald nicht mehr bieten, wenn Dad und Tante Rachel erst aus Iowa zurück waren. Deshalb ergriff ich seine Hand und legte sie auf meine Brust. Ich wollte irgendwie seine selbstsichere Überlegenheit erschüttern, ihn dazu bringen, mir seine Begierde und damit seine Schwäche zu zeigen. Dann beugte ich mich über ihn und berührte mit der Zungenspitze sein Ohrläppchen.

»Hey«, sagte er. »Hör auf damit.«

»Hör auf … oder *hör auf*?«, flüsterte ich und machte weiter, ganz in der Gewissheit, ihn schon beinahe an dem Punkt zu haben, wo ich ihn haben wollte.

»Ich meine es ernst.« Sanft, aber nachdrücklich schob er mich von sich weg. Ich erhob mich mit einer lasziven Bewegung.

»Okay«, sagte ich, halb enttäuscht und halb gekränkt.

Er warf einen Blick auf seine Uhr und stand ebenfalls auf. Dabei stieß er gegen mich, weil ich mich keinen Zentimeter von der Stelle bewegt hatte. Im nächsten Moment lag ich in seinen Armen und er küsste mich so fordernd und so wenig zärtlich, wie mich noch kein Mann geküsst hatte. Seine Zunge fuhr in meinen Mund, er presste seinen Unterleib gegen meinen und hielt mit einer Hand meine Handgelenke fest. Dann ließ er so plötzlich von mir ab, wie er begonnen hatte.

Schwer atmend sah ich ihn an. Mein Körper brannte vor Verlangen nach ihm, aber er wandte sich ab und setzte seinen Hut auf, der neben ihm auf der Bank gelegen hatte.

»Mehr gibt's nicht, Süße«, sagte er ungerührt und zündete sich gelassen eine Zigarette an. »Geh schlafen.«

Ich starrte ihn atemlos und ungläubig an. Ich kam mir so lächerlich vor wie nie zuvor in meinem ganzen Leben. Nicht einmal Christopher hatte mich je so gedemütigt.

»Schlaf gut, kleines Mädchen, und träum was Schönes«, sagte er nur. »Wir sehen uns morgen beim Frühstück.«

Und damit ging er an mir vorbei die Treppenstufen hinunter und zu seinem Auto. Ich blickte ihm sprachlos nach, als seine Schritte sich knirschend auf dem Kies entfernten. Wenig später hörte ich eine Autotür zuschlagen und einen Motor anspringen. Und dann verlor sich das Motorengeräusch in der Ferne. Er hatte mich einfach stehen gelassen und war weggefahren! Vielleicht ins Red Boots, um sich dort mit den Mädchen zu vergnügen, die alt genug waren, damit er sich nicht *strafbar* machte. Plötzlich überkam mich das heulende Elend, und ich sank schluchzend auf die Treppenstufen der Veranda. Das zweite Mal innerhalb weniger Tage war mir eine solch bittere Niederlage von einem Mann beigebracht worden! Aber weitaus schlimmer war, dass ich mich in Nicholas Walker verliebt hatte und er das leider ganz genau wusste.

In den nächsten Tagen achtete ich sehr sorgfältig darauf, Nicholas nicht zufällig über den Weg zu laufen. Ich verfluchte mich selbst dafür, mich ihm wie ein billiges Flittchen an den Hals geworfen und damit alles kaputtgemacht zu haben. Würde er wohl tatsächlich hierbleiben und im Red Boots arbeiten, wenn das Rodeo vorbei war?

Meine Mutter, die ich in Gedanken nur noch Tante Rachel nannte, war guter Dinge aus Iowa zurückgekommen und erzählte jedem, der ihr über den Weg lief, welch wunderschöne Familienfeier die Hochzeit gewesen sei. Nur zu schade, dass Joseph nicht hatte dabei sein können, betonte sie, wenn sie wusste, dass ich in der Nähe war und sie hören konnte. Dieser boshafte Seitenhieb verfehlte jedoch seine Wirkung; es hätte weitaus mehr bedurft, um mich zu kränken. Ich richtete ihr aus, dass jemand für sie angerufen und ich Name und Telefonnummer auf dem Notizblock auf ihrem Schreibtisch notiert hätte, danach stellte ich meine Kommunikation mit ihr wieder ein.

Malachy und Rebecca machten als echte Farmerkinder natürlich mitten in der Erntezeit keine Flitterwochen. Die beiden waren geradezu ekelhaft verliebt, und Rebecca kicherte jedes Mal verschämt, wenn sie mit ihrem frisch angetrauten Ehegatten in Malachys Zimmer im hinteren Flügel des ersten Stocks verschwand. Tante Rachel hatte seit Wochen vergeblich versucht, Isabella Magnolia Manor madig zu machen, angeblich in der hehren Absicht, dem jungen Glück ein eigenes Heim geben zu können. Ihre wahre Intention für ihre Bemühungen war allerdings eine ganz andere, mutmaßte ich. Das Glück war ihr jedoch wieder einmal im richtigen Moment hold, denn Hank Koenig, der das dritte Häuschen in den Oaktree Estates bewohnte, wollte endlich zu seiner Freundin nach Fairfield ziehen. Die zwei Jungvermählten mussten also nur noch ein paar Wochen mit Malachys altem Zimmer vorliebnehmen, bis Hanks Häuschen renoviert war. Ich hätte mich im Hühnerstall wohler gefühlt als mit einer Schwiegermutter wie Tante Rachel unter einem Dach, aber die beiden schien das nicht zu stören.

Mich interessierte das alles nicht sonderlich, ich lauerte auf eine passende Gelegenheit, um unter vier Augen mit Mary-Jane zu sprechen. Dummerweise war sie immer entweder in den Tomatenplantagen, oder Nicholas' Pick-up stand vor dem Haus. Eines Abends, als ich von einer Bandprobe mit dem Moped durch die Felder zurückkam, kam jedoch der Moment, auf den ich gewartet hatte. Nicholas fuhr gerade weg, und John White Horse stieg gleichzeitig zu Dad in den Dodge.

Mary-Jane saß auf der Veranda und las.

»Hallo«, sagte ich. »Störe ich?«

»Nein, du störst nicht.« Sie klappte das Buch zu und setzte ihre Lesebrille ab. »Eigentlich hatte ich schon viel eher mit dir gerechnet.«

Ich setzte mich ihr gegenüber auf den Stuhl.

Eine ganze Weile saßen wir schweigend da. So viele Fragen und Vorwürfe wirbelten mir durch den Kopf, dass ich überhaupt nicht wusste, wie ich anfangen sollte. Mary-Jane nahm mir diese Entscheidung schließlich ab.

»Nicholas hat mir erzählt, dass du es weißt.« Sie musterte mich aus ihren dunklen Augen. »Und ich bin froh darüber.«

Sie hatte es also all die Jahre gewusst! Warum hatte sie es mir nie gesagt? Als ob sie diese Frage in meinem Gesicht gelesen hätte, gab sie mir mit ihren nächsten Worten gleich die Antwort darauf.

»Sie haben es niemandem erzählt«, fuhr sie leise fort. »Rachel wollte es wohl so aussehen lassen, als hätte sie aus reiner Großherzigkeit ein Waisenkind an Kindes statt angenommen. Auch ich habe das lange geglaubt, wenngleich ich mich immer gefragt habe, weshalb Rachel, die kleinen Kindern nie etwas abgewinnen konnte und zu dem Zeitpunkt ja schon vier eigene hatte, so etwas tat. Aber dann wurdest du älter, und deine Ähnlichkeit mit Carolyn wurde immer deutlicher.«

Sie betrachtete mich prüfend.

»Du hast eine andere Augenfarbe, aber deine Gesichtsform – das Kinn, die hohen Wangenknochen, die Grübchen, der Mund, der Haaransatz –, das ist hundert Prozent Carolyn. Selbst deine Art dich zu bewegen hast du von deiner Mutter geerbt. Wir alle haben uns gefragt, woher sie das hatte, diese natürliche Anmut, diesen Charme. Vielleicht war Catherine, ihre Mutter, auch so gewesen, als junges Mädchen, bevor sie diesen alten verbitterten Mann geheiratet hat.«

Mir wurde ganz warm vor Glück.

»War es denn bisher nur eine Vermutung von dir, oder weißt du es mit Sicherheit?«, fragte ich sie.

»Ich habe Vernon eines Tages gefragt, und er hat es mir bestätigt. Aber er bat mich, mit niemandem darüber zu reden«, erwiderte Mary-Jane. »Niemand sollte erfahren, dass du Carolyns Tochter bist. Das war Rachels Bedingung. Warum auch immer.«

»Was ist mit Isabella?«, wollte ich wissen. »Sie muss es doch gewusst haben, oder?«

»Ich weiß nicht, ob Vernon ihr das erzählt hat, aber ich denke nicht.« Mary-Jane zuckte die Schultern. »Als die Coopers nach Fairfield kamen, lebte Isabella ja schon seit vielen Jahren nicht mehr hier und kam nur einmal im Jahr im Sommer zu Besuch. Ich glaube nicht, dass sie Carolyn gekannt hat.«

»Aber warum machen sie so ein Geheimnis daraus?«, überlegte ich laut. »So ungewöhnlich ist es doch nicht, wenn eine Frau die Tochter ihrer Schwester adoptiert.«

»Tja, irgendeinen Grund wird es dafür schon geben.« Mary-Jane sah mich wieder an, legte nachdenklich die Stirn in Falten und schüttelte dann den Kopf.

»Ich habe auf dem Speicher von Riverview Cottage eine Kiste mit Carolyns Erinnerungen gefunden«, sagte ich. »Tagebücher, ein Fotoalbum, Jahrbücher und allen möglichen Krimskrams. Aber die Tagebuchaufzeichnungen enden 1963. Ich würde so gerne wissen, weshalb sie damals einfach von hier fortgegangen ist, obwohl sie und mein Dad ineinander verliebt waren.«

»Das habe ich auch nie verstanden.« Mary-Jane legte die Brille beiseite und verschränkte die Hände auf dem Schoß. »Alle dachten, es sei die ganz große Liebe zwischen den beiden. Vernon wollte nach der High School an ein College im

Osten gehen. Er machte sich nicht viel aus der Farm. Und dann wiederholte sich das Schicksal.«

»Wie meinst du das?«

»Vernons Vater, John Lucas I., hatte auch im Osten studiert und dort Sophia kennengelernt und geheiratet. Er wurde Anwalt, arbeitete in Boston in einer großen Kanzlei und verdiente viel Geld. Sophia und er kamen jedes Jahr für ein paar Tage hierher und waren immer froh, wenn sie wieder abreisen konnten.«

Mary-Jane stieß einen tiefen Seufzer aus.

»Als Sherman damals tödlich verunglückte, gab John Lucas seinen Beruf auf und zog hierher. Er fand sich damit ab, nun doch Farmer zu sein. Sophia war jedoch immer sehr unglücklich und so oft wie möglich im Osten. Na ja. Als Vernons Bruder in Vietnam ums Leben kam, tat Vernon genau dasselbe wie sein Vater zwanzig Jahre zuvor. Er gab alle Träume und Pläne auf und entschied sich für die Willow Creek Farm, allerdings ohne die Frau, die er liebte, an seiner Seite zu haben.«

»Isabella hat mir schon mal davon erzählt«, bestätigte ich. »Aber wieso hat er das getan? Er hätte die Farm verkaufen und meine Mom suchen können.«

»Die Grants haben ein sehr altmodisches Verantwortungsbewusstsein«, entgegnete Mary-Jane. »Und Rachel war schwanger. Was sollte er tun? Sie sitzen lassen? Vielleicht wäre es anders gekommen, wäre nicht John Lucas so plötzlich gestorben und kurz darauf auch Sophia.«

Plötzlich empfand ich ein tiefes Mitgefühl mit meinem Vater, der genau betrachtet mein Onkel war. Mit gerade mal zwanzig Jahren hatte er sein ganzes Leben von einem Tag auf den anderen in Trümmern vor sich gesehen. Wie musste es sich anfühlen, in kürzester Zeit alle Menschen zu verlieren, die einem etwas bedeuteten? Ich fragte mich, wieso er mit Rachel

Cooper geschlafen und sich damit in eine schier aussichtslose Lage gebracht hatte.

»Vernon war seitdem ein anderer Mensch«, sagte Mary-Jane in meine Gedanken hinein. »Ich habe ihn lange Jahre nicht mehr lachen sehen. Er zog sich ganz in sich zurück, sprach kaum noch. Dafür blühte Rachel auf. Sie bekam ein Kind nach dem anderen und riss die Leitung der Farm an sich, als ob sie nur darauf gewartet hätte. Ihren Vater hat sie eine Woche nach ihrer Hochzeit in ein Altersheim abgeschoben, wo er kurze Zeit später starb. Ich weiß nicht einmal, wo sie ihn hat beerdigen lassen.«

»Warum hat Carolyn nicht auf ihn gewartet?«, fragte ich.

»Wenn das jemand wüsste.« Mary-Jane zuckte die Achseln. »Sie bekam irgendeine schlimme Krankheit, ich weiß nicht, was es genau war, darüber wurde nie geredet. Auf jeden Fall verließ sie monatelang nicht das Haus. Rachel pflegte sie in der Zeit, obwohl sie arbeiten gehen musste. Hilfe wollte sie keine. Nun ja, die beiden Schwestern hingen sehr aneinander, vielleicht wollte Carolyn das so.«

»Ach! Nicholas meinte, Rachel sei auf meine Mom eifersüchtig gewesen«, bemerkte ich verwirrt.

»Rachel hatte kein besonders schönes Leben«, erwiderte Mary-Jane. »Sie musste den Haushalt erledigen, als junges Mädchen den kranken Vater – der ein ganz furchtbarer und herrschsüchtiger alter Mann gewesen ist – pflegen und immer schon arbeiten. Und dabei musste sie zusehen, dass der kleinen Schwester alles so viel leichter fiel: lernen, Freundschaften schließen, singen, von Jungs bewundert werden. Rachel passte immer sehr auf Carolyn auf, und die vergötterte ihre große Schwester.«

Als ich eine Stunde später nach Hause fuhr, hatte ich zwar viele Antworten erhalten, aber die Informationen waren widersprüchlich und passten nicht richtig zusammen. Dazu stellten sich mir mindestens ebenso viele neue Fragen. Offenbar schien niemand wirklich zu wissen, was sich damals hier abgespielt hatte und warum Carolyn einfach abgehauen war.

Ich ging ins Haus, wusch mir die Hände und setzte mich an den Abendbrottisch.

»Wo kommst du jetzt her?«, wollte Tante Rachel wissen.

»Ich war bei Mary-Jane drüben«, erwiderte ich. »Wir haben etwas gequatscht.«

»Und weil die Dame *quatschen* wollte, durfte ich die Küchenarbeit erledigen«, meckerte sie. »Den ganzen Nachmittag warst du schon verschwunden!«

»Jetzt lass sie doch in Ruhe«, mischte sich Dad ein, und Tante Rachel verstummte. Es war ein seltsames Gefühl, mit meinen Eltern an einem Tisch zu sitzen und so viel über sie zu wissen, ohne dass sie eine blasse Ahnung davon hatten. Tante Rachel schien das Fehlen der Adoptionspapiere und Briefe aus dem Ordner bisher nicht aufgefallen zu sein, warum hätte sie auch nach ihnen schauen sollen?

Obwohl ich mir nach dem Debakel mit Christopher und der Zurückweisung von Nicholas fest vorgenommen hatte, nie wieder an Sex zu denken, war ich neugierig, wie Malachy und Rebecca es wohl miteinander machten. Ich hatte schon während des Abendessens ihr sexuelles Verlangen wie eine elektrische Spannung in der Luft gespürt, hatte die verstohlenen Berührungen und heißen Blicke der beiden bemerkt. Nachdem die beiden gleich nach dem Essen nach oben verschwunden waren und ihren abendlichen Spaziergang hatten ausfallen lassen, räumte ich eilig den Tisch ab und ging auf mein Zimmer. Ich öffnete das Fenster und kletterte über das Dach in die Ulme. Vorsichtig schob ich mich auf einem der ausladenden Äste direkt bis zu Malachys Fenster. Glücklicherweise hatten sie es so eilig gehabt, dass sie nicht mal mehr die Schlagläden vor dem Fenster geschlossen hatten, so dass ich, geschützt vom dichten Laub des Baumes, das eheliche Bett wunderbar im Blickfeld hatte. Ich musste beinahe kichern, als ich sah, wie ungeschickt sich mein ältester und unerfahrenster Bruder beim Liebesspiel anstellte. Rebecca und er sprachen kein Wort und machten es verschämt in der Missionarsstellung. Er lag zwischen ihren Beinen, sein blasser Hintern hob und senkte sich. Außer einem unterdrückten Keuchen gaben sie kein Geräusch von sich, aber das war kein Wunder, denn auch mir wäre bei dem Gedanken, dass die ganze Familie die Ohren aufsperrte, jede Lust und Leidenschaft vergangen. Nach knapp sechzig Sekunden war alles vorbei, und Malachy rollte sich auf die Seite. Lautlos kroch ich zurück, aber plötzlich hielt ich inne, denn ich hörte gedämpft die Stimmen meiner Eltern durch das schräg gestellte Fenster aus Dads Arbeitszimmer im Erdgeschoss.

»… war heute schon wieder stundenlang mit dem Moped weg«, beschwerte sich Tante Rachel. »Sie sagt nicht, wo sie hinfährt und mit wem sie sich herumtreibt. Ich bin mir ganz sicher, dass sie heimlich für diesen albernen Auftritt übt. Dabei habe ich es ihr verboten.«

Ich hielt den Atem an und spitzte die Ohren.

»Was für ein Auftritt?«, fragte Dad denn auch erstaunt, und ich lachte schadenfroh in mich hinein, weil Tante Rachel sich in ihrem Zorn auf mich offensichtlich wieder mal verplappert hatte. Sie versuchte sich in Schadensbegrenzung, aber Dad bohrte so lange nach, bis sie endlich mit der Wahrheit herausrückte.

»Chester Wolcott hat den jungen Leuten wohl den Floh ins Ohr gesetzt«, sagte Tante Rachel abfällig. »Sie sollen bei der Middle of Nowhere Celebration nächste Woche auftreten. Aber das habe ich Sheridan sofort strikt untersagt. Es war schon schlimm genug, wie sie sich bei dieser Aufführung in der Schule benommen hat, und jetzt will sie sich auch noch vor ganz Fairfield auf einer Bühne produzieren. Das kommt nicht in Frage.«

Der Zorn quoll in mir hoch wie Blut aus einem scharfen Schnitt in der Haut, und ich presste die Lippen aufeinander.

»Aber wieso sollte sie nicht auftreten?«, hörte ich Dad in diesem Augenblick sagen. »Sie singt doch wirklich gut, und es ist eine Sache, die ihr Spaß macht.«

»Spaß! Ha!« Tante Rachels Stimme wurde schriller. »Wenn ich das schon wieder höre! Wer fragt mich denn jemals, was mir Spaß macht?«

»Du hast ihr das doch nur verboten, weil du ihr die Anerkennung und die Freude nicht gönnst. Hab ich recht?«, vermutete Dad.

»Unsinn! Ich will nicht, dass sie sich auf einer Bühne vor angetrunkenen Cowboys zur Schau stellt wie ein leichtes Mädchen! Immerhin trägt sie unseren Namen!«

»Jetzt übertreib mal nicht. Chester wird die jungen Leute doch sicher nicht abends auftreten lassen«, erwiderte mein Adoptivvater.

»Das Thema ist ohnehin erledigt, und wenn sie noch einmal mit dem Moped wegfährt, werde ich sie zur Rede stellen«, entgegnete Tante Rachel.

»Das wirst du nicht tun. Sheridan ist alt genug, sie ist sehr begabt, und wenn sie auftreten will, dann soll sie es tun. Außerdem hat unser Name in den letzten Wochen durch Esras Benehmen wohl genug aushalten müssen, oder etwa nicht?«

Ich presste meine Wange an den rauen Baumstamm und sperrte die Ohren auf.

»Das ist ja wohl das Allerletzte!«, keifte Tante Rachel auch gleich los, als es gegen ihren Liebling ging. »Esra hat …«

»Esra und seine zweifelhaften Freunde haben hier in diesem Haus mehrere junge Mädchen betrunken gemacht und zu sexuellen Handlungen genötigt«, unterbrach Dad sie scharf. »So etwas hat noch niemand aus unserer Familie fertiggebracht – außer vielleicht mein unseliger Onkel Sherman vor sechzig Jahren! Esra ist ein fauler Taugenichts geworden, weil du ihn immer beschützt hast, anstatt ihm mal ordentlich in den Hintern zu treten! Er hat das schlechteste Zeugnis der ganzen Jahrgangsstufe und Sheridan das beste! Du bist nur eifersüchtig auf sie, so, wie du es früher schon auf Carolyn gewesen bist!«

Ich erstarrte auf meinem Lauschposten. Es war das erste Mal, dass ich den Namen meiner Mutter aus Dads Mund vernahm.

»Gut, dass du sie erwähnst. Sheridan ist tatsächlich aus demselben faulen Holz geschnitzt wie ihre verantwortungslose Mutter!« Die Stimme meiner Tante troff vor Verachtung. »Es würde mich nicht wundern, wenn sie sich auch eines Tages dem erstbesten Kerl an den Hals werfen und von hier verschwinden würde. Das liegt ihr im Blut, und da nützt auch die strengste Erziehung nichts. Du wirst schon sehen!«

»Halt den Mund!«, entgegnete mein Vater mit einer Schärfe, die ich noch nie bei ihm erlebt hatte. »Du hast deine krankhafte Eifersucht auf das Mädchen übertragen, das nichts dafür kann! Das ist doch nicht mehr normal! Egal, was sie tut, sie kann dir einfach nichts recht machen!«

Ich lauschte mit wachsender Verwirrung. Tante Rachel war also doch eifersüchtig auf ihre kleine Schwester gewesen – aber warum? Was hatte meine Mom getan, um Rachel, die Ältere, eifersüchtig zu machen? Lag es daran, dass Rachel ihr die Lebensfreude, die Anmut und Schönheit geneidet hatte? War das tatsächlich genug, um bis zum heutigen Tag eifersüchtig auf eine Tote zu sein? Und selbst wenn meine Mom als junges Mädchen in Vernon Grant verliebt gewesen wäre, so war es doch Rachel, die er schließlich geheiratet und mit der er vier

Söhne gezeugt hatte. Was war nur in diesem Jahr geschehen, für das es kein Tagebuch mehr in Carolyn Coopers Erinnerungskiste gegeben hatte? Warum hatte meine arme Mom mit siebzehn Jahren Fairfield und ihre Familie verlassen? Sie musste etwas Furchtbares getan haben, etwas, das Rachel ihr bis über das Grab hinaus nicht verzeihen konnte und mich deswegen bis heute büßen ließ. Kein Wunder, dass sie mich nicht leiden konnte, wenn ich meiner Mom tatsächlich so ähnlich war, wie Mary-Jane oder auch Nicholas behaupteten! Meine Fingernägel gruben sich in die borkige Rinde des Baumstamms.

Dads Stimme riss mich aus meinen Überlegungen.

»Sheridan tritt bei dieser Veranstaltung auf, denn sie ist ein fleißiges, anständiges Mädchen, das uns keine Sorgen macht, im Gegensatz zu Esra! Ich lasse nicht zu, dass du ihr das verbietest! Wir leben nicht mehr im Mittelalter und auch nicht bei den verdammten Amish! Es ist keine Sünde, wenn sie etwas aus dem Talent macht, das Gott ihr geschenkt hat. Hast du mich verstanden?«

Keine hörbare Antwort, aber auch keine Widerworte mehr. Offenbar war Tante Rachel eingeschüchtert. Ich konnte es nicht fassen. Noch nie in meinem Leben hatte ich meine Adoptiveltern streiten hören.

»Du wirst auf der Stelle zu ihr gehen und ihr mitteilen, dass sie auf dem Fest singen darf! Und hör endlich damit auf, sie von morgens bis abends schuften zu lassen. Sie ist ein junges Mädchen, und sie hat etwas Freizeit verdient, nachdem sie sich in der Schule so angestrengt hat!«

»*Deine* Sheridan«, erwiderte Tante Rachel boshaft. »Dein Goldkind! Meinst du etwa, in ihr hättest du Carolyn wiederbekommen?«

Ich hatte begonnen, zurück in Richtung Dach zu kriechen, doch bei diesen Worten aus dem Mund meiner Adoptivmutter hielt ich inne.

»Wenn du noch ein Wort sagst«, antwortete Dad mit drohendem Unterton, »dann vergesse ich mich!«

»Du willst doch die Wahrheit nur nicht hören, weil sie dich kränkt!«, schnaubte Tante Rachel. Eine Tür knallte, und ich beeilte mich, zurück in mein Zimmer zu gelangen. Ich hatte keine Zeit mehr, vom Dach aus nachzuschauen, ob Nicholas' Pick-up da war oder nicht. Keinen Moment zu spät glitt ich über die Fensterbank in mein Zimmer, griff nach dem erstbesten Buch, das ich in die Finger bekam, und warf mich auf mein Bett. Nur fünf Sekunden später ging die Tür auf, und Tante Rachel erschien im Türrahmen. Ihr Blick fiel auf das weit geöffnete Fenster und ich konnte beinahe hören, wie sie überlegte, ob ich wohl ihren Streit mit Dad mit angehört haben könnte.

»Sheridan«, sagte sie und lächelte katzenfreundlich, »ich habe über die Sache mit deinem Auftritt noch einmal nachgedacht und mit deinem Vater darüber gesprochen. Ich habe ihm gesagt, wie wichtig es dir ist, und da du in der Schule ordentliche Leistungen erbracht hast, erlauben wir dir hiermit die Teilnahme.«

»Oh. Toll!« Ich heuchelte Überraschung und Freude, aber dachte nur: *Du böse, verlogene Schlange!*

»Mit dem Proben wird's natürlich knapp, wenn ich den ganzen Tag arbeiten muss.« Ich klappte das Buch zu, setzte mich auf und genoss es zu sehen, welche Überwindung es sie wohl kosten würde, den nächsten Satz auszusprechen.

»Ich habe deinen Vater auch davon überzeugen können, dass du bis zum Ende der Sommerferien nicht mehr arbeiten musst«, log sie mühelos und lächelte dazu mild. »Du warst fleißig genug in den letzten Wochen und hast dir deine Freizeit redlich verdient.«

Wieder einmal hatte sie es geschafft, eine vermeintlich sichere Niederlage elegant in einen Sieg nach Punkten zu verwandeln. Obwohl ich ihre Art kannte, war ich so verblüfft über diese Dreistigkeit, dass ich stumm blieb.

»Sieh es deinem Vater nach«, setzte sie gar noch ein Sahnehäubchen der Heuchelei obenauf. »Er hat so viel zu tun und bekommt vieles gar nicht richtig mit.«

Sollte ich dieses Spiel um des lieben Friedens willen mitspielen oder war jetzt der rechte Moment gekommen, ihr ins Gesicht zu sagen, was ich wusste und eben mit angehört hatte? *Nein*, dachte ich, *nein, jetzt passt es nicht, erst muss ich noch mehr herausfinden*. Ich besann mich auf meine Strategie, mit der ich ihr nun schon ein paarmal den Wind aus den Segeln genommen hatte.

»Oh, danke, Mom«, rief ich und strahlte. »Ich freue mich echt, dass du deine Meinung geändert hast. Das ist einfach … toll! Danke, danke!« Ich fiel ihr um den Hals und umarmte sie, obwohl es mir zuwider war, sie zu berühren. »Das muss ich gleich Dad erzählen und den Jungs von der Band! Danke!«

Sie wurde stocksteif in meinen Armen, ich spürte voller Schadenfreude ihre innere Abwehr. Wenn ich jetzt hinunterrannte und mich überschwänglich bei meinem Vater bedankte, würde ihre Lüge auffliegen.

»Ja, schön, schön.« Sie befreite sich unwirsch von mir. »Jetzt beruhig dich wieder und stör deinen Dad nicht mehr. Er hat noch ein wichtiges Telefonat zu erledigen.«

»Das werde ich dir nie, nie vergessen, Mom! Niemals!«, flüsterte ich und erntete dafür einen misstrauischen Blick. Ob sie die Zweideutigkeit meiner Worte durchschaut hatte?

* * *

In den nächsten Tagen probten wir intensiv unser einstündiges Programm. Weder Brandon noch Sid oder Oliver hatten gewusst, dass ich erst gar keine Erlaubnis meiner Eltern für den

Auftritt gehabt hatte, deshalb erzählte ich ihnen auch nichts von Tante Rachels bizarrer Posse. Der große Tag rückte näher, und am Donnerstag trafen wir uns mit Chester Wolcott, seinem Sohn Billy und Jaden Brisk, dem technischen Leiter der Middle of Nowhere Celebration, der gleichzeitig der Chef der Feuerwehr von Fairfield war, am Festplatz. Chester war ein alter Kumpel von meinem Dad, ihm gehörte nicht nur der Schlachthof in Madison, sondern auch beinahe jedes zweite Haus in der Main Street von Fairfield. Billy Wolcott war ein echter Nebraska-Holzkopf, aber er war mit einem Mädchen aus der Seniorklasse der Madison High zusammen, das ihm unsere CD gegeben hatte, und so verdankten wir unser Engagement eigentlich ihm. Wir erfuhren, dass wir am Samstag gegen achtzehn Uhr auftreten sollten, die organisatorischen Details besprachen die Männer mit den Vätern von Sid und Oliver, die mitgekommen waren und sich um den Transport der Musikinstrumente kümmern würden. Sids Schwester Kylie war auch dabei, sie war total aus dem Häuschen und fragte mich mindestens hundert Mal, was ich denn anziehen würde. Als ich ihr verriet, dass ich mir darüber noch gar keine Gedanken gemacht hätte, war sie entsetzt.

»O Sheridan, wie kann dir das so egal sein?«, rief sie und riss die Augen auf. »Wenn du magst, kannst du das Kleid anprobieren, das ich mir für den Homecoming-Ball gekauft habe. Das steht dir sicher super, und ich würd's dir total gerne leihen!«

Kylie war im Mai zur Prom-Queen gewählt worden, und ich konnte mich dunkel an ein schreckliches knallig pinkfarbenes Kleid erinnern. Ihr Geschmack war eindeutig nicht meiner, und ich befürchtete das Schlimmste.

»Das ist echt lieb von dir, Kylie«, stoppte ich sie schließlich. »Aber ich glaube, ein Ballkleid wäre für das hier nicht das Richtige. Ich zieh eine Jeans und ein Top an.«

»Egal, was sie anzieht, sie wird toll aussehen«, sagte Brandon, legte mir grinsend einen Arm um die Schulter und drückte mir einen Kuss auf die Wange. Kylie kicherte und verschlang ihn mit Blicken. Brandon würde zweifellos im Herbst zum Homecoming-King der Madison High gewählt werden, so begehrt und beliebt wie er war. Genau in diesem Moment erblickte ich Nicholas Walker, und mich durchfuhr ein zitternder Schreck. Er stand mit ein paar Cowboys wenige Meter von der Bühne entfernt, und als er sah, dass ich ihn bemerkt hatte, nahm er den Hut ab und deutete eine Verbeugung an. Ich wurde rot und blickte rasch in eine andere Richtung. Hoffentlich war er verschwunden, wenn wir hier fertig waren, denn ich hatte nicht die geringste Lust, ihm plötzlich gegenüberzustehen und den Spott in seinen Augen zu sehen.

Tief beeindruckt von dem Aufwand und der Arbeit, die die Organisation eines solchen Spektakels mit sich brachte, fuhr ich eine Stunde später mit dem Moped zurück nach Hause. Ich musste mich beeilen, denn ich hatte Martha und Tante Rachel versprochen, ihnen bei der Vorbereitung der Gästezimmer zu helfen. Bis heute hatte ich mir nie Gedanken darüber gemacht, wie schwierig es war, in dieser Gegend Unterkünfte für die vielen Besucher, Aussteller und Teilnehmer zu finden.

Viele kamen mit Trailern und Wohnwagen, benötigten aber eine Stromversorgung und sanitäre Einrichtungen.

Ich bog in die Auffahrt zur Farm ein und stoppte kurz am Briefkasten vorn an der Überlandstraße, um die Post mitzunehmen. Das tat ich hin und wieder, wenn ich von der Schule kam, nach viereinhalb Monaten noch immer in der Hoffnung auf die versprochene Einladung von Harry Hartgrave nach New York. Doch auch heute wurde meine Hoffnung enttäuscht.

Nach dem Abendessen gab es eine unerfreuliche Szene. Tante Rachel kochte ohnehin schon den ganzen Tag vor Zorn. Entweder passten ihr die Unannehmlichkeiten nicht, die Gäste mit sich brachten, oder sie hatte wieder eine Auseinandersetzung mit Dad gehabt. Vielleicht war sie aber einfach auch nur schlechter Laune, wie so oft ohne erkennbaren Grund. Während der Middle of Nowhere Celebration sollten Bekannte von ihr bei uns übernachten; dafür mussten sogar Esra und ich unsere Zimmer räumen. Sondra und Phil Waltham kamen aus Omaha, Bettie und Elias Brenneke aus Plain Sands, außerdem hatte Tante Rachel in einem seltenen Gefühlsüberschwang bei Malachys Hochzeit Rebeccas Eltern eingeladen. Ich konnte weder die Walthams noch die Brennekes sonderlich leiden – sie waren üble Spießer und Besserwisser. Phil Waltham war Reverend, Elias Brenneke hatte auch irgendein hohes Kirchenamt inne, und seine Frau Bettie war die Präsidentin der methodistischen Landfrauen im Plain Sands County. Sie hatten zwei unsagbar dumme Töchter, Meredith und Sarah, die sie seit Jahren vergeblich mit Malachy und Hiram verkuppeln wollten.

Martha bereitete die Zimmer für die Gäste vor, dafür hatte ich den Abwasch übernommen. Während ich die Küche aufräumte, zerbrach ich mir den Kopf darüber, weshalb Tante Rachel es zur Bedingung gemacht hatte, dass die Wahrheit über meine Mutter nicht bekannt wurde. Warum durfte es niemand wissen, nicht einmal ich selbst? Und wieso hatte Dad sich darauf eingelassen? War es ihm egal, solange er in mir eine Erinnerung an seine Jugendliebe hatte?

Die Tür zur Hinterveranda stand auf. Tante Rachel hatte sich dort mit ihrer To-do-Liste und einer Karaffe Eistee niedergelassen, in die ich ihr am liebsten Rattengift gemischt hätte.

Dad kam in die Küche und riss mich aus meiner Grübelei.

»Na, Sheridan, wie laufen eure Proben?«, erkundigte er sich.

Hin- und hergerissen zwischen Zorn und Enttäuschung drehte ich mich nicht einmal zu ihm um.

»Gut«, erwiderte ich nur wortkarg.

»Ihr seid sicher ziemlich aufgeregt, oder?«

Versuchte er etwa, höfliche Konversation mit mir zu machen? Warum auf einmal? Seit jenem unerfreulichen Gespräch in seinem Arbeitszimmer über Esras Party hatten wir kaum noch miteinander gesprochen. Nein, eigentlich ging er mir seit dem letzten Sommer aus dem Weg, seit der Begegnung am Riverview Cottage, als fürchte er sich davor, dass ich ihn wieder auf das unerfreuliche Thema meiner Herkunft ansprechen würde. Nach alldem, was ich erfahren hatte, konnte ich zwar irgendwie nachvollziehen, weshalb er sich um die Antworten drückte, verstehen konnte ich es allerdings nicht.

»Es geht so.« Ich warf ihm einen kurzen Blick über die Schulter zu. »Wir haben ja schon mal vor Publikum gespielt.«

»Ich freue mich auf jeden Fall darauf«, sagte er und verzog im gleichen Moment das Gesicht. Er stieß ein unterdrücktes Stöhnen aus und krümmte sich leicht zusammen.

»Geht es dir nicht gut?« Erschrocken ließ ich die Spülbürste fallen und wischte mir die Hände an meiner Schürze ab. Schon beim Abendessen hatte Dad kaum etwas angerührt, nun war er erschreckend blass, und auf seiner Stirn standen Schweißperlen. Er stützte sich mit einer Hand auf dem Tisch ab, die andere presste er gegen seinen Bauch.

»Setz dich besser hin«, sagte ich besorgt und zog einen Stuhl unter dem Küchentisch hervor.

»Danke, es geht wieder.« Er versuchte ein Lächeln, das ihm aber nicht besonders gut gelang.

»Hast du Schmerzen?«, erkundigte ich mich.

»Das war nur so ein Stich.« Er richtete sich vorsichtig auf.

»Ist schon wieder okay. Vielleicht habe ich auf Malachys Hochzeit zu viel gegessen und mich zu wenig bewegt.«

Das klang nicht gerade überzeugend. Malachys Hochzeit war schließlich schon ein paar Tage her.

Tante Rachel hatte Dads Stimme gehört und rief nach ihm. Er lächelte mir zu, ging hinaus auf die Veranda, und ich machte mich wieder an den Abwasch.

»Hast du gewusst, dass dieser fürchterliche Mensch seit ein paar Tagen bei Mary-Jane ist?«, hörte ich die nörgelige Stimme meiner Adoptivmutter und horchte auf.

»Meinst du Nicholas Walker?«, erwiderte Dad. »Ja, das ist mir bekannt.«

»Warum hast du mir nichts davon gesagt?«, fuhr Tante Rachel auf.

»Ich wusste nicht, dass es dich interessiert.«

»Das tut es auch nicht! Aber was hat er ausgerechnet jetzt hier zu suchen?«

»Ich denke, er ist wegen des Rodeos hier, das ist schließlich sein Job.«

»Job! Ha! Als ob das ein richtiger Beruf wäre!« Tante Rachel lachte abfällig.

»Was hast du denn gegen ihn?«, fragte Dad. »Er hat dir doch nie irgendetwas zuleide getan.«

»Er ist ein unmoralischer Mensch. Und ein Säufer. Hoffentlich lässt er sich nicht hier blicken, wenn Walthams und Brennekes hier sind, dieser … dieser Zigeuner.«

Mein Herzschlag dröhnte mir in den Ohren, und das Verlangen, meine Hände um Tante Rachels mageren Hühnerhals zu legen und so lange zuzudrücken, bis ihr die Augen aus dem Kopf quollen, ließ sich kaum bezähmen. Was fiel ihr ein, so über Nicholas zu sprechen?

»Er wird ganz sicher nicht hier auftauchen«, antwortete Dad. »Ich kann mir nämlich nicht vorstellen, dass er auch nur das geringste Interesse an eurer Gesellschaft hat. Was stört dich überhaupt an ihm?«

Ich hielt den Atem an.

»Er ist ein Herumtreiber und Penner. Ich will ihn hier nicht sehen, und ich wünsche, dass du ihm das sagst.«

»Sag's ihm selber. Ich werde das ganz sicher nicht tun. Nicholas ist Mary-Janes Sohn, er kann sie besuchen und bei ihr wohnen, so lange und so oft er will. Im Übrigen weiß ich, dass er seit elf Jahren keinen Tropfen Alkohol mehr getrunken hat.«

»Woher willst du das wohl wissen?«

»Ich unterhalte mich gelegentlich mit Mary-Jane über ihn.«

»Einmal Säufer, immer Säufer«, entgegnete Tante Rachel höhnisch.

»Gut, dass du das gerade erwähnst. Ich sollte vielleicht meinen Whisky wegschließen. Elias war schließlich ein paar Jahre lang Vorsitzender der Anonymen Alkoholiker«, versetzte Dad scharf. »Und ich kann mich noch gut daran erinnern, wie Sondra Waltham völlig betrunken mit dem Auto in den …«

»Das sind doch uralte Kamellen!«, unterbrach Tante Rachel ihn eilig.

»Einmal Säufer, immer Säufer«, gab Dad spöttisch zurück. »Und jetzt lass mich in Ruhe mit deiner ewigen Nörgelei. Nicholas Walker kann so lange bei seiner Mutter bleiben, wie er möchte. Er ist hier geboren und aufgewachsen und hat ein Anrecht, hier zu sein.«

»Ein Anrecht?« Tante Rachels Stimme wurde schrill. »Er ist ein Bastard von diesem Wüstling, dessen Blut in den Adern meiner Söhne fließt! Ein entsetzlicher Gedanke!«

Zu meiner Überraschung begann Dad schallend zu lachen.

»Mein Gott, Rachel«, sagte er dann. »Du bist wahrhaftig die schlimmste Heuchlerin, die mir jemals begegnet ist! Wie lässt sich die Art und Weise, in der du Menschen verurteilst, eigentlich mit deiner Religiosität vereinbaren?«

»Lass das mal meine Sorge sein!«, schnappte Tante Rachel wütend.

»Oh, das tue ich ganz sicher«, erwiderte Dad. »Es interessiert mich nicht die Bohne.«

Ich hörte, wie sich seine Schritte der Küchentür näherten, und beeilte mich, ans Spülbecken zurückzukommen. Als er die Küche betrat, warf ich einen raschen Blick auf sein Gesicht, in dem sich der Ärger deutlich abzeichnete. Kaum war er im Haus verschwunden, tauchte Tante Rachel auf und musterte mich scharf.

»Du hast sicher wieder gelauscht, was?«

Ich schwieg und stapelte die abgetrockneten Teller übereinander.

»Na ja, du bist ja auch so eine«, sagte sie gehässig.

»Eine was?«, fragte ich zurück. Sie verzog ihren Mund zu einem verächtlichen Lächeln, sagte aber nichts mehr. Und ich sehnte den Tag herbei, an dem ich ihr all das sagen würde, was ich jetzt noch zurückhalten musste.

Am Freitag, dem ersten Tag der Middle of Nowhere Celebration, reisten die Brennekes, die Walthams und Rebeccas Eltern an. Ich hatte mein Schlafzimmer räumen und gegen eine Kammer direkt unter dem Dach eintauschen müssen. Nach den Wochen der Hochsommerhitze war es hier kaum zu ertragen, aber schlimmer war die Tatsache, dass Esra im Zimmer nebenan schlafen sollte. Über die Angelegenheit mit der Party war nie mehr ein Wort gesprochen worden, und er hatte längst wieder Oberwasser. Gerade als ich eine Ladung Klamotten die schmale Treppe nach oben schleppte, passte er mich ab und trat mir in den Weg.

»Lass mich vorbei«, verlangte ich kühl.

»Aber natürlich.« Er grinste und ging zur Seite. »Wie geht's eigentlich Mr Blondie?«

Mein Herz machte einen Satz, und mir wurde heiß vor Schreck.

»Wem?« Ich tat überrascht.

»Tu doch nicht so erstaunt. Ich weiß alles.« Esras Augen glitzerten bösartig. »Seit Wochen rennst du fast jeden Tag zu ihm, wie eine läufige Hündin. Der geile Bock hat sein Haus immer ordentlich verrammelt, aber ich hab draußen gestanden und hab dich rumstöhnen hören, wenn er's dir besorgt hat, du Schlampe!«

»Was erzählst du da für einen Schwachsinn?« Meine Nackenhaare sträubten sich, ich fröstelte plötzlich. Es war nicht Esra, der mir Angst machte, sondern das, was er wusste. Wie hatte das passieren können? War ich unvorsichtig gewesen?

»Wenn unser Daddy erfährt, dass du mit so 'nem alten Sack rumvögelst, dann hast nicht nur du ein echtes Problem, Goldkind, sondern auch dein Liebhaber.« Esra machte einen Schritt auf mich zu, aber ich wich nicht vor ihm zurück. »Wenn du allerdings ein bisschen nett zu mir bist, dann erzähle ich auch niemandem etwas von deinem schmutzigen kleinen Geheimnis.«

Mir wurde flau. Auch wenn er keine echten Beweise hatte, der bloße Verdacht würde für eine Katastrophe ausreichen. Dad würde zweifellos ausrasten und Christopher womöglich wegen Missbrauchs von Jugendlichen anzeigen. O Gott!

»Na, was ist, Goldprinzessin?« Esra ergriff eine Strähne meines Haares und ließ sie durch seine feuchten Finger gleiten.

Tante Rachel saß mit ihren Gästen laut schnatternd im Garten, Hiram war mit Dad, Malachy und den Männern noch draußen im Feld. Ich musste allein mit Esra fertig werden und ihm ein für alle Mal klarmachen, dass ich mich nicht von ihm erpressen ließ, sonst war ich ihm für immer ausgeliefert. Mit einer Kopfbewegung entzog ich ihm meine Haare.

»Wenn du mich noch einmal anfasst, sage ich es Hiram«, zischte ich. »Und solltest du diesen Scheiß irgendwem erzählen oder auch nur eine einzige blöde Bemerkung fallenlassen, dann erzähle ich Dad, was du mit mir gemacht hast. Ich schwöre dir, du wirst es bereuen bis an dein Lebensende.«

Esra war ein Feigling und Maulheld, das wusste ich. Sein Blick flackerte, er wurde unsicher und gleichzeitig ärgerte er sich, dass er mit seinem Wissen nun so gar nichts anfangen konnte.

»Du blöde Zicke«, flüsterte er und versetzte mir einen schmerzhaften Stoß gegen die Schulter. »Der Tag kommt, an dem Hiram mal nicht da ist, und dann …«

»… dann ist da immer noch George«, schnitt ich ihm das Wort ab. »Mach dich an Claire ran oder an ihre bescheuerten Freundinnen. Aber lass mich in Ruhe, sonst wird es dir leidtun!«

Ich stieß die Tür zu meiner Kammer auf und warf meine Klamotten auf den Tisch, dann riss ich die Dachluke auf, damit wenigstens ein Hauch frischer Luft in die muffige kleine Bude dringen konnte. Plötzlich schossen mir die Tränen in die Augen. Verzweifelt schluchzend warf ich mich auf das schmale Bett, das nach Staub und dem Muff von Jahrzehnten roch. Wieso musste das alles passieren? Meine Vorfreude auf den Auftritt hatte durch Esras Drohung einen schlimmen Dämpfer erhalten, und die Informationen, die ich von Mary-Jane und Nicholas bekommen hatte, taten ihr Übriges, um mich völlig durcheinanderzubringen. Wer wusste etwas? Warum logen sie mich alle an? Vielleicht sogar Tante Isabella, der ich so sehr vertraute? Und wie sollte ich in dieser verdammten Affenhitze heute Nacht schlafen können, Wand an Wand mit meinem notgeilen Adoptivbruder?

Ich wälzte mich auf den Rücken und starrte an die mit Kiefernholz verkleidete Decke. Alles klebte an mir. Die geheimen Unterlagen aus Tante Rachels Schrank hatte ich in einen alten Schuhkarton gepackt und ganz unten in meinem Kleiderschrank versteckt. Ich konnte nur hoffen, dass Rebeccas Eltern, die in meinem Zimmer schlafen sollten, keine so neugierigen Schnüffler wie Tante Rachel waren.

Die Hitze war unerträglich, deshalb stand ich auf und ging nach unten. Ich entkam ungesehen durch die Küche über die Hinterveranda hinaus in den Gemüsegarten. Dort setzte ich mich auf die steinerne Umrandung eines Beets und wartete, bis der Schweiß und die Tränen getrocknet waren. Von ferne hörte ich die Stimmen und das Gelächter der Gäste und wünschte, ich hätte den Mut, einfach von hier zu verschwinden, so, wie es meine Mummy getan hatte. Nach einer Weile atmete ich tief durch und erhob mich. In drei Stunden würden sie alle zusammen zum Feuerwerk fahren, dann konnte ich in mein Badezimmer und wenigstens in Ruhe duschen und meine Haare waschen.

Als ich den Gemüsegarten verließ, sah ich Dad auf den Maschinenhof fahren. Er kletterte steif aus dem Führerhaus des Traktors, hielt sich einen Moment an den Sprossen der Steigleiter fest, bevor er langsam und mit gesenktem Kopf den Hof Richtung Haus überquerte. Ich sah, wie er stehen blieb und die Hände auf seinen Bauch presste. Das sah nicht gut aus. Auch wenn ich tief enttäuscht von ihm war, so war Dad mir alles andere als gleichgültig.

»Hallo!«, sagte ich. Er blieb vor mir stehen, und ich erschrak. Unter der Sonnenbräune war er totenblass, und der Schweiß lief ihm in Bächen über das Gesicht.

»Geht es dir nicht gut?«, fragte ich ihn, denn seine Augen waren blutunterlaufen und glänzten fiebrig.

»Doch, doch.« Sein gezwungenes Lächeln geriet zu einer Grimasse. »Sag deiner Mutter bitte, dass ich mich vor dem Abendessen noch einen Augenblick hinlege.«

»Ja, klar.«

Mühsam schleppte er sich die Stufen der Veranda hinauf.

Auch wenn er es nicht zugeben wollte, es ging ihm ganz und gar nicht gut, und das machte mir Angst.

Tante Rachel erwischte mich am Fuß der Treppe und schickte mich im gewohnten Kommandoton in die Küche.

»Mach dich mal nützlich«, pflaumte sie mich an. »Wenn ich schon die Einzige in dieser Familie bin, die sich um die Gäste kümmert.«

»Ich kann mich gerne zu ihnen setzen, wenn du lieber kochst«, entgegnete ich und erntete dafür einen bösen Blick. Am liebsten hätte ich noch viel mehr gesagt, konnte mich aber gerade noch beherrschen.

Martha ließ mich Kartoffeln schälen und Gemüse putzen, und ich war froh, nicht mit meiner verhassten Adoptivmutter an einem Tisch sitzen zu müssen. Lieber hätte ich den Hof mit einer Zahnbürste gefegt.

Der Zustand meines Vaters hatte mich verstört. Dad war immer stark und von einer unerschütterlichen Gesundheit. Keine Grippe, kein gebrochenes Handgelenk, keine Stich- oder Quetschverletzung hatten ihn jemals dazu veranlasst, sich am helllichten Tag ins Bett zu legen.

Um sieben saßen alle an der festlichen Tafel, die ich im Garten gedeckt hatte, während ich wie eine Dienstmagd zwischen Küche und Garten hin- und herrannte.

»Sheridan, geh nach oben und frag deinen Vater, wo er bleibt«, sagte Tante Rachel zu mir, ohne mich anzusehen. »Das ist doch wohl der Gipfel der Unhöflichkeit.«

Ich hatte ihr schon vor einer ganzen Weile ausgerichtet, dass es ihm nicht gut ging und er sich deshalb hingelegt hatte. Sie hatte sich in der Zwischenzeit umgezogen. Warum war sie dann nicht einmal nebenan in sein Schlafzimmer gegangen, um nach ihm zu sehen?

»Geh schon!« Sie wedelte mit der Hand, und ich gehorchte.

Als ich an Dads Schlafzimmertür klopfte, bekam ich keine

Antwort. Ich klopfte noch einmal und ging dann einfach hinein. Er lag in seinem Bett, und ich erschrak, als ich sah, wie schlecht es ihm ging. Sein Gesicht war grau und schweißüberströmt, er atmete schnell und flach, seine Augen lagen tief in den Höhlen und glänzten.

»Dad?«, fragte ich besorgt. »Wie geht es dir?«

»Ich kann nicht zum Essen kommen«, erwiderte er. Seine Lippen waren trocken und aufgesprungen.

Ich beugte mich über ihn und legte meine Hand auf seine glühend heiße Stirn. Er hatte hohes Fieber und Schüttelfrost. Plötzlich krümmte er sich zusammen und stöhnte, dass ich es mit der Angst zu tun bekam.

»Daddy, bitte«, drängte ich. »Sag mir doch, was du hast!«

»Bauchschmerzen«, flüsterte er schließlich und deutete auf seine rechte Bauchseite. »Ich kann kaum das rechte Bein anziehen.«

»Du musst ins Krankenhaus.«

Von unten drangen die Stimmen der Gäste durch das halbgeöffnete Fenster. Geschirr klapperte, und Gläser klirrten. Ich setzte mich ratlos auf die Bettkante, und die alte Zuneigung zu meinem Adoptivvater, die ich in den letzten Monaten so mühsam verdrängt hatte, brach über mich herein wie eine Flutwelle. Was auch immer der Grund dafür sein mochte, dass er mir nichts über die Vergangenheit erzählen wollte, es spielte keine Rolle. Eines Tages würde er es mir schon erklären, und ich würde es verstehen.

»Geh nach unten etwas essen, Sheridan«, sagte er heiser. »Es wird schon nicht so schlimm sein.«

»Doch!«, widersprach ich ihm. »Es ist schlimm! Du hast hohes Fieber. Du musst ins Krankenhaus, und zwar sofort.«

Dad starrte mich benommen an.

»Komm«, ich legte die Hand auf seinen Arm. »Ich sage Hiram Bescheid. Wir fahren dich nach Madison.«

Er wollte etwas sagen, aber da überfiel ihn ein so heftiger Schmerz, dass er beinahe aufschrie. Ich sah entsetzt, wie er die Zähne zusammenbiss und sich seine Finger in die Bettdecke krallten. Das konnte ich nicht länger mit ansehen!

Ich sprang auf und lief hinunter zu Tante Rachel, um ihr zu sagen, dass es Dad sehr schlecht ging. Sie setzte eine säuerliche Miene auf, kam aber immerhin mit nach oben.

»Was ist mit dir?«, fragte sie ihren Ehemann mit kalter Stimme, und in dieser Sekunde begriff ich, dass sie ihn nicht mochte. War das meine Schuld? Hatte ich Zwietracht in ihre Ehe gebracht, als er gegen ihren Willen darauf bestanden hatte, mich in seine Familie aufzunehmen? War das der Grund für ihre Abneigung gegen mich?

»Er muss ins Krankenhaus«, mischte ich mich ein. »Er hat Schmerzen und hohes Fieber.«

»Ach was – Krankenhaus! Wegen einer Magenverstimmung!«, sagte Tante Rachel mitleidslos. »Wir müssen jetzt los, sonst verpassen wir das Feuerwerk.«

Ich starrte sie ungläubig an. Vor ihr im Bett lag ihr Mann, der sich vor Schmerzen krümmte, und sie hatte nur das Feuerwerk im Kopf! Ich blieb bei meinem Vater, als Tante Rachel wieder davonrauschte. Unten ertönten fröhliche Stimmen, etwas später knallten Autotüren, und Motorengeräusche entfernten sich.

»Geh doch mit, Sheridan«, sagte Dad matt. »Das wird schon wieder besser.«

»Nein, das wird es nicht!« Mir stiegen die Tränen in die Augen, weil ich mich so hilflos fühlte und er so stur war. »Wenn du nicht mit ins Krankenhaus kommst, rufe ich jetzt den Arzt an.«

Dad wollte etwas erwidern, aber plötzlich musste er sich übergeben. Er würgte und presste die Hand vor den Mund, der kalte Schweiß stand ihm auf der Stirn. Ich rannte nach unten und holte einen Eimer, doch bevor ich wieder hochging, um sauber zu machen, wählte ich den Notruf. Die Frau in der Leitstelle sagte mir, es habe einen schweren Unfall auf dem Highway gegeben und alle verfügbaren Ärzte seien dort, ich solle zusehen, dass der Kranke irgendwie ins Krankenhaus käme. Verzweifelt überlegte ich, was ich tun konnte. Vielleicht war John White Horse nicht mit zum Feuerwerk gegangen und konnte mir helfen.

Ich lief hoch, wischte in Dads Schlafzimmer das Erbrochene weg, dann rannte ich so schnell ich konnte hinüber zu Mary-Janes Haus. Als ich Nicholas' Pick-up vor der Veranda stehen sah, zögerte ich. Ihn wollte ich am allerwenigsten von allen Menschen sehen. Aber dann dachte ich an meinen Vater, und meine Sorge um ihn ließ mich meinen verletzten Stolz vergessen.

Ich klopfte mehrmals an die Tür und rief Nicholas' Namen. Nichts rührte sich. Gerade als ich wieder gehen wollte, hörte ich Schritte im Haus, und die Tür ging auf. Nicholas trug nur eine Jeans, sein Haar war noch feucht und sein Oberkörper nackt. Mein Herz schlug einen Salto.

»Hallo, Sheridan. Das ist ja eine nette Überraschung.« Er lächelte, doch seine Miene wurde ernst, als er die Angst in meinen Augen erkannte. »Was ist los? Ist etwas passiert?«

»Daddy geht es sehr schlecht«, platzte ich heraus. »Er muss ins Krankenhaus, aber sie können keinen Krankenwagen schicken, weil alle Notärzte bei einem Unfall auf dem Highway sind, und ich habe Angst, dass er stirbt.«

»Vernon ist krank?«, fragte Nicholas nach, und ich nickte heftig. Eine Träne rann über mein Gesicht, dann eine zweite.

»Hey, nicht weinen«, sagte er. »Ich komme sofort.«

Es kam mir vor wie eine halbe Ewigkeit, bis er endlich wieder auftauchte. Er hatte sich ein Hemd und Schuhe angezogen.

»Wie schlimm ist es?«, erkundigte er sich, während wir im

Laufschritt durch den Garten den kürzesten Weg zu unserem Haus nahmen.

»Er hat Fieber, Schüttelfrost und Bauchschmerzen«, sagte ich. »Und er hat sich erbrochen.«

Wir betraten das Haus über die Hinterveranda, und ich führte Nicholas die Treppe hinauf in Dads Schlafzimmer.

»Hey, Vernon, alter Junge! Was machst du denn für Sachen?«, begrüßte Nicholas meinen Vater und trat an sein Bett, aber Dad schien gar nicht mitzubekommen, dass wir da waren. Er zitterte am ganzen Körper, krümmte sich und musste sich wieder übergeben. Nicholas und ich wechselten einen kurzen Blick.

»Hol ein Fieberthermometer«, befahl Nicholas. Ich nickte und ging zum Arzneischrank im Elternbadezimmer. Sekunden später war ich wieder da. Nicholas steckte Dad das Fieberthermometer unter die Achsel.

»Wie lange geht das schon?«

»Ich weiß nicht.« Ich musste mich mühsam beherrschen, um nicht vor Angst zu weinen. »Er hat nichts gesagt, bis heute Mittag, und da ging es ihm schon richtig schlecht.«

Nicholas warf einen Blick auf seine Uhr, dann zog er das Fieberthermometer heraus und runzelte die Stirn.

»40,2«, sagte er.

»Was ist mit ihm?«, drängte ich. »Muss er … sterben?«

In dem Moment, als ich dieses grässliche Wort ausgesprochen hatte, wurde mir eiskalt vor Angst. Eigentlich hatte ich nie daran gedacht, dass das passieren könnte, aber mit einem Mal begriff ich, wie schrecklich es wäre, wenn ich Dad verlieren würde, meinen einzigen Beschützer auf der ganzen Welt.

»Nein, das wird er nicht«, beruhigte mich Nicholas. »Aber wir müssen ihn sofort ins Krankenhaus bringen. Ich fürchte nämlich, es ist der Blinddarm.«

»Wie wollen wir das machen? Er kann sicher nicht laufen!«

Meine Stimme zitterte vor Angst. Nicholas dachte einen Moment nach.

»Hol meinen Truck«, sagte er dann. »Der Schlüssel liegt unter der Sonnenblende. Fahr so nah wie möglich ans Haus heran. Schaffst du das?«

»Klar!«

Erleichtert, endlich etwas tun zu können, lief ich los. Die ganze Farm war wie ausgestorben, alle waren wohl zum Feuerwerk gefahren. Ich öffnete die Tür zu Nicholas' Pick-up, kletterte hinein und fand den Schlüssel, aber der Sitz war so weit nach hinten gestellt, dass ich mit den Füßen kaum den Gashebel erreichte. Fluchend fummelte ich an den Hebeln unter dem Sitz herum, bis es mir endlich gelang, die Sitzposition zu verstellen. Der Schweiß rann mir über das Gesicht, und meine Hände waren nass vor Aufregung. Minuten später rangierte ich das Auto an die Hinterveranda, sprang hinaus und rannte wieder nach oben.

Nicholas hatte Dad in der Zwischenzeit geholfen, aufzustehen. Er hatte sich seinen Arm um die Schulter gelegt.

»Sheridan?«, flüsterte mein Vater benommen. »Was ist los?«

»Daddy!« Ich schluchzte fast. »Nicholas und ich bringen dich jetzt ins Krankenhaus.«

»Nicholas?« Sein verschwommener Blick wanderte von mir zu Nicholas.

»He, Vernon«, sagte der und lächelte etwas. »Meinst du, du kannst ein paar Schritte laufen, alter Junge?«

Dad nickte mühsam.

Nicholas und ich stützten ihn links und rechts und trugen ihn mehr die Treppe hinunter, als dass er lief. Ich ächzte unter seinem Gewicht, biss aber die Zähne zusammen.

»Wir müssen ihn auf die Pritsche legen.« Auch Nicholas keuchte vor Anstrengung. »Ich halte ihn, und du fährst das Auto näher an die Treppe ran.«

»Okay.« Vorsichtig ließ ich meinen Vater los, stieg wieder ins Auto und fuhr noch ein Stück zurück. Dann klappte ich die Seitenwand herunter, so dass Dad sich nur noch auf die Pritsche setzen musste. Nicholas hob seine Beine hoch, ich holte im Haus ein paar Decken und Kissen, um es Dad etwas bequemer zu machen.

»Okay«, sagte Nicholas. »Setz du dich zu ihm, ich fahre.«

Er fuhr so behutsam wie möglich, trotzdem stöhnte Dad bei jedem Schlagloch, biss sich die Lippen blutig und zerquetschte beinahe meine Hand, die er umklammert hielt.

Noch nie waren mir die dreiundzwanzig Meilen bis nach Madison so verdammt lang vorgekommen, und noch nie war ich so glücklich gewesen, das Krankenhaus zu sehen. Dort waren alle Ärzte in Alarmbereitschaft, weil sie auf die Opfer des Verkehrsunfalls warteten. Nicholas stieg aus und sprach mit ihnen, dann kamen die Sanitäter und hoben Dad von der Pritsche auf eine fahrbare Trage. Er war kaum noch bei Bewusstsein und murmelte immer wieder meinen Namen. Ich hielt seine Hand fest, bis wir an die Milchglastür der Notaufnahme kamen.

»Wir kümmern uns um ihn«, sagte eine junge Ärztin freundlich zu mir und half mir, meine Hand aus seiner Umklammerung zu befreien. »Sie können draußen warten. Eine Schwester kommt gleich und nimmt die Personalien auf.«

»Okay«, flüsterte ich, aber als sich die Glastür schloss, schossen mir die Tränen in die Augen. Ich spürte Nicholas' Hand tröstlich auf meiner Schulter, dachte aber an die Zurückweisung, die er mir zugefügt hatte, und widerstand erfolgreich dem Drang, mich ihm schluchzend um den Hals zu werfen.

Wenig später diktierte ich einer Krankenschwester Namen, Geburtsdatum und Adresse meines Adoptivvaters, dann verschwand sie, und es geschah eine ganze Weile gar nichts.

»Komm, lass uns raus an die frische Luft gehen«, schlug Nicholas vor, und ich folgte ihm nach draußen. Er zündete sich vor der Tür eine Zigarette an.

»Hast du auch eine für mich?«, fragte ich mühsam beherrscht und wischte mir mit dem Handrücken die Tränen vom Gesicht.

»Ich wusste gar nicht, dass du rauchst«, entgegnete er überrascht.

»Nur hin und wieder«, erwiderte ich. »Und jetzt könnte ich eine brauchen.«

Er hielt mir sein Päckchen und das Feuerzeug hin, ich nahm mir eine Zigarette, aber meine Finger zitterten so sehr, dass es mir nicht gelang, sie anzuzünden. Nicholas reichte mir seine Zigarette und betrachtete mich nachdenklich. Ich sog den Rauch tief in die Lunge und musste husten. Oft hatte ich noch nicht geraucht, und das Nikotin benebelte mich.

»Danke für deine Hilfe«, sagte ich zu Nicholas, ohne ihn anzusehen. »Du kannst aber jetzt ruhig wieder nach Hause fahren.«

»Quatsch«, erwiderte er. »Ich lass dich hier jetzt nicht allein.«

Die Zeit verging langsam. Die Opfer des Unfalls auf dem Highway schienen in ein anderes Krankenhaus gebracht worden zu sein, und mich überfiel eine bleierne Müdigkeit. Ich wollte wach bleiben, bis ich wusste, was mit Dad los war, aber irgendwann schlief ich ein.

Als ich aufwachte, lag mein Kopf auf Nicholas' Oberschenkel, seine Hand ruhte leicht auf meinem Haar. Jemand hatte eine Decke über mich gebreitet. Ich richtete mich ruckartig auf. Die Zeiger der Uhr gegenüber zeigten halb elf. Wir waren seit knapp drei Stunden hier! Gerade als ich Nicholas fragen wollte, was mit meinem Vater war, öffnete sich die Tür, und ein Arzt kam heraus. Ich sprang auf.

»Wie geht es meinem Vater?«, fragte ich aufgeregt. »Darf ich ihn sehen?«

»Wir mussten ihn auf die Intensivstation bringen«, sagte der Arzt sehr ernst, und mir wurde eiskalt vor Angst. »Sein Blinddarm war durchgebrochen und der Bauchraum voller Eiter. Er muss intravenös mit Antibiotika versorgt werden, damit es nicht zu einer Sepsis kommt. Warum hat er so lange gewartet? Um ein Haar wäre es zu spät gewesen.«

Nicholas trat neben mich, und ich klammerte mich ohne nachzudenken wie ein kleines Kind an seiner Hand fest.

»Wollen Sie zu ihm?«, fragte der Arzt. Ich warf Nicholas einen unsicheren Blick zu.

»Geh nur.« Er nickte. »Ich warte hier auf dich.«

Ich folgte dem Arzt mit weichen Knien die Gänge des Krankenhauses entlang. Vor der Tür der Intensivstation musste ich einen grünen Kittel und einen Mundschutz anziehen und die Hände desinfizieren. Ich war noch nie auf einer Intensivstation gewesen und ich hätte am liebsten auf dem Absatz kehrtgemacht, als ich meinen Vater in dem weißen Krankenhausbett liegen sah, angeschlossen an tickende und summende Geräte. Er trug nur eines dieser Krankenhausnachthemden, und Schläuche führten von seinem Körper in einen Beutel, der seitlich am Bett befestigt war. Sein Anblick erfüllte mich mit Unbehagen. Zum ersten Mal sah ich ihn nicht mehr als den starken und allwissenden Erwachsenen, dem ich gleichermaßen Liebe, Bewunderung und Respekt entgegenbrachte, sondern als ganz normalen Menschen. Seine Verletzlichkeit verstörte mich, und es kostete mich meine ganze Überwindung, nicht wegzulaufen.

»Sie können ruhig bei ihm bleiben, bis er aus der Narkose aufwacht«, sagte der Arzt zu mir. Ich nickte beklommen und wartete, bis er hinausgegangen war und die Tür hinter sich geschlossen hatte.

Ich ertrug es kaum, Dad so hilflos und schwach zu sehen. Aber ich brachte es auch nicht fertig, ihn völlig allein hier liegen zu lassen. Mein Hass auf Tante Rachel glühte in meinem Magen. *Sie* hätte hier sitzen und sich um ihren Mann kümmern müssen, statt mit irgendwelchen Leuten auf ein Fest zu fahren! Dad hatte es wahrhaftig nicht verdient, von ihr so kalt und gleichgültig behandelt zu werden, egal, was zwischen ihnen vorgefallen sein mochte.

Die Minuten verstrichen, und die Hitze war schier unerträglich. Der Schweiß lief mir unter dem grünen Kittel den Rücken herunter, mir wurde schwindelig. Ich ging zu dem Stuhl hinüber, der in einer Ecke des Raumes stand, und setzte mich hin.

Endlich schlug Dad die Augen auf. Sein Blick war noch verschwommen, aber dann sah er mich und lächelte leicht. Ich stand auf, zog den Mundschutz herunter und trat an sein Bett.

»Sheridan?« Seine Stimme war heiser und leise.

»Ja.« Ich überwand meine Hemmungen und ergriff seine Hand.

»Wo bin ich?«, fragte er. »Was ist passiert?«

»Du bist im Madison Medical Center. Dein Blinddarm ist durchgebrochen.«

Und dann fing ich an zu weinen.

»Ich … ich … ich hatte so eine Angst um dich«, schluchzte ich. »Ich hatte schreckliche Angst, dass du sterben könntest.«

»Bitte, Sheridan, weine doch nicht.« Seine Stimme klang belegt.

»Ich hatte so eine Angst, dass ich dir nicht mehr sagen könnte, wie leid es mir tut, dass ich mich dir gegenüber in den letzten Monaten so abweisend verhalten habe. Kannst du mir das verzeihen?«

»Es gibt doch nichts, was *ich* dir verzeihen müsste, mein Kleines. Eher andersherum«, sagte er mit weicher Stimme, und da weinte ich noch ein bisschen mehr, aber nicht vor Kummer, sondern vor Erleichterung. Entgegen meinen Befürchtungen hatten sich meine Gefühle für ihn nicht im Geringsten verändert, im Gegenteil. Er war nach wie vor mein Dad, der gerade eben nur etwas angeschlagen war.

Wir sahen uns in dem dämmerigen Licht des Krankenhauszimmers an.

»Danke, Sheridan.« Dad ergriff meine Hand. »Danke, dass du hier bei mir bist. Aber mach dir jetzt keine Sorgen mehr um mich. Fahr nach Hause und versuch etwas zu schlafen. Morgen ist schließlich dein großer Tag.«

»Okay.« Ich lächelte zittrig und wischte mir mit dem Ärmel des Kittels die Tränen vom Gesicht. »Das mach ich. Und ich komme dich morgen wieder besuchen.«

»Tu das. Ich freue mich darauf.« Er lächelte auch, doch dann flatterten seine Lider, und ihm fielen die Augen zu.

»Bis morgen, Dad«, flüsterte ich, beugte mich über ihn und küsste schüchtern seine Wange, die sich längst nicht mehr so glühend heiß anfühlte wie noch heute Nachmittag.

Nicholas hatte auf mich gewartet. Er erhob sich, als ich die Lobby des Krankenhauses betrat. Obwohl ich entsetzlich erschöpft war, vibrierte ich innerlich vor Aufregung. Es war Viertel vor zwölf, Tante Rachel würde toben, wenn ich jetzt nach Hause kam.

»Wie geht es ihm?«, erkundigte Nicholas sich.

»Ich glaube, ganz gut«, antwortete ich. »Ich konnte mit ihm reden, und er hatte keine Schmerzen mehr. Danke. Ohne deine Hilfe hätte ich ihn nie hierherbringen können.«

»Schon gut«, erwiderte Nicholas. »Komm, ich bring dich nach Hause.«

Auf dem Weg zu seinem Pick-up, der einsam im Schein einer Laterne auf dem sonst völlig leeren Parkplatz stand, achtete ich peinlich darauf, ihn nicht zufällig mit meinem Arm zu streifen. Im Auto rutschte ich so weit weg von ihm, wie es der Sitz zuließ, und vermied es, ihn anzusehen. Seine Nähe verursachte mir einen beinahe physischen Schmerz.

Nicholas kurbelte das Fenster herunter, um die heiße Luft, die sich im Innern gestaut hatte, hinauszulassen, und ich tat dasselbe. Eine angenehm kühle Brise wehte über meinen Arm und ließ mich frösteln. Er steckte den Schlüssel ins Zündschloss, drehte ihn aber nicht herum. Warum fuhr er nicht los? Worauf wartete er?

»Du bist sauer auf mich, stimmt's?«, sagte er plötzlich.

»Nein. Wie kommst du darauf?«, entgegnete ich störrisch.

Nicholas seufzte und streckte den Arm nach mir aus, aber ich wich vor seiner Berührung zurück.

»Ich hätte dich nicht küssen sollen.«

»Das habe ich schon vergessen.« Ich zuckte die Achseln. »So toll war's nun wirklich nicht.«

»Ich hab dich verletzt, und das wollte ich nicht«, sagte er, ohne auf meinen Einwand zu reagieren. »Sheridan, ich bin viel zu alt für dich. Ich bin dreiundvierzig, du bist sechzehn. Du hast dein ganzes Leben noch vor dir, und du hast alle Chancen, denn du bist begabt, sehr hübsch und sehr intelligent.«

Ich traute meinen Ohren nicht. Was sollte das denn jetzt? War das etwa eine Entschuldigung? Offenbar hatte er sich in den vergangenen Tagen Gedanken gemacht.

»Ich hätte die Chancen trotzdem noch«, flüsterte ich hoffnungsvoll.

Er nickte langsam.

»Möglicherweise würde sich für dich tatsächlich nichts ändern. Aber vielleicht für mich.«

»Wieso?«

»Weil ich …«, begann er, brach dann aber ab und schüttelte den Kopf.

»Bitte, Sheridan, vergiss das alles.«

Mein Herz klopfte mir bis in den Hals. Die Ängste der letzten Stunden, die Erleichterung, die nervenaufreibende Nähe von Nicholas – all das brachte mich vollkommen durcheinander.

»Aber ich habe mich in dich verliebt«, sagte ich.

Nicholas holte tief Luft und stieß sie wieder aus, dann schüttelte er den Kopf. Er startete den Motor und lenkte schweigend den Pick-up vom Parkplatz des Krankenhauses.

»Du hast dich in eine Person verliebt, die du gerne in mir sehen würdest«, entgegnete er schroff. »Du kennst mich doch gar nicht.«

»Ich könnte dich aber doch kennenlernen«, wandte ich hartnäckig ein.

»Das ist die Mühe nicht wert«, erwiderte er. »Du wärst am Ende nur enttäuscht.«

»Woher willst du das wissen?«, widersprach ich.

»Weil ich es eben weiß.« Er setzte den Blinker und bog auf die Überlandstraße Richtung Fairfield ab. »Steigere dich nicht in etwas hinein, was für uns beide nicht gut ist.«

Diese erneute deutliche Zurückweisung ließ mir das Blut ins Gesicht steigen, und ich war heilfroh, dass er es in der Dunkelheit nicht sehen konnte. Ich kam mir vor wie ein dummes Kind, das verzweifelt um Aufmerksamkeit bettelte. Zum Teufel mit Nicholas Walker! Wie schaffte er es nur immer, dass ich mich elend und billig fühlte?

Für den Rest der Fahrt sprach keiner von uns beiden mehr ein Wort. Nicholas fuhr viel zu schnell, und diesmal waren die dreiundzwanzig Meilen sehr kurz. Bevor ich mich versah, bog er in den Hof der Willow Creek Farm ein.

Das Haus war hell erleuchtet, der Hof voller Autos. Tante Rachel und ihre Freunde waren vom Feuerwerk zurück. Ob sie schon bemerkt hatte, dass Dad nicht mehr in seinem Bett lag?

»Gute Nacht«, sagte ich zu Nicholas, ohne ihn anzusehen, und öffnete die Tür. »Danke noch mal für deine Hilfe.«

»Warte, Sheridan!«

Ich sah ihn abwartend an, die Hand am Türgriff. Er zögerte, suchte eine Weile nach den passenden Worten. Als er mich anblickte, lag in seinen Augen ein eigenartiger Ausdruck.

»Verdammt, Sheridan«, stieß er mit gepresster Stimme hervor. »Ich mag dich wirklich gerne, aber ich bin wahrhaftig nicht der richtige Mann für dich!«

Eine Woge triumphaler Genugtuung überflutete mich, und ich frohlockte innerlich: Er *mochte* mich! Er machte sich Gedanken um mich! Das, was er vorhin auf dem Parkplatz gesagt hatte, war nur der Versuch gewesen, seine Gefühle zu verbergen und vernünftig zu sein. Aber wann war Liebe schon vernünftig?

»Es ist schon okay, Nicholas«, erwiderte ich, warf ihm aber einen Blick unter halbgesenkten Lidern zu. »Du hast ja recht. Gute Nacht.«

Bevor er noch etwas sagen konnte, hatte ich die Tür zugeschlagen. Ohne mich noch einmal nach ihm umzusehen, ging ich die Stufen zur Veranda hoch. Meine Knie zitterten, und ich war mir seiner Blicke in meinem Rücken nur zu sehr bewusst. Noch bewusster war mir allerdings die Gestalt von Tante Rachel, die im Türrahmen erschien.

Die Reifen von Nicholas' Auto knirschten über den Schotter, das Scheinwerferlicht erhellte kurz das wütende Gesicht meiner Adoptivmutter, als er wendete und aus dem Hof hinausfuhr.

Sie schloss die Haustür hinter sich und packte mich unsanft am Oberarm.

»Wo kommst du jetzt her?«, zischte sie. »Hast du mal auf die Uhr geschaut, du Herumtreiberin? Wessen Auto war das?«

Sie schüttelte mich.

»Das war Nicholas Walker«, antwortete ich. »Er hat mich nach Hause gefahren.«

Die Erwähnung dieses Namens verschlug ihr für ein paar Sekunden die Sprache.

»Wie bitte?« Sie riss die Augen auf. »Was hast du mit diesem …«

»Nicholas und ich haben Daddy ins Krankenhaus gebracht«, fiel ich ihr ins Wort. »Sie haben Dad drei Stunden lang operiert, weil sein Blinddarm durchgebrochen war. Wäre er nicht ins Krankenhaus gekommen, dann wäre er gestorben.«

Der Zorn zuckte in mir empor, und ich wischte ihre Hand von meiner Schulter. »Aber das ist dir wohl scheißegal. Hauptsache, du konntest das dämliche Feuerwerk mit deinen bescheuerten Freunden sehen! Dein Mann ist dir doch …«

Sie holte aus und schlug mir ins Gesicht, ihr Ehering traf schmerzhaft meine Unterlippe.

»Was bildest du dir ein?« Ihre Stimme zitterte vor Wut. »Wie sprichst du eigentlich mit mir, du freches Ding?«

»Dein Mann wäre fast gestorben!«, schrie ich sie an, und es war mir egal, ob ihre Gäste das hörten. »Und *du* fragst mich, wie ich mit dir spreche? Was bist du nur für ein Mensch?«

Im Fenster tauchten zwei neugierige Gesichter auf, und Esra erschien in der Haustür. Nie und nimmer würde ich jetzt dieses Haus betreten! Ich drehte mich um und stolperte schluchzend in die Dunkelheit.

»Wenn du nicht auf der Stelle zurückkommst und dich bei mir entschuldigst, dann wird das Konsequenzen haben!«, rief Tante Rachel hinter mir her, aber ich dachte nicht daran, umzukehren. Lieber würde ich unter einem Gebüsch schlafen als in der stickigen Dachkammer! Ich rannte den ganzen Weg zu Tante Isabellas Haus, warf mich auf die Couch auf der Veranda und wartete darauf, dass sich mein Herzschlag beruhigte. Meine Wange brannte wie Feuer, die Unterlippe war geschwollen.

Ich verspürte jedoch keinen Zorn mehr, eher war ich durcheinander. So viel war in den letzten vierundzwanzig Stunden auf mich eingestürzt und hatte meine Gefühle Achterbahn fahren lassen. Hinter den Informationen von wahrhaft kolossaler Tragweite, die ich von Nicholas und Mary-Jane erhalten hatte, und meiner Angst um Dad verblasste Esras gemeine Drohung völlig. Und dann war da noch Nicholas, der so ganz anders war als alle Männer, denen ich jemals begegnet war.

Ich stieß einen tiefen Seufzer aus und schloss die Augen. Mein Kopf fühlte sich leicht und leer an. Eine leichte Brise streichelte über meine Haut und trocknete den Schweiß, jeder Windhauch trug den Duft von Lavendel und Rosen, von Erde und trockenem Gras herüber. Ich war zu müde, um die Moskitos zu verscheuchen, die um mich herumtanzten. Ein Käuzchen schrie, und das Rauschen des Windes in den Baumkronen beruhigte meine aufgewühlte Seele. Wenn das Leben ein Fluss war, dann war ich ein Schiff, bei dem jemand alle Taue gekappt hatte und das nun über mehrere Wasserfälle hinweg in einen neuen Strom gespült worden war, weit weg von den vertrauten Ufern. Ich fühlte mich seltsam unwirklich, wie verwandelt. Die Nacht hüllte mich in ihren Mantel, und die Grillen sangen mich in den Schlaf.

Eine Stunde vor Sonnenaufgang brach ein heftiges Gewitter los, Donnerschläge ließen den Boden erzittern. Ich wachte auf und brauchte ein paar Sekunden, um mich zu orientieren. Meine Muskeln waren steif und schmerzten von der unbequemen Haltung, in der ich geschlafen hatte. Außerdem hatte ich einen elenden Hunger, denn ich hatte seit gestern Morgen nichts mehr gegessen. Ich wartete ab, bis sich das Gewitter verzogen hatte, und machte mich auf den Weg nach Hause. Der erste schwache Lichtschein weckte die Vögel, die in den Bäumen ihr Morgenkonzert anstimmten. In der Küche brannte schon

Licht, und durch die Fenster konnte ich Martha geschäftig hin und her laufen sehen. Ich schlüpfte durch die Hintertür ins Haus und schlich die Treppen hoch in die Dachkammer, in der meine Klamotten noch immer so auf dem Tisch lagen, wie ich sie gestern dorthin geworfen hatte. Dummerweise hatte niemand die Dachluke geschlossen, und der Regen hatte das Bett und den verblichenen Teppichboden völlig durchnässt.

»Mist«, murmelte ich, beschloss aber, erst schnell zu duschen, bevor ich das nasse Bettzeug auf dem Dachboden zum Trocknen aufhängte. Im Badezimmer betrachtete ich mein Gesicht im Spiegel. Meine Unterlippe war immer noch geschwollen, und der Abdruck von Tante Rachels Fingern war deutlich zu sehen. Und das ausgerechnet heute, am Tag unseres großen Auftritts! Ich duschte, wusch mir die Haare und putzte mir die Zähne, wobei ich darauf achtete, nicht mit der Zahnbürste meine lädierte Lippe zu berühren. Als ich das Bad verließ, drang mir der verführerische Duft von gebratenen Eiern und Speck in die Nase. Ich eilte nach oben, zog das Bett ab und zerrte die nasse Matratze durch den kleinen Flur zu der Tür, die zum Speicher führte. Mit einem Blick durch die geöffnete Tür von Esras Zimmer vergewisserte ich mich, dass mein Bruder tief und fest schlief.

Der Speicher war riesengroß. Früher, bevor Tante Rachel einen Wäschetrockner angeschafft hatte, hatte Martha hier oben immer die Wäsche zum Trocknen aufgehängt, jetzt diente er nur noch als Lagerraum für ausrangierte Möbel und Kisten, die mehrere Generationen von Grants hinterlassen hatten. Ich lehnte die Matratze an den Kamin, dann holte ich Kopfkissen und Decke und hängte beides über eine Wäscheleine.

Mit einem kurzen Umweg durch die Küche gelang es mir, das Haus wieder zu verlassen, ohne Tante Rachel über den Weg zu laufen. Die Klamotten für meinen Auftritt am Nachmittag hatte ich in meine Sporttasche gepackt, die ich auf den Gepäckträger des Mopeds klemmte. Dann fuhr ich nach Madison, um Dad zu besuchen.

Tante Rachel verließ den Krankenhausparkplatz in dem Moment, als ich einbog. Sie hupte, stoppte und kurbelte das Fenster herunter.

»Wo warst du heute Nacht?«, fragte sie statt einer Begrüßung.

»Ich hab draußen geschlafen«, erwiderte ich. »Unterm Dach war es nicht auszuhalten.«

Sie starrte mich an und schien zu überlegen, ob ich log oder nicht.

»Wie geht es Dad?«, erkundigte ich mich.

»So weit gut«, antwortete sie. »Er soll sich nicht aufregen. Also bleib ihm lieber fern.«

Es passte ihr nicht, dass ich Dad besuchen wollte. Vielleicht hatte sie sogar so etwas wie Gewissensbisse, weil sie ihm gestern unterstellt hatte, er habe wohl nur eine Magenverstimmung. Aber ich war ganz sicher nicht die ganze Strecke mit dem Moped gefahren, um hier wieder umzukehren.

»Ich bleib nicht lange. Um zwölf treffe ich mich mit den anderen an der Bühne«, log ich, ohne rot zu werden. In Wahrheit waren wir erst für vier Uhr verabredet, aber ich wollte vorher zum Rodeo, und das hätte sie mir sicherlich verboten.

»Dann tu, was du nicht lassen kannst«, brummte sie. »Das machst du ja sowieso.«

Stimmt genau, dachte ich und fuhr weiter.

Wie üblich war der Tag des Rodeos der beliebteste der ganzen Veranstaltung. Sogar aus einigen Nachbarstaaten waren Besucher gekommen, überall parkten Autos und Wohnwagen, und auf dem riesigen Gelände drängten sich wahre Menschenmassen. Ich stellte mein Moped im abgesperrten Bereich hinter der Bühne ab und verstaute meine Tasche in einem der Schließfächer in dem Zelt, das den Künstlern vorbehalten war – ein erhebendes Gefühl, so richtig dazuzugehören. Das Programm auf der großen Bühne begann gegen Mittag mit einem Powwow der Miniconjou-Sioux, die das Land bewohnt hatten, als die ersten Weißen hierherkamen. Dazu gab es natürlich noch eine richtige Kirmes mit Achterbahn, Riesenrad, Schießbuden, Autoscooter und allerhand Imbissständen.

Ich war gleichzeitig angespannt und euphorisch, ich fühlte mich wie elektrisch aufgeladen. Es war ein heißer Tag, die Sonne brannte von einem wolkenlosen Himmel, und ich war froh, meinen Hut mitgenommen zu haben. Die großen Tribünen rings um die Arena waren bis oben hin gefüllt, es ging laut und derb zu, und ich war fasziniert von der aufgeregten Atmosphäre. Ich schob mich durch die Zuschauer, die zum größten Teil aus Rednecks und ihren Familien bestanden, um einen guten Platz zu finden. Hiram und Malachy hockten mit ein paar Kumpels in der Nähe der Kampfrichter. Von hier aus hatte man den besten Blick in die Arena, deshalb setzte ich mich zu ihnen und wartete aufgeregt darauf, Nicholas reiten zu sehen.

Das Rodeo von Fairfield war keine der wirklich großen Veranstaltungen, trotzdem waren unter den Teilnehmern der vier Hauptdisziplinen zahlreiche Champions, denn es gab ziemlich hohe Geldpreise zu gewinnen. Das Programm hatte mit den harmloseren Wettkämpfen wie Tonnenrennen und Kälberfangen begonnen; bei beidem hatte ich früher mit Waysider selbst schon in den Juniorenklassen auf kleineren Rodeos in der Umgebung einige Preise gewonnen. Um zwei Uhr begann das Wildpferdreiten, und als Nicholas angesagt wurde, empfing ihn begeisterter Applaus. Durch die Reaktionen der Zuschauer und die zungenbrecherisch schnellen Kommentare der beiden Moderatoren wurde mir klar, dass Nicholas ein

Star der Rodeoszene war, die von einem Event zum nächsten durch ganz Nordamerika zog.

Nicholas hielt sich nicht nur elf Sekunden auf dem bockenden Mustang, sondern bekam auch noch von den Kampfrichtern die beste Haltungsnote und von den Zuschauern jede Menge Applaus. Keiner seiner Konkurrenten schaffte es so lange wie er, aber ich begriff nun auch, weshalb er keine Rodeos mehr reiten und in diesem Zirkus schon gar nicht als Clown oder Stierkämpfer enden wollte, wie viele ehemalige Rodeoreiter, die nichts anderes als diese Welt kannten. Die meisten der anderen Wettkampfteilnehmer waren Anfang bis Mitte zwanzig, ihnen taten die Stürze vielleicht noch nicht so weh wie jemandem, der diesen harten Sport seit mehr als zwanzig Jahren machte. Nachdem Nicholas auch das Wildpferdreiten ohne Sattel gewonnen hatte, drängte ich mich durch die Zuschauermenge nach draußen. Das Flaggenrennen interessierte mich nicht, und ich wollte Nicholas unbedingt sehen, bevor ich zur Showbühne musste. Aus Lautsprechern plärrten die aktuellen Countryhits, die Stimmung war fröhlich und ausgelassen, und trotz der brennenden Sonne wurden die Ränge immer voller, denn in Kürze sollte die wohl härteste und brutalste Disziplin beginnen, das Bullenreiten. Ich schob mich durch die Menge bis zu den Paddocks. Dort fand ich Nicholas mit ein paar seiner Kollegen. Er zwinkerte mir zu, als er mich sah.

»Herzlichen Glückwunsch zum Sieg«, sagte ich zu ihm.

»Danke«, erwiderte er. »Hast du zugeguckt?«

Ich nickte.

»Wollen wir was trinken?«, schlug er vor, und ich nickte wieder. Ich bemerkte, dass er leicht hinkte.

»Hast du dich verletzt?«, fragte ich.

»Ach was.« Er winkte ab und bestellte bei einem Getränkestand zwei Cola für uns.

»Machst du jetzt auch beim Bullenreiten mit?«, wollte ich wissen.

»Klar.« Er bezahlte und reichte mir einen Halbliterbecher Cola. »Wirst du es dir ansehen?«

»Nein.« Ich schüttelte den Kopf. »Ich glaube nicht. Ich …« Ich brach ab und zuckte die Schultern. Obwohl ich nicht gerade zart besaitet war, hatte ich keine Lust mit anzusehen, wie er womöglich von einem sechshundert Kilo schweren Stier zermalmt wurde. So was passierte leider immer wieder.

»Du glaubst *was* nicht?« Nicholas lehnte sich lässig an die Theke und warf mir einen amüsierten Blick zu. Seine Überheblichkeit machte mich wütend. Er brauchte meine Besorgnis wirklich nicht. Sollte er sich doch das Genick brechen, wenn es ihm Spaß machte!

»Nichts. Schon gut«, sagte ich schroff und wandte ihm den Rücken zu.

»Machst du dir etwa Sorgen um mich?«, wollte er wissen.

»Wie kommst du denn darauf?« Ich warf meine Haare zurück und setzte eine gleichgültige Miene auf. Es reichte, dass ich mir ihm gegenüber bereits zweimal eine Blöße gegeben hatte.

»Rodeos sind halt nichts für schwache Nerven«, sagte er, und da fuhr ich herum.

»Du bist wirklich ekelhaft!«, warf ich ihm zornig vor. »Ja, stell dir vor, ich finde es nicht so toll, dabei zuzusehen, wenn du dir die Knochen brichst! Und ich habe wahrhaftig keine schwachen Nerven! Danke für die Cola, Quick-Nick!«

Ich knallte den halbvollen Becher auf den Tresen, und mir gelang ein würdevoller Abgang.

»Sheridan! He!«

Ich ignorierte ihn und marschierte wütend weiter, aber er holte mich nach ein paar Metern ein.

»Warte doch!« Nicholas trat mir in den Weg, und diesmal grinste er nicht mehr.

»Was willst du? Geh doch und brich dir das Genick!«, sagte ich böse.

»Um mich hat sich noch nie jemand Sorgen gemacht«, gab er zu. »Es tut mir leid. Ich weiß, dass du keine schwachen Nerven hast.«

Ich musterte ihn misstrauisch.

»Hey.« Er lächelte zerknirscht. »Sei nicht sauer. Okay?«

»Bin ich nicht. Ich muss jetzt zu meinen Leuten. Wir haben heute um sechs unseren Auftritt.«

»Ich weiß.« Seine Zähne leuchteten weiß, als er jetzt wieder grinste. »Allein schon deshalb habe ich nicht vor, mir das Genick zu brechen. Ich will dich doch sehen.«

So schnell wollte ich mich von ihm nicht einwickeln lassen.

»Na dann«, sagte ich kühl. »Hals- und Beinbruch. Bis später.«

Damit ließ ich ihn stehen und schob mich durch die Menschenmassen zum Zelt hinter der Showbühne, wo ich mich mit Mrs Costello, den Jungs von der Band und den Tontechnikern zum Soundcheck verabredet hatte.

Obwohl wir alle geahnt hatten, was auf uns zukam, waren wir doch ziemlich erschrocken, als wir die Menge sahen, die sich vor der großen Showbühne drängte. Das Rodeo war zu Ende, und die Zuschauer strömten auf den Platz vor der Bühne. Ich zog mich in der engen Garderobe um: enge, verwaschene Jeans, ein graues Tanktop, dazu meine alten Lieblingscowboystiefel. Während ich sorgfältig mein Haar bürstete und es offen über meine Schultern fallen ließ, sang ich Tonleitern, um meine Stimmbänder aufzuwärmen.

»Bist du so weit?« Brandon tauchte hinter mir auf.

»Ja.« Ich ergriff meinen Cowboyhut und setzte ihn auf, mein Blick traf Brandons im Spiegel. Er war ganz blass.

»Wow, du siehst einfach toll aus!«, sagte er.

»Danke.« Ich lächelte und drehte mich um. »Du aber auch. Die Mädchen werden kreischen und ohnmächtig werden, wenn sie dich sehen. Hey, hast du Lampenfieber?«

»Mensch, Sheri, da draußen sind sicher fünftausend Leute!« Seine Stimme klang zittrig. »Wir sind alle total nervös. Du etwa nicht?«

Ich überlegte kurz. Nein, ich war nicht nervös, nicht im negativen Sinne. Ich war ungeduldig und konnte es kaum noch erwarten, endlich raus auf die Bühne zu kommen, die Menschen zu sehen und zu spüren. Ich sehnte mich nach diesem berauschenden Gefühl, das ich bei der Musicalaufführung empfunden hatte, aber das würde ich niemals jemandem verraten.

»Nein«, erwiderte ich und grinste. »Du weißt doch: Ich bin eine Rampensau.«

Ich drückte ihm einen Kuss auf den Mund, ergriff seine Hand und zog ihn mit zu den anderen, die schon auf uns warteten.

»Mein Gott, das ist echt was anderes als in der Schule«, sagte Oliver. »Totaler Wahnsinn!«

Mrs Costello klopfte uns auf die Schultern, wünschte uns toi, toi, toi, und dann gingen die Jungs hinaus zu ihren Instrumenten. Die Menge begann zu klatschen und zu pfeifen.

»Na, dann«, sagte Mr Wolcott und zwinkerte mir zu, bevor er auf die Bühne ging und uns ansagte. Ich folgte ihm zu den ersten Takten von *Wrong side of town*, ergriff das Mikrophon und ging bis vorn an den Bühnenrand. Es war wahrhaftig überwältigend! Die hellen Scheinwerfer blendeten mich, aber ich erkannte vertraute Gesichter in den ersten Reihen. Offenbar war unsere ganze Schule da! Und dann ging es los, und ich merkte sofort, dass sich unser vieles Üben gelohnt hatte, denn wir waren sehr viel besser als noch im März. Wir spielten unser ganzes Repertoire, das aus meinen eigenen Songs und gecoverten Hits bestand, so fehlerlos und gut wie selten, und das Gefühl, mit meiner Stimme so viele Menschen mitreißen zu können, verlieh meiner Stimme Flügel. Die Bässe und die Drums vibrierten durch meinen Körper, die Liedtexte sprudelten aus mir heraus. Jede Befürchtung, die Leute könnten nach ein, zwei Songs das Interesse verlieren und gehen, war umsonst gewesen. Das Gegenteil war der Fall: Immer mehr Menschen kamen herbei und drängten sich auf den Platz vor der Bühne! Sie applaudierten und pfiffen. Auch den Jungs machte es riesig Spaß. Brandon, der auch weit vorn stand, gab sich cool, aber ich merkte ihm an, wie er die Begeisterung genoss. Ein paar Mädchen in den vorderen Reihen hielten sogar Schilder mit seinem Namen hoch.

Ich merkte, wie leicht ich die Zuhörer lenken konnte. Riss ich die Arme hoch, taten sie es auch, sprintete ich über die Bühne, dann johlten sie begeistert, legte ich den Zeigefinger an die Lippen, wurden sie sofort still.

Bei *What can I do to make you love me* und *Don't look back* schwenkte die Menge Feuerzeuge, bei *Nobody's Girl* und *Talk of the town, I hate myself for loving you* und *Nowhere going fast* erreichte die Stimmung den Siedepunkt, und mit den letzten beiden Nummern *Sorcerer* und *Rock your life* brachten wir die Menge wahrhaftig zum Durchdrehen. Nach siebzig Minuten waren wir fertig, aber ich hätte noch ewig weitersingen können. Als Zugabe spielten wir Marianne Faithfuls *Ballad of Lucy Jordan* und Bonnie Tylers *It's a heartache* und mussten uns zehnmal verbeugen, bevor das begeisterte Publikum akzeptierte, dass Steve Manero, einer der bekanntesten Countrysänger Amerikas und eigentlicher Hauptact des Abends, an der Reihe war. Dessen Roadies warteten schon ungeduldig darauf, auf die Bühne gehen und die Instrumente aufbauen zu können.

»Verzieht euch endlich, Kinder, und lasst die großen Jungs

ran«, sagte sogar einer von ihnen, ein bärtiger Roadie, dessen nackte Speckarme mit Tätowierungen übersät waren.

Wir taumelten von der Bühne ins Backstagezelt, berauscht und überglücklich umarmten wir uns und lachten. Mrs Costello erwartete uns, ebenso Direktor Harris, der sich vor Lob überschlug und vor Aufregung mindestens so atemlos war wie wir. Mr Wolcott klopfte uns reihum anerkennend auf die Schultern, selbst Bürgermeister Jeff Richardson kam, um uns zu gratulieren. Er konnte kaum fassen, dass dies unser erster Auftritt vor so vielen Menschen gewesen war.

Ein paar Reporter wollten mit uns reden, zwei waren sogar von überregionalen Zeitungen. Und plötzlich stand mitten im Gedränge Steve Manero vor mir.

»Herzlichen Glückwunsch zu dem tollen Auftritt und der großartigen Stimme, Frau Kollegin! Ich hatte echt eine Gänsehaut«, sagte er und reichte mir die Hand. »Du bist wirklich ein großes Talent.«

»Sie hat Ihnen ordentlich die Schau gestohlen, Steve!«, rief einer der Reporter.

»O ja, das hat sie!« Steve Manero lächelte. »Mal sehen, ob ich das jetzt überhaupt noch toppen kann.«

Mir fehlten die Worte, ich stammelte verlegen irgendeinen Unsinn. Er klopfte mir auf die Schulter, zwinkerte mir zu und ging weiter.

»Wow!«, rief der Reporter. »Das war aber echt ein Riesenlob! Und das aus dem Mund von Steve Manero!«

»Der ist sonst nicht besonders freundlich«, ergänzte ein anderer Reporter beeindruckt. »Darauf kannst du dir was einbilden.«

Jemand reichte mir eine Flasche Wasser, und ich trank sie in einem Zug leer, dann gab ich den Reportern die ersten Interviews meines Lebens. Glücklicherweise waren sie weg, als sich Tante Rachel einen Weg durch die Leute bahnte. Ihr grimmiger Gesichtsausdruck verhieß nichts Gutes, aber ich schwebte so hoch auf einer Wolke des Glücks, dass mich ihre Worte kaum erreichten. Sie bezeichnete mich als »schamloses Flittchen«, als »Schande« und »Blamage vor allen ihren Freunden und Bekannten«. Ich schaute durch sie hindurch, und es tat mir nur für Mrs Costello und Direktor Harris leid, weil sie die beiden auch beschimpfte.

»Hey, Rachel!« Mr Wolcott tauchte auf. »War das nicht unglaublich? Du kannst echt stolz sein auf deine Tochter! Ganz Fairfield ist begeistert!«

So etwas wollte sie natürlich nicht hören.

»Ich war ganz überrascht«, brachte sie mühsam hervor, und ihr Gesicht verzog sich zu einem verkniffenen Lächeln. Nach außen hin wollte sie den Schein wahren und deshalb ergriff sie auch die Flucht, als die Väter von Sid und Oliver, die bereits die Instrumente abgebaut und in ihre Autos geladen hatten, kamen und vorschlugen, auf solch großartige Kinder ein Bier zu trinken.

»Komm du mir nur nach Hause«, zischte sie und verschwand.

Wir gingen in einen anderen Teil des Zeltes, und es gab Bier für die Erwachsenen und Limo für uns. Weil niemand so genau hinsah, tranken allerdings auch die Jungs Bier. Ein wenig Wehmut war dabei, als wir unseren gelungenen Auftritt feierten, denn es war der erste, aber wohl auch der letzte gewesen. Sidney und Oliver würden nach den Sommerferien aufs College gehen und höchstens noch mal in den Ferien zurückkommen. Brandon war nach ein paar Gläsern so betrunken, dass seine Eltern es vorzogen, ihn mit nach Hause zu nehmen. Sid und Oliver verabschiedeten sich ebenfalls, und so warf ich mir die Sporttasche mit meinen Klamotten über die Schulter und zog allein los. Die Stimme von Steve Manero begleitete mich bis zum Festplatz, und die Erinnerung an sein Lob jagte mir eine Gänsehaut des Glücks über den Rücken.

»Carolyn!« Plötzlich versperrte mir ein Mann den Weg, und ich brauchte ein paar Sekunden, um zu begreifen, dass ich gemeint war. Vor mir stand Christopher Finch. Ob er mich eben auf der Bühne gesehen und kapiert hatte, dass ich in Wirklichkeit nicht die war, für die er mich hielt? Nein, sonst hätte er mich wohl kaum Carolyn genannt!

»Oh. Hi«, erwiderte ich kühl und wunderte mich, dass ich so gar nichts mehr für den Mann empfand, mit dem ich ein paar Wochen lang geschlafen hatte. »Bist du allein hier?«

Er sollte nur nicht glauben, ich hätte ihm verziehen.

»Carolyn, es tut mir alles so leid«, sagte er. »Ich … ich hätte dir eher die Wahrheit sagen sollen.«

»Ja, das hättest du wohl«, antwortete ich.

»Bitte, Carolyn, lass mich dir erklären, warum ich dir das mit meiner Frau verschwiegen habe«, bat er und legte mir eine Hand auf den Arm.

»Das spielt doch sowieso keine Rolle mehr.« Seine Anwesenheit erfüllte mich mit Unbehagen, am liebsten hätte ich seine Hand abgeschüttelt.

»Aber hast du denn vergessen, wie wunderbar es mit uns beiden gewesen ist?« Er trat noch näher an mich heran. »Ich denke Tag und Nacht an dich. An uns.«

Schon immer war ich recht gut darin gewesen, Unerfreuliches zu verdrängen, und die Affäre mit Christopher Finch gehörte in die Kategorie ›äußerst unangenehm und peinlich‹. Schon der bloße Gedanke an das, wozu ich mich durch ihn hatte hinreißen und was ich ihn hatte tun lassen, erfüllte mich mit einer rotglühenden Scham. Die Tatsache, dass Esra davon Wind bekommen hatte, machte es nicht eben besser.

»Carolyn, bitte. Lass mich doch nicht so leiden«, drängte er, und seine schweißfeuchten Finger krochen meinen Arm hoch.

Ich schauderte unter seiner Berührung und wich vor ihm zurück, doch mein Rückzieher schien ihn noch zusätzlich anzustacheln.

»Ich kann nicht mehr arbeiten, weil du mir einfach nicht aus dem Kopf gehst«, sagte Christopher und rückte mir noch näher auf die Pelle. »Komm mich doch wenigstens mal wieder besuchen, nur zum Reden.«

Mein Unbehagen verwandelte sich in Abscheu. Was hatte mich wohl jemals an diesem Mann mit den schwammigen, weibischen Gesichtszügen und dem feisten kleinen Bauch fasziniert?

»Meine Leute warten auf mich«, redete ich mich heraus. »Lass mich los.«

»Tu, was sie sagt! Lass sie los!«, sagte plötzlich jemand hinter mir mit scharfer Stimme, und Christopher gehorchte augenblicklich. Mein Herz schlug einen Salto, als ich mich umblickte und Nicholas erkannte, seine schlanke hochgewachsene Gestalt, das kantige, gutaussehende Gesicht mit der furchteinflößenden Narbe, die hellen blauen Augen, mit denen er Christopher nun ausgesprochen unfreundlich musterte.

»Belästigt dich der Kerl?« Nicholas legte mir in einer besitzergreifenden Geste den Arm um die Schulter, ohne seinen einschüchternden Blick von Christopher abzuwenden.

»Nein, nein.« Ich lächelte nervös und erleichtert. »Das … das ist nur ein Nachbar.«

»Okay. Dann komm, Baby, lass uns noch etwas feiern. Goodbye, Nachbar!« Damit zog er mich mit sich fort.

»Hey«, sagte er, nachdem wir ein paar Meter gegangen waren, und nahm seinen Arm von meiner Schulter. »Du warst große Klasse! Deine Stimme ist unglaublich gut. Und du siehst einfach umwerfend aus.«

»Danke.« Ich konnte immer noch nicht mit Lob und Komplimenten umgehen. »Wie ist es bei dir beim Bullenreiten gelaufen?«

»Ich lebe noch.« Er lächelte ein offenes und freundliches Lächeln ohne die übliche Spur Überheblichkeit, das ich noch nie an ihm gesehen hatte. »Und alle Knochen heil geblieben, wie du siehst. Bin leider nur Zweiter geworden.«

»Das freut mich.«

Wir sahen uns an. Ich zitterte innerlich, aufgewühlt und aufgekratzt, die ehrliche Bewunderung in Nicholas' Blick brachte mich zusätzlich durcheinander. Ich wurde aus diesem Mann einfach nicht klug.

»Darf ich dir was zu trinken spendieren?«, fragte er, und ich nickte. Wir gingen zu einem Getränkestand, und er bestellte mir sehr korrekt eine Cola – kein Alkohol für Jugendliche – und trank auch selbst eine. Ich erinnerte mich daran, dass er mir erzählt hatte, er sei ein trockener Alkoholiker. Wir redeten über die Songs, die ich gesungen hatte, und ich wurde etwas lockerer. Die Sonne war längst untergegangen, und das Publikum auf dem Fest hatte sich verändert. Die Familien waren genauso verschwunden wie die braven Bürger von Fairfield. Jetzt waren vorwiegend junge Leute da, Cowboys und die Rednecks, und keiner von ihnen war mehr wirklich nüchtern. Ein paar von Nicks Kollegen kamen und blieben bei uns stehen; einige von ihnen kannte ich schon. Sie hatten unseren Auftritt auch gesehen, machten mir einen Haufen Komplimente und ließen sich von mir Autogramme auf Papierservietten und sogar auf einen Dollarschein geben.

»Wenn du mal berühmt wirst, krieg ich mehr als einen Dollar hierfür«, grinste der Cowboy und wedelte mit dem Schein in der Luft herum.

Plötzlich sah ich im trägen Strom der vorbeiziehenden Menschen Esra, dessen Blick suchend umherschweifte. Instinktiv ging ich hinter Nicholas und einem der Cowboys in

Deckung, aber es war zu spät, mein Bruder hatte mich entdeckt und machte seine Begleiter auf mich aufmerksam. Es waren nicht etwa seine Kumpels von der High School, sondern die nichtsnutzigen Typen, die den halben Tag gelangweilt an der Tankstelle in Madison herumhingen und als Krawallmacher berüchtigt waren. Cal Barton, seine zwei jüngeren Brüder Jeb und Vin und drei andere Kerle, allesamt ein paar Jahre älter als Esra, waren hirnlose Kleiderschränke, die von Gelegenheitsjobs lebten, wenn sie nicht gerade im Gefängnis saßen. An ihrem Benehmen und ihrer aggressiven Körperhaltung konnte man unschwer erkennen, dass sie betrunken und auf Streit aus waren. Sie rempelten Leute an und warteten nur auf eine winzige Provokation, um zuschlagen zu können. Mein Herz begann angstvoll zu pochen, als Esra nun stehen blieb.

»Da ist ja meine Schwester, die tolle Sängerin!«, sagte er und zeigte auf mich. »Hat sich gleich die richtige Gesellschaft ausgesucht. Einen ganzen Haufen asozialer Penner.«

Der Rest des widerlichen Packs scharte sich um ihn und lachte dreckig.

»He, willst du mal 'ne asoziale Pennerfaust in deinem Spießergesicht haben?«, rief einer der jüngeren Cowboys, der auch keiner von der gutmütigen Sorte zu sein schien.

»Ho, ho. Immer mit der Ruhe«, versuchte Nicholas zu schlichten, aber es war zu spät. Auf eine solche Antwort hatten die Barton-Jungs nur gewartet.

»Was willst du denn, du dreckiger Indianerbastard!«, höhnte Esra.

In seinen Augen glitzerten seine mörderische Eifersucht und sein Hass auf mich. Er war im Gegensatz zu den Bartons kein bisschen betrunken, und mir dämmerte, dass er sie auf mich heißgemacht haben musste.

»Bring das Mädchen weg, Nick«, sagte ein Cowboy und stellte sein Bierglas ab. »Hier wird's jetzt ungemütlich.«

Er hatte den Satz kaum ausgesprochen, da war schon die wüsteste Schlägerei im Gange, die ich jemals erlebt hatte. Gläser flogen durch die Luft, und ich bekam eine volle Ladung Bier ab. Nicholas packte mich am Arm, ergriff mit der anderen Hand meine Sporttasche und zog mich aus der Gefahrenzone. Er blieb erst stehen, als wir das Festgelände hinter uns gelassen hatten und in Sicherheit waren.

Ich konnte beim besten Willen nicht mehr sagen, wer den ersten Schlag ausgeführt hatte, aber es war unzweifelhaft mein eigener Bruder gewesen, der die Schlägerei mit voller Absicht provoziert hatte. Mir war der Schreck in alle Glieder gefahren. Ich zitterte am ganzen Körper, und die Euphorie, die der Auftritt in mir hinterlassen hatte, war schlagartig verschwunden.

»Großer Gott, dem hätte ich gern selbst eine verpasst«, grollte Nicholas erbost. »Was ist denn in den gefahren?«

»Er war schon immer eifersüchtig auf mich.« Ich musste mir Mühe geben, nicht zu schluchzen. »Er hasst mich.«

Polizeisirenen heulten, Blaulichter zuckten. Leute rannten und schrien durcheinander, und das bis dahin friedliche Fest hatte sich in einen einzigen gewalttätigen Tumult verwandelt.

»Mein … mein Moped steht noch am Zelt an der Bühne«, stammelte ich. Der Schock saß mir in den Knochen, und ich wusste nicht, was mich mehr verstörte: der lodernde Hass in Esras Augen oder die Tatsache, dass er sich mit dem miesesten Gesindel der ganzen Gegend zusammengetan hatte, um sich an mir zu rächen.

»Das kannst du morgen noch holen«, sagte Nicholas. »Komm, ich fahre dich nach Hause.«

Auf dem Weg durch die Dunkelheit zu seinem Auto, das irgendwo auf einer der großen Wiesen geparkt war, überlegte er laut, wie Esra dazu kam, sich mit den Bartons zusammenzutun. Ich hätte es ihm sagen können, aber ich schämte mich und hatte die Befürchtung, Nicholas könnte auf dem Absatz kehrtmachen und Esra halbtot schlagen, wenn er erfuhr, dass er mich wieder bedroht hatte. Dazu hätte ich ihm außerdem meine unrühmliche Affäre mit Christopher gestehen müssen, und da wäre ich lieber auf der Stelle tot umgefallen. Endlich hatten wir seinen Truck gefunden.

»Alles okay?«, erkundigte Nicholas sich und sah mich im Schein der Innenbeleuchtung prüfend an.

»Ja, alles okay«, erwiderte ich zittrig und schlug die Augen nieder. Trotz meiner Angst und inneren Anspannung war es absolut nervenaufreibend, seinen schlanken, muskulösen Körper so dicht neben meinem zu wissen, und ich schaffte es nicht, seinen Blick zu erwidern. Wir sprachen auf der kurzen Heimfahrt nicht viel, und als er vor Mary-Janes Haus bremste, sprang ich mit einem hastig gemurmelten »Dankeschön!« aus dem Auto, grabschte meine Tasche und rannte davon.

Unser Haus war hell erleuchtet, Tante Rachel saß mit ihren Gästen auf der Vorderveranda, und man genoss plaudernd den lauen Sommerabend bei Eistee und einem späten Imbiss. Ich hatte gehofft, ungesehen ins Haus zu gelangen, aber Mrs Brenneke erblickte mich und rief: »Da ist ja der große Star! Komm her, Sheridan, und lass dich beglückwünschen!«

Alle erhoben sich von ihren Stühlen, applaudierten und drängten sich um mich, um mir anerkennend auf die Schulter zu klopfen, als ich nun die Stufen zur Veranda hochstieg. Alle bis auf Tante Rachel, die das Gesicht verzog.

»Du hast Alkohol getrunken«, warf sie mir vor. »Du riechst ja wie eine Kneipe!«

»Das stimmt nicht!«, widersprach ich. Über die Schlägerei und wer sie vom Zaun gebrochen hatte, wollte ich nichts sagen.

»Deine Kleider sind ja ganz nass!« Sie schnüffelte an mir wie ein Hund. »Das ist doch Bier!«

Die Gespräche verstummten, alle blickten mich an.

Warum sagte ich nicht einfach die Wahrheit? Sie würde es ohnehin erfahren.

»Esra und die Barton-Bande haben drüben auf dem Festplatz eine Schlägerei angefangen«, sagte ich deshalb. »Irgendjemand hat mir ein Glas Bier übergekippt.«

»Wie kannst du so etwas behaupten?«, zischte Tante Rachel voller Empörung. »Du verlogenes Ding!«

Ich öffnete den Mund zu einer Antwort, als ein Auto in hoher Geschwindigkeit in den Hof fuhr und so heftig bremste, dass die Schottersteinchen nur so spritzten und eine Staubwolke aufgewirbelt wurde. Malachy und Hiram sprangen aus dem Auto. Sie sahen erhitzt und leicht ramponiert aus, und als sie mich auf der Veranda erblickten, schienen sie erleichtert zu sein.

»Gott sei Dank, Sheridan, du bist hier!«, rief Hiram. »Wir haben dich überall gesucht!«

Rebecca, die bis dahin bei ihren Eltern gesessen und am Eistee genippt hatte, stand auf und lief zu Malachy.

»Ist dir was passiert?«, erkundigte sie sich besorgt.

»Nein, nein, alles gut«, versicherte mein ältester Bruder seiner Frau.

»Was ist dort auf dem Fest passiert?«, fragte Tante Rachel scharf.

»Der Kleine hat 'ne Massenschlägerei vom Zaun gebrochen! Zusammen mit den Barton-Jungs!«, verkündete Hiram. »Das ganze Festgelände ist nur noch Kleinholz.«

»Wo ist euer Bruder?« Tante Rachel wurde blass vor Zorn und Sorge.

»Ich schätze mal, im Gefängnis.« Hiram schien die Sache einen Heidenspaß zu machen. »Wir haben noch kurz mit ihm reden können, als Sheriff Benton ihn abgeführt hat.«

»So sind Jungs halt«, sagte Rebeccas Mutter, die selbst zwei

Söhne hatte, gelassen. »Mach dir keine Gedanken deswegen, Rachel!«

Tante Rachel ignorierte sie.

»Du lieber Gott! Wie ist der Junge denn bloß da reingeraten?« Um Schadensbegrenzung vor ihren Gästen bemüht, versuchte sie die Geschichte abzumildern, aber Malachy, der Ehrliche, vermasselte ihr die Tour.

»Er ist nirgendwo *reingeraten*, Mom«, sagte er ungewöhnlich aufgebracht. »Cal Barton hat Sheriff Benton gesagt, Esra hätte ihnen hundert Dollar gegeben, wenn sie Sheridan und ihren Freund zusammenschlagen. Als das nicht geklappt hat, hat Esra sich mit ein paar Cowboys angelegt, tja, und schon war die Hölle los.«

Bei Malachys Worten blieb mir fast das Herz stehen, und meine Knie wurden so weich, dass ich mich am Geländer festhalten musste, sonst wäre ich umgekippt. Das konnte doch nicht wahr sein!

»Das ist ja ungeheuerlich«, ließ sich Elias Brenneke vernehmen.

»Nein, das ist alles dummes Geschwätz!«, fuhr Tante Rachel ihm ungehalten über den Mund. »Wie verlogen dieses asoziale Gesocks ist, ist überall bekannt. Sie suchen einen Sündenbock, und da kommt ihnen ein Junge aus gutem Haus gerade recht.« Wie immer bog sie sich in Windeseile alles so zurecht, dass es in ihr Weltbild passte. »Malachy, Hiram – geht ins Haus, ich will mit euch reden.«

»Mutter«, sagte Hiram zornig, »mach endlich die Augen auf! Esra kennt die Bartons sogar ziemlich gut. Er ist nicht so, wie du es gerne glauben möchtest.«

Ich schüttelte verzweifelt den Kopf und formte lautlos das Wort ›Nein‹, aber Hiram war richtig in Rage und beachtete mich nicht. So wütend hatte ich meinen zweitältesten Bruder noch nie zuvor gesehen.

»Erst neulich, als ihr auf Mals Hochzeit wart, hat er Sheridan zusammengeschlagen, weil sie seine ›Party‹ stoppen wollte«, redete er weiter. »Und wären George und ich nicht zufällig dazugekommen, wer weiß, was er noch mit ihr gemacht hätte! Mit seiner eigenen *Schwester*!«

Auf der Veranda herrschte betretenes Schweigen. Ich senkte den Kopf und presste meine Stirn an das Holz des Stützpfeilers. Tante Rachel rang mühsam um ihre Fassung. Ihre Gäste standen auf und verschwanden mit gemurmelten Entschuldigungen im Haus.

»Wie kannst du so etwas über deinen eigenen Bruder sagen, Hiram!« Tante Rachels Stimme bebte vor Zorn. »Und das vor fremden Leuten, die morgen nichts Besseres zu tun haben werden, als diesen bösartigen Unsinn überall herumzuerzählen! Ich bin maßlos enttäuscht von dir.«

Hiram öffnete den Mund zu einer Erwiderung, doch dann besann er sich, machte eine abwehrende Handbewegung und ging zu seinem Auto. Er knallte die Tür zu, startete den Motor und raste mit durchdrehenden Reifen vom Hof. Wie schade, dass er mich nicht mitgenommen hatte!

»Mom, jetzt reg dich nicht auf«, versuchte Malachy zu vermitteln. Wahrscheinlich hoffte er, eine weitere Eskalation irgendwie verhindern zu können, damit er sich vor seinen Schwiegereltern nicht noch mehr schämen musste.

»Fahr in die Stadt und hol deinen Bruder aus dem Gefängnis«, befahl Tante Rachel. »Sofort! Oder soll ich das selbst machen?«

»Ich glaub nicht, dass der Sheriff ihn …«, begann Malachy, aber Tante Rachel schnitt ihm das Wort ab.

»Tu, was ich dir gesagt habe! Und zwar auf der Stelle!«, herrschte sie ihn an. Malachy hob beschwichtigend die Hände und zuckte die Schultern. Er verschwand ohne ein weiteres Wort und ließ mich mit Tante Rachel allein. Ich stand wie festgewachsen an der Brüstung der Veranda und traute mich kaum zu atmen.

»Ich verfluche den Tag, an dem du in dieses Haus gekommen bist«, sagte sie nach ein paar Sekunden der Stille. »Nichts als Zwietracht hast du seitdem gesät, du … du … verkommenes Subjekt!«

Sie wandte sich mir zu, ihre Augen waren kalt vor Hass.

»Ich weiß nicht, was du schon wieder angerichtet hast. Ich weiß nicht, wie du deinen Bruder provoziert hast. Aber eins ist ganz klar, du bist garantiert schuld an dieser Schlägerei.«

Sie sprach mit gedämpfter Stimme, damit die Gäste nichts mitbekamen, aber jedes ihrer Worte war von einer so präzisen Bosheit, als ob sie ihre Hasstirade sorgfältig einstudiert hätte.

»Jeder Versuch, dich zu erziehen und trotz deiner zweifelhaften Gene einen anständigen Menschen aus dir zu machen, ist gescheitert. Noch nie in meinem ganzen Leben habe ich mich derart geschämt wie heute! Wie ein billiges Flittchen, eine Straßenhure bist du aufreizend vor diesen lüsternen Männern herumgehopst! Sogar einem gestandenen Mann wie Elias Brenneke hast du den Kopf verdreht mit deinem Geträller und deinem Hinterngewackel! Wie leicht muss es dir da erst gefallen sein, Esra, einen unsicheren jungen Mann, den du seit jeher mit Vorliebe vor aller Welt lächerlich gemacht hast, zu betören.«

Mir reichte es. Ich schnappte meine Sporttasche und ging an ihr vorbei, aber sie folgte mir die Stufen hinab auf den Hof.

»Und du besitzt sogar die Frechheit, Hiram gegen sein eigenes Fleisch und Blut, seinen *Bruder*, aufzuwiegeln, du hinterhältige Giftschlange!«, zeterte sie weiter. »Mit deinem Madonnengesicht kannst du andere täuschen, mich nicht! Ich habe dich durchschaut, und ich verspreche dir, du wirst deine gerechte Strafe für all das, was du unserer Familie angetan hast, erhalten! Bleib stehen, wenn ich mit dir rede! Wo willst du hin?«

»Du redest nicht mit mir, du beschimpfst mich. Darauf habe ich keine Lust«, entgegnete ich und drehte mich zu Tante Rachel um. »Deshalb verschwinde ich. Vielleicht werfe ich mich dem erstbesten Kerl an den Hals. So wie meine verkommene Mutter.«

Diese Worte hatten eine erstaunliche Wirkung. Ihre wutverzerrte Miene glättete sich binnen Sekunden.

»Wie kommst du denn auf so etwas?«

»Das hast du selbst zu Dad gesagt, neulich, als er mir erlaubt hat, beim Festival aufzutreten.« Ich strich mir eine Haarsträhne aus dem Gesicht. Es war mir egal, was sie dachte. Alles war mir egal. Ich war nach all den Aufregungen der vergangenen Stunden nur noch entsetzlich müde und erschöpft. »So laut, wie du geschrien hast, war es nicht zu überhören.«

Ihre Lippen wurden schmal. Sie blähte die Nasenflügel und schien zu überlegen, was sie wohl sonst noch alles von sich gegeben hatte.

»Bleib hier, Sheridan«, sagte sie schließlich in ganz normalem Tonfall.

Um ein Haar hätte ich mich täuschen lassen und diese Aufforderung für die Bitte einer besorgten Mutter gehalten. Hätte sie es bei diesen drei Worten belassen, wäre ich womöglich ins Haus gegangen, statt wegzufahren und damit eine Kette von Ereignissen in Gang zu setzen, die mein ganzes Leben ein für alle Male verändern sollten. Aber wieder einmal zeigte sie mir, wie wenig ich ihr wirklich bedeutete.

»Was sollen denn unsere Gäste denken, wenn morgen niemand von der Familie am Frühstückstisch sitzt?«, setzte sie nach und erstickte damit auch das letzte Fünkchen Hoffnung auf ein Gespräch, eine Erklärung, auf Verständnis und Wohlwollen in mir.

Ich schulterte meine Sporttasche und ließ sie einfach stehen.

Es war fast Mitternacht, als ich mich in den alten Pick-up setzte und losfuhr. Am Ende der Auffahrt hielt ich an. Tante Isabella war nicht da, und zu Nicholas konnte ich nicht gehen. Aber ich musste mit jemandem reden, mit jemandem, der den Aufruhr in meinem Herzen besänftigen konnte. Dad! Vielleicht kam ich irgendwie ins Krankenhaus hinein! Kurz entschlossen gab ich Gas und bog auf die Überlandstraße nach Madison ab. Ich parkte auf dem fast leeren Krankenhausparkplatz und ging hinein. Die automatische Glastür öffnete sich, und ich hatte Glück – hinter dem Empfangstresen saß niemand. Ungesehen huschte ich durch das Foyer und gelangte in den zweiten Stock auf die Station, auf der mein Vater in einem Einzelzimmer lag.

Als ich mich an sein Bett setzte, schlug er die Augen auf.

»Sheridan«, murmelte er verschlafen, war dann aber sofort hellwach.

»Ist etwas passiert?« fragte er besorgt. »Wie viel Uhr ist es?«

»Gleich halb eins«, erwiderte ich und erinnerte mich daran, dass er sich nicht aufregen sollte. »Ich hatte nur so eine Sehnsucht nach dir.«

»Dann ist es gut, dass du hergekommen bist.« Er lächelte schwach. »War dein Auftritt gut? Ich habe die ganze Zeit an dich gedacht.«

»Es war grandios.« Ich hoffte, dass er mich nicht fragen würde, wie ich überhaupt mitten in der Nacht nach Madison gekommen war. Immerhin durfte ich noch nicht alleine fahren. »Es waren sicher tausend Menschen da.«

Ich schilderte ihm unseren Auftritt in allen Einzelheiten und erzählte von Steve Manero und davon, wie begeistert Mr Wolcott und Jeff Richardson gewesen waren.

»Ach, ich kann dir gar nicht beschreiben, wie toll es war.«

»Das freut mich. Ich habe gewusst, dass es ein Erfolg wird«, sagte Dad und ergriff meine Hand. »Ich bin stolz auf dich, und ich bedaure sehr, dass ich nicht dabei sein konnte.«

»Sidneys Vater hat alles gefilmt«, erwiderte ich.

Seine Berührung milderte ein wenig das furchtbare Gefühl der Verlassenheit, das Tante Rachels Gemeinheiten verursacht hatten, aber unter seinem prüfenden Blick übermannte mich plötzlich die Traurigkeit, und ich kämpfte mit den Tränen.

»Was ist los, Sheridan?«, fragte er leise. »Du kommst doch nicht mitten in der Nacht hierher, nur um mir von deinem Auftritt zu erzählen. Ich sehe dir an, dass dich etwas bedrückt.«

Da fing ich an zu weinen. Dad setzte sich auf, nahm mich in die Arme und streichelte tröstend mein Haar. Es dauerte eine ganze Weile, bis ich in der Lage war, ihm von den ganzen Ereignissen zu erzählen. Von der Schlägerei, die Esra angezettelt hatte, bis zu den Bosheiten, die Tante Rachel von sich gegeben hatte. Nicholas und Christopher ließ ich aus, genauso wie Carolyn und ihre Tagebücher. Wenn er entsetzt war oder wütend, so ließ er es sich nicht anmerken. Er stieß nur einen tiefen Seufzer aus.

»Ich weiß, dass deine Mutter oft sehr ungerecht ist, wenn es um dich geht«, sagte er zu meinem Erstaunen leise. »Ich werde Hiram und Malachy anrufen und bitten, auf dich aufzupassen. Und in ein paar Tagen bin ich wieder zurück, dann werde ich mich um alles kümmern. Versuche, bis dahin durchzuhalten.«

Er streichelte mein Gesicht und meine Schulter, ich spürte seinen Atem in meinem Haar.

»Du bist eine starke, junge Frau mit ganz außergewöhnlichen Talenten, um die dich andere Menschen beneiden. Das ist nicht einfach und dir vielleicht jetzt auch kein Trost, aber du wirst deinen Weg machen, Sheridan. Du bist ganz anders als …«

Er brach ab, und mir wurde bewusst, was er hatte sagen wollen.

Du bist ganz anders als deine Mutter.

Meine Mutter, die lebenslustige, hübsche Carolyn, die ihn verlassen und ihm das Herz gebrochen hatte. Wie musste es für ihn sein, mich als ihr Abbild ständig vor Augen zu haben? Bedeutete es ihm Trost oder hielt es seinen alten Schmerz auf eine unheilvolle Weise lebendig? Hinderte ich ihn daran, endlich vergessen zu können, ja, war ich schuld daran, dass er niemals glücklich geworden war?

Ich hob den Kopf.

»Dad«, flüsterte ich. »Ich weiß es. Ich habe herausgefunden, wer meine Mom war. Ich habe in einem Ordner in Mutters Büro die Adoptionspapiere gefunden und die Schreiben vom amerikanischen Generalkonsulat in Frankfurt. Ich weiß, dass meine echten Eltern nicht bei einem Verkehrsunfall gestorben sind, sondern dass meine Mom ermordet wurde, und ich weiß auch, dass du sie …«

»Bitte, Sheridan! Nein!«, unterbrach Dad mich heftig. Ich erschrak zutiefst, denn zum ersten Mal, seitdem ich mich erinnern konnte, war seine Miene nicht beherrscht und verschlossen. In seinem Gesicht erkannte ich all die Gefühle, die er sonst sorgsam zu unterdrücken verstand: Verzweiflung, Trauer, Sehnsucht, Qual und Schmerz.

Ein paar Sekunden sahen wir uns stumm an.

»Fahr jetzt nach Hause, Sheridan«, sagte Dad heiser. »Bitte. Lass uns darüber reden, wenn … wenn es mir wieder bessergeht.«

»Du hast mir schon letzten Sommer versprochen, dass du mir die Wahrheit sagen willst, aber das hast du nie getan!«, entgegnete ich. Durcheinander wie ich war, vergaß ich, dass ich ihn nicht hatte aufregen wollen. »Warum nicht? Warum ist das alles so ein riesengroßes Geheimnis?«

Ich hasste den vorwurfsvollen Klang meiner Stimme, aber ich konnte nichts dagegen tun.

»Sheridan, ich verspreche dir, dass wir darüber sprechen.« Dad verzog das Gesicht wie im Schmerz, und mit einem Mal sah er noch schlechter aus als an dem Tag, an dem wir ihn ins Krankenhaus gebracht hatten. Mein Verstand setzte wieder ein.

»Es … es tut mir leid«, stammelte ich. »Ich … ich wollte dich nicht aufregen oder dir Vorwürfe machen, wirklich nicht, Dad.«

Er schüttelte nur stumm den Kopf, wich meinem Blick aus und bedeckte mit einer Hand seine Augen.

»Bitte, Sheridan. Fahr nach Hause«, wiederholte er so leise, dass ich ihn kaum verstand.

Ich erhob mich von seinem Bett.

»Gute Nacht, Dad«, sagte ich leise.

»Gute Nacht, Sheridan.« Er blickte mich nicht mehr an. Als ich mich an der Tür noch einmal umwandte, sah ich, dass er weinte. Er schluchzte, leise und gequält, dieser sonst so unerschütterliche Mann, und ich wusste, dass ich schuld war an seinem Kummer. Leise schloss ich die Tür hinter mir, und plötzlich konnte ich das alles nicht mehr ertragen. Ich wollte nur weg von hier, allein sein, über alles nachdenken. Die Tränen strömten mir über das Gesicht, als ich den Parkplatz überquerte und ins Auto stieg.

Kurz vor Fairfield stoppte mich ein Polizeiauto.

Ich fuhr rechts ran, kurbelte das Fenster herunter und machte mir nicht einmal die Mühe, die Tränen abzuwischen. Der Polizist trat an das Fenster.

»Guten Abend. Führerschein und Wagenpapiere bitte.«

»Ich hab nichts dabei«, erwiderte ich und ahnte, was für einen Eindruck ich machen musste. Verheult, mit verschmierter Schminke, nach Bier stinkend.

»Das ist schlecht«, sagte er und nahm endlich die Taschenlampe herunter. Für eine Sekunde glaubte ich, es sei der Polizist, der damals in der Getreidemühle durch die Decke gebrochen war, aber er war es nicht. Er war jünger als Deputy McMahon und sah ihm nur wegen seines Schnauzbarts auf den ersten Blick ähnlich.

»Wie alt bist du?«

Lügen würde nicht weiterhelfen. Außerdem war mir alles egal.

»Sechzehn.«

»Aha. Wem gehört das Auto?«

»Meinem Vater.«

»Weiß dein Vater, dass du mit dem Auto mitten in der Nacht unterwegs bist?«

»Ich weiß nicht.« Ich zuckte die Schultern. »Ich hab ihn grad im Krankenhaus besucht.«

»Sehr witzig. Hast du mal auf die Uhr geguckt?«

Ich zuckte wieder die Schultern.

»Steig mal aus.«

Ich gehorchte.

»Geh zehn Schritte geradeaus auf der Fahrbahnmarkierung.«

»Ich bin nicht betrunken«, protestierte ich schwach. »Mir hat auf dem Fest jemand ein Glas Bier übergekippt.«

»Das also auch noch.« Der Polizist hob die Augenbrauen. »Nun mach schon.«

Ich ging problemlos zehn Schritte auf der durchgezogenen weißen Linie geradeaus und drehte mich wieder zu ihm um.

»Sehen Sie? Ich bin nicht betrunken.«

Er ging gar nicht darauf ein.

»Hast du überhaupt einen Führerschein?«

Verdammt! So etwas hatte mir an diesem beschissenen Tag noch gefehlt.

»Klar«, entgegnete ich.

»Und wo ist der?«

»Zu Hause.«

»Tja.« Der Polizist musterte mich eingehend von Kopf bis Fuß, wobei sein Blick so lange an meinen Brüsten hängen blieb, dass ich die Arme vor meinem Körper verschränkte. »Schätze, das wird 'ne teure Sache für dich. Du hast weder Führerschein noch Fahrzeugpapiere dabei und offensichtlich Alkohol konsumiert. Ich muss dich wohl mit aufs Revier nehmen.«

»Ich kann das Auto doch nicht einfach hier stehen lassen.«

»Ohne dass ich deinen Führerschein gesehen habe, kannst du aber auch keinen Meter weiterfahren.«

Ich lehnte mich gegen die Autotür, während er gemächlich zu seinem Streifenwagen zurückging und sich hineinsetzte, um über Funk irgendwem Bescheid zu sagen. Zur Hölle mit ihm! Ich hatte ihn zuvor noch nie gesehen, vielleicht war er neu in Madison. Und deshalb kannte er mich auch nicht. Genau das war meine Chance. Ohne lange zu überlegen, sprang ich ins Auto, ließ den Motor an und gab Gas. Ich hörte den Polizisten schreien und sah, wie er wild gestikulierend hinter mir herrannte, als ob er mich einholen könnte. Das zweite Mal in meinem Leben flüchtete ich vor der Polizei, obwohl ich genau wusste, wie es ausgehen konnte.

Aber vielleicht würde ich den Weg erreichen, der quer durch die Maisfelder zu einer alten Feldscheune führte, bevor er wieder in seinem Streifenwagen saß. Um ihm die Verfolgung zu erschweren, schaltete ich die Scheinwerfer aus und fuhr ohne Licht. Meine Hände waren schweißnass, ich hatte Angst, in der Dunkelheit den schmalen Feldweg zu verpassen. Der Mais stand um diese Jahreszeit bereits übermannshoch, ich erkannte die Lücke zwischen den hohen Pflanzen erst in letzter Sekunde. Im Rückspiegel sah ich die zuckenden Blaulichter näher kommen. Mit aller Kraft trat ich auf die Bremse und riss den schweren Wagen nach links. Der Pick-up machte einen Satz wie ein bockiges Pferd, und die Stoßdämpfer gaben ein ziemlich ungesundes Knirschen von sich, als er in den ausgetrockneten Bewässerungsgraben krachte. Hoffentlich blieb ich hier nicht stecken! Ich trat das Gaspedal durch, und dank des Allradantriebs arbeitete sich das Auto aus dem Graben. Mit beiden Händen umklammerte ich das Lenkrad, um auf dem holprigen Weg nicht die Kontrolle zu verlieren. Für den Streifenwagen war der Graben offensichtlich ein unüberwindbares Hindernis, denn er folgte mir nicht länger.

Ich fuhr weiter zur Feldscheune am Ahornwäldchen, dort stieg ich aus, schob das Tor auf und fuhr den Pick-up hinein. Dann ergriff ich meine Sporttasche und stolperte zu Fuß durch die stockdustere Nacht. Nur hin und wieder drang der Mond durch die wild dahinfliegenden Wolken. Ein warmer, feuchter Wind war aufgekommen, der den metallischen Geruch nach Regen mit sich brachte. Meine Füße brannten in den Stiefeln, meine Kehle schmerzte, und die Zunge klebte mir vor Durst am Gaumen. Endlich hatte ich Magnolia Manor erreicht und holte den Schlüssel aus dem Versteck. Der Kühlschrank war abgeschaltet und leer, und das Leitungswasser schmeckte brackig, weil es so lange in den Leitungen gestanden hatte, aber es löschte meinen brennenden Durst. Mein Magen knurrte, und ich fühlte mich schmutzig, trotz meiner körperlichen Erschöpfung war ich hellwach. Ich wankte ins Badezimmer, streifte die Stiefel von den Füßen, zerrte mir die durchgeschwitzten und nach Bier stinkenden Klamotten vom Leib und duschte, bis das Wasser kalt wurde.

Ich verbot mir jeden Gedanken an Dad und überlegte stattdessen, was passieren würde, wenn die Polizei den Pick-up in der Scheune fand. Wo konnte ich das Auto sonst noch verstecken? Ob Malachy Esra hatte abholen können? Und was erwartete mich, wenn ich nach Hause ging? Es schien mir das Beste, das Auto noch heute Nacht aus der Feldscheune zu holen und ins Haus zu schleichen. Die Anwesenheit der Gäste würde Tante Rachel zumindest so lange im Zaum halten, bis Dad mit ihr gesprochen hatte, denn er würde sie ganz sicher gleich morgen früh anrufen und zur Rede stellen.

Ich trocknete mich ab und kramte saubere Kleider aus der Sporttasche, flocht mein nasses Haar zu einem Zopf und machte mich wieder auf den Weg. Vielleicht sollte ich einfach aus Fairfield verschwinden – so, wie es meine Mutter getan hatte. Es gab jedoch vier Gründe, die dagegen sprachen. Der erste Grund war Dad, der zweite Grund hieß Nicholas, und der dritte Grund war, dass ich zuerst herausfinden musste, was vor dreißig Jahren hier geschehen war. Der vierte Grund war allerdings der wichtigste für mein Bleiben. Ich gönnte Tante Rachel den Triumph einfach nicht.

***

Meine nächtliche Flucht vor der Polizei hatte erstaunlicherweise kein Nachspiel. Tagelang hielt ich noch die Luft an, wenn das Telefon klingelte oder ein fremdes Auto in den Hof fuhr, doch es geschah nichts. Warum ich so einfach davongekommen war, begriff ich erst Tage später, als Hiram in einer Unterhaltung mit Malachy beiläufig erwähnte, man müsse bei dem alten Pick-up, der keine Straßenzulassung mehr habe, mal nach dem Öl und den Stoßdämpfern sehen. Die Tatsache, dass das Auto, das ich in jener Nacht gefahren hatte, schon seit Jahren kein Kennzeichen mehr hatte, hatte mich also gerettet.

Tante Rachel war ungewöhnlich zahm. Esra war bei ihr in Ungnade gefallen, nachdem sie hatte einsehen müssen, dass sämtliche Vorwürfe gegen ihn der Wahrheit entsprachen. Bis zum Schluss hatte er unter Tränen geleugnet, die Bartons dafür bezahlt zu haben, dass sie mich und Brandon zusammenschlugen, aber niemand glaubte ihm, denn alle drei Bartons sowie ihre Spießgesellen schworen Stein und Bein, hundert

Dollar von ihm bekommen zu haben. Zwar hatte Tante Rachel mit allen Mitteln versucht, die Sache zu vertuschen und eine Anzeige gegen Esra abzuwenden, aber Sheriff Benton war unnachgiebig geblieben. Das Anzetteln einer Schlägerei von solch verheerendem Ausmaß sei alles andere als ein Dumme-Jungen-Streich, und Esra sei alt genug, um die Konsequenzen für sein Handeln zu tragen. Zahlreiche Geschädigte hatten sich bei der Polizei gemeldet, und da bei den Bartons nichts zu holen war, wollten sie sich bei den Grants schadlos halten. Darüber hinaus – und das war für die meisten das Schlimmste an der ganzen Sache – hatte die Massenschlägerei Fairfield und dem sonst so friedlichen Fest äußerst negative Schlagzeilen beschert; Bilder der Verwüstungen waren sogar ein paar überregionalen Fernsehsendern Berichte wert gewesen.

Das Beste daran war jedoch, dass ich Dad keine Details der Vorkommnisse schildern musste, das erledigten Polizei, Presse, die verärgerten Organisatoren der Middle of Nowhere Celebration und meine älteren Brüder ausgesprochen gründlich. Sogar der gutmütige Malachy war stinksauer auf Esra, weil der ihn derart vor seinen Schwiegereltern blamiert hatte. Mich interessierte das nicht. Ich empfand weder Genugtuung noch Schadenfreude, denn ich bekam mit Beginn der Schule plötzlich ein viel größeres Problem.

In der Schule gab es nach drei Monaten Sommerferien sehr viel zu erzählen, und es war wie immer chaotisch, bis alle Kurse gewählt waren und der Stundenplan für das Schuljahr feststand. Sorgfältig darauf bedacht, bloß keinen Kurs mit Esra gemeinsam zu belegen, hatte ich mich für Fächer wie Amerikanische Literatur II, Fortgeschrittene Mathematik und Geowissenschaften entschieden. Mein Bruder wählte seine Kurse ohnehin nach der Lage der Räume, damit er zwischen den Stunden nicht zu weit laufen musste.

Meine Schulkameraden waren ganz und gar unverändert; ich selbst fühlte mich jedoch, als sei ich in diesem Sommer fünf Jahre älter geworden. Am zweiten Schultag nach den Ferien gab es in der Aula eine Orientierungsveranstaltung, auf der Direktor Harris neue Schüler und Lehrer begrüßte, Fächer, Clubs und das Sportangebot vorgestellt wurden. Da ich meine Kurse schon ausgewählt hatte, saß ich ziemlich weit hinten und hörte ringsum dem neuesten Klatsch und Tratsch zu. Natürlich ging es um die Homecoming-Woche im September, aber Esra war auch ein Gesprächsthema, genauso wie unser gelungener Auftritt. Marjorie Harris, die jetzt in die Seniorklasse ging, schwärmte von einem neuen Lehrer.

»Er ist echt *süß*, sag ich euch«, tuschelte sie vernehmlich. »Unterrichtet Literatur und Politik und hat voll den hübschen Knackarsch.«

Die Mädchen kicherten albern.

»Dad hat ihn während der Ferien zweimal zu uns eingeladen, und ich schwöre euch, er ist eine Augenweide.«

Ich verdrehte nur die Augen.

»He, Sheridan«, wandte Marjorie sich plötzlich an mich. »Du müsstest ihn doch eigentlich kennen. Er wohnt in einem Häuschen bei euch auf der Farm.«

»Wer?«, fragte ich begriffsstutzig.

»Na, der neue Lehrer. Mr Finch.«

Für einen Moment hörte die Erde auf, sich zu drehen, und ich glaubte, mein Herz müsse stehen bleiben.

»Mr *Finch*?«, antwortete ich langsam.

»Ja, genau. Der Blonde, der da oben neben meinem Alten steht.« Sie nickte in Richtung Bühne, und mein Blick folgte ihrem in Zeitlupe.

Das durfte einfach nicht wahr sein!

Da oben stand tatsächlich Christopher Finch, mein verlogener Sexlehrmeister und Exliebhaber, der sich mir gegenüber als *Schriftsteller* ausgegeben hatte! Ich konnte es nicht fassen! Dass ausgerechnet er nun mein Lehrer sein würde, war schon eine Katastrophe für sich, eine noch viel größere Katastrophe war jedoch die Tatsache, dass Esra über ihn und mich Bescheid wusste. Meine Gedanken rotierten. Vom Rest der Orientierungsstunde bekam ich nichts mehr mit und erwachte erst auf dem Weg zum Biologie-Klassenzimmer aus meinem halbbetäubten Zustand. Was sollte ich jetzt tun?

Eine Stunde blieb mir noch zum Überlegen, denn in der zweiten Stunde hatte ich Amerikanische Literatur. Die Schule, die mir im vergangenen Jahr zur Zuflucht geworden war, würde im kommenden Schuljahr die Hölle werden. Das war sie wohl, die Strafe, die Tante Rachel mir an den Hals gewünscht hatte.

Als ich um kurz nach zehn in das Klassenzimmer kam, saß Christopher schon am Pult, eine Lesebrille auf der Nase. Ich schmuggelte mich zwischen ein paar anderen Leuten an ihm vorbei und setzte mich so weit wie möglich nach hinten. Er bemerkte mich nicht sofort, wahrscheinlich deshalb, weil er mich hier nicht vermutete und weil ihm mein Name auf der Klassenliste nicht aufgefallen war, denn er kannte ihn ja noch nicht.

Mit Schwung schrieb er seinen Namen an die Tafel, erzählte, dass er aus Massachusetts stamme, bis letztes Jahr an einer High School in South Carolina unterrichtet habe (Dayton in Ohio war also auch genauso gelogen wie der Schriftstellerberuf) und nun zum ersten Mal im Mittleren Westen lebe.

»So, nun kennt ihr mich«, sagte er und lächelte. »Und jetzt seid ihr dran. Stellt euch doch bitte kurz vor.«

Er griff zur Namensliste und begann mit A wie Anderson.

»Grant, Sheridan«, las er schließlich, und ich hob die Hand. Mein Herz klopfte zum Zerspringen, ich zitterte innerlich, gab mich aber äußerlich gelassen.

Christopher blickte mich an, und ich sah mit Genugtuung, wie seine Gesichtszüge für ein paar Sekunden entgleisten. Er wurde schneeweiß, und in seinen Augen stand das blanke Entsetzen.

»Ich bin Sheridan Grant und komme aus Fairfield«, sagte ich und lächelte. »Meinem Dad gehört die Willow Creek Farm, und da lebe ich mit meinen Eltern und meinen vier Brüdern. Meine Lieblingsfächer sind Amerikanische Literatur, Englisch, Musik und Geschichte.«

Christopher bekam seine Fassungslosigkeit recht schnell in den Griff, aber seine erste Unterrichtsstunde geriet trotzdem ziemlich daneben. Jedes Mal, wenn sich unsere Blicke kreuzten, verlor er den Faden. Selten hatte er wohl das Klingeln zum Ende der Stunde so sehr herbeigesehnt wie an diesem Tag.

»Sheridan, würdest du bitte noch einen Moment bleiben«, forderte er mich auf, als alle anderen hinausgingen. Er schloss die Tür des Klassenzimmers, und wir sahen uns ein paar Sekunden stumm an.

»Und was machen wir jetzt?«, fragte er mich.

»Ich kann dir sagen, was *ich* mache«, erwiderte ich kühl. »Ich wechsle den Kurs. Ganz einfach.«

»Wie konntest du mich so anlügen?«, warf er mir vor.

»Wie konntest du *mich* so anlügen?«, entgegnete ich scharf. »Du hast behauptet, du seist ein Schriftsteller aus Dayton, Ohio! Hättest du mir gesagt, dass du Lehrer bist und nach dem Sommer an der Madison High unterrichtest, dann hätte ich ganz sicher die Finger von dir gelassen!«

»Ich kann doch unmöglich an dieser Schule bleiben!« Er hörte mir gar nicht zu, schüttelte verzweifelt den Kopf. »Wenn das herauskommt, bin ich ruiniert!«

Genau wie Tante Rachel ging es ihm nur um sich, und er gab mir die ganze Schuld an seinem Dilemma.

»O mein Gott, o mein Gott«, jammerte er panisch, beinahe

so wie Danny damals im Riverview Cottage, als er befürchtete, Dad würde jeden Moment hereinkommen, um ihn zu lynchen. »Was soll ich nur machen? Ich hoffe, du hast niemandem etwas erzählt.«

Er schlug sich mit der flachen Hand vor die schweißnasse Stirn, schüttelte theatralisch den Kopf. Ich starrte ihn ungläubig an und verabscheute ihn mehr als jeden anderen Menschen auf dieser Welt. Was für ein elender Feigling! Seine Angst und sein Selbstmitleid waren einfach jämmerlich. An mich und daran, wie es mir damit gehen mochte, ihn zukünftig als meinen Lehrer zu haben, dachte er keine Sekunde.

Und plötzlich erkannte ich die Chance, die mir das Schicksal bot, mich an ihm für die Demütigungen und Lügen zu rächen, mit denen er mich tief verletzt hatte.

»Du kannst ganz sicher sein, dass ich nie und nimmer jemandem etwas davon erzählen würde«, sagte ich verächtlich. »Dafür schäme ich mich viel zu sehr für das, was ich mir von dir habe antun lassen.«

Christopher hob den Kopf, in seinen Augen glomm ein Funke von Hoffnung. Meine Gefühle waren ihm scheißegal, er wollte nur seine eigene armselige Haut retten.

»Oh, Carolyn ... äh ... nein, Sheridan!«, stammelte er und faltete die Hände, als ob er beten wolle. »Ich weiß, dass ich dir vertrauen kann und dass du niemals ...«

»Aber leider gibt es jemanden, der mehr weiß, als er wissen sollte«, schnitt ich ihm das Wort ab und sah, wie die Panik in seinen Blick zurückkehrte. Mit einem Schritt war er bei mir und packte mich unsanft an den Oberarmen.

»Du lügst doch!«, warf er mir vor und schüttelte mich heftig.

»Warum sollte ich?«

»Vielleicht, weil ... weil du mich erpressen willst«, flüsterte er, die nackte Angst in den Augen. »Weil du gute Noten haben willst ...«

»Das habe ich weiß Gott nicht nötig«, sagte ich angewidert und befreite mich aus seinem Griff. »Mein Bruder Esra allerdings schon, er ist nämlich ein ziemlich mieser Schüler, und noch dazu hasst er mich.«

Ich schulterte meinen Rucksack.

»Wärst du damals nur ehrlich zu mir gewesen«, sagte ich mit einem Anflug von Bedauern, »dann wäre es nie so weit gekommen.«

Ich öffnete die Tür und flüchtete hinaus auf den Flur.

* * *

Es war an einem späten Freitagnachmittag Anfang Oktober, als das Moped zwölf Meilen hinter Madison seinen Geist aufgab. Ich stieß einen Fluch aus, weil ich vergessen hatte, zu tanken, lenkte das Moped an den Straßenrand und machte mich zu Fuß auf den Weg nach Hause. Tagsüber war es noch fast sommerlich warm, zum Abend hin wurde es jedoch schon empfindlich kalt. Ich hatte keine Jacke dabei und hoffte, dass irgendein Bekannter vorbeikommen und mich wenigstens bis zur Abfahrt zur Willow Creek mitnehmen würde. Die blasse Sonne neigte sich bereits dem Horizont entgegen, und ich beobachtete mehrere große Schwärme Wildgänse und Kanadakraniche, die nach Süden flogen, erste Vorboten einer nahenden Kaltfront. Schon bald würden die ersten Herbststürme übers Land fegen, und dann kam der Schnee. Und in ein paar Wochen kam auch endlich Isabella zurück nach Magnolia Manor. Ich vermisste sie sehr, erst recht, da ich mich nun in der Schule nicht mehr wohlfühlte. Zu Christophers und auch meinem Glück hatte Esra nie begriffen, dass der neue Englischlehrer der Mann war, der den Sommer über im Riverview Cottage gewohnt hatte, und ich hoffte, dass ihm nicht noch irgendein dummer Zufall eines Tages die Augen öffnen würde. Amerikanische Literatur und Geschichte, früher meine Lieblingsfächer, wurden wegen Christopher für mich zu einem blanken Horror. All das, was mir im vergangenen Schuljahr so viel Spaß gemacht hatte, gab es nicht mehr, weder die Musik und Performance AG noch unsere Band. Sidney war in Michigan und Oliver in Georgia am College, und Brandon hatte nur noch sein Footballtraining im Kopf. Vor drei Wochen nämlich, kurz nach dem Homecoming-Ball, hatte er mich um eine Aussprache gebeten. Er hatte Tränen in den Augen gehabt, als er mir auf dem Schulparkplatz sagte, er glaube, es sei besser, wir würden uns trennen. Meine Augen blieben trocken und mein Herz heil, denn ich mochte Brandon zwar gern, hatte ihn aber nie geliebt. Wir versprachen uns gegenseitig, immer gute Freunde zu bleiben, und umarmten uns ein letztes Mal. Insgeheim war ich sogar erleichtert, diese Verpflichtung auf diese Weise losgeworden zu sein, und als ich eine Woche später erfuhr, dass er mit Sara-Lynn Dawson, der Kapitänin des Leichtathletikteams, gesehen worden war, freute ich mich für ihn. Sie war eine Sportskanone wie er und passte allein schon deshalb viel besser zu ihm.

Schlimmer war, dass Nicholas sich eine Bleibe in Madison gesucht hatte und nur noch gelegentlich zu seiner Mutter kam.

Dad ging es nach der dramatischen Blinddarmoperation wieder gut, und er war, nachdem die Ernte vorüber war, kaum noch zu Hause. Weder er noch ich hatten unsere Unterhaltung im Krankenhaus mit einem Wort erwähnt; ich schämte mich dafür, dass ich ihn in einem Zustand der Schwäche zum Weinen gebracht hatte. Da ich kein zweites Mal eine so peinliche Situation heraufbeschwören wollte, spielte ich mit dem Gedanken, Kontakt zu dem Notar in Omaha aufzunehmen, der damals meine Adoption abgewickelt hatte. Seine Adresse kannte ich aus den Unterlagen, die ich noch immer in einem Schuhkarton verwahrte und die Tante Rachel bisher nicht vermisst hatte. Vielleicht konnte er mir mehr Informationen geben oder erinnerte sich sogar noch an die Umstände, unter denen ich nach Nebraska gekommen war.

Tante Rachel wurde glücklicherweise von kirchlichen Belangen in Atem gehalten und war zu beschäftigt, um mich zu schikanieren. Reverend Parker würde zum Ende des Jahres nach vierundzwanzig Jahren in den Ruhestand gehen, und bereits Anfang Januar würde sein Nachfolger nach Fairfield kommen. Der war seit Wochen beliebtes Gesprächsthema, wann immer sich mindestens zwei Bürger von Fairfield irgendwo trafen. Tante Rachel hatte den Neuen schon in Omaha kennengelernt und war mehr als angetan – ein schlechtes Zeichen, womöglich war er noch strenger und altmodischer als Reverend Parker. Sie frohlockte, der Neue würde endlich frischen Wind in die Gemeinde bringen.

Das Aufheulen einer Polizeisirene direkt neben mir schreckte mich aus meinen Gedanken, und ich blieb stehen. Mein Herz machte einen erschrockenen Satz, als ich das Gesicht des Polizisten sah und merkte, dass er mich auch erkannt hatte. Er stieg aus und grinste gemein.

»So sieht man sich also wieder«, sagte er und kam auf mich zu. Ich konnte nichts erwidern. Mein Mund war plötzlich staubtrocken vor Angst, ich starrte den Mann an wie eine Maus die Katze.

»Was tust du hier?«, fragte der Polizist.

»Ich … ich komme von der Schule«, flüsterte ich und wich vor ihm zurück. »Mein Moped ist stehengeblieben.«

»Aha. Hat die kleine High-School-Prinzessin vergessen zu tanken, was?« Er musterte mich von Kopf bis Fuß. »Ich bin ziemlich wütend auf dich. Ich kann es nämlich nicht leiden, wenn mich jemand lächerlich macht. Und ich kann es noch weniger leiden, wenn ich mein Auto beinahe zu Schrott fahre und den Schaden selbst bezahlen soll.«

In meinem Kopf überschlugen sich die Gedanken. Wieso kam ausgerechnet jetzt kein einziges Auto vorbei?

»Als Erstes will ich endlich deinen Namen wissen«, verlangte der Polizist. Ich starrte ihn an und schwieg. Das Grinsen verschwand aus seinem Gesicht, er packte meinen Arm und riss mir den Rucksack von der Schulter. Verzweifelt hielt ich den Riemen des Rucksacks fest, wir kämpften verbissen, doch dann schlug mir der Polizist mit der Rückseite seiner Hand ins Gesicht. Ich taumelte, ließ den Rucksack los und stürzte rücklings in den Straßengraben. Mühsam arbeitete ich mich wieder hoch. Meine Lippe war aufgeplatzt, ich schmeckte Blut. Der Polizist hatte unterdessen den Rucksack geöffnet und leerte den ganzen Inhalt auf die Straße. Er kramte in meinen Heften und Büchern, öffnete mein Portemonnaie und roch sogar an meinem durchgeschwitzten hellblauen Sport-T-Shirt, als ob er dadurch meinen Namen erschnüffeln könnte. Ich schauderte vor Ekel, und doch musste ich ihn gewähren lassen und mit hilflosem Zorn zusehen.

»Sheridan Grant«, sagte er dann, pfiff zufrieden durch die Zähne und musterte mich von Kopf bis Fuß mit einem anzüglichen Grinsen. »Eine von den Willow-Creek-Grants, was?«

Ich erwiderte nichts.

»Du glaubst wohl auch, ihr könntet euch hier alles erlauben.« Er ließ das Heft fallen und näherte sich mir drohend, aus wässrig blauen Augen starrte er mich bösartig an. »Du glaubst, du bist was Besseres, he? Stehst über dem Gesetz, nur weil du Grant heißt!«

Ich wich zurück und prallte gegen die Motorhaube des Streifenwagens. Er schob sein Gesicht so nahe an meines heran, dass ich jede Pore sehen konnte. In seinem Blick lag ein Ausdruck, der mir noch mehr Angst einjagte, Speichel glitzerte in seinen Mundwinkeln .

»Na ja.« Er steckte seine Nase wieder in mein T-Shirt, das er noch immer in der Hand hielt, und grinste mich an. »Jetzt weiß ich ja Bescheid. Ich weiß, wo du wohnst und wie du riechst. Und ich verspreche dir was, Süße. Ich werde dich nicht mehr aus den Augen lassen. Eines Tages wirst du einen Fehler machen. Dann bin ich da. Und dann kannst du was erleben, Goldlöckchen!«

Er griff in meine Haare und zog an ihnen. Ich zitterte am ganzen Körper vor Angst und Zorn. Ein Auto näherte sich und fuhr vorbei, ohne auch nur die Fahrt zu verlangsamen. Der Polizist ließ mich los und ging zu seinem Auto.

»Wir sehen uns wieder, Sheridan Grant«, sagte er und winkte mir mit meinem T-Shirt zum Abschied, dann gab er so plötzlich Gas, dass ich mich nur mit einem Satz in den Graben retten konnte. Er fuhr direkt über den Inhalt meines Rucksacks. Schluchzend klaubte ich meine Siebensachen von der Straße, stopfte sie achtlos in den Rucksack und wünschte mich tausend Meilen weit fort.

Der Oktober ging vorüber, und ich lebte in ständiger Angst. Dreimal hatte ich den Polizeibeamten gesehen. Einmal war er im Schritttempo an mir vorbeigefahren, als ich nach dem Unterricht mit zwei Schulkameradinnen in Madison zur Shopping Mall gegangen war, ein anderes Mal hatte er direkt auf dem Parkplatz vor der Schule in seinem Streifenwagen gesessen. Beim dritten Mal war ich gerade mit dem Auto unterwegs gewesen, und Hiram hatte neben mir gesessen. Als der Bulle meinen Bruder sah, schaute er weg und gab Gas.

Ich bekam Alpträume, in denen er mich verfolgte und anfasste, meine Leistungen in der Schule ließen dramatisch nach, weil ich mich auf nichts mehr konzentrieren konnte und nachts kaum noch schlief. An einem Tag im Oktober in der Pause gab mir ein Mädchen aus der Freshman-Klasse einen wattierten Briefumschlag, auf dem mein Name stand.

»Von wem ist der?«, erkundigte ich mich überrascht.

»So ein Mann hat ihn mir draußen auf dem Parkplatz in die Hand gedrückt«, erwiderte das Mädchen. »Keine Ahnung, wer das war.«

Ich fragte mich, wer dieser Mann wohl gewesen sein könnte, und stopfte den Umschlag in meinen Rucksack, da die Pause vorbei war und ich zum Sportunterricht musste. Danach wartete ich, bis meine Klassenkameradinnen den Umkleideraum verlassen hatten, und öffnete den Umschlag. Verständnislos blickte ich auf das sorgfältig gefaltete blaue T-Shirt, dann erkannte ich es wieder. Ich sah es genauer an, und dann ließ ich es mit einem unterdrückten Schrei fallen. Mein Herz schlug mir bis zum Hals. Der hellblaue Stoff war übersät von getrockneten weißlichen Flecken. Da ich keine unschuldige Jungfrau mehr war, wusste ich, was es war. Dieses Schwein hatte mein T-Shirt zum Onanieren benutzt! Ich sackte auf eine der Bänke und versuchte, ganz nüchtern zu überlegen, was ich nun tun sollte. Allein die Vorstellung, was dieser widerliche Kerl getan und dabei an mich gedacht hatte, war so furchtbar, dass ich vor Ekel beinahe gekotzt hätte. Ich konnte nicht einmal zur Polizei gehen, denn dann würde meine Fahrerflucht herauskommen.

Mit spitzen Fingern stopfte ich das T-Shirt wieder in den Umschlag, verstaute ihn in meinem Rucksack und verließ ungesehen die Schule.

Es war ein düsterer regnerischer Herbsttag. Seit Tagen war es kaum hell geworden, und das Wetter entsprach ganz und gar meiner Stimmung. Ich lief nach dem Unterricht zur Shopping Mall, dort kaufte ich eine Packung Haarfärbemittel, Eyeliner und Wimperntusche und erwischte den Bus nach Fairfield. Niemand war zu Hause, und das war mir gerade recht. Aus der Küche nahm ich eine scharfe Schere mit, ging nach oben in mein Badezimmer und schloss die Tür hinter mir ab. Eine ganze Weile starrte ich mein eingefallenes, bleiches Gesicht im Spiegel an.

»Es muss sein«, flüsterte ich, ergriff entschlossen eine dicke, honigfarbene Haarsträhne und schnitt sie ab. Ohne zu zögern schnitt ich mir einen Pony und die restlichen Haare auf Kinnlänge, dann stopfte ich die abgeschnittenen Haare in die leere Einkaufstüte. Ich las mir die Gebrauchsanweisung des Haarfärbemittels durch, zog die Einmalhandschuhe über und färbte mir die Haare dunkelbraun. Wie angegeben wartete ich eine Viertelstunde, bevor ich die Farbe wieder auswusch, und erst jetzt wagte ich es, mein Spiegelbild anzusehen. Ich hätte mich selbst nicht mehr wiedererkannt. Vielleicht würde es dieser widerliche Kerl nun auch nicht mehr tun. Mit zitternden Fingern schminkte ich meine Augen. Weil ich aber ziemlich ungeübt war, musste ich dreimal ansetzen, bis es mir gelang. Dann föhnte ich meine kurzen, dunklen Haare, was erfreulich schnell ging, beseitigte alle Spuren meiner Verwandlung und verzog mich in mein Zimmer. Seitdem ich denken konnte, hatte ich lange Haare gehabt, und das Gewicht meiner Haare auf den Schultern fehlte mir.

Beim Abendessen erschien ich etwas später, und meine ganze Familie starrte mich mit offenem Mund an, als ich hereinkam.

»Wie siehst du denn aus?«, fragte Tante Rachel scharf.

»Ich hab mir die Haare abgeschnitten«, erwiderte ich und setzte mich hin. »Und gefärbt.«

»Oh, Sheridan!« Rebecca riss die Augen auf. »Deine wunderschönen blonden Haare! Wie konntest du nur?«

»Ich hatte sie satt«, entgegnete ich nur und starrte auf meinen Teller, um nicht in Tränen auszubrechen. »Dunkel gefällt mir besser.«

»Und du hast dir die Augen angemalt!« Tante Rachel erhob die Stimme zu einem leidlich bekannten Keifen. »Geh nach oben und wasch dir das Zeug aus dem Gesicht! Du siehst ja aus wie eine …« Sie erinnerte sich gerade noch rechtzeitig daran, dass Rebecca mit am Tisch saß, und verschluckte das letzte Wort. »… wie ein Gespenst!«

»Passt doch«, witzelte Hiram. »Nächste Woche ist Halloween.«

»Ich finde, es sieht sehr gut aus«, verteidigte Martha mich. »Irgendwie exotisch. Du könntest glatt eine Französin sein.«

»Ja, ich finde auch, es steht dir«, pflichtete Rebecca ihr bei. »Dir steht einfach alles, Sheridan, weil du eben hübsch bist.«

Tante Rachel schnaubte.

Rebecca sagte häufig solche Sachen, auf die ich dann keine Antwort hatte, aber sie meinte es offenbar ehrlich. Sie erinnerte mich an Melanie Hamilton-Wilkes aus *Vom Winde verweht*, und ich wunderte mich immer wieder, wie ein Mensch so durch und durch sanft und lieb sein konnte. Selbst für die Boshaftigkeiten von Tante Rachel, die allmählich die mühsame Schauspielerei ihrer Schwiegertochter gegenüber aufgab, fand Rebecca Entschuldigungen.

Gerade als wir mit dem Abendessen fertig waren und ich den Tisch abräumte, kam Dad nach Hause. Das Erste, was Tante Rachel zu ihm sagte, war, dass ich aussähe wie ein leichtes Mädchen. Dad betrachtete mich, aber dann spielte kurz ein Lächeln um seinen Mund, bevor er wieder ernst wurde.

»Hat es einen bestimmten Grund, warum du deine Haare so verändert hast?«, wollte er wissen.

Großer Gott! Was sollte ich ihm bloß sagen? Dass ich mich vor einem Polizisten verstecken wollte, der in ein T-Shirt von mir gewichst hatte? Ich spürte, wie meine Kehle eng wurde, als müsste ich jeden Moment in Tränen ausbrechen, aber ich zwang mich mit aller Kraft zu einem Lächeln.

»Ich wollte einfach mal anders aussehen«, log ich.

Wie könnte ich ihm jemals erzählen, dass Esra mich beinahe

vergewaltigt hätte, dass ich ein Verhältnis mit dem Mann gehabt hatte, der heute mein Lehrer war, und dass ich von einem perversen Polizisten verfolgt und bedroht wurde? Ich wollte nicht, dass Dad dies über mich erfuhr. Er sollte in mir das sehen, was er sehen wollte: die reine, unschuldige, lachende, hübsche, nette Sheridan, die Tochter seiner Jugendliebe. Nicht das verdorbene, besudelte Stück Dreck, das ich war.

* * *

Wieder und wieder las ich die Tagebücher meiner Mutter, versuchte die Geheimschrift zu entziffern, die sie hin und wieder verwendet hatte, und machte mir Notizen. Die Namen ihrer Schulkameradinnen sagten mir alle nichts. Es war über dreißig Jahre her, seitdem sie dies alles geschrieben hatte, und wahrscheinlich waren die Mädchen längst aus der Gegend weggezogen oder stammten aus Madison. In ihrem letzten Tagebuch war ich mehrfach auf eine Abkürzung gestoßen, aus der ich nicht klug wurde. *PC gehört nur Vernon und mir*, hatte sie einmal vermerkt, ein anderes Mal hatte sie geschrieben *Wieder von V und PC geträumt*. Was hatte das zu bedeuten? Dieses ›PC‹ kam immer nur im Zusammenhang mit meinem Dad vor, und ich zerbrach mir stundenlang den Kopf, um was es sich hierbei gehandelt haben mochte. War es ein Hund gewesen oder ein Pferd? Ein Buch vielleicht? Es wäre so einfach gewesen, hätte ich Dad einfach von den Tagebüchern erzählen und ihn danach fragen können.

Von meinem perversen Verfolger hatte ich seit der Sache mit dem Päckchen nichts mehr gesehen oder gehört, und in mir keimte die Hoffnung, dass er ein anderes Opfer gefunden hatte und mich in Ruhe lassen würde. Am Morgen von Halloween fuhr Tante Rachel mit ihren Kollegen vom Kirchenvorstand auf ein Seminar in Kansas City, und Dad war wieder einmal in Washington. Malachy und Rebecca feierten in Iowa die Taufe einer Nichte, und Hiram wollte mit ein paar Kumpels auf irgendeine Sportveranstaltung nach Lincoln fahren. Am Abend würde die große, lang geplante Halloween-Party stattfinden, dafür hatte das Partykomitee den großen Raum in der Mehrzweckhalle am Ortsrand von Madison angemietet. Alle freiwilligen Helfer bekamen am Vormittag unterrichtsfrei, um die Halle schmücken zu können. Die Stimmung war ausgelassen und fröhlich, und ich freute mich tatsächlich auf die Party. Um vier Uhr fuhr ich nach Hause, um mich umzuziehen. Esra verkündete, er werde nicht auf die alberne Party gehen, sondern mit zwei Kumpels und den Mädels woanders feiern. Das störte mich nicht im Geringsten, und auch sonst würde ihn sicherlich niemand vermissen. Ich kostümierte mich als Hexe und fuhr um sieben zurück zur Schule, beladen mit zwei Schüsseln Kartoffelsalat, die Martha extra für mich gemacht hatte. Für eine Weile konnte ich die düsteren Wochen, die hinter mir lagen, vergessen und ausgelassen tanzen, lachen und feiern. Zwar wurde weder mein Kostüm prämiert, noch wurde ich Ballkönigin, aber es machte Spaß. Anschließend half ich noch beim Aufräumen, und es war kurz nach ein Uhr nachts, als ich die Halle verließ. Ich verabschiedete mich auf der Treppe von den anderen und überquerte den großen Parkplatz, der mittlerweile fast leer war. Den Pick-up hatte ich ein ganzes Stück entfernt hinter der Halle geparkt. Beim Gehen kramte ich in meinem Rucksack nach dem Autoschlüssel, und mir blieb vor Schreck fast das Herz stehen, als plötzlich eine Gestalt hinter mir aus den Büschen trat. Im schwachen Mondlicht erkannte ich eine Totenkopfmaske, wie sie Willard Brewster aus der Seniorklasse schon den ganzen Tag getragen hatte.

»Sehr witzig, Willard!«, sagte ich mit zittriger Stimme, aber dann bemerkte ich, dass die Gestalt viel größer und schwerer war als mein Schulkamerad. Mein Auto war nur noch ein paar

Meter entfernt, und ich rannte los. Doch ich kam nicht weit, denn ein heftiger Schlag traf mich zwischen den Schulterblättern und raubte mir den Atem. Ich stolperte über ein Grasbüschel und fiel hin. In der nächsten Sekunde war die Gestalt über mir, packte mich und hielt mir den Mund zu.

Das war kein Streich von einem Mitschüler! Plötzlich empfand ich eine so elementare, nackte Panik wie nie zuvor, ich keuchte auf vor Angst. Der Mann zerrte mich hinter das Auto, ich hörte seinen Atem pfeifend an meinem Ohr. Ich ließ den Rucksack fallen, trat um mich und wehrte mich verbissen. Aber ich hatte keine Chance gegen die brutale Entschlossenheit eines Erwachsenen, der doppelt so schwer war wie ich. Er hielt meine Handgelenke mit einer Hand fest und schlug mich ein paarmal so fest ins Gesicht, dass Sternchen vor meinem inneren Auge explodierten. Mein Kopf knallte gegen das Blech des Autos, dann spürte ich voller Entsetzen und Angst, wie er mir zwischen die Beine griff und meine Unterhose zerriss. Er quetschte mir die Unterhose als Knebel in den Mund, so dass ich glaubte, ersticken zu müssen. Ich hatte es mit einem Verrückten zu tun, das war mir jetzt klar. Und ich würde ihm nicht entkommen. Mit seinem Gewicht drückte er meine Hüften auf den eiskalten Boden, ein Stein bohrte sich schmerzhaft in meinen Rücken. Er zwängte sich zwischen meine Beine, fluchte und ohrfeigte mich wieder, weil ich nach ihm trat. Die Maske verrutschte auf seinem Gesicht, und das Mondlicht war hell genug, dass ich die Gier in seinen Augen erkennen konnte. Ich gab meine Gegenwehr auf, und er vergewaltigte mich so brutal, dass ich glaubte, vor Schmerzen sterben zu müssen. Aber schlimmer noch als jeder Schmerz war die entsetzliche Angst. Ich hatte oft genug davon gehört, was Verrückte mit Mädchen taten, die sie vergewaltigt hatten. Meine Panik hatte sich in Todesangst verwandelt, ich ließ seine wütende Lust stumm über mich ergehen und betete, dass ich das hier überleben würde.

Er tat mir mit Absicht weh und ergötzte sich an meiner Angst. Endlich war er fertig und sank mit einem dumpfen Stöhnen auf mir zusammen. Nach einer halben Ewigkeit richtete er sich auf, kam auf die Beine und versetzte mir einen Tritt in die Rippen. Ich krümmte mich zusammen, klaubte hustend und würgend die Unterhose aus meinem Mund. Die Tränen verstopften meine Nase, ich schmeckte Blut.

Er trat mich ein zweites Mal, lachte hinter seiner Maske gehässig. Ich spürte, wie es warm und klebrig an meinen Schenkeln herablief. Und da ergriff mich ein glühender Zorn, der stärker war als jeder Schmerz und jede Angst. Für einen Moment wandte er mir den Rücken zu und packte seinen Schwanz ein, dieses ekelhafte Schwein! Mühsam versuchte ich, mich aufzusetzen, dabei berührte meine Hand den faustgroßen Stein, auf dem ich gelegen hatte. Ohne lange nachzudenken ergriff ich den Stein, sprang auf die Füße und schlug ihn mit aller Kraft gegen seinen Kopf. Das dumpfe Knacken, als sein Schädelknochen brach, hallte wie ein Gewehrschuss in der Stille der Nacht. Er machte noch zwei Schritte auf mich zu, bevor er in die Knie sackte. Blut lief aus seiner Nase und seinem Mund. An das kalte Blech des Pick-ups gepresst sah ich, wie er noch ein paar Sekunden aufrecht kniete, dann brach er zusammen und lag reglos da. Mein Peiniger war tot. Ich hatte ihn umgebracht. Als ich die Maske von seinem Gesicht zog und in ihm den Polizisten erkannte, erstarrte ich kurz. Dann zog ich mich am Außenspiegel des Autos hoch. Mit zitternden Knien ging ich um mein Auto herum, ergriff den Rucksack, klaubte meinen Schlüssel heraus und setzte mich in das Auto. Ich ließ den Motor an und legte den Rückwärtsgang ein. Meine Knie waren so weich, dass ich kaum die Kupplung treten konnte. Der Pick-up machte einen Satz rückwärts, dann kurbelte ich am Lenkrad und gab Gas. Es war mir egal, dass ich mehrere Büsche niedermähte und einen Baum streifte, ich wollte nur noch weg von diesem Ort, von dem Toten, von der grässlichen Angst. Ich raste über den leeren, unbeleuchteten Parkplatz, bog mit quietschenden Reifen auf die Hauptstraße ab und verlor beinahe die Kontrolle über das zwei Tonnen schwere Fahrzeug. Die Tränen rannen mir über das Gesicht, und ich überlegte, was ich tun sollte. Ich war vergewaltigt worden, ich hatte einen Mann getötet, zwar nicht mit Absicht, aber das Ergebnis war dasselbe: Er war mausetot und ich eine Mörderin. Ich fuhr rechts ran und versuchte, nachzudenken. Beinahe erwartete ich, dass der Kerl hinter mir im Rückspiegel erscheinen würde, so wie Freddy Krueger in *Nightmare on Elm Street*. Ein Blick auf die Uhr zeigte mir, dass es zwanzig vor zwei war. Noch vor einer halben Stunde war alles in Ordnung gewesen. Wieder überfiel mich ein Weinkrampf. Was sollte ich nur tun? Zur Polizei fahren? Nach Hause? Plötzlich fiel mir Nicholas ein. Er war der Einzige, dem ich erzählen konnte, was geschehen war, und erzählen musste ich es irgendwem, sonst wäre ich daran erstickt.

Der Parkplatz des Red Boots war leer, die Lichter aus. Ich fuhr um das Gebäude herum und erblickte Nicholas' Truck vor einem flachen Nebengebäude. Nach kurzem Zögern stieg ich aus und klopfte an die Tür. Als sich nichts regte, klopfte ich ein zweites Mal. Im Inneren des Hauses ging Licht an, dann drehte jemand den Schlüssel im Schloss und öffnete die Tür. Ein erstaunter Ausdruck flog über Nicholas' unrasiertes und verschlafenes Gesicht. Er trug nur ein T-Shirt und eine Unterhose, aber ich machte mir in meinem Zustand keine Gedanken darüber, ob es schicklich war, zu einem halbnackten Mann in die Wohnung zu gehen.

»Sheridan?«, fragte er ungläubig. Mir fiel ein, dass er mich noch nie mit meiner neuen Frisur gesehen hatte.

»Kann ich reinkommen?«, lispelte ich mit meinen geschwollenen Lippen.

»Wie siehst du denn aus?« Nicholas streckte die Hand nach mir aus, aber ich prallte vor seiner Berührung zurück. Ich trat ein, und er drückte auf den Lichtschalter.

»Großer Gott!«, stieß er hervor, als er das Ausmaß der Verletzungen in meinem Gesicht sah. »Was um Himmels willen ist denn mit dir passiert?«

»Ich bin vergewaltigt worden«, sagte ich und verschränkte die Arme vor der Brust, um das Zittern irgendwie unter Kontrolle zu bekommen. »Und ich habe den Mann umgebracht.«

Das Entsetzen auf Nicholas' Gesicht verwandelte sich in Besorgnis.

»Großer Gott«, wiederholte er, streckte erneut die Hand nach mir aus, ließ sie dann aber wieder sinken. »Komm, setz dich erst mal hin.«

Ich folgte ihm in die kleine Küche und setzte mich steif auf einen Küchenstuhl. Nicholas nahm mir den Rucksack ab, den ich noch immer umklammert hielt, dann setzte er sich auf den anderen Stuhl und sah mich ernst an.

»Was ist genau passiert?«, fragte er sanft. »Willst du es mir erzählen?«

Ich nickte, dann begann ich aber zu weinen. Ich ahnte, dass sich mein ganzes Leben in der letzten Stunde für immer verändert hatte.

»Hast du eine Zigarette?«, nuschelte ich. Nicholas nickte und reichte mir eine, dann gab er mir Feuer. Ich rauchte hastig und erzählte ihm, ohne ihn anzusehen, die ganze Geschichte, angefangen bei meiner ersten Begegnung mit diesem Kerl. Ich fühlte mich besudelt und schämte mich schrecklich.

»Wir müssen zur Polizei fahren«, sagte Nicholas, als ich geendet hatte.

»Ich bin eine Mörderin!«, erinnerte ich ihn. »Sie werden mich verhaften, weil ich einen Polizisten umgebracht habe!«

»Du hast in Notwehr gehandelt!«, antwortete Nicholas eindringlich und beugte sich vor. »Dieses Schwein hat dich verfolgt, bedroht und dann auch noch vergewaltigt!«

Ich verbarg mein Gesicht in den Händen und schluchzte.

»Sheridan«, sagte Nicholas leise. »Bitte! Wir müssen zur Polizei, und du musst ins Krankenhaus. Du bist verletzt. Ich verspreche dir, dass ich bei dir bleibe und dich beschütze.«

Ich hob den Kopf und blickte in seine blauen Augen, die vor Sorge und Mitgefühl ganz dunkel waren. Mit einem Mal war ich nur noch müde.

»Was willst du denn sonst tun?«, fragte er.

»Ich muss nach Hause«, flüsterte ich, und wieder liefen die Tränen. Nicholas erhob sich und holte mir ein Glas Wasser. Dann tupfte er mit einem feuchten Tuch mein verschmiertes Gesicht ab.

»Lass uns zur Polizei fahren«, bat er mich wieder. »Sei doch vernünftig, Sheridan!«

Er hatte ganz sicher recht. Aber mir graute vor dem Gedanken, was das alles nach sich ziehen würde. Man würde mir Fragen stellen, wieder und wieder, ein Arzt würde untersuchen, ob ich wirklich vergewaltigt worden war. Es würde Schlagzeilen in der Zeitung geben, wahrscheinlich einen Prozess, noch mehr Zeitungsberichte, Verhöre, Gerede. Nein, das würde ich nicht ertragen! Ich wollte dieses grauenhafte Erlebnis vergessen. Wenn erst einmal alle Welt davon erfahren hatte, würde es kein Vergessen mehr geben. Tausend Fragen würden mich zwingen, diese Minuten immer und immer wieder zu durchleben. Ich konnte mir die neugierigen und mitleidigen Blicke der Leute vorstellen, die Sensationsgier, das heimliche Getuschel in der Schule, in der Kirche – überall wo ich hinkam! Christopher. Tante Rachel. Und … o Gott … Dad! Was würde er tun, wenn er wüsste, dass ich einen Menschen getötet hatte? Dieser Gedanke ernüchterte mich ganz und gar.

»Nein«, sagte ich entschlossen. »Auf keinen Fall Polizei.«

Nicholas stieß einen Seufzer aus.

»Was willst du denn tun?«, fragte er.

»Nichts.« Ich stand auf. »Ich hätte dich nicht da hineinziehen sollen.«

»Sheridan, warte!« Nicholas erhob sich ebenfalls.

Ich schüttelte den Kopf und ging zur Tür. Wenn ich jetzt nach Hause fuhr, alle Kleider und das T-Shirt in dem Umschlag verbrannte, dann gab es keine Spuren mehr. Der Boden draußen war gefroren, da hatte mein Auto sicher keine Spuren hinterlassen.

»Ich kann dich jetzt unmöglich allein lassen.« Nicholas trat mir in den Weg. »Bleib hier.«

»Damit mich morgen früh jemand aus deiner Wohnung kommen sieht? Im Leben nicht!«

Er presste nachdenklich die Lippen zu einem dünnen Strich zusammen, dann fuhr er sich mit der Hand durchs Haar.

»Ich bin okay«, sagte ich. »Mach dir keine Sorgen um mich.«

»Die mache ich mir aber!«

Ich sah ihn an, aber seine echte Sorge berührte mich nicht. In meinem Inneren war etwas zerbrochen, ich war gefühllos und kalt. »Versprich mir, dass du niemandem etwas sagst.«

»Herrgott, Sheridan, du kannst doch mit einer solchen Sache nicht allein fertig werden wollen!«, fuhr er auf, aber seine Stimme blieb gesenkt. »So hart bist du nicht!«

»Versprich es mir!«, beharrte ich. »Bitte!«

»Sie werden die Leiche finden. Sie werden nach Spuren suchen und womöglich irgendetwas finden, was auf dich hindeutet. Dann wird alles noch schlimmer!«

»Schlimmer geht's nicht mehr.« Ich schulterte meinen Rucksack und legte die Hand auf den Türgriff. »Danke, Nicholas. Und bitte sag zu niemandem ein Wort darüber.«

Ich fuhr nach Hause, stellte den Pick-up ab und ging ins Haus. Im Badezimmer ließ ich die Badewanne volllaufen, dann zog ich mich aus und stopfte alle Kleidung, die ich an dem Abend getragen hatte, in eine Papiertüte. Ich lag eine Stunde in der Wanne, aber das Zittern hörte nicht auf, obwohl ich immer wieder heißes Wasser nachlaufen ließ. Der Alptraum war zwar vorbei, denn der Mann, der mich verfolgt und bedroht hatte, lag tot neben der Mehrzweckhalle von Madison. Aber was würde passieren, wenn jemand die Leiche fand? Mit den Mitteln der modernen Kriminaltechnik konnte die Polizei heutzutage winzigste Spuren analysieren. Die Taubheit in meinem Innern ließ ein wenig nach, und ich konnte wieder einigermaßen klar denken. Nicholas hatte recht. Ich hätte zur Polizei gehen und sagen müssen, was geschehen war. Der Mann hatte mich bedroht und vergewaltigt. Was ich getan hatte, war Notwehr gewesen. Ich betrachtete meine rechte Hand, mit der ich den Stein ergriffen und dieses Schwein erschlagen hatte. Bei dem Gedanken, dem fetten Sheriff Benton und seinen Kollegen jedes Detail erzählen zu müssen, graute mir. Man würde mich im Krankenhaus untersuchen, und davor graute mir noch mehr. Aber am schlimmsten würde es sein, Dad in die Augen zu sehen. Das war absolut unmöglich! In dieser Stunde in der Badewanne beschloss ich, diese ganze Sache zu vergessen.

Ich stieg aus dem Wasser, nahm meine Kleider und das hellblaue T-Shirt mit den widerlichen Flecken, steckte sie in die Feuerstelle des altmodischen Küchenherdes, den Martha neben dem Elektroherd noch immer gerne benutzte, und wartete, bis alles restlos zu Asche verbrannt war. Dann ging ich nach oben, legte mich ins Bett und schlief bis zum späten Mittag.

Als ich aufwachte, hoffte ich zuerst, ich hätte alles nur geträumt, doch die blauen Flecken an den Innenseiten meiner

Oberschenkel besagten das Gegenteil. Ich zog mich an und schleppte mich nach unten. Welch ein Glück, dass ich allein zu Hause war! Gerade als ich mir einen Kaffee aufbrühte, klopfte es an der Küchentür.

»Ich bin's. Nicholas.«

Ich stand auf und öffnete die Tür.

»Hallo«, sagte ich. »Komm rein.«

Er nahm seinen Hut ab, betrat nach kurzem Zögern die Küche und blieb mitten im Raum stehen. Auf den ersten Blick wirkte er so gelassen und selbstsicher wie immer, aber seine Augen waren gerötet, er war unrasiert und sah ganz so aus, als habe er nicht besonders viel Schlaf gefunden.

»Wie geht es dir?«, erkundigte er sich und blickte mich prüfend an.

Ich wandte mich ab. In den letzten zwölf Stunden hatte ich in einer Welt zwischen Alptraum und Hölle gelebt, und jetzt war ich völlig empfindungslos. Ich wollte nicht mehr darüber reden.

»Ich bin okay«, sagte ich deshalb nur. »Willst du einen Kaffee?«

»Hm.« Er setzte sich schwerfällig an den Küchentisch und legte seinen Hut auf die sauber gescheuerte Tischplatte. Ich holte eine Tasse aus dem Schrank und goss ihm einen Kaffee ein. Er nickte nur und legte seine Hände um die Tasse, als ob ihm kalt wäre. Dabei ließ er mich nicht aus den Augen. Dann seufzte er und senkte den Blick.

»Den Kerl wird niemand mehr finden«, sagte er schließlich und starrte in seinen Kaffee. »Ich hab ihn gestern Nacht noch weggeschafft.«

»Was?« Ich fuhr herum und starrte ihn fassungslos an, aber Nicholas zuckte nur die Schultern.

»Aber … aber er hatte doch sicherlich … ein … ein Auto«, flüsterte ich.

»Da war keins«, erwiderte Nicholas. »Ich habe alles abgesucht. Er muss in der Nähe gewohnt haben und zu Fuß gekommen sein. Umso besser.«

»Aber … aber jemand wird das Blut auf dem Boden sehen.«

»Es schneit.« Nicholas machte eine Kopfbewegung in Richtung Fenster und trank einen Schluck Kaffee.

Ich blickte aus dem Fenster. Tatsächlich! Es schneite, sogar ziemlich heftig. Mit einem Schaudern begriff ich, was Nicholas getan hatte. Keine Leiche, keine Spuren, keine Fragen. Es war so, als ob nichts geschehen sei. Der Mann, von dem ich nicht einmal wusste, wie er hieß, war verschwunden. Man würde ihn vermissen, in seine Wohnung gehen, nach ihm suchen. Wenn man ihn nicht fand, würde sein Name eines Tages nur ein weiterer auf der langen Liste der Personen sein, die in Amerika einfach von heute auf morgen verschwanden und nie wieder auftauchten – sonst nichts.

Ich fragte Nicholas nicht, was er mit der Leiche getan hatte, ich wollte es nicht wissen und ahnte, dass er es mir sowieso nicht gesagt hätte.

»Warum hast du das getan?«, fragte ich leise und setzte mich ihm gegenüber auf den Stuhl.

Nicholas blickte auf. In seinen blauen Augen lag ein unergründlicher Ausdruck, zwischen seinen Brauen waren Falten der Anspannung eingegraben.

»Weil ich nicht will, dass dir noch einmal jemand Schmerzen zufügt«, sagte er mit einer so weichen Stimme, wie ich sie nie von ihm gehört hatte. »Niemand weiß davon, außer dir und mir. Und so wird es bleiben.«

Ganz tief in mir drin, unter der Eiseskälte und der Taubheit, flackerte ein winziger warmer Funken Glück.

»Du bist einfach unglaublich«, flüsterte ich, dann konnte ich nicht mehr weitersprechen. Meine Kehle war wie zugeschnürt, ich kämpfte gegen die aufsteigenden Tränen.

»Du bist auch unglaublich.« Nicholas streckte seine Hand über den Tisch und legte sie auf meine. »Ich bin noch nie einem Menschen wie dir begegnet, Sheridan.«

Ich legte meine andere Hand auf seine, und so saßen wir eine ganze Weile da und sahen uns an.

»Du bist wirklich kein kleines Mädchen mehr«, sagte er. Ich hob seine schwielige Hand hoch und legte sie an meine Wange, ohne meinen Blick von seinen Augen abzuwenden.

»Danke«, flüsterte ich.

»Ich gehe jetzt besser, bevor mich hier jemand sieht und du Ärger bekommst.« Nicholas ergriff seinen Hut. Ich ließ seine Hand los, und er erhob sich.

»Ja.« Ich verzog mein schmerzendes Gesicht zu so etwas wie einem Lächeln. »Bis bald. Und danke. Für alles.«

Er nickte stumm, dann war er fort. Ich trat ans Fenster und sah ihm nach, wie er durch den Schneefall zu seinem Auto ging. Ohne sich noch einmal umzudrehen, stieg er ein und fuhr davon. Und ich fühlte mich ganz und gar verlassen.

* * *

Für mein demoliertes Gesicht hatte ich mir eine schlüssige Erklärung zurechtgelegt, alle akzeptierten meine Lüge von der Kollision mit einer Tür bei der Halloween-Party. Viel wichtiger war die Neuigkeit, dass Rebecca schwanger war. Mir war das nur recht, denn so schenkte mir niemand besondere Aufmerksamkeit. Tagelang stand ich unter unglaublicher Anspannung, befürchtete, es könnte doch noch ein Zeuge auftauchen. Aber es geschah nichts. Eine Woche nach Halloween erschien lediglich eine Notiz in der Zeitung. Der Polizeideputy Eric Michael Decker, 37, ledig, wohnhaft in Madison, war seit Anfang November spurlos verschwunden und wurde landesweit gesucht. Mein privater Alptraum hatte nun zwar einen Namen, aber dabei blieb es auch. Ich konnte wieder essen und schlafen und ließ auch meine Haare wieder wachsen.

Während die eisigen Winde über das flache Land rasten und Blizzards die Tage in Nächte verwandelten, kreisten meine Gedanken ständig um Nicholas. Es machte mich verrückt, dass ich ihn so selten sehen konnte. Sonntags besuchte er seine Mutter, dann richtete ich es ein, auf ein Schwätzchen zu Mary-Jane rüberzugehen. Nicholas' Nähe, der Klang seiner Stimme, der Blick aus seinen blauen Augen und der leichte Druck seines Körpers an meinem, wenn wir auf der Eckbank in Mary-Janes Küche nebeneinandersaßen, taten mir gut und machten mich beinahe glücklich. Für diese Momente lebte ich in diesen Wochen, alles andere war mir gleichgültig geworden: die Schule, das bevorstehende Weihnachtsfest, sogar das Geheimnis um Carolyn Cooper und meine Herkunft. Aber Letzteres holte mich am letzten Sonntagmorgen vor Weihnachten ein, und ich erhielt unverhofft eine Antwort auf eine meiner drängendsten Fragen, die die Lektüre der Tagebücher aufgeworfen hatte.

Da nur wenig Neues passierte, über das man sprechen konnte, kam das Gesprächsthema immer wieder auf die alten Zeiten, denn Mary-Jane schwelgte gerne in Erinnerungen. Ich konnte es gut verstehen, und auch Nicholas tat seiner Mutter den Gefallen und hörte geduldig zu, wenn sie eine Geschichte zum Besten gab, die er sicherlich schon ein Dutzend Mal gehört hatte. An jenem Morgen saßen wir zu viert am Tisch. John White Horse hatte schon vor Wochen den traditionellen Weihnachtspunsch angesetzt und behauptete nun, er sei so gut wie nie zuvor.

»Das sagst du jedes Jahr«, sagte Mary-Jane. »Dann lass uns mal probieren.«

Bereitwillig schenkte John jedem von uns einen Becher voll ein und schmunzelte zufrieden, als wir an dem Punsch nippten. Ich mochte den Geschmack von Zimt und Gewürznelken, merkte aber schon nach dem ersten Schluck den ungewohnten Alkohol. Meine Augen tränten, ich musste husten. Nicholas klopfte mir grinsend auf den Rücken.

»Das Kind ist erst sechzehn! Wie könnt ihr ihm Alkohol zu trinken geben?«, sagte seine Mutter missbilligend.

»Es schmeckt mir aber«, protestierte ich, als sie mir den Becher wegnehmen wollte. Außerdem mochte ich die Wirkung des Alkohols, der mir in der völlig überheizten kleinen Küche schnell in den Kopf stieg.

»Das Rezept stammt übrigens von deinem Dad«, verriet John mir. »Seine Mom, die feine Lady von der Ostküste, mochte ihren Punsch am liebsten ohne Alkohol, aber Vernon und sein Bruder haben als junge Burschen so lange herumexperimentiert, bis sie die perfekte Mischung gefunden hatten.«

»Ich erinnere mich«, sagte Nicholas und streckte seine langen Beine behaglich unter dem Tisch aus. »Einmal haben sie mich mitgenommen und so mit dem Zeug abgefüllt, dass ich eine Alkoholvergiftung bekam.«

»O ja, du warst so sturzbetrunken, dass du kaum noch stehen konntest«, erinnerte sich Mary-Jane und schüttelte den Kopf. »Damals war ich wirklich böse auf die beiden. Du warst erst acht oder neun Jahre alt.«

»Ich bin kaum noch aus diesem Loch rausgekommen«, bestätigte Nicholas. »Und dann habe ich zwei Tage lang nur gekotzt.«

»Was für ein Loch?«, erkundigte ich mich und nahm einen weiteren Schluck Punsch.

»Ach, so ein alter Tornado-Schutzbunker am Paradise Cove«, erwiderte Nicholas. »Vernon und John Lucas haben mir gesagt, sie würden mir die Zunge rausschneiden, wenn ich jemals einer Menschenseele von ›PC‹, wie sie ihr Geheimversteck immer nannten, erzählen würde. Ich hatte so eine Angst vor den beiden, dass ich wohl selbst unter Folter nie etwas verraten hätte.«

Ich verschluckte mich an dem Punsch und bekam einen so heftigen Hustenanfall, dass ich fast erstickte.

»Jetzt ist aber wirklich Schluss damit!« Mary-Jane nahm mir den Becher aus den Händen. Nicholas klopfte mir wieder auf den Rücken.

»Gibt es den Bunker noch?«, krächzte ich, als ich wieder Luft bekam.

»Schätze ja, eingestürzt wird er nicht sein«, nickte John White Horse.

Paradise Cove. PC! Das musste der Ort sein, den meine Mom in ihren Tagebüchern erwähnt hatte! Überall in Nebraska und den umliegenden Staaten, die regelmäßig von Tornados heimgesucht wurden, gab es in der Nähe von Häusern diese Schutzbunker, allein auf dem Gelände der Willow Creek Farm kannte ich sicherlich ein halbes Dutzend. Und ich kannte auch Paradise Cove am Willow Lake, eine hübsche, von uralten Trauerweiden bestandene Bucht an einem kleinen See, der mehr ein Altwasser des Willow Creek als ein richtiger See war. Plötzlich war ich ganz kribbelig vor Aufregung. Ich wollte unbedingt an den Ort, der meiner Mom vor dreißig Jahren so viel bedeutet hatte.

Hastig bedankte ich mich bei John und Mary-Jane und ging hinaus.

»Warum hast du es auf einmal so eilig?«, fragte mich Nicholas, der mir auf die Veranda gefolgt war, argwöhnisch. »Du hast doch irgendetwas vor, oder?«

Es hatte keinen Sinn, ihn anzulügen. Außerdem wusste er vielleicht die genaue Lage dieses Bunkers. Ich erzählte ihm in knappen Worten von Carolyns Tagebuchaufzeichnungen und dem geheimnisvollen ›PC‹.

»Und jetzt willst du da hin, hm?« Nicholas kapierte wie üblich sofort. »Bist du lebensmüde, bei diesem Wetter?«

»Ich muss einfach diesen Ort sehen«, erwiderte ich halsstarrig.

»Okay. Dann komme ich mit«, sagte er.

»Ich wollte hinreiten«, entgegnete ich, als ob ich ihn dadurch abwimmeln könnte.

»Ich hab schon mal im Sattel gesessen.« Nicholas grinste spöttisch. »Bring mir ein Pferd mit. Wir treffen uns in einer Stunde an Isabellas Haus. Das liegt auf halbem Weg.«

Ich erkannte seine Entschlossenheit und zuckte die Achseln. Wahrscheinlich war es sogar besser, wenn er dabei war.

»Alles klar.« Ich nickte. »Dann bis gleich.«

Der Himmel war von einem stumpfen Schiefergrau, als ich eine halbe Stunde später mit Waysider und einem anderen Pferd an der Hand losritt. Nicholas wartete schon auf dem Vorplatz von Magnolia Manor in seinem Truck auf mich. Ich hielt neben dem Auto an und reichte ihm die Zügel des Schecken, den John White Horse meistens ritt. Nicholas zog den Sattelgurt nach und schwang sich auf das Pferd.

Der Schnee bedeckte das Land wie ein Leichentuch, und in Kürze würde es noch mehr schneien, davor warnte der Landfunk seit ein paar Tagen. Über Kanada hatte sich eine gewaltige Kaltfront gebildet, die sich allmählich über North und South Dakota Richtung Nebraska schob, und das Thermometer fiel stündlich um ein paar Grad. Ich hatte zusätzlich noch eine wattierte Hose über die lange Unterhose und die Jeans gezogen und mich dick vermummt, dennoch biss mir der kalte Wind ins Gesicht und ließ meine Augen tränen.

»Du wärst tatsächlich allein losgeritten, ohne dass du überhaupt weißt, wo du diesen Bunker suchen musst«, sagte Nicholas, nachdem wir eine Weile schweigend nebeneinander hergeritten waren.

»Stimmt«, gab ich zu, und er schüttelte den Kopf.

Insgeheim war ich froh, dass er dabei war, denn selbst für mich, die ich mich in der Gegend gut auskannte, war es nicht leicht, den Weg zu finden. Alle Landmarken, an denen man sich normalerweise orientieren konnte, waren unter dem Schnee verschwunden. Nach einer guten Stunde hatten wir den kleinen See erreicht, und ich musste zugeben, dass mir das ohne Nicholas nicht gelungen wäre. Er ritt vorneweg und fand die richtige Stelle, ohne lange suchen zu müssen.

Nebelschwaden lagen über dem grauen Wasser, das vertrocknete gelbliche Schilf knisterte im Wind.

»Hier ist es«, sagte Nicholas und hielt sein Pferd an. »Willst du wirklich da rein?«

»Ja. Nur ganz kurz.« Ich saß ab und kramte in der Satteltasche.

»Da drin ist es stockduster.«

Als Antwort hielt ich eine Taschenlampe hoch und grinste.

»Ich hätte es wissen müssen.« Nicholas stieß einen Seufzer aus. Er stieg ebenfalls ab und band die Pferde an einer windgeschützten Stelle ein paar Meter entfernt an. Dann nahm er mir die Taschenlampe aus der Hand und ging voran. Unterwegs hatte ich ihm erzählt, was in Carolyns Tagebuch gestanden hatte, und Nicholas fand es durchaus nachvollziehbar, dass ich diesen Ort einmal sehen wollte. Meine wahren Absichten hatte ich ihm wohlweislich verschwiegen. Je länger ich darüber nachdachte, für desto wahrscheinlicher hielt ich es, dass meine Mom ihr letztes Tagebuch genau dort versteckt haben könnte, wo sie mit meinem Dad glücklich gewesen war, bevor sie Fairfield verlassen hatte. Sie war in den ersten Wochen und Monaten, nachdem mein Dad nach Vietnam abgereist war, beinahe täglich nach Paradise Cove gelaufen, daran konnte sich Nicholas, der damals ja heftig für Carolyn geschwärmt hatte, gut erinnern.

Wenn sie etwas zurückgelassen hatte, dann ganz sicher

hier und in der Hoffnung, dass Vernon es suchen und finden würde. Vielleicht würde ich auch vergeblich suchen, aber eins war klar: Hier war seit Jahren niemand mehr gewesen, denn um überhaupt den Einstieg in den Bunker zu erreichen, musste Nicholas ein dichtes Gestrüpp aus Brombeerranken wegschneiden. Endlich gähnte vor uns im Boden ein viereckiges Loch, das durch ein rostiges Gitter verschlossen war.

»Mist«, sagte ich niedergeschlagen. So kurz vor dem Ziel scheiterten wir an einem blöden Gitter. »Wie kommen wir denn da rein?«

»Abwarten.« Nicholas hockte sich in den Schnee, rüttelte und zerrte an den Gitterstäben, die nicht lange Widerstand leisteten. Knirschend gab das Gitter nach, und der Weg war frei. Ich war drauf und dran, sofort in das Loch zu steigen, aber Nicholas hielt mich zurück.

»Ich gehe vor. Trotz Gitter könnte da drin irgendeine böse Überraschung warten«, warnte er.

Er nahm mir die Taschenlampe ab und kroch in die Öffnung, ich folgte ihm. Ein paar mit altem Laub und Schnee bedeckte Treppenstufen führten hinab in einen erstaunlich großen, quadratischen Raum, in dem man bequem aufrecht stehen konnte. Nicholas leuchtete mit der Lampe in alle Winkel und stieß einen leisen Pfiff aus.

»Was ist?«, erkundigte ich mich.

»Hier hat sich wirklich nichts verändert seitdem«, sagte er und blickte sich um. »Die Matratze auf dem Feldbett da drüben ist zwar verrottet, aber das Gestell sieht aus wie neu. Und da, auf dem Arbeitsbrett, da stehen noch Flaschen und die Destillieranlage.«

Man brauchte schon eine Menge Phantasie, um zu sehen, was er sah. Alles in dem Bunker war nach dreißig Jahren Feuchtigkeit und Kälte von einer dicken, klebrigen Staubschicht überzogen. Metallene Gegenstände waren korrodiert, überall lag altes Laub, und durch die Betondecke waren Baumwurzeln gewachsen.

»Früher war das hier wirklich eine nette Bude.« Nicholas kickte mit der Stiefelspitze gegen einen Gegenstand, der die Form eines Stuhles hatte. »Vernon und sein Bruder haben nach und nach alle möglichen Möbel hierhergeschafft, jede Menge Bücher und sogar ein Radio mit Batterien. Ich glaube, die hatten hier sogar ein Stromaggregat.«

»Warum gibt es hier überhaupt einen Bunker?«, fragte ich.

»Weil es hier früher auch ein Haus gab«, erwiderte Nicholas. »Aber das wurde vor ewigen Zeiten schon abgerissen.«

Er wischte verstaubte Spinnweben von einem Regal zur Seite und nahm ein Buch heraus, das zwischen seinen Fingern quasi zu Staub zerfiel.

Das hier war also der Ort, an dem meine Mom glücklich gewesen war. Hier hatte sie sich mit dem Jungen, in den sie verliebt war, heimlich getroffen, und hier hatte sie gesessen und an ihn gedacht, während er im Krieg gewesen war. Mein Herz krampfte sich vor Kummer und Mitleid zusammen, und ich fühlte mich plötzlich als Eindringling.

»Hoffentlich schneidet mein Dad dir jetzt nicht die Zunge ab, weil du mir sein Versteck gezeigt hast.« Ich versuchte mit einer flapsigen Bemerkung meiner Beklommenheit Herr zu werden.

»Das ist wohl hoffentlich verjährt«, antwortete Nicholas. »Vernon muss Carolyn echt vertraut haben. Soweit ich weiß, haben die beiden niemals irgendein Mädchen mit hierhergenommen.«

»Rachel war nie hier?«, fragte ich.

»Die wäre wohl die Allerletzte gewesen!« Nicholas schnaubte. »Sie hätte es doch sofort jedem erzählt, und dann wäre es aus gewesen mit PC.«

»Was haben sie denn hier eigentlich gemacht?«, erkundigte

ich mich und versuchte, die Rücken der Bücher in dem Regal zu entziffern.

»Sie haben hier halt rumgehangen.« Nicholas zuckte die Schultern. »Schnaps gebrannt, Musik gehört, geraucht. Das Übliche.«

Dad hatte also in seiner Jugend ähnliche Dinge gemacht wie ich damals mit der Clique um Jerry Brannigan in der alten Getreidemühle! Warum hatte er dann so spießig reagiert? War es ein Unterschied, weil ich – anders als er – dabei erwischt worden war?

Nicholas schien der Ausflug in die Vergangenheit fast ein bisschen zu belustigen. Während ich begann, systematisch den Raum abzusuchen, prüfte er den Zustand des Stuhls und setzte sich vorsichtig hin. Nach einer Weile fiel ihm auf, was ich tat.

»Kann ich dir helfen?«, bot er an. »Wir müssen bald zurück, es wird dunkel.«

Da gestand ich ihm, wonach ich suchte.

»Sheridan, du hast manchmal wirklich bescheuerte Ideen.« Er sah mich zweifelnd an. »Es ist über dreißig Jahre her, dass Carolyn hier war.«

»Du sagst doch selbst, hier sähe es noch genauso aus wie damals«, erwiderte ich starrsinnig. »Das bedeutet, dass mein Dad niemals mehr hier war und auch wohl sonst keiner.«

Dieser Logik hatte er nichts entgegenzusetzen. Mit einem Seufzer erhob er sich von dem Stuhl.

»Wenn sie tatsächlich etwas versteckt hat, dann gibt es dafür nur einen einzigen Ort«, sagte er. »Leuchte mal hierher!«

Er wies auf den Schrank an der linken Wand, ich richtete den Strahl der Taschenlampe darauf und sah zu, wie er sich ziemlich unsanft an dem verfaulten Möbelstück zu schaffen machte. In der nächsten Sekunde brach es in sich zusammen wie ein Kartenhaus.

»Ups«, sagte ich.

»Dann eben so.« Er verzog das Gesicht, hustete und wedelte mit der Hand. Als die Staubwolke sich verzogen hatte, blickte ich überrascht in einen schmalen Gang.

»Hier konnte man Lebensmittel und Wasser lagern«, erklärte Nicholas.

Er streckte die Hand nach der Taschenlampe aus, und ich reichte sie ihm. Mit angehaltenem Atem und klopfendem Herzen beobachtete ich, wie er in dem kleinen Lagerraum verschwand.

»Komm mal her«, hörte ich seine Stimme dumpf und stieg über die Reste des Schrankes. Ich übernahm wieder die Beleuchtung, während er sich an einer Klappe in der Wand zu schaffen machte.

»Belüftungsschacht«, kommentierte er.

»Beeil dich«, sagte ich, als ich bemerkte, dass das Licht schwächer wurde. »Die Batterien geben gleich ihren Geist auf.«

Er kratzte mit dem Messer an der Klappe herum, bis es ihm gelang, die Messerspitze darunterzuschieben und sie aufzuhebeln. Eine Wolke von Staub und Dreck quoll uns entgegen. Nicholas wühlte sich mit beiden Händen durch die dreißig Jahre alte Schmutzschicht. Das Letzte, was ich erkennen konnte, bevor die Lampe ihren Geist aufgab, war sein triumphierendes Grinsen.

Die Aktion im Bunker hatte länger gedauert als geplant, und als wir wieder ans Tageslicht kamen, war dieses so gut wie nicht mehr vorhanden und es schneite heftig. Ich konnte nicht fassen, dass wir tatsächlich etwas gefunden hatten, und betrachtete die verrostete Geldkassette voller Ehrfurcht und Unglauben. Am liebsten hätte ich sie auf der Stelle geöffnet, aber Nicholas drängte zum Aufbruch. Ich steckte den wertvollen Fund also in meine Satteltasche und schwang mich in den Sattel. Die Pferde kämpften mühsam gegen den eisigen Wind, und ich duckte mich tief über Waysiders Hals. An Magnolia Manor verabschiedete ich mich von Nicholas und dankte ihm für seine Hilfe. Erst als er schon in sein Auto geklettert war und den Motor angelassen hatte, fiel mir auf, dass wir die Ereignisse von Halloween beide mit keinem Wort erwähnt hatten, ja, ich hatte nicht einmal daran gedacht. Vielleicht würde sich dieser Schatten eines Tages ganz und gar verziehen und ich konnte das alles vergessen.

Es war stockdunkel, als ich ins Haus kam. Glücklicherweise begegnete ich niemanden, und es gelang mir, die Kassette unbemerkt in mein Zimmer zu schmuggeln. Zum Abendessen saß ich am Tisch und hörte geistesabwesend zu, wie Tante Rachel und Rebecca über den neuen Reverend und die Feierlichkeiten sprachen, die zu seinen Ehren am 1. Januar stattfinden sollten. Ich konnte es kaum erwarten, die Kassette zu öffnen und nachzusehen, was sie enthielt. Auf dem Rückweg vom Stall hatte ich mir aus der Werkstatt ein paar Schraubenzieher mitgenommen und hoffte, dass ich das rostige Schloss damit aufbekam. Wo war wohl der Schlüssel? Ob Dad einen dafür besaß? Endlich war das Abendessen zu Ende und die Küche aufgeräumt. Ich bezähmte meine Ungeduld und wartete, bis es im Haus still geworden war und auch Tante Rachel im Bett lag. Mit einem Handtuch verstopfte ich die Türritze, mit einer Socke das Schlüsselloch, damit kein verräterischer Lichtstrahl auf den Flur dringen würde. Es dauerte nur wenige Minuten, bis ich das Schloss geöffnet hatte und den Deckel der Geldkassette hochklappen konnte.

Meine Enttäuschung war so groß wie zuvor meine Erwartung. Kein Tagebuch, kein Brief! Nur eine vergilbte zusammengefaltete Zeitung befand sich in der Kassette. Ich nahm sie heraus und faltete das muffig riechende Papier auseinander. Es handelte sich um eine Ausgabe der *Madison Gazette*, die schon vor Jahren Pleite gemacht hatte, vom 27. April 1965. Plötzlich machte mein Herz einen Satz, als ein kleines Päckchen zum Vorschein kam. In eine Seite, die aus einem Buch herausgerissen worden war, war eine Blechschachtel eingewickelt, und darin befanden sich auf einem Bett aus Watte – ein Schlüssel und ein Büschel flaumigen, dunklen Haares. Sonst nichts. Ratlos drehte ich den kleinen, flachen Schlüssel in meinen Fingern, zerpflückte die Watte, betrachtete die Blechschachtel von allen Seiten, aber da war kein Brief, keine Notiz und kein einziger Hinweis. Die Seite schien wahllos aus irgendeinem Buch herausgerissen worden zu sein, so, als ob die- oder derjenige einfach das Erstbeste als Einwickelpapier genommen hatte. War das ein Erinnerungsstück? Oder war es eine Botschaft, die nur derjenige zu entschlüsseln vermochte, für den es bestimmt war? Ich hatte gehofft, das Geheimnis um meine Mom ein Stück weit zu lösen, doch was ich nun in Händen hielt, war ein neues Rätsel.

* * *

Am ersten Januar befand sich ganz Fairfield im absoluten Ausnahmezustand, denn heute würde der neue Pfarrer eintreffen. Ich sollte im Chor mitsingen und später beim Empfang Getränke ausschenken, aber am frühen Morgen fühlte ich mich plötzlich elend und kämpfte gegen einen ständigen Brechreiz an, dabei war die Silvesternacht wie üblich unspektakulär verlaufen. Natürlich hatte ich nicht die geringste Chance, mich zu drücken, denn Tante Rachel bestand darauf, mit der kompletten Familie eine Stunde vor Beginn der Zeremonie zur Kirche zu fahren. Der Parkplatz war bereits voll, als wir eintrafen, die Kirche und das Gemeindezentrum überfüllt mit festlich gekleideten Menschen. Tante Rachel rauschte geschäftig davon, um dem Begrüßungskomitee, dem sie angehörte, letzte wichtige Instruktionen einzubläuen. Dad verzog sich mit Hiram, Esra und Malachy, während Rebecca und ich zu Nancy Andersson gingen, um mit dem Chor Aufstellung zu nehmen. Seit Wochen war der Gottesdienst akribisch vorbereitet worden, das Gemeindezentrum war geschmückt wie an Thanksgiving, und unter dem Büfett, zu dem jedes Gemeindemitglied etwas beigesteuert hatte, bogen sich die Tische.

Reverend Parker sah aus, als sei er froh, dass die Quälerei endlich ein Ende hatte. Der arme Mann konnte kaum noch laufen, sein Kopf war vom Bluthochdruck so rot wie eine Tomate, und ich befürchtete insgeheim, er würde noch während des Gottesdienstes einen Schlaganfall erleiden.

Der Neue kam mit seiner Familie gleichzeitig mit dem Bischof an, und alle Köpfe reckten sich neugierig. Von Tante Rachel wusste ich schon beinahe alles, was es über ihn zu wissen gab. Horatio Burnett war dreiunddreißig, verheiratet und hatte zwei Kinder. Er gehörte dem konservativen Flügel der United Methodist Church an und hatte in den vergangenen Jahren vor allem Gemeinden betreut, in denen viele Menschen dem Glauben abtrünnig geworden waren, außerdem war er eine Weile im Missionsdienst gewesen. Er war nicht nur Theologe, sondern auch promovierter Informatiker, eine eigenartige Kombination, und kam – für mich völlig unbegreiflich – auf eigenen Wunsch in den Mittleren Westen.

Die meisten Leute hielten den Neuen für eine willkommene Bereicherung und einen Glücksgriff für Fairfield, nur ich sah das etwas anders. Der alte Reverend Parker hatte jeden in Ruhe gelassen, der in Ruhe gelassen werden wollte. Sonntagsschule und Jugendgruppen waren mehr und mehr die Angelegenheit des Kirchenvorstands geworden, und irgendwann hatte Reverend Parker sogar aufgehört zu predigen, weil er mit seinen kaputten Kniegelenken nicht mehr so lange stehen konnte.

Horatio Burnett war groß und sehr schlank, sein gutgeschnittenes Gesicht hatte etwas Steinernes. Er wirkte streng, ja, geradezu düster mit dem schmalen Bart am Kinn und über der Oberlippe und den straff nach hinten frisierten dunklen Haaren, und ich verspürte vom ersten Moment an eine starke Abneigung gegen ihn. Als ob er das bemerkt hätte, wandte er sich zu mir um. Mich traf ein Blick aus forschenden grauen Augen, der mich zu durchbohren schien. Ich erschauerte, hielt aber seinem Blick ohne zu lächeln stand. In der vordersten Bankreihe neben dem Bischof und dem Kirchenvorstand saß seine Ehefrau, eine unscheinbare Frau mit aschblondem Kurzhaarschnitt, neben ihr hockten zwei Jungs, etwa zwölf und zehn Jahre alt. Während der endlos langen Reden des Bischofs und des Bürgermeisters und Kirchenvorstandsvorsitzenden Jeff Richardson stand Horatio Burnett, diese düstere Vogelscheuche von Mann, da, hörte aufmerksam zu, lächelte aber nicht ein einziges Mal.

Schließlich ergriff er selbst das Wort. Er hatte eine überraschend angenehme, tiefe Stimme und sprach mit dem gleichen kultivierten Ostküstenakzent wie Tante Isabella. In diesem Moment fiel mir ein, dass ich schon einmal mit ihm gesprochen hatte, und zwar an dem Tag, an dem ich im Schrank von Tante Rachel meine Adoptionspapiere gefunden hatte. Eigentlich verdankte ich es sogar genau diesem Anruf, dass ich überhaupt in das Arbeitszimmer gegangen war und den Schlüssel in der Schranktür hatte stecken sehen.

Vom Inhalt seiner Ansprache blieb mir nicht viel in Erinnerung, zu viel anderes ging mir im Kopf herum. Natürlich hatte ich Nicholas sofort erzählt, was in der Geldkassette gewesen war, aber auch er war aus dem Inhalt nicht schlau geworden.

Und was willst du jetzt machen?, hatte er mich gefragt – und das war wahrhaftig die große Frage, die ich mir selbst immer wieder stellte. *Wieso fragst du Vernon nicht einfach, warum sie dir Märchen erzählt haben?*

Das wäre sicherlich die einfachste Lösung gewesen. Ich könnte Dad unter Druck setzen, bis er mir die Wahrheit sagte, aber eine seltsame Scheu hielt mich jedes Mal, wenn ich einigermaßen Mut gefasst hatte, davon ab. Vielleicht, so redete ich mir ein, war es das Klügste, mit diesem Gespräch zu warten, bis ich mit der Schule fertig war und gleich darauf von hier verschwinden konnte.

Nach einem beinahe zweistündigen Gottesdienst folgte noch der Empfang im Gemeindezentrum. Zuerst hielt wieder Jeff Richardson, der sich so gerne reden hörte, eine Ansprache zum neuen Jahr, in der er fast genau dasselbe sagte wie vorhin in der Kirche. Dann ging das große Fressen los. Ich wurde von Elaine Fagler, der energischen Schwiegertochter von Libby und Walter Fagler, denen der Farmers Ranchers Co-op gehörte, dazu eingeteilt, schmutziges Geschirr und Gläser in die Küche zu bringen. Die stickige Luft und die Hitze im hoffnungslos überfüllten großen Saal des Gemeindezentrums, das laute Stimmengewirr, das Kindergeschrei und die Essensgerüche machten mich ganz benommen. Mir brach der kalte Schweiß aus, und ich musste würgen, wenn ich die Essensreste auf den Tellern nur sah oder roch, aber mit äußerster Willensanstrengung hielt ich durch. Weder verabschiedete ich mich von Reverend Parker und seiner Frau, noch schüttelte ich dem Bischof oder dem neuen Pfarrer und seiner Frau die Hand. Es war mir alles egal.

Der Bischof machte sich gegen drei Uhr aus dem Staub, ließ aber Reverend Burnett bei seinen neuen Schäfchen zurück, und allmählich leerte sich der große Saal. Die erste Neugier von Fairfields Bevölkerung war gestillt, ganz sicher jeder hatte mit den Burnetts gesprochen und sich vom alten Parker und seiner Frau verabschiedet. Ich half, Stühle und Tische zusammenzustellen, danach flüchtete ich mich an die frische Luft. Erschöpft ließ ich mich auf eine der Bänke vor der Tür sinken und atmete ein paarmal tief durch. Ich hatte Kopfschmerzen von den schrillen Stimmen und dem permanenten Gegacker der Frauen in der Küche.

»Ich glaube, wir haben uns noch nicht kennengelernt«, sagte plötzlich eine Stimme hinter mir, und ich sprang erschrocken auf. Ich war ziemlich groß, aber Reverend Burnett überragte mich noch um einen Kopf. Es gefiel mir nicht, dass ich so zu ihm aufblicken musste, und es gefiel mir auch nicht, wie durchdringend er mein Gesicht musterte.

»Ich habe in der Küche gearbeitet«, sagte ich und beschloss, mich nicht von ihm einschüchtern zu lassen. »Ich bin Sheridan Grant.«

»Mein Name ist Horatio Burnett«, er reichte mir die Hand, und ich ergriff sie widerstrebend. »Du bist also die Tochter von Mr und Mrs Vernon Grant von der Willow Creek Farm, nicht wahr?«

Ich war erstaunt, wie schnell er sich Namen merken konnte, aber ich war zu erschöpft und zu gleichgültig, um höflich zu sein. Sein Händedruck war fest, seine Augen von einem ungewöhnlichen, samtigen Grau, wie ich es noch nie gesehen hatte.

»Ich bin ihre Adoptivtochter«, erwiderte ich ziemlich kühl.

»Ach?« Er hob die Augenbrauen, sein Blick ruhte so unverwandt auf meinem Gesicht, dass ich ihn kaum länger ertragen konnte. Ich ließ seine Hand los und versteckte sie sofort in der Jackentasche. Der Mann verunsicherte mich, was mich ärgerte, aber gleichzeitig übte er eine eigenartige Anziehung auf mich aus.

»Mrs Andersson hat erzählt, dass du sehr gut singen und Klavier spielen kannst«, sagte er. »Und du bist auch im Kirchenchor, nicht wahr?«

Irgendetwas an ihm provozierte mich dazu, auf seine höflichen Fragen bissige Antworten zu geben.

»Ja. Gezwungenermaßen.«

»Wieso das? Wer zwingt dich denn?«

»Sie werden schon festgestellt haben, dass meine Adoptivmutter in der Gemeinde ... ziemlich engagiert ist.«

»Hm. Machst du sonst noch irgendetwas hier in der Gemeinde? In einer der Jugendgruppen oder der Sonntagsschule?«

»Hin und wieder. Nicht regelmäßig.«

»Und warum nicht?«

»Weil ich keine Zeit habe.«

»Für Gott sollte man immer Zeit haben.«

Na wunderbar! Ich hatte offenbar seinen Missionierungseifer geweckt.

»Ich lebe auf einer *Farm*«, erwiderte ich. »Da gibt es immer viel Arbeit. Außerdem bin ich noch in der Schule.«

»Trotzdem. Vielleicht versuchst du in Zukunft wenigstens, dich ein wenig mehr einzubringen. Das würde mich freuen.«

Bildete ich mir das nur ein, oder nahm er sich mehr Zeit für mich als für die meisten anderen vorher? Ein seltsamer Mann. Kultiviert und aufmerksam, fast übertrieben höflich und gleichzeitig so distanziert.

»Gerne.« Ich blickte ihm gerade in die Augen. »Wenn Sie dann abends kommen und Kartoffeln schälen, kochen, die Küche sauber machen, bügeln oder die Hühnerställe ausmisten, dann kann ich unter Umständen bei einer Jugendgruppe herumhängen und ein paar Liedchen singen.«

Ich war noch nie einem Erwachsenen gegenüber so aggressiv gewesen, aber es ging mir schlecht, und ich wollte nach Hause. Auf meine Antwort wusste Reverend Burnett nichts zu erwidern, aber der Ausdruck in seinen Augen hatte sich verändert. Die distanzierte Kühle hatte sich in echtes Interesse verwandelt.

»Sie waren noch nie im Mittleren Westen«, stellte ich fest.

»Nicht für längere Zeit, nein.« Er schüttelte den Kopf. »Aber Gott ist hier kein anderer als in Texas oder New Hampshire.«

»Gott vielleicht nicht«, sagte ich. »Die Menschen sind es ganz sicher.«

»Inwiefern?«

Ich war mir nicht ganz sicher, ob er das ernsthaft fragte oder mich ärgern wollte. Er musste sich doch nur umsehen! Ich musterte sein Gesicht, und plötzlich ahnte ich, dass es zwischen Reverend Horatio Burnett und mir Probleme geben würde, große Probleme.

»Wie hast du das gemeint, das mit der Andersartigkeit der Menschen?«, wiederholte er seine Frage.

»Ein großartiges Land bringt nicht zwangsläufig auch großartige Menschen hervor«, zitierte ich einen Satz, den ich in irgendeinem Buch gelesen und mir gemerkt hatte, weil er so hundertprozentig zutraf. »Und hier leben die mit Abstand engstirnigsten und dümmsten Menschen. Sie werden es schon noch merken.«

»Du bist hier nicht glücklich.« Das war eine Feststellung, keine Frage, aber ich antwortete darauf.

»Wie kommen Sie bloß darauf?«, erwiderte ich sarkastisch. »Aber es ist sowieso egal. Ich werde von hier verschwinden, sobald ich mit der Schule fertig bin.«

»Und warum?«

»Fragen Sie doch mal jemanden nach John Steinbeck, Henry Miller, Elia Kazan oder auch nur nach Margaret Mitchell«, entgegnete ich. »Sie werden keine vernünftige Antwort bekommen. Meine Mutter glaubte sogar, Scarlett O'Hara sei eine meiner Klassenkameradinnen. Hier leben nur Idioten.«

»Ein hartes Urteil.«

»Kann sein.« Ich zuckte wieder die Schultern. »*Sie* sind freiwillig hier. Ich bin es nicht. Deshalb gehe ich, sobald ich kann.«

Wir sahen uns eine Weile schweigend an.

»Du solltest dich ein wenig in Demut üben, statt so überheblich über deine Mitmenschen zu sprechen, Sheridan Grant.« Reverend Burnetts Stimme hatte einen kühlen Beiklang angenommen. Ich starrte ihn an, und plötzlich zuckte ein heißer Zorn in mir auf.

»Was wissen Sie denn schon?«, sagte ich scharf. »Gedemütigt worden bin ich in meinem Leben schon genug.«

»Zwischen Demut und Demütigung liegen Welten«, antwortete er.

»Ach ja? Sind Sie schon einmal richtig *gedemütigt* worden?« Ich musste mich beherrschen, um ihn nicht anzuschreien. In diesem Moment tauchte Tante Rachel in der Tür auf, ihr misstrauischer Blick flog zwischen mir und Reverend Burnett hin und her. Es schien ihr nicht zu passen, dass ich den Neuen so lange mit Beschlag belegte, obwohl es ja eher umgekehrt war. Das erste Mal in meinem Leben war ich beinahe froh über ihr Erscheinen, denn ich war kurz davor, Horatio Burnett ins Gesicht zu sagen, er solle sich gefälligst zum Teufel scheren.

* * *

Dad reiste in der zweiten Januarwoche wieder ab, und der Alltag nahm öde und langweilig seinen Lauf. Ich hatte das Interesse an allem verloren, es gab nichts, auf das ich mich freute. Wenn nicht die Aussicht auf die sonntäglichen Treffen mit Nicholas nach dem Gottesdienst gewesen wäre, wäre ich in dieser Zeit wohl an Langeweile gestorben. Aber diese Treffen verdarb mir Reverend Horatio Burnett mit Regelmäßigkeit, denn er predigte gerne ewig. Am liebsten über Todsünden wie Hochmut und Eitelkeit. Und er blickte mich oft dabei an, als sei ich ein Wolf unter Schafen.

Die eisige Kälte hielt ganz Nebraska fest umklammert.

Blizzards fegten über das Land, der Boden fror einen halben Meter tief, und es war nicht wirklich angenehm, das Haus zu verlassen. Ich fühlte mich unwohl, vor allen Dingen durch die ständige Übelkeit, die mich morgens überfiel und beinahe den ganzen Tag anhielt. Mittlerweile war ich fest davon überzeugt, schwer krank zu sein, ich fürchtete insgeheim, dieser Polizist könne mich womöglich mit Aids angesteckt haben. Längst war die Befürchtung, beim Geschlechtsverkehr schwanger zu werden, nicht mehr der Hauptgrund, weshalb man ein Kondom benutzen sollte. Das wusste ich von Christopher, der panische Angst vor dieser Krankheit gehabt hatte.

Es konnte mich auch nicht aufheitern, dass Tante Isabella ins Magnolia Manor zurückgekehrt war, denn sie würde im August nach Connecticut ziehen. Ich konnte sie gut verstehen. Hier gab es ja wirklich nichts, was eine so kultivierte Frau wie sie zum Bleiben veranlassen konnte – nichts außer Mais, Weizen, Sojabohnen, Kirche, Getratsche und gähnender Langeweile. Reverend Burnett und seine Familie waren für eine ganze Weile willkommenes Gesprächsthema in Fairfield, zumal sich der Reverend wie ein Missionar benahm. Er absolvierte Antrittsbesuche bei beinahe allen Familien, kam zu den Altennachmittagen und den Kinderspielgruppen im Gemeindezentrum, zum Jugendtreff und in die Grundschule, zu Kochkursen und Landfrauentreffen, zu den Chorproben und Handarbeitskursen. Immer hingen sofort alle Frauen an seinen Lippen, und ich verstand recht bald, was den einfachen Leuten von Fairfield an ihm gefiel. Er besaß eine starke Persönlichkeit mit Ausstrahlung und eine natürliche Autorität. Die Menschen konnten zu ihm aufblicken. Dazu war er stockkonservativ und allen Neuerungen gegenüber wenig aufgeschlossen, vor allen Dingen dann, wenn sie mit den strengen Wertevorstellungen des protestantischen Glaubens kollidierten. Als ich das zweite Mal mein sonntägliches Treffen mit Nicholas verpasst hatte, weil Horatio Burnett eine geschlagene Stunde über die Gefahr des Fernsehens und der Popmusik für den Charakter von Jugendlichen gepredigt hatte, da verwandelte sich meine vage Abneigung in Hass. Die meisten Gemeindemitglieder allerdings verehrten ihn, als sei er Gott und Jesus in einer Person. Zu Hause war Reverend Burnett mindestens einmal pro Mahlzeit Gesprächsthema. Die Inhalte seiner Predigten waren natürlich Wasser auf Tante Rachels Mühlen. Er verteufelte Rauschmittel und Alkohol, Eitelkeit und Fleischeslust, Faulheit und Lügen, Maßlosigkeit und den Geist betörende Musik gleichermaßen. So betrachtet war das ganze Leben eine einzige Sünde, und der Teufel lauerte mit seinen Versuchungen hinter jeder Ecke. Das Einzige, was einen retten konnte, waren Demut, Mäßigung und beständige Buße. Ich ging Horatio Burnett aus dem Weg und nahm an keiner kirchlichen Aktivität teil, aber wann immer er mich sah, blickte er mich auf eine prüfende Art an, als ob er darüber nachdächte, wie er meine schwarze Seele retten könnte.

Es war an einem Morgen Ende Januar, als ich endlich kapierte, was mit mir los war. An diesem Morgen war es besonders schlimm mit der Übelkeit, und ich hatte aus Angst, erbrechen zu müssen, seit drei Tagen so gut wie gar nichts mehr gegessen. Ich hörte zufällig, wie Rebecca zu Martha sagte, sie sei froh, dass wohl endlich diese elende Morgenübelkeit vorbei sei, und erstarrte. Rebecca war im vierten Monat schwanger. Es versetzte mir einen Schock, als ich schlagartig alles begriff. Die Übelkeit, das Spannungsgefühl in den Brüsten – die ausbleibende Periode. Ich war nicht krank, ich war *schwanger*. Das Herz schlug mir vor Panik bis in den Hals. Ich sah die lüsternen Augen meines Vergewaltigers wieder vor mir, seine geile Gier, aber auch den erstaunten Blick, als er tot zusammengebrochen war. In meinem Körper befand sich ein Stück Feind!

Ich verließ das Haus wie in Trance und stieg zu Esra, der heute sogar mal auf mich gewartet hatte, ins Auto. Der beinahe schon vergessene Alptraum hatte mich mit voller Wucht eingeholt. Auf der Fahrt nach Madison versuchte ich verzweifelt, einen klaren Gedanken zu fassen. Am Abend des 31. Oktober war ich vergewaltigt worden, das bedeutete, dass ich nun auch schon im vierten Monat schwanger war! Ich hatte keine Ahnung von Schwangerschaften, ja, ich war noch nie bei einem Frauenarzt gewesen, ich wusste nur, dass Abtreibung eine der schlimmsten Sünden der Welt war, die einen direkt in die Hölle beförderten. Ich sprang auf dem Schulparkplatz aus dem Auto, aber ich ging nicht in die Schule, sondern in die entgegengesetzte Richtung. Es war mir egal, dass ich schwänzte und gesehen werden konnte. Es gab nur einen einzigen Menschen auf der Welt, mit dem ich über die Ungeheuerlichkeit sprechen konnte, die ich endlich begriffen hatte.

Ich fand Nicholas und Johnnie Banks, den Inhaber des Red Boots, vor der Hintertür der Kneipe, wo sie gerade Einkäufe aus einem Lieferwagen in das Lager der Bar schleppten. Zu meinem Erstaunen verspürte ich so etwas wie Zorn darüber, dass der Mann, der so viel mehr konnte als Lieferwagen ausladen und Getränke zapfen, seine Freiheit aufgegeben hatte und sich zu einem solchen Job herabließ.

»Hey, Sheridan!«, rief er und lächelte erfreut, als er mich erblickte. Sein Gesicht war von der eisigen Luft gerötet, er trug ein kariertes Wollhemd und eine Daunenweste darüber.

»Hallo, Nicholas.« Ich zwang mich zu einem gelassenen Lächeln, weil Johnnie in Hörweite war.

»Was verschafft mir die Ehre deines Besuches? Musst du nicht eigentlich in der Schule sein?« Nicholas stellte einen Karton mit Flaschen ab und stemmte einen Fuß auf die Stoßstange des Lieferwagens. Er betrachtete mich prüfend.

»Ist irgendetwas passiert?«, fragte er mich mit gesenkter Stimme.

Ich nickte nur und zitterte im schneidend kalten Ostwind.

»Ich bin hier gleich fertig«, sagte er und langte in seine Jackentasche. »Geh rüber in meine Wohnung. Du erfrierst hier ja gleich.«

Er reichte mir seinen Schlüsselbund, und ich tat, was er gesagt hatte. In seiner Wohnung setzte ich mich an den Küchentisch. In meinem Kopf überschlugen sich die Gedanken. Schwanger! Wie lange konnte man abtreiben? Wie lange dauerte es, bis jemand meinen Zustand bemerken würde? Was sollte ich sagen, wenn es jemand merkte? O Gott, nein, so weit durfte es überhaupt gar nicht erst kommen! Ich konnte niemandem von der Vergewaltigung erzählen, schließlich gab es ja keinen Täter mehr.

Ich langte über den Tisch und nahm mir eine Zigarette aus dem Päckchen. Während ich auf Nicholas wartete, rauchte ich mit zitternden Fingern hastig zwei Zigaretten. Dann sprang ich auf und tigerte ruhelos durch die Wohnung. Ich gestattete mir sogar einen Blick in sein Schlafzimmer. Gerade als mir die Frage durch den Kopf schoss, warum wohl beide Seiten des Bettes benutzt waren, hörte ich Nicholas' Schritte, dann ging die Tür auf. Er betrat die Diele und brachte einen Schwall kalter Luft mit. Ich vergaß meine Frage und stürzte schluchzend in seine Arme.

»Hey«, murmelte er. »Was ist denn los? Was ist passiert?«

Er hob mein Gesicht mit einem Finger und sah mich forschend an.

»Mir ist seit ein paar Wochen jeden Morgen übel«, flüsterte ich mit zitternder Stimme. »Ich muss mich dauernd übergeben. Ich habe meine Tage nicht mehr gekriegt, und ich glaube, ich bin …«

Ich brach ab, schaffte es nicht, dieses Wort laut auszusprechen. Nicholas hatte aber kapiert. Er sah hinlänglich schockiert aus.

»O Scheiße«, sagte er nur.

»Ich erschieße mich eher, als dass ich ein Kind von diesem … diesem Tier kriege!« Ich lachte hysterisch, gleichzeitig liefen mir die Tränen über die Wangen.

»Beruhig dich, Sheridan.« Nicholas nahm mich in die Arme, und ich presste mein Gesicht an seine Brust, bis der Weinkrampf abebbte.

Dann setzten wir uns an den Küchentisch, und Nicholas rechnete nach. Er kam wie ich auf den vierten Monat. Eine legale Abtreibung war schon lange nicht mehr möglich, in Nebraska sowieso nicht, eine soziale Indikation wegen Vergewaltigung aus offensichtlichen Gründen auch nicht.

»Ich habe einen Bekannten in Kansas City«, sagte er schließlich. »Er war Arzt und stellt bei so was keine Fragen. Aber wir dürfen nicht mehr lange warten, sonst ist das Risiko für dich viel zu groß.«

Ich hatte keine Ahnung, warum er über Abtreibungen Bescheid wusste, aber es war mir in diesem Moment auch vollkommen gleichgültig.

»Kansas City!«, rief ich gequält. »Warum nicht gleich auf dem Mond?«

»Wenn wir gleich losfahren«, sagte Nicholas eindringlich, »können wir heute Abend wieder zurück sein. Eine Strecke sind knapp dreihundert Meilen.«

Wir starrten uns stumm an. Ich konnte kaum fassen, wie selbstverständlich es Nicholas erschien, sich an der Lösung meines Problems zu beteiligen. Trotz aller Sorgen erfüllte mich eine warme Zärtlichkeit für diesen Mann.

»Aber was soll ich meiner Familie sagen?«, fragte ich einigermaßen hoffnungslos und vergrub mein Gesicht in den Händen.

»Sag ihnen gar nichts und riskiere den Ärger. Es ist immer noch besser, als …« Nicholas beendete den Satz nicht, aber ich war ganz seiner Meinung. Jeder Ärger war besser, als ein Kind von dem Mann zu kriegen, den ich erschlagen hatte. Ich fröstelte bei dem Gedanken daran. Kansas City war wohl die einzige Lösung.

»Wann kannst du deinen Bekannten anrufen?«, fragte ich also.

»Ich versuche es jetzt gleich.« Nicholas griff zum Telefon, suchte im Adressbuch und fand die Nummer. Es dauerte einen Moment, bis er jemanden am Ohr hatte, und an seinem vertraulichen Tonfall erkannte ich, dass es sich offensichtlich um einen ziemlich guten Bekannten handelte. Er verließ die Küche, und ich zündete mir wieder eine Zigarette an. Auf einmal wünschte ich mir sehnlich, Nicholas könnte mehr als nur ein guter Freund für mich sein. Ich verspürte so etwas wie Eifersucht, als mir das benutzte Ehebett in seinem Schlafzimmer einfiel. Dabei war es albern anzunehmen, er habe während seines Nomadenlebens in den vergangenen siebenundzwanzig Jahren wie ein Mönch gelebt. Nicholas war dreiundvierzig und ein wirklich attraktiver Mann, ganz sicher hatte er keine Probleme, Frauenbekanntschaften zu machen.

Ich blickte auf, als er wieder in die Küche kam und im Türrahmen stehen blieb.

»Heute Mittag um eins bei ihm«, sagte er. »Wir fahren sofort los.«

Ich nickte. Mit etwas Glück ging alles glatt, und ich war gegen Abend wieder zu Hause, so dass niemandem etwas auffallen würde.

»Ich weiß nicht, wie ich dir jemals danken kann«, sagte ich zu Nicholas. »Ich weiß auch nicht, wie ich es jemals wiedergutmachen kann. Aber ich danke dir für alles.«

Nicholas sah mich an. Er lächelte flüchtig.

»Du musst überhaupt nichts wiedergutmachen«, sagte er mit rauer Stimme. »Was ich tue, das tue ich aus freien Stücken und nicht, weil du es willst.«

Meine Augen füllten sich mit heißen Tränen. Nicholas legte wieder die Arme um mich und hielt mich ganz fest an sich gedrückt.

»Alles wird gut, meine Kleine«, flüsterte er. »Alles wird gut.«

Schluchzend schlang ich meine Arme um seinen Hals, presste meine Wange an seine und weinte, weinte, weinte, bis ich keine Tränen mehr hatte. Er war der einzige Mensch auf der ganzen Welt, dem ich rückhaltlos vertraute, der mir nichts anderes als Wohlwollen entgegenbrachte, und ich wünschte mir so sehr, dass ich ihm seine Großzügigkeit und Freundschaft eines Tages vergelten konnte.

Eine halbe Stunde später waren wir auf dem Weg Richtung Omaha. Nicholas' Kumpel würde auch ihm zuliebe eine Abtreibung nicht kostenlos machen, aber ich hatte in meinem Geldversteck hinter einem losen Brett des Wandschranks vierhundertdreiundzwanzig Dollar, die ich sorgfältig in einem wattierten Umschlag aufbewahrte. Da ich kaum Gelegenheit zum Geldausgeben hatte, hatte ich seit Jahren mein knapp bemessenes Taschengeld auf diese Weise gespart, und nun musste ich es dazu benutzen, eine Abtreibung zu bezahlen. Es schmerzte, und der Gedanke daran, was dieses Schwein mir angetan hatte, erfüllte mich mit unvorstellbarem Hass. Es geschah ihm recht, dass er tot und vergessen war und niemals beerdigt werden würde. Nur schade, dass er nicht besonders gelitten hatte, sondern sofort tot gewesen war.

»Hey«, sagte Nicholas und sah mich an. »Alles klar?«

»Ja«, erwiderte ich. »Hätten wir was Netteres vor, ging's mir noch besser.«

Er grinste schief.
»Das holen wir nach.«
»Versprochen?«
»Versprochen.«
Ich lächelte, dann rutschte ich näher zu ihm hinüber und schmiegte mich an ihn. Er legte seinen Arm um mich, und es fühlte sich richtig und gut an.

Während der Fahrt nach Kansas City, die glücklicherweise ohne nennenswerte Schneefälle verlief, sprachen wir nicht besonders viel. Ich fürchtete mich vor dem, was mich erwarten würde, denn ich war trotz meiner beinahe siebzehn Jahre noch nie bei einem Frauenarzt gewesen. Tante Rachel ging selbst nie zum Arzt und hatte aus diesem Grund wohl noch keinen Gedanken daran verschwendet, mich hinzuschicken. Ein paarmal döste ich kurz ein, meine Nervosität und die Tatsache, dass ein ganzer Tag mit Nicholas vor mir lag, ließen mich allerdings keinen richtigen Schlaf finden. Ich fragte ihn, woher er den Arzt kannte, und er erzählte mir, dass sie in Vietnam in derselben Einheit gewesen waren.
»Was ist er für ein Arzt?«, fragte ich.
»Ralph war Chirurg«, entgegnete er knapp.
»Wieso tut er das? Er macht sich doch strafbar, oder nicht?«
»Wegen so einer Sache hat man ihm vor zehn Jahren die Approbation entzogen«, sagte Nicholas. »Und jetzt muss er so was machen, denn er braucht Geld.«
Aha. Ich versank wieder in Schweigen und verdrängte meine Eifersucht bei dem Gedanken daran, mit wem Nicholas in der vergangenen Nacht wohl sein Bett geteilt hatte. Jetzt war er bei mir und ich bei ihm. Wir waren allein, nur er und ich, und ich genoss das Gefühl und die Vorstellung, dass er in diesen Stunden nur mir gehörte.

Ralph lebte in einer heruntergekommenen Reihenhaussiedlung in einem trostlosen Vorort von Kansas City, und als ich ihn sah, wäre ich am liebsten auf der Stelle umgekehrt. Mir war klar, warum er illegale Abtreibungen durchführen musste, denn er sah aus wie ein Alkoholiker und roch auch so. Nachdem er und Nicholas sich kurz begrüßt hatten, führte Ralph mich in den Keller seines Hauses, wo einer jener Stühle stand, von dem meine erfahreneren Schulkameradinnen nur verschämt kichernd und hinter vorgehaltener Hand erzählt hatten. Alles wirkte ziemlich schmuddelig, und Ralph hatte eine Fahne und nikotingelbe Finger.

»Untenrum freimachen«, sagte er knapp.

Es gab nicht einmal eine Umkleidekabine oder einen Paravent, hinter dem ich mich ausziehen konnte. Während ich mir also vor seinen Augen Hose und Slip auszog, sah ich, dass er ein ganzes Wasserglas einer braunen Flüssigkeit herunterkippte. Mir kroch die Angst wie Eis durch die Adern, aber ich hatte keine Wahl. Innerlich zitternd setzte ich mich auf den Stuhl, spreizte die Beine und schloss die Augen. Ralph hustete und klapperte mit irgendwelchen Instrumenten herum.

»Was ich jetzt tue, ist streng verboten, das weißt du ja wohl«, sagte er, ohne mich dabei anzusehen. »Und es ist schon ein bisschen spät für 'ne Abtreibung. Wenn was schiefgeht, werde ich sagen, dass ich dich nie gesehen habe. Nur dass das klar ist.«

»Ja, klar«, flüsterte ich eingeschüchtert.

»Okay.« Er setzte sich auf einen Stuhl zwischen meine gespreizten Beine. »Wird jetzt ein bisschen unangenehm. In zehn Minuten ist alles vorbei.«

Es tat höllisch weh, aber ich gab keinen Laut von mir. Ich biss die Zähne zusammen, dass es nur so knirschte, und kämpfte gegen die Tränen. Bei der Erinnerung an das, was mir zu diesem Zustand verholfen hatte, überkamen mich Ekel und

Zorn und dämpften das entsetzliche Gefühl der Demütigung, das ich verspürte, während ein wildfremder Mann in den geheimsten Bereichen meines Körpers herumstocherte.

»So«, sagte Ralph nach einer Weile und hustete wieder. »Das war's. Musst dich die nächsten Tage ein bisschen schonen. Kein Sex und so. Ich geb dir ein paar Schmerztabletten mit, für alle Fälle. Und am besten lässt du dir mal die Pille verschreiben. Dann passiert so was nicht.«

Hielt er mich etwa für eine, die hirnlos durch die Gegend vögelte und deshalb schwanger geworden war? Aber selbst wenn, es konnte mir egal sein.

»Okay«, murmelte ich benommen.

»Es kann Blutungen geben.« Er griff in ein Regal und reichte mir eine Packung Binden. »Macht dann hundertfünfzig Dollar. In bar.«

Er wartete nicht einmal, bis ich mich wieder angezogen hatte. Offensichtlich brauchte er das Geld ziemlich dringend.

»Nicholas hat das Geld.« Ich ließ mich vom Stuhl rutschen, taumelte zu dem Hocker, auf dem meine Kleider lagen, und zog mich so schnell wie möglich an. Ich wollte nur noch hier weg aus diesem grässlichen Kellerloch, weg von diesem hustenden, gefühllosen Säufer. Ich fühlte mich schrecklich müde und erschöpft, aber auch erleichtert. Unwillkürlich musste ich an Reverend Burnett und seine grauen Augen denken. Bei der Vorstellung, was dieser gottesfürchtige Moralapostel wohl hierzu sagen würde, krümmte ich mich innerlich. Kein Zweifel, Scheiterhaufen und Hölle wären die geringsten Strafen für mich. Mit weichen Beinen schwankte ich die Treppe hinauf. Nicholas blickte mich kurz an, dann verschwand er mit dem Kerl, um ihn zu bezahlen.

Ich war froh, als ich wieder im Auto saß.

»Ich gebe dir das Geld wieder, sobald wir zu Hause sind«,

sagte ich und vermied es, ihn anzusehen. Es war alles so schrecklich peinlich. Er nickte nur.

»War es sehr schlimm?«, fragte er. Ich zitterte und fror und fühlte mich elend. Und gedemütigt. Aber kein bisschen demütig.

»Ich bin okay«, sagte ich leise. »Vielen Dank für deine Hilfe.«

»Ich hoffe, es war wirklich eine Hilfe«, erwiderte Nicholas. »Ich hatte Ralph irgendwie anders in Erinnerung.«

»Lass uns nicht mehr davon sprechen«, bat ich ihn. »Bitte.«

»Okay«, er nickte und fuhr weiter. Wir fuhren eine ganze Weile schweigend. Ich kauerte mich in meiner Ecke zusammen und empfand nichts außer dem starken Drang, mich irgendwo zu verkriechen und zu heulen.

»Magst du was essen?«, erkundigte sich Nicholas, als wir die Staatsgrenze hinter uns gelassen hatten und uns wieder in Nebraska befanden. Es wurde allmählich dunkel.

»Ich habe keinen Hunger«, antwortete ich. Er fuhr trotzdem an der nächsten Tankstelle raus, tankte voll und kaufte ein paar Dosen Cola, Sandwiches und Schokoriegel. Ich trank dankbar eine Cherry-Coke, aß aber nichts. Nicholas gab mir eine Decke, in die ich mich einwickelte.

»Versuch, ein bisschen zu schlafen«, sagte er. Ich legte mich auf die Vorderbank und bettete meinen Kopf auf seinen Oberschenkel. Seine Anwesenheit war tröstlich, aber ich fühlte mich aller Perspektiven beraubt. Noch vor ein paar Monaten hatte ich so viele Träume und Wünsche gehabt, ich war mir ganz sicher gewesen, dass ein großartiges Leben vor mir lag. Jetzt war ich mir dessen nicht mehr sicher. Nicholas konnte wirklich gar nichts für mein Elend, und es tat mir leid, dass ich ihn so abweisend behandelte, aber ich wollte weder essen noch reden. Nach einer Weile schlief ich ein.

Plötzlich schreckte ich mit rasendem Herzschlag hoch. Ich

hatte wieder von dem Polizisten geträumt, davon, dass er mich verfolgte. Er war hinter mir das Gerüst einer Achterbahn hochgeklettert und grabschte mit einem höhnischen Lachen nach meinen Füßen. Verwirrt und schluchzend sah ich mich um und brauchte ein paar Sekunden, um zu begreifen, wo ich war.

»Hey«, sagte Nicholas. »Was ist denn los, Kleines?«

»Ich hatte so einen schrecklichen Alptraum.« Ich schüttelte den Kopf und begann zu weinen. Da legte er den Arm um mich, und ich klammerte mich schluchzend an ihn.

»Lass mich nicht allein«, schluchzte ich verzweifelt. »Bitte bleib bei mir.«

»Aber ich bin doch bei dir.« Er hielt mich fest in seinem Arm und wartete, bis ich mich wieder einigermaßen beruhigt hatte.

»Wieder besser?«, fragte er, und ich nickte. Eng an ihn gepresst spürte ich, wie meine grässliche Angst nachließ und der Alptraum verblasste. Ich stieß einen tiefen Seufzer aus. Mir war, als könne mir niemals wieder etwas zustoßen, wenn nur Nicholas bei mir war und mich in die Arme nahm. Und auf einmal überkam mich der heiße Wunsch, nie mehr nach Hause zurückkehren zu müssen. Ach, wenn diese Fahrt doch nie vorüber sein würde! Wenn ich doch immer dieses Gefühl von Geborgenheit verspüren könnte! Mir graute es davor, auf die Willow Creek Farm, nach Fairfield und in die Schule zurückzukehren, allein nachts den Alpträumen ausgeliefert zu sein.

»Du bist wirklich ein tapferes Mädchen«, sagte Nicholas ein paar Meilen später. Seine Stimme war rau und kein bisschen spöttisch.

»Nur weil du bei mir bist«, antwortete ich. »Wenn du da bist, habe ich das Gefühl, mir kann nichts passieren.«

Er stieß einen tiefen Seufzer aus und sah mich weiterhin unverwandt an.

»Könnten wir nicht einfach woanders hinfahren?«, flüsterte ich. »Nicht mehr zurück nach Fairfield?«

Sein Gesicht wurde ernst.

»Ach, Kleines.« Er zog mich enger an sich. »Wir müssen vernünftig sein. Du bist minderjährig, man würde nach dir suchen. Und wenn sie uns finden, dann gibt's mächtigen Ärger.«

»Dann heirate mich.«

Ich wunderte mich selbst, dass ich das gesagt hatte, denn bisher hatte ich noch nie einen Gedanken ans Heiraten verschwendet.

»Würdest du das wollen? Mich heiraten?«

Ich nickte und lächelte ein wenig.

»Auf der Stelle.«

»Das ist verrückt. Du kennst mich doch kaum. Und ich bin zu alt für dich.«

»Wer sagt das?«

»Ich.«

»Na und? Ich liebe dich.« In der Sekunde, in der ich das aussprach, wusste ich, dass es die Wahrheit war. Das, was ich für Nicholas Walker empfand, war nicht die rasende, besessene Leidenschaft, die mich mit Christopher verbunden hatte, auch nicht die sehnsüchtige, alberne Verliebtheit, die ich für Jerry empfunden hatte. Nein, meine Gefühle für Nicholas waren anders. Tiefer.

»O Gott, Sheridan.«

Ich betrachtete sein Gesicht, das hin und wieder von den Scheinwerfern entgegenkommender Fahrzeuge flüchtig erhellt wurde.

»Du bist eine schöne junge Frau«, sagte Nicholas, ohne mich anzusehen. »Du bist intelligent und außergewöhnlich begabt. Deine ganze Zukunft liegt noch vor dir. Du solltest studieren, etwas aus dir machen. Und dich nicht in einen alten, vorbestraften Cowboy verlieben, der …«

Er brach ab und schüttelte den Kopf.

»Was redest du denn da?«, sagte ich. »Das ist doch Unsinn.

Du bist der beste Mann, den ich je kennengelernt habe. Und es stört mich nicht im Geringsten, was du in deinem Leben vorher getan hast.«

Nicholas wandte sich mir zu.

»Bitte, Sheridan«, sagte er mit eigentümlich belegter Stimme, »sag so etwas nicht mehr. Lass uns einfach Freunde sein wie bisher. Okay?«

Ich sah ihn lange an, prägte mir jede Linie seines Gesichts ein, den Schwung seiner dichten Wimpern, die Farbe seiner Augen. Wie konnte ich annehmen, dass er in mich verliebt sein könnte? Er wusste, dass ich vergewaltigt worden war, er selbst hatte die Leiche des Mannes, den ich getötet hatte, verschwinden lassen. Und jetzt hatte ich auch noch abgetrieben. Welcher Mann wollte schon eine Frau mit einer solchen Vergangenheit?

»Okay«, flüsterte ich und zwang mich zu einem Lächeln, obwohl mir die Tränen in der Kehle brannten.

Für den Rest der Fahrt bemühte Nicholas sich sehr, so zu tun, als hätten wir nie über so etwas wie heiraten oder Liebe gesprochen. Und ich versuchte genauso angestrengt, mich ganz normal zu benehmen. Als ich um kurz nach neun Uhr abends vor Mary-Janes Haus aus seinem Auto stieg und wir uns voneinander verabschiedeten, brach mir fast das Herz.

Zu Hause erwartete mich dann eine unangenehme Überraschung. Dad war da, er stand in der Küchentür, als ich leise die Haustür öffnete, und warf mir einen unheilverkündenden Blick zu.

»Wo kommst du jetzt her?«, fragte er mich mit eisiger Stimme. Ich war so überrascht, ihn zu sehen, und so durcheinander, dass ich nicht wusste, was ich sagen sollte. Ich wollte nur noch in mein Bett und mir die Decke über den Kopf ziehen.

»Sheridan!«

Ich hob den Kopf und blickte direkt in seine blauen Augen.

»Es ist zehn nach neun«, sagte er. »Du hast heute die Schule geschwänzt. Wo bist du seit heute Morgen gewesen? Wir haben dich gesucht.«

Das war mir völlig egal. Was wusste er denn schon, was ich durchgemacht hatte? Er sollte froh sein, dass ich ihm und der ganzen Familie Grant die Schande ersparte, als ledige Schwangere für wochenlangen Gesprächsstoff in diesem gottverdammten Kaff zu sorgen!

»Warum interessiert es dich auf einmal, was ich tue?«, gab ich scharf zurück. »Du bist doch auch sonst nicht hier und willst wissen, wo ich bin und was ich mache!«

»Ich habe dir bisher auch immer vertraut«, antwortete Dad mit derselben Schärfe. »Aber du machst es mir nicht gerade leicht, dir weiterhin zu vertrauen. Also?«

»Ich kann es dir nicht sagen.«

Er starrte mich an, ich starrte zurück.

»Geh auf dein Zimmer, Sheridan«, sagte er noch etwas eisiger als zuvor. »Du hast ab sofort Hausarrest. Und du wirst auch nicht über das Dach verschwinden, denn sonst lernst du eine Seite an mir kennen, die du lieber nicht kennenlernen möchtest.«

Ich nickte stumm und wandte mich ab. Mühsam schleppte ich mich die Treppe hinauf, warf meinen Rucksack in meinem Zimmer in eine Ecke und kroch in mein Bett. Mit jeder Faser meines Herzens sehnte ich mich nach Nicholas. Bisher hatte ich keine Ahnung gehabt, wie allein man sich fühlen konnte.

Am nächsten Morgen fühlte ich mich elend und fiebrig, aber es gab keine Entschuldigung, die Dad hätte gelten lassen, um im Bett bleiben zu können. Beim Frühstück wich ich seinem bohrenden Blick aus, überhörte Tante Rachels Gekeife und schleppte mich, ohne etwas gegessen zu haben, zum Auto. In der Schule bekam ich Schüttelfrost und starke Unterleibsschmerzen, gegen die ich auf der Toilette ein paar von Ralphs Tabletten schluckte. Die Tabletten oder das Fieber oder beides zusammen benebelten mein Gehirn, aber sie betäubten auch den Schmerz, so dass es mir gelang, mich einigermaßen durch den Tag zu quälen. Am Nachmittag zitterte ich am ganzen Körper so stark, dass ich kaum aus dem Schulbus steigen konnte, der mich bis nach Hause gefahren hatte, denn Esra hatte nicht auf mich gewartet.

Glücklicherweise war niemand zu Hause, der mich davon abhielt, mich in meinem Bett zu verkriechen. Ich schlief sofort ein. Mitten in der Nacht wachte ich auf, weil ich unerträgliche Unterleibsschmerzen hatte. Ich krümmte mich zusammen und hoffte, dass der Schmerz irgendwann nachlassen würde. Der Schweiß brach mir am ganzen Körper aus, gleichzeitig fror ich. Um halb vier kroch ich auf allen vieren zu meinem Rucksack und wühlte nach den Tabletten. Ich taumelte ins Badezimmer. Erst jetzt bemerkte ich, wie mir das Blut warm an den Beinen herunterlief.

»Scheiße«, murmelte ich und stopfte mir ein Handtuch zwischen die Beine. Mir war schwindelig. Ich starrte auf die immer größer werdende Blutlache auf dem Boden. Als ich die Hand nach dem Zahnputzglas ausstreckte, um mir Wasser für die Tabletten einlaufen zu lassen, rutschte es mir aus der Hand und zerschellte mit lautem Klirren auf dem Boden. Die Knie gaben unter mir nach, und ich sackte in mich zusammen, als seien meine Knochen aus Gummi. Die Kälte der Fliesen fühlte sich auf meiner fieberheißen Haut angenehm an. Wären die grässlichen Schmerzen nicht gewesen, hätte ich mich beinahe wohl gefühlt. Die Deckenlampe ging an. Ich blinzelte in das grelle Licht und erkannte meinen Vater.

»Sheridan? Was ist das hier für ein … O mein Gott!«

Sein Gesicht war gleichzeitig fern und doch bedrohlich groß. Es kam mir so vor, als würde ich alles durch Watte hören und sehen. Ich erkannte die Besorgnis in seinem Gesicht und die Angst in seiner Stimme, aber beides berührte mich nicht. Alle Angst und Qual in meinem Innern hatten sich in Luft aufgelöst, fast hätte ich gelacht, weil ich mich so friedlich und glücklich fühlte. Ich spürte, wie ich hochgehoben und weggetragen wurde, ich hörte Stimmen, die irgendwie aufgeregt und besorgt klangen, aber ich hatte nicht mehr die Kraft, die Augen zu öffnen. Der Schmerz war auch weg, und für einen Moment dachte ich, dass es schön sein müsste, jetzt einfach so in diesem schwerelosen, entspannten Zustand bleiben zu können. Ich träumte von Nicholas. Er lachte mich an, streckte die Hand nach mir aus, und ich ergriff sie. Ein heißer Nachmittag, wir ließen uns nackt im kühlen Wasser des Willow Creek treiben. Die warme Luft war erfüllt vom Summen der Bienen, und ich war glücklich in dem Bewusstsein, dass Nicholas und ich zusammen waren. Alle Ängste waren so weit weg wie der Mond.

Doch irgendwann wurde ich jäh aus dem schönen Traum gerissen. Aufgeregte fremde Stimmen drangen an mein Ohr, grelles Licht blendete meine Augen. Nicholas' lächelndes Gesicht begann vor meinem inneren Auge zu zerfließen, und ich wehrte mich gegen die unnachgiebigen Hände, die mich mit Gewalt von ihm fortzerrten.

»Nicholas!«, wollte ich schreien, aber es war nur ein Flüstern, das über meine Lippen kam. Und dann verlor ich wieder das Bewusstsein.

Als ich zu mir kam, brauchte ich einen Moment, um zu begreifen, wo ich war. Mühsam öffnete ich die Augen. Ich lag in einem Krankenzimmer, und auf einem Stuhl neben dem Fenster saß Dad, den Kopf in die Hände gestützt. Allmählich formten sich die Bruchstücke der Erinnerungen in meinem Kopf zu einem Ganzen. Die Abtreibung in Kansas City, das Blut an meinen Beinen. O Gott! Dad musste mittlerweile wissen, was mit mir los war. Als ob er gespürt hätte, dass ich wieder wach war, blickte er in diesem Moment hoch. Unsere Blicke begegneten sich. Er sah sehr müde aus.

»Wie geht es dir?«, fragte er.

Was sollte ich darauf antworten? Mir ging es beschissen.

»Du hast sehr viel Blut verloren. Man musste dir mehrere Bluttransfusionen geben«, sprach er weiter, als ich stumm blieb. »Warum hast du mir nicht gesagt, was passiert ist?«

»Ich hab es ja auch erst an dem Morgen begriffen«, erwiderte ich. »Du warst nicht da und …«

Ich brach ab, zuckte kraftlos die Schultern.

»Hat … hat Nicholas dich zu der … Abtreibung gezwungen?« Er sprach so leise, dass ich ihn kaum verstand. »Hast du mit ihm geschlafen?«

Ich begriff, was in seinem Kopf vorging, und richtete mich mühsam auf.

»Nein, das habe ich nicht. Nicholas hat damit nichts zu tun«, flüsterte ich heiser. Mein Hals tat weh.

»Wer war es dann?« Dads Gesicht war grau, eine versteinerte Maske vorwurfsvoller Enttäuschung. »Brandon Lacombe?«

Warum, zum Teufel, sollte ich ihn schonen? Wenn er die Wahrheit unbedingt wissen wollte, dann konnte er sie erfahren.

»Ich weiß nicht, wie er hieß«, sagte ich deshalb. »Ich bin vergewaltigt worden. In der Nacht nach der Halloween-Party.«

»*Wie bitte?*« Der deprimierte Ausdruck auf Dads Gesicht verwandelte sich in Fassungslosigkeit. »Aber … aber … warum hast du nichts davon gesagt? Wieso bist du nicht zur Polizei gegangen?«

»Der Mann, der mich vergewaltigt hat, war ein Polizist.« Ich stieß einen Seufzer aus und vermied es, ihn anzusehen. »Ich hatte gehofft, ich müsste dir das alles nicht erzählen. Ich … ich wollte vermeiden, dass du es erfährst. Ich wollte, dass du …

dass du mich so siehst, wie du mich sehen möchtest: so ein Mädchen, wie meine Mom es war. Fröhlich, begabt … nett, eben. Deshalb habe ich dir vieles nie erzählt.«

»Aber Sheridan, ich … ich bin doch dein Vater! Du kannst mir immer vertrauen, du …« Er war aufgestanden und an mein Bett getreten, aber ich hielt ihn mit einer Handbewegung zurück.

»Wenn du erst alles weißt, wirst du mich verabscheuen«, sagte ich. »Und ich kann dich sogar verstehen. Du hast mich damals in deine Familie aufgenommen, obwohl Tante Rachel es nicht wollte. Und dann … dann enttäusche ich dich so sehr.«

Schonungslos erzählte ich ihm alles. Ich fing mit dem Abend an, an dem ich ihn im Krankenhaus besucht hatte und von dem Polizisten angehalten worden war. Ich erzählte von meiner Fahrerflucht und wie der Polizist begonnen hatte, mich zu verfolgen und zu bedrohen. Ich erzählte von dem T-Shirt mit den Spermaflecken und dass das der Grund dafür gewesen war, dass ich mir die Haare abgeschnitten und gefärbt hatte.

Dad stand wie festgefroren an meinem Bett, die Hände um das Fußende geklammert, und starrte mich ungläubig an.

»Er hat mir nach der Halloween-Party aufgelauert und ist über mich hergefallen. Ich war außer mir vor Angst und Panik und plötzlich hatte ich einen Stein in der Hand. Auf einmal lag er vor mir … überall war Blut, und er war tot. Ich hab ihn erschlagen.«

Dads Gesicht wurde noch blasser. Er war sprachlos.

»Ich bin in der Nacht zu Nicholas gefahren, bei uns war ja niemand zu Hause.« Ich sprach tonlos, mir war alles gleichgültig. »Er drängte mich, zur Polizei zu gehen, und sagte, ich hätte nichts zu befürchten, denn es sei Notwehr gewesen. Aber das wollte ich unter keinen Umständen. Dann hättest du es erfahren, jeder hätte es erfahren. Es hätte in der Zeitung gestanden, man hätte mich untersucht und mich gezwungen, immer wieder darüber zu reden und nachzudenken. Das hätte ich einfach nicht ertragen. Ich bin dann nach Hause gefahren, habe mich gebadet und meine Kleider verbrannt. Nicholas kam am nächsten Morgen, um nach mir zu sehen, und sagte mir, er habe die Leiche irgendwo versteckt, wo sie niemand finden würde. Und so war es auch. Man hat nach dem Kerl gesucht. Aber kein Mensch hat je erfahren, dass er mich vergewaltigt hat und dass ich ihn getötet habe.«

»Mein Gott, Sheridan«, flüsterte Dad.

»Seit Weihnachten war mir jeden Tag übel, ich musste mich dauernd übergeben«, fuhr ich fort. »Ich hab es nicht kapiert, aber dann war es klar: Ich war schwanger. Ich hätte mich eher umgebracht, als ein Kind von diesem … diesem widerwärtigen Vieh zu bekommen. Nicholas war der Einzige, zu dem ich gehen konnte. Er kannte jemanden in Kansas City, der … der mir das Kind weggemacht hat.«

Diese brutale Formulierung ließ Dad zusammenzucken. Für ein paar Sekunden war es totenstill in dem kleinen Krankenzimmer. Und dann fing er an zu weinen. Er stand einfach da, die Tränen liefen ihm über die unrasierten Wangen, und er tat nichts, um sie aufzuhalten.

»Es tut mir leid«, sagte ich. »Ich wollte nicht, dass du das alles erfährst. Und ich hätte es dir auch nicht gesagt, wenn du nicht Nicholas verdächtigt hättest.«

Er ließ sich schwer auf den Rand des Bettes sacken, das Gesicht verwüstet von Tränen und Trauer. Zaghaft ergriff er meine Hand.

»Was bin ich nur für ein elender Versager«, flüsterte er. »Was musst du von mir denken? Ich habe dich wahrhaftig immer im Stich gelassen, wenn du mich gebraucht hättest. Ich habe mir eingeredet, es ginge dir gut, und habe stattdessen nur daran gedacht, wie ich diesem Haus entrinnen konnte. Wärst du nicht gewesen, wäre ich wohl noch seltener nach Hause gekommen. Es tut mir so entsetzlich leid, was du durchmachen musstest! Ich hatte ja keine Ahnung!«

Ich war überwältigt von seinem Geständnis, und seine Verzweiflung und seine bitteren Selbstvorwürfe taten mir in der Seele weh. Erst hatte meine Mom ihn verlassen, und nun bereitete ich ihm Kummer.

Dad hob den Kopf und sah mich aus verweinten Augen an. Die Qual in seinem Blick bohrte sich wie ein Messerstich direkt in mein Herz.

»Du kannst doch nichts dafür«, murmelte ich benommen.

»Doch! Ich hätte dich beschützen müssen! *Ich* hätte für dich da sein müssen, nicht Nicholas! Aber du hast recht. Warum solltest du ausgerechnet mir vertrauen, der ich nicht einmal den Mut für ein Gespräch mit dir hatte! Ich war feige, weil ich deine Ähnlichkeit mit deiner Mutter nicht ertragen konnte, darum zog ich es vor, in Washington zu sein. Und deshalb musstest du all das durchmachen. Ich habe wirklich alles im Leben falsch gemacht.«

* * *

Am nächsten Tag kam Nicholas mich besuchen. Mein Herz schlug einen freudigen Salto, als er mit einem Blumenstrauß vor meinem Bett stand und lächelte. Es war, als würde die Sonne nach drei Tagen durch die Wolkendecke kommen.

»Wie geht es dir?«, erkundigte er sich.

»Schon besser«, antwortete ich. »Morgen oder übermorgen darf ich nach Hause.«

Er nahm den Stuhl und setzte sich an mein Bett.

»Ich muss mit dir reden, Sheridan.« Seine Miene wurde ernst, und in dieser Sekunde wusste ich, dass sein Besuch ein Abschied war. Ich starrte ihn an, aber er wich meinem Blick nicht aus.

»Du bist gekommen, um mir Lebewohl zu sagen, nicht wahr?«, flüsterte ich, und er nickte.

Mein Herz krampfte sich in meiner Brust schmerzhaft zusammen.

»Ist es wegen mir? Hat mein Dad etwas damit zu tun? Ich habe ihm alles erzählt.«

»Das ist auch gut so.« Nicholas lächelte ein ganz klein wenig. »Vernon und ich haben gestern sehr lange gesprochen und sind übereingekommen, dass die ganze Sache unser Geheimnis bleibt. Davon wissen nur du, ich und er. Ich gehe nicht wegen dir oder Vernon von hier weg. Es ist einfach an der Zeit für mich, weiterzuziehen. Aber wegen dir werde ich immer wieder nach Fairfield zurückkommen.«

»Aber … aber ich … ich brauche dich, Nicholas!«, stammelte ich und wartete darauf, dass ich weinen würde, aber es kamen keine Tränen. Innerlich hatte ich offenbar schon damit gerechnet, dass es eines Tages so kommen würde.

Nicholas sah mich lange an, dann seufzte er und ergriff meine Hände.

»Ich bin kein Mann für dich, Sheridan«, sagte er leise, aber bestimmt. »Auch wenn ich manchmal wünschte, es wäre anders, so werde ich dich nie auf die Weise lieben können, wie du es dir wünschst und wie du es verdienst. Das liegt nicht an dir, denn du bist eine wunderschöne, warmherzige und intelligente junge Frau. Wenn ich nicht so wäre, wie ich nun einmal bin, dann würde ich mich ganz sicher genauso in dich verlieben, wie du dich in mich verliebt hast.«

»Wie meinst du das?« Ich sah ihn verwirrt an und verstand nicht, wovon er sprach.

»Sheridan, ich bin …« Er suchte einen Moment nach den passenden Worten, dann seufzte er wieder. »Ich bin … ich kann … ich mache mir nichts aus Frauen.«

»Du meinst, du bist … schwul?« Ich blickte schockiert in

das vertraute und doch plötzlich fremde Gesicht mit einer Mischung aus Unglauben und Verständnislosigkeit.

»Ja.«

Schwul? Nicholas? Doch dann erinnerte ich mich dunkel an eine Bemerkung, die Sheriff Benton an dem Tag gemacht hatte, an dem ich mit Nicholas zum Rodeoplatz gefahren war. *Seit wann stehst du überhaupt auf kleine Mädchen?*

Ich schluckte.

»Aber ... aber du warst in meine Mom verliebt«, flüsterte ich. »Vielleicht kannst du dich doch auch in mich verlieben.«

»Ich war damals zwölf.« Nicholas zuckte die Schultern und lächelte leicht, aber es war kein frohes Lächeln. »Ich bin eine ganze Weile mit Mädchen und Frauen ausgegangen, weil ich selbst nicht begriffen habe, was mit mir los ist. Das hat ziemlich lange gedauert, bis ich es kapierte und mir selbst eingestehen konnte. Es weiß fast niemand, denn die Leute, gerade in meinem Job, sind nicht besonders tolerant, was das angeht.«

Ich hielt seine Hände umklammert.

»Ich hätte es dir viel eher sagen sollen, aber es gab irgendwie nie die richtige Gelegenheit. Vielleicht habe ich mich auch nur nicht getraut, weil ich dich wirklich sehr, sehr gerne habe und befürchtete, es würde dich abstoßen.«

»Das hätte es niemals getan«, erwiderte ich mit brüchiger Stimme. »Wir sind doch Freunde.«

Nicholas drückte meine Hände, in seinen blauen Augen schimmerte es verdächtig. Wäre er etwa der zweite Mann, der innerhalb von vierundzwanzig Stunden an meinem Bett in Tränen ausbrechen würde?

»Ja, das sind wir«, versicherte er mir rau. »Dir war das Gerede der Leute von Anfang an gleichgültig. Du hast mich gemocht, selbst als ich den Job im Red Boots angenommen habe und als du wusstest, was sie hier über mich reden. Das werde ich dir nie vergessen.«

Das Blut rauschte in meinen Ohren.

Ja, ich hatte mir eingebildet, dass er mich auch liebte und nur warten wollte, bis ich alt genug war, damit wir heiraten konnten.

»Ich möchte dein Freund bleiben, Sheridan.« Nicholas' Gesicht hatte plötzlich einen gequälten Ausdruck. »Ich weiß, ich hätte von Anfang an ehrlich zu dir sein sollen, als ich gemerkt habe, dass du dich in mich verliebt hast. Aber irgendwie habe ich gedacht ... gehofft, du würdest es irgendwie merken, und dann ... ach, verdammt.«

»Ist schon gut«, murmelte ich und schüttelte heftig den Kopf. »Ich war eine Idiotin. Du hast mir nie Hoffnungen gemacht, aber ich habe mir eben eingebildet, dass ... ach ... es ist jetzt auch egal ...«

Seine Gesichtszüge verschwammen vor meinen Augen, ich hörte seine Stimme wie durch eine Wand, als sei er weit weg.

Nicholas hatte mich nie begehrt oder geliebt, weil er Männer Frauen vorzog! Wie albern, wie dumm war ich gewesen, dass ich das nicht erkannt hatte! Plötzlich ergriff mich eine tiefe Scham, ich hasste mich dafür, dass ich nichts begriffen hatte, weil ich nur an mich selbst gedacht hatte.

»Ich danke dir für alles, was du für mich getan hast«, flüsterte ich tonlos, »aber jetzt solltest du besser gehen. Ich bin ... müde.«

»Okay.« Er holte tief Luft, dann beugte er sich nach vorn und küsste schüchtern meine Wange. Am liebsten hätte ich meine Arme um ihn geschlungen und ihn festgehalten, für immer und ewig.

»Leb wohl, Sheridan. Ich werde immer an dich denken.«

Für ein paar idiotische Augenblicke hatte ich tatsächlich gehofft, er sei gekommen, um mir zu sagen, dass er mich liebte, aber stattdessen ging er nun weg und ließ mich einsamer und elender zurück, als ich je gewesen war.

»Leb wohl, Nicholas«, sagte ich. »Pass auf dich auf!«

»Das werde ich.« Er lächelte zum Abschied. »Und ich komme wieder, das verspreche ich dir.«

Das hatte mir Jerry damals auch versprochen, aber er war nie mehr aufgetaucht und hatte mich vergessen. Es gelang mir, die Tränen zurückzuhalten, bis Nicholas die Tür hinter sich geschlossen hatte, aber dann weinte ich und weinte, weil ich das Gefühl hatte, etwas verloren zu haben, was ich niemals wirklich besessen hatte.

* * *

Niemand erfuhr je, weshalb ich im Krankenhaus gelegen hatte. Niemand wusste, dass ich schwanger gewesen war und abgetrieben hatte, außer Dad und den Ärzten, die der Schweigepflicht unterlagen. Tante Rachel gab sich mit der Lüge zufrieden, ich hätte einen Kreislaufzusammenbruch gehabt.

Seit Nicholas Fairfield verlassen hatte, war mein Leben jeglicher Perspektive beraubt, ich fühlte mich völlig leer und bewegte mich wie ein Roboter durch die Tage. Manchmal wusste ich nicht einmal, welcher Wochentag war.

Ohne dass ich mich auch nur im Geringsten anstrengte, war ich innerhalb weniger Wochen wieder Klassenbeste. Christopher Finch war von meinem Herzen längst so weit entfernt wie Fairfield vom Mond, und mir gelang es auch, meine Gefühle für Nicholas zu verdrängen. Ich packte mir meine Tage voll mit Aktivitäten, die mich ablenkten, belegte an der Schule so viele Kurse wie möglich, sang im Kirchenchor und nahm sogar regelmäßig an Bibelstunden, Jugendtreffs und anderen Kirchenveranstaltungen teil, nur um mich nicht erinnern zu müssen.

Anfang Mai kam Malachys und Rebeccas Sohn zur Welt. Sie nannten ihn Adam Horatio, zu Ehren des vergötterten Reverends. Eine Woche vor meinem siebzehnten Geburtstag gab es eine große Feier anlässlich der Taufe von Adam Horatio Grant, zu der die ganze Verwandtschaft von Rebecca aus Iowa anreiste. Martha und ich waren tagelang mit den Vorbereitungen beschäftigt, Tante Rachel hielt sich aus der Arbeit raus, was mir eigentlich nur recht war.

Am Abend vor der Taufe kam Dad zurück. Er war erfreut über meine guten Schulnoten – nur As und Bs, sonst nichts. Meine Haare waren mittlerweile wieder schulterlang und dunkelblond, die schrecklichen Erlebnisse verblasst zu vagen Erinnerungen und die Narben auf meiner Seele oberflächlich verheilt. Ich ging Dad so gut es ging aus dem Weg. Ein Gespräch mit ihm suchte ich nicht mehr. Welches Recht hatte ich, ihm von den Tagebüchern meiner Mom zu erzählen und damit womöglich den alten Schmerz in ihm neu zu entfachen?

Zwischen Tante Rachel und mir herrschte Waffenstillstand; klag- und wortlos erfüllte ich meine Pflichten, begehrte nicht mehr auf und gab ihr nicht den geringsten Anlass, mit mir zu streiten. Für die Sommerferien hatte ich einen Job als Kassiererin im Supermarkt an der Main Street ergattert, abends würde ich wie üblich für unsere Saisonarbeiter kochen, und so hoffte ich, diesen letzten Sommer in Fairfield irgendwie herumzubekommen.

Am Tag der Taufe fuhr ich mit Hiram zur Kirche, die ich am frühen Morgen zusammen mit Rebeccas Mutter, Martha und Lucie Mills geschmückt hatte. Die Kirche war fast bis auf den letzten Platz gefüllt, und das, obwohl keine offizielle Messe war.

»Schau mal einer an«, spottete Hiram leise. »Der neue Pfaffe macht das ganze Kaff zu Strenggläubigen.«

Ich grinste abwesend und nickte. Es war offensichtlich, dass nur die wenigsten wegen Adam Horatio Grants feierlicher Aufnahme in die Gemeinschaft der Gläubigen gekommen waren. Als wir später um das Taufbecken herumstanden, begegnete ich dem Blick von Reverend Horatio Burnett. Er war mir so gleichgültig wie alle anderen um mich herum, und ich erwiderte seinen Blick provokativ, bis er ihn abwenden musste, um die Situation nicht peinlich werden zu lassen. Manchmal hatte ich das Gefühl, er versuchte, in meine Seele zu schauen, aber da hatte er Pech gehabt, denn da gab es nichts mehr zu sehen.

Tante Rachel hatte ihn natürlich zur Tauffeier eingeladen, die bei uns im Garten stattfand. Martha und ich hatten eine prachtvolle Tafel mit dem feinsten Porzellan, den Kristallgläsern und dem silbernen Besteck gedeckt, was die Banausen aus Iowa zu Marthas Verärgerung nicht einmal registrierten. Horatio Burnett bekam einen Ehrenplatz in der Nähe der stolzen Eltern und Großeltern des Täuflings. Nicht zuletzt deshalb hatte ich freiwillig darauf verzichtet, mit am Tisch zu sitzen, aber ohnehin legte niemand gesteigerten Wert auf meine Anwesenheit, außerdem half ich Martha beim Servieren und Abräumen und in der Küche.

Ich band mir eine Schürze vor mein Kleid und tauschte die Kirchenschuhe gegen Turnschuhe, weil ich dauernd von der Küche in den Garten und zurück laufen musste. Aus der sicheren Entfernung der Hinterveranda beobachteten Martha und ich, wie Reverend Burnett, der trotz der Hitze wie üblich einen schwarzen Anzug, ein weißes Hemd und eine schwarze Krawatte trug, vor dem Essen aufstand, die Hände zum Gebet faltete und mit seiner weittragenden Stimme anfing zu beten. Alle taten es ihm nach, falteten die Hände und senkten andächtig die Köpfe, sogar Esra, der Heuchler. Ich hätte bei diesem Anblick am liebsten laut gelacht. Endlich war das Gebet beendet, Martha und ich durften auftragen und Getränke einschenken. Der Reverend aß wenig und trank nur Wasser ohne Kohlensäure. Er lachte und lächelte nur selten, war aber zu allen höflich, und jedermann riss sich darum, mit ihm ins Gespräch zu kommen, als wäre alles, was er von sich gab, die pure Offenbarung. Der Einzige, mit dem er sich recht angeregt unterhielt, war Dad, und offenbar redeten sie über mich, denn Horatio Burnett sah mich immer wieder mit einem schwer zu deutenden Ausdruck in den Augen an. Vielleicht spürte er auch einfach meine Abneigung. Trotzdem irritierte und verärgerte mich sein ständiges Geglotze. Wie würde er wohl reagieren, sollte er erfahren, was ich so alles in den letzten Monaten erlebt hatte? Wahrscheinlich, dachte ich mit zynischer Belustigung, würde er meine Missetaten vor der versammelten Gemeinde aufzählen und danach ein Exempel statuieren, indem er mich geteert und gefedert aus der Stadt jagen ließe.

Später stand ich in der Küche, spülte die Unmengen von Gläsern und Geschirr, die nicht in den Geschirrspüler passten, und hing meinen Gedanken nach. Mary-Jane hatte mir Grüße von Nicholas, der sie aus Albuquerque angerufen hatte, ausgerichtet, und darüber hatte ich mich wirklich gefreut. Als ich endlich das meiste weggespült und draußen den Kaffee serviert hatte, setzte mich auf den Stein unterhalb der Vorderveranda. Ich hatte mir heimlich das Rauchen angewöhnt, nestelte eine Zigarette aus dem zerknautschten Päckchen und zündete sie an. Meine Gedanken wanderten zu Christopher Finch und sogar zurück bis zu Danny. Was hatte ich bloß an ihnen gefunden? Woher war dieser beinahe animalische Drang gekommen, der mich dazu gebracht hatte, mich mit ihnen zu paaren wie eine läufige Hündin? Liebe war es nicht gewesen, aber Liebe sollte dabei sein, wenn man miteinander schlief, sonst bedeutete es weniger als nichts. Mit Nicholas wäre es anders gewesen, da war ich mir ganz sicher.

Plötzlich knirschten Schritte im Kies, und ich fuhr zusammen. Mein Herz machte einen erschrockenen Satz, denn vor mir stand ausgerechnet Horatio Burnett. Er sah auf mich hinunter, aber ich machte keine Anstalten aufzustehen. Ja, ich zog sogar noch ein letztes Mal an der Zigarette, bevor ich sie austrat.

»Warum schließt du dich aus und feierst nicht mit deiner Familie?«, erkundigte er sich.

»Weil es nicht meine Familie ist«, erwiderte ich. »Und weil irgendeiner in der Küche sein muss.«

Der Ausdruck in seinen grauen Augen war unergründlich.

»Du gefällst dir in deiner Rolle als Außenseiterin«, stellte er fest, und ich schnaubte verächtlich.

»Sie haben doch keine Ahnung, was Sie da sagen«, sagte ich unwirsch. »Warum halten Sie sich nicht aus meinem Leben raus? Was bedeutet Ihnen schon ein Schäfchen, das Ihnen durch die Lappen geht? Sie haben doch genug andere, die hinter Ihnen herrennen und sich in die Kirche quetschen.«

»Es sind aber die verirrten Schafe, die der Hilfe des Herrn bedürfen«, entgegnete er schlagfertig, und da lachte ich ihn aus.

»Ich bin wahrhaftig nicht verirrt«, sagte ich spöttisch. »Und einen guten Hirten brauche ich sicherlich nicht.«

Halb hoffte ich schon, meine Unfreundlichkeit würde ihn verärgern und zum Verschwinden veranlassen, aber das war leider nicht der Fall.

»Glaubst du an Gott?«, fragte er mich zu meiner Überraschung.

Ich stand auf und trat auf die unterste Treppenstufe, so dass meine Augen auf derselben Höhe waren wie seine.

»Ich fürchte nicht«, erwiderte ich. »Oder können Sie mir erklären, welchen Grund Gott dafür haben könnte, ein Kind mit zwei Jahren zur Waise zu machen und es in eine lieblose Familie zu stecken? Und weshalb gibt Gott mir Talente, die mir hier nichts nützen, im Gegenteil, die sogar verdammt werden?«

»Wer verdammt deine Talente?«

»Sie zum Beispiel.«

»Ich?« Jetzt wirkte er wirklich erstaunt.

»Sie schimpfen auf die Musik und auf das Tanzen, als wären es Todsünden«, erinnerte ich ihn an seine Predigten. »Ich habe Songs geschrieben, die wir als Musical an der Schule aufgeführt haben. Letzten Sommer bin ich mit meiner Band aufgetreten, und ein Haufen Leute war begeistert. Und das soll Sünde sein? Wenn Gott das so sieht, dann glaube ich ganz sicher nicht an ihn.«

Plötzlich blickte Reverend Burnett regelrecht betroffen drein.

»Musik drückt mehr aus als tausend Worte«, sagte ich. »Menschen lieben Musik, tanzen gerne und sind gerne ausgelassen. Was ist daran falsch?«

»Musik berauscht«, widersprach er mir. Seine Stimme klang allerdings nicht mehr so fest wie sonst, sondern beinahe etwas unsicher. »Sie raubt den Verstand.«

»Musik tröstet. Sie heilt. Und sie versteht.« Wir standen uns gegenüber, Auge in Auge. »Ja, sie berauscht, ganz recht. Aber im positiven Sinne. Nicht wie Alkohol. Manchmal, wenn ich ausreite und ganz allein bin in der Natur, unten am Fluss oder draußen in den Hügeln – dann ist plötzlich eine Melodie in meinem Kopf, in meinem Körper. Früher habe ich mich dann ans Klavier gesetzt und sie gespielt, mir fielen die Worte dazu ein, und das hat mich sehr glücklich gemacht. Was ist daran falsch?«

»Du komponierst selbst Lieder?«

»Früher, ja. Ich würde es noch immer tun, wenn meine Tante nicht immer das Klavierzimmer abschließen würde, weil sie mein *Geklimper* nicht mehr in ihrem Haus hören will«, entgegnete ich.

Er betrachtete nachdenklich mein Gesicht.

»Ein junges Mädchen sollte das Leben positiv sehen. Du klingst verbittert.«

Für einen winzigen Moment hatte ich geglaubt, er würde tatsächlich verstehen, was ich ihm zu sagen versuchte. Doch jetzt reichte es mir. Glaubte er wirklich, es mache mir Spaß, die Dienstmagd zu spielen und in den Ställen und der Küche zu arbeiten? Viel lieber wäre ich mit Freunden zusammen gewesen, hätte ausgelassen gelacht und mich amüsiert! Er verglich mich offenbar mit den Mädchen in den Städten, in denen er gelebt hatte.

»Wissen Sie was, Reverend Burnett«, sagte ich mit mühsam gesenkter Stimme, aber ich zitterte innerlich. »Nicht *ich* bin hochmütig, sondern *Sie*. Sie maßen sich an, einen Menschen beurteilen zu können, den Sie überhaupt nicht kennen. Sie fällen pauschale Urteile, scheren hier jeden über einen Kamm, nur weil Sie etwas mehr in der Welt herumgekommen sind als die Leute hier. Wenn Sie erlebt hätten, was ich erlebt habe, dann wären Sie genauso verbittert wie ich es bin. Vielen Dank für Ihr fehlendes Verständnis, ich muss zurück in die Küche.«

Ich wandte mich um, aber seine Stimme hielt mich zurück.

»Warte, Sheridan!«

Hätte er mich angeschrien, wäre ich weitergegangen. Aber sein bittender Tonfall hielt mich zurück. Ich drehte mich um.

»Ich wollte dich nicht verletzen«, sagte er leise.

Langsam musterte ich ihn von Kopf bis Fuß.

»Das können Sie auch gar nicht«, erwiderte ich verächtlich. »Dafür bedeuten Sie mir zu wenig.«

Er nahm diese Zurückweisung ohne äußere Gefühlsregung auf.

»Sehen wir uns am Sonntag in der Kirche?«, fragte er noch.

»Natürlich«, entgegnete ich sarkastisch. »Wie jeden Sonntag. Ich kann es kaum erwarten.«

Nicholas war nicht mehr da. Von mir aus konnte Reverend Burnett jetzt predigen, bis die Sonne unterging.

* * *

Der Sommer kam und mit ihm die Erntezeit. Da ich von zehn bis sechs im Supermarkt arbeitete und danach in der Küche stand, blieb mir nur wenig Freizeit, in der ich hin und wieder auf Waysider zum Paradise Cove ritt. Dort setzte ich mich unter eine der mächtigen Trauerweiden, deren Äste bis zum Boden reichten, und dachte nach. Hier war meine Mom mit meinem Dad glücklich gewesen, aber hierher war sie auch gekommen, als sie unglücklich gewesen war. So wie ich jetzt. Was auch immer passiert war, nachdem sie Fairfield verlassen hatte, sie hatte immerhin die Erinnerung an eine glückliche Zeit und an eine große Liebe in ihrem Herzen mitnehmen können. Ich konnte das nicht, wenn ich nächstes Jahr von hier verschwand. Meine Erinnerungen würden nur bitter sein. Von Jerry und Nicholas verlassen und vergessen, von meinen Eltern belogen, von Christopher ausgenutzt und enttäuscht. Vergewaltigt worden war ich und zu einer Mörderin geworden – an einem Mann und einem ungeborenen Kind.

Ich hatte es weiß Gott nicht verdient, jemals glücklich zu sein, nach all der Schuld, die ich auf mich geladen hatte.

Jeden Tag überschlug ich im Kopf, wie viel Geld ich schon verdient hatte, und rechnete mir aus, dass ich mir bald ein eigenes Auto kaufen konnte. Ein Auto, das mich von hier wegbringen würde.

Am 4. Juli fand wie üblich in Fairfield ein großes Fest statt, dessen Höhepunkte das Barbecue und das Feuerwerk am Fluss sein würden. Ich hatte keine große Lust, hinzugehen, aber die Alternative wäre gewesen, auf Adam Horatio aufzupassen, und dazu hatte ich noch weniger Lust. Also ließ ich mich von Mrs Simmons vom Festkomitee für den Getränkestand einteilen.

Der 4. Juli war ein glühend heißer Tag, die Sonne lachte vom wolkenlosen Himmel, und ich zog mir daher einen kurzen Rock und eine ärmellose Bluse an, so wie fast alle jungen Mädchen aus Fairfield. Luke Richardson, der Sohn des Bürgermeisters, schlich die ganze Zeit um mich herum. Ich kannte ihn von Kindesbeinen an, als Jugendlicher war er für meine Begriffe ein Vollidiot gewesen, und seitdem er in Lincoln studierte, war er ein eingebildeter Vollidiot. An den Wochenenden und in den Ferien war er bei seinen Eltern in Fairfield und arbeitete in der Werkstatt seines Vaters, und abends fuhr er mit seinem BMW Cabriolet durch die Gegend. Dreimal hatte er mich schon eingeladen, mit ihm zu fahren, und dreimal hatte ich ihm mit fadenscheinigen Ausreden einen Korb gegeben. Aber Luke Richardson verstand keinen noch so deutlichen Wink mit dem Zaunpfahl.

Natürlich war auf dem Fest eine Menge los, ich sah viele Bekannte, obwohl streng genommen alle Einwohner Fairfields Bekannte waren. Zusammen mit ein paar anderen Mädchen und Frauen verkaufte ich Getränke, während Luke ständig an unserem Stand herumlungerte und mir schrecklich auf die Nerven ging.

»Wenn dieser Idiot hier nicht gleich verschwindet, dann haue ich ab«, zischte ich Nellie Blanchard zu, die nur kicherte, Luke dann aber losschickte, neue Getränkekisten aus dem Kühlwagen zu holen.

»Er ist doch voll süß.« Sie blickte ihm nach und winkte, als er uns zuzwinkerte. Ich zuckte verächtlich die Schultern.

»Findest du?« Ich warf ihr einen zweifelnden Blick zu. »Was ist denn an dem Typen süß?«

»Na ja«, Nellie kicherte albern, »er hat einen hübschen Arsch und einen BMW.«

Ich verdrehte die Augen angesichts von so viel Blödheit und hoffte, Luke würde von mir auf Nellie umschwenken. Sie würde sicher liebend gern die halbe Nacht mit ihm durch die Gegend cruisen, dummes Zeug reden und sich dann willig von ihm aufs Kreuz legen lassen. Leider kehrte Luke viel zu schnell zurück, in Begleitung eines Kumpels aus dem College, den er uns als Erle oder so ähnlich vorstellte.

»Hey, Sheridan.« Luke grinste. »Hab ich dir schon gesagt, dass du einfach zum Anbeißen aussiehst?«

»Ja, Luke, schon zehnmal.« Ich hätte ihn am liebsten aufgefordert, sich zu verpissen, beherrschte mich aber gerade noch.

»Gib mir noch 'ne Cola.«

Ich reichte ihm eine, und er grinste mich an und zwinkerte schon wieder.

»Ein Dollar fünfzig.« Ich hielt die Hand hin.

»Wie lange musst du hier noch arbeiten?«

»Bis heute Abend«, erwiderte ich vage.

»Und was machst du dann?«

»Keine Ahnung. Barbecue. Feuerwerk angucken.«

»Hast du Lust mit Erle, Nellie und mir ein bisschen rumzufahren?«

Zum Teufel, nein, ich hatte keine Lust, mit seinem dämlichen BMW sinnlos durch die Gegend zu fahren, bescheuerte Musik zu hören und Bier zu trinken. Schon die Vorstellung, dass allein meine Bereitschaft, mit ihm mitzufahren, als Einladung zu Knutschereien oder noch mehr ausgelegt werden würde, verursachte mir eine Gänsehaut.

»Also, was meinst du?«, drängte Luke und beugte sich zu mir hinüber.

»Mal sehen«, wich ich aus, doch er wertete es offenbar als Zusage.

»Ich mag es, wenn Mädchen sich mir nicht gleich an den Hals werfen«, verriet er mir.

»Oh, tatsächlich«, sagte ich spöttisch. »Du hast sicher jede Menge damit zu tun, die Mädchen loszuwerden, stimmt's?«

Er sah mich verwirrt an, aber dann grinste er.

»Stimmt. Die sind alle ganz scharf auf mein Auto.«

Ich bediente ein paar Kinder und hörte mit einem Ohr, wie Nellie mit Collegeboy Erle schäkerte. So streng die Moralvorstellungen im Mittleren Westen waren, so eifrig wurde gegen sie verstoßen. Obwohl Nellie Lukes Freund erst seit knapp zwei Stunden kannte, würde sie sich spätestens heute Abend von ihm flachlegen lassen, daran bestand kein Zweifel, und das ganz sicher ohne Kondom. Und wenn sie in zwei oder drei Monaten feststellte, dass sie schwanger war, dann war das Geschrei groß, und man würde den armen Teufel wahrscheinlich dazu zwingen, die dumme Nellie zu heiraten. Oder sie fand einen anderen, dem sie dann weismachte, das Kind sei von ihm.

Ein paar Männer holten sich Bier, Kinder wollten Limo und Cola, und die rollige Nellie zischte mir ins Ohr, sie würde mal kurz verschwinden.

»Denk ans Kondom«, sagte ich zu ihr, woraufhin sie blutrot wurde und kicherte. Bingo. Sie würde nicht bis heute Abend warten. Alleingelassen mit dem Getränkestand und dem aufdringlichen Luke ergab ich mich in mein Schicksal. Die Spiele für die Kinder waren vorbei, die Männer begannen das Feuerwerk vorzubereiten. Luke verschwand eine Weile, um seinem Vater zu helfen, und ich wartete vergeblich auf Ablösung. Auf einmal stand Reverend Burnett vor mir. Seit der Taufe von Malachys Sohn hatte ich nicht mehr mit ihm gesprochen, sondern ihn nur von weitem in der Kirche gesehen.

»Hallo«, sagte ich und zwang mich zu einem Lächeln. »Was darf's sein?«

»Hallo, Sheridan«, erwiderte er. »Eine Cola und eine große Flasche Wasser bitte.«

Als Zugeständnis an die brütende Hitze hatte er heute ausnahmsweise mal nichts Schwarzes und auch keine Krawatte an, sondern ein kurzärmeliges hellblaues Hemd. Er hatte recht ansehnliche Muskeln, zwar nicht so wie die Football-Asse in der Schule, aber durchaus attraktiv.

»Steht Ihnen gut, das Hemd«, sagte ich in einem Anfall von Vertraulichkeit, wie ich sie mir Reverend Burnett gegenüber noch nie herausgenommen hatte. »Viel besser als das düstere Schwarz, das Sie sonst immer anhaben.«

Er blickte mich erstaunt an, und ich befürchtete schon, ich sei ihm zu nahe getreten, aber in dieser Sekunde erhellte ein entwaffnendes Lächeln sein sonst so düsteres und ernstes Gesicht, das ihn um Jahre jünger und sehr menschlich machte.

»Danke für das Kompliment«, sagte er.

Ich starrte ihn an, fasziniert davon, wie sehr dieses Lächeln sein Gesicht veränderte, und nickte langsam.

»Es war heute ein bisschen zu heiß für einen dunklen Anzug.« Das Lächeln erlosch, aber in seinen Augen blieb ein fragender Funke zurück. Mein Herz begann zu klopfen, denn für den Bruchteil einer Sekunde verschwand die Fassade des scheinbar unerschütterlichen Selbstbewusstseins, hinter der Horatio Burnett sein wahres Wesen versteckte. Wir blickten uns mit einer Mischung aus Erstaunen und Verunsicherung an, bis wir uns dessen bewusst wurden. Seine Verlegenheit übertrug sich auf mich, ich senkte den Kopf. Rasch wandte ich mich ab und holte die Getränke.

»Vier Dollar fünfzig, bitte«, verlangte ich. Der eigenartige Augenblick war vorüber. Reverend Burnett bezahlte, bedankte sich und lächelte mir noch einmal zu, aber es war nur noch das Lächeln, das er für jeden hatte. Bis zum Ende meiner Schicht zerbrach ich mir den Kopf darüber, ob ich das wirklich erlebt hatte oder ob ich mir nur wieder etwas einbildete. Unauffällig hielt ich nach ihm Ausschau und sah ihn auch noch ein paarmal im Gespräch mit irgendwelchen Leuten, aber er kam kein zweites Mal, um sich etwas zu trinken zu holen.

Nellie und Luke hatten keine Ruhe gegeben, und so war ich schließlich mit ihnen gegangen. Wir fuhren durch die Gegend, hörten dabei, wie bereits von mir befürchtet, bescheuerte Musik, und alle außer mir tranken lauwarmes Dosenbier. Ich war in Gedanken weit weg. Hatte ich Reverend Burnett womöglich falsch eingeschätzt?

Gegen zehn waren wir wieder am Fluss und gesellten uns mit Lukes BMW zu einer ganzen Gruppe von jungen Leuten, die von hier aus auf und in ihren Autos sitzend das Feuerwerk anschauen wollten, das Mr Wolcott mit seinen Männern um halb elf zu Ehren des Unabhängigkeitstages abbrennen würde. Weiter oben saßen und standen die braven Bürger von Fairfield, nach dem Barbecue vollgefressen und sicherlich auch nicht mehr ganz nüchtern, mal abgesehen von meiner Tante und ihren Gleichgesinnten. Ein paar Autos weiter machte ich Esra und seine Kumpels aus. Sie tranken auch Bier, genauso heimlich wie alle anderen, und ließen ihre Muskeln spielen, um den kichernden Mädchen ringsum zu imponieren. Ich fragte mich, was ich hier eigentlich verloren hatte. Es war alles so sinnlos und kindisch. Obwohl ich die meisten der jungen Leute kannte, kamen sie mir fremd vor, und ich sah sie alle in zwanzig Jahren, mehr oder weniger glücklich verheiratet, aufgedunsen vom fetten Essen, Cola, Bier und Kinderkriegen, womöglich noch bornierter als heute und trotzdem relativ zufrieden mit ihrem beschränkten Horizont. In diesem Augenblick begann das Feuerwerk, und Luke legte mir seinen Arm um die Schulter.

»He, Süße«, sagte er. »Schönen vierten Juli.«

Bevor ich mich abwenden konnte, drückte er mir einen feuchten Kuss auf den Mund.

»Lass das, Luke!«, fuhr ich ihn verärgert an. »Was soll denn das?«

Ich sah die trunkene Gier in seinen Augen.

»Jetzt stell dich doch nicht so an«, sagte er und grinste. Ich wehrte ihn ab und sprang von der Motorhaube seines BMW, aber er folgte mir. Auf den Rücksitzen waren Nellie und Erle kichernd und schwitzend dabei, ihre Genitalien zu erforschen, und mich widerte das alles so an, dass ich nur noch wegwollte. Ich lief zwischen den Autos hindurch, sah im Aufleuchten des Feuerwerks überall betrunkene, lüsterne, grinsende Fratzen. Luke holte mich an einer Baumgruppe ein und packte mich am Arm. Er grinste nicht mehr.

»Warum rennst du denn jetzt weg?«, rief er verärgert.

»Weil ich keine Lust auf so eine blöde Knutscherei habe«, erwiderte ich scharf.

»Du hast mich den ganzen Tag schon heißgemacht.« Luke drängte mich gegen den Stamm der Ulme und versuchte wieder, mich zu küssen. Ich stemmte die Arme gegen seine Brust und wandte mein Gesicht ab. Seine schweißfeuchten Hände tasteten gierig an meinen Brüsten herum, ich spürte seinen keuchenden, nach Bier riechenden Atem und merkte, dass es kein Spiel mehr war. Luke wollte Sex, und zwar auf der Stelle. Er war einen halben Kopf größer als ich und sehr viel stärker, und ich hasste mich selbst dafür, dass ich wider besseres Wissen in sein Auto gestiegen war. Luke steckte mir die Zunge in den Mund und presste mich mit seinem Gewicht gegen den Baumstamm. Da ergriff mich die nackte Panik. Die Situation erinnerte mich an das, was der Polizist mit mir getan hatte. Stumm und verbissen kämpfte ich gegen ihn, die Tränen schossen mir in die Augen, aber ich war Lukes betrunkener Entschlossenheit und eindeutiger körperlicher Überlegenheit hilflos ausgeliefert. Für ihn ging es mittlerweile weniger um den Sex als um seine alberne Ehre als Mann, aber die war mir so egal wie ein Sack Reis in China. Die Raketen des Feuerwerks erhellten die Nacht, und der Ausdruck in Lukes Gesicht vertiefte meine Angst.

»Stell dich doch nicht so an«, zischte er in mein Ohr, seine Finger fuhren unter meinen Rock und in meinen Slip. Endlich bekam ich eine Hand frei und versetzte ihm eine schallende Ohrfeige, die ihn schlagartig ernüchterte. Er griff sich mit einer Hand an die Wange und starrte mich überrascht an, doch schnell gewann seine Wut die Oberhand. Ich nutzte die Sekunde, um zu flüchten, aber er holte mich nach ein paar Metern ein und versetzte mir einen Stoß, dass ich stolperte und hinfiel. Im nächsten Moment war er über mir. Mein Herz raste vor Angst, die Tränen des Zorns über meine selbstverschuldete Lage brannten mir in den Augen.

»Was zierst du dich wie 'ne Jungfrau«, keuchte er, und seine Augen glitzerten bösartig. »Dein Bruder hat mir erzählt, dass du sogar mit euren Nachbarn rumfickst! Jetzt stell dich nicht so an, du bescheuerte Kuh!«

In meine Panik mischte sich Entsetzen. Luke wusste von Christopher! Wem hatte der verdammte Esra noch davon erzählt? In diesem Augenblick war mir aber sogar das ziemlich egal, ich wollte nur noch weg.

»Lass mich los!« Ich trat nach ihm. Luke lachte hässlich.

»Ich erzähl jedem, was du für eine bist«, fauchte er. »Erst die Männer scharfmachen und dann abhauen wollen. Nicht mit mir, Baby, jetzt bist du reif!«

»Nein!«, schrie ich, aber Luke presste wieder seinen Mund auf meinen und rieb seine Erektion an meinem Oberschenkel. Er keuchte vor Anstrengung und vor Zorn über meinen Widerstand.

Plötzlich, als ich mich schon damit abgefunden hatte, ein

zweites Mal in meinem Leben vergewaltigt zu werden, stand wie aus dem Erdboden gewachsen ein Mann neben uns.

»Lass sofort das Mädchen in Ruhe!«, herrschte er Luke an, der schlagartig von mir abließ und auf die Beine kam. In der Ferne hörte ich Applaus für das Feuerwerk, das gerade seinen Höhepunkt erreichte.

»Verschwinden Sie!«, fuhr Luke den Mann an. »Es geht Sie überhaupt nichts an, was wir hier machen. Wir sind hier nicht in Ihrer bescheuerten Kirche!«

Erst in diesem Moment erkannte ich meinen Retter. Es war Reverend Burnett, und ich hätte mich am liebsten in Luft aufgelöst, so sehr schämte ich mich, dass ausgerechnet er mich so sah.

»Da hast du wohl recht«, erwiderte der Reverend scharf. »Allerdings habe ich den Eindruck, dass es Miss Grant nicht so gefällt, was du mit ihr vorhattest, Luke. *Du* solltest hier verschwinden, und zwar auf der Stelle!«

»Frigide Zicke!«, sagte Luke in meine Richtung, dann versetzte er mir noch einen Tritt und machte sich aus dem Staub. Burnett hockte sich neben mich hin und streckte die Hand nach mir aus. Meine Schockstarre ließ nach, und ich konnte nicht verhindern, dass mir vor Erleichterung und Zorn die Tränen über die Wangen strömten.

»Ist ja gut, ist ja gut«, murmelte Reverend Burnett beruhigend und nahm vorsichtig meine Hand. »Niemand tut dir mehr etwas.«

Am ganzen Körper zitternd, schlang ich ihm die Arme um den Hals und presste mich an ihn. In meinem Inneren herrschte ein Chaos aus Angst, Scham und Entsetzen. Horatio Burnett hielt mich ganz fest, streichelte tröstend meine Schulter und meine Haare, bis meine Tränen allmählich versiegten und ich nur noch trocken schluchzte. Warum widerfuhr mir so etwas immer wieder? Was machte ich falsch, um nun bereits ein drittes Mal in eine solche Situation zu gelangen? Das erste Mal mit Esra, als Hiram und George Mills mich nur knapp gerettet hatten, das zweite Mal mit dem Polizisten, als mich niemand gerettet hatte, und nun mit Luke Richardson!

Unter normalen Umständen hätte ich mich für mein Verhalten zu Tode geschämt, aber in diesem Augenblick war ich nur froh, dass jemand da war, der mich beschützte und tröstete.

»Hat er dir wehgetan?«, erkundigte Burnett sich mit besorgter Stimme und reichte mir ein Taschentuch. Meine Hüfte und mein Rücken taten weh, aber ich schüttelte stumm den Kopf und putzte mir die Nase. Meine Kehle war wie zugeschnürt.

»Es ... es tut mir leid«, würgte ich schließlich hervor.

»Was tut dir denn leid?«, erwiderte er mit einer Empörung, die nicht mir galt, sondern Luke. »Dieser Kerl wollte dir Gewalt antun!«

Ich erschauerte wieder, und sofort zog er mich wieder fester in seine Arme. Es fühlte sich gut an, sicher.

»Danke für Ihre Hilfe«, flüsterte ich und senkte den Kopf. »Es ... es tut mir leid, dass ich ... dass ich mich so hysterisch aufgeführt habe, aber ich bin schon einmal ...«

Ich verstummte erschrocken, biss mir auf die Lippen. Um ein Haar hätte ich in einem Augenblick der Schwäche und Angst mein schlimmstes Geheimnis verraten!

»Du bist schon einmal – was?«, fragte er leise. Ich schüttelte wieder den Kopf und fröstelte bei der Vorstellung, was geschehen wäre, wenn er nicht zufällig vorbeigekommen wäre.

»Du musst keine Angst mehr haben, Sheridan«, sagte er so sanft, wie ich es ihm nie zugetraut hätte. »Komm, ich bringe dich nach Hause.«

»Nein, bitte nicht.« Ich schüttelte heftig den Kopf. »Ich ... ich bin wieder okay. Wirklich.«

»Aber ...«

»Nein«, unterbrach ich ihn schnell. »Sie … Sie verstehen das nicht, aber … es darf niemand etwas davon erfahren.«

»Du kannst das aber doch nicht einfach so auf sich beruhen lassen«, widersprach er mir. »Der Junge gehört für das, was er dir angetan hat, bestraft!«

Meine Panik flaute in seiner beruhigenden Gegenwart etwas ab, mein Puls normalisierte sich. Er ließ mich los, half mir auf die Beine und hielt nur meine Hand in seiner.

»Das ist hier so üblich.« Ich zuckte die Schultern. »Gerade am 4. Juli.«

»Was ist hier so üblich?«, fragte er ungläubig. »Etwa einem Mädchen Gewalt anzutun?«

»Nein.« Auf einmal fühlte ich mich so allein mit ihm beklommen und war kaum imstande, einen einfachen Satz zu formulieren. Mein Herzschlag raste, als ich an den eigenartigen Blick dachte, den wir am Nachmittag gewechselt hatten. Wir gingen langsam in Richtung Wiese, auf der die Autos geparkt waren.

»Eigentlich bin ich ja selbst schuld, dass es so weit gekommen ist«, sagte ich leise. »Ich hätte heute Abend gar nicht in Lukes Auto steigen sollen.«

Ich blickte den Reverend unsicher an und gleich wieder weg. Sein forschender Blick und seine Freundlichkeit waren nur schwer zu ertragen.

»Bist du mit ihm befreundet?«

»Nein.« Ich schüttelte den Kopf. »Aber wie gesagt, das ist hier so. Gerade am 4. Juli.«

»Was ist hier so?« Er blieb hartnäckig.

Wie sollte ich ihm das erklären?

»Na ja.« Ich stieß einen tiefen Seufzer aus. »Das typische Freizeitvergnügen der Landjugend eben. Sinnlos durch die Gegend fahren, Bier trinken, Musik hören und dann … Sie wissen schon.«

»Und dem kannst du nichts abgewinnen«, stellte er nachdenklich fest und sah mich an.

»Nein.« Ich verschränkte die Arme vor der Brust und kämpfte wieder mit den Tränen. »Ich kann das alles nicht mehr ertragen, diese blöden Spielregeln! Und vor allen Dingen hasse ich es, dass man als Mädchen nicht das Recht hat, nein zu sagen! Wenn man nicht mitmacht, ist man eine dumme, verklemmte Zicke. Ach, ich wünschte, ich wäre endlich achtzehn!«

»Und dann? Denkst du, es wird alles anders, wenn du erst achtzehn bist?« Reverend Burnett blieb stehen und blickte mich an. In der Dunkelheit, die nach dem Feuerwerk herrschte, war sein Gesicht kaum zu erkennen.

»O ja!« Ich erwiderte seinen Blick. »Dann gehe ich nämlich hier weg. Für mich ist es die reinste Hölle, hier zu leben! Sobald ich mit der Schule fertig bin, gehe ich weg: irgendwohin, wo die Leute … kultivierter sind, wo man Bücher liest, statt mit ihnen den Kamin anzuzünden, und wo man ins Museum oder in ein Konzert gehen kann!«

Selbst erschrocken über die Heftigkeit meines Ausbruchs hielt ich inne.

»Entschuldigung«, murmelte ich. »Ich bin etwas … durcheinander.«

»Nein«, antwortete Reverend Burnett nach einer Weile, »du warst gerade sehr aufrichtig. Das ist gut.«

»Nein, das ist es nicht«, entgegnete ich bitter. »Ich habe gelernt, dass es sehr viel klüger ist, wenn man sich anpasst. Dann kriegt man hier keine Probleme.«

»Du bist kein Mensch, der sich auf Dauer an eine Situation anpassen kann, die er für sich als falsch erkannt hat.«

Sein unerwartetes Verständnis und Einfühlungsvermögen verwirrten mich.

»Das muss ich auch nicht mehr lange. Nächstes Jahr bin ich mit der High School fertig. Dann bin ich weg.«

»Schade«, sagte er leise. »Du wirst mir hier fehlen. Du bist … so anders als die anderen.«

Diese Worte stürzten mich vollends in tiefe Verwirrung. Warum sagte er das? Was meinte er damit? Mir fiel auf, dass ich noch immer seine Hand umklammert hielt, und ich ließ sie los, als hätte ich mich an ihr verbrannt.

»Ich … ich muss jetzt nach Hause«, stotterte ich. »Danke noch mal für Ihre Hilfe, Reverend.«

»Keine Ursache, Sheridan. Pass auf dich auf.«

Ich nickte nur, nicht in der Lage, irgendetwas zu erwidern.

»Und wenn du irgendwelche Sorgen hast, dann kannst du jederzeit zu mir kommen.«

Sein Mitgefühl schmerzte wie ein Messerstich. Ich wollte ihn nicht mögen. Ich wollte niemanden mehr mögen, weil ich nicht mehr enttäuscht werden wollte.

* * *

Der Vorfall am 4. Juli hatte mir wieder einmal vor Augen geführt, wie hilflos eine Frau gegenüber der Entschlossenheit eines Mannes war. Ich hasste das Gefühl der Unterlegenheit und der Schwäche. Die Tage gingen ins Land, ich fürchtete mich vor dem Abschied von Tante Isabella, der immer näher rückte. Am 11. August wollte sie Magnolia Manor verlassen. Wieso gingen eigentlich immer die Menschen, die ich mochte? Hatte es etwas mit mir zu tun? Besaß ich vielleicht eine unheilvolle Ausstrahlung, die andere Menschen vor mir fliehen ließ. Zuerst Jerry, dann Joseph, dann Nicholas. Und nun Isabella. Ganz abgesehen von meinem Dad, der fast nur noch weg war. Ich nahm es ihm nicht übel. Es war so, wie ich es schon im Krankenhaus geahnt hatte: Er verabscheute mich, jetzt, wo er die widerliche Wahrheit über mich kannte. Wahrscheinlich verwünschte er insgeheim den Tag, an dem er mich in seine Familie aufgenommen hatte, und nur sein Verantwortungsgefühl zwang ihn, mich so lange zu erdulden, bis ich aus freien Stücken verschwand. Ganz sicher konnte er es kaum erwarten, dass ich die Schule beendete und Fairfield verließ, denn dann konnte er das traurige Kapitel von Carolyn Cooper und ihrer unerfreulichen Tochter endlich zuschlagen.

Seitdem er mich am Abend des 4. Juli vor Luke Richardson gerettet hatte, ging ich Reverend Burnett noch sorgfältiger aus dem Weg. Es war mir unangenehm, dass er mich in diesem Zustand gesehen und auch noch getröstet hatte, besonders deshalb, weil ich mich ihm gegenüber immer so abweisend verhalten hatte.

An einem Abend nach einer Chorprobe verspürte ich den starken Drang, an einem Klavier zu sitzen und meine Lieder zu singen. Nichts zog mich nach Hause, ich wollte einfach eine Weile mit meiner Musik allein sein. Es war Wochen her, dass ich Gelegenheit dazu gehabt hatte. Die ganze Familie Burnett war am Nachmittag irgendwo hingefahren, ich hatte sie in ihren Van steigen sehen, deshalb musste ich auch nicht befürchten, dass Sally Burnett oder sogar der Reverend selbst unverhofft auftauchen könnten. Nancy Anderson ließ mir auf meine Bitte den Schlüssel für die Kirche da, und ich versprach, ihn später in den Briefkasten des Pfarrhauses zu werfen. Ich wartete, bis sie gegangen war, dann setzte ich mich an den Flügel, starrte einen Moment die Tasten an und begann dann aus dem Gedächtnis meine Lieder zu spielen. Die Akustik in der Kirche war – verglichen mit Tante Isabellas Haus – unglaublich gut, ich lauschte mit geschlossenen Augen meiner Stimme, während meine Finger geübt über die Tasten glitten. Ich streifte die Schuhe von den Füßen, weil ich so besser die Pedale bedienen konnte. Ach, wie sehr wünschte ich mich an einen Ort, an dem ich Musik machen durfte und mich nicht dafür rechtfertigen musste! Beim Klavierspielen flogen meine Gedanken in eine glückliche Zukunft, gleichzeitig überkam mich das Elend meines öden Daseins. Ich sang einige meiner Lieder, und dann spielte ich noch eine Melodie, die mir schon seit einer Weile im Kopf herumging. Das Lied, zu dem ich noch keinen Titel wusste, hatte ich bisher noch nie am Klavier ausprobieren können, aber den Text hatte ich mir schon vor längerer Zeit ausgedacht. Während ich von enttäuschter Liebe und schrecklichen Geheimnissen sang, überfiel mich das Gefühl der Verlassenheit, das ich seit Monaten sorgsam unterdrückt hatte, mit der Wucht eines Schmiedehammers. Meine Seele hatte die furchtbaren Erlebnisse des vergangenen Jahres und die Enttäuschung mit Nicholas noch immer nicht wirklich verkraftet. Auch die ständigen Bosheiten von Tante Rachel und Esra hatten mich tiefer verletzt, als ich geahnt hatte. Ich schluchzte auf und ließ meine Ellbogen auf die Tasten sinken. Endlich brachen sich die viel zu lange zurückgehaltenen Tränen Bahn, und ich weinte, wie ich schon ewig nicht mehr geweint hatte. Nicholas! Dachte er noch manchmal an mich, oder war er froh, mir entkommen zu sein? Falls es so war, konnte ich es ihm nicht verdenken! Ich war selbst schuld, dass sich die Männer, von denen ich mir Anerkennung und Liebe wünschte, von mir abwandten. Allein der Gedanke daran, wie ich Nicholas im vergangenen Sommer mit meinem albernen Liebesgeständnis bedrängt hatte, trieb mir die Schamröte ins Gesicht. Ich war krank vor Sehnsucht und Selbstekel. Was war verkehrt mit mir, dass ich mich nicht einfach in einen gleichaltrigen Jungen wie Brandon verlieben, mit ihm ausgehen und damit glücklich sein konnte, so wie es andere Mädchen taten? Ich sehnte mich verzweifelt nach Liebe und Verständnis, aber die, die bereit waren, mich zu lieben, bedeuteten mir nichts. Jetzt war es Reverend Horatio Burnett, der in meinem Gehirn und meinen Träumen herumspukte, und das nur, weil er ein wenig freundlich und verständnisvoll gewesen war!

Nach einer Weile richtete ich mich auf und wischte mir mit dem Handrücken die Tränen ab. Weil ich nur noch mit Mühe die weißen und schwarzen Tasten erkennen konnte, stand ich auf und schloss den Klavierdeckel. Zu Hause würde man mich sicher schon vermissen. Mit raschen Schritten ging ich den Mittelgang entlang, als sich aus dem Halbdunkel eine Gestalt löste. Ich erschrak.

»Hallo, Sheridan«, sagte Reverend Burnett. »Entschuldigung. Ich wollte dich nicht erschrecken. Aber ich wollte auch nicht stören.«

»Oh … äh … hallo«, stotterte ich verlegen. »Ich … ich dachte, Sie wären weg, und ich … ich wollte … Mrs Anderson hat mir den Schlüssel … und ich … ich wollte nur ein bisschen Klavier spielen …«

Ich brach ab und biss mir auf die Unterlippe.

»Es war sehr schön, was du da gesungen hast«, sagte er, und mir wurde bewusst, dass er schon eine ganze Weile da gestanden haben musste. »Sehr schön … und sehr traurig.«

Ich war froh, dass es so dunkel war. Seine Gesichtszüge waren nicht deutlich zu erkennen, aber ich sah, dass er mich anblickte.

»Was sind das für Lieder, die du gespielt hast?«, wollte er wissen.

»Meine eigenen«, erwiderte ich.

Schon wieder hatte er mich in einem Augenblick der Schwäche beobachtet. Ich hatte mich nur so gehenlassen, weil ich sicher gewesen war, allein zu sein. Er musste mich für eine hysterische Heulsuse halten!

Auf einmal begann mein Puls zu rasen, denn ich dachte wieder an den eigenartigen Blick, den wir am Nachmittag des 4. Juli gewechselt hatten.

»Ich … ich muss jetzt nach Hause«, murmelte ich.

»Bitte warte noch einen Augenblick, Sheridan!« Er streckte den Arm nach mir aus und berührte mich kurz an der Schulter, und diese Berührung durchzuckte mich wie ein Stromschlag.

»Warum gehst du mir aus dem Weg?«, fragte er. »Nimmst du mir noch immer übel, was ich damals auf der Tauffeier deines Neffen zu dir gesagt habe? Ich habe lange über deine Antwort nachgedacht und immer gehofft, ich könnte mit dir noch einmal darüber sprechen. Du hattest nämlich sehr recht.«

Ich drehte mich zu ihm um.

»Was … was meinen Sie?« Ich fühlte mich verwirrt und auf eine mir unerklärliche Weise schrecklich aufgewühlt.

»Du hast mir an dem Tag vorgeworfen, ich sei derjenige, der überheblich ist«, antwortete er. »Du sagtest, ich würde alle Menschen über einen Kamm scheren und pauschale Urteile fällen. Das hat mich sehr beschäftigt. Tatsächlich bin ich ziemlich arrogant gewesen und habe mir in völliger Unkenntnis der Umstände angemaßt, dir Ratschläge zu geben. Das tut mir sehr leid, und das wollte ich dir schon die ganze Zeit sagen.«

Ich starrte ihn stumm an, mir fiel darauf keine passende Erwiderung ein. Und ganz plötzlich begriff ich, dass ich mich nicht etwa ganz allgemein nach dem Gefühl sehnte, geliebt zu werden. Nein, ich sehnte mich ausgerechnet nach der Zuneigung des Mannes, den ich eigentlich nicht mögen wollte, Reverend Horatio Burnett, verheirateter Vater von zwei Söhnen und damit für mich unerreichbar.

»Du kannst mich nicht leiden, nicht wahr?« Das klang bedauernd, fast ein wenig deprimiert.

Großer Gott! Es war absolut nicht so, dass ich ihn nicht leiden konnte, ganz im Gegenteil! Und das war es, was mich ihn meiden ließ.

»Ich kann Sie schon leiden«, entgegnete ich. »Aber ich weiß nicht, was ich von Ihnen halten soll.«

»Ich weiß auch nicht, was ich von dir halten soll«, erwiderte er zu meiner Verblüffung. »Manchmal bist du so ruppig und abweisend, und dann wieder so … freundlich und … verletzlich.« Er hielt inne.

Wir standen uns in der Dunkelheit gegenüber und sahen uns an. Der seltsame Blick aus seinen grauen Augen verursachte mir ein Kribbeln im Bauch, und ich spürte, wie leer mein Herz war und wie dünn die Schutzschicht, die sich über meiner verletzten Seele gebildet hatte. Es bedurfte nur eines Minimums an Freundlichkeit, um den Schmerz wieder quälend werden zu lassen. Meine Gedanken rasten, mein Körper brannte vor Sehnsucht, und als ich den Ausdruck der Verwirrung in seinem sonst so verschlossenen Gesicht sah, durchfuhr mich ein zitternder Schreck. Konnte es sein, dass dieser erwachsene Mann von derselben Sehnsucht wie ich gequält wurde, oder war ich wieder einmal dabei, mehr in eine Situation hineinzuinterpretieren, als tatsächlich vorhanden war?

»Der … der Schlüssel für die Kirche. Ich hab Mrs Anderson versprochen, dass ich ihn in den Briefkasten werfe«, murmelte ich und hielt ihm den Schlüssel hin.

»Behalte ihn«, sagte Horatio Burnett, seine Stimme klang ganz anders als sonst. »Dann kannst du in die Kirche kommen und Klavier spielen, wann immer du möchtest.«

* * *

Am Abend des 11. August saßen Tante Isabella und ich ein letztes Mal zusammen auf der Veranda. Die Möbel, die sie mitnehmen wollte, waren bereits von der Spedition abgeholt worden. Im hohen Gras zirpten die Grillen, Frösche quakten im Teich. Wir waren in einer wehmütigen Stimmung, denn Tante Isabella und ich wussten beide, dass sie nie mehr hierher zurückkehren würde. Wir tranken Verveine-Tee und schwiegen so einträchtig, wie wir es oft getan hatten. Ich dachte an den Sommer vor zwei Jahren, als sie hierhergekommen war, und es schien mir, als sei es Jahrzehnte her. Seitdem hatte sich so unendlich viel verändert.

Innerlich hatte ich meiner Familie, Fairfield, ja, ganz Nebraska bereits Lebewohl gesagt, aber ich wusste nicht wirklich, wie mein Leben weitergehen sollte. Und wieder einmal würde ich diejenige sein, die zurückblieb.

»Warum gehst du hier weg?«, wollte ich wissen. »Du bist doch gerne hier. Du magst das Land, die Landschaft. Es ist deine Heimat.«

»Es ist ein Irrtum zu glauben, Heimat wäre das, wo man geboren wurde und aufgewachsen ist«, entgegnete Tante Isabella. »Ich habe es auch angenommen, als ich mich damals entschlossen habe, wieder hierherzukommen. Aber Heimat ist dort, wo man sich wohlfühlt und wo man liebt und geliebt wird – oder wurde.«

»Wenn das stimmt, dann habe ich überhaupt keine Heimat«, erwiderte ich düster. »Hier liebt mich niemand.«

»Unsinn!«, widersprach sie mir. »Dein Dad liebt dich über alles!«

Ich hätte ihr nun erzählen können, dass Dad mich spätestens seit dem Winter keineswegs mehr liebte, sondern verabscheute. Aber dann hätte sie mehr wissen wollen, und ich hätte ihr die ganze traurige Geschichte erzählen müssen. Das wollte ich auf keinen Fall tun, deshalb beließ ich es dabei.

»Diese Art Liebe meine ich nicht«, sagte ich stattdessen.

»Du hast recht«, stimmte sie mir zu. »Es ist nicht die Elternliebe, die die echte Heimat ausmacht. Die Elternliebe gibt uns Wurzeln, und im besten Fall verleiht diese Liebe Flügel, mit denen wir im Leben und in der Welt zurechtkommen.«

Sie betrachtete mich voller Zuneigung und ergriff meine Hand.

»Du wirst im Leben zurechtkommen, Sheridan«, sagte sie bestimmt. »Und mein Haus steht dir immer offen. Du bist mir jederzeit willkommen.«

»Danke«, flüsterte ich und kämpfte mit den Tränen.

Wir lächelten uns an, hielten uns an der Hand, dann setzte ich mich neben sie auf die Bank und umarmte sie. Der Abschied von ihr war gleichzeitig ein Abschied von einem Teil meiner Jugend und damit ein schmerzlicher Einschnitt. Selbst als sie im letzten Sommer so lange fort gewesen war, war sie dennoch hier gewesen. Ihr Haus hatte mir offen gestanden, und ich hatte viele glückliche Stunden an ihrem Flügel oder auf der Veranda verbracht. In ein paar Wochen würden Malachy und Rebecca hier leben. Ja, ich würde Tante Isabella sehr vermissen. Und wenn ich nicht die tröstliche Aussicht gehabt hätte, dass ich in zehn Monaten selbst von hier fortgehen würde, dann wäre ich in tiefe Verzweiflung gefallen.

»Schreibst du mir?«, fragte Tante Isabella und wischte sich verstohlen eine Träne aus dem Auge.

»Natürlich.« Ich nickte.

»Ich habe ein paar Sachen in eine Kiste gepackt, die ich dir gerne schenken würde. Vor allen Dingen Bücher.« Sie lächelte. »Und ich möchte dir den Flügel schenken.«

»Was?« Ich starrte sie ungläubig an.

»Ich spiele ohnehin nicht mehr, aber du liebst den Flügel. Und ich denke, beinahe alle deine Lieder sind auf ihm entstanden, nicht wahr?«

Sprachlos über so viel Großzügigkeit fiel ich ihr um den Hals, und wir verharrten eine ganze Weile in dieser Umarmung.

* * *

Der Sommer ging vorbei, und ich kaufte für einen Teil des Geldes, das ich im Supermarkt verdient hatte, einen ziemlich anständigen acht Jahre alten Honda Accord. Hiram und Malachy waren so freundlich, den Wagen auf Herz und Nieren zu untersuchen, und erst als sie ihn für einwandfrei befunden hatten, war ich stolze Besitzerin meines ersten eigenen Autos, das ich nun auch ohne Begleiter fahren durfte. Die plötzliche Unabhängigkeit war grandios; endlich musste ich mir nicht mehr ein Auto mit Esra teilen und war nicht mehr auf seine Launen angewiesen. Oft genug hatte er morgens oder nach der Schule nicht auf mich gewartet, und ich hatte mit dem Schulbus fahren müssen.

Mit Tante Isabella hatte ich meine letzte Vertraute verloren, und Riverview Cottage war für mich seit der unseligen Affäre mit Christopher tabu. Der einzige Platz, an den ich mich noch zurückziehen konnte, war Paradise Cove, doch als ich an einem späten Sonntagnachmittag Ende August dorthin ritt, erwartete mich eine Überraschung. Zwischen den Trauerweiden stand ein Auto, und auf dem großen Stein am Ufer des Sees saß ein Mann und angelte. Was fiel dem Kerl ein? Das hier war kein öffentlicher Angelplatz und schon gar kein Parkplatz!

»He!«, rief ich von Waysiders Rücken aus wenig freundlich. »Das hier ist Privatbesitz! Was tun Sie hier?«

Der Mann klemmte die Angel zwischen die Steine und wandte sich um.

»Reverend Burnett!«, sagte ich verblüfft.

Als er nun aufstand, sah ich, dass er barfuß war. Er trug eine verwaschene Jeans, ein T-Shirt und auf dem Kopf einen Cowboyhut. »Hallo, Sheridan«, erwiderte er, offensichtlich genauso überrascht wie ich. »Ich wusste nicht, dass der See Privateigentum ist. Ich wollte nur ein bisschen allein sein und angeln.«

Mein Blick fiel auf den Eimer, der neben dem Stein stand. Er war leer.

»Ich werfe die Fische immer wieder zurück ins Wasser«, gestand er und grinste.

»Ach, tatsächlich.« Etwas Schlaueres fiel mir nicht ein, ich musste mich erst einmal von der Verwunderung erholen, die sein Anblick in mir ausgelöst hatte. Plötzlich erschien er mir gar nicht mehr kühl und distanziert, sondern wie ein ganz normaler Mensch.

»Das habe ich als Junge mit meinem Vater und meinem Bruder gerne gemacht, fast jedes Wochenende im Sommer«, sagte er. »Und heute habe ich das erste Mal seit Jahren die Angel wieder ausgepackt.«

Ich war hierhergekommen, um allein zu sein, und alles in mir sträubte sich dagegen, ausgerechnet Reverend Burnett an diesem besonderen Ort anzutreffen. Sollte ich wieder wegreiten und an einem anderen Tag wiederkommen?

»Das hier ist wirklich ein schönes Fleckchen Erde.« Er nahm den Hut ab und fuhr sich mit der Hand durchs Haar. »Ich habe den See aus Zufall vor ein paar Wochen entdeckt und wusste nicht, dass er jemandem gehört.«

»Paradise Cove«, sagte ich.

»Wie bitte?«

»Das ist der Name dieser Bucht«, erklärte ich. »Und diesen Trauerweiden hier verdanken der Fluss und die Farm ihren Namen.«

»Ach.«

Einen Moment lang waren wir beide um Worte verlegen. Im Schilf schnatterten ein paar Enten und flogen mit klatschendem Flügelschlag auf.

»Sie … Sie haben was an der Angel«, bemerkte ich.

Reverend Burnett drehte sich um, griff nach der Angelrute und holte gekonnt seinen Fang ein.

»Oh, wow! Schau mal, was für ein Riesenkerl!«, rief er begeistert, löste den Angelhaken und hielt ein wirklich prachtvolles Exemplar von Fisch hoch. Er strahlte über das ganze Gesicht, das sonst meist so finster und verschlossen war, und dieses glückliche Lachen berührte etwas tief in meinem Innern.

»Was soll ich mit dem Kerl machen?« Er wog den Wels, der sich zappelnd wehrte, in seinen Händen und sah mich fragend an.

»Wir könnten ein Feuer machen und ihn grillen«, schlug ich vor, noch immer vom Pferderücken aus.

Reverend Burnett betrachtete seine Beute, dann hob er wieder den Kopf und grinste verlegen.

»Ich habe noch nie einen Fisch getötet und ausgenommen«, gab er zu. »Das hat immer mein Dad gemacht.«

Gegen meinen Willen war ich fasziniert von seiner Offenherzigkeit. Ich hatte mir fest vorgenommen, den Mann nicht zu mögen. Der Wels hatte unterdessen aufgehört zu zappeln, als warte er auf sein Todesurteil.

»Ach, man kann ja auch Würstchen grillen«, sagte der Reverend und schenkte mir ein Lächeln, das ein Schriftsteller wohl mit dem Adjektiv ›entwaffnend‹ beschrieben hätte. »Ich habe nämlich welche im Auto.«

Dann ging er in die Hocke und ließ den Fisch zurück ins Wasser gleiten.

Ich sah zu, wie er seine Angelausrüstung einpackte.

»Warum steigst du nicht von deinem Pferd ab?«, fragte er, als er an mir vorbeiging. Ja, warum eigentlich nicht? Die Aussicht, mit ihm an einem Feuer Würstchen zu grillen und ein wenig zu quatschen, war zweifellos verlockend. Ich saß von meinem Pferd ab, nahm Sattel und Kandare ab und gab ihm einen Klaps auf die Kruppe.

»Wird es nicht weglaufen?«, fragte Reverend Burnett.

»Nein. Waysider ist sehr gut erzogen. Wenn ich pfeife, kommt er sofort her«, erwiderte ich.

Während wir unter den Trauerweiden gemeinsam Feuerholz suchten, erfuhr ich, dass der Reverend für ein paar Tage Strohwitwer war, denn seine Frau und seine beiden Söhne waren zu Sallys Eltern gefahren.

»Und heute Mittag hatte ich ganz plötzlich Lust, mal wieder ganz allein in der Natur zu sein, zu angeln und Würstchen am Lagerfeuer zu grillen«, sagte er. »Dazu hatte ich seit Ewigkeiten keine Gelegenheit mehr.«

»Ach, wenn Sie lieber allein sein wollen, kann ich auch …«, begann ich.

»Nein, nein, so war das nicht gemeint«, unterbrach er mich rasch. »Ich freue mich, dass du hier bist.«

»Wirklich?« Ich sah ihn zweifelnd an. »Ich war nie besonders nett zu Ihnen.«

»Längst vergessen. Ich war selbst schuld daran, so überheblich, wie ich mich benommen habe.« Er zog einen ziemlich feuchten Ast aus dem Unterholz, begutachtete ihn kurz und wollte ihn wieder fallen lassen, doch ich hielt ihn davon ab.

»Der ist prima, den nehmen wir mit«, sagte ich. »Sobald die Sonne untergeht, kommen die Moskitos, und das feuchte Holz gibt ordentlich Rauch, den mögen sie nicht.«

»Hört sich vernünftig an.« Er warf mir einen anerkennenden Blick zu, und ich zuckte die Achseln.

»Ich lebe auf einer Farm«, entgegnete ich und musste grinsen, weil ich mich an unser erstes Gespräch am 1. Januar vor dem Gemeindezentrum erinnerte. »Und ich bin mit meinem Dad und meinen großen Brüdern oft draußen unterwegs gewesen. Da lernt man eine Menge praktischer Sachen.«

Eine Viertelstunde später saßen wir an einem qualmenden Feuer am Rande des Sees und hielten Würstchen, die wir auf Zweige gespießt hatten, über die Glut. Reverend Burnett hatte außerdem ein paar Sandwiches in seinem Picknickkorb dabei, eine Tüte Chips, eine Flasche Limo und drei Dosen alkoholfreies Bier. Ich war beeindruckt und konnte kaum fassen, dass ich mit ihm einfach so dasaß und plauderte wie mit einem alten Bekannten. Genau so fühlte es sich nämlich an, nachdem ich meine innere Abwehr gegen ihn aufgegeben hatte. Zu meiner Überraschung war es ganz und gar nicht schwierig, sich mit Horatio Burnett zu unterhalten.

Die Sonne näherte sich wie ein glutroter Feuerball langsam dem Horizont. Im hohen Gras zirpten die Grillen, eine Rohrdommel rief im dichten Schilf, und hin und wieder sprang ein Fisch aus dem Wasser. Eine leichte Brise bewegte die herabhängenden Äste der Trauerweide und streichelte meine nackten Arme. Ich schauderte. Ob meine Mom und mein Dad wohl auch so hier gesessen und auf den See geschaut hatten?

»Ist dir kalt?«, wollte Reverend Burnett wissen. »Im Auto habe ich einen Pullover.«

»Nein, mir ist nicht kalt«, antwortete ich. »Ich habe nur gerade an meine Mom und meinen Dad gedacht. Das hier war vor mehr als dreißig Jahren ihr Lieblingsplatz und ihr heimlicher Treffpunkt.«

»Ach? Ich dachte, du bist adoptiert?«, fragte Horatio Burnett überrascht. »Stammten deine Eltern denn auch hier aus der Gegend?«

Ich zögerte einen Augenblick, aber dann erzählte ich ihm die traurige Geschichte von Carolyn Cooper und Vernon Grant und was ich über die beiden herausgefunden hatte. Er lauschte mir aufmerksam.

»Eigentlich verdanke ich es Ihnen, dass ich über meine Herkunft Bescheid weiß«, sagte ich.

»Wieso denn das?«

»An dem Tag, an dem Sie angerufen hatten, um meine

Adoptivmutter zu sprechen, bin ich in ihr Arbeitszimmer gegangen.« Ich lehnte mich an den Sattel, den ich hinter mich gelegt hatte. »Während ich Ihren Namen und Ihre Telefonnummer notiert habe, habe ich gesehen, dass in dem Schrank, den Tante Rachel sonst immer abgeschlossen hat, der Schlüssel steckte. Und da sie nicht da war, habe ich dann mal reingeschaut. In einem Ordner habe ich meine Adoptionspapiere gefunden und Briefe vom amerikanischen Generalkonsulat in Frankfurt. Mir haben sie immer erzählt, meine Eltern seien bei einem Unfall ums Leben gekommen, aber in Wahrheit ist meine Mom von ihrem Freund erwürgt worden, als ich zwei Jahre alt war.«

»Das ist ja entsetzlich!«, sagte Reverend Burnett betroffen.

»Bis heute haben sie mir nichts darüber erzählt.« Ich seufzte. »Aber es war die Bedingung von Tante Rachel, dass niemand jemals erfahren darf, wessen Tochter ich bin. Sie muss meine Mom – ihre kleine Schwester – gehasst haben. Ich weiß nur nicht, warum.«

Die Sonne war untergegangen, und die Dämmerung brach herein. Ich legte den nassen Ast auf das Feuer, denn die Moskitos wurden immer aufdringlicher. Waysider graste in der Nähe.

Dann erzählte ich von den Tagebüchern meiner Mom und dem alten Tornadobunker unter der Weide, in dem ich kurz vor Weihnachten das rätselhafte Päckchen gefunden hatte.

»Wieso sprichst du deine Eltern nicht einfach mal darauf an?«, fragte der Reverend. »Du hast ein Recht zu erfahren, wer deine leiblichen Eltern waren.«

»Ich hab's bei meinem Dad ein paarmal versucht«, erwiderte ich. »Aber er weicht mir immer aus. Tante Rachel frage ich erst gar nicht. Sie konnte mich noch nie leiden und würde mir ganz sicher das Leben noch mehr zur Hölle machen, als sie es ohnehin schon tut.«

Auch heute, dachte ich mir, würde sie mich zur Schnecke machen, wenn ich nach Einbruch der Dunkelheit nach Hause kam. Aber das war mir egal.

»Ich habe vor, einen Brief an das Konsulat in Deutschland zu schreiben«, sagte ich dann. »Vielleicht erfahre ich so etwas mehr über die Umstände, wie ich damals hierhergekommen bin und was mit meiner Mom passiert ist.«

»Eine gute Idee«, fand der Reverend, aber bevor er weitersprechen konnte, klingelte sein Handy. Er entschuldigte sich, angelte nach seinem Rucksack und zog das Telefon hervor. Ich stand auf und entfernte mich diskret ein Stück, trotzdem konnte ich hören, was Horatio Burnett mit halblauter Stimme zu seiner Frau am Telefon sagte. Er sei noch unterwegs, erzählte er, und er habe eine hübsche Stelle zum Angeln gefunden. Meine Anwesenheit erwähnte er zu meiner Verwunderung mit keinem Wort.

Waysider kam zu mir und rieb seine Nase an meinem Arm. Es war schon halb zehn, höchste Zeit, nach Hause zu reiten. Ich streifte dem Wallach die Kandare über und führte ihn zum Feuer. Burnett hatte sein Telefonat beendet.

»Ich muss los«, sagte ich und fröstelte. »Sonst krieg ich Ärger.«

»Aber es ist stockdunkel«, wandte er ein. »Du kannst ja gar nichts mehr sehen.«

»Das ist kein Problem«, versicherte ich ihm, legte Waysider den Sattel auf den Rücken und schnallte den Sattelgurt fest. »Pferde können im Dunkeln ziemlich gut sehen, und ich kenne ja die Gegend.«

Er sah mir dabei zu, und plötzlich war die alte Befangenheit wieder da.

»War echt nett, Sie zu treffen«, sagte ich.

»Ja, das fand ich auch.« Er stand da, noch immer barfuß, und betrachtete mich. In der Dunkelheit konnte ich sein Gesicht kaum erkennen. »Warte, ich hole dir meinen Pullover aus dem Auto. Es ist ganz schön kühl geworden.«

Ehe ich michs versah, war er zu seinem Auto gelaufen und holte den Pullover aus dem Kofferraum. Er kam zurück und hielt ihn mir hin.

»Danke.« Ich zog den dunkelblauen Pulli an, der mir zwar viel zu groß war, mich aber wunderbar wärmte. »Ich bringe ihn morgen vorbei.«

Wie hatte ich diesen Mann nur jemals für spießig und humorlos halten können? Ich hatte jede Minute in Horatio Burnetts Gegenwart genossen – seine Aufmerksamkeit, seine schnelle Auffassungsgabe und seine Hilfsbereitschaft. Ich mochte es, wie er sich kleidete, wie er sprach und sich bewegte, so anders als die ungehobelten Menschen, unter denen ich aufgewachsen war.

Meine Befangenheit schien sich auf ihn übertragen zu haben. Ich wartete darauf, dass er jetzt so etwas sagen würde wie ›Sag aber niemandem, dass wir uns hier getroffen haben‹, aber das tat er nicht.

»Vielleicht kann ich dir mit dem Schreiben an das Konsulat helfen«, sagte er stattdessen. »Wenn du morgen den Pullover zurückbringst, könnten wir ein Fax schicken. Das geht schneller als ein Brief.«

»Das … das wäre … fein.« Hatte ich eine Verabredung mit ihm? Ich suchte nach Worten, aber mir fiel nichts ein, was ich sagen konnte. »Am … am besten kippen Sie einen Eimer Wasser über das Feuer, bevor Sie wegfahren. Alles ist so ausgetrocknet, da reicht ein Funke, um das Gras in Brand zu setzen.«

»Klar, das mach ich«, versicherte er mir.

»Also, dann reite ich mal los.« Ich stellte den Fuß in den Steigbügel und schwang mich in den Sattel.

»Bis morgen, Sheridan. Komm gut nach Hause«, sagte er lächelnd.

»Sie auch.« Ich sah ihn kurz an. »Und danke für die Würstchen und dass Sie mir zugehört haben. Sie sind wirklich ein … guter Hirte.«

Das Lächeln verschwand aus seinem Gesicht.

»Ich danke dir, Sheridan«, erwiderte er ernst. »Du hast mich zum Nachdenken gebracht. Und das war dringend notwendig.«

Wir sahen uns an, und der Ausdruck seiner Augen war wie ein Spiegel meiner eigenen Empfindungen. Trotz seiner Frau und seiner Kinder, trotz der Verehrung der ganzen Gemeinde war seine Seele so einsam wie meine.

Ich drückte Waysider die Fersen in den Bauch und lenkte ihn unter den Ästen der Trauerweiden hindurch zu dem Pfad, auf dem ich auch gekommen war. Mein Herz, das in den letzten Wochen schwer wie ein Stein in meiner Brust gelegen hatte, war ganz leicht, und ich erwischte mich dabei, wie ich leise vor mich hin summte. Ich schnupperte an dem Pullover, der ganz leicht nach Horatio Burnetts Rasierwasser duftete, und plötzlich war ich so glücklich wie schon lange nicht mehr. Dieser Abend am Paradise Cove hatte mir wiedergegeben, was mir an Halloween letztes Jahr abhandengekommen war – zaghaften Optimismus und Lebensfreude. Was für ein Donnerwetter auch immer mich zu Hause erwarten mochte, ich würde es überstehen.

* * *

Als die Schule wieder anfing, wählte ich so viele Kurse, dass ich bis zum Abend verplant war. Ich war nicht sonderlich scharf darauf, viel Zeit zu Hause zu verbringen, denn nach Monaten der völligen Missachtung hatte Esra es wieder auf mich abgesehen. Er war neidisch auf mein Auto und mein selbstverdientes Geld, dabei stand ihm nun einer der Pick-ups der Farm, den er sich vorher mit mir hatte teilen müssen, uneingeschränkt zur Verfügung. Sein größter Zorn aber war wohl, dass ich nicht mehr auf ihn angewiesen war und kommen und gehen konnte, wie es mir passte.

Mindestens einmal pro Woche fehlten an meinem Auto ein Scheibenwischer oder ein Außenspiegel, regelmäßig hatte ich einen platten Reifen, und einmal fand ich die Türgriffe sogar mit Hundekot beschmiert. Mein Zorn hatte sich in eine tiefe Frustration verwandelt, und ich fragte mich, wie es mir gelingen sollte, noch neun endlose Monate Ruhe zu bewahren.

Bisher hatte mich der Gedanke, einen Tag nach meinem achtzehnten Geburtstag endlich von hier weggehen zu können, glücklich gemacht, aber plötzlich war alles anders. Und das lag einzig und allein an Horatio Burnett. Es hatte eine Weile gedauert, bis ich mir eingestand, dass ich mich in ihn verliebt hatte, an jenem Abend am Paradise Cove, als er seiner Frau am Telefon nichts von mir gesagt hatte. Seitdem grübelte ich darüber nach, warum er es nicht getan hatte. Warum hatte er ihr meine Anwesenheit verschwiegen? Hatte er das überhaupt, oder hatte er ihr später am Abend am Telefon doch noch gesagt, er habe übrigens zufällig die kleine Grant am See getroffen?

Sally Burnett gehörte zu der Sorte Frau, die immer herzlich lächelt, zuhört und doch niemals Stellung bezieht. Sie war weder ausnehmend hübsch noch besonders schlank und erfreute sich vielleicht gerade deshalb ausgesprochener Beliebtheit unter den Frauen Fairfields. In den letzten Wochen hatte ich sie genau beobachtet und war zu der Überzeugung gelangt, dass sie zwar tüchtig und nett, aber nicht besonders scharfsinnig war. Und irgendwie passte sie nicht zu ihrem Mann, der jede Nacht in bester Henry-Manier durch meine Träume geisterte, so dass ich mich morgens schämte und ihm kaum in die Augen blicken konnte, wenn ich ihm gegenüberstand.

Wieder einmal quälte mich eine vollkommen aussichtslose

Verliebtheit, gegen die ich nichts tun konnte, so sehr ich mich auch bemühte. Er war der einzige Grund, weshalb ich im Chor sang und Jugendgruppenleiterin geworden war. Jeden Morgen beim Aufwachen überlegte ich, wie ich es anstellen konnte, ihm scheinbar zufällig über den Weg zu laufen, ja, ich richtete meinen gesamten Tagesablauf danach aus. Ich lebte tatsächlich nur noch für die kurzen Begegnungen und Gespräche, für einen Blick und ein Lächeln von ihm und kam mir jämmerlich vor. Verging ein Tag, ohne dass ich Horatio Burnett gesehen hatte, peinigte mich ein körperlicher Schmerz, und ich weinte mich in den Schlaf.

Vierzehn Tage, nachdem ich ihm den Pullover zurückgebracht und er vom Computer seines Büros aus das Fax für mich abgeschickt hatte, kam er abends nach der Chorprobe in die Kirche. Ich hatte den Tag innerlich bereits als einen der freudlosen abgehakt, umso größer war mein Glück, als ich Horatio doch noch sah. Während ich Nancy half, die Notenständer wegzuräumen, wurde er von ein paar Frauen belagert, die zu seinem engsten Fanclub gehörten. Ich beobachtete ihn verstohlen und meinte auf seinem Gesicht einen angestrengten Ausdruck zu erkennen. Das Geplapper seiner treuen Schäfchen nervte ihn offensichtlich, aber er war viel zu höflich, um sie einfach stehen zu lassen.

»Ich spiele noch etwas Klavier«, sagte ich zu Nancy. »Ich schließ dann später ab.«

Nancy Anderson wusste, dass ich einen Schlüssel für die Kirche besaß, sie wünschte mir viel Spaß und einen schönen Abend und ging. Endlich waren auch die aufdringlichen Weiber verschwunden, und ich war mit Horatio Burnett allein in der Kirche. Er kam zu mir, und sein Lächeln, das die Falten der Anstrengung aus seinem Gesicht vertrieb, löste in mir eine wahre Glücksexplosion aus.

»Du hast Antwort vom Generalkonsulat in Frankfurt bekommen«, sagte er, griff in sein Jackett, zog ein zusammengefaltetes Blatt Papier hervor und reichte es mir lächelnd.

»Oh! Danke!« Meine Hand zitterte, als ich nach dem Blatt griff, und ich hoffte, er würde es für Aufregung halten. »Haben Sie es schon gelesen?«

»Wo denkst du hin?« Der Reverend schüttelte den Kopf und setzte sich neben mich auf die Klavierbank. »Ich lese doch keine Faxe, die für dich bestimmt sind!«

Er war so anständig, dass ich immer wieder überrascht war. Für die krankhaft neugierige Tante Rachel existierte kein Briefgeheimnis. Wahrscheinlich hatte sie damals, als sie auf der Post gearbeitet hatte, jeden Brief geöffnet und gelesen. Seine Nähe irritierte mich so sehr, dass die Buchstaben vor meinen Augen verschwammen.

»*Sehr geehrte Miss Grant*«, las ich laut vor. »*Leider ist Mrs Elaine Stiller schon seit einigen Jahren nicht mehr im Konsulat in Frankfurt tätig, sondern im Auswärtigen Amt in Washington, D.C. Da sich aber einige Mitarbeiter noch gut an Ihren Fall erinnern, haben wir ein paar Nachforschungen über den Verbleib der Hinterlassenschaft von Miss Carolyn Cooper angestellt. Tatsächlich wurden gewisse Asservate von den deutschen Polizeibehörden, die anfänglich den Mordfall bearbeitet hatten, in die Vereinigten Staaten zum Prozess gegen den Mordverdächtigen übersandt. Der Großteil der persönlichen Gegenstände von Miss Cooper wurde laut unseren Unterlagen allerdings an ihre einzige lebende Verwandte, Mrs Rachel Cooper Grant, geschickt …*«

Darunter waren die Büroadresse von Mrs Stiller in Washington sowie ihre Telefonnummer vermerkt. Das war weit mehr, als ich erwartet hatte, dennoch war ich enttäuscht. Man hatte also alles, was meine Mom in ihrem Leben besessen hatte, an Tante Rachel geschickt. Und was die damit getan hatte, konnte ich mir lebhaft vorstellen.

»Ich habe ein wenig recherchiert«, sagte der Reverend.

Er saß so dicht neben mir, dass ich unweigerlich seinen Arm streifte, als ich mich ihm zuwandte. »Und ich habe herausgefunden, dass Scott Andrews, der Mann, der Carolyn Cooper erwürgt hat, im Dezember 1982 wegen Mordes zum Tode verurteilt wurde. Das Urteil wurde aber zwei Jahre später in eine achtzigjährige Haftstrafe umgewandelt. Er sitzt in einem Bundesgefängnis in Colorado, weil er nicht nur deine Mutter, sondern noch zwei andere Frauen umgebracht hat.«

»Wie haben Sie das herausgefunden?«, staunte ich und lauschte fasziniert, als er mir vom Internet und seinen ständig wachsenden Möglichkeiten erzählte. In der Schule gab es auch Computer, doch die Lehrer waren nicht sonderlich erfahren, und niemals hatte ich diese Fachbegriffe gehört, die Horatio Burnett ganz selbstverständlich benutzte. Es klang kompliziert, aber er erklärte es so, dass ich begriff, um was es ging.

»Woher wissen Sie das alles?«, wollte ich wissen.

»Nun ja, ich habe das ja mal studiert und auch eine Weile in der Schweiz als Informatiker gearbeitet«, erwiderte er.

»Aber warum sind Sie dann Pfarrer geworden? Und dann auch noch ausgerechnet *hier?*« Es wollte mir einfach nicht in den Kopf, weshalb ein gebildeter Mensch freiwillig in diese Gegend kam.

»Das ist eine lange und ziemlich traurige Geschichte«, entgegnete er. Ich rechnete damit, dass er nun aufstehen und gehen würde, aber zu meiner Überraschung blieb er neben mir sitzen und begann zu reden.

»Computertechnologie war immer meine Leidenschaft, die Theologie Berufung«, begann er. »Es war eine ungewöhnliche Kombination, aber mir gefiel es. Nach dem Studium und meiner Promotion in Princeton bekam ich eine wirklich großartige Stelle in der Schweiz, beim Kernforschungszentrum CERN in Genf. Meine erste Frau, Ginnie, hatte ich an der Universität kennengelernt, und wir heirateten, damit sie mich in die Schweiz begleiten konnte. Sie war Physikerin, wir arbeiteten zusammen. Kurz nach Matthews Geburt wurde bei ihr Krebs diagnostiziert. Ein halbes Jahr später war sie tot.«

Er stieß einen tiefen Seufzer aus und stützte die Ellbogen auf die Knie.

»Mein Glaube an die Medizin und die Wissenschaft war schwer erschüttert«, fuhr er fort. »Ich konnte auf einmal nicht mehr arbeiten, ging zurück nach Boston und suchte mein Heil im Glauben. Luther und Matthew blieben bei meinen Eltern, ich nahm eine Stelle in der Mission in Afrika an und merkte, wie ich innerlich Abstand gewann. Der Umgang mit den Menschen dort lenkte mich von meinem Schmerz über den Verlust von Ginnie ab. Als die Jungen älter wurden, kehrte ich in die Staaten zurück. Meine Vorgesetzten baten mich, eine schwierige Gemeinde in Texas zu übernehmen. Mir war alles egal. Ich hatte keinen anderen Ehrgeiz mehr, als den, Menschen einen Weg zurück zum Glauben und zu Gott zu zeigen. Sally kam zu uns, als Haushälterin und Kindermädchen für Luther und Matt, als ich in Minnesota war. Sie stammt aus dem Mittleren Westen und fühlt sich hier wohl, und als man mir die Stelle in Fairfield angeboten hat, habe ich nicht lange gezögert.«

Ich war sprachlos und tief berührt von seinen Worten. Noch nie hatte ein Erwachsener so offen und aufrichtig mit mir gesprochen. Sally Burnett war also gar nicht die Mutter seiner Söhne, dennoch hatte er sie geheiratet! Vielleicht hatte sie ihn dazu gedrängt, weil sie es unmoralisch fand, nur als Haushälterin bei ihm und seinen Söhnen zu leben, aber vielleicht hatte er sich in seinem Zustand der Trauer auch einfach nur für eine bequeme Lösung entschieden, ganz ähnlich wie mein Dad.

»Ich habe die Leere in meinem Inneren mit den Problemen

anderer Menschen gefüllt«, sagte er nun. »Eigentlich habe ich über mich selbst überhaupt nicht mehr nachgedacht, ich war … innerlich wie gefroren.«

Dieses Gefühl kannte ich nur zu gut, und ich verstand genau, wovon er sprach.

»Und dann …« Er zögerte. Dann richtete er sich auf und sah mich an. »Dann bin ich … dir begegnet. Ich bin erschrocken, als ich in deinen Augen mich plötzlich selbst erkannt habe. Seitdem ist alles … anders.«

Ich musste krampfhaft schlucken, ein wilder, glücklicher Schreck zuckte bei seinen Worten durch meinen ganzen Körper.

»Sheridan«, stieß er mit rauer Stimme hervor und sprang auf. »Ich weiß, dass ich das nicht sagen und nicht tun darf, aber ich kann nicht anders. Ich denke an dich und träume von dir, seitdem ich dich das erste Mal gesehen habe.«

Ich traute meinen Ohren nicht. Spielte mir mein verliebter Geist einen üblen Streich? Mein Blick begegnete seinem, und ich erschrak, als ich den gequälten Ausdruck in seinen Augen sah.

Ganz langsam erhob ich mich von der Klavierbank. Ich wusste, dass Hölle und ewige Verdammnis über mich hereinbrechen würden, aber es war mir vollkommen gleichgültig. Seit Wochen träumte ich von einer Situation wie dieser, ich war nicht stark genug, meinem Verlangen zu widerstehen.

Und er war es auch nicht. Anstatt der Vernunft zu gehorchen und zu gehen, nahm er mich in die Arme. Wir standen eine ganze Weile einfach so da und sahen uns an. Und dann hob ich den Kopf und küsste seine Lippen. Er atmete schwer, zog mich dichter an sich und erwiderte meinen Kuss nach einem kurzen Zögern.

Der Kuss geriet so leidenschaftlich, dass meine Knie weich wurden und eine glühend heiße Welle des Verlangens durch meine Adern rann. Ganz plötzlich ließ er mich los, behielt aber meine Hände in seinen. Mein Herz schlug so wild gegen meine Rippen, als wollte es mir aus der Brust springen. Wir waren beide verwirrt und aufgewühlt.

»Ich war tot und lebe wieder«, flüsterte er heiser. »Und das verdanke ich dir. Aber ... wir dürfen das nicht tun! Ich bin doppelt so alt wie du, ich ... ich bin verheiratet ...«

Ich nickte heftig, und er ließ meine Hände los. Auch wenn ich mich schmerzlich nach diesem Mann sehnte und nichts mehr wollte, als in seinen Armen zu liegen und mit ihm zu schlafen, so wusste ich, dass es nicht sein durfte. Das hier war kein Spiel wie mit Danny oder mit Christopher, es war sehr viel mehr und zu viel für mich.

»Wir ... wir sollten das einfach vergessen«, stammelte ich.

»Ja, wir sollten es vergessen«, pflichtete er mir bei und senkte den Kopf. »Es ... es tut mir leid, Sheridan. Wie konnte ich dir das nur antun?«

Da ergriff ich die Flucht. Ich ließ ihn einfach stehen, verließ die Kirche und rannte über die Straße zu meinem Auto. Und er versuchte nicht, mich zurückzuhalten.

* * *

Am nächsten Tag bot sich eine Gelegenheit, Elaine Stiller anzurufen. Meine Hände waren feucht vor Aufregung, und mein Herz machte einen Satz, als sie sich nach dem Freizeichen tatsächlich meldete. Mrs Stiller war von meinem Anruf nicht überrascht, man hatte sie aus Deutschland bereits über mein Fax informiert. Sie wollte wissen, wie alt ich jetzt sei und wie es mir ginge. Wir tauschten ein paar Höflichkeiten aus, dann kam ich zum Grund meines Anrufs.

»Ich darf über solche Dinge eigentlich nicht am Telefon sprechen«, sagte Mrs Stiller und stieß einen Seufzer aus. »Ach, zum Teufel. Ich habe sehr oft an dich gedacht in den letzten fünfzehn Jahren und freue mich, dass es dir gutgeht.«

Und dann beantwortete sie mir viele meiner Fragen. Was auch immer ich mir über meine Vergangenheit zusammenphantasiert hatte, nichts stimmte. Es hatte Tage gedauert, bis die Behörden Tante Rachel als meine einzige lebende Verwandte ausfindig gemacht hatten, da meine Mom keinen festen Wohnsitz gehabt und sich nur mit einem abgelaufenen Touristenvisum in Deutschland aufgehalten hatte. Tante Rachel hatte auf den Brief des Generalkonsuls in Deutschland erst nach Wochen ablehnend reagiert.

Man hatte mich in dieser Zeit bei einer amerikanischen Familie in Wiesbaden untergebracht, die sogar bereit war, mich zu adoptieren und mit zurück nach Hause zu nehmen, für den Fall, dass man keine Verwandten von mir ausfindig machen konnte. Sie hatten sich über Tante Rachels Absage gefreut, in der sie geschrieben hatte, sie habe selbst vier kleine Kinder und könne mich unter keinen Umständen zu sich nehmen. Als Elaine Stiller mir das erzählte, schnappte ich nach Luft. Tante Rachel hatte sich *geweigert*, mich zu sich zu nehmen?

»Und … und wie … wie ist es dann doch noch dazu gekommen?« Ich zwang mich zur Ruhe, aber am liebsten hätte ich Mrs Stiller mit tausend Fragen gleichzeitig bombardiert.

»Wir haben uns daraufhin mit deinem Adoptivvater in Verbindung gesetzt. Carolyn hatte seinen Namen und eine Telefonnummer in ihrem Adressbuch notiert, für den Fall, dass ihr etwas zustoßen sollte. Die deutsche Polizei gab uns die Adresse, und wir begriffen, dass Mr Grant der Mann von Carolyns Schwester war. Es stellte sich heraus, dass Mrs Grant ihrem Mann überhaupt nichts von der ganzen Sache erzählt hatte«, berichtete Mrs Stiller. »Aber Mr Grant sagte sofort, dass er dich selbstverständlich zu sich nehmen würde, immerhin sei deine Mutter die Schwester seiner Frau.«

Das glaubte ich sofort! Tante Rachel hatte Dad meine Existenz und Lage einfach verschwiegen, um sich vor ihrer moralischen Verantwortung zu drücken.

»Mr Grant kam wenige Tage später nach Deutschland, um dich zu besuchen. Und er war es auch, der sich um die Überführung der sterblichen Überreste deiner Mutter gekümmert hat. Trotzdem war es noch eine langwierige und komplizierte Sache, denn er war ja nicht mit dir blutsverwandt, und man brauchte die Zustimmung von Mrs Grant, die sie dann gegeben hat. Mr Grant hat dich allein in Washington abgeholt. Er hat sich sehr liebevoll um dich gekümmert, und das war mir eine große Beruhigung.«

»Mein Dad war immer wunderbar«, sagte ich leise und kämpfte plötzlich mit den Tränen. »Er ist es eigentlich noch heute, aber ich frage mich, was diese ganze Geheimniskrämerei zu bedeuten hat. Wieso wollte mir meine Tante nicht sagen, wer meine Mutter war? Sie muss doch damit rechnen, dass ich es eines Tages herausfinde.«

»Tja, das hat mich auch gewundert«, räumte Mrs Stiller ein.

»Auf jeden Fall haben sie sich daran gehalten.« Ich konnte nicht verhindern, dass meine Stimme bitter klang. »Sie haben jedem weisgemacht, meine Eltern seien bei einem Verkehrsunfall ums Leben gekommen und man habe mich aus reiner Herzensgüte und Großzügigkeit bei sich aufgenommen.«

Wir sprachen noch eine Weile, und Mrs Stiller versprach, mehr über die Hinterlassenschaft meiner Mutter herauszufinden und sich bei mir zu melden. Ich gab ihr meine Telefonnummer und bat sie, sich nicht als Mitarbeiterin des Auswärtigen Amtes zu erkennen zu geben, falls Tante Rachel am Telefon war. Ganz zum Schluss fiel mir noch etwas ein.

»Ach, Mrs Stiller, wissen Sie zufällig, wo meine Mom beerdigt worden ist?«, fragte ich.

»Dein Vater hat ihre Urne mitgenommen, als er dich abgeholt hat«, antwortete sie. »Ich gehe davon aus, dass er sie auf einem Friedhof in der Nähe beigesetzt hat.«

Nachdem ich das Telefonat beendet hatte, saß ich noch eine ganze Weile nachdenklich hinter dem Schreibtisch. Dad hatte die Asche meiner Mutter mit nach Hause genommen. Ganz sicher hatte er sie auf dem Familienfriedhof der Grants begraben, doch einen Grabstein hatte sie nicht bekommen. Ich stieß einen tiefen Seufzer aus. War es wirklich wichtig, was ich da tat? Wem nützte es? Die Identität meines leiblichen Vaters würde wohl für immer ein Geheimnis bleiben. Er war meiner Mom nicht so wichtig gewesen wie Vernon Grant, dessen Namen und Telefonnummer sie auch fünfzehn Jahre nach ihrem Verschwinden aus Fairfield für Notfälle angegeben hatte. Ob sie gewusst hatte, dass Dad – ihre große Liebe – niemals nach ihr gesucht und stattdessen ihre ältere Schwester geheiratet hatte? Und wäre es wohl in ihrem Sinne gewesen, dass ich ausgerechnet bei ihm und ihrer Schwester aufwuchs, an dem Ort, an dem sie todunglücklich gewesen war? Fragen über Fragen, auf die ich wohl nie eine Antwort erhalten würde.

* * *

Ich fühlte mich nur noch in der Schule und auf dem Rücken meines Pferdes wohl, und während meiner langen Ausritte, die mich nie in die Nähe von Paradise Cove führten, versank ich in Tagträumen von Horatio. Obwohl ich beinahe unablässig an ihn dachte, hatte ich es seit jenem Abend in der Kirche sorgfältig vermieden, ihm zu begegnen. Sonntags flüchtete ich sofort nach dem Gottesdienst und ging nicht mehr zur Jugendgruppe und den Chorproben. Meine Entschuldigung war die Schule, und jeder verstand, dass ich im letzten Jahr dort mehr als zuvor zu tun hatte. Horatio hatte nie mehr versucht, mit mir zu sprechen, aber ich bemerkte die Veränderung, die mit ihm vorgegangen war. Seinen Predigten fehlte die glühende Überzeugung von früher, er wetterte nicht mehr gegen menschliche Verfehlungen. Wie hätte er das auch noch tun können, nachdem er um ein Haar selbst Opfer seiner Fleischeslust geworden war? Bereute er, was er zu mir gesagt hatte?

Ich wehrte mich gegen eine weitere aussichtslose Verliebtheit, aber je mehr ich innerlich vor ihm wegrannte, desto hartnäckiger kamen die Träume und Gedanken.

An einem sonnigen Tag Ende September begegnete ich Horatio zufällig an Hylands Tankstelle auf der Main Street, wo ich meinen Honda volltankte. Mein Herz machte einen wilden Satz, als sich unsere Blicke über die Dächer unserer Autos trafen.

»Hallo, Sheridan«, sagte er.

»Hallo, Reverend«, erwiderte ich und bemühte mich angestrengt um äußerliche Gelassenheit, obwohl mein Puls sicher auf hundertachtzig war. Er sah schlecht aus, unglücklich. Dunkle Schatten lagen unter seinen Augen, und ich ahnte, dass ich dafür verantwortlich war. Ich ging um mein Auto herum und lehnte mich an den Kotflügel.

»Wie geht es dir?«, fragte er mich.

»Ganz gut«, antwortete ich. »Und … Ihnen?«

Ich konnte unmöglich vertraulicher mit ihm sein. Dieser eine Kuss in der Kirche gehörte nicht in die Realität, in der er der Reverend von Fairfield und verheirateter Vater von zwei Söhnen war.

»Vielleicht sollte ich jetzt sagen, danke, gut«, sagte er nun zu meiner völligen Überraschung. »Aber das wäre gelogen. Mir geht es nicht gut. Ich muss dauernd an dich denken, Sheridan. Ich weiß, dass ich das nicht sagen darf, aber ... aber ich ... ich würde dich gerne wiedersehen.«

Das Adrenalin schoss durch meine Adern, ließ mein Herz beben und meine Finger zittern. Ich starrte ihn an und wusste nicht, was ich darauf antworten sollte. Der Tankstutzen klickte, der Tank meines Autos war voll. Plötzlich erkannte ich, dass es keinen Sinn hatte, mich gegen meine Gefühle zu wehren. Ich wollte ihn auch wiedersehen, ich wollte ihn küssen, seine Haut berühren, mit ihm schlafen. Schon bei dem Gedanken daran erzitterte ich innerlich. Und da kam mir eine Idee.

»Ich bin um fünf Uhr am Paradise Cove.« Die Worte kamen mir über die Lippen, ohne dass ich es verhindern konnte.

»Ich werde dort sein«, erwiderte er.

Ohne ihn noch einmal anzusehen, ging ich hinein, um zu bezahlen.

Gab es einen passenderen Ort für einen Sündenfall als ausgerechnet jenen, der Paradise Cove genannt wurde? Ich wurde mir dieser Ironie erst bewusst, als ich Horatio in dem schattiggrünen Zelt der mächtigen Trauerweide erwartete wie Eva, die Verführerin mit dem Apfel.

Er kam pünktlich um fünf. Ich hörte den Motor seines Autos, das Zuschlagen der Tür und trat durch den Vorhang der Zweige. Im nächsten Moment war er bei mir und zog mich in seine Arme. Ich lehnte mich an ihn, schmiegte meine Wange an seine Brust, sein Herz schlug so schnell wie meines. Er liebkoste mein Gesicht mit seinen Händen, küsste meinen Mund und meinen Hals. Schließlich ergriff ich seine Hand und führte ihn mit zitternden Knien zu der Decke, die ich unter der Weide ausgebreitet hatte.

Stumm entledigten wir uns unserer Kleider, ich schlang meine Arme um seinen Hals und küsste Reverend Horatio Burnett, der meinen schüchternen Kuss voller Leidenschaft erwiderte. Auf das, was dann geschah, war ich nicht vorbereitet. Meine Erfahrungen mit Männern hatten sich bis zu diesem Moment auf einer rein körperlichen Ebene abgespielt, ich war immer irgendwie Herrin der Lage gewesen, hatte die Deckung nie wirklich verlassen und nur so viel von mir gegeben, wie ich wollte. Danny wie auch Christopher hatten nichts anderes als ihr Vergnügen gesucht, mit Horatio war es hingegen völlig anders. Bei ihm gab es keine Verstellung, er war so aufgeregt und durcheinander wie ich selbst. Wir liebten uns, ohne den Blick von den Augen des anderen abzuwenden, und auf einmal waren wir ganz eins, ein einziger Körper, ein einziges Gefühl, und ich empfand eine unendliche Zärtlichkeit für diesen Mann in meinen Armen. Tränen strömten mir über das Gesicht, der Boden schien zu wanken, als die Welle des Glücks über uns zusammenbrach. Ich streichelte sein Gesicht, sein feuchtes Haar, stammelte immer wieder seinen Namen, und er küsste mich wie ein Ertrinkender. Seine Küsse schmeckten salzig, und im schwachen Licht der untergehenden Sonne sah ich, dass er ebenfalls weinte. Wenig später lagen wir dicht aneinandergeschmiegt da und sahen uns an, atemlos und unfähig zu sprechen. Mein Glück wurde nur von dem Gedanken getrübt, dass ich für den Rest meines Lebens nach diesem Gefühl hungern würde. Horatio streckte die Hand aus und berührte meine Wange. Die beherrschte Fassade war ganz und gar verschwunden, und ich konnte in diesem Augenblick tiefer in sein Innerstes sehen, als mir lieb war, denn was ich da sah, waren meine eigenen Empfindungen: Sehnsucht und Verwirrung, aber auch Verzweiflung und das schlechte Gewissen, das ihn nun für alle Tage verfolgen würde. Wir hatten ein Spiel mit dem Feuer begonnen, das verheerende Folgen haben konnte.

»Ich habe noch nie etwas Verrückteres getan«, flüsterte Horatio in diesem Augenblick. »Und noch nie etwas Wundervolleres …«

»… und Verboteneres«, ergänzte ich.

»Ja.« Er stieß einen Seufzer aus. »Auch das nicht. Aber ich bin auch nur ein Mensch.«

Ich rollte mich auf die Seite, stützte den Kopf in die Hand und betrachtete ohne Scheu seinen nackten Körper. Er war ein wirklich schöner Mann mit langen, schlanken Gliedern und festen Muskeln. Unwillkürlich zog ich Vergleiche zu Danny und Christopher, und in derselben Sekunde wurde mir bewusst, wie schlecht ich war. Ich hatte diesen Mann aus bloßer Sehnsucht nach dem Gefühl, geliebt und begehrt zu werden, zum Ehebruch verführt! Dieser Gedanke ernüchterte mich schlagartig.

»Ich muss nach Hause«, sagte ich und befreite mich abrupt aus seiner Umarmung.

»Was ist?«, fragte er leise. Ich schüttelte stumm den Kopf. Tränen ballten sich in meiner Kehle. Was ich getan hatte, war eine schlimme Sünde. *Du sollst nicht begehren deines Nächsten Mann*, so ähnlich stand es in der Bibel, aber ich hatte es getan. Ich war eine Hure.

»Sheridan.« Horatios Stimme klang traurig und zärtlich. »Ich …«

»Bitte«, unterbrach ich ihn schnell. »Sagen Sie nichts. Bitte nicht. Wir … wir hätten das nicht tun dürfen.«

Euphorie und Leidenschaft waren verflogen, was übrig war, war ein elend schlechtes Gewissen. Schweigend zogen wir uns an, tauschten noch einen raschen Kuss, dann ging Horatio zu seinem Auto und ich zu Waysider, der unter einem der Bäume gewartet hatte. Ich blickte mich nicht mehr um, schwang mich in den Sattel und ritt im Trab davon. Nie hatte ich mich so elend und sündig gefühlt wie an diesem Abend.

* * *

Mary-Jane gab mir den Schlüssel für das Haus, ohne Fragen zu stellen. Mit klopfendem Herzen fuhr ich am Nachmittag zum Riverview Cottage, das einsam und verlassen dalag. Die ersten frühen Herbststürme hatten die Blätter von den Bäumen gefegt, sie bedeckten das Unkraut, das wieder den Hof überwucherte. Das Haus oberhalb des Flusses war nach der kurzen Störung durch Christopher Finch wieder in seinen Dornröschenschlaf versunken und strahlte wieder jenen geheimnisvollen Zauber aus, den ich so mochte.

Der Tag, an dem ich Christopher quasi mit seiner Frau überrascht hatte, schien hundert Jahre zurückzuliegen.

Ich parkte mein Auto hinter dem Haus, im Hof vor der alten Scheune, überquerte den Hof und betrat die Veranda. Auch hier sammelte sich das trockene Laub. Eine Spinne hatte ihr Netz direkt vor der Haustür gesponnen, und ich bedauerte, dieses Kunstwerk zerstören zu müssen.

Beinahe zwei Wochen hatte ich Horatio nicht gesehen, hatte sonntags sogar die Kirche geschwänzt, weil ich es nicht ertragen konnte, ihn zusammen mit seiner Frau zu sehen, außerdem quälten mich tiefe Schuldgefühle. Gestern waren wir uns jedoch zufällig begegnet, auf dem Postamt von Fairfield. An den Schmerz, der beständig an meinem Herzen nagte, hatte ich mich gewöhnt. Bei seinem Anblick wurde er wieder brennend und unerträglich. Ich hatte ihm angesehen, dass er sich genauso fühlte.

»Ich muss dich wiedersehen«, hatte ich gesagt.

»Ich dich auch«, hatte Horatio ohne zu zögern erwidert.

Am Paradise Cove war es um diese Jahreszeit zu ungemütlich, deshalb war mir Riverview Cottage eingefallen. Es war keine glückliche Wahl, dessen war ich mir bewusst, denn außer dem Geist meiner verstorbenen Mom trieben sich die Erinnerungen an Danny und Christopher in den vier Wänden des alten Hauses herum.

Ich schloss die Tür auf, holte tief Luft und ging hinein. Das Haus roch muffig und unbewohnt, und es war kalt. Ich öffnete den Sicherungskasten im Flur und drückte den Hebel der Hauptsicherung herunter, dann besichtigte ich das Haus. Christopher hatte den größten Teil seiner Möbel mitgenommen, das Bett stand allerdings noch im Schlafzimmer im ersten Stock. Ich zerrte die Matratze aus dem Bettgestell und schleifte sie über die Treppe nach unten. Dann holte ich in der Scheune so viel Brennholz, wie ich tragen konnte, und feuerte den Kaminofen im Wohnzimmer an. Innerhalb von Minuten strahlte er eine behagliche Wärme aus.

Ich legte mich auf die Matratze, verschränkte die Arme hinter dem Kopf und gestattete mir die Illusion, ich würde hier mit Horatio leben und abends darauf warten, dass er zu mir nach Hause kam. Ich würde für uns kochen und den Tisch decken, und wir würden gemeinsam essen, über den Tag reden und dann zusammen ins Bett gehen.

Ich stieß einen tiefen Seufzer aus. Leider würde sich mein Traum nie erfüllen, denn Horatio war verheiratet und gehörte einer anderen Frau. Niemals würde er abends zu mir kommen, und wenn, dann würden es nur gestohlene Stunden sein, in aller Heimlichkeit und ständiger Angst vor Entdeckung.

Draußen begann es heftig zu regnen, der Wind heulte um das Haus und rüttelte an den Fensterläden. Es war kurz nach fünf, als ein Auto auf den Hof fuhr, und mein Herz machte einen freudigen Satz. Beinahe hatte ich nicht mehr damit gerechnet, dass Horatio kommen würde. Er fuhr hinter das Haus, wie ich es ihm gesagt hatte, stieg aus und lief durch den strömenden Regen zur Veranda. Sekunden später stand er atemlos vor mir. Es gab so viel zu sagen, dass keiner von uns wusste, womit er anfangen sollte. Ich nahm seine Hand und führte ihn ins Wohnzimmer. Wir liebten uns auf der Matratze auf dem blanken Fußboden, und es war noch schöner als beim ersten Mal am Paradise Cove.

»Das war wundervoll«, flüsterte Horatio heiser und berührte zärtlich meine Wange. »Ich habe mich so sehr nach dir gesehnt, Sheridan.«

»Und ich mich nach dir«, gab ich zu. Ich stützte meinen Kopf in die Hand und fuhr mit den Fingerspitzen die Konturen seines Gesichts nach, an seinem Hals hinunter. Zärtlich berührte ich seine Schlüsselbeine und seine schweißfeuchte Brust, die sich noch immer heftig hob und senkte.

»Ich habe erst mit drei Frauen geschlafen.« Seine Stimme klang heiser. »Die erste war Virginia, meine erste Frau. Die zweite war Sally, und die dritte bist du. Und ich hätte nie gedacht, dass mir so etwas passieren könnte.«

Seine Offenheit berührte mich sehr. Auch er hatte Verluste und Schmerz erfahren. Vielleicht war er so streng geworden, weil er einfach unglücklich war.

»Was meinst du damit?« Ich sah ihn aufmerksam an und erkannte, welcher Aufruhr in seinem Innern tobte.

»Ich habe mich in dich verliebt, als ich dich das erste Mal gesehen habe«, gestand er mir mit rauer Stimme. »In deine unglaublichen Augen, in deinen Widerspruchsgeist, in deinen Stolz und in deine wunderschöne Stimme. Und in deine Anmut und Schönheit. Mein Herz klopft, wenn ich dich sehe. In meinem Bauch kribbelt es, wenn ich nur an dich denke.«

Ich starrte ihn sprachlos an. So etwas hatte noch nie jemand zu mir gesagt!

»Ich … ich habe versucht, mir diese Gedanken und Gefühle zu verbieten«, fuhr er fort. »Du bist erst siebzehn, ich bin vierunddreißig – genau doppelt so alt wie du. Aber gegen meine Träume bin ich machtlos, gegen … diese … diese Anziehung, dieses Begehren. Und diese Lust und Leidenschaft. Das habe ich nie erlebt. Sex war immer … nun ja, es war immer nur etwas, was eben dazugehört. Im Bett, nachts, ohne Licht. Damit man Kinder bekommt.«

Er lachte freudlos und fuhr sich mit den Fingern durch das wirre, verschwitzte Haar.

»Alles, was in meinem Leben wichtig und richtig war, ist ins Wanken geraten. Meine Einstellung, meine Ansichten, meine Überzeugungen – es ist alles weg. Wenn ich sonntags predige, komme ich mir vor wie ein Heuchler.«

Ich war schockiert von seiner Aufrichtigkeit.

»Du hast einmal zu mir gesagt, ich sei hochmütig. Wie recht du damit hattest! Ich war mir meiner selbst viel zu sicher. Du hast mir die Augen geöffnet. Im Leben ist nicht alles nur schwarz oder weiß, gut oder böse. Ich habe nie gezweifelt, aber jetzt tue ich es. Wie kann etwas falsch oder eine Sünde sein, was so ... schön ist?« Er berührte wieder meine Wange, sein Lächeln war zärtlich, aber in seinen Augen glänzte es verdächtig. Plötzlich konnte ich das alles nicht mehr ertragen. Ich wünschte mir nichts sehnlicher als seine Liebe, und doch musste ich jetzt ehrlich zu ihm sein.

»Du hast dich in die Sheridan verliebt, die du dir vorstellst«, entgegnete ich mit rauer Stimme. »Du hast ja keine Ahnung davon, wie schlecht ich bin.«

»Wie kannst du schlecht sein?«

Ich befreite mich aus seinen Armen und setzte mich auf. Die rote Glut im Kamin spendete nur schwaches Licht, aber das war mir gerade recht.

»Ich schlafe mit dir, obwohl ich weiß, dass du eine Frau und zwei Kinder hast«, antwortete ich. »Ich bin das letzte Stück Dreck.«

Er öffnete den Mund zu einer Entgegnung, aber ich sprach schnell weiter.

»Letztes Jahr bin ich von einem Mann verfolgt worden, von einem Polizisten«, ich vermied es, Horatio anzusehen. »Er hatte mir wochenlang nachgestellt und mich bedroht. Ich habe meine Haare abgeschnitten und schwarz gefärbt und hoffte, er würde mich nicht mehr erkennen. Aber am Abend von Halloween hat er mich nach einer Party hinter der Mehrzweckhalle in Madison vergewaltigt.«

Ich schlang die Arme um meinen Oberkörper, weil ich trotz der Hitze, die der Ofen ausstrahlte, plötzlich innerlich fror.

»Ich dachte, er würde mich umbringen«, fuhr ich mit leiser Stimme fort. »Ich wollte ihn nicht töten, aber ich hatte so eine Angst vor ihm. Der Stein hat ihn am Kopf getroffen, er fiel um und war ... tot.«

»O mein Gott«, flüsterte Horatio entsetzt.

»Ich wollte nicht zur Polizei gehen, ich wollte nicht, dass sie mich immer und immer wieder fragen würden und dass jeder davon erfährt. Ein Freund von mir hat die Leiche irgendwo ... versteckt. Und tatsächlich, niemand fragte mich, niemandem fiel etwas auf. Aber dann ... dann war ich schwanger.«

Ich traute mich nicht, Horatio anzusehen. Kein Mann konnte so eine wie mich lieben! Ich ekelte mich vor mir selbst.

»An dem Tag, an dem du das erste Mal in Fairfield warst, war mir hundeelend«, flüsterte ich. Ich würgte an den Tränen in meiner Kehle. »Da hatte ich es noch nicht begriffen.«

»Und was hast du getan?« Horatio war fassungslos.

»Ich war bei so einem Quacksalber in Kansas City, der illegale Abtreibungen macht. Ich konnte unmöglich ein Kind von diesem Schwein kriegen, das mich vergewaltigt hat. Danach bin ich fast verblutet. Ich war eine Woche im Krankenhaus.«

Ich verbarg mein Gesicht in den Händen. Die Matratze senkte sich unter seinem Gewicht. Jetzt würde er aufstehen und gehen, und ich konnte es ihm nicht einmal übelnehmen. Aber er ging nicht, sondern schlang stattdessen seine Arme um mich und zog mich an sich. In seinen grauen Augen erkannte ich Mitgefühl und Wärme.

»Ich bin eine Mörderin«, flüsterte ich.

»Nein«, er flüsterte auch. »Nein, das bist du nicht. Das war Notwehr. Ich bereue so sehr, was ich alles damals zu dir gesagt habe. Ich konnte ja nicht ahnen, was du gerade durchmachen musstest.«

»Ich … ich dachte, du würdest mich … dafür verachten.« Mir schossen die Tränen in die Augen. Seine Liebe legte sich wie ein warmer Mantel um meine verletzte, einsame Seele, ich schmiegte mich an ihn und überließ mich seinem Trost.

»Du hast wirklich furchtbare Dinge erlebt«, sagte er leise. »Aber nichts geschieht im Leben ohne Grund, davon bin ich fest überzeugt. Wahrscheinlich hat Gott noch Großes mit dir vor. Du solltest dich nicht an mich verschwenden.«

»Was meinst du damit?« Ich wandte mich in seinen Armen zu ihm um. Er küsste mein Gesicht und strich mir eine Haarsträhne aus der Stirn.

»Du hast so viele Talente und du bist so jung.« Seine Stimme klang belegt. »Du darfst dir jetzt keinen Ballast aufladen, dich nicht an etwas binden, was dir die Zukunft verderben könnte.«

Er machte eine Pause, verzog das Gesicht zu einer Grimasse und stieß dann einen tiefen Seufzer aus.

»Aber auch wenn ich dir das rate, muss ich dir gleichzeitig gestehen, dass ich in meinem ganzen Leben noch nie so glücklich war. Ich fürchte mich vor dem Tag, an dem du von hier fortgehen wirst.«

Ich umarmte ihn ebenfalls, und während der Sturm ums Haus heulte und in den Baumkronen rauschte, fühlte ich mich unendlich glücklich und geborgen. Es war mir egal, was die Leute, was meine Eltern denken mochten, sollten sie je erfahren, dass ich mit Reverend Horatio Burnett geschlafen hatte. Für dieses wundervolle Gefühl des Geliebtwerdens hätte ich gemordet. Wir sahen uns an.

»Das, was wir hier tun, hat keine Zukunft«, sagte ich leise. »Das weißt du doch so gut wie ich, oder?«

Er zögerte. Ein gequälter Ausdruck flog über sein Gesicht, aber dann nickte er.

»Wenn jemand davon erfahren würde, wäre dein Leben ruiniert«, fuhr ich fort. »Du würdest echte Probleme kriegen.«

Horatio seufzte.

»Du bist ein vernünftiges Mädchen«, sagte er unglücklich. »Warum schläfst du mit mir? Ist das für dich alles nur ein Spiel?«

»Nein«, ich schüttelte heftig den Kopf. »Nein! Es ist für mich kein Spiel. Ich mag dich sehr. Ich war noch nie so … glücklich.«

Er sah mich an. Lange und seltsam. Und in diesem Moment begriff ich, dass ich für ihn weit mehr war als nur ein Seitensprung. Ich spürte die Bürde der Verantwortung für das Leben eines anderen Menschen. Und diese Verantwortung lastete schwer auf mir. Es war kurz vor zehn, als wir uns trennten und einander schworen, dass dies das letzte Mal gewesen sein musste.

Aber unsere Sehnsucht nacheinander war stärker als jede Vernunft. Die heimlichen Treffen im Riverview Cottage wurden zu einer regelmäßigen Einrichtung. Ich wusste, dass Sally über Mittag nicht im Büro des Pfarrhauses war und ich Horatio zwischen zwei und drei dort unter Garantie erreichen konnte. Wir verabredeten uns immer kurzfristig, trafen uns mindestens einmal in der Woche für ein paar Stunden, schliefen miteinander und redeten. Wir sperrten unsere Skrupel und unser schlechtes Gewissen vor der Tür von Riverview Cottage aus und vermieden es vor allem, über Sally zu sprechen. Ich wollte, dass sie für mich eine Fremde blieb, die mir nichts bedeutete. Horatio war sehr gebildet, und er hatte unwahrscheinlich viel gelesen. Oft brachte er mir Bücher mit, wir sprachen über sie oder über Ereignisse, meistens aber über uns. Wir lagen aneinandergekuschelt auf der Matratze im Wohnzimmer, ich erzählte ihm Anekdoten über die Leute in Fairfield, wir lachten gemeinsam, und immer schien die Zeit schneller zu vergehen als beim vorherigen Treffen.

Eines Tages brachte ich den Inhalt der Kassette mit, die Nicholas und ich im Tornadobunker am Paradise Cove gefunden hatten. Ich hatte Horatio bereits davon erzählt, nun saß ich neben ihm auf der Matratze und sah ihm gespannt zu, wie er die Buchseite, den Schlüssel und die Haare betrachtete.

»Der Schlüssel könnte auch zu einer Art Geldkassette passen«, vermutete er. »Und diese Haare … hm … sie sind sehr fein. Ich bin sicher, sie stammen von einem kleinen Kind, vielleicht sogar von einem Säugling.«

Er betrachtete die Buchseite, deren Text ich mittlerweile fast auswendig kannte, sehr gründlich.

»Sind dir diese Markierungen aufgefallen?«, wollte er wissen. »Ergeben sie einen Sinn?«

»Welche Markierungen?«, fragte ich erstaunt. Ich hatte versucht, das Rätsel zu lösen, indem ich krampfhaft nach einem im Text versteckten Hinweis gesucht hatte, dabei war mir nicht aufgefallen, dass tatsächlich einzelne Buchstaben unterstrichen waren. Meine Hände wurden feucht vor Aufregung, als Horatio begann, die versteckte Nachricht Buchstabe um Buchstabe zu entziffern.

»*Liebster Vernon*«, hieß es schließlich. »*Fünfzehn Fuß von der Tür des Bunkers Richtung Osten wirst du im Boden alles finden. Meine Liebe für dich wird niemals aufhören. In Liebe, deine Carolyn.*«

»O Gott!«, stieß ich hervor und blickte Horatio an. »Meine Mom hat meinem Dad eine Nachricht hinterlassen, aber er hat sie nie bekommen!«

»Wahrscheinlich aber auch niemand anderes«, entgegnete Horatio nachdenklich. »Es besteht die Möglichkeit, dass alles noch dort ist, wo sie es versteckt hat. Im Boden vergraben am Paradise Cove.«

»Ich muss sofort dahin!«, rief ich und sprang auf.

»Ich kann dich leider nicht begleiten«, sagte Horatio bedauernd.

»Das musst du nicht. Ich … ich rufe dich an, wenn ich etwas finden sollte.«

Eine Stunde später fuhr ich mit meinem Auto zum Paradise Cove, im Kofferraum hatte ich eine Spitzhacke und einen Spaten liegen. Es war ein herrlicher Spätsommertag, die Luft war weich wie Samt. Ich maß fünfzehn Fuß Richtung Osten vom Eingang des Bunkers ab und befand mich fast genau an der Stelle, an der ich zum ersten Mal mit Horatio geschlafen hatte. Im Schutz der herabhängenden Weidenäste begann ich, mit der Spitzhacke den knochentrockenen Boden zu bearbeiten. Bald lief mir der Schweiß über das Gesicht, aber ich achtete nicht darauf. Wieso war ich nicht viel eher darauf gekommen, wie meine Mom ihre Botschaft auf dieser Buchseite versteckt hatte? Wieder und wieder hatte ich den belanglosen Text gelesen und nach einem tieferen Sinn gesucht, dabei war es so einfach gewesen! Plötzlich stieß ich mit der Spitze der Hacke auf Metall. Ich warf die Hacke zur Seite, kniete mich auf den Boden und grub vorsichtig mit bloßen Händen weiter. Mir wurde ganz schwindelig vor Freude, als ich zehn Minuten später tatsächlich eine verrostete Kassette aus der Erde hob. Mit zitternden Fingern steckte ich den Schlüssel ins Schloss. Das war nicht ganz einfach, denn das Schloss war voller Sand und Erde, aber nach einer Weile gelang es. Der Schlüssel passte, und die Kassette ließ sich aufschließen.

Mein Herz schlug einen Trommelwirbel, als ich unter einem vergilbten Briefumschlag genau das fand, worauf ich gehofft hatte. *Tagebuch von Carolyn Cooper, 1964 bis …* stand auf dem Einband der Kladde, die fürchterlich verrottet stank. Vorsichtig nahm ich das Tagebuch heraus und begann zu lesen. Meine Mom hatte in den ersten Monaten nur sehr unregelmäßig und kurz geschrieben, die erste längere Eintragung stammte vom 12. Mai 1964.

Vernon und ich sind uns einig, und das ist so herrlich! Ich liebe ihn so sehr, dass ich laut singen und schreien könnte vor Glück. Wir werden von hier weggehen und heiraten, wenn er aus Vietnam zurück ist.

Komisch, ich mache mir gar keine Gedanken darüber, dass er nicht zurückkommen könnte, schließlich hört man ja immer von den vielen Toten, aber das ist unmöglich. Vernon ist am College angenommen worden, wir gehen nach Vermont! Ich muss gleich im Atlas nachsehen, wo das genau ist. Und da werden wir uns eine kleine Wohnung nehmen, dann bin ich Mrs Vernon Grant – hört sich das nicht wunderbar an? Er ist so süß!!! Er liest unglaublich viel, sogar jeden Tag die Zeitung, und er weiß über Politik und Geschichte doppelt so viel wie Mr Thickler. Ja, Vernon ist sehr intelligent. Gegen ihn komme ich mir dumm vor, aber er würde nie so herablassend sein wie John Lucas, der sich nur über mich lustig macht. Ja, John und Rachel würden schon gut zusammenpassen, so spöttisch und gemein, wie sie sein können! Vernon ist nie boshaft, er erklärt mir alles und leiht mir sogar seine Bücher. Es tut mir nur so leid, dass Vernon Rachel so wenig leiden kann. Er findet, sie sieht aus wie ein Frettchen, und er hasst es, dass sie immer hinter uns herschleicht und sich dazudrängt, wenn wir allein sein wollen. Ich wollte, Vernon könnte sie wenigstens ein bisschen leiden, aber wenn ich nur ihren Namen erwähne, tut er so, als ob es ihn schüttelt. Heute waren wir wieder am PC (ich konnte mich wegschleichen, weil Rachel ja seit drei Tagen wieder arbeitet), wir sind im See geschwommen, obwohl das Wasser noch sehr kalt war. Und dann haben wir uns geküsst, und beinahe wäre noch viel mehr geschehen, aber Vernon ist immer so vernünftig und verantwortungsvoll!

Ich werde ihm jeden Tag schreiben und ihm berichten, was hier so vor sich geht. Ach, liebes Tagebuch, ich wünschte so sehr, dass schon ein Jahr herum wäre und ich ihn wieder bei mir haben und küssen und endlich mit ihm schlafen könnte! Ich träume nachts unmögliche Sachen von ihm, und seitdem ich neulich (aus Versehen) Martha und diesen lüsternen Poppy Benton dabei beobachtet habe, wie sie es miteinander gemacht haben, seitdem ist es noch schlimmer geworden. Vernon hat sich halbtot gelacht, als ich ihm erzählt habe, wie dumm Poppy sich angestellt hat und wie ihm die Augen rausgequollen sind, als er auf Martha herumgehüpft ist. Rachel würde mich mit ihrem Ledergürtel grün und blau schlagen, wenn sie das wüsste, aber Vernon sind diese blöden Kirchenspießer genauso wurscht wie mir. Seine Eltern sind sowieso sehr viel lockerer als meine. Vernons Mom geht nie in die Kirche, und sein Dad nur, wenn er Lust dazu hat. Ach, ich werde auch nie wieder einen Fuß in eine Kirche setzen, wenn ich erwachsen bin, höchstens zum Heiraten, aber das muss nicht sein. Der Friedensrichter tut's auch.

Zwei Tage später, am 14. Mai 1964, hatte sie wieder geschrieben.

Ich traue mich kaum, es zu schreiben, aber WIR HABEN ES GETAN!!!!!! *Lieber Gott, lieber Gott, ich bin so wahnsinnig, unglaublich glücklich! Ich könnte die ganze Welt umarmen und würde Vernon am liebsten niemals, niemals wieder loslassen! Wir waren ein letztes Mal am* PC, *er hat mir diese wunderschöne Kette geschenkt, und dann haben wir uns geküsst, und dann ist es passiert. Es war für uns beide das erste Mal, und darüber bin ich noch glücklicher. Ich habe ihm geschworen, dass ich auf ihn warten werde, und er hat mir versprochen, dass auf keinen Fall mit irgendwelchen Mädchen rummachen wird, wie Soldaten das so tun. Und dann hat er gesagt, dass wir in die Flitterwochen nach Las Vegas fahren und auch dort heiraten. Wenn er wiederkommt, bin ich fast achtzehn. Alt genug zum Heiraten. Er will ganz viele Kinder haben, und das will ich auch, und wir könnten unsere Kinder nach den Städten benennen, in denen sie gezeugt wurden. Also nicht Peter, Mary oder so, nein, was haben wir gelacht bei der Vorstellung, wie sie dann heißen werden: New York Grant, New Orleans Grant, Washington Grant oder vielleicht Wounded Knee Grant …*

Ich musste innehalten, weil mir die Tränen in die Augen schossen. Hatte meine Mom mich etwa nach dem Ort benannt, an dem ich gezeugt worden war? Sheridan? Ich hatte mich hin und wieder gefragt, wie sie ausgerechnet auf diesen Namen gekommen war und warum sie mich nicht einfach Charlotte oder Susan oder so ähnlich genannt hatte. Am meisten berührte mich aber, wie sehr sie und Dad sich geliebt hatten. Sie hatten feste Zukunftspläne gehabt, und so wie ich meinen Adoptivvater kannte, konnte ihn nichts auf der Welt davon abhalten, seine Pläne auch in die Tat umzusetzen. Er war geradezu zwanghaft geradlinig. Was war passiert? Welche Tragödie hatte die Pläne dieser zwei verliebten jungen Menschen zerstört? War diese Liebe der Grund dafür, weshalb Tante Rachel mich nicht leiden konnte? Aber weshalb? Meine Mom hatte ihre Schwester geliebt, sie schrieb nie wirklich schlecht über Rachel.

Dad war am 17. Mai 1964 zur Armee gegangen, und meine Mom hatte den ersten Brief an ihn geschrieben, kaum dass er ihren Blicken entschwunden war. Ab diesem Zeitpunkt schrieb sie wahre Romane in ihr Tagebuch, die von Tag zu Tag verzweifelter wurden, denn Vernon erwiderte keinen einzigen ihrer Briefe. Die Eintragungen wurden kürzer, manche waren kaum zu entziffern, so verschmiert war die Tinte. Offenbar hatte sie beim Schreiben geweint. Rachel, die bei der Post in Fairfield arbeitete, kam jeden Tag mit einem mitleidigen Gesichtsausdruck nach Hause – wieder kein Brief! Meiner armen Mom brach es schier das Herz. Ihr Unglück, das dreißig Jahre zurücklag, berührte meine Seele so sehr, dass ich immer wieder weinen musste, während ich las. Leider hatte meine Mom auch in diesem Tagebuch lange Passagen in der Geheimschrift geschrieben, deren Symbole ich bis heute nicht hatte dechiffrieren können. Dann kam der 24. November 1964. An diesem Tag teilte Rachel meiner Mutter mit, Vernon habe einen Brief an Libby Millerton geschrieben. Libby war die Tochter des Besitzers des Farmers Co-op, ich kannte sie, denn sie und ihr Mann Walter Fagler führten den Co-op noch heute.

Für meine Mom war die Welt zusammengebrochen, sie hörte dann für einige Monate ganz auf zu schreiben, dann erwähnte sie noch kurz vor Weihnachten, John Lucas sei bei einem Gefecht in Vietnam gefallen.

Rachel ist am Boden zerstört und außer sich vor Trauer, schrieb sie einen Tag vor Silvester. Die Zeilen waren kaum zu entziffern. *Ich wünschte, ich könnte sie trösten, aber ich bin selbst viel zu unglücklich. Man hat ihn auf dem Familienfriedhof beigesetzt, der halbe Ort war da, und Rachel ist am Grab wohl zusammengebrochen. Die Ärmste! Sie hat so fest damit gerechnet, den Erben der Willow Creek Farm zu heiraten und eines Tages im großen Haus zu wohnen. Dieser Gedanke hat sie das ganze schreckliche letzte Jahr, in dem sie nicht nur Vater und Mutter, sondern auch mich gepflegt hat, aufgerichtet. Ich habe mich nie getraut, ihr zu sagen, dass JL zu Vernon gesagt hat, er würde Rachel nie und nimmer heiraten, und warum sollte ich es jetzt noch tun? Das würde sie nur verletzen. Nun haben wir beide keine Hoffnung mehr, dass sich unser Glück erfüllt. Vernon wird die Farm übernehmen, jetzt, wo JL tot ist. Ich werde ihn sehen müssen, zusammen mit Libby, und ich weiß nicht, wie ich das ertragen soll. Mein Herz zerbricht bei der Vorstellung, dass Vernon ausgerechnet Libby Millerton heiraten wird. Natürlich – sie ist das reichste Mädchen in der Stadt, und Rachel behauptet, Geld heiratet immer Geld. Was will er dann mit mir? Mein Vater ist nur ein armer, kranker Wanderprediger, ein Nichts. Und ich bin auch ein Nichts. Ich habe nichts, keine Mitgift, keine Aussteuer – nichts, außer dass ich Vernon liebe, wie man einen Menschen nur lieben kann. Und doch, wie soll ich es ertragen, ihn wiederzusehen?*

An dieser Stelle folgte wieder ein ganzer Absatz in Geheimschrift.

Ich muss weg aus Fairfield, weg aus Nebraska, bevor sich alle Leute über mich kaputtlachen und mit dem Finger auf mich zeigen: Guckt euch die dumme kleine Cooper an, die hat ernsthaft geglaubt, dass ein Grant sie heiraten wird! O Gott, o Gott, allein bei dem Gedanken daran würde ich mich am liebsten aufhängen! Warum nur musste JL sterben? Vielleicht wäre ich für Vernon gut genug gewesen, wenn er nicht der Erbe der Willow Creek wäre! Rachel hat mir geraten, von hier wegzugehen. Und das wird wohl das Beste sein. Sie hat mir versprochen, dass sie ihm noch einen Brief schreiben und ihn davon überzeugen wird, dass er Libby nicht heiraten kann, weil ICH ihn liebe. Ach, wenn ich Rachel nicht hätte, ich hätte diese letzten Monate wohl nicht überlebt …

Es begann zu dämmern, als ich den letzten Eintrag vom 17. März 1965 las, der leider fast ausschließlich in Geheimschrift geschrieben war. Meine Mom hatte den Entschluss gefasst, Fairfield am nächsten Tag zu verlassen – auf Drängen ihrer Schwester. Allmählich wurde mir klar, weshalb Tante Rachel ihre Schwester zum Weggehen überredet und ihr sogar noch sechshundert Dollar von ihrem Ersparten geschenkt hatte. Es war einfach abscheulich und für mich unbegreiflich, dass meine Mom Rachel nicht durchschaut hatte. Rachel, die sich ihr Leben lang vom Schicksal benachteiligt gefühlt hatte, hatte ihren großen Traum verwirklichen wollen, und meine Mom hatte ihr dabei im Weg gestanden. Wie es ihr gelungen war, sich Vernon zu angeln, der sie offenbar nicht hatte ausstehen können, war mir schleierhaft. Aber sie hatte den Erben der Willow Creek Farm bekommen und wohnte nun dort, wo sie immer hatte wohnen wollen: im großen Haus.

Ich nahm den Briefumschlag, auf dem Dads Name stand, und betrachtete ihn nachdenklich. Sollte ich ihn öffnen und lesen? War das Briefgeheimnis erloschen, weil die Absenderin tot war?

»Nein«, sagte ich in die Stille und steckte ihn ungeöffnet zurück in die Blechkassette. »Nein, ich bin nicht Rachel.«

Der Inhalt des Tagebuchs hatte mich tief erschüttert, und ich beschloss, gleich zu Libby zu fahren und sie zu fragen, ob sie Briefe von meinem Dad aus Vietnam bekommen hatte. Beim Co-op war am frühen Abend nicht mehr viel los, im Büro brannte schon das Licht, und ich fand Libby an ihrem Schreibtisch. Mit ihrem kurzgeschnittenen eisgrauen Haar, dem zerfurchten Gesicht und den sehnigen Armen sah sie eher aus wie ein stämmiger Mann, weniger wie eine Frau. Sie konnte schneller kopfrechnen als eine Rechenmaschine, hatte den Warenbestand des Co-op bis zur kleinsten Schraube im Kopf und kannte die Wünsche ihrer Kunden auswendig. Alle Leute hatten einen Heidenrespekt vor ihr; sie galt als hart, aber herzlich.

»He, Sheridan«, knurrte sie, den Kugelschreiber zwischen den Zähnen. »Braucht ihr was?«

»Nein. Ich … ich wollte Sie nur kurz was fragen, Mrs Fagler.«

Ein scharfer Blick aus hellen Augen, ein knappes Kopfnicken.

»Setz dich. Schieß los.«

Auf der Fahrt vom Paradise Cove hierher hatte ich mir den Kopf zermartert, wie ich Libby die wichtige Frage stellen sollte, ohne dass sie mich für eine neugierige kleine Schlange hielt. Sie gehörte nicht zu der geschwätzigen Sorte Frau, deshalb musste ich nicht befürchten, dass sie Tante Rachel irgendetwas von meiner Fragerei erzählen würde.

»Willst du einen Kaffee?«, fragte sie, aber ich lehnte dankend ab, weil ich wusste, wie der Kaffee bei den Faglers schmeckte, und nicht die ganze Nacht hellwach sein wollte.

Sie selbst schenkte sich ungeachtet der Uhrzeit von dem pechschwarzen Gebräu ein, nahm einen Schluck, dann sah sie mich prüfend an.

»Also, was brennt dir auf der Seele, Mädchen?«

»Ich hab herausgefunden, wer meine echte Mom war«, begann ich also. »Und ich habe ihre Tagebücher gelesen. Da stehen Sachen drin, die ich nicht ganz verstehe.«

»Deine *echte* Mutter?«, fragte Libby, die natürlich wusste, dass ich adoptiert war, erstaunt. »Wie kommst du an ihre Tagebücher?«

»Sie ist hier aufgewachsen. Carolyn Cooper, vielleicht können Sie sich an sie erinnern.«

»Carolyn Cooper?« Libby war für ein paar Sekunden sprachlos. »Das ist nicht dein Ernst!«

Sie schob die Papiere auf ihrem Schreibtisch zur Seite und stützte die Ellbogen auf die Tischplatte. Ich hatte ihr ganzes Interesse.

»Doch. Offiziell weiß ich es auch gar nicht. Meine Eltern haben mir die Wahrheit bis heute nicht erzählt.«

»Nicht zu fassen«, sagte sie und schüttelte den Kopf, ähnlich wie Nicholas damals. »Und womit kann ich dir jetzt helfen?«

»Meine Mom und mein Dad waren ineinander verliebt«, erwiderte ich.

»Ja.« Libby nickte bestätigend. »Das war kein Geheimnis.«

»Sie wollten heiraten und von hier weggehen«, fuhr ich fort. »Aber dann musste mein Dad nach Vietnam. Meine Mom wartete jeden Tag auf einen Brief von ihm. Aber sie bekam keinen einzigen. Sie weinte jede Nacht vor Verzweiflung. Und dann erzählte Rachel, die bei der Post arbeitete, dass Dad Briefe an Sie geschrieben hätte.«

Ich machte eine kurze Pause.

»Weiter.« Libby verzog keine Miene.

»Rachel sagte ihr, es sei doch klar, jetzt, wo John Lucas tot und Vernon Erbe der Willow Creek sei, würde er ein Mädchen heiraten, das Geld hätte. ›Geld heiratet immer Geld‹, sagte sie. Meiner Mom hat es das Herz gebrochen, sie wurde schlimm krank. Rachel hat sie bedauert und ihr geraten, aus Fairfield zu verschwinden, bevor Dad aus Vietnam heimkommt und ... und Sie heiratet. Und deshalb ist meine Mom dann weggegangen. Sie hätte die Demütigung nicht ertragen.«

Libby betrachtete mich nachdenklich, dann beugte sie sich vor und räusperte sich.

»Jetzt hör mir mal zu, Mädchen.« Ihre Stimme klang mit einem Mal weich. »Eins schwöre ich dir, so wahr ich hier sitze: Dein Dad hat mir in den zweiundfünfzig Jahren, die ich jetzt lebe, nie einen einzigen Brief geschrieben, und heiraten wollte er mich todsicher nie. Warum auch? Wir kannten uns, seitdem wir Kinder waren, aber das war's. Walter und ich waren damals schon zusammen, und wir haben im Sommer 1965 geheiratet. Jedem hier war immer klar, dass Vernon nicht in Nebraska bleiben würde. Ich selbst war sogar fest davon überzeugt, dass er eines Tages Präsident der Vereinigten Staaten werden würde, so redegewandt und diplomatisch, wie er war. Ihm stand auch nicht der Sinn nach den Mädchen aus Fairfield. Aber dann kamen die Coopers, und Vernon verliebte sich auf der Stelle in Carolyn. Sie war etwas ganz Besonderes. Ein hübscher Schmetterling, fröhlich und freundlich.«

Ich schluckte. Dachte an die Fotos und das, was Nicholas und Mary-Jane über meine Mom gesagt hatten.

»In den ersten Monaten«, redete Libby weiter, »durften die Cooper-Mädchen nicht in die Schule, ihr Vater unterrichtete sie zu Hause, aber dann schaltete sich das Schulamt ein, und sie mussten in die Schule gehen. Ihr sturer Vater ließ die beiden jeden Morgen zu Fuß laufen. Die Grant-Jungs nahmen sie hin und wieder mit dem Auto mit. In der Schule passte Rachel wie ein Schießhund auf, dass niemand mit Carolyn sprach, aber als sie mit der Schule fertig war und arbeiten ging, blühte Carolyn regelrecht auf. Sie konnte großartig singen und tanzen, sie war beliebt und gut in der Schule. Es war unübersehbar, wie verliebt sie und Vernon waren. John Lucas machte sich darüber lustig. Er war ein Charmeur und ging jede Woche mit anderen Mädchen aus, aber Vernon war ganz anders als er. Für ihn gab es nur Carolyn. Und Rachel platzte beinahe vor Eifersucht. Sie hat ihrer Schwester das Leben ganz schön schwergemacht.«

Libby machte eine Pause. Ihr Blick schweifte in die Ferne, während sie sich an Dinge erinnerte, die über dreißig Jahre zurücklagen.

»Der alte Cooper bekam noch ein paar Schlaganfälle, und die Mutter war auch krank, also blieb Rachel zu Hause, um die Eltern zu pflegen. Jeden Tag musste sie die jüngere, hübschere Schwester sehen, und sie missgönnte ihr Vernon von Herzen. Ich weiß nicht, was geschehen ist, aber ich bin mir ganz sicher, dass Rachel etwas damit zu tun hatte, warum Carolyn nie einen Brief von ihrem Liebsten erhielt. Sie arbeitete schließlich auf der Post. Verstehst du, was ich meine?«

Ich nickte langsam, als ich begriff. Dieser Verdacht war schier ungeheuerlich!

»Carolyn war eines Tages verschwunden, und dann kam Vernon aus dem Krieg zurück. Als er erfuhr, dass Carolyn weg war und die Gerüchte hörte, sie sei mit einem Mann durchgebrannt, war er eine Woche lang betrunken, dabei trank er normalerweise nichts. Er hing in Kneipen oben am Highway herum, fing Schlägereien an und landete sogar im Gefängnis. Sein Vater holte ihn ab, und dann hörte und sah man nichts mehr von ihm. Drei Monate später war Rachel schwanger, und Vernon heiratete sie.«

»Aber … aber warum hat er das getan?«, flüsterte ich, Tränen in den Augen. »Meine Mom hat in ihr Tagebuch geschrieben, dass Dad Rachel nie gemocht hat.«

Libby war keine Frau, die unnötig um den heißen Brei herumredete.

»Kindchen, du solltest Rachel Grant doch besser kennen als ich. Sie ist die Berechnung in Person. Und einen unglücklichen Mann, dessen Herz gebrochen ist, ins Bett zu kriegen, das ist kein Kunststück.«

»Sie hat ihn hereingelegt«, sagte ich mit flacher Stimme.

»So sehe ich das. Und mit mir wohl ganz Fairfield. Der arme Vernon hat den Verlust von Carolyn sehr lange nicht verwunden. Manchmal denke ich, er ist bis heute nicht darüber hinweg. Er war nie mehr so wie früher.«

Ich biss mir auf die Lippen. Tante Rachel sollte für das, was sie angerichtet hatte, in der Hölle schmoren.

»Danke, dass Sie mir das alles gesagt haben, Mrs Fagler.«

»Gern geschehen, Kleine.«

Sie stand auf, kam um den Schreibtisch herum und zauste mir freundlich und mitfühlend das Haar.

»Das grausamste aller Tiere ist der Mensch«, sagte sie nachdenklich. »Aber das, was sie angerichtet hat, wird Rachel eines Tages einholen. Im Leben gibt's so was wie Gerechtigkeit. Darauf kannst du dich verlassen.«

* * *

Am nächsten Tag trafen Horatio und ich uns kurz am Paradise Cove. Es war ein herrlicher Altweibersommertag, die gelben Blätter der Weiden schwammen auf dem Wasser des Willow Lake, und Spinnweben segelten durch die Luft. Ich zeigte Horatio das Tagebuch und erzählte ihm, was ich von Libby Fagler erfahren hatte.

»Meine Adoptivmutter wollte unbedingt Mrs Grant werden«, sagte ich. »Und als Dads älterer Bruder im Krieg fiel, war mein Dad derjenige, der die Willow Creek Farm erben würde.

Aber der liebte meine Mom. Und deshalb hat meine Adoptivmutter ihre Schwester weggeekelt.«

Ich rupfte nachdenklich etwas trockenes Gras ab und rollte es zwischen meinen Fingern zu einer Kugel.

»Dad kam zurück, erfuhr, dass Carolyn verschwunden war – angeblich mit einem anderen Mann –, und flippte aus«, fuhr ich fort. »Er war völlig außer sich vor Kummer. Und drei Monate später war Tante Rachel schwanger, und er musste sie heiraten, obwohl er sie nie leiden konnte.«

»Du meinst, sie hat seine Verzweiflung ausgenutzt und ihn … verführt?«, vergewisserte sich Horatio.

»Genau das würde ich ihr zutrauen.« Ich nickte. »Und nicht nur ich. Sie wusste ja, wie anständig Dad ist, und ihr war jedes Mittel recht. Das Schlimmste ist, dass er seit über dreißig Jahren glaubt, meine Mom hätte nicht auf ihn warten wollen und ihn wegen eines anderen Mannes verlassen.«

Ein Raubvogel zog weit oben seine Kreise und stieß hin und wieder einen klagenden Schrei aus. Irgendwo weit entfernt bellte ein Hund, ein anderer fiel ein, dann verstummten beide.

»Das ist ein sehr ernster Vorwurf«, gab Horatio zu bedenken. »Aber was im Leben nicht zu Ende geführt wird, quält einen immer wieder. Dein Dad sollte erfahren, was passiert ist, um mit dieser Sache abschließen zu können. Du musst jedoch bedenken, dass es seine Familie und seine Ehe zerstören kann.«

»Die auf einer Lüge gegründet ist«, ergänzte ich. »Ich weiß nicht, wie ich es machen soll. Vielleicht gebe ich ihm einfach die Tagebücher. Allerdings kann ich ganze Seiten gar nicht lesen, denn meine Mom hat ziemlich viel in einer Art Geheimschrift geschrieben, die ich nicht entziffern kann. Da muss noch irgendetwas vorgefallen sein, etwas, wovon sie absolut nicht wollte, dass es jemand erfährt.«

Ich schlug das Tagebuch auf der letzten Seite auf, reichte es Horatio und wies auf die Stelle mit den seltsamen Symbolen.

»Das ist keine Geheimschrift«, sagte er nach ein paar Sekunden. »Das sind altgriechische Buchstaben.«

»Altgriechisch?«, wiederholte ich ungläubig.

»Ja«, bestätigte er. »Und da ich annehme, dass deine Mom kein Altgriechisch konnte – das wäre sehr ungewöhnlich gewesen –, denke ich, dass sie die Buchstaben einfach wie eine Geheimschrift benutzt, aber eigentlich Englisch geschrieben hat.«

»Wow!« Ich staunte.

»Wenn du dir irgendwo das altgriechische Alphabet heraussuchst, kannst du es Buchstabe für Buchstabe übertragen.« Er las konzentriert, dann lächelte er. »Es ist so, wie ich vermutet habe. Schau, hier, dieser Satz heißt: *Sie will mir nicht sagen, wohin sie ihn gebracht haben.*«

»Woher kannst du Altgriechisch?«, wollte ich wissen.

»Ich habe Theologie studiert«, erwiderte Horatio schulterzuckend. »Latein und Griechisch waren da Pflicht. Griechisch kann ich nicht mehr, aber die Buchstaben kenne ich noch.«

Er warf einen Blick auf seine Uhr.

»Ich muss los«, sagte er bedauernd, »sonst vermissen sie mich. Lass mich wissen, was du herausgefunden hast, ja?«

»Natürlich. Und … danke!«

Er nahm mich in die Arme und küsste mich. Wir trennten uns nur widerstrebend voneinander, und es brach mir fast das Herz, ihn wegfahren zu sehen. Ich konnte das, was meine Mom empfunden hatte, nur zu gut nachfühlen. Zweifellos war die Zeit mit Horatio für mich die schönste Zeit, die ich jemals erlebt hatte. Ich war mir sicher, dass meine Gefühle für ihn dem, was Tante Isabella einmal als Liebe bezeichnet hatte, sehr nahe kamen. Das erste Mal in meinem Leben erfuhr ich, wie sehr es erleichtert, wenn man seine Sorgen und Probleme mit einem anderen Menschen teilen kann. Horatio hörte mir immer aufmerksam zu, besänftigte, bestärkte oder tröstete mich. Er wusste Rat für meine kleinen und größeren Probleme, aber ich erfuhr auch sehr viel von ihm und spürte, wie gut es ihm tat, über all das, was ihn bedrückte und quälte, reden zu können. Mit Sally, das hörte ich aus seinen Worten heraus, sprach er über so etwas nicht. Horatio erzählte mir von sich, von seinen Eltern und Geschwistern, von seiner Familie, seiner Vergangenheit, seinen Wünschen, Plänen und Hoffnungen, die sich immer mehr veränderten, je intensiver unser Verhältnis wurde. Ich wusste, dass ihn seine Liebe zu mir quälte, aber er gestand mir auch, dass er für diese Stunden mit mir lebte. Wir sprachen über alles, was uns beschäftigte, aber nie über die Zukunft, denn wir wussten beide, dass es keine gemeinsame Zukunft für uns geben konnte.

Esra war seit einer Weile wieder missgünstiger und bösartiger als je zuvor. Immer noch war mein Auto ein Thema, über das er sich aufregte. Er hatte zwar alle möglichen verächtlichen Bezeichnungen für den gebrauchten Honda auf Lager, aber er hasste es, dass er nun mit dem alten Pick-up herumfahren musste, während ich ein Auto mit bescheidenem Komfort wie elektrischen Fensterhebern und Servolenkung besaß.

Neuerdings ärgerte er sich auch über die Tatsache, dass Tante Isabella mir im Sommer den Flügel und kistenweise Bücher und Schallplatten geschenkt hatte, ihm aber nichts. Das war kein Wunder, schließlich hatte er mit ihr nie ein Wort gewechselt, aber das sah er völlig anders, denn er fühlte sich prinzipiell vom Leben benachteiligt.

»Hätte die alte Kuh mir den Flügel geschenkt, dann hätte ich ihn verkaufen und mir dafür ein gescheites Auto zulegen können«, maulte er eines Mittags beim Essen. Sein Traum war ein schwarzes BMW Cabriolet, wie Luke Richardson eins hatte.

»Vielleicht hätte sie ihn dir geschenkt, wenn du dich mal bei ihr hättest blicken lassen«, entgegnete ich. »Aber du warst in der ganzen Zeit nicht einmal bei ihr zu Besuch.«

»Die Alte schwimmt im Geld und beißt eh bald ins Gras«, meckerte er.

»Warum hast du dir nicht auch einen Sommerferienjob gesucht?«, erwiderte ich, weil ich seine ewige Meckerei nicht mehr hören konnte. »Dann hättest du schon eine Anzahlung auf den BMW machen können.«

»Ja, genau«, mischte Martha sich ein. »Dein Dad hätte dich im Sommer bei der Ernte gut gebrauchen können.«

Esra wäre von Dad bezahlt worden wie jeder andere, aber er schlief in den Ferien lieber bis mittags und war zu faul für jede Art körperlicher Arbeit. Mit dem Argument, er müsse wegen seiner schlechten Noten den Sommer über lernen, hatte er sich herausgeredet, als Dad und Malachy ihm angeboten hatten, bei der Ernte mitarbeiten zu können. Allerdings war er nicht zur Summerschool gegangen, sondern hatte nur mit seinen Kumpels herumgehangen und gefaulenzt.

»Halt dich da raus, Martha«, sagte Tante Rachel scharf. »Du weißt doch genau, dass die schwere Arbeit im Feld für Esras kaputten Lendenwirbel Gift wäre.«

Ich hätte am liebsten laut gelacht, verkniff es mir aber rechtzeitig.

»Ein Cabriolet ist aber auch nicht gerade gut, wenn man einen kaputten Lendenwirbel hat«, konterte Martha unbeeindruckt. »Auf der Post suchen sie übrigens noch immer eine Aushilfe, da könntest du sitzen. Obwohl, nach der Geschichte mit der Schlägerei letztes Jahr nehmen sie *dich* wohl kaum.«

Esra zog eine Grimasse und zeigte ihr den Mittelfinger, als seine Mutter nicht hinschaute.

»Das ist doch wohl die Höhe!«, rief Martha empört. »Das muss ich mir nicht gefallen lassen!«

»Dann hör endlich auf, ihn zu provozieren«, fuhr Tante Rachel sie an. »Immer hackst du auf dem Jungen herum!«

Der »Junge« war achtzehn Jahre alt, eins fünfundachtzig groß und wog mittlerweile an die zweihundert Pfund, aber sie schien in ihm immer noch den pummeligen Sechsjährigen zu sehen, mit dem niemand spielen wollte.

»Du wirst schon sehen, was du davon hast, wenn du ihn immer in Schutz nimmst.« Martha schnaubte wütend. »Dein Zimmer kannst du in Zukunft selber sauber machen, junger Mann! Und deine Klamotten kannst du auch waschen und bügeln!«

Damit stand sie auf und verschwand in die Küche, so dass ich allein mit Esra und Tante Rachel am Tisch zurückblieb.

»Blöde Sau«, murmelte Esra.

»Na!«, mahnte Tante Rachel, die sicher glaubte, sie würde Martha wieder besänftigen können, und warf mir einen scharfen Blick zu. »Was machst du eigentlich hier?«

»Essen?«, schlug ich vor.

»Gib mir nicht so freche Antworten«, schnauzte sie. »Sonst bist du doch auch immer bis abends in der Schule.«

»Mittwochmittags nie.« Ich hatte mir fest vorgenommen, die verbleibenden acht Monate ohne Komplikationen hinter mich zu bringen, und reagierte mit keiner Silbe auf ihre Provokation. »Aber ich hab gleich Chorprobe und danach ein Teamtreffen der Jugendgruppenleiter.«

Dagegen konnte sie nichts einzuwenden haben.

Ich kam erst am frühen Abend zurück aus der Schule und sah schon von weitem den Menschenauflauf vor der Scheune. Mir schwante Böses, denn in dieser Scheune waren vorübergehend die Bücherkisten und der Flügel von Tante Isabella gelagert worden. Ich ging näher, mein Herz pochte heftig. Und tatsächlich! Der alte Pick-up stand in den Trümmern des Flügels, der Motor lief noch.

»Was hattest du überhaupt mit dem Auto hier drin verloren?«, schimpfte George Mills gerade mit Esra, der sich ein triumphierendes Grinsen nicht verkneifen konnte, als er mich in die Scheune kommen sah.

»Die Bremsen funktionieren nicht richtig bei der alten Scheißkarre«, behauptete er. »Kommt davon, dass ich kein gescheites Auto habe.«

»Das ist keine Garage!« George war richtig wütend.

Es bedurfte meiner ganzen Kraft, um nicht in Tränen auszubrechen, als ich sah, was von dem herrlichen Instrument übrig geblieben war. Esra musste mit voller Wucht in den Flügel gefahren sein, denn sogar der stabile Pick-up war ziemlich zerbeult. So etwas geschah nicht aus Versehen! Das hatte er mit voller Absicht getan, nur um mich zu verletzen.

»Es tut mir so leid, Sheridan«, sagte George und legte mir die Hand auf die Schulter.

»Schon gut. Du kannst ja nichts dafür«, erwiderte ich mit mühsam beherrschter Stimme. Ich wollte gehen, doch da sah ich Tante Rachel schnellen Schrittes herannahen.

»Was ist los?«, wollte sie wissen und stemmte die Hände in die Hüften. »Was ist hier passiert?«

»Ich hab wohl das Gaspedal mit der Bremse verwechselt«, log Esra unverfroren. Er und seine Mutter wechselten einen raschen Blick, und mir entgingen weder der Triumph noch die Genugtuung in ihren Mienen. Das war kein Unfall gewesen, sondern ein geplanter Anschlag.

»Zu schade um den schönen Flügel«, sagte ich laut. »Gerade gestern habe ich ihn Reverend Burnett für die Kirche geschenkt. Er hat sich riesig darüber gefreut, weil das Klavier in der Kirche schon uralt und kaum noch zu stimmen ist. Aber das hat sich ja nun erledigt.«

Ich zuckte die Schultern.

»Am besten rufe ich ihn gleich mal an.«

Diese Wendung der Dinge gefiel meiner Adoptivmutter ganz und gar nicht. Sie lief rot an, ihr Mund wurde zu einem dünnen Strich, als ihr klar wurde, dass sie mit einem so großzügigen Geschenk an die Gemeinde ihre in letzter Zeit geschwächte Machtposition im Kirchenvorstand hätte stärken können.

»Warum hast du mir nicht gesagt, dass du so etwas vorhast?«, schnauzte sie mich an.

»Wieso? Hättest du Esra dann etwa verboten, mit dem Auto den Flügel kaputtzufahren?«, entgegnete ich herausfordernd. »Wenn du ihn davon abhältst, die Bücher von Isabella zu zerstören, kann ich wenigstens die noch der Kirchenbücherei schenken.«

Mit einem Schlag herrschte Totenstille. George, John White Horse und die anderen Männer standen da und warteten gespannt auf Tante Rachels Reaktion. In ihren Augen flackerte es zornig, und ich wappnete mich innerlich gegen eine Ohrfeige, doch nichts geschah.

»Fahr das Auto raus!«, zischte sie stattdessen Esra zu. »Sofort! In drei Minuten will ich dich in meinem Büro sprechen.«

Dann drehte sie sich auf dem Absatz um und verschwand.

Esra startete den Motor und gab Gas, doch es erwies sich als nicht so einfach, den lädierten Pick-up aus den Trümmern des Flügels zu befreien. Die Saiten und das Holz des Rahmens hatten sich in der Vorderachse verkeilt, und die Töne, die die reißenden Saiten von sich gaben, klangen wie ein grausiger Totengesang. Ich wandte mich ab und hielt mir die Ohren zu. Schließlich griff John White Horse ein. Er riss die Seitentür auf, zog den Zündschlüssel ab und zerrte Esra aus dem Auto.

»Raus da«, knurrte er meinen Bruder an. »Verschwinde hier.«

»Ich brauch aber das Auto morgen früh«, beschwerte Esra sich. »Seht gefälligst zu, dass es wieder fährt.«

»Das Auto bleibt genau da stehen, bis wir für deinen Dad ein Foto gemacht haben, damit er sieht, was du angerichtet hast«, erwiderte John White Horse kalt.

»Aber ich hab das doch nicht mit …«, begann Esra wieder, verstummte aber, als er in die feindseligen Mienen der Männer blickte, die einen Ring um gebildet hatten. Heute hatte er den Bogen überspannt und er begriff es in diesem Moment. Er wurde blass.

»Lasst mich sofort durch!« Seine Stimme klang schrill vor Angst. »Sonst sage ich meiner Mom, dass ihr mich hier bedroht habt.«

»Phhh«, machte einer und spuckte verächtlich auf den Boden.

Die Männer traten zurück, einer versetzte Esra noch einen Tritt in den Hintern.

»Los, lauf schnell zu Mummy und erzähl ihr, wie gemein wir zu ihrem Schoßhündchen gewesen sind«, sagte Hank. Ein paar der Männer lachten, und auch ich musste wider Willen grinsen, obwohl mir in Wirklichkeit eher nach Heulen zumute war.

Ich setzte mich in mein Auto und fuhr zur Kirche. Heute war Bingo-Abend, Horatio würde also über kurz oder lang im benachbarten Gemeindezentrum auftauchen. Und so war es auch. Ich stieg wie zufällig just in dem Moment aus dem Auto, als er aus dem Pfarrhaus trat. Er sah meinem Gesicht sofort an, dass etwas passiert war.

»Warte in der Kirche auf mich«, sagte er zu mir. »Ich komme gleich.«

Ich nickte und ging hinüber zur Kirche. Beim Anblick des Klaviers schossen mir die Tränen des Zorns in die Augen. Es dauerte keine zehn Minuten, bis Horatio erschien. Am liebsten hätte ich mich in seine Arme geworfen und hemmungslos geweint, aber das konnte ich nicht riskieren. Nicht hier. Ich erzählte ihm, was vorgefallen war.

»Du glaubst, dass dein Bruder das mit dem Einverständnis deiner Tante getan hat?«, fragte er grimmig.

»Ich glaube es nicht nur«, erwiderte ich. »Ich weiß es. Als ich nämlich sagte, ich hätte den Flügel der Kirche schenken wollen, merkte sie, dass der Schuss wohl nach hinten losgegangen war.«

»Was sagt dein Vater dazu?«, wollte Horatio wissen.

»Noch weiß er es nicht«, sagte ich. »Aber unsere Leute sind wahnsinnig sauer auf Esra. Sie werden es fotografieren und Dad sagen. Keine Ahnung, was dann passiert.«

»Nach allem, was dein Bruder in den letzten Monaten und Jahren angerichtet hat, hat er eine Strafe verdient.«

Die Tür der Kirche ging auf, Sally Burnett erschien. In ihrem altbackenen Kleid wirkte sie zwanzig Jahre älter, als sie war.

»Hallo, Mrs Burnett«, sagte ich und lächelte gezwungen.

»Sheridan! Wie schön, dich zu sehen«, erwiderte sie. Ihre arglose Freundlichkeit schnürte mir die Kehle ab. Gleichzeitig empfand ich einen scharfen Stich, als sie Horatio nun vertraulich die Hand auf den Arm legte. Er war ihr Mann, natürlich durfte sie das tun. Trotzdem verspürte ich so heftige Eifersucht, dass ich über mich selbst erschrak. In meinen Träumen existierte diese Frau, zu der Horatio sich jeden Abend ins Bett legte, nicht. Neben ihr lag er, wenn er von mir träumte. Mit ihr konnte er Sex haben, wann immer ihm danach war.

»Ich muss nach Hause«, würgte ich hervor. »Es tut mir leid, dass es jetzt mit dem Flügel nichts geworden ist, Reverend.«

»Das tut mir auch leid. Wir hätten uns alle über ein so schönes Instrument gefreut.« Seine Stimme klang gelassen und ruhig wie immer, aber ich sah seinen Augen an, welche Gefühle in ihm tobten.

»Was ist denn passiert?«, erkundigte sich Sally Burnett.

»Meine Tante, die zurück an die Ostküste gezogen ist, hatte mir ihren Flügel überlassen, und ich wollte ihn der Gemeinde schenken«, erklärte ich. »Mein Bruder Esra war neidisch deswegen und ist heute absichtlich mit seinem Auto in den Flügel gefahren.«

Sally Burnett war ehrlich schockiert, und mich erfüllte eine heiße Genugtuung bei der Vorstellung, dass sie diese Neuigkeit gleich drüben beim Bingo weitertratschen würde. Morgen wusste ganz Fairfield über Esras Schandtat Bescheid.

»Wenn ich deine Mutter das nächste Mal sehe, werde ich ihr sagen, wie ausgesprochen schade das mit dem Flügel ist«, versicherte Sally Burnett mir.

»Danke«, sagte ich und zwang mich mit größter Mühe zu einem Abschiedslächeln. »Noch einen schönen Abend.«

Die Sehnsucht in Horatios Blick verfolgte mich. Im Auto brach ich in Tränen aus. Ich konnte diese Situation nicht mehr lange ertragen. Ich wollte Horatio nicht nur für ein paar Stunden, ich wollte ihn ganz – oder gar nicht.

* * *

Zu Hause herrschte dicke Luft.

»Wo sind denn alle?«, fragte ich, als ich in die Küche kam, wo Hiram allein am großen Küchentisch saß und ein Sandwich aß.

»Es gibt kein Abendessen«, verkündete mein Bruder düster. »Martha ist weg. Sie hat gekündigt und ihre Sachen gepackt.«

»Wie bitte?« Ich glaubte, mich verhört zu haben.

»Esra hat sie wohl schwer beleidigt«, sagte Hiram. »Und Mom hat ihm sicher wieder mal beigestanden.«

»Das stimmt.« Ich setzte mich hin und erzählte meinem

Bruder von den Vorfällen beim Mittagessen. Über die Sache mit dem Flügel wusste er schon Bescheid.

»Jetzt wird's eng für den Kleinen«, prophezeite Hiram. »Da holt Mom ihn nicht mehr raus.«

Er sollte sich irren. Zwar war es am Telefon zu einer heftigen Auseinandersetzung zwischen Dad und Tante Rachel gekommen, aber Esra kam wieder einmal ohne nennenswerte Konsequenzen davon. Wie üblich zog er das Genick ein, verdrückte ein paar falsche Tränen und gab sich reumütig, damit war die Sache für ihn erledigt, und er setzte sein faules Schmarotzerleben ungehindert fort.

Hiram wurde fuchsteufelswild, weil Dad nichts unternahm und Tante Rachel die Wahrheit über Esra einfach nicht sehen wollte und mich stattdessen beschuldigte, ich hätte üble Gerüchte über ihren Liebling in die Welt gesetzt. An einem Abend gab es eine wilde Schreierei, dann packte Hiram zornbebend seine Siebensachen und zog in das Haus in den Oaktree Estates, das leer stand, seitdem Malachy und Rebecca mit ihrem Sohn in Magnolia Manor wohnten. Martha weigerte sich, zurückzukommen, solange Esra da war. Sie hatte mit ihrem Schwiegersohn ihre Möbel abgeholt und kein Wort mehr mit Tante Rachel gewechselt. Von mir hingegen hatte sie sich unter Tränen verabschiedet. Es breche ihr das Herz, das Haus und die Farm, wo sie ihr ganzes Leben verbracht hatte, zu verlassen, aber sie könne sich selbst nicht mehr im Spiegel ansehen, würde sie bleiben. Ich verstand sie. Irgendwann einmal war jedes Maß voll.

Ich war nun allein mit Tante Rachel und Esra in dem riesigen leeren Haus. Meine Adoptivmutter bemühte sich, einen Ersatz für Martha zu finden, doch in Fairfield war niemand bescheuert genug, für sie zu arbeiten. Schließlich fand sie über eine Arbeitsvermittlung eine junge Frau aus Scottsbluff, die jedoch nur eine Woche durchhielt und sich dann über Nacht aus dem

Staub machte. Die nächste kam aus Michigan und blieb zwei Tage, bevor sie vor der Arbeit in dem großen Haus und Esras Unverschämtheiten kapitulierte. Es gab keine gemeinsamen Frühstücke, Mittag- oder Abendessen mehr, was ich nicht bedauerte. Ich kochte abends zwar, hielt die Küche sauber und wusch die Wäsche, aber mehr schaffte ich neben der Schule nicht.

Tante Rachel hatte völlig andere Sorgen als den Haushalt. Bei der Neuwahl zum Kirchenvorstand verlor sie nach über zwanzig Jahren ihren Posten, drei Tage später stellten die Landfrauen, deren Vorsitzende sie mindestens genauso lange gewesen war, unverhofft eine Gegenkandidatin auf, die einstimmig zur neuen Vorsitzenden gewählt wurde. Rebecca hatte anfänglich noch versucht, für ihre Schwiegermutter zu sprechen, aber in Fairfield hatte man, spätestens seitdem ihre stillschweigende Zustimmung zu Esras Anschlag auf meinen Flügel bekannt geworden war, die Nase voll von Rachel Grant. Die meiste Zeit hockte sie in ihrem Arbeitszimmer, brütete vor sich hin und versuchte, bei irgendwelchen Leuten Loyalitäten einzufordern, um ihren Einfluss wieder zu festigen. Aber man zeigte ihr kollektiv die kalte Schulter. Natürlich suchte sie die Schuld für ihre Misere wieder einmal bei anderen, hauptsächlich bei mir.

»Wenn es in einer Familie einen Vorfall gibt, dann rennt man damit nicht gleich zu irgendwem hin, sondern klärt das intern«, hielt sie mir erbost vor. »Aber was kann man von einer wie dir schon erwarten? Die Familie bedeutet dir nichts, kein Wunder. Du gehörst ja auch nicht dazu.«

Das verletzte mich mehr, als ich jemals zugeben würde.

»Was meinst du mit ›intern klären‹?«, erkundigte ich mich. »Totschweigen und unter den Teppich kehren? Du lässt Esra doch alles durchgehen!«

Am nächsten Morgen waren wieder einmal alle vier Reifen

meines Autos platt. Als ich Hiram um Hilfe bat und ihm von Tante Rachels Äußerung berichtete, schnappte er empört nach Luft.

»Jetzt reicht's!«, rief er. »Du ziehst heute noch zu mir. Ich lasse nicht zu, dass du länger allein mit Esra unter einem Dach wohnst. Und als Köchin und Putzfrau wirst du dich von Mutter auch nicht mehr ausnutzen lassen.«

Mir war das nur recht. Tante Rachel sagte kein Wort, als ich mit Hirams Hilfe am Nachmittag meine Kleider und Sachen holte. Mein Leben wurde ab diesem Tag erträglich. Immer häufiger verbrachte ich meine Nachmittage mit Horatio, und abends ging ich, zum ersten Mal, seitdem ich mich erinnern konnte, gerne nach Hause. Das kleine Haus war urgemütlich und leicht sauber zu halten. Ich kochte für meinen Bruder und mich und erledigte unsere Wäsche, ein Klacks gegen die Arbeit, die ich früher zu bewältigen hatte. Weder Hiram noch ich verschwendeten je einen Gedanken daran, zurück ins große Haus zu ziehen, das mehr und mehr herunterkam. Tante Rachel, so wusste Rebecca zu berichten, überließ den Haushalt mehr oder weniger sich selbst.

Endlich kam ich nun dazu, mich dem Tagebuch meiner Mom ausführlich zu widmen und die vermeintliche Geheimschrift zu übersetzen. Hiram schaute mit ein paar Kumpels ein Footballspiel im Fernsehen an und ich saß am Küchentisch, vor mir das Tagebuch und daneben das altgriechische Alphabet. Bei den ersten Sätzen musste ich noch jeden Buchstaben nachschauen und vergleichen, denn für die Buchstaben, die im Altgriechischen nicht existierten, hatte meine Mom Phantasiesymbole eingesetzt. Die Übersetzung, die ich auf ein Blatt übertrug, fiel mir immer leichter. Was ich dabei herausfand, schockierte mich zutiefst.

Halloween kam. Am Jahrestag dieses schlimmsten Tages meines Lebens schützte ich in der Schule eine Grippe vor, um eine Ausrede zu haben, weshalb ich abends nicht zur Party kommen würde. Ich bewarb mich in diesen Tagen an ein paar Colleges an der Ostküste, und mit meinen überdurchschnittlich guten Noten des letzten Zeugnisses hatte ich keine Probleme, Einladungen zu Aufnahmeprüfungen im Januar und Februar zu bekommen. In der Schule half ich bei den Vorbereitungen für die Abschlussfeier im nächsten Jahr, arbeitete an der Entstehung des Jahrbuches mit, und doch geschah alles, was ich tat, ohne die geringste Beteiligung meines Herzens. Meine Gedanken kreisten unablässig um Horatio und die Aussichtslosigkeit dessen, was wir taten. Die Chorproben jeden Mittwochabend zermürbten mich, denn Horatio kam jedes Mal, um uns zuzuhören. Und auch wenn er mich in Anwesenheit anderer Leute ganz normal behandelte, so spürte ich doch immer wieder seine Blicke auf mir ruhen. Unzweifelhaft waren die gestohlenen Stunden mit ihm in diesen dunklen Wintertagen mein einziges Lebenselixier. Manchmal erschien er nur kurz zu den Proben, und wenn er dann die Kirche verließ, erfasste mich augenblicklich ein so schmerzliches Gefühl der Leere, dass ich hätte weinen können.

Auf dem Weg nach Hause hielt ich neuerdings immer am Briefkasten vorn an der Überlandstraße an und schaute die Post durch. Tante Rachel schien sich nicht mehr dafür zu interessieren, denn die Blechröhre quoll fast über. Zu meiner Überraschung fand ich einen Brief, der an mich adressiert war. Ich stieg wieder ins Auto und öffnete ihn. Er kam aus New York von Harry Hartgrave, dem Bekannten meiner früheren Lehrerin Mrs Costello. Ungläubig las ich, dass er mich nach New York in sein Studio einlud. Er habe mir bereits zweimal geschrieben, aber leider nie eine Antwort erhalten, aber er würde es nun einfach noch mal versuchen, in der Hoffnung, dass meine Adresse richtig sei. Ich ließ den Brief sinken. Ich hatte nie Post von ihm bekommen, und das konnte nur bedeuten, dass Tante Rachel diese Briefe unterschlagen hatte! Diesmal war ich allerdings schneller gewesen als sie. Ich steckte den Umschlag in die Innentasche meiner Jacke und fuhr weiter. Und plötzlich war der eiskalte, graue Tag schön.

Bereits fünf Tage, nachdem ich ihm geschrieben hatte, bekam ich eine Antwort von Harry Hartgrave. Jeden Tag hatte ich den Briefkasten kontrolliert, damit Tante Rachel mir nicht wieder etwas vorenthalten konnte. Was Hartgrave schrieb, machte mich glücklich: Er habe meine Stimme und meine Lieder nie vergessen, und da er stets auf der Suche nach talentierten jungen Menschen sei, wolle er mich in sein Tonstudio einladen, um Probeaufnahmen zu machen. Er schickte mir die Adresse seines Studios und seine Telefonnummern – geschäftlich, mobil und sogar privat. Mein Entschluss stand fest: Gleich Anfang Januar würde ich nach New York fahren. Ich konnte behaupten, ich wolle Tante Isabella besuchen, und einen Aufnahmetest bei irgendeinem College erfinden, dagegen würde niemand etwas einzuwenden haben.

Nach Wochen mit Regen, Sturm und dem ersten Schnee zeigte sich das Wetter Ende November noch einmal von seiner besten Seite. Die blasse Wintersonne schien von einem weiten, hellblauen Himmel. Der herbstliche Geruch nach feuchter Erde, verfaulendem Laub und Feuer hing in der Luft, und im klaren Licht des kalten Herbsttages schienen die Dimensionen der Landschaft verändert. An Thanksgiving kam Joseph nach Hause. Ich war gerade dabei, den Truthahn für den Abend vorzubereiten, und fiel ihm überglücklich um den Hals, als er mit Hiram, der ihn in Madison am Bahnhof abgeholt hatte, zur Tür hereinkam. Joseph sah gut aus; er war etwas schmaler geworden und trug das Haar ganz kurz geschnitten, was ihm hervorragend stand. Er machte mir Komplimente zu meinem Aussehen und fragte nach dem Grund, weshalb wir hier und nicht mehr im Haus wohnten. Hiram antwortete seinem Bruder ausweichend und sagte, darüber könnten wir auch später reden.

Später kamen Malachy und Rebecca mit Adam Horatio, wir verspeisten den Truthahn mit Süßkartoffeln, Kürbiskuchen und Preiselbeersoße, dazu tranken die Jungs Bier direkt aus der Flasche, und im Fernseher lief ein Footballspiel ohne Ton. Joseph erzählte ein paar Anekdoten aus seinem Marines-Alltag, der uns exotisch und aufregend erschien, dann wollte er von uns wissen, was hier in den letzten Monaten geschehen war. Rebecca und ich räumten die Küche auf und trockneten den Gabelknochen des Truthahns im Backofen für das traditionelle Spiel.

»Unglaublich, was die drei quatschen können«, sagte ich zu meiner Schwägerin. »Früher am Tisch hat von denen kaum einer den Mund aufgekriegt.«

»Die Stimmung war ja auch immer etwas … nun ja … angespannt«, erwiderte Rebecca und umschrieb damit höflich, was ich schon den ganzen Abend gedacht hatte. Egal ob an Thanksgiving, Weihnachten, Ostern oder an einem normalen Tag – nie war bei uns am Tisch so ausgelassen geredet, gescherzt und gelacht worden. Die bloße Anwesenheit von Tante Rachel verhinderte einfach jede normale Unterhaltung und vergiftete die Stimmung. Wir gingen zurück an den Tisch, und es wurde mit Streichholzziehen entschieden, dass Malachy und ich das Gabelknochen-Brechen spielen durften. Wir hakten unsere kleinen Finger in den Knochen und zogen daran, bis er durchbrach. Ich erwischte die größere Hälfte und durfte mir deshalb etwas wünschen.

»Was hast du dir gewünscht?«, bestürmten mich meine Brüder neugierig.

»Ihr wisst doch, dass sie das nicht verraten darf«, ermahnte Rebecca die drei. »Sonst geht der Wunsch nicht in Erfüllung!«

»Genau«, grinste ich.

Adam Horatio schlief friedlich auf der Couch, und wir begannen unter großem Gelächter Karten zu spielen. Es war ein glücklicher, gemütlicher Abend, wie ich ihn mir immer erträumt hatte, und ich fühlte mich in der Gesellschaft meiner großen Brüder und Rebecca so wohl, dass ich sogar Horatio für eine Weile vergessen konnte.

»Ach, das ist wohl das schönste Thanksgiving, das ich jemals erlebt habe!«, sagte Malachy plötzlich, und wir alle pflichteten ihm bei.

Es war kurz vor neun, als draußen ein Auto vorfuhr. Wenig später klopfte es an der Tür. Da ich gerade eine Runde beim Spiel aussetzen musste, sprang ich auf und ging zur Tür.

»Hallo, Dad«, sagte ich überrascht. »Ich … ich wusste gar nicht, dass du heute kommen wolltest. Komm doch rein!«

Die Runde im Wohnzimmer lachte in dem Moment schallend laut.

»Hallo, Sheridan«, erwiderte er und trat in den Flur. »Was ist hier los? Warum bist du nicht zu Hause?«

Hiram erschien hinter mir im Türrahmen. Er hatte die Frage unseres Vaters gehört und legte eine Hand auf meine Schulter.

»Weil ich das nicht will«, sagte er an meiner Stelle.

Er hatte Dad nicht verziehen, dass er Esra im vergangenen Sommer für die angezettelte Schlägerei nur halbherzig zur Rechenschaft gezogen und es nicht einmal nach der Sache mit dem Flügel für nötig erachtet hatte, nach Hause zu kommen, um mir beizustehen.

»Hallo, Hiram«, begrüßte Dad seinen zweitältesten Sohn. »Und warum willst du das nicht?«

»Du hast Mal und mir einmal aufgetragen, auf Sheridan aufzupassen, und das tun wir«, entgegnete Hiram so kalt, wie ich ihn noch nie hatte sprechen hören. »Nach allem, was vorgefallen ist, will ich nicht, dass unsere kleine Schwester allein mit diesem Schwein in einem Haus wohnt. Du bist ja nie hier und kümmerst dich um nichts, deshalb tun Mal und ich das jetzt.«

Dad sagte einen Moment lang nichts, sein Lächeln war erloschen.

»Bin ich hier nicht willkommen?«, fragte er steif.

»Doch, natürlich«, sagte ich schnell und ergriff seine Hand. »Zieh doch die Jacke aus und komm rein. Wir haben noch Truthahn und Kürbiskuchen übrig, wenn du Hunger hast.«

Dad zog seine Jacke aus und hängte sie an die Garderobe, dann folgte er Hiram und mir ins Wohnzimmer.

»Hier seid ihr also alle«, sagte er und lächelte etwas gezwungen. Die Begrüßung von Joseph, Malachy und Rebecca fiel herzlicher aus, dennoch war die Spannung, die plötzlich im Raum herrschte, fast greifbar. Wir rückten zusammen, damit Dad Platz am Tisch fand. Rebecca stellte ihm eine Flasche Bier hin, essen wollte er nichts.

»Ich komme nach Hause und finde das Haus ungeheizt und schmutzig vor«, sagte Dad. »Eure Mutter und Esra sitzen in der Küche, und von euch ist niemand da. Kann mir das jemand erklären?«

Malachy und Hiram wechselten einen raschen Blick, dann ergriff Malachy als Ältester das Wort.

»Ich habe dir doch neulich am Telefon gesagt, dass Martha weg ist«, sagte er. »Sie hat ihren Kram gepackt und ist nach Lincoln gezogen, an dem Tag, als das mit Sheridans Flügel passiert ist.«

Dad blickte von Malachy zu mir, dann zu seinen anderen Söhnen. Sein Gesicht war blass und wachsam.

»Esra hat sie schlimm beleidigt, und sie kommt nicht mehr zurück, solange er da ist«, fuhr Malachy fort. »Ich habe dich gebeten, herzukommen und dich darum zu kümmern, aber das hast du nicht getan. Warum nicht?«

Warum nicht, das war die große Frage. Warum zog Dad es vor, in Washington zu leben? Wie konnte es sein, dass er so tat, als gehe es ihn nichts an, was hier geschah? Warum ließ er uns alle im Stich, kümmerte sich um nichts mehr?

Dad gab Malachy keine Antwort, und ich begriff, dass ich nicht die Einzige war, die er mit seinem Schweigen enttäuschte. Malachy und Hiram waren ähnlich gekränkt von seinem Verhalten wie ich.

»Erzählst du mir, weshalb du hier lebst, Hiram, und warum du nicht willst, dass Sheridan drüben im Haus wohnt?«, fragte Dad stattdessen.

»Ja, das tue ich«, erwiderte Hiram, und es klang wie eine Drohung. Und dann legte er los. Wir anderen saßen nur da und hörten stumm zu, wie er Dad von Esras Übergriffen gegen mich erzählte, von der Saufparty, auf der Esra mich vergewaltigt hätte, wären Hiram und George mir nicht gerade noch rechtzeitig zur Hilfe geeilt, von den Belästigungen, Drohungen und seinen wiederholten Attacken gegen mein Auto. Ich traute mich kaum, Dad anzusehen. Seine Miene war versteinert, er rührte sich nicht.

»Keiner von uns kann verstehen, weshalb du Esra damals nicht dafür bestraft hast, dass er den Bartons hundert Dollar gegeben hat, damit sie Sheridan zusammenschlagen!« Hirams Stimme klang empört. »Und jetzt, als Mutter ihn aufgehetzt hat, mit seinem Auto Sheridans Flügel zu demolieren, ist wieder nichts passiert! Im Gegenteil! Du hast noch nicht einmal etwas unternommen, als Martha nach über fünfzig Jahren die Willow Creek verlassen hat, weil sie es nicht mehr mit ansehen konnte, wie Mutter unsere Schwester behandelt hat. Sie musste sich von Esra als ›blöde Sau‹ beschimpfen und sich den Mittelfinger zeigen lassen. Ich konnte das alles auch nicht mehr ertragen, deshalb bin ich hierhergezogen und habe Sheridan mitgenommen.«

Eine volle Minute sprach niemand ein Wort. Dad räusperte sich und fuhr sich mit der Hand über das Gesicht.

»Das habe ich nicht gewusst«, sagte er dann leise.

»Du hast es nicht wissen wollen«, warf Hiram ihm vor. »Wir haben es dir gesagt!«

Ich erinnerte mich daran, wie Dad an meinem Krankenbett in Tränen ausgebrochen war und sich Vorwürfe gemacht hatte, weil Nicholas und nicht er für mich da gewesen sei. Tatsächlich war er nie da gewesen. Immer waren es andere, die mir aus irgendwelchen Bedrängnissen geholfen hatten: Nicholas, Isabella, Mary-Jane, Horatio, Direktor Harris und meine Brüder.

»Du hast zugelassen, dass unsere Familie zerbrochen ist«, sagte Malachy ruhig. »Seitdem du diesen Job in Washington angenommen hast, hast du dich nicht mehr um uns gekümmert und Mutter freie Hand gelassen. Vielleicht interessieren wir dich nicht mehr. Vielleicht hast du dich in deinem neuen Leben gut eingerichtet. Hi, Joe und ich, wir sind alt genug, aber Sheridan hätte deine Hilfe gebraucht, Dad.«

Dad hob den Kopf und blickte mich kurz an, und ich sah den alten Schmerz in seinen Augen. Er hatte schon in jungen Jahren schwere Verluste erlitten, von denen meine Brüder nichts wussten. Seine große Liebe war unter Umständen, die er nie verstanden hatte, aus seinem Leben verschwunden, und er hatte alle Träume, die er als junger Mann gehabt hatte, seinem Pflichtgefühl geopfert.

Nein, sie verstanden natürlich nicht, wovor er flüchtete und dass es sein gutes Recht war, denn jeder Mensch hat nur einen bestimmten Vorrat an Leidensfähigkeit, und seiner hatte sich im Laufe der Jahre erschöpft. Jahre, in denen er mit einer Frau leben musste, die er nicht liebte und die ihn nicht liebte, und in denen er einen Beruf ausüben musste, den er nie haben wollte.

Malachy und Hiram liebten die Willow Creek Farm und ihre Arbeit, auch Joseph hatte einen Beruf gefunden, der ihn erfüllte, keiner von ihnen hatte in seinem Leben je einen Menschen verloren, der ihm etwas bedeutet hatte, so wie Dad seinen Bruder, seine Eltern und Carolyn verloren hatte. All die Jahre, in denen wir Kinder waren und die Farm ihn gebraucht hatten, war er da gewesen, hatte seine Arbeit getan, das Erbe für Malachy und Hiram bewahrt und sich lediglich kleine Freiräume geschaffen, in denen er überleben konnte.

Nein, es war keine böse Absicht dahinter, als er einen Job angenommen hatte, der es ihm ermöglichte, diese Gegend zu meiden, in der er den Geistern seiner Vergangenheit nicht entkommen konnte. Ganz allmählich wurde mir klar, welche Kraft es ihn gekostet haben musste, jahrein, jahraus mit schmerzlichen Erinnerungen konfrontiert zu werden. Wie oft musste er sich ausgemalt haben, wie sein Leben wohl verlaufen wäre, wenn sein Bruder nicht in Vietnam gefallen wäre und wenn er Carolyn geheiratet hätte, bevor er in den Krieg ziehen musste. Ich dachte an das, was Horatio neulich zu mir gesagt hatte: *Was im Leben nicht zu Ende geführt wird, quält einen immer wieder.*

»Ja, du hast recht«, sagte Dad in diesem Augenblick zu Malachy. »Ich war keinem von euch in den letzten Jahren ein guter Vater, ganz besonders Sheridan nicht. Aber ich habe auch euch Jungs zu viel überlassen. Meine Gründe dafür, dass ich so oft von zu Hause weg war, sind keine Entschuldigung. Ich habe mich mein Leben lang nicht vor der Verantwortung gedrückt, das wisst ihr. Aber die Versuchung, mir einzureden, alles liefe auch ohne mich gut auf der Farm, war groß.«

Er stand auf, und plötzlich wirkte er im Vergleich zu seinen drei Söhnen alt. Im Licht der Esszimmerlampe bemerkte ich erste silberne Fäden in seinem dichten dunklen Haar, und die Falten in seinem Gesicht waren tiefer geworden, seitdem er das letzte Mal zu Hause gewesen war.

»Ich bin so unglaublich stolz auf euch.« Seine Stimme klang seltsam gepresst, als könnte er seine Emotionen nur noch mit äußerster Mühe zurückhalten. »Ihr seid anständige, fleißige Erwachsene geworden, ja, ihr seid genau die Söhne und die Tochter, die ich mir immer gewünscht habe. Ich bitte euch, seht es mir nach, dass ich euch in den letzten Jahren oft im Stich gelassen habe. Vielleicht … vielleicht kann ich es euch eines Tages erklären und … und vielleicht versteht ihr, warum ich das tun musste, und könnt mir verzeihen.«

Meine Brüder und Rebecca blickten ihn mit einer Mischung aus Betroffenheit und Verständnislosigkeit an, aber ich verstand alles. Dad holte tief Luft und atmete mit einem tiefen Seufzer wieder aus.

»Wir sehen uns morgen«, sagte er. »Habt noch einen schönen Abend.«

Er wandte sich zur Tür, und in dieser Sekunde wusste ich, dass ich ihm sagen musste, was ich herausgefunden hatte. Ich allein hatte es in der Hand, ihn von seinen lebenslangen Zweifeln, seiner Qual und seinem Kummer zu befreien.

* * *

Noch am selben Abend hatte Dad Esra und Tante Rachel zur Rede gestellt. Durch die blattlosen Äste der Eichen konnte ich von meinem Zimmerfenster aus das große Haus sehen – das Haus, in dem Rachel als junges Mädchen so sehr hatte leben wollen, dass sie dadurch das Glück zweier Menschen zerstört hatte.

Dad ließ Esra keine Wahl. Entweder würde Esra zum ersten Januar zur Armee gehen und sich dort für mindestens drei Jahre verpflichten, oder er würde ihn auf der Stelle enterben und vor die Tür setzen. Diesmal verfingen weder Esras weinerliche Beteuerungen noch Tante Rachels Bitten und Flehen bei ihm.

Mein Leben war erträglich, seitdem ich bei Hiram wohnte, dennoch quälte es mich, dass ich Horatio kaum noch sehen konnte. Das Riverview Cottage fiel als Treffpunkt aus, denn wir durften keine verräterischen Reifenspuren im Schnee riskieren. Zwei Tage vor Weihnachten gab es schließlich doch eine Gelegenheit für uns. Es hatte seit einer Woche keinen Neuschnee gegeben, und wir verabredeten uns am frühen Nachmittag am Paradise Cove. Sein Auto stand schon da, als ich ankam. Ich parkte meinen Honda unter einer Weide und stieg zu ihm ins Auto. Wir sprachen nicht viel, zogen uns aus, liebten uns stumm und zärtlich auf der Rückbank seines Autos. Mit einem Mal überkam mich ein Gefühl tiefer Trauer. Würde es jemals anders sein als so wie jetzt, oder würden wir zur ewigen Heimlichtuerei verdammt sein, immer in Angst vor einer möglichen Entdeckung? Ach, wie sehr wünschte ich mir, so zu sein wie andere Mädchen, vernünftig und langweilig! Warum musste ich mich immer wieder so aussichtslos verlieben, immer wieder vergeblich hoffen und zwangsläufig enttäuscht werden? Ich hatte sie so satt, diese Qual! Zielsicher suchte ich mir immer die Falschen heraus, erst einen verheirateten Lügner, der sich als mein Lehrer entpuppte, dann einen Schwulen und nun einen verheirateten Mann! Ich presste mein Gesicht an Horatios Schulter und gab mich meinem Schmerz hin.

»Sheridan?«, flüsterte er. »Schau mich an. Bitte.«

Zögernd folgte ich seiner Bitte. Ich wischte meine Tränen nicht ab.

»Warum weinst du denn?«, fragte er betroffen.

»Warum, Horatio? Warum?«, schluchzte ich, statt ihm zu antworten. »Warum habe ich mich in dich verliebt? Warum kann ich nicht einfach irgendjemanden lieben, den ich auch lieben darf? Ich halte das nicht mehr aus, diese Heimlichtuerei!«

Er schloss seine Arme fester um mich, wiegte mich wie ein kleines Kind.

»Ich weiß es auch nicht«, flüsterte er. »Ich wünschte manchmal, es wäre nie so weit gekommen zwischen uns, und im nächsten Moment danke ich Gott dafür, dass ich dich treffen durfte. Ich habe noch nie einen Menschen so sehr geliebt wie dich.«

Seine Worte, die mich unter anderen Umständen wohl zum glücklichsten Menschen der Welt gemacht hätten, waren zu viel für mich. Diese entsetzliche Seelenpein hatte Nicholas mir damals mit seiner Zurückweisung erspart. Mit Horatio war ich den verbotenen Weg weitergegangen, und nun musste ich als Strafe Höllenqualen leiden. Es war nicht nur der Sex mit ihm, wie bei Danny oder Christopher, nein, ich hatte ihm in den vergangenen Monaten meine Sorgen, Wünsche und Ängste anvertrauen und mit ihm teilen können. Nie hatte er mich enttäuscht, aber jetzt merkte ich, dass das noch viel schlimmer war. So konnte ich nicht weiterleben, das wusste ich mit Bestimmtheit. Ich wollte nicht seine heimliche Geliebte für ein paar Stunden sein, ich wollte mein Leben mit ihm teilen, mit ihm einschlafen und aufwachen, mit ihm essen, lachen, weinen und Pläne schmieden, und genau das würde ich niemals können.

Der Gedanke, dass ich eines Tages von hier weggehen würde, war nicht länger tröstlich. Meine Liebe zu Horatio Burnett hatte mir einen Seelenstrick mehr gedreht, der sich nicht so einfach abschneiden lassen würde.

Plötzlich nahm ich durch die beschlagene Scheibe draußen am Auto eine Bewegung wahr und erstarrte vor Schreck.

»Da draußen ist jemand!«, flüsterte ich. »O Gott, Horatio! Wenn uns hier jemand überrascht, dann …«

»Dann soll es so sein«, unterbrach er mich, erstaunlich ruhig.

Ich schlüpfte in panischer Hast in meine Jeans, zog mir die Stiefel an und stieg aus dem Auto.

»Warte, Sheridan!«, rief Horatio hinter mir, aber ich hörte nicht auf ihn. Mein Herz blieb beinahe stehen, als ich nur ein paar Meter weiter im Zwielicht des Nachmittags Esra stehen sah. Er grinste böse.

»Ich wusste doch, dass es sich lohnt, dir nachzufahren«, rief er mir zu und hielt einen Fotoapparat hoch. »Was meinst du, wie sich die Zeitungen über diese Fotos freuen werden!«

Er war mir gefolgt, hatte Horatio und mich beobachtet und sogar fotografiert! Damit hatte er uns in der Hand, und er würde Horatio erpressen und vernichten. Das konnte ich nicht zulassen, niemals! Alles würde er zerstören, mit Genuss und widerwärtigem Triumph. Zorn kochte in mir hoch, und ich stürzte ohne nachzudenken auf Esra los. Er lachte gehässig, drehte sich um und flüchtete zu seinem Auto, das er hinter einem großen Brombeergestrüpp geparkt hatte. Groß und dick, wie er war, hatte er Mühe, im verharschten Schnee voranzukommen, und ich holte schnell auf. Er warf einen Blick über die Schulter und wandte sich nach rechts, um den Weg zu seinem Auto abzukürzen. Ich sah, dass er direkt auf den Ablauf des Sees zulief, der selbst im tiefsten Winter nie richtig einfror. Ich blieb stehen. Horatio war mittlerweile auch aus dem Auto geklettert und kam hinter mir her.

»Halt!«, brüllte er Esra zu. »Nicht da lang!«

Esra glaubte sicher, er wolle ihn aufhalten, und stolperte weiter, direkt in sein Verderben. Die dünne Eisschicht, die von Schnee bedeckt war, splitterte sofort unter seinem Gewicht. Mein Bruder versank vor meinen Augen mitsamt seiner Kamera bis zum Hals im eisigen Wasser.

»O nein!«, stieß Horatio atemlos hervor und lief weiter.

»Hilfe!«, kreischte Esra. »Hilfe! Helft mir! Ich kann mich nicht mehr halten!«

Das Eis um ihn herum brach weiter, je mehr er zappelte.

»Geh!« Ich presste meine Hände gegen Horatios Brust, versuchte, ihn aufzuhalten. »Fahr nach Hause! Ich hole ihn da schon irgendwie raus.«

»Aber das schaffst du nicht allein!«, rief Horatio.

»Dann ertrinkt er eben«, entgegnete ich heftig. »Er ist doch selbst schuld! Was muss er uns auch nachspionieren!«

»Nein, Sheridan, nein! Du kannst deinen Bruder nicht einfach seinem Schicksal überlassen!«, protestierte Horatio. Er machte sich von mir los und ging weiter.

»Horatio, er hat Fotos von uns gemacht!«, rief ich. »Er wird uns erpressen!«

»Trotzdem. Wir können ihn nicht ertrinken lassen. Hol das Abschleppseil aus dem Kofferraum! Schnell!«

Natürlich hatte er recht. Nicht einmal Esra hatte einen solchen Tod verdient.

Horatio hatte das Ufer erreicht und ging in die Knie. Esra schrie und schlug um sich, die Augen in Todesangst weit aufgerissen.

»Bleib ruhig!«, schrie Horatio ihn an. »Hör auf zu zappeln, sonst bricht das Eis noch weiter ein.«

»Hilfe!«, heulte Esra verzweifelt. »Bitte, bitte helft mir!«

»Das tun wir ja, aber du musst jetzt endlich aufhören, dich zu bewegen!«

Esra gehorchte. Er versank bis zum Kinn, die starke Strömung riss an ihm. Ich stand wie angewurzelt da und sah zu.

»Hol das Seil!«, herrschte Horatio mich an, und seine Stimme riss mich aus meiner Erstarrung. So schnell ich konnte, rannte ich zu Horatios Auto, öffnete den Kofferraum und ergriff das Abschleppseil, das zusammengerollt hinter der Rücksitzbank lag. Drei Minuten später war ich wieder bei Horatio und reichte ihm das Seil. Er knüpfte in Windeseile eine Schlinge.

»Meine Beine sterben ab!«, jammerte Esra. »Ich erfriere!«

Horatio warf ihm die Schlinge zu, und mein Bruder schaffte es, sie zu ergreifen.

»Leg sie dir um den Oberkörper!«, rief Horatio.

»Am besten um den Hals«, murmelte ich hasserfüllt.

Es gelang Esra nicht, seine Hände waren taub von der Kälte.

»Dann halt dich einfach fest«, kommandierte Horatio. »Wir ziehen dich raus!«

Es war nicht so einfach. Esra war schwer, und die Strömung zog an seinem Körper. Mit vereinten Kräften gelang es uns aber schließlich, ihn aus dem Loch zu befreien. Doch anstatt ruhig liegen zu bleiben, versuchte Esra voller Panik, aufzustehen, und brach erneut ein.

Er heulte und schrie, und Horatio brüllte ihn an, er solle endlich die Klappe halten und ruhig bleiben.

Wir waren beide klatschnassgeschwitzt, als Esra endlich wie ein halbtotes Walross am Ufer lag. Ich lief zu Horatios Auto und manövrierte es so nah wie möglich zu Esra. Irgendwie bekamen wir meinen Bruder auf die Beine und schleppten ihn zum Auto. Er zitterte am ganzen Körper, seine Lippen waren blau. Horatio holte zwei Decken aus dem Kofferraum, zog Esra die nassen Schuhe und die Hose aus und wickelte ihn in die Decken, dann stellte er die Heizung so warm wie möglich. Ich stand neben dem Auto und zitterte nicht weniger als Esra. Mittlerweile war es dunkel, das Thermometer war sicherlich auf minus fünfzehn Grad gefallen. Der Schnee erhellte die Gegend, so dass man wenigstens noch ein bisschen sehen konnte.

»Ich fahre ihn nach Hause«, entschied Horatio.

»Bist du wahnsinnig?«, flüsterte ich entsetzt. »Was willst du meinen Eltern erzählen?«

»Mir fällt schon etwas ein«, versicherte er mir und lächelte schief. Dann schloss er mich noch einmal kurz in die Arme und küsste mich, bevor er sich hinter das Steuer setzte. Ich ging zu meinem Auto und fuhr hinter ihm her. Meine Beine zitterten von der körperlichen Anstrengung, aber auch vor Angst vor allem, was jetzt auf uns zukommen würde. Ich konnte kaum das Gas- und das Bremspedal bedienen.

Zwanzig Minuten später fuhr ich auf den Hof der Willow Creek Farm. Horatio hielt vor der Vorderveranda, ich neben ihm. Das Haus war hell erleuchtet. Die Haustür wurde geöffnet, als ich gerade die Stufen hochging. Dad blickte an mir vorbei und erkannte Horatio und auf dem Beifahrersitz seines Autos Esra.

»Was ist passiert?«, erkundigte er sich besorgt.

»Hallo, Mr Grant!«, rief Horatio. »Können Sie mir bitte helfen? Esra ist ins Eis eingebrochen, aber Sheridan und ich konnten ihn gerade noch rechtzeitig rausziehen!«

Dad zögerte keine Sekunde. Gemeinsam schleiften sie den jammernden Esra die Stufen hoch und ins Haus. Tante Rachel kam aus ihrem Arbeitszimmer, als die Männer Esra auf das Sofa im Wohnzimmer legten. Sie umarmte und küsste ihren Liebling, der flennte wie ein Baby. Ich erinnerte mich daran, wie wenig es sie interessiert hatte, als Dad vorletzten Sommer mit durchgebrochenem Blinddarm dagelegen hatte.

»Steh nicht so blöd rum!«, fuhr sie mich an. »Hol ein paar Decken und das Heizkissen! Und ein paar trockene Kleider für deinen Bruder. Und dann koch einen Tee!«

Horatio sprach mit Dad, ich fing kurz seinen Blick auf, bevor ich verschwand und das Gewünschte herbeiholte. Was für eine Geschichte erzählte er Dad bloß?

»Danke, Reverend«, hörte ich Dad sagen. »Ohne Ihre Hilfe wäre das wohl böse ausgegangen.«

Ein paar Minuten später verließ Horatio das Haus. Ich hatte keine Gelegenheit mehr gehabt, mit ihm zu sprechen. Hiram und Joseph kamen in die Küche, wenig später Malachy und Rebecca mit Adam.

»Der Kleine ist ins Eis eingebrochen?«, erkundigte sich Hiram ungläubig. »Wo denn?«

»Und warum haben du und der Reverend ihn da rausgeholt?«, wollte Joseph wissen.

»Das war Zufall«, sagte ich ausweichend und füllte den Tee für Esra in einen Becher. Hätte ich es zur Hand gehabt, so hätte ich liebend gerne eine Handvoll Gift hinzugegeben.

»Wo bleibt der Tee?«, rief Tante Rachel aus dem Wohnzimmer. Ich trug den Becher hinüber. Esra lag schlotternd auf dem Sofa unter ein paar Decken und vermied es, mich anzusehen. Dad stand mit verschränkten Armen und finsterer Miene neben der Tür.

»Ich gehe dann jetzt«, sagte ich. »Ich muss mir andere Kleider anziehen, die hier sind ganz nass.«

»Zuerst würde ich gerne wissen, was du an dem See gemacht hast«, hielt Tante Rachel mich zurück.

»Ich fahre hin und wieder mal dahin«, erwiderte ich unbehaglich.

»Und was wollte Reverend Burnett dort?« Ihre Blicke durchbohrten mich. »Das war doch wohl kein Zufall!«

»Der Reverend hat es mir erzählt«, mischte Dad sich ein, und ich erschrak. Was zum Teufel hatte Horatio ihm gesagt? »Ich denke, es ist besser, wir erörtern das hier nicht vor der ganzen Familie.«

»O doch!« Tante Rachel stand auf und zeigte auf mich. »Du bringst doch immer wieder Unglück über uns alle, du unselige Person!«

»Halt den Mund, Rachel!«, sagte Dad scharf. »Der Reverend war auf dem Weg zu Mattsons, als er Sheridan zum Paradise Cove hat abbiegen sehen. Esra fuhr direkt hinter ihr her. Sheridan hatte ihm erzählt, wie Esra sie in der Vergangenheit immer wieder bedrängt hat, und war deswegen besorgt. Er ist den beiden gefolgt, und das war Esras Glück, denn allein hätte Sheridan ihn niemals aus dem Eis ziehen können.«

Mir wurde vor Erleichterung ganz warm, als ich die Geschichte hörte. Sie klang durchaus glaubhaft, solange Esra mitspielte. Doch das tat er nicht.

»Das stimmt nicht«, röchelte er. »Ich habe …«

»Du hältst jetzt den Mund!«, fiel Dad Esra ins Wort. »Ich habe dich satt! Wie kannst du deiner eigenen Schwester immer wieder mit sexuellen Absichten nachstellen?«

Esra richtete sich auf. Seine Augen funkelten, vergessen war, dass wir ihm das Leben gerettet hatten. Sein Hass war größer als alles.

»Die beiden haben sich da getroffen!«, behauptete er.

»Du Flittchen!«, zischte Tante Rachel. »Das traue ich dir zu! Triffst dich heimlich mit verheirateten Männern!«

Meine älteren Brüder und Rebecca standen da und hörten stumm zu.

Da reichte es mir.

»Ich fahre gelegentlich zum Paradise Cove, weil es der Lieblingsort von meiner Mom und Dad gewesen ist«, sagte ich zu Tante Rachel. »Bevor du meine Mom hier weggeekelt hast, um dir Dad zu schnappen!«

»Was fällt dir ein?« Tante Rachel wurde totenbleich.

»Ich weiß alles, *Tante* Rachel«, stieß ich hervor. »Ich weiß, wer meine Mom gewesen ist, auch wenn du immer verhindern wolltest, dass es jemand erfährt! Und ich weiß auch, dass sie damals nicht weggelaufen ist, weil sie einen anderen Mann kennengelernt hatte, sondern weil du sie dazu gedrängt hast. Sie hat keinen einzigen Brief von Dad bekommen und ist darüber verzweifelt. Und dann hast du ihr auch noch erzählt, Dad hätte einen Brief an Libby Fagler geschrieben und wollte sie heiraten! Da brach für meine Mom eine Welt zusammen. Du hast sie überredet, Fairfield zu verlassen, bevor Dad aus

Vietnam zurückkommen und sich der ganze Ort über sie lustig machen könnte. Das hat sie getan, aber nur, weil sie glaubte, dass du mit Dad reden und ihn davon überzeugen würdest, dass sie ihn noch immer liebt.«

Dad starrte mich wie hypnotisiert an. Ich bemerkte, wie seine Kiefermuskulatur arbeitete, sonst regte er sich nicht.

»Was redest du denn da für einen ausgemachten Unsinn?« Tante Rachel klang plötzlich nervös.

»Woher ... woher weißt du das alles?«, flüsterte Dad heiser.

»Ich habe Moms Tagebücher auf dem Dachboden von Riverview Cottage gefunden und eines, das sie am Paradise Cove vergraben hatte, in der Hoffnung, dass du es findest. Sie hatte im Luftschacht im Bunker einen Hinweis für dich hinterlassen, einen Schlüssel und einen Brief.«

Ich zeigte mit dem Finger auf Tante Rachel.

»Sie hat dich angelogen! Sie war immer neidisch auf Mom und dich gewesen, und als John Lucas in Vietnam gefallen ist, sah sie ihren Traum in Gefahr. Sie wollte nämlich unbedingt eine Grant werden und im großen Haus leben! Plötzlich warst du die einzige Chance, aber da war Carolyn – und sie war schwanger.«

»Wie bitte?«

»Davon ist kein Wort wahr!«, rief Tante Rachel.

»Ich habe alles hier, Dad, alle Beweise!« Ich beachtete sie nicht. »Die Tagebücher, Moms Nachricht an dich. Außer dem Schlüssel war noch eine Haarlocke in der Blechdose. Rachel und ihre Eltern haben Carolyn im Haus eingesperrt, als deutlich wurde, dass sie schwanger war. Sie hat am 14. Februar 1965 einen Jungen geboren. Rachel hat ihn ihr abgenommen und ist mit dem Baby noch in der Nacht weggefahren. Carolyn hat nie erfahren, was aus ihrem und deinem Kind geworden ist.«

Dad starrte mich fassungslos an.

»Ich habe Carolyn jeden Tag geschrieben«, flüsterte er. »Jeden Tag! Ich bin fast verrückt geworden vor Kummer, weil sie mir kein einziges Mal geantwortet hat.«

»Von wem redet ihr überhaupt?«, mischte sich Joseph ein.

»Von Sheridans leiblicher Mutter«, sagte Dad. »Von Carolyn Cooper, der Schwester eurer Mutter.«

Meine Brüder sahen sich irritiert an. Sie hatten keine Ahnung, dass ihre Mutter eine Schwester gehabt hatte, weil sie sich nie für die Familiengeschichte interessiert hatten und Carolyn niemals erwähnt worden war.

»Ich höre mir diesen Unsinn keine Sekunde länger an!«, rief Tante Rachel. »Komm, Esra!«

»Du bleibst hier!«, brüllte Dad unvermittelt, und alle zuckten zusammen, denn niemand von uns hatte ihn jemals so laut schreien hören. »Du bleibst verdammt noch mal hier und hältst den Mund! Ich habe dir immer gesagt, dass wir Sheridan die Wahrheit sagen müssen, aber jetzt verstehe ich langsam, warum dir diese Lügenmärchen so unglaublich wichtig waren!«

Er ging auf Rachel zu, und für einen Moment glaubte ich, er würde sie schlagen. Sie wich vor ihm zurück.

»Ich verstehe keinen Ton«, sagte Malachy nun. »Was für Lügenmärchen? Und woher weißt du das alles auf einmal, Sheridan?«

»Ich habe vor einer Weile meine Adoptionspapiere in einem Ordner in Mutters Schrank gefunden«, begann ich. »Daher kenne ich den Namen meiner leiblichen Mutter. Bei den Papieren waren Briefe vom amerikanischen Generalkonsulat in Frankfurt. Meine Mom ist nämlich nicht bei einem Unfall ums Leben gekommen, das war eine Lüge. Sie wurde von einem amerikanischen Soldaten erwürgt, als ich zwei Jahre alt war. Ich habe mit der Frau vom Konsulat gesprochen, die mich damals von Deutschland nach Washington gebracht hat, wo Dad mich abgeholt hat. Und sie hat mir, genau wie Mary-Jane, gesagt, dass Mutter meiner Adoption nur unter einer Bedingung zugestimmt hat: Niemand sollte jemals erfahren, wer meine leibliche Mutter ist.«

»Was? Wieso denn nicht?« Meine Brüder redeten durcheinander, fassungslos und ungläubig.

Tante Rachel stand da wie zur Salzsäule erstarrt.

»Weil sie Angst hatte, es würde herauskommen, was sie getan hat«, sagte ich. Ich erzählte die ganze Geschichte, wie Rachel die Briefe abgefangen und ihre Intrige gesponnen hatte.

Bestürzung zeichnete sich auf den Gesichtern meiner Brüder ab.

»Rachel hat meiner Mom erzählt, Dad wolle Libby Fagler heiraten. Meine Mom hat das geglaubt, weil sie ihrer Schwester vertraut hat. Sie war verzweifelt, denn … sie war schwanger. Rachel und ihre Eltern haben meine Mom im Haus eingesperrt, damit niemand ihren Zustand sah. Es hieß offiziell, meine Mom sei schwer krank und Rachel würde sie pflegen. Im Februar 1965 brachte sie einen Jungen zur Welt, aber man nahm ihn ihr gleich nach der Geburt weg, und Rachel fuhr den Säugling noch in derselben Nacht irgendwohin.«

Rebecca schnappte nach Luft, sonst gab niemand einen Ton von sich. »Libby Fagler hat mir geschworen, dass sie nie einen Brief von Dad bekommen hat. Das war alles nur eine Lüge, um meine Mom von hier wegzuekeln und freie Bahn zu haben.«

»Großer Gott!« Hiram fand als Erster die Sprache wieder. »Dad! Mutter! Ist das alles wahr?«

»Ich fürchte, ja.« Dad setzte sich schwer auf einen Stuhl, senkte den Kopf und bedeckte sein Gesicht mit beiden Händen. »Ich habe das alles nicht gewusst. Was bin ich nur für ein feiger Schwächling, dass ich Rachel einfach geglaubt und mich in mein Schicksal ergeben habe.«

Niemand widersprach ihm. Meine Brüder waren viel zu schockiert angesichts der Ungeheuerlichkeiten, denen sie letztlich ihre Existenz verdankten.

»Meine Mom hat herausgefunden, dass Rachel heimlich ihre Tagebücher gelesen hat, deshalb hat sie wichtige Passagen in altgriechischen Buchstaben geschrieben«, fuhr ich fort.

Dad schluchzte plötzlich auf, und ich hielt inne.

»Weiter«, sagte er mit gepresster Stimme.

»Das letzte Tagebuch hat sie an der Stelle versteckt, an der sie und Dad sich immer heimlich getroffen haben. Am Paradise Cove«, sagte ich. »Da hat sie auch noch einen Brief für dich hinterlassen, Dad. Und in einer Blechschachtel eine Haarsträhne ihres Babys, das ihre eigene Schwester ihr aus den Armen gerissen hat.«

Ich war erstaunt, wie ruhig und gelassen ich war, nachdem ich alles gesagt hatte. Es war eine gewaltige Erleichterung, dieses Geheimnis endlich zu lüften und mir von der Seele zu reden, was mich so lange belastet hatte. In dieser Stunde begriff ich alles, sogar Tante Rachels Hass, der aus ihrer Angst vor Entdeckung erwachsen war. Sie hatte in mir weniger die Tochter ihrer Schwester gesehen als den Menschen, der ihr Leben zerstören konnte. Und genau das hatte ich in diesem Augenblick getan. *Das grausamste aller Tiere ist der Mensch*, hatte Libby Fagler in ihrem Büro zu mir gesagt. *Aber das, was sie angerichtet hat, wird Rachel eines Tages einholen. Im Leben gibt's so was wie Gerechtigkeit. Darauf kannst du dich verlassen.*

Heute hatte die Geschichte Rachel Grant eingeholt. Nach mehr als dreißig Jahren.

»Hast du etwas dazu zu sagen, Rachel?«, sagte Dad mit müder Stimme. »Ist irgendetwas von dem, was Sheridan gerade gesagt hat, nicht wahr?«

Sie straffte die Schultern und verzog ihr Gesicht zu einer Grimasse, die wohl ein Lächeln darstellen sollte. Abstreiten nützte nichts mehr, die Beweislast war erdrückend.

»Es ist alles wahr«, entgegnete sie schließlich, doch ihre Selbstsicherheit war gespielt. Sie kämpfte auf verlorenem

Posten, und das wusste sie. »Aber jede Geschichte hat zwei Seiten. Du bist ja nur zu bereitwillig mit mir ins Bett gegangen damals.«

»Ich war außer mir vor Kummer«, antwortete Dad, ohne den Kopf zu heben. »Ich fühlte mich, als hätte man mir bei lebendigem Leib das Herz aus der Brust gerissen. Drei Tage lang habe ich mich betrunken. Ich kann mich nicht mehr erinnern, überhaupt mit dir im Bett gewesen zu sein, aber ich kann mich sehr gut an deinen nur kaum verhohlenen Triumph erinnern, als du meinen Eltern mitgeteilt hast, du seiest schwanger von mir. Ihnen hast du das gesagt, nicht zuerst mir! Und jetzt verstehe ich alles. Alles. Wie dumm ich war, dir zu glauben.«

»Aber du …«, begann Tante Rachel wieder.

Dad schnitt ihr mit einer Handbewegung das Wort ab. Er stieß einen tiefen Seufzer aus und erhob sich.

»Nach Weihnachten verlässt du dieses Haus«, sagte er. »Aber vorher beantwortest du mir noch zwei Fragen. Wo hast du Carolyns Kind hingebracht? Und wer ist der Vater von diesem … diesem faulen Taugenichts dort drüben?«

Er wies auf Esra, der genauso überrascht war wie meine anderen Brüder und ich.

Tante Rachel ging nicht darauf ein. Ihr Blick flackerte.

»Wie stellst du dir das vor?«, schrie sie empört. »Wo soll ich denn hin? Außerdem ist das genauso mein Haus wie deins!«

»Stimmt nicht. Wir haben einen Ehevertrag, in dem alles geregelt ist. Wenn wir uns trennen, hast du das Haus zu verlassen. Und wir trennen uns. Heute«, entgegnete Dad.

»Dann … dann … ziehe ich zu einem meiner Söhne!« Sie blickte sich wild um. »Ich lasse mich doch nicht einfach von dir verjagen wie … wie einen Hund!«

»Bei mir ist kein Platz.« Hiram verschränkte die Arme vor der Brust und schüttelte den Kopf.

»Bei uns auch nicht«, sagte Malachy.

»In meiner Kaserne sind keine Frauen erlaubt«, setzte Joseph nach.

»Was seid ihr für eine undankbare Bande! Ich bin eure Mutter!«, schrie Tante Rachel aufgebracht. »Ich habe euch geboren und großgezogen! Alles habe ich für euch getan! Alles!«

»Tatsächlich? Was hast du denn für uns getan?«, fragte Hiram. »Gekocht, geputzt, gewaschen und gebügelt hat Martha, solange ich mich erinnern kann.«

»Du warst immer nur damit beschäftigt, irgendwelche Intrigen zu spinnen und unsere Schwester zu schikanieren«, pflichtete Joseph ihm bei. »Du hast uns alle belogen und gegeneinander ausgespielt. Dad, Sheridan und uns. Der Einzige, für den du wirklich immer alles getan hast, war Esra!«

Tante Rachel blickte mich voller Hass und Wut an. Sie öffnete den Mund zu einer Erwiderung, besann sich jedoch anders und schwieg.

»Dad hat dich etwas gefragt, Mutter«, drängte Malachy sie. »Warum gibst du ihm keine Antwort?«

Sie versuchte sich in Rechtfertigungen und Ausflüchten, schließlich versuchte sie es mit Tränen, aber meine Brüder blieben unerbittlich. Auch für sie würde nach all dem, was sie heute erfahren hatten, nichts mehr so sein, wie es einmal gewesen war.

»Euer Vater wollte mich nicht mehr«, sagte sie melodramatisch, und wäre die Situation nicht so furchtbar gewesen, so hätte man beinahe darüber lachen müssen. »Rebecca, du bist eine junge Frau! Kannst du dir vorstellen, wie es ist, wenn der Mann, den man liebt, einen nicht mehr anfasst und stattdessen stundenlang ein Foto seiner Verflossenen anstarrt?«

Dad schnaubte nur verächtlich, aber da zeigte Rebecca, was in ihr steckte.

»Ich wollte mich aus dieser Sache heraushalten, weil sie mich nichts angeht«, sagte sie ernst. »Aber jetzt hast du mich direkt angesprochen und deshalb bekommst du eine Antwort. Ich habe lange nicht wahrhaben wollen, was die Leute über dich erzählt haben, doch jetzt weiß ich, dass sie mit allem recht hatten. Ich bin vielleicht ein wenig naiv und glaube fest an das Gute im Menschen. So tief wie von dir bin ich noch nie in meinem Leben enttäuscht worden. Du bist eine böse Frau, Rachel. Du bist ungerecht und berechnend und du hast Sheridan immer sehr schlecht behandelt. Das ist übrigens der Grund, weshalb meine Leute mich nicht besuchen wollen. Sie möchten nichts mit dir zu tun haben. Wenn du nur ein wenig Rückgrat hast, dann beantwortest du deinem Mann und deinen Söhnen jetzt diese beiden Fragen.«

»Was fällt dir ein!«, stieß Tante Rachel zornig hervor und wollte sich auf ihre Schwiegertochter stürzen, doch Malachy hielt sie davon ab.

»Schluss jetzt mit dem Theater«, sagte er. »Mutter, antworte endlich! Wir wollen alle nach Hause.«

»Ja, Mama«, mischte sich sogar Esra ein, den die Nachricht, dass er nicht der Sohn von Vernon Grant war, schwer erschüttert hatte. »Ich will es auch wissen!«

Tante Rachel hob den Kopf.

»Ich weiß nicht mehr genau, wie dein Vater hieß«, sagte sie zu Esra. »Er war ein Saisonarbeiter, aus Texas, glaube ich.«

Dann blickte sie Dad an.

»Wo Carolyns Kind hingekommen ist, weiß ich auch nicht. Ich habe es vor irgendeine Haustür in Lincoln gelegt und geklopft. Als die Leute rauskamen und das Kind reingeholt haben, bin ich gefahren.«

»Du bist wirklich ein Monster, Rachel«, flüsterte Dad.

Damit drehte er sich um und verließ das Haus.

Er blieb in dieser Nacht im Haus in den Oaktree Estates, Joseph fuhr sehr viel später mit Malachy und Rebecca nach Hause. Meine Brüder waren nicht weniger schockiert von dem, was sie heute erfahren hatten, als mein Vater. Irgendwann, weit nach Mitternacht, ging auch Hiram zu Bett, aber Dad und ich redeten bis in die frühen Morgenstunden. Er las die Tagebücher und den Brief, den meine Mom an ihn geschrieben hatte. Endlich, nach mehr als dreißig Jahren, konnte er mit diesem Kapitel seines Lebens abschließen, das ihn all die Jahre so sehr gequält hatte, genau wie Horatio gesagt hatte. Vernon Grant war kein Mann, der mit seinem Schicksal haderte, und was auch immer Rachel getan haben mochte, sie hatte ihm drei Söhne geschenkt, auf die er stolz war, und in mir hatte er ein Stück von Carolyn zurückbekommen. Was ich getan hatte, war das Richtige gewesen. Tante Rachel würde für das Unheil, das sie angerichtet hatte, ihre gerechte Strafe erhalten. Und auch Esra war bestraft, viel schlimmer, als ich es jemals für möglich gehalten hatte. Wieso war ich nicht viel eher auf den Gedanken gekommen, dass Esra nicht Dads Sohn war? Im Gegensatz zu Malachy, Hiram und Joseph, die groß, gutaussehend und dunkelhaarig waren wie Dad, war Esra blond und immer untersetzt gewesen.

»Was wirst du jetzt tun, Dad?«, fragte ich, als ich aufstand, um ins Bett zu gehen.

»Ich muss das alles erst einmal sacken lassen«, erwiderte er. »Und dann werde ich die Scheidung einreichen. Das hätte ich längst tun sollen. Aber zuerst werde ich mir jetzt ein Pferd satteln und zum Paradise Cove reiten.«

Als der Morgen vor den Fenstern graute, lag ich noch immer wach. *Horatio*, schrie mein Herz, *Horatio, Horatio, ich liebe dich!*

Mit aller Macht kämpfte ich gegen die Tränen. Gestern war mir klar geworden, wie gefährlich das Spiel war, das wir spielten. Wir konnten uns nicht darauf verlassen, dass Esra schweigen würde.

Ich wälzte mich auf den Rücken. Und plötzlich wusste ich,

dass ich gehen musste, bevor es zu spät war. Ich durfte Horatios Familie nicht aus demselben Egoismus ins Unglück stürzen, der Tante Rachel dazu getrieben hatte, das Leben von Dad und meiner Mom zu zerstören. Ich stand auf und setzte mich an den kleinen Tisch in meinem Zimmer. Zuerst schrieb ich einen Brief an Dad, dann einen sehr viel längeren an Horatio. Danach legte ich mich ins Bett und fiel in einen tiefen, traumlosen Schlaf.

Als ich aufwachte, waren Hiram und Dad nicht da. Ich packte meine Kleider in den Koffer, meine Bücher und persönlichen Dinge in zwei Kisten und verstaute alles im Kofferraum meines Autos. Dann legte ich meinen Abschiedsbrief an Dad auf den Esszimmertisch, verließ das Haus und ging hinüber zu Mary-Jane.

»Ist es so weit?«, fragte sie mich nur, als sie mir die Tür öffnete.

»Ja, ich gehe heute weg.« Ich nickte. »Woher weißt du das?«

»Du hast denselben Ausdruck in den Augen wie Nicholas, wenn er geht«, erwiderte sie.

»Kannst du diesen Brief Reverend Burnett geben?«, bat ich sie und reichte ihr den Umschlag, auf dem Horatios Name stand.

Mary-Jane nickte und nahm den Brief an sich.

Wir umarmten uns, und sie versprach, vorerst niemandem zu sagen, dass ich mich von ihr verabschiedet hatte.

Es war ein Uhr mittags, der 24. Dezember, als ich die Willow Creek Farm verließ und auf die Überlandstraße abbog, die mich drei Meilen weiter auf die Interstate führen würde. Ich hatte dem Verlangen, noch einmal zu Horatio zu fahren, um ihm Lebewohl zu sagen, widerstanden, denn er hätte meinen Entschluss ins Wanken gebracht. Horatio war der Mann einer anderen Frau, und jetzt gehörte er meiner Vergangenheit an.

Durch den einsetzenden Schneefall fuhr ich in Richtung Osten, in meinem Rucksack steckten tausend Dollar, die ich zusammengespart hatte. Mir liefen die Tränen über die Wangen, aber mit jeder Meile, die ich zwischen mich und meine Heimat brachte, wurde mein Herz leichter.

ENDE

DANKSAGUNG

Die Idee zu diesem Buch hatte ich schon vor einigen Jahren, als das Schreiben für mich noch der einzige Urlaub war, den ich machen konnte. Ich liebte es schon als Jugendliche, über andere Länder, Sitten und Gebräuche zu recherchieren. Meine Faszination für die USA stammt von einer unvergesslichen Reise, die ich im Jahr 1986 mit meiner besten Freundin Gaby Brückner unternahm.

Jetzt habe ich die Geschichte von Sheridan Grant, die mir so viele Jahre im Kopf herumspukte, endlich schreiben können – und es hat mir großen Spaß gemacht, mal etwas anderes als einen Krimi zu schreiben! Das Pseudonym, meinen Mädchennamen, habe ich gewählt, damit Sie, liebe Leserinnen und Leser, sofort wissen, dass Sie keinen meiner Krimis mit Oliver von Bodenstein und Pia Kirchhoff in der Hand halten. Ich wünsche mir sehr, dass Sie Sheridan Grant mögen und Ihnen *Sommer der Wahrheit* viele schöne Lesestunden beschert.

Ich danke an dieser Stelle meiner wunderbaren Agentin Andrea Wildgruber, die mich ermutigt hat, dieses Buch zu schreiben. Ich danke meinem Verlag für sein Vertrauen und meiner Lektorin Marion Vazquez, die mit mir viel über den Plot und die Handlung diskutiert und dem Buch den letzten Feinschliff gegeben hat. Ein riesengroßer Dank an Dr. Kari Hiepko-Odermann, die noch einmal die Alltagsdetails aus dem Mittleren Westen der USA geprüft und mir wertvolle

Tipps gegeben hat, um die Geschichte authentisch werden zu lassen. Sollte es noch irgendwelche Fehler geben, so sind es einzig und allein meine! Und wieder einmal gilt mein Dank meiner lieben Schwester Camilla Altvater, die das Manuskript gleich mehrfach gelesen hat. Mein letzter und größter Dank an dieser Stelle gilt dem besten Mann der Welt! Danke, liebster Matthias, für deine großartige Unterstützung und deine wunderbar konstruktive Kritik, die mir unendlich wertvoll ist.

Nele Neuhaus

Im Februar 2014

Samantha Young

DUBLIN STREET

Gefährliche Sehnsucht

Der Mega-
Bestseller

ISBN 978-3-548-28567-2

Jocelyn Butler ist jung, sexy und allein. Seit sie ihre gesamte Familie bei einem Unfall verloren hat, vertraut sie niemandem mehr. Braden Carmichael weiß, was er will und wie er es bekommt. Doch diesmal hat der attraktive Schotte ein Problem: Die kratzbürstige Jocelyn treibt ihn mit ihren Geheimnissen in den Wahnsinn. Zusammen sind sie wie Streichholz und Benzinkanister. Hochexplosiv. Bis zu dem Tag, als Braden mehr will als eine Affäre und Jocelyn sich entscheiden muss, ob sie jemals wieder ihr Herz verschenken kann.

Auch als ebook erhältlich
e-book

www.ullstein-buchverlage.de

ullstein

UB690

Samantha Young

LONDON ROAD

Geheime Leidenschaft

ISBN 978-3-548-28598-6

Der internationale Bestseller

Johanna Walker ist jung, attraktiv und kann sich vor Verehrern kaum retten. Aber jeder sieht nur ihre Schönheit, niemand kennt ihr Geheimnis. Sie will mit ihrem kleinen Bruder der Armut und der Gewalt in ihrer Familie entfliehen. Daher sucht Johanna einen soliden Mann, gutsituiert und zuverlässig. Stattdessen begegnet sie Cameron McCabe – gutaussehend, arrogant und irgendwie gefährlich. Gefährlich sexy. Er ist der Einzige, der wirklich in ihr Innerstes blicken will. Wird es ihm gelingen, ihre Mauer aus Zweifeln zu überwinden?

Auch als ebook erhältlich
e-book

www.ullstein-buchverlage.de

ullstein

UB699

Wie es mit
Sheridan Grant
weitergeht …

ISBN 978-3-548-28738-6

D1858640

Vital mit Homöopathie

Keith Souter

Vital mit Homöopathie

Behandlungsanleitung für Menschen im fortgeschrittenen Lebensalter

Urania Verlags AG

Für die in diesem Buch gemachten Vorschläge können weder der Verlag noch der Autor Verantwortung übernehmen. Im Zweifelsfall ist es ratsam, einen erfahrenen Arzt, Heilpraktiker oder Spezialisten für Naturheilkunde zu konsultieren.

1. Auflage: 1.-5. Tausend 1997

ISBN 3-908645-36-0

© Urania Verlags AG, CH-8212 Neuhausen am Rheinfall, 1997 (deutsche Ausgabe)
© Keith Souter, 1993 (englische Ausgabe)

Originalausgabe: «Homoeopathy for the Third Age. Treatment for People in Middle and Later Life», The C.W. Daniel Company Limited, Saffron Walden, 1993.

Alle Rechte der Verbreitung, auch durch Funk, Fernsehen, fotomechanische Wiedergabe, Tonträger jeder Art und auszugsweisen Nachdruck, vorbehalten. Urania Verlags AG, CH-8212 Neuhausen am Rheinfall.

Übersetzt aus dem Englischen von Veronika Theis
Umschlaggestaltung: Kreativ Design, Wiesbaden
Photo: Incolor AG, Zürich
Satz: GBS, CH-350 Lyss
Printed in Germany

Inhalt

III. Teil: Anmerkungen zur Einnahme der Arzneimittel

Einführung

Der dritte Lebensabschnitt sollte eine Zeit sein, der man mit Freude entgegensieht. Es ist der Teil des Lebens, in dem man genügend Zeit haben sollte, die Dinge gelassener zu nehmen und das Leben zu genießen. Gleichzeitig ist es jedoch auch die Zeit, in der gesundheitliche Beschwerden, Trauerfälle und allerlei andere Ereignisse gehäuft auftreten und das Wohlbefinden beeinträchtigen.

Die Schulmedizin kann bei dem Erhalt insuffizienter Organe und Organsysteme Wunder wirken. Andererseits erzeugen viele Medikamente inakzeptable Nebenwirkungen, die bei Angehörigen der Altersgruppe über 65 für bis zu zehn Prozent der Krankenhauseinweisungen verantwortlich sind.

Im Verlauf der vergangenen Jahre haben sich immer mehr Menschen der Homöopathie zugewandt, einer Behandlungsmethode, die sanfter an gesundheitliche Beschwerden herangeht. Für viele Menschen im dritten Lebensabschnitt ist dies eine ideale Behandlungsmethode, weil sie bereits belastete Organe nicht noch mehr belastet und keine schädlichen Nebenwirkungen hat.

Dieses Buch hat nicht die Absicht, schulmedizinische Behandlungen oder ärztlichen Rat zu ersetzen. Wenn es unerläßlich ist, medizinischen Rat einzuholen, so ist dies im Text erwähnt. Bei vielen Erkrankungen sollten Patienten auch den behandelnden Arzt informieren, wenn sie homöopathische Mittel einnehmen, obgleich es keine Unverträglichkeiten mit schulmedizinischen Medikamenten gibt. Vor allem ist es wichtig, verschriebene Medikamente nicht ohne Absprache mit dem behandelnden Arzt abzusetzen.

Dieses Buch ist in drei Teile gegliedert. Der erste Teil behandelt allgemeine Aspekte der Alterung und die Prinzipien der Homöopathie. Im zweiten Teil werden Probleme angesprochen, die im dritten Lebensabschnitt sehr häufig auftreten. Der dritte Teil schließlich enthält eine Arzneimittellehre mit Skizzen von allen Arzneimitteln, die in diesem Buch besprochen wurden. Zusätzlich ist ein therapeutischer Index angefügt, in dem alle häufigen Beschwerden und Symptome alphabetisch aufgeführt sind, mit Angabe von Arzneimitteln, die bei solchen Zuständen gut wirken.

Um sich dieses Buch am besten nutzbar zu machen, wird empfohlen, den ersten Teil durchzulesen, um die Grundprinzipien der Methode zu verstehen, und sich dann dem zweiten Teil zuzuwenden, der über spezifische Beschwerden informiert. Die Arzneimittellehre liefert eine vollständigere Beschreibung der Arzneimittel und kann verwendet werden, um vor der Anwendung zu überprüfen, ob man das passende Mittel gewählt hat. Der therapeutische Index schließlich ist hilfreich zum raschen Nachschlagen und kann Sie zu Arzneimitteln führen, die in dem jeweiligen Zustand wahrscheinlich nützlich sind. Auch hier ermöglicht die Arzneimittellehre eine abschließende Überprüfung.

Seit vielen Jahren schon besteht ein Bedarf an einem homöopathischen Buch, das sich an Menschen im dritten Lebensabschnitt wendet. Ich hoffe, daß dieser kleine Text die Lücke schließen und sich für Einzelpersonen, Menschen in Heil- und Pflegeberufen sowie alle Personen, die Menschen im dritten Lebensabschnitt beistehen, als nützlich erweisen wird.

Keith Souter

I. TEIL

Homöopathie und der dritte Lebensabschnitt

1. Eine Frage des Alters

«Welches Tier hat morgens vier,
mittags zwei und abends drei Füße?»
(Das Rätsel der Sphinx)

Der Mythologie zufolge war die Straße nach Theben im Altertum von der Sphinx bewacht, einem sagenhaften Ungeheuer mit dem Gesicht und der Büste einer Frau, dem Körper eines Löwen und den Flügeln eines Vogels. Reisende, die das Rätsel nicht lösen konnten, wurden rasch verschlungen. Ödipus war als einziger der Herausforderung gewachsen.

Er erwiderte: «Der Mensch. Als Kind krabbelt er auf allen Vieren, als Erwachsener läuft er auf zwei Beinen und im Alter stützt er sich auf einen Stock.»

Somit sehen wir, daß bereits im Altertum galt, daß sich das Leben des Menschen in drei Abschnitte gliedert. Die Phase der Kindheit dauerte so lange, bis man in der Lage war, «auf eigenen Füßen zu stehen». Der Zustand der Reife hielt solange an, wie man für die Gesellschaft nützlich war, bis der dritte Lebensabschnitt die Oberhand gewann und man gezwungen war, eine Krücke in irgendeiner Form zu benutzen.

Bei den alten Chinesen waren drei Lebensabschnitte nicht genug. Im *Klassischen Buch des Gelben Kaisers über Innere Medizin,* das angeblich vor über viertausend Jahren geschrieben wurde, werden für Männer wie auch für Frauen sieben Lebensabschnitte beschrieben. Darüber hinaus basieren die chinesischen Altersstufen im Gegensatz zu den drei Abschnitten, auf die sich Ödipus bezieht und die zeitlich gesehen recht ungenau sind, auf Siebenjahreszyklen für Frauen und Achtjahreszyklen für Männer.

Aus Shakespeares Sicht waren die Dinge ebenfalls komplizierter als bloßes Wachstum, Reife und Niedergang. In einer seiner berühmtesten Reden in dem Stück *Wie es Euch gefällt* sagt Jacques, ein Lord, der dem verbannten Herzog beisteht:

Die ganze Welt ist eine Bühne
Und alle Männer und Frauen sind nichts als Schauspieler:
Sie haben ihre Abgänge und Auftritte;
Und jeder Mensch spielt zeitlebens viele Rollen,
In Akten von sieben Abschnitten.

Dann beschreibt Jacques die Lebensabschnitte des typischen elisabethanischen Mannes vom weinenden Säugling zur rundbäuchigen Säule der Respektabilität, voll mit angesammeltem Wissen und Welterfahrung. Dann schließlich, als der siebte Lebensabschnitt herannaht:

Letzte Szene von allen,
Die diese seltsame ereignisreiche Geschichte abschließt
Ist zweite Kindlichkeit bloß und Vergessen
Ohne Zähne, ohne Augen, ohne Geschmack, ohne alles.

Wenn wir uns Kategorisierungen von Dingen anschauen, die mit dem menschlichen Wesen zu tun haben, so ist offensichtlich, das wir recht willkürliche Maßstäbe anlegen. Die alten Chinesen zum Beispiel nahmen absichtlich Zyklen von sieben oder acht Jahren, weil diese eine besondere Bedeutung in der Zahlentheorie hatten, die ein integraler Bestandteil ihrer Philosophie und ihres medizinischen Systems ist. Ähnlich war Shakespeares Verwendung der sieben Lebensabschnitte eigentlich nichts anderes als ein literarischer Kunstgriff.

Aber Shakespeares Bild von der letzten Lebensphase mit einer Rückentwicklung in die Kindheit und mit zunehmendem Nachlassen aller Sinne und Körperfunktionen ist unendlich düster gezeichnet. Zwar war es wahrscheinlich in der Elisabethanischen Ära bei Personen, die das Glück hatten, älter als 50 Jahre zu werden, die Norm, doch heute, da wir auf das Ende des 20. Jahrhunderts zugehen, gilt dies nicht. Jeder Einzelne kann viel dazu beitragen, um bei bestmöglicher Gesundheit zu bleiben.

Das Altern

Der Alterungsprozeß beginnt mit der Empfängnis und hält bis zum Tod an. Dies ist zumindest das, was man unter *biologischer Alterung* versteht, zumal sie potentiell alle Veränderungen beinhaltet, die durch das Wachstum und die Entwicklung vom befruchteten Ei zum Neugeborenen stattfinden und die auch die Reifung zum Erwachsenen ermöglichen und die Folgeerscheinungen von Krankheitsprozessen und natürlicher Degeneration bewirken.

Im allgemeinen Sprachgebrauch jedoch meinen wir mit «Alterung» den Zeitabschnitt, nachdem der Mensch seinen biologischen Höhepunkt überschritten hat. Weitere Veränderungen gelten als Abbau oder Verfall. Dies ist der *dritte Lebensabschnitt* des Menschen.

Bei Gerontologen (Wissenschaftler, die den Alterungsprozeß erforschen, im Unterschied zu Geriatern, Ärzte für ältere Menschen) findet eine Debatte über die Relevanz des biologischen und chronologischen Alters statt. Beides kann miteinander übereinstimmen, wenn ein Mensch (biologisch) so alt wirkt und aussieht, wie dies seine Lebensjahre (chronologisches Alter) vermuten lassen. Aber manche Leute wirken älter oder jünger als sie nach Jahren sind. Es wäre schön, wenn die Korrelationen stark genug wären, um die Lebenserwartung des Menschen auf dieser Grundlage vorhersagen zu können, doch dies ist nicht der Fall.

Lebensdauer und Lebenserwartung

Es ist eine Tatsache, daß sich die Bevölkerungsstruktur in den meisten entwickelten Ländern im Verlauf der letzten hundert Jahre drastisch verändert hat. Um die Jahrhundertwende machten die Personen im Alter über 65 etwa fünf Prozent der Bevölkerung aus, jetzt sind es beinahe 17 Prozent. Zugegebenermaßen muß man berücksichtigen, daß sich in diesem Zeitraum die Geburtenrate halbiert und die Anzahl der jungen Leute, die an Infektionskrankheiten starben, beträchtlich reduziert hat. Nichtsdestoweniger gibt es gegenwärtig mehr Menschen über 65 als dies seit Beginn der menschlichen Geschichte je der Fall gewesen ist.

Zur Zeit der Alten Ägypter wurde 40 Jahre als ein gutes Alter angesehen und 65 erschien bereits als uralt. Die Bibel berichtet uns, daß die Lebensspanne 70 Jahre betrug, auch wenn relativ wenig Menschen so lange lebten. Auch hier kamen 40 Jahre der Realität näher.

In diesem Fall muß man zwischen Lebensdauer und Lebenserwartung unterscheiden. Die Lebensdauer ist die potentielle Zeitspanne, die ein Mensch leben könnte, wenn er das Glück hat, nicht durch Unfall oder Krankheit hinweggerafft zu werden. Wie oben erwähnt betrug diese laut Bibel 70 Jahre.

Die «Lebenserwartung» dagegen ist eine statistische Bezeichnung dessen, wieviele Jahre ein Mitglied einer Gruppe mit ähnlichen charakteristischen Lebensmerkmalen erwartungsgemäß leben wird. Anhand von Lebenstabellen läßt sich dann bestimmen, wie hoch die Lebenserwartung einer bestimmten Gruppe bei der Geburt oder bei irgendeinem spezifischen Alter ist. Zum Beispiel die Lebenserwartung eines weiblichen Menschen, der 1841 in Großbritannien geboren wurde, betrug 42 Jahre, aber sie lebte bis zum Alter von 65 Jahren und hatte dann eine weitere Lebenserwartung von 11,6 Jahren. Heute würde die Lebenserwartung einer Frau bei der Geburt 75 Jahre betragen und im Alter von 65 16 Jahre.

Es ist weiterhin interessant zu bemerken, daß die Lebenserwartung im Alter von 65 bis etwa 1930 nicht zugenommen hat. Dies bedeutet, daß die Zahl derjenigen Menschen, die älter als 75 werden, zunimmt, so daß wir, basierend auf Berechnungen von 1980, bis zum Jahr 2001 schätzungsweise eine Zunahme um 40% haben werden. Außerdem wird die Anzahl der über 85jährigen um über 85% zunehmen.

Gegenwärtige Theorien über das Altern

Die Tatsache, daß jeder Mensch altert, ist offensichtlich. Die eigentlichen Mechanismen, wodurch dieser Prozeß stattfindet, sind jedoch für die Wissenschaft immer noch unklar. Generell können die gegenwärtigen Theorien in drei Kategorien unterteilt werden:

Theorien der Systemdegenerierung

Diese Theorien vertreten die Ansicht, daß zunehmendes Versagen des Immunsystems, Nervensystems oder Hormonsystems zu einem Verlust der Regulationsfunktionen führt, die von all diesen Systemen im Körper bestimmt werden.

Biochemische Theorien

Diese vertreten die Ansicht, daß bestimmte biochemische Reaktionen stattzufinden beginnen, die auf bestimmte Körperzellen oder deren Funktionen einwirken. Beachtenswert ist die *Theorie der Freien Radikalen.*

Freie Radikale sind Moleküle mit einem ungepaarten Elektron. Bei allen möglichen Stoffwechselprozessen treten sie zeitweilig auf. Ihre Bedeutung besteht darin, daß sie freie Radikalreaktionen erzeugen können, die in der Lage sind, biologisches Material – einschließlich DNS, Proteine, Fette und Enzyme – zu zerstören. Aus diesem Grund können sie Zellmembrane und subzelluläre Organellen vernichten. Man nimmt an, daß solche Reaktionen durch freie Radikale im Alter zunehmen. Interessanterweise scheinen bestimmte Substanzen, die man Antioxidantien nennt, etwas Schutz dagegen zu bieten. Diese sind in vielerlei Arten von Obst und Gemüse vorhanden. Im fünften Kapitel werden wir noch einmal auf dieses Thema zurückgreifen.

Theorien auf DNS-Basis

Manche dieser Theorien sind beinahe fatalistisch, insofern als sie die Auffassung vertreten, daß alles im genetischen Code der Moleküle der Desoxyribonukleinsäure (DNS) «festgeschrieben ist». Mit anderen Worten, die Lebensspanne des Individuums ist in der Kernstruktur jeder Körperzelle vorprogrammiert.

Andere DNS-Theorien meinen, daß im Alter Schäden an den DNS-Molekülen eintreten, so daß die Kontrollwirkung über den ganzen Körper in irgendeiner Form beeinträchtigt wird.

Gegenwärtig gilt die orthodoxe wissenschaftliche Auffassung, daß die natürliche Lebensdauer genetisch bei etwa 85 Jahren liegt und der Streubereich so beschaffen ist, daß manche Individuen bis zu 100 Jahren und andere weniger als 70 Jahre alt werden.

Veränderungen beim Altern

Alles mögliche wird häufig dem Umstand zugeschrieben, daß man «eben älter wird». In ähnlicher Weise wird häufig gesagt, daß es «normal sei, (soundso) zu werden, wenn man alt ist». Doch was bedeutet das genau? Gibt es eigentlich so etwas wie «normales Altern»?

Medizinisch gesprochen, bedeutet normales Altern, daß man älter wird, ohne dabei in irgendeiner Form krank oder gebrechlich zu werden. Dies ist tatsächlich ein physiologisches Ideal, wobei die einzigen Veränderungen, die mit zunehmendem Alter stattfinden, eine geringfügige Abnahme der Funktionen verschiedener Systeme sind.

In der Folge sind einige der wichtigeren Veränderungen aufgeführt:

Herzkreislaufsystem

Das Muskelgewebe des Herzens ist etwas Schwund unterworfen, wird dicker und bildet mehr Bindegewebe. Die Folge davon ist, daß sich die Herzleistung (eigentlich die Pumpfähigkeit des Herzens) bis zum Alter von 75 gemessen an der Leistung eines jungen Erwachsenen um bis zu 30% verringert.

Bei den Herzklappen besteht ebenfalls eine Tendenz, durch Kalziumablagerungen zu verhärten, wodurch sie entweder durchlässig werden oder den Blutfluß behindern.

Das Gewebe, das im Herzen die elektrischen Impulse leitet, verändert sich, so daß die Tätigkeit des natürlichen Herzschrittmachers, des *Sinusknotens*, in ihrer Wirksamkeit versagt. Das führt zu einer unregelmäßigen Herztätigkeit mit verminderter Pumpeffizienz. Die häufigste Variante davon ist *Vorhofflimmern*, das bei etwa 12% der über Siebzigjährigen auftritt.

Eine Verhärtung der Arterien schließlich ist gewöhnlich bei Menschen über 50 recht fortgeschritten, was oft zu Hypertonie bzw. hohem Blutdruck führt.

Gehirn
Die Gehirnzellen müssen das ganze Leben lang halten, da sie nicht, so wie dies bei anderen Körperzellen der Fall ist, durch neue Zellen ersetzt werden können. Der Verlust dieser Zellen beginnt allmählich ab etwa dem 25 Lebensjahr, nach dem 80 Lebensjahr nimmt die Verlustrate drastisch zu.

Nieren
Der Blutfluß zu den Nieren vermindert sich bis zum 85 Lebensjahr um 50%, ebenso die Filterfähigkeit der Nieren. Dies ist extrem wichtig für die Art und Weise, wie der Körper konventionelle Medikamente verarbeiten bzw. nicht verarbeiten kann.

Darm
Die Versorgung des Darms mit Blut und Nerven nimmt mit zunehmendem Alter ab. Daraus folgt, daß sich die Resorptionsfähigkeit des Darms beeinträchtigen kann, was wiederum zu Schwierigkeiten bei der Aufnahme und Verarbeitung von Medikamenten sowie von bestimmten Vitaminen und Mineralien führt.

Alterung und Krankheit

Wie oben angesprochen, ist es schwer zu sagen, was normale Alterung ist und was man altersbedingten Erkrankungen zuschreiben kann. Tatsache ist, daß alle Krankheiten mit zunehmendem Alter häufiger werden. Und nicht nur das, sondern es besteht die Tendenz, daß Menschen im dritten Lebensabschnitt an «multipler Pathologie» leiden, mit anderen Worten sie haben mehrere Krankheiten zugleich. Dieses Muster und die altersbedingten Veränderungen, die gleichzeitig stattfinden, können das erwartungsgemäße Symptomenmuster jeder Krankheit beeinflussen.

Alterung und Geist

Meiner Ansicht nach ist es unrichtig zu behaupten, daß es so etwas wie «normale» altersbedingte Veränderungen überhaupt gibt. Es kann die Tendenz bestehen, daß sich Persönlichkeitsmerkmale verschärfen, so daß ein pingeliger Mensch noch pingeliger wird, oder bei der unabhängigen Persönlichkeit verstärkt sich dieser Drang, solange es eben geht. Verwirrung, Beeinträchtigung der Geisteskräfte und Demenz sind eher sekundäre Erscheinungen, die von Hirnerkrankungen herrühren.

Veränderungen der Lebensumstände können von größerer Bedeutung sein. Der ältere Mensch ist gezwungen, in den Ruhestand zu gehen, das Einkommen verringert sich, Trauerfälle, Einsamkeit, körperliche Erkrankung und Verlust der Unabhängigkeit können eintreten. All dies können Situationen sein, die nur schwer zu bewältigen sind. Sie können negative geistige Verfassungen herbeiführen, die zum Absinken der Widerstandskraft und zur Entwicklung sekundärer Probleme beitragen, sowohl körperlich als auch geistig.

Medikamentöse Behandlung

Wie oben erwähnt, geht die Alterung mit einer Verminderung der physiologischen Funktionen verschiedener Körpersysteme einher. Die Filterfunktion der Nieren nimmt ab, die Stoffwechselfunktion der Leber reduziert sich, die Resorptionsfähigkeit des Darms verändert sich. Außerdem verringert sich die Muskelmasse des Körpers, wodurch sich die Fettmasse proportional vermehrt. All dies hat einen potentiellen Effekt auf die Art und Weise, wie der Körper konventionelle Medikamente aufnimmt, darauf reagiert und sie ausscheidet.

Iatrogene Krankheit bzw. durch ärztliche Behandlung verursachte Krankheit ist im dritten Lebensabschnitt häufig und normalerweise auf die Nebenwirkungen konventioneller Medikamente zurückzuführen. Je mehr Medikamente eingenommen wurden, desto wahrscheinlicher ist es, daß ein solches Problem entsteht. Etwa 10% aller Krankenhauseinweisungen von Patienten im dritten Lebensabschnitt sind auf iatrogenen Beschwerden zurückzuführen.

Alter und Leben

Bisher haben wir den Alterungsprozeß vom biologischen Blickwinkel aus betrachtet. Wir haben gesehen, wie verschiedene Theorien das Wesen der Alterung zu erklären versuchen. Wir haben gesehen, daß der Alterungsprozeß mit einer Zunahme aller Erkrankungen einhergeht, und wir haben gesehen, warum wir mit der übermäßigen Einnahme von Medikamenten vorsichtig sein müssen, weil sich die Art, wie wir damit fertig werden, mit zunehmendem Alter verändert.

Die Theorien über den Alterungsprozeß (so begrenzt sie auch sein mögen) sind alle schön und gut – solange man akzeptiert, daß der Körper nicht bloß eine biologische Maschine ist. Sie erklären nichts über das Leben selbst oder über die Lebenskraft, die uns mit Energie versorgt. Dies ist die größte Einschränkung der modernen Schulmedizin.

In der Homöopathie ist die Lebenskraft als integraler Bestandteil jedes Menschen anerkannt. Fortschritte in der Wissenschaft weisen zunehmend klarer darauf hin, daß sich das Schwergewicht der Medizin in Zukunft von der Biochemie fort und zur Biophysik hin verlagern muß. Und wenn dies geschieht, dann wird die Homöopathie ihren Platz an vorderster Front in der neuen Medizin einnehmen.

2. Die Lebenskraft

Ohne die Lebenskraft ist der materielle Körper unfähig zu fühlen, zu handeln oder sich zu erhalten.
(Dr. Samuel Hahnemann)

Die Schulmedizin ist fest auf ein biochemisches Modell gegründet, das den menschlichen Körper als komplizierte Maschine ansieht, die aus einer riesigen Zahl von Zellen zusammengesetzt ist, von denen jede wie eine winzige biochemische Fabrik funktioniert. Diese Zellen sind in Gewebeverbänden zusammengeschlossen, die Gewebe in Organen und die Organe in Organsystemen. Über all diese Aktivität herrscht das Gehirn, ein biologischer Computer von unglaublicher Komplexität.

Bei diesem Modell bleibt vieles unerklärt. Das Leben in all seinen unzähligen Formen und komplexen Zusammenhängen ist offensichtlich mehr als nur chemische Reaktionen in Zellen, Hormonspritzen in den Blutstrom und Ausbrüche elektrischer Nerventätigkeit. Ohne auch nur eine spirituelle Dimension zu berücksichtigen, ist es sicherlich offensichtlich, daß Bewußtsein, Gedanken und das gesamte Spektrum der Emotionen, die Bestandteil des Lebens sind, durch Chemie allein nicht erklärbar sind.

Wenn wir die Evolutionsleiter vom einfachsten einzelligen Organismus hochsteigen, wird die Funktion der Zellen, aus denen sich der Organismus zusammensetzt, zunehmend spezialisierter und weniger unabhängig. Bei recht komplizierten Organismen werden aus ganzen Zellgruppen «Gewebe» mit einer gemeinsamen Funktion, die andere Gewebe nicht haben. Die extreme Form davon findet sich in der Nervenzelle des Menschen, die unfähig ist, irgendeine andere Funktion als die einer Nervenzelle auszuführen, da ihre Rolle derart spezialisiert ist.

Die Organisation von Zellen ist etwas, was das biomedizinische Modell nicht erklärt. Wie entwickeln sich denn eigentlich Zellen zu dem einen oder anderen Zelltypus? Und wenn sie sich zu einem bestimmten Gewebetypus entwickelt haben, wodurch funktionieren sie weiterhin auf koordinierte Art und Weise mit ihren Nachbarn? Wie können Gewebe ihre Integrität beibehalten?

Es ist eine Tatsache, daß die Zellen des Körpers ständig absterben und durch neue Zellen ersetzt werden. Offensichtlich müssen diese beiden Vorgänge im Gleichgewicht stehen, da unsere Gewebe und Organe andernfalls sehr bald in völliges Chaos degenerieren würden. Ist es möglich, daß die Nachbarzellen irgendeine Art von «Bewußtsein» vom Gesundheitszustand einer absterbenden Zelle besitzen, vielleicht durch die Freisetzung von Chemikalien? Irgendeine Form von Kontrolle wird eindeutig ausgeübt, aber das biomedizinische Modell liefert keine angemessene Erklärung.

Heutzutage wächst die Anzahl von Hinweisen darauf, daß die Kontrollkraft nicht biochemischer, sondern biophysischer Natur ist. Es ist eine Form von *Lebenskraft*.

Lebenskraft

Das Konzept der Lebenskraft wird in verschiedener Form seit vielen Jahrhunderten von mehreren zivilisierten Kulturen anerkannt. Die Chinesen kennen es als *Chi* und die indischen Yogis als *Prana*. Außerdem wurde es im Verlauf der Geschichte von verschiedenen Personen immer wieder vertreten oder «neu entdeckt». Paracelsus nannte es *Munia*, die Alchemisten bezeichneten es als *Lebenssaft* und Baron von Reichenbach, der deutsche Chemiker, der Kreosotum entdeckte, nannte es *Odyl*. Wilhelm Reich prägte in diesem Jahrhundert dafür den Begriff *Orgon*.

Wenn auch die Interpretationen im Einzelfall leicht voneinander abweichen, so wird diese Lebenskraft doch immer als Energieform angesehen, die Lebewesen im Verlauf des Lebens durchdringt und die ein integraler Bestandteil ihres gesamten Lebens ist. Man nimmt an, daß sie eine Art Feld in dem Organismus und in dessen Umgebung bildet und somit eine Art *ätherischen Körper* erzeugt.

In den vergangenen Jahren haben Biophysiker diesen ätherischen Körper erforscht und sind zu dem Schluß gekommen, daß es ein Energiefeld ähnlich einer Plasmakonstellation ionisierter Partikel ist. Dementsprechend wurde es biologisches Plasma oder Bioplasma genannt.

Ein solches Energiesystem, so nimmt man an, funktioniert als ein Informationssystem und dient als eine Gußform für die embryonale Entwicklung, das nachfolgende Wachstum und die Entwicklung, die Gewebebildung und für die Gewebewiederherstellung, wenn Probleme auftreten. Es ist tatsächlich ein Energiedouble des physischen Körpers, der dadurch auf komplizierte Weise als übergreifendes, ineinander verwobenes bioelektronisches Netzwerk mit allen subzellulären Strukturen und organischen Molekülen verbunden ist und ein Halbleitersystem bildet.

Subtile Anatomie

Es wäre eine zu große Vereinfachung zu sagen, daß der ätherische Körper ein Double des physischen Körpers ist. Die beiden sind miteinander verbunden, beide haben das Potential, einander zu beeinflussen. In bezug auf die Gesundheit bedeutet dies, daß Krankheit durch direkte Einwirkung auf den materiellen oder ätherischen Körper entstehen kann.

Wie oben erwähnt, wurden verschiedene medizinische Systeme über Jahrhunderte hinweg auf dem Konzept der Lebenskraft gegründet. Durch meine Arbeit mit Akupunktur und Yoga glaube ich, daß diese Modelle, die von diesen Systemen verwendet werden, einen wertvollen Einblick in die *subtile Anatomie des ätherischen Körpers* liefern. Zwar gibt es zweifellos Unterschiede zwischen ihnen, weil sie von unterschiedlichen Standpunkten aus und mit unterschiedlichen Zielsetzungen aufgebaut wurden, doch miteinander helfen sie dabei, eine Vorstellung davon zu bekommen, wie die Lebenskraft auf das Zusammenspiel von ätherischem und materiellem Körper einwirkt.

Das Meridiansystem der Akupunktur

Gemäß der alten Theorie der Akupunktur fließt die Lebenskraft zyklisch durch die Organsysteme des Körpers entlang festgelegter Energiebahnen, den sogenannten *Meridianen,* von denen jeder mit einem anderen Organ in Verbindung steht. Es gibt 14 Hauptmeridiane, die durch den Körper laufen, und sie bilden miteinander ein hochkompliziertes Energienetz. (Abb. 1)

«Blockierung» oder Unterbrechung des Energiestroms erzeugt früher oder später ein Ungleichgewicht, was sich in Funktionsstörungen eines bestimmten Organs oder Organsystems manifestiert.

Auf jedem Meridian liegt eine Anzahl von *Akupunkturpunkten,* deren Stimulierung tonisierend, stimulierend oder harmonisierend auf das entsprechende Organsystem wirken kann, und zwar aufgrund der Wirkung auf den Fluß der Lebenskraft.

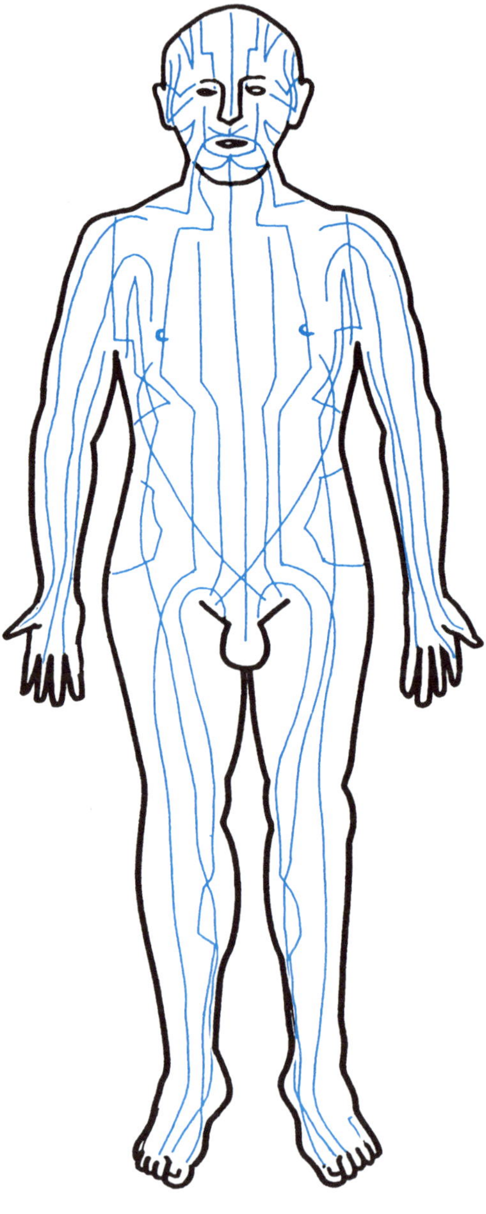

Abb. 1: Die Akupunktur-Meridiane

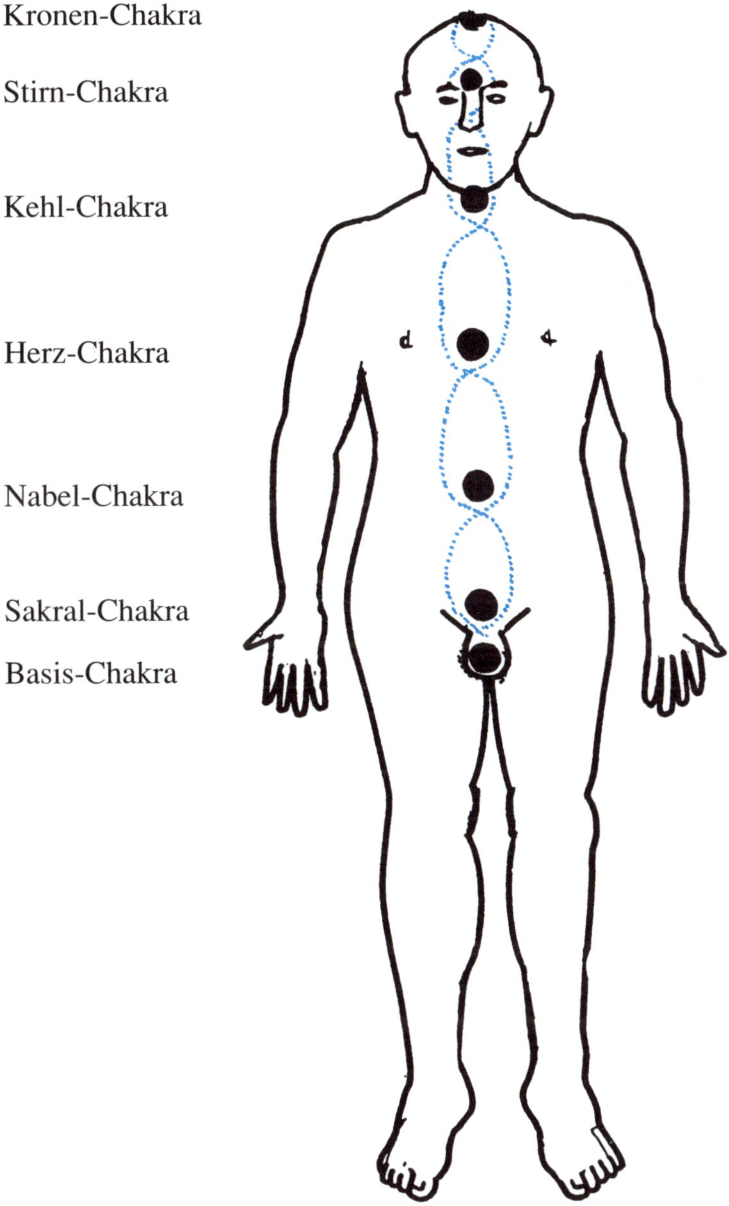

Abb. 2: Die Chakras

Das Chakrasystem des Yoga

Im Sanskrit bedeutet *chakra* Rad. Die Chakras werden als Energieräder oder -wirbel angesehen, von denen jedes mit einem endokrinen Organ assoziiert wird und verantwortlich für die energetische Unterstützung verschiedener Partien des physischen Körpers ist. Es gibt sieben Hauptchakren, die vertikal auf einer Linie zwischen der Wirbelsäule und der Vorderseite des Körpers angeordnet sind, vom Steißbein bis hinauf zum Scheitel. (Abb. 2) Zusätzlich gibt es viele kleinere Chakras und zahlreiche *Nadis*, feine Vibrationsfasern, durch die der Energiefluß auf ähnliche Art stattfindet wie bei den Meridianen der Akupunktur.

Es gibt zweifellos Berührungspunkte zwischen diesen beiden Systemen, ebenso gibt es höchstwahrscheinlich noch andere Modelle für den Fluß der Lebenskraft durch den ätherischen und den materiellen Körper. Forschungen in der ganzen Welt haben bereits die Existenz dieser Netze demonstriert. Die Zeit ist reif, um diese Forschung zu konsolidieren und das Schwergewicht in der Medizin von der Biochemie fort und zur Biophysik hin zu bewegen.

Der ätherische Körper und Krankheit

Wenn man akzeptiert, daß der ätherische Körper organisatorische und kontrollierende Fähigkeiten hat, dann ist es wahrscheinlich, daß Abweichungen im ätherischen Körper und daher in der Lebenskraft zu einer Funktionsstörung im materiellen Körper führen. Faktoren welcher Art können also den ätherischen Körper beeinflussen?

Da der ätherische Körper oder das Bioplasma im wesentlichen ein Energiefeld darstellt, so ist es gut möglich, daß andere Energiefelder ihn beeinflussen. Tatsächlich gibt es zahlreiche jüngere Berichte von zunehmenden Krankheitsmustern bei Personen, die in der Nähe von Strommasten und Hochspannungsleitungen leben. Das bedeutet, daß das elektromagnetische Feld, das um die Masten erzeugt wird, bei empfindlichen Personen den ätherischen Körper beeinflußt, so daß im materiellen Körper ein Ungleichgewicht entsteht.

Ionisierung der Luft kann auch den ätherischen Körper direkt beeinflussen, zumal das Bioplasma selbst ein variables Gleichgewicht zwischen positiv geladenen Ionen und negativ geladenen Elektronen erzeugt. Trockene, warme Winde beeinflussen typischerweise den Ionenspiegel der Atmosphäre und rufen Krankheit oder Krankheitsgefühl bei bis zu 30 Prozent der Bevölkerung hervor. Es kann gut sein, daß wetterfühlige Menschen körperlich auf die Veränderung ihres ätherischen Körpers reagieren.

Es gibt eine ganze Gruppe von Krankheiten, die in der Schulmedizin als «autoimmun» bezeichnet werden. Das bedeutet, daß aus irgendeinem Grund das Immunsystem des Körpers seine Fähigkeit verliert, seine eigenen Strukturen zu erkennen, so daß er Antikörper produziert, die Organe, Gewebe und Zellen im eigenen Körper angreifen. Beispiele dafür sind rheumatoide Arthritis und diverse Lungen- und Atemwegsbeschwerden. Das Hauptaugenmerk galt bislang in der Forschung typischerweise einer Reduktionsmethode, wobei nach fehlenden Enzymen, langsamen Viren und entarteten Molekülen gejagt wurde. Doch auch hier könnte eine biophysische Erklärung sehr wohl gültig sein, weil wir es mit einem Abbau des Körpersystems zu tun haben.

Schließlich wird in der Regel angenommen, daß Infektionen dann auftreten, wenn ein Mikroorganismus die zelluläre Abwehr des Körpers überwindet, sich rasch vermehrt und so die Oberhand gewinnt. Es kann jedoch sein, daß das Bioplasma des eindringenden Organismus mit dem ätherischen Körper der Person interagiert und zu einem Verlust von Aufbaufähigkeit führt und somit eine Schwächung der Widerstandskräfte verursacht, die es dem Eindringling erlaubt zu gedeihen.

Zugegebenermaßen stehen alle diese Beispiele zur Diskussion offen. Das Konzept, das ich vorschlage, ist dies, daß es Umstände gibt, unter denen die Krankheitsursache möglicherweise eher im ätherischen als im physischen Körper liegt. Wenn dies der Fall ist, so werden die Aufbaukräfte des Ätherleibs beeinträchtigt. Diese Beeinträchtigung führt dann zu den biochemischen Abweichungen, die von der Schulmedizin als «isolierte Merkmale» aufgegriffen werden. Im wesentlichen füllen die Lebenskraft und der Ätherleib viele unserer Verständnislücken, wenn wir allein das biomedizinische Modell ansehen. Sie ersetzen keine orthodoxen Theorien, aber erweitern und stärken sie.

Die Naturheilkraft

Hippokrates hat geschrieben, daß Ärzte nichts tun würden um zu heilen, sondern daß sie lediglich helfen würden, die richtige Umgebung zu schaffen, um der Natur die Heilung zu gestatten. Er nannte dies die angeborene Fähigkeit des Körpers, *Vis Medicatrix Naturae* – die natürliche Heilkraft.

Wenige Menschen werden an diesem Phänomen zweifeln. Der Chirurg kann den erkrankten Darmabschnitt entfernen, aber es bleibt Aufgabe des Körpers, die Wunden zu heilen. In ähnlicher Weise können gebrochene Knochen gerichtet werden, aber es ist der Körper, der sie zusammenwachsen läßt.

Mancher mag hier vielleicht einwenden, daß es viele Fälle gibt, in denen Medikamente notwendig sind, um Leben zu erhalten. Nun, dies ist absolut richtig. Der insulinabhängige Patient muß zum Beispiel seine regelmäßige Insulindosis bekommen, und der Patient mit Herzinsuffizienz muß regelmäßig seine Medikamente einnehmen. Dies sind Fälle, in denen Heilung nicht möglich ist, und es wird angestrebt, den Gesundheitszustand beizubehalten. Und dies wiederum ist Aufgabe des Körpers.

Alle diese Beispiele beziehen sich auf die Behandlung des materiellen Körpers. Wie wir gesehen haben, ist es aber auch möglich, das Individuum über den ätherischen Körper zu behandeln, indem man die Lebenskraft direkt stimuliert. Wir werden im nächsten Kapitel sehen, daß dies der Kern der Homöopathie ist.

3. Homöopathie – die sanfte Medizin

Similia similibus curentur.
(Gleiches soll mit Gleichem geheilt werden.)

Die Homöopathie ist eine sanfte Form der Medizin, die bereits den Griechen im Altertum bekannt war, was sich in der Ableitung des griechischen Wortes *homoios,* «gleich», und *pathos,* «leiden», spiegelt. Im wesentlichen bedeutet es, Gleiches mit Gleichem zu behandeln.

Der große Hippokrates war es, der als erster lehrte, daß es zweierlei Arten der Behandlung von Patienten gebe: Man könne entweder durch «Gegensätze» oder durch «Ähnlichkeiten» heilen. Das heißt, man könnte entweder Medikamente geben, um Symptomen entgegenzuwirken – *das Gesetz der Gegensätze;* oder aber Medikamente, welche die Fähigkeit haben, die gleichen Symptome zu produzieren wie diejenigen, unter denen der kranke Mensch leidet – *das Ähnlichkeitsgesetz.*

In beiden Fälle, so glaubte er, schafft der Arzt nur die richtigen Bedingungen, unter denen die innere Heilkraft, *Vis Medicatrix Naturae*, eine Heilung herbeiführt.

Mehrere hundert Jahre später, im Europa des 16. Jahrhunderts, warf Theophrastus Bombastus von Hohenheim, auch unter dem Namen Paracelsus bekannt, die Fesseln des medizinischen Dogmas ab und lehrte wieder die Vorzüge der Behandlung von Gleichem mit Gleichem. Aber erst im 18. Jahrhundert wurden die Grundprinzipien erstmals in Form eines echten medizinischen Systems dargelegt.

Dr. Samuel Hahnemann

Der Begründer dieses medizinischen Systems war ein exzentrisches Genie mit Namen Samuel Christian Hahnemann (1755-1843), der Sohn eines Porzellanmalers in der berühmten Porzellanmanufaktur von Meißen. Nach abgeschlossenem Medizinstudium an der Universität von Erlangen 1779 praktizierte er mehrere Jahre lang als Arzt, bis er von den recht brutalen und zweifelhaften ärztlichen Praktiken der damaligen Zeit ernüchtert wurde. Er gab seine ärztliche Praxis auf, um Chemie zu studieren, und verdiente seinen bescheidenen Lebensunterhalt mit Schreiben und Übersetzen.

1790 begegnete ihm bei der Übersetzung eines Textbuches von dem angesehenen schottischen Arzt Cullen ein Abschnitt über die Behandlung von Malaria mit Chinin. Obgleich dies eine angemessene Behandlung für die Krankheit war (und immer noch ist), war er von Cullens Erklärung, daß durch tonisierende Wirkung auf den Magen Erfolge erzielt würden, nicht überzeugt. Er argumentierte, daß – zumal andere, kräftigere «Tonika» keine so gute Wirkung hätten – der Wirkung ein anderer Mechanismus zugrunde liegt. Demzufolge nahm er, experimentierfreudig wie er war, mehrere Tage lang eine Dosis Chinin ein. Das Ergebnis war, daß er Malariasymptome bekam.

Dadurch kam er auf den Gedanken, daß eine Droge, die in einem gesunden Körper Krankheitssymptome erzeugt, auch zur Behandlung einer Krankheit mit denselben charakteristischen Merkmalen verwendet werden kann.

Im Verlauf der nachfolgenden Jahre wandte sich Hahnemann wieder der ärztlichen Praxis zu und entwickelte das Konzept von *similia similibus curentur*, indem er sich selbst, seinen Familienangehörigen und Freunden Dosen verschiedener Substanzen gab, um die Symptome zu studieren, die sie erzeugten, wenn sie gesunden Menschen gegeben wurden. Die Experimente wurden als homöopathische Arzneimittelprüfungen bekannt. Diese Tätigkeit gipfelte 1810 in der Veröffentlichung seines Buches *Organon der Heilkunst*. Darin hielt er die Entwicklung seiner Gedanken zu seinem System der homöopathischen Medizin fest.

Zu Anfang verschrieb Hahnemann seine Arzneimittel in den Standarddosen der damaligen Zeit. Doch obwohl er gute Ergebnisse erzielte, fand er, daß viele seiner Patienten unter einer anfänglichen Verschlimmerung ihrer Symptome litten, bevor ihnen deren Nutzen zuteil wurde. So begann er, Zehnteldosen zu geben. Die Ergebnisse waren weiterhin gut, wenngleich es immer noch anfängliche Verschlimmerungen gab. Darum verdünnte er noch mehr und gab jedesmal ein Zehntel der vorhergehenden Dosis. Die Verschlimmerungen verschwanden, wie dies vorhersehbar war, doch der Nutzen blieb ebenfalls aus. Die Verdünnungen hatten ein Stadium erreicht, in dem keine Medikation mehr vorhanden war.

Dieser Zeitpunkt hätte das Ende der Homöopathie sein können, hätte Hahnemann nicht ein unglaubliches Phänomen entdeckt. Er fand heraus, daß durch kräftiges Schütteln jeder Verdünnung das Arzneimittel nicht nur weniger Verschlimmerung hervorrief, sondern auch wirksamer wurde. Diesen Prozeß nannte er Potenzierung.

Die Basis für diese Theorie der Homöopathie war das Konzept der Lebenskraft. Seiner Ansicht nach wirkte das Arzneimittel nicht auf die Krankheit, sondern auf die Lebenskraft, um das Gleichgewicht im Körper wiederherzustellen.

Zwischen 1812 und 1821, zu seiner Zeit als Medizinprofessor in Leipzig, veröffentlichte Hahnemann ein sechsbändiges Werk mit dem Titel *Reine Arzneimittellehre*. Darin waren die Ergebnisse all seiner Arzneimittelprüfungen enthalten. Aufgrund einer rechtlichen Auseinandersetzung mit den Apothekern, die versuchten, ihn zu verklagen, weil er ihr Recht auf Herstellung von Medikamenten verletzte, war er gezwungen, die Stadt zu verlassen und nach Köthen zu ziehen. Dort schrieb er ein fünfbändiges Werk mit dem Titel *Die Chronischen Krankheiten.* Dies bildete zusammen mit dem *Organon* und der *Reinen Arzneimittellehre* die Grundlage seiner homöopathischen Lehre.

In den *Chronischen Krankheiten* erklärt Hahnemann, warum die Homöopathie manchmal bei akuten Erkrankungen gut wirkte, aber bei chronischen Beschwerden versagte. Er vertrat die Meinung, daß den chronischen Krankheiten drei *Miasmen* zugrunde liegen, die er *psorisch, sykotisch und syphilitisch* nannte. Er glaubte, daß es Störungen in der Lebenskraft gäbe, die den Körper durchdringt. Manchmal konnten diese Miasmen erworben und manchmal angeboren sein und somit auf mehrere Generationen einwirken, als «Gespenster der ursprünglichen Krankheit».

Die Ausbreitung der Homöopathie

Zur Zeit von Hahnemanns Tod mit 88 Jahren im Jahre 1843 war die Homöopathie weit verbreitet. In England gründete Dr. Harvey Quin 1844 die Britische Homöopathische Gesellschaft, und 1850 war er an der Eröffnung des Homöopathischen Krankenhauses in London beteiligt.

Andere trugen diese Methode noch weiter. Gegen Ende des 19. Jahrhunderts gab es in ganz Europa, Rußland, Nord- und Südamerika und dem indischen Subkontinent homöopathische Krankenhäuser. Gegenwärtig gibt es vermutlich in Indien mehr homöopathische Ärzte und Ärztinnen als in irgendeinem anderen Land auf der Welt.

Dr. James Tyler Kent

In der zweiten Hälfte der 70er Jahre des 19. Jahrhunderts rief in den USA ein junger schulmedizinisch ausgebildeter Arzt namens James Tyler Kent einen homöopathischen Arzt zu seiner kranken Ehefrau. Die normale schulmedizinische Behandlung hatte versagt, und er kam ihrer Bitte nach, die neue Medizin auszuprobieren. Zu Kents Erstaunen wurde eine dramatische Heilung erzielt. Von da an war Dr. Kent fest entschlossen, mehr über diese erstaunliche Methode herauszufinden. Dieser Zwischenfall erwies sich als Schicksalstag für die Entwicklung der Homöopathie.

Hahnemann und seine Helfer hatten 130 Arzneimittel geprüft, aber in den wenigen Jahren seit seinem Tod war die Zahl beträchtlich gewachsen. Obwohl das Wissen an Umfang zugenommen hatte, erschien es doch noch recht ungeordnet. Da bewies Kent seinen Wert. Er ordnete das Material der Arzneimittellehre systematisch, um ein klareres Bild von jedem Mittel zu erstellen, und er schuf sein *Repertorium der Homöopathischen Arzneimittellehre.*

Das *Repertorium* ist im wesentlichen ein Buch, das jedes wahrnehmbare Symptom enthält, die Art, wie es subjektiv von einer Person wahrgenommen wird oder wie es durch äußere Faktoren wie Temperatur, Wetter, Bewegung usw. modifiziert wird. Es ist in logische Abschnitte unterteilt und enthält Querverweise auf alle angezeigten Arzneimittel.

Kents Repertorium ist eines der Hauptnachschlagewerke, die heute von Homöopathen in der ganzen Welt verwendet werden.

Dr. Edward Bach

Der letzte große Name, den ich erwähnen möchte, ist Edward Bach, Begründer des wunderbaren Behandlungssystems, das seinen Namen trägt – *die Bachblüten.*

In den 20er Jahren des 20. Jahrhunderts praktizierte Dr. Edward Bach als Pathologe (Laborfacharzt) am Londoner Homöopathischen Krankenhaus und als homöopathischer Arzt in Harley Street. In dieser Zeit schrieb er eine Serie von wissenschaftlichen Artikeln und arbeitete zusammen mit Dr. John Patterson an der Entwicklung der *Darmnosoden*, einer Gruppe von Arzneimitteln, die man eigentlich nur als «homöopathische Impfstoffe» bezeichnen kann. Für diese Arbeit wurde er von seinen Kollegen als «zweiter Hahnemann» angesehen.

Bachs wahres Ziel im Leben war es, eine möglichst einfache Form der Medizin zu finden, die der leidende Mensch selbst ohne Furcht oder Schaden anwenden konnte. 1930 gab er mit diesem Ziel seine Praxis auf und zog aufs Land.

Er war der Überzeugung, daß bestimmte negative Gemütszustände zu Krankheiten führen und daß eine Heilung des ganzen Menschen erzielt werden könnte, wenn man das emotionale Ungleichgewicht korrigiert. Er suchte und fand diese Arzneimittel unter den Blüten auf den Feldern und in den Hecken auf dem Lande.

Anfangs fand er zwölf Pflanzen, die in der Lage waren, zwölf entsprechende negative Gemütszustände zu heilen. Seine Ergebnisse sind in seinen Büchern *Heile dich selbst* und dem weltberühmten Werk *Die zwölf Heiler* festgehalten. In der Zeit zwischen 1933 und seinem Tod im Jahre 1936 fand er weitere 26 Arzneimittel und vervollständigte damit die Gruppe von 38 Arzneimitteln, die jeden negativen Gemütszustand abdecken, der den Menschen treffen kann.

Die Grundlagen der Homöopathie

Durch den kurzen historischen Abriß sollten die beiden Grundprinzipien der Homöopathie klar sein, und zwar das Ähnlichkeitsgesetz und die Anwendung potenzierter Arzneimittel. Nun wollen wir uns diese beiden Regeln genauer ansehen.

Das Ähnlichkeitsgesetz

Es bedeutet, daß eine Substanz, die in einem gesunden Menschen Krankheitssymptome hervorruft, auch verwendet werden kann, um jemanden zu behandeln, der an dieser Krankheit leidet. Daher das *similia similibus curentur* – Gleiches soll mit Gleichem geheilt werden.

Man nimmt den Symptomenkomplex des Patienten auf und versucht, den dazu passenden toxischen Wirkungskomplex eines Arzneimittels zu finden. Es kann mehrere Arzneimittel geben, die dem nahe kommen, aber das nächste ist das «Simile». Eine Belladonnavergiftung zum Beispiel verursacht einen toxischen Wirkungskomplex, der der Scharlacherkrankung ähnelt. Wenn jemand an Scharlach leidet und das klassische Symptomenbild präsentiert, dann ist Belladonna das passende Simile.

Dies ist ein recht klarer Fall. Es ist jedoch wichtig zu berücksichtigen, daß man in der Homöopathie versucht, das Arzneimittelbild herauszufinden, das zu dem Patientenbild paßt, nicht zu dem Krankheitsbild. Zur Erläuterung nehmen wir einmal fünf Männer, die alle arthritische Beschwerden in der Hüfte haben. In der Schulmedizin würden alle gleich behandelt. Ein Homöopath jedoch wird sich das Symptomenmuster jedes einzelnen ansehen und schließlich für jeden Mann ein völlig anderes Arzneimittel verschreiben. Denn in der Homöopathie wird der Mensch individuell behandelt und nicht seine Krankheit.

Das Heilungsgesetz
Eines der homöopathischen Grundprinzipien ist das Heilungsgesetz, das von dem amerikanischen Homöopathen Constantine Hering formuliert wurde. Es besagt, daß eine Heilung wie folgt verläuft:

von oben nach unten
von innen nach außen
von wichtigeren zu weniger wichtigen Organen
und in umgekehrter Reihenfolge
des ursprünglichen Erscheinens der Symptome

Also beginnt man, sich emotional besser zu fühlen, bevor die körperliche Besserung eintritt. Bei einer Krankheit, bei der erst ein Husten und danach ein Exanthem (= Hautausschlag) aufgetreten ist, würde das Exanthem (als das letzte Symptom) verschwinden, bevor sich der Husten legt.

Arzneimittel aus vielerlei Quellen
Die moderne homöopathische Materia Medica umfaßt weit über zweitausend Arzneimittel. Alle möglichen Substanzen werden verwendet, von einfachen Stoffen wie gewöhnlichem Kochsalz bis hin zu exotischen Kakteen, Schlangengiften und wertvollen Mineralien wie Gold.

Um in der Homöopathie erfolgreich zu behandeln, muß man das richtige Arzneimittel auswählen. Dies bedeutet, daß das Zusammenpassen von Arzneimittelbild und Patientenbild so gut wie möglich sein muß. Manchmal ist die Entscheidung offensichtlich und manchmal extrem schwierig. Es gibt viele verschiedene Lehrmeinungen in der Homöopathie darüber, was mit einer Arzneimittelgabe erreicht werden sollte, wie es verabreicht werden sollte, in welcher Potenz und wie häufig.

Der Ansatz, der in diesem Buch verwendet wird, ist, so glaube ich, am einfachsten verständlich. Wir werden uns auf zweierlei Arzneimitteltypen konzentrieren. Zuerst gibt es das *Konstitutionsmittel*, das tief wirkt und zu einem bestimmten Patienten-Typus paßt. Er kann eine bestimmte äußere Erscheinung haben, ein Gedankenmuster, eine Einstellung zur und eine Reaktion auf Krankheit. Die Einnahme des eigenen Konstitutionsmittels ist oftmals eine Methode, sich zu stärken und an den Wurzeln der Krankheit zu arbeiten.

Zweitens gibt es das *lokale Arzneimittel*, das oberflächlicher wirkt und benutzt wird, um bestimmte Krankheitsmuster zu behandeln. Wenn wir uns zum Beispiel die Anzahl der Personen ansehen, die an Ischiasbeschwerden leiden, betrachten wir die Schlüsselmerkmale, die ihre Erfahrung und Wahrnehmung von der Krankheit von anderen unterscheiden, und verschreiben entsprechend. Obwohl derselbe Krankheitszustand behandelt wird, gibt es mindestens ein Dutzend Arzneimittel, die je nach Hauptmerkmalen gegeben werden können.

Potenz und infinitesimale Dosis

Obwohl die Homöopathie mit unendlich kleinen (infinitesimalen) Stoffmengen assoziiert wird, so ist doch das Ähnlichkeitsgesetz der Angelpunkt der Methode. Wenn das falsche Arzneimittel ausgewählt wird, ist die Frage der Potenz beinahe irrelevant.

Potenz bedeutet weitaus mehr als Verdünnung. Der Prozeß der Potenzierung scheint die «Kraft» des Arzneimittels zu verstärken, so daß es noch wirkungsvoller wird. Das Arzneimittel ist weniger konzentriert, aber stärker energiegeladen.

Um homöopathische Arzneimittel herzustellen, werden zwei Methoden verwendet. Von löslichen Substanzen wird ein alkoholischer Auszug hergestellt durch bis zu drei Wochen lange Infusion, diese wird abgefiltert, um eine Urtinktur zu erhalten. Diese Urtinktur wird dann mit 40%em Alkohol im Verhältnis eins zu zehn oder eins zu einhundert verdünnt. Anschließend wird die Mischung einige Sekunden lang kräftigen Schwingungen ausgesetzt, ein Prozeß, den man Verschüttelung nennt, und so entsteht die erste Potenz der beiden häufigsten Potenzreihen.

Die 1:10 Reihe wird die Dezimalskala genannt und deutsch mit dem Buchstaben «D», englisch mit «x» und französisch mit «DH» gekennzeichnet.

Die 1:100 Reihe wird die Centesimalskala genannt und wird deutsch mit «C», englisch mit «c» und französisch mit «CH» gekennzeichnet.

Zur Zubereitung der nächsthöheren Potenz nimmt man einen Teil der ersten Potenz und verdünnt diesen im Verhältnis 1:10 bzw. 1:100, um die D 2 bzw. C 2 Potenz herzustellen.

Nun wird klar, daß nicht viele Verdünnungen notwendig sind, um die Konzentration eines Stoffes drastisch zu verringern. Bei der sechsten Verdünnung auf der Dezimalskala (D 6), die der dritten auf der Centesimalskala (C 3) entspricht, ist die Urtinktur im Verhältnis von eins zu einer Million verdünnt. Beim sechsten Potenzierungsschritt auf der Centesimalskala (C 6) besteht ein Verdünnungsverhältnis von eins zu einer Milliarde, bei der dreißigsten Potenz (C 30) beträgt die Verdünnung eins zu fünf Milliarden. Diese Zahlen sind kaum vorstellbar. Dem Avogradoschen Gesetz zufolge ist es ab der C 12 unwahrscheinlich, daß die Lösung auch nur ein einziges Molekül der ursprünglichen Zusammensetzung enthält.

Die zweite Methode wird bei unlöslichen Stoffen verwendet, aus denen sich keine Urtinktur herstellen läßt. Diese werden mehrere Stunden lang im Verhältnis von eins zu zehn mit Laktosepulver im Mörser zerstoßen, das ist die sogenannte Verreibung. Dieser Vorgang wird dreimal wiederholt, bis eine D 3 Potenz hergestellt ist. Danach kann sie in Alkohol und Wasser aufgelöst und auf die gewohnte Weise potenziert werden.

Konventionell gilt C 12 als der Scheidepunkt. Alle Arzneimittel darunter werden als niedrige Potenzen betrachtet, ab der C 12 spricht man von hohen Potenzen.

Welche Potenz soll man verwenden?

In homöopathischen Fachkreisen gehen die Ansichten darüber, ob man besser tiefe oder hohe Potenzen geben soll, weit auseinander. Hahnemann selbst vertrat den Gebrauch der dreißigsten Potenz, Kent gab nie etwas unter der C 30. Er neigte dazu, weitaus höhere Potenzen zu geben, bis zu einer Million auf der Centesimalskala. In Europa hingegen gibt es viele Homöopathen, die Mixturen von Arzneimitteln in tiefen Potenzen verwenden.

Auch hier gilt wieder, daß wir uns nicht allzu sehr bei der Frage der Potenz zu verzetteln brauchen, zumal die Arzneimittelwahl wichtig ist. In diesem Buch werden wir nur zweierlei Potenzen verwenden: die C 6 für die Behandlung mit tiefen Potenzen und die C 30 für die Arbeit mit hohen Potenzen.

Wie wirken die Arzneimittel?

Vor diesem Hintergrund leuchtet es ein, daß nur die tiefen Potenzen im herkömmlichen pharmakologischen Sinne über eine chemische Reaktion wirken können. Sobald die Avogadrosche Zahl überschritten ist, was bei der C 12 geschieht, kann logischerweise nichts mehr von dem ursprünglichen Arzneistoff in der Lösung übrig sein. Wenn die Arzneimittel immer noch wirken, was sie eindeutig tun, so müssen sie dies mit Sicherheit auf eine andere, subtilere Art erreichen. Statt durch eine biochemische Reaktion, so glaube ich, wirken sie biophysisch.

Forschungen, die im Verlauf der vergangenen 40 Jahre durchgeführt wurden, haben die Potenzfrage untersucht. Studien an Enzymen, Hefekulturen und Keimlingen haben alle gezeigt, daß korrekte homöopathische Präparate auch jenseits der Avogadroschen Ebene von C 12 eine Wirkung ausüben.

Seltsamerweise jedoch ist es ein beobachtetes Phänomen, daß die Wirkung bei den Studien mit steigenden Potenzschritten zu schwanken scheint. Wenn man zum Beispiel die Wirkung einer homöopathischen Substanz an dem Wachstum von Weizenkeimlingen mißt, kann eine antreibende Wirkung bei C 7 beobachtet werden, gefolgt von einer verzögernden Wirkung bei C 9 und dann wieder einer treibenden Wirkung bei C 11. Die Antriebsmenge ist vielleicht bei C 11 nicht höher als bei C 7, und die Verzögerungswirkung kann bei C 9, C 13 und C 17 völlig gleich sein. Dies legt nahe, daß sie in Form von Energieschwingungen oder Wellen wirken.

Eine der am meisten gefeierten Untersuchungen in der jüngeren Vergangenheit war die von Professor Jacques Benveniste aus Paris in dem wissenschaftlichen Journal *Nature* im Juni 1988 veröffentlichte Forschung. Er berichtete über die Fähigkeit von «homöopathisch zubereiteten» (Anführungszeichen von mir) Verdünnungen von Anti-Ig-E bis zur C 60, um zu bewirken, daß eine bestimmte Art von roten Blutzellen ihre Färbefähigkeit verlieren. Wie Forscher zuvor entdeckte er einen wellenartigen Wechsel von Aktivität und Inaktivität bei steigenden Potenzierungsschritten.

Diese Studien wurden wiederholt und in fünf weiteren Laboratorien in der ganzen Welt bestätigt – eine weitere Untersuchung fand in Frankreich statt, zwei in Israel, eine in Italien und eine in Kanada.

Eine der Schlußfolgerungen von Benveniste ist die, daß – da Verdünnungen von kräftigem Schütteln begleitet sein müssen, um Wirkungen zu erzielen –, die Übertragung der biologischen Information mit dem molekularen Aufbau des Wassers zusammenhängen könnte. Mit anderen Worten, das Wasser behält irgendwie einen Energieabdruck von der ursprünglichen Energie des Moleküls, vielleicht in derselben Form, in der Wassermoleküle miteinander durch ihre Wasserstoffverbindung verbunden sind.

Und dies führt uns wieder zur Natur des Arzneimittels zurück. Nicht die chemische Zusammensetzung der verwendeten Substanz macht das Arzneimittel aus, sondern die Energie, das *Schwingungsmuster*. Es ist eine Tatsache, daß es auf ähnliche Art «schwingt» wie die «Schwingungen» der Krankheit des Individuums oder wie das Muster, das nach außen durch die Symptome, Zeichen, Empfindungen und Haltungen präsentiert wird. Wenn der Mensch das Arzneimittel einnimmt, so sind es die Schwingungen des Arzneimittels, die den Ätherleib stimulieren, sich zu reharmonisieren, was schließlich zur Wiederherstellung des Gleichgewichts im materiellen Körper führt.

Sehen wir uns abschließend noch einmal die Potenzfrage an. Meiner persönlichen Meinung nach sind bei Problemen, die offensichtlich im materiellen Körper ihren Ursprung haben, die tiefen Potenzen geeigneter, da sie eher biochemisch auf der Gewebeebene wirken. Andererseits, wenn ein Problem eher «funktioneller» Art ist und mit emotionalen Symptomen assoziiert wird, besteht eher die Notwendigkeit, den Ätherleib zu behandeln. Somit sollte man hier, da man mehr im biophysischen Bereich arbeitet, die höheren Potenzen verwenden. Hat man es schließlich rein mit der emotionalen Seite der Dinge zu tun, so kann man die Verwendung der Bachblüten in Betracht ziehen, die wie sehr hohe Potenzen zu wirken scheinen, auch wenn sie rein technisch betrachtet nicht «homöopathisch» sind. (Abb. 3)

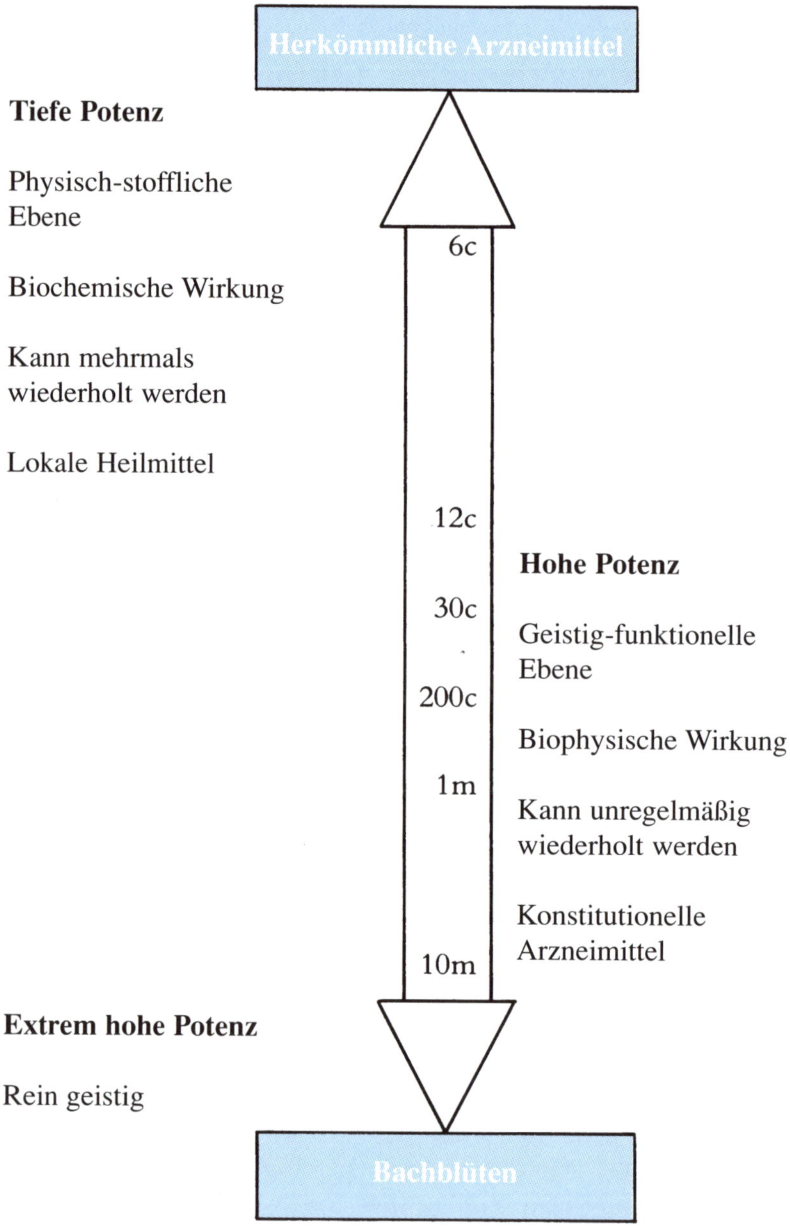
Herkömmliche Arzneimittel
Tiefe Potenz
Physisch-stoffliche Ebene
Biochemische Wirkung
Kann mehrmals wiederholt werden
Lokale Heilmittel
6c
12c
30c
200c
1m
10m
Hohe Potenz
Geistig-funktionelle Ebene
Biophysische Wirkung
Kann unregelmäßig wiederholt werden
Konstitutionelle Arzneimittel
Extrem hohe Potenz
Rein geistig
Bachblüten

Abb. 3

4. Konstitutionstypen

Studiere den Patienten, nicht die Krankheit.
(James Tyler Kent)

Wie wir im vorangegangenen Kapitel gesehen haben, können wir sowohl konstitutionelle als auch lokale Arzneimittel verwenden. Bevor wir sie genauer untersuchen, wollen wir uns zunächst das Konzept der Konstitutionen ansehen.

Im Verlauf der Geschichte haben sich vielen medizinische Systeme darum bemüht, Menschen als verschiedene «Typen» zu identifizieren. Das Bestreben ging insbesondere dahin, körperliche Charakteristika, emotionale Profile, Stärken und Schwächen miteinander zu verbinden, um herauszufinden, in welcher Form das innere Gleichgewicht des Menschen beeinträchtigt ist, so daß die Behandlung auf seine Bedürfnisse zugeschnitten werden kann.

Der ayurvedischen Medizin zufolge, die in ganz Indien weit verbreitet ist, gibt es dreierlei Körpersäfte bzw. Lebensenergien, die sich bei der Geburt eines Menschen in den verschiedensten Kombinationen miteinander verbinden können. Aus diesen Kombinationen ergeben sich sieben Konstitutionstypen. Im wesentlichen hat der ayurvedische Arzt das Ziel, die Konstitution des einzelnen zu bestimmen und angemessen zu behandeln.

Die islamische Medizin, die auf den Lehren von Hippokrates und Galen basiert, beruht ebenfalls auf der Theorie der Körpersäfte. Wie im Ayurveda wird angenommen, daß die Körpersäfte bei der Geburt eine Kombination eingehen, um einen grundlegenden Konstitutionstypus zu bilden. Da es in diesem System vier Körpersäfte gibt, ist die Anzahl der Konstitutionstypen hier auf elf erweitert.

Die Konstitution in der Homöopathie

In der Homöopathie erkennen wir das Konzept der Konstitutionstypen an. Damit meinen wir die Kombination von körperlichen und psychologischen Merkmalen des Menschen zusammen mit der Art der Interaktion und Reaktion mit bzw. auf seine Umgebung.

Diese Konstitutionstypen werden anhand des Arzneimittelbildes beschrieben, das am besten zu der Persönlichkeit und dem Gesamtbild der betreffenden Person paßt. Somit kann der Homöopath von einem «Arsenicum-Typ» oder «Phosphor-Typ» oder «Sulfur-Typ» sprechen.

Eines sollte jedoch klar sein, und zwar, daß es sehr viele verschiedene Arzneimittelkonstitutionstypen gibt, zumal jeder Mensch ein Individuum ist. In der Homöopathie unternehmen wir nicht den Versuch, Menschen nach einer bestimmten Anzahl von Kategorien einzuordnen, wie dies im Ayurveda oder der Unani Medizin der Fall ist. Wir versuchen einfach, zu dem Personenbild das passende Arzneimittelbild zu finden.

Konstitution und Krankheit

Die meisten homöopathischen Arzneimittel haben ein Spektrum von Wirkungen in bestimmten Krankheitszuständen. Ebenso neigen verschiedene Konstitutionstypen zu bestimmten Krankheiten. Manche Homöopathen würden sogar sagen, daß die Konstitution des Individuums dazu programmiert ist, den Menschen für bestimmte Krankheiten anfällig zu machen. Darüber hinaus würden manche sogar sagen, daß es nur die *fundamentale Krankheit* gibt, die den Ätherleib in bestimmter Form angreift und veranlaßt, daß sich Krankheitszustände zu verschiedenen Zeitpunkten oder Anlässen im Leben eines Menschen manifestieren.

Dies bedeutet nicht, daß alle Infektionen, zufällige Verletzungen und psychische Traumata Teil der Vorprogrammierung des Menschen sind. Selbstverständlich nicht. Sie repräsentieren akute Probleme, die den Menschen «lokal» betreffen.

Mit «fundamentaler Krankheit» ist das Konzept gemeint, daß sich aus irgendeinem Grund die «Schwingung» der Lebenskraft im Ätherleib als Ungleichgewicht zu manifestieren beginnt. Dies kann seine Wirkung durch die *subtile Anatomie und subtile Physiologie* des Ätherleibes ausüben, um eine Wirkung auf den materiellen Körper zu haben. Diese körperliche Krankheit kann dann durch die Umgebung modifiziert werden, durch die Einnahme von Medikamenten oder durch scheinbare «Heilung» und Ausbrennen der Krankheit. Der Körper scheint es zu bewältigen, und das Leben geht weiter.

Es kann jedoch geschehen, daß sich die Grundkrankheit tatsächlich weiterschleppt, daß jede Episode von scheinbar unzusammenhängenden Krankheiten ummauert wird, bis der Punkt erreicht wird, an dem die «chronische Krankheit» schließlich ihr häßliches Haupt erhebt, für immer bestehen bleibt und jeder Behandlung trotzt.

Das Modell der chronischen Krankheit nimmt daher an, daß man mit der Grundkrankheit, die in frühen Lebensjahren beginnt, leicht fertig wird, ohne daß eine strukturelle Schädigung stattfindet. Wenn die Krankheit jedoch nur unterdrückt wird, z.B. durch wiederholte Gaben von Antibiotika, und den körpereigenen Abwehrkräften nicht gestattet wird, die Infektion zu bewältigen, dann wird die Krankheit von einer Mauer umgeben wie die Schichten einer Perle oder Schalen einer Zwiebel. Aber mit der Einkapselung ist der Prozeß nicht zu Ende. Sie läßt nur eine andere Schwingung zu, die später mehr Manifestationen erzeugen wird. Derselbe Prozeß kann folgen, bis immer mehr Schichten hinzugefügt werden.

Dies ist dann das Modell der chronischen Krankheit. Abhängig von dem Konstitutionstypus kann es sich als chronischer Katarrh, als Wucherung, Kolitis, Migräne oder sonstige chronische oder rezidivierende Beschwerde manifestieren.

Studiere den Patienten, nicht die Krankheit

Alle schulmedizinischen Ärzte führen eine Fallaufnahme durch und notieren sich die Krankheitsgeschichte. Jedoch bleibt es oftmals bei den Notizen, da vergangenen, «ausgebrannten» Beschwerden häufig keine große Bedeutung beigemessen wird. Für den Homöopathen jedoch sind all diese Dinge potentiell von Bedeutung. Sie können Veränderungen indizieren, die in der Behandlung stattfinden müssen.

Wenn wir das Modell akzeptieren, das ich gerade aufgezeigt habe, dann sollte es ziemlich klar sein, daß es sehr schwierig ist, chronische Krankheiten zu behandeln. Die Einnahme beispielsweise von immer stärkeren Schmerzmitteln und Entzündungshemmern bei Arthritis wird bestenfalls den Zustand dämpfen, aber nicht bessern. Mit der Homöopathie haben wir zumindest zwei Möglichkeiten.

Konstitutionelle oder akute Verschreibung

Erstens können wir versuchen, konstitutionell zu behandeln. Dies erfordert, daß man das für den Patienten am besten passende Arzneimittelbild findet, um das passende Konstitutionsmittel zu bekommen. Für den klassischen Homöopathen wäre dies ein tief wirkendes Arzneimittel in hoher Potenz, welches direkt auf die Grundkrankheit einwirkt, damit der Ätherleib die Harmonie in der Gesamtperson wieder herstellt. Ein solcher Ansatz kann lange Zeit in Anspruch nehmen, mit Wiederauftreten von alten Krankheitssymptomen einhergehen und eine Verschlimmerung der gegenwärtigen «chronischen Krankheit» hervorrufen. Es kann sogar mehr als ein Konstitutionsmittel benötigt werden.

Eine solche konstitutionelle Verschreibung wird von der indischen und griechischen homöopathischen Lehrmeinung bevorzugt.

Der zweite Ansatz besteht darin, tiefe Potenzen zu verwenden, *oberflächlich wirkende* lokale Arzneimittel, die auf die jüngsten Aspekte der Krankengeschichte einwirken. Auf diese Weise versucht man, eine Schicht nach der anderen abzulösen, bevor man sich auf den Grundzustand konzentriert. Diese Verschreibungsform wird von Homöopathen in Frankreich und Südamerika besonders bevorzugt.

Symptomverschlimmerung

Homöopathische Arzneimittel rufen häufig eine vorübergehende Verschlimmerung der Symptome hervor, wenn sie zu wirken beginnen. Wenn man sie in akuten Zuständen verwendet, dauert die Verschlimmerung gewöhnlich nur kurze Zeit an, bei chronischen Beschwerden kann sie ein oder zwei Tage lang anhalten. Darauf folgt gewöhnlich eine Besserung des Zustandes.

Zusätzlich kann ein passend gewähltes Konstitutionsmittel eine *Heilkrise* hervorrufen, die ein bis zwei Wochen nach der Einnahme auftritt. Hier scheint sich der Zustand zu verschlimmern, und es treten Symptome auf, die nach einer Erkältung oder einer Magenverstimmung aussehen. Dies wiederum sollte nur ein oder zwei Tage lang anhalten.

Alle weiteren Symptome wie Schmerzen im Brustkorb, Unterleibsschmerzen oder Hämorrhagien (= Blutungen) beliebigen Ursprungs sind *wahrscheinlich nicht dem homöopathischen Arzneimittel zuzuschreiben, also sollte man umgehend medizinischen Rat einholen.*

Auswahl eines Konstitutionsmittels

In der Homöopathie gibt es viel mehr Konstitutionstypen als in jedem anderen medizinischen System. Das liegt daran, daß jeder Mensch ein Individuum ist, und die Homöopathie ist die Kunst, die Medizin auf den einzelnen zuzuschneiden. Demzufolge leuchtet es ein, daß es möglicherweise Hunderte von Konstitutionstypen gibt. Wenn man seinen eigenen Konstitutionstyp bestimmen kann, hat man großes Glück. Das Mittel kann zur allgemeinen Stärkung und Unterstützung des Ätherleibs eingenommen werden in dem Bemühen, jede beliebige chronische Beschwerde zu bewältigen, unter der man leidet.

Ein Konstitutionsmittel kann zu Beginn einer akuten Erkrankung in der C 30 eingenommen werden oder einmal im Monat, wenn es sich um eine chronische Beschwerde handelt. (Siehe Bemerkung zu Potenz im dritten Teil)

Die Hauptcharakteristika eines Menschen werden seine oder ihre Allgemeinsymptome genannt. Dies umfaßt alles, was diesen Menschen ausmacht, wichtige Merkmale aus der Krankengeschichte, die Lebenseinstellung, die Reaktion auf die Umgebung usw.

Die allgemeinen Merkmale werden nach ihrer Wichtigkeit hierarchisch geordnet und gewertet, und zwar anhand der folgenden Kategorien:

Geistig-emotionaler Bereich – Die emotionale Verfassung; psychische Neigungen; Verschlimmerung oder Besserung durch Dinge wie Trost, Musik, Streß; Introvertiertheit bzw. Extravertiertheit; Ängste; Libido usw.

Modalitäten – Dies sind Umstände oder Faktoren, durch die sich die Person besser oder schlechter fühlt: in geschlossenen Räumen oder im Freien; bevorzugte Witterungsbedingungen; Tageszeiten; bevorzugte Bewegung.

Vorlieben und Abneigungen – Essen und Trinken; Gelüste.

Anfälligkeit für bestimmte Krankheiten – Die Syndrome, für die dieser Typ anfällig ist. Dies können Beschwerden aus der Vergangenheit sein, die aber abgeklungen sind.

Körperliche Merkmale – Bestimmte körperliche Merkmale, Aussehen und Verhaltensweisen können sehr relevant sein.

Zusätzlich zu den oben genannten allgemeinen Merkmalen hat jedes Arzneimittel «**Besonderheiten**» oder bestimmte charakteristische Symptome.

An diesem Punkt lohnt es sich, einen Blick in die Arzneimittellehre im dritten Teil des Buches zu werfen. Sie enthält die Arzneimittelbilder von 57 Mitteln, die im dritten Lebensabschnitt von besonderem Wert sind. Die Mittel, die mit Sternchen gekennzeichnet sind, gehören zu den häufigsten Konstitutionstypen. Die anderen sind eher als lokale Arzneimittel zur Behandlung spezifischer Beschwerden wertvoll, wie sie im therapeutischen Index des vorliegenden Buches aufgeführt sind.

Lokale Arzneimittel können in der C 6 täglich eingenommen werden. (siehe Hinweis zu Beginn des dritten Teils)

Machen Sie sich keine Sorgen, wenn sie kein passendes Konstitutionsmittel finden. Wie gesagt, kann die Feststellung des Konstitutionstypus sehr schwierig sein, und ein umfangreicherer Index würde den Rahmen dieses Buches sprengen. Eines ist jedoch wichtig, und zwar, daß Sie niemals versuchen sollten, sich in einen Konstitutionstypus hineinzuzwängen. Wenn das Arzneimittelbild nicht ausgesprochen gut zu Ihnen paßt, so ist es unwahrscheinlich, daß das Mittel wirken wird. Wenn Sie Ihren Konstitutionstypus hier nicht finden, so liegt es wahrscheinlich ganz einfach daran, daß er hier nicht aufgeführt ist. Wenn dies der Fall ist, würde es sich vielleicht lohnen, professionellen homöopathischen Rat zu einer Beurteilung einzuholen. Dies ist jedoch nicht nötig, wenn Sie nur lokale Beschwerden behandeln wollen, wie diese im therapeutischen Index am Ende des Buches aufgeführt sind.

Wo auf Haarfarbe, Körperbau und ähnliche Merkmale eingegangen wird, bezieht sich dies selbstverständlich auf die Haarfarbe, bevor Haarausfall oder Ergrauen Ihre äußere Erscheinung verändert haben. Es sei denn, diese Veränderungen hätten vorzeitig stattgefunden, in diesem Falle kann die Veränderung von Bedeutung sein.

5. Des einen Brot, ist des andern Tod

Diese Überschrift ist einer der Eckpfeiler der Homöopathie. Darin steckt in Kürze die Beobachtung, daß Dinge, die dem einen guttun, für einen anderen Menschen schädlich sein können. Wenn es Ihrer Konstitution nicht entspricht, bestimmte Dinge zu mögen oder positiv darauf zu reagieren, so sollten Sie diese vielleicht besser einfach vermeiden.

Sehen wir uns drei Konstitutionstypen im Unterschied zueinander an.

Typus: Calcium carbonicum

Dieser Konstitutionstyp scheint bestimmte Phasen oder potentiell problematische Zeiten zu durchlaufen, wenn er älter wird. Die Betrachtung des Gesamtbildes jedoch sollte einem einen Einblick in die Bedürfnisse dieser Person geben.

Der Calcium-carbonicum-Mensch neigt zu Schlaffheit, wird leicht depressiv und ist allgemein langsam in Gedanken und Bewegung.

Als Kleinkind zahnt er erst spät, aber das Zahnfleisch wird roh, geschwollen und schmerzhaft, bevor die ersten Zähne durchbrechen. Bei jedem Zahn scheinen sie an Zahnungsbeschwerden zu leiden. Sie bekommen Husten, Exantheme und Schübe, in denen sie saure Milch spucken.

Wenn sie etwas älter sind, werden sie pummelig und wollen lieber allein gelassen werden. Man kann das Calcium-carbonicum-Kind hinsetzen, es wird nicht herumkrabbeln, sondern einfach sitzen bleiben, gucken und warten.

Im Erwachsenenalter kann die Pummeligkeit verschwinden, aber das Gesicht wird immer noch etwas schwammig aussehen und der Hals proportional vielleicht etwas zu dünn wirken. Normalerweise jedoch ist es der äußeren Erscheinung nach ein blonder, beleibter, schwammiger Typus. Der Händedruck ist schlaff, die Energie gering. Es besteht Neigung zum Schwitzen, vor allem an Kopf und Brustkorb, auch wenn es nicht heiß ist. Menschen diesen Typs ermüden leicht, klagen über Atemnot bei geringer Anstrengung und können Blähungen im Unterleib bekommen.

Anämie, Gallensteine, Menstruationsbeschwerden, Krämpfe und geschwollene Drüsen bei Infektionen aller Art – für all dies ist der Calcium-carbonicum-Typ anfällig.

Im mittleren Lebensabschnitt sehen wir die Neigung zu chronischem Katarrh und Lungen- oder Bronchialbeschwerden.

Im dritten Lebensabschnitt gehen die oben genannten Leiden mit Stauungen aller Art einher wie etwa Stauungsherzinsuffizienz, chronische Verstopfung der Atemwege und chronische Stuhlverstopfung. Hinzu kommt die Anfälligkeit für Rückenschmerzen, was wiederum Probleme mit der Verkalkung im Stützgewebe des Körpers widerspiegelt.

Und diese Person leidet unter Ängsten. Sie hat Ängste aller Art: vor drohendem Unheil, Entwicklung von Geisteskrankheit und sogar vor dem Tod.

Durch Anstrengung, ob geistig oder körperlich, ist der Calcium-carbonicum-Typ leicht erschöpft. Dies bedeutet nicht, daß diese Menschen eine Aufgabe nicht bewältigen können, das können sie mit Sicherheit, aber es kostet sie viel Kraft. In der Regel ist ihnen frische Luft verhaßt, sie mögen keine Aktivitäten im Freien und erkälten sich leicht.

In frühen Lebensjahren essen sie in der Regel sehr gern Eier, sie sind ihre Lieblingsnahrung, aber auch Speiseeis, Süßigkeiten, rohes Gemüse und «seltsame Dinge» wie kreideartige Mixturen mögen sie gern. Durch Milch geht es ihnen schlechter, sie vertragen sie nicht. Als Babys spucken sie saure Milch, und als Erwachsene leiden sie unter Übelkeit und Gasansammlung im Darm durch Milch und Milchprodukte.

Typus: Arsenicum album

Der Arsenicum-album-Typ ist vollkommen anders als der Calcium-carbonicum-Typ. Diese Menschen sind schnell, rastlos, adrett und extrem ordentlich.

Als Kinder fallen sie durch ihre Ordnungsliebe auf. Andere Kinder werfen alles herum und hinterlassen Räume in Unordnung. Arsenicum-album-Typen falten und stapeln die Dinge sorgfältig und räumen auf. Sie sind nicht gern schmutzig und werden auf Sauberkeit bestehen. Selbst das Baby, das noch nicht sprechen kann, wird zu verstehen geben, daß es nicht in einer feuchten oder beschmutzten Windel sitzen bleiben will.

Mit zunehmendem Alter entwickelt sich der Sinn für Ästhetik. Sie mögen hübsche und schöne Dinge, die sie sammeln und ordnen können. Anders als Calcium-carbonicum-Typen haben sie die Energie, dies zu tun. Aber sie sind pingelig und nervös. Dies prägt sich zunehmend stärker aus, je älter sie werden. Sie machen viel Aufhebens um andere Leute und sorgen sich um sie. Sie organisieren die Familie, machen Arzttermine für sie und mögen es gar nicht, wenn es jemand versäumt, ihre Bemühungen anzuerkennen.

Sie sind unglaublich ordnungsliebend. Sie haben das Gefühl, daß alles einen Platz hat, und sie sorgen dafür, daß es für alles einen Ort gibt. Das Haus muß häufig täglich gereinigt werden. Beim Staubwischen darf nicht gehudelt werden, und alles muß hübsch auf seinen Platz zurückgestellt werden.

Sie sind in jeder Hinsicht überempfindlich. Jede Erkrankung scheint das Schlimmste zu sein, was man nur haben kann. Jeder Schmerz «brennt» richtig. Erstaunlicherweise wird der Brennschmerz nicht etwa durch Kühlung, sondern durch Hitze und Wärme gelindert.

Sie hassen Tabakgeruch. Sie mögen keine starken Gerüche, starken Geschmack und grelles Licht. Dunkelheit kann Unbehagen auslösen, nicht nur wegen des fehlenden Lichtes, sondern weil sie Angst haben, es könnte etwas im Dunkeln lauern. Sie schlafen immer gut zugedeckt, ohne auch nur eine Zehe unter der Decke hervorzustrecken, aber der Kopf darf nie bedeckt sein.

Die Ängste sind ein Berührungspunkt mit dem Calcium-carbonicum-Typ, doch die Ängste können eher in Worte gefaßt werden. Sie können Herzklopfen und regere Darmtätigkeit auslösen.

Fließschnupfen, fließender Durchfall und Erbrechen, lockerer Husten und Asthma sind Erkrankungen, die für Arsenicum-Typen charakteristisch sind, ganz im Unterschied zu dem Stauungsbild von Calcium-carbonicum-Typen. Beschwerden scheinen auch periodisch wiederzukehren, was natürlich mit ihrer ordnungsliebenden Konstitution im Einklang steht.

Andererseits leiden sie häufig an Stuhlverstopfung, aber Obst und Gemüse verursacht seltsamerweise oft eine Verschlimmerung. Sie werden durstig, aber können keine großen Mengen auf einmal trinken, sondern trinken lieber häufig kleine Mengen. Und Fett, was scheinbar gar nicht zu ihrer Pingeligkeit und ihren recht gewählten Gewohnheiten paßt, zählt zu den großen Favoriten.

Typus: Phosphor

Dieser Typus ist mit einem Streichholz vergleichbar. Er ist eher groß, schlank, hat zarte Züge und das Haar kann eine kupferne Färbung haben. Phosphor-Menschen sind gewöhnlich intelligent, künstlerisch veranlagt, empfindsam und manchmal sogar hellsichtig.

Als Kinder sind Phosphor-Menschen warm, liebevoll und leichtgläubig. Sie scheinen grenzenlose Energie zu haben und brechen zusammen, wenn sie müde sind. Wenn dies geschieht, wollen sie ihre Ruhe haben, aber sie haben gern Menschen um sich.

Wenn sie älter werden, treten die künstlerischen Neigungen zutage. Sie werden empfindsamer. Sie spüren Stimmungen, mögen keinen Lärm und bekommen ein bestimmtes «Gefühl», wenn sie jemandem vorgestellt werden. Sie stimmen sich auf die Wellenlänge anderer ein, so daß sie das Gefühl haben, sie zu kennen. Möglicherweise fühlen sie, daß sie voraussagen können, was andere sagen werden.

Sie sind zappelig und können recht ungeduldig sein. Wie ein aufflammendes Streichholz bekommen sie plötzliche Wutanfälle, die sich schnell legen, und es tut ihnen leid. Sie machen sich Sorgen um Dinge. Oft verstehen sie gar nicht, warum. Es ist einfach ein Angstgefühl, das über sie kommt, als würden sie auf eine Stimmung reagieren.

Ihre Zirkulation bringt sie in Verlegenheit. In Gesellschaft können sie stark erröten. Jede Aufregung oder Gefühlserregung erzeugt einen Anflug von Verfärbung, was wieder an das Bild vom Streichholz erinnert.

In der Regel mögen sie keine Feuchtigkeit, halten sich aber lieber im Freien auf. Sie treiben gern Sport, sind aber eher Schönwettersportler, die leicht ermüden.

Durch Leibesübungen fühlen sie sich oft steif, aber es ist eine Steifheit, die auf Massage reagiert. Sie mögen diesen Kontakt.

Müdigkeit bedeutet, daß sie Schlaf brauchen. Ihr Schlaf kann jedoch sehr unruhig sein. Sie neigen dazu, im Schlaf zusammenzuzucken, und bekommen Alpträume. Beim Aufwachen haben sie das Gefühl, mehr Schlaf zu brauchen, andere Beschwerden aber werden im Schlaf besser.

Sie haben u.a. Gelüste auf Salz. Sie lieben salzige, gewürzte Speisen und bevorzugen kalte Getränke. Bei einer Magenverstimmung bekommen sie brennende Schmerzen (wieder das Streichholz), und ein kaltes Getränk verschafft Erleichterung, doch nachdem es im Magen warm wird, entsteht Würgen. Generell jedoch werden die Symptome nach dem Essen gelindert.

Häufig tritt Schleimhautreizung auf. Augen und Nase brennen durch starken Wind und röten sich. Mit dieser Reizung besteht auch Blutungsneigung in jeder Form. Zum Beispiel bekommen sie leicht Nasenbluten nach Aufflackern von Emotionen oder Zorn. Sie leiden unter Hämorrhoiden, Blut im Harn und manchmal Kolitis. Häufig bestehen Menstruationsbeschwerden.

Die Atemwege sind ebenfalls eine Schwäche. Phosphor-Menschen leiden an Husten, Asthma und Pneumonie (= Lungenentzündung). Oft haben sie Verschlimmerungsgefühle durch Rückenlage oder im Liegen auf der betroffenen Seite.

Zu lange Bettlägerigkeit verursacht einen Zusammenbruch des Gewebes. Daher sind Dekubitus (= Wundliegen) und Thrombophlebitis (= Venenentzündung) im dritten Lebensabschnitt häufig.

Durch die drei oben beschriebenen Konstitutionsbilder wird klar, daß diese Typen sehr unterschiedliche Merkmale haben.

Der Calcium-carbonicum-Typ ißt sehr gern Eier, rohes Gemüse und Süßigkeiten, aber ungern Milch. Der Arsenicum-album-Typ liebt Fett und Milch, manchmal Süßigkeiten, aber kann durch Speiseeis, rohes Obst und Gemüse eine Magenverstimmung bekommen. Der Phosphor-Typ mag Salz und Gewürze, fühlt sich nach dem Essen besser, aber bevorzugt nur kalte Getränke. Der Arsenicum-album-Typ hat ebenfalls kalte Getränke gern, aber die Ursache dafür ist, daß sie es nicht mögen, wenn der Mund trocken wird, nicht ein besonders großer Durst.

Körperliche und geistige Aktivität führt bei Calcium-carbonicum-Typen zur Verschlimmerung. Arsenicum-Personen mögen geistige Arbeit gern, körperliche Aktivitäten müssen gemäßigt und geregelt sein. Spontane, öffentlich zugängliche Aktionen liegen ihnen nicht. Der Phosphor-Typ steht recht gern im Rampenlicht, solange die Umstände stimmen.

Einige Fälle

Hier sind nur ein paar Fallbeispiele dafür, wie verschiedene Konstitutionstypen unterschiedliche Nahrungsmittelverlangen, Reaktionen und Bedürfnisse haben. Was wir bisher allgemein besprochen haben, wollen wir uns nun anhand einiger Fälle veranschaulichen.

Frau S.C., 63 Jahre alt, mit 61 verwitwet. Nach der Trauer um ihren verstorbenen Ehemann entwickelte sie dröhnende Kopfschmerzen und hohen Blutdruck. Sie erhielt blutdrucksenkende Medikamente und eine salzfreie Diät. Das Einhalten der Diät war ein Kampf, sie entwickelte Gelüste auf Käse, Kartoffelchips, geräucherten Fisch und andere sehr salzhaltige Nahrungsmittel. Die Kopfschmerzen wurden zunehmend stärker, und sie wurde immer depressiver und fing an, unter Rückenschmerzen zu leiden.

Sie wurde als Natrium-muriaticum-Typ diagnostiziert, ein klassischer Fall für jemanden, der starkes Verlangen nach Salz hat. Es wurde ihr gestattet, ihre normalen Ernährungsgewohnheiten wieder aufzunehmen, die Kopfschmerzen nahmen ab, Rückenschmerzen und Depressionen wurden besser. Der Blutdruck wurde durch das Salz in der Ernährung nicht negativ beeinflußt, die blutdrucksenkende Medikation wurde beibehalten.

Die Behandlung mit Natrium muriaticum in hoher Potenz beseitigte die übrigen Kopfschmerzen.

Herr R.J., 72 Jahre alt, Anwalt im Ruhestand, erlitt nach der Entfernung einer Wucherung in seiner Blase einen Herzanfall. Nach seiner Entlassung aus dem Krankenhaus begann er unter Anfällen von plötzlichem Blutdruckabfall und Herzklopfen zu leiden. Er wurde wieder ins Krankenhaus eingewiesen, erhielt diverse Medikamente und eine strenge Diät ohne Tee, Kaffee und Zigarren.

Zwar besserten sich seine Herzbeschwerden, aber er wurde sehr gereizt, bekam Warzen auf den Händen und der Nase. Er vermißte seinen Tee, von dem er sonst bis zu zehn Tassen täglich trank.

Seine Diagnose war Thuja occidentalis. Er durfte seinen Tee trinken, was den Zustand des Herzens nicht weiter beeinträchtigte, und er wurde mit Thuja in Hochpotenz behandelt. Seine Reizbarkeit wurde besser, ebenso die Warzen, die recht spontan im Verlauf der nachfolgenden sechs Wochen verschwanden.

Herr E.P., 57 Jahre alt, Büroangestellter. Eine medizinische Routineuntersuchung ergab Arcus senilis (Greisenbogen), einen weißen Ring unmittelbar innerhalb des Randes seiner Iris. Dies ist manchmal ein Begleitsymptom von einem erhöhten Fettgehalt im Blut. Demnach wurde eine Blutuntersuchung durchgeführt, die einen erhöhten Cholesterinspiegel bestätigte. Ihm wurde geraten, seinen Fettkonsum einzuschränken und eine sanfte sportliche Betätigung aufzunehmen.

Innerhalb von wenigen Wochen begann er über Angst, Reizbarkeit, seltsame, durchdringende Schmerzen im Hals und im Rektum zu klagen. Eine Untersuchung ergab Hämorrhoiden, die auf lindernde Salben und Zäpfchen nicht reagierten.

Er wurde als Acidum-nitricum-Typ diagnostiziert, die Fetteinschränkung wurde aufgehoben und seine Symptome besserten sich und verschwanden nach der Behandlung mit dem Mittel in hoher Potenz.

Frau L.W., 88 Jahre alt, Krankenschwester im Ruhestand. Bis zum Alter von 80 war sie recht unabhängig gewesen, dann zog sie in ein Altenpflegeheim. Sie blieb gern für sich, war ängstlich bei Begegnung mit anderen Menschen, aber wirkte immer recht heiter. Sie war stolz und adrett, so war es ihr peinlich, als sie eine nächtliche Inkontinenz entwickelte. Sie begann mürrisch zu werden.

Schlaf war für sie immer ein Problem gewesen, also neigte sie dazu, tagsüber kurze Nickerchen zu halten. Das Personal im Pflegeheim versuchte, sie an ein regelmäßiges Schlafmuster zu gewöhnen, die Nickerchen einzustellen und vor dem Schlafengehen noch einmal die Blase zu entleeren. Ihr Problem mit der Inkontinenz wurde schlimmer, ebenso ihre mürrische Stimmung.

Sie wurde als Causticum-Typ diagnostiziert. Ihr wurde gestattet zu schlafen, wann sie wollte, und sie bekam Causticum, was ihre Stimmung, die Inkontinenz und ihren Schlafzyklus besserte.

Frau T.T., 72 Jahre alt, war auf Glatteis ausgerutscht und gestürzt und hatte sich dabei die linke Hüfte gebrochen. Nach der Operation war sie gezwungen zu ruhen, sie wurde sehr depressiv, litt unter Energiemangel und zog sich von ihrer Familie zurück. Nichts, was ihre Angehörigen unternahmen, schien ihr zu helfen. Was ihre Tochter besonders belastete, war, daß sie allen gegenüber gleichgültig wurde, ganz besonders ihrem Ehemann gegenüber, der sie trotz eigener Herzbeschwerden versorgte.

Bis zu dem Unfall war sie gern Kegeln und Tanzen gegangen. Die erzwungene Ruhe bekam ihr schlecht, und sie wurde ermutigt, so bald wie möglich wieder aktiv zu werden. Der erste Ausflug in den Kegelklub bewirkte eine rasche, wenn auch kurzlebige Besserung in ihrer Stimmung und Haltung. Sie wurde als Sepia-Typ diagnostiziert und bekam eine entsprechende Dosis. Die Besserung wurde von der ganzen Familie begrüßt.

Aus den oben aufgeführten Fallbeispielen sollte klar werden, daß Menschen unterschiedliche Bedürfnisse haben. Wenn man sich zwingt, einen bestimmten eingeschränkten Ernährungsplan einzuhalten, kann dies bedeuten, daß man seinen konstitutionsbedingten Bedürfnissen zuwider handelt. Dies heißt nicht, daß man wählerisch sein soll, sondern daß man sich um eine ausgewogene Ernährung bemühen und dabei gleichzeitig die Konstitution berücksichtigen sollte. Mit anderen Worten, wenn es Ihrer Natur entspricht, Gelüste auf ein bestimmtes Nahrungsmittel zu haben, verbannen Sie es nicht vollständig aus Ihrem Speiseplan. Wenn Sie eine besondere Abneigung gegen bestimmte Nahrungsmittel haben, machen Sie diese nicht zu einem Ihrer Grundnahrungsmittel – wenn überhaupt. Es gibt immer Alternativen. Denken Sie daran, Essen sollte Spaß machen. Sehen wir uns einige Beispiele an.

Salz

Aus allen möglichen unberechtigten Gründen wird Menschen eine salzfreie Diät verordnet. Ursachen können u.a. Wasseransammlung im Gewebe, hoher Blutdruck oder Unterschenkelgeschwüre sein. Die Einstellung der Salzeinnahme kann das Verlangen nach stark gesalzenen Nahrungsmitteln wie konserviertem oder geräuchertem Fleisch und Fisch, Käse, Suppen, Hefeextrakten, Kartoffelchips und pikanten Dingen nur verstärken. Eine Totalreduktion kann das ganze Gleichgewicht in Aufruhr versetzen, wie bei dem ersten Fall, der oben erwähnt ist.

(Natrium-muriaticum-, Acidum-nitricum- und Phosphor-Typen mögen alle sehr gern Salz.)

Milch und Milchprodukte

Milchdiäten werden traditionell Personen verordnet, die an einem Zwölffingerdarmgeschwür leiden. Viele Antazida (= Magensäure bindende Arzneimittel) werden auch aus Milchprodukten hergestellt. Personen mit einer Aversion gegen Milch können durch eine solche Diät eine Verschlimmerung erleiden.

(Natrium-carbonicum-Typen und Lac-defloratum-Typen hassen Milch. Calcium-carbonicum- und Phosphor-Typen vertragen keine Milch und können durch gekochte Milch Verdauungsstörungen bekommen.)

Fette
China-, Petroleum- und Pulsatilla-Typen hassen Fett, Arsenicum-album-, Hepar-sulfuricum-, Acidum-nitricum-, Nux-vomica- und Sulfur-Typen mögen es alle. Man sollte vorsichtig sein, wenn man Fett vollständig aus dem Speiseplan ausschließt, wenn es sich um eine Person handelt, die konstitutionsbedingt gern Fett ißt.

Eine ausgewogene Ernährung im dritten Lebensabschnitt

Im dritten Lebensabschnitt braucht der Mensch gesunde Nahrung. Worin diese jedoch besteht, war nie ganz klar. 1965 hieß es in einem Bericht von einer Untersuchung der King Edward Krankenhausstiftung über die Ernährung älterer alleinstehender Frauen, daß «die genauen Ernährungsbedürfnisse älterer Menschen unbekannt sind», und ein Viertel Jahrhundert später ist der Wissensstand immer noch verschwommen.

Ich glaube nicht, daß es eine ideale Diät für Menschen im dritten Lebensabschnitt gibt. Schließlich sprechen wir über eine Gruppe von Menschen, die von sehr gesunden und aktiven Personen bis hin zu Kranken und Gebrechlichen alles umfaßt. Meiner Ansicht nach hat die Ernährung dreierlei zum Ziel:

Vermeidung von Fettleibigkeit
Vermeidung von Mangelzuständen
Vermeidung von Stuhlverstopfung

Eine ausgewogene Ernährung sollte eine angemessene Menge aller wesentlichen Nährstoffe und genügend Ballaststoffe enthalten, um Stuhlverstopfung zu verhindern. Natürlich sollte berücksichtigt werden, daß der Energieverbrauch im dritten Lebensabschnitt abnimmt, vor allem weil wir weniger aktiv und energiegeladen sind, darum muß man darauf achten, daß die Nahrungsaufnahme den Verbrauch nicht übersteigt, sonst wird man fettleibig.

Protein

Es ist wichtig, Eiweiß in angemessener Menge aus Nahrungsmitteln wie magerem Fleisch, Eiern, Milchprodukten, Bohnen, Soja, Mais und Erbsen zu sich zu nehmen. Eine Portion mageres Fleisch oder Geflügel pro Tag oder an den meisten Tagen wäre akzeptabel. Höchstens drei bis vier Eier sollten in der Woche gegessen werden.

Soja, Linsen und andere Hülsenfrüchte sind besonders für Frauen im dritten Lebensabschnitt zu empfehlen, da diese viel pflanzliches Östrogen enthalten. Dies kann bei allerlei Beschwerden während und nach der Menopause hilfreich sein. (s. Kapitel 14)

Fett

Trotz aller Aufrufe, Fett im Speiseplan zu vermeiden, ist etwas Fett notwendig. Ja, im dritten Lebensabschnitt ist es sogar wichtig, sonst können Mangelerscheinungen der fettlöslichen Vitamine auftreten. Dazu gehören: Vitamin A, welches wesentlich zum Erhalt der Schleimhäute in Augen, Ohren, Nase, Hals, Lungen und Blase beiträgt; Vitamin D, welches für die Kalziumaufnahme und daher für den Zustand des Skeletts unerläßlich ist; Vitamin E, ein Antioxidans, das zum Erhalt der Zellmembrane lebensnotwendig ist; und Vitamin K, das für den Blutgerinnungsvorgang benötigt wird.

Fetter Fisch wie Lachs, Forelle, Makrele und Sardinen sind ausgezeichnete Lieferanten für Fett und das fettlösliche

Vitamin D. Kalt gepreßtes Olivenöl in Salaten ist ebenfalls eine ausgesprochen gute Quelle.

Kohlehydrate

Dies sind Nahrungsmittel, die viel Energie liefern. Man kann vermutlich Zucker einschränken und versuchen, alle Kohlehydrate in unraffinierter, ballaststoffreicher Form aufzunehmen. Zum Beispiel Bohnen, Linsen, alles Gemüse und Vollkornbrot gehören dazu. Sie sind ausgezeichnet dazu geeignet, Stuhlverstopfung zu verhüten, und sollten reichlich gegessen werden.

Antioxydantien

Im ersten Kapitel habe ich die Freie-Radikale-Theorie erwähnt. Man nimmt an, daß in allen Stoffwechselvorgängen Moleküle mit unpaarigen Elektronen freigesetzt werden. Diese «freien Radikale», so lautet die Annahme, fördern die Oxidation, die DNS, Zellmembrane, Enzyme, Proteine und Fettmoleküle schädigen kann. Es ist ein Prozeß, der dem Vorgang ähnelt, wenn ein Gummiband morsch wird.

Je älter man wird, desto mehr finden derartige Vorgänge statt, verbunden mit entsprechend stärkerer Schädigung von Zellen und biologischen Strukturen im ganzen Körper.

Man nimmt auch an, daß oxidationshemmende Stoffe einen gewissen Schutz gegen die freien radikalen Reaktionen bieten. Natürliche Antioxidantien sind: Vitamin E, Karotin (Bezeichnung für eine Gruppe von Stoffen, die vom Körper in Vitamin A umgewandelt werden können), diverse Enzyme und Vitamin C. Die Hauptquellen dafür sind Nüsse, Obst und Gemüse, vor allem roh. Besonders reichhaltig sind viele der Früchte mit leuchtend orangener Farbe wie Karotten, Aprikosen, Kürbis und Honigmelone. All diese sollten reichlich gegessen werden. Eine Studie, die mit 34000 Personen in

Amerika durchgeführt wurde, hat gezeigt, daß sich bei Personen, die fünfmal pro Woche eine Hand voll Nüsse (Erdnüsse, Mandeln oder Walnüsse) aßen, das Herzinfarktrisiko im Vergleich zu denen, die nur einmal pro Woche Nüsse aßen, um die Hälfte verringerte.

Eine Hand voll Nüsse pro Tag ist daher eine gute Ergänzung zu Ihrem Speiseplan.

Leibesübungen im dritten Lebensabschnitt

Ebenso wenig wie man bei der Ernährung dogmatisch sein kann, läßt sich sagen, wieviel körperliche Bewegung für Personen im dritten Lebensabschnitt ideal ist. Mäßigkeit scheint das Schlüsselwort zu sein.

Eine neunjährige Studie mit Männern im Alter von 40 bis 59, durchgeführt von der britischen Herzstiftung, untersuchte 8000 Männer, um festzustellen, ob Leibesübungen zu einer Verringerung des Herzinfarkt- und Schlaganfallrisikos beitragen. Die Schlußfolgerung war, daß Leibesübungen in Maßen (eine Runde Golf oder einmal Schwimmen pro Woche, Gartenarbeit am Wochenende u.ä.) zur Reduzierung des Risikos eines Herzinfarkts oder Schlaganfalls beitragen. Intensive körperliche Betätigung, so die Studie, reduzierte das Schlaganfallrisiko noch weiter, aber erhöhte die Gefahr eines Herzinfarkts.

Im dritten Lebensabschnitt ist es wichtig, daß man keine allzu anstrengenden Sportarten ausübt. Man sollte seine neuen Grenzen kennenlernen und sie nicht überschreiten. Doch auch hier ist es wichtig, die Konstitution in Betracht zu ziehen und die Aktivitäten der einzelnen Person anzupassen. Leibesübungen können für Menschen mit sitzender Lebensweise schädlich sein, ebenso wie es problematisch sein kann, Menschen, denen es durch Bewegung besser geht, Ruhe aufzuzwingen.

II. TEIL

Allgemeine Beschwerden im dritten Lebensabschnitt

6. Man ist nur so alt, wie man sich fühlt

Schenken Sie der Krankheit keine Beachtung, denken Sie nur an die Lebenseinstellung der leidenden Person.
(Dr. Edward Bach)

Menschen haben eine unterschiedliche Lebenseinstellung. Zum Beispiel gibt es Optimismus und Pessimismus; Löwenherzen und Hasenfüße; Entschlußfreudige und Wankelmütige. Manchmal ist die Einstellung angeboren und manchmal erworben. Die Art, wie wir uns fühlen, hat viel damit zu tun, wie wir leben, älter werden und sterben.

Im vierten Kapitel habe ich angesprochen, wie außerordentlich wichtig die geistig-emotionalen Symptome sind, wenn man versucht, das Konstitutionsmittel zu erarbeiten. Von diesem Standpunkt aus entwickelte Dr. Edward Bach, ein angesehener homöopathischer Arzt und Bakteriologe, in den 30er Jahren seine berühmten Bachblüten.

Der Keim dieser Idee entstand 1928, als er sein historisches Werk an den Darmnosoden beendete. Anläßlich eines Banketts fiel ihm zufällig auf, daß viele der anwesenden Personen in verschiedene Gruppen eingeteilt werden konnten, je nachdem, wie sie sich benahmen, wie sie aßen und redeten und welche Körpersprache sie verwendeten. Kurzum, er ging in Gedanken den Prozeß der homöopathischen Diagnose durch, allerdings mit der Absicht, Menschen in geistig-emotionale Gruppen einzuteilen anstatt in Arzneimitteltypen. Es dauerte nicht lange, bis er zu dem Schluß kam, daß bestimmte Typen unter bestimmten negativen Gemütszuständen litten und daß dies mit der Zeit ihre Vitalität so beeinflußte, daß sie Krankheiten entwickelten.

Edward Bach war so sehr von der Wichtigkeit dieses Ansatzes überzeugt, daß er 1930 seine Praxis aufgab und den Rest seines Lebens der Entdeckung geeigneter Heilmittel widmete, die diese negativen Gemütszustände heilen könnten. Seine Theorie war die, daß die Vitalität durch Korrektur des negativen Zustandes wiederhergestellt und dem Körper somit ermöglicht werde, sich selbst zu heilen.

Ich hege keinerlei Zweifel daran, daß unsere Gefühle unser ganzes Dasein beeinflussen. Wenn man aus dem Gleichgewicht gerät, schleichen sich negative Gemütszustände ein. Dies sind entweder Gemütszustände, die mit der Persönlichkeit zu tun haben, oder es sind vorübergehende Gemütsverfassungen, die durch Lebensumstände und bestimmte Situationen hervorgerufen werden.

Nehmen wir zum Beispiel einen Mann, dem es allgemein an Selbstvertrauen fehlt und der plötzlich in die Situation kommt, daß er eine öffentliche Rede halten muß. Sein Mangel an Selbstvertrauen läßt ihn daran zweifeln, daß er dieser Aufgabe gewachsen ist. Im weiteren Verlauf des Tages wächst seine Angst zunehmend. Er kann weder essen noch schlafen und denkt nur noch an die bevorstehende Rede. In dieser Situation ist der Mangel an Selbstvertrauen der Persönlichkeitstypus und das Angstgefühl die Reaktion auf die Tatsache, daß er in der Öffentlichkeit reden muß.

Wie wir gleich sehen werden, würde man *Larch* für seinen Mangel an Selbstvertrauen und *Mimulus* für seine spezifische Angst, in der Öffentlichkeit zu reden, in Betracht ziehen.

Der dritte Lebensabschnitt ist eine Zeit, in der man mit allerlei Ereignissen, die das Leben mit sich bringt, konfrontiert werden kann. Ruhestand, Trauer, Krankheit, Isolation – all dies kann unsere Lebenseinstellung beeinflussen. Es kann uns ängstlich, zornig, deprimiert, ungeduldig oder auf vielerlei andere Art einfach unglücklich machen. Diese negativen Gemütsverfassungen ändern unser gesamtes Wohlbefinden, sie führen dazu, daß wir uns krank und alt fühlen. Edward Bachs Methode war es, sich auf diese Lebenseinstellung zu konzentrieren und sie mit dem passenden Blütenmittel zu behandeln.

Die Bachblüten

Dr. Bach entdeckte 38 Heilmittel, die er in die folgenden sieben Gruppen einteilte, je nach dem emotionalen Zustand, den sie heilen können:

Furcht
Unsicherheit
Mangel an Interesse an gegenwärtigen Umständen
Einsamkeit
Überempfindlichkeit gegen Einflüsse und Gedanken
Niedergeschlagenheit oder Verzweiflung
übermäßige Sorge um das Wohlergehen anderer

Die Hauptindikationen für die Heilmittel in jeder Gruppe lauten wie folgt:

Gegen Furcht

Rock Rose *(Gelbes Sonnenröschen)*	Ein Notfallmittel für Entsetzen oder Panik.

Mimulus *(Gefleckte Gauklerblume)*	Für schüchterne, furchtsame Typen. Furcht vor bestimmten Dingen.
Cherry Plum *(Kirschpflaume)*	Bei Furcht, den Verstand oder die Beherrschung zu verlieren. Furcht, daß man anderen Schaden zufügen könnte.
Aspen *(Espe, Zitterpappel)*	Bei Furcht aus unbekannter Ursache.

Gegen Unsicherheit

Cerato *(Bleiwurz, Hornkraut)*	Für diejenigen, die an ihrer eigenen Urteilsfähigkeit zweifeln. Sie fragen immer andere Menschen nach deren Meinung.
Scleranthus *(Einjähriges Knäuel)*	Für ruhige, selbstbezogene Typen. Es fällt ihnen schwer, Entscheidungen zu treffen. Sie sind Stimmungsschwankungen unterworfen.
Gentian *(Herbstenzian)*	Für diejenigen, die leicht entmutigt sind und niedergeschlagen, bedrückt und mutlos werden.
Gorse *(Stechginster)*	Für diejenigen, die unter äußerster Verzweiflung leiden.
Hornbeam *(Hain- oder Weißbuche)*	Bei geistiger und körperlicher Erschöpfung. Für diejenigen, die zögern. Gegen das «Montagmorgengefühl».
Wild Oat *(Waldtrespe)*	Für die Unschlüssigen. Hilfreich bei der Erstellung von Zukunftsplänen.

Bei Mangel an Interesse an gegenwärtigen Umständen

Clematis *(Weiße Waldrebe)*	Für verträumte, unaufmerksame Menschen, die in ihrer eigenen Welt zu leben scheinen und immer von der Zukunft träumen. Sie sind unglücklich in der realen Welt und wollen entfliehen.
Honeysuckle *(Geißblatt, Jelängergelieber)*	Für diejenigen, die in der Vergangenheit leben.
Wild Rose *(Hecken-, Zaun-, Apfelrose)*	Für diejenigen, die einfach «dahintreiben», ohne sich darum zu bemühen, Freude zu finden oder Dinge zu verbessern. Sie werden apathisch.
Olive *(Olive)*	Für diejenigen, die geistig und körperlich ausgelaugt sind. Alles wird ihnen zu anstrengend.
White Chestnut *(Roßkastanie der weiße Kastanie)*	Für diejenigen, die sich nicht von unerwünschten Gedanken lösen können. Sie summen ihnen im Kopf herum.
Mustard *(Wilder Senf)*	Für diejenigen, die düstere, trübsinnige Phasen haben. Das Gefühl kann über sie hereinbrechen wie ein fallender Vorhang und sie ohne ersichtlichen Grund in eine tiefe Depression stürzen.
Chestnut Bud *(Knospe oder Roßkastanie)*	Für diejenigen, die aus ihren Erfahrungen nichts lernen.

Gegen Einsamkeit

Water Violet *(Sumpfwasserfeder)*	Für sehr ruhige, unabhängige Menschen. Sie wollen gern allein gelassen werden. Oft sehr intelligent.
Impatiens *(Springkraut)*	Bei Ungeduld und Reizbarkeit. Sie wollen alles schnell erledigt haben. Sie tolerieren keine Langsamkeit bei anderen.
Heather *(Heidekraut)*	Für diejenigen, die völlig selbstbezogen sind. Sie suchen jede verfügbare Gesellschaft, weil sie es hassen, allein gelassen zu werden. Sie reden mit jedem über ihre Probleme.

Bei Überempfindlichkeit gegen Einflüsse und Gedanken

Agrimony *(Kleiner Odermennig)*	Für diejenigen, die versuchen, nach außen weiterhin heiter zu wirken, auch wenn sie innerlich beträchtliche Qualen erleiden. Vielleicht trinken sie zu viel, um ihre Situation zu bewältigen.
Centaury *(Tausendgüldenkraut)*	Für diejenigen, die Schwierigkeiten haben, «nein» zu sagen. Sie lassen sich von anderen herumkommandieren. Sie sind furchtsam und haben einen schwachen Willen.
Walnut *(Walnuß)*	Für all diejenigen, die durch starke Fesseln an die Vergangenheit, Familie oder Gewohnheiten gebunden sind. Für dieje-

	nigen, die Hilfe brauchen, um Veränderungen im Leben zu bewältigen.
Holly *(Stechpalme)*	Für diejenigen, die unter Eifersucht, Mißtrauen und Zorn leiden. Für intensive negative Gefühle wie «Haß».

Gegen Niedergeschlagenheit oder Verzweiflung

Larch *(Lärche)*	Für diejenigen, die mangelndes Selbstvertrauen haben und immer Fehlschläge erwarten.
Pine *(Kiefer)*	Für diejenigen, die Schuldgefühle haben und sich selbst für alles Vorwürfe machen.
Elm *(Ulme)*	Für diejenigen, die sich durch Verantwortung überlastet fühlen.
Sweet Chestnut *(Eß- oder Edelkastanie)*	Für diejenigen, die das Gefühl haben, die Grenzen des Erträglichen seien überschritten und es bleibe einem nur das Vergessen.
Star of Bethlehem *(Goldiger Milchstern)*	Gegen den Schock aufgrund schlimmer Nachrichten, gegen den Schreck nach einem Unfall, einem Trauerfall usw.
Willow *(Gelbe Weide)*	Für diejenigen, die Selbstmitleid haben.
Oak *(Eiche)*	Für diejenigen, die trotz widriger Umstände tapfer weiterkämpfen, auch wenn alles hoffnungslos erscheint. Sie werden ungehalten, wenn Krankheit sie an der Er-

füllung ihrer Pflichten oder bei der Unterstützung anderer behindert.

Crab Apple *(Holzapfel)* — Das Reinigungsmittel. Für diejenigen, die sich unsauber fühlen und angeekelt sind. Sie schämen sich ihres Körpers und ihrer Krankheit.

Gegen übermäßige Sorge um das Wohlergehen anderer

Chicory *(Wegwarte)* — Für diejenigen, die übermäßig besitzergreifend sind. Sie wollen, daß andere sich an ihre Maßstäbe anpassen. Sie können andere kritisieren und sich selbst zu Märtyrern machen. Sie können Krankheit vortäuschen oder übertreiben, um die Kontrolle über andere zu behalten.

Vervain *(Eisenkraut)* — Für den Fanatiker, Perfektionisten und Eiferer. Sie sind rigide, ändern niemals ihre Meinung und wollen andere von ihren Ansichten überzeugen. Durch scheinbare Ungerechtigkeiten werden sie angestachelt.

Vine *(Weinrebe)* — Für den ruchlosen, herrschsüchtigen Tyrannen. Sie sind machthungrig und gute Führungspersonen.

Beech *(Rotbuche)* — Für kritische und intolerante Typen. Sie neigen zu Arroganz.

Rock Water *(Quellwasser)* — Für selbstdisziplinierte Menschen, die vielleicht sich selbst gegenüber zu streng sind. Sie können sich überarbeiten und versagen sich manches, wenn ihre Arbeit durch «Leichtfertigkeiten» unterbrochen wird.

Die Notfalltropfen

Ein äußerst nützliches Kombinationsmittel wurde auch von Dr. Bach hergestellt, um mit den emotionalen Folgen eines Schocks beliebiger Ursache fertig zu werden. Es besteht aus Star of Bethlehem gegen Schock; Rock Rose gegen Entsetzen und Panik; Impatiens gegen Spannung und Streß; Cherry Plum gegen Verzweiflung und Clematis gegen Schwächegefühl.

Es ist nützlich, sie während der Trauerzeit einzunehmen, gegen Lampenfieber, nach Traumata sowohl körperlicher als auch seelischer Natur und in akuten Schocksituationen jeder Art.

Bei meiner täglichen Arbeit habe ich immer eine Flasche Notfalltropfen in der Tasche.

Einnahme der Bachblüten

Vorratsflaschen der Bachblütentropfen sind in vielen Apotheken, Drogerien und Reformhäusern erhältlich. Die Anschaffung eines vollständigen Satzes aller 38 Blütentropfen ist nicht nötig, da man normalerweise die Persönlichkeit oder das Temperament des einzelnen und die Einstellung, zu der man neigt, bestimmen kann.

Bei vorübergehenden negativen Gemütsverfassungen sollte man 2 Tropfen des passenden Mittels in Wasser oder frischem Fruchtsaft in kleinen Schlucken einnehmen. Wenn das korrekte Mittel gewählt wurde, dann kann dies alles sein, was benötigt wird. Andererseits kann man eine kleine 30 ml-Flasche herstellen, indem man 2 Tropfen aus der Vorratsflasche hineingibt und mit natürlichem Quellwasser auffüllt. Die Dosis verabreicht man dann in 4 Tropfen direkt auf die Zunge, viermal täglich oder sooft wie nötig, bis der negative Gefühlszustand verschwindet.

Mehrere Mittel können gleichzeitig verdünnt aus einer 30 ml-Flasche eingenommen werden, maximal bis zu 6 Blütenmitteln. Der Erfolg ist jedoch am größten, wenn man die kleinstmögliche Zahl zur gleichen Zeit verwendet.

Bei Notfalltropfen nehme man 4 Tropfen, ganz gleich, ob man sie allein verwendet oder in Kombination mit anderen Blüten. Im letzteren Fall können sie wie eine Einzelblüte gerechnet werden.

Ich finde, daß eine Tasse des geeigneten Mittels morgens direkt nach dem Aufwachen, nachdem man seine Gefühle analysiert hat, Wunder wirken kann.

Die Blütentropfen sind vollkommen unbedenklich, und es besteht keine Gefahr von Störungen bei gleichzeitiger Einnahme von Medikamenten oder anderen homöopathischen Arzneimitteln.

Situationen, welche die gefühlsmäßige Verfassung beeinflussen können

Es gibt viele Situationen und Ereignisse im dritten Lebensabschnitt, die eine negative Gemütsverfassung auslösen können. Wir wollen nun einige der Bachblüten und homöopathischen Arzneimittel betrachten, die hilfreich sein können. Von den homöopathischen Mittel kann man jeweils ein paar Dosen entweder in der C 6 oder C 30 geben.

Unfälle

Um mit dem Schock eines persönlichen Traumas, ob körperlich oder psychisch, fertigzuwerden oder um schlimme Nachrichten besser zu bewältigen.

Bachblüten: *Star of Bethlehem* ist ausgezeichnet nach der Nachricht von einem Unfall. Die *Notfalltropfen* sind ein allgemeineres Mittel. Sie gehören in jede Hausapotheke.

Aconitum – Nach jedem Unfall, bei dem ein Schockzustand besteht und man sich erschreckt und gereizt fühlt.

Arnica – Nach jeder Verletzung mit Prellungen.

Ignatia – Nach Ohnmachtsanfall durch den Anblick von Blut bei einem Unfall. Wenn man nach schlimmen Nachrichten krank wird.

Trauer

Bachblüten: Denken Sie am Anfang an *Star of Bethlehem.* Berücksichtigen Sie außerdem die Lebenseinstellung während der Trauerzeit. Folgende Gemütszustände können entstehen: Zorn (*Holly*), eine Neigung, in der Vergangenheit zu leben (*Honeysuckle*), Depression (*Mustard*), Schuldgefühle (*Pine*), Schwierigkeit, die Trauer zu bewältigen (*Walnut*). All dies sind Beispiele, die Gemütsverfassung muß im Einzelfall beurteilt und entsprechend behandelt werden.

Aurum metallicum – Wenn die Trauer ständige Gedanken an Tod und Selbstmord verursacht. Eine Krankheit kann durch die Trauer erzeugt werden.

Causticum – Wenn die Trauer andere Beschwerden verursacht. Kann in der eigenen Trauer gereizt sein, aber bei der Trauer anderer sehr mitfühlend.

Ignatia – Wenn eine hysterische Reaktion entsteht. Wenn man an der Trauer zerbricht, einfach nur dasitzt und viel seufzt. Schlimmer durch Mitgefühl.

Natrium muriaticum – Wenn die Trauer lange angehalten hat oder wenn Beschwerden nach dem Trauerfall angefangen haben. Kann etwas überempfindlich sein. Schlimmer durch Mitgefühl. Kann unter hämmernden Kopfschmerzen leiden.

Pulsatilla – Für schüchterne Personen, denen es durch Mitgefühl besser geht. Sehr weinerlich, brechen durch jede Erinnerung, traurige Musik usw. in Tränen aus.

Schwere Krankheit

Manche Menschen werden mit einer schweren Krankheit spielend fertig, andere welken dahin, wieder andere fürchten um ihr Leben. Hier sind die Folgeerscheinungen von Herzinfarkt, Schlaganfall, Operationen und jeder Art von schwerem Trauma zu berücksichtigen.

Bachblüten: Bei Entsetzen und Panik (*Rock Rose* oder *Notfalltropfen*); Furcht vor der Krankheit oder vor den Schmerzen (*Mimulus*); Zweifel an der Genesung (*Gorse*); völlige Erschöpfung (*Olive*); Depression (*Mustard*); völlige Introspektion in bezug auf die «Krankheit» und das «Problem» (*Heather*) Schwierigkeit, es zu akzeptieren (*Walnut*).

Aconitum – Wenn man über die Situation schockiert ist und Angst vor dem Tod hat.

Arsenicum album – Wenn alles am schlimmsten ist. Wenn extreme Ruhelosigkeit und Zweifel an der Genesung herrschen.

Kalium phosphoricum – Energiemangel und sehr starke Anspannung und Nervosität.

Pulsatilla – Wenn Furcht vor dem Tod besteht und mit strömenden Tränen einhergeht.

Staphisagria – Wenn die Krankheit mit Zorn einhergeht.

Ruhestand

Das beste Heilmittel für den Ruhestand ist Vorbereitung. Trotz der besten Absichten ist dies für manche Menschen eine traumatische Zeit.

Bachblüten: Wieder muß die Einstellung abgeschätzt werden. Abbrechen der Verbindungen (*Walnut*) ist oft nötig, ebenso Bestimmen, was man als nächstes tun soll (*Wild Oat*). Manche Leute finden es schwierig, eine Entscheidung zu treffen (*Scleranthus*), andere müssen aufhören, sich selbst zu bemitleiden (*Willow*). Groll darüber, daß man nicht mehr Teil der Arbeitenden ist, kommt auch häufig vor (*Holly*).

Bryonia – Wenn man hauptsächlich über Arbeit und geschäftliche Dinge redet.

Ferrum metallicum – Wenn es einem durch geistige Anstrengung besser geht.

Sepia – Wenn man immer beschäftigt sein muß. Gefühl der Gleichgültigkeit anderen gegenüber. Wenn man bei körperlicher Beschäftigung lebendig wird.

Meiner Ansicht nach lohnt es sich, sich mit den Bachblüten vertraut zu machen und sie gut kennenzulernen. Sie sind der Hauptbestandteil meiner therapeutischen Hilfsmittel für psychische und emotionale Zustände aller Art. Umsichtig verwendet, schenken sie Wohlbefinden und setzen hoffentlich den Sorgen über das Älterwerden ein Ende.

Empfohlene Lektüre: Dr. Edward Bach, *Von der Homöopathie zur Bachblütentherapie,* Grafing, 1988.

7. Der Segen des Schlafs

Gesegnet sei der, welcher den Schlaf erfunden hat,
den Umhang, der alle menschlichen Gedanken einhüllt.
Don Quixote (Miguel de Cervantes)

Einem Verrückten wie dem geschätzten Don Quixote muß der Umhang des Schlafes tatsächlich als ein willkommenes Nachtgewand erschienen sein. Unglücklicherweise kann der Schlaf für die meisten Menschen im dritten Lebensabschnitt ein flüchtiger Schmetterling sein.

Normaler Schlaf und Schlaflosigkeit

Forschungen in Schlaflaboratorien haben gezeigt, daß ein junger Erwachsener während ununterbrochenen Schlafes vier zunehmend tiefere Schlafstadien mit «non-rapid eye movement» (= langsame Augenbewegung) (NREM Schlaf) durchläuft, begleitet von langsamer Wellentätigkeit auf dem Elektroenzephalogramm (EEG oder Hirnwellenmessung). Nach etwa 90 Minuten tritt man in die erste Phase von REM Schlaf ein (rapid eye movement = rasche Augenbewegung), dann erschlaffen die Muskeln und Träume treten auf. Diese REM-Phasen kehren während einer Schlafdauer von 7-8 Stunden etwa fünfmal wieder und nehmen etwa 25 Prozent der gesamten Schlafenszeit in Anspruch. Die Schlafdauer kann jedoch nicht mit «gutem Schlaf» gleichgesetzt werden. Manche Menschen wachen nach nur vier- bis fünfstündigem Schlaf erfrischt auf, manche sind nicht erholt, bevor sie nicht «volle acht Stunden» ununterbrochen geschlafen haben. Insomnie oder Schlaflosigkeit ist daher eine subjektives Problem.

Eine vernünftige Definition von Insomnie könnte daher sein: «die Schwierigkeit, auf befriedigende Art ein- und durchzuschlafen».

Insomnie im dritten Lebensabschnitt

Die meisten Menschen haben Schlafstörungen, wenn sie älter werden. Es ändert sich die ganze Physiologie des Schlafs. Die Menge an langsamen Schlafwellen verringert sich, so daß Wachphasen zunehmen und ein unterbrochener und unbefriedigender Schlaf entsteht. Zur Kompensation halten viele Menschen Nickerchen am Tag, was natürlich das Schlafbedürfnis in der Nacht reduziert.

Die Schlaferwartung ist oft Teil des Problems, zumal Menschen erwarten, daß sie acht Stunden brauchen und auch schlafen können. In Wirklichkeit sind jedoch vier bis sechs Stunden die Norm, und wenn man beim Aufwachen nicht müde ist, besteht kein Bedarf nach mehr Schlaf.

Manche Ursachen für Schlaflosigkeit

Außer den normalen Veränderungen, die mit zunehmendem Alter im Schlafzyklus stattfinden, können die meisten Fälle von korrigierbarer Schlaflosigkeit auf Schmerzen, Sorgen oder Medikamente zurückgeführt werden.

Offensichtlich macht es keinen Sinn, Schlaflosigkeit, die auf Schmerzen zurückzuführen ist, mit Beruhigungs- oder Schlafmitteln zu behandeln. Ähnlich werden emotionale Beschwerden durch den Gebrauch von Schlaftabletten nur betäubt.

Ein Medikament, das Schlafstörungen als Nebenwirkung hat, ist nicht akzeptabel.

Koffein in Tee und Kaffee, diverse Atemtabletten, Diuretika, Antidepressiva und Betablocker können alle Schlaflosigkeit auslösen. Paradoxerweise können dies auch viele Schlafmittel. Das Problem ist, daß sie den REM-Schlaf reduzieren und dadurch mit zunehmender Gewöhnung an das Medikament Wachheit verursachen.

Selbsthilfemaßnahmen

Es ist wichtig, daß man keine Änderung an der schulmedizinischen Medikation vornimmt, ohne zuerst den Rat des behandelnden Arztes eingeholt zu haben.

Es lohnt sich, nach 17 Uhr auf Tee und Kaffee zu verzichten und möglicherweise zu Kräutertees wie Kamille, Pfefferminze, Salbei oder Hagebuttentee zu wechseln. Solche Kräutertees in Teebeuteln sind in den meisten Reformhäusern erhältlich. Ich finde, daß sie am besten recht schwach aufgebrüht werden sollten, ca. 1 cm kleingeschnittene Lakritzwurzel oder ein halber Teelöffel Honig können der Bitterkeit entgegenwirken.

Es ist wichtig, den Magen am späten Abend nicht zu überlasten. Eine kleine Mahlzeit ist akzeptabel, Käse und Schokolade können einen jedoch wachhalten.

Rauchen kurz vor der Schlafenszeit vermittelt vielleicht ein Gefühl von Entspannung, aber tatsächlich weckt es auf und zögert den Schlaf hinaus.

Alkohol schließlich fördert das Einschlafen recht gut, kann aber wegen seiner harntreibenden Wirkung den Schlaf unterbrechen. Ein wenig kann nützlich sein, aber zu viel wird wahrscheinlich nicht helfen.

Homöopathische Behandlung

Bachblüten

Negative Gemütszustände können einen wachhalten. Wie immer liegt das Erfolgsgeheimnis bei diesen Heilmitteln darin, diesen Zustand genau zu bestimmen. Eine Tasse des geeigneten Mittels vor dem Schlafengehen oder mehrmals im Laufe des Tages in gewohnter Weise kann das Problem lösen.

Agrimony – Wo Anspannung, quälende Sorgen und Ruhelosigkeit vorliegen, obwohl der Mensch sich nach außen hin fröhlich gibt.

Elm – Wenn man sich unter Druck und von Verantwortung überwältigt fühlt.

Hornbeam – Wenn der Schlaf unbefriedigend ist, weil man mit einem «Montagmorgengefühl» aufwacht.

Mimulus – Wenn Furcht vor dem Einschlafen besteht, verbunden mit der Angst, nie wieder aufzuwachen.

Olive – Wenn die Erschöpfung so groß ist, daß der Schlaf nicht kommt.

White Chestnut – Wenn sich der Geist wegen unerwünschter Gedanken im Kreise dreht.

Arnica – Fühlt sich erschöpft, aber kann nicht schlafen. Das Bett fühlt sich hart an.

Arsenicum album – Gegen Ruhelosigkeit und Angst. Erwacht in den frühen Morgenstunden. Kann periodische Aufruhr während des Schlafes erleben.

Belladonna – Wenn die Beine unruhig sind und man durch das Rucken erwacht.

China – Wenn die Gedanken nachts auf einen einströmen. Insbesondere, wenn man durch Durchfall, übermäßiges Schwitzen, Blutverlust, übermäßigen Gebrauch von Abführmitteln geschwächt ist.

Coffea – Wenn man nicht abschalten kann und bei dem geringsten Geräusch hochfährt.

Ignatia – Wenn ein unbezwingbarer Drang besteht, wiederholt zu gähnen. Der Schlaf kommt nicht.

Nux vomica – Wenn man nach zu gehaltvoller Nahrung Verdauungsstörungen hat. Kann beim Aufwachen schlecht gelaunt sein.

Phosphor – Wenn man Alpträume hat.

Spigelia – Wenn man jede Nacht durch Herzklopfen wachgehalten wird.

Sulfur – Wenn man in unruhigem Schlaf redet, grunzt, schnarcht und dazu neigt, die Füße aus dem Bett zu strecken, weil sie heiß sind.

8. Versagen der Sinne

Die fünf Sinne – Sehen, Hören, Schmecken, Riechen und Fühlen – sind die Hilfsmittel, mit denen wir die physische Welt, in der wir leben, erfahren. Die Information, die sie dem Nervensystem geben, wird im Gehirn analysiert, so daß man wahrnehmen kann, was dem betreffenden Sinnesorgan präsentiert wird.

Alter, Krankheit, Umweltschädigung und Medikamente können die Sinneswahrnehmungen verändern. Dasselbe gilt für das Hirngewebe und daher für die Geistesfunktionen.

Verwirrung ist im dritten Lebensabschnitt relativ häufig. Diese kann eine der folgenden Ursachen haben:

Depressionen
toxische Zustände wie akute Infektionen
Nebenwirkungen von Medikamenten
zerebrovaskuläre Erkrankungen
Vitamin- und Nährstoffmangel
Unterfunktion der Schilddrüse
Demenz

Verlust der Sinneswahrnehmungen ist ebenfalls häufig. Viele Menschen sind als blind registriert. Sehr viel mehr haben Sehstörungen irgendeiner Art, von denen viele korrigiert oder behandelt werden können. Zusätzlich sind viele Personen über 65 als taub oder schwerhörig registriert. Wiederum ist dies vermutlich nur die Spitze des Eisbergs, etwa zehnmal so viele haben ein eingeschränktes Hörvermögen irgendwelcher Art.

Verlust des Geruchssinns liegt gewöhnlich an einer katarrhalischen Beschwerde. Wenn der Geruchssinn eingeschränkt ist, so ist normalerweise auch der Geschmackssinn vermindert, da beide eng miteinander verbunden sind.

Es lohnt sich immer, die Sinneswahrnehmungen überprüfen zu lassen, da eine Erkrankung korrigierbar sein kann.

Aluminium – ein Metall, vor dem man sich in acht nehmen soll

Seit vielen Jahren weiß man, daß Aluminium eine neurotoxische Wirkung hat bzw. schädigend auf das Nervengewebe wirkt. Es ist auch nachgewiesen, daß bei seniler Demenz oder Alzheimer oft der Aluminiumgehalt im Gehirn erhöht ist. In ähnlicher Weise wird angenommen, daß es schädlichen Einfluß auf Leber, Nieren und Knochen hat.

Aluminium kann beim Kochen mit Aluminiumtöpfen oder durch Aufbewahrung von Eßwaren in Aluminiumfolie in den Körper aufgenommen werden. Auch in einigen Nahrungsmittelzusätzen ist es vorhanden, die in konserviertem Käse, Backpulver, Salz, Kaffeeweißern und manchen Antazida verwendet werden.

Es scheint eine enge Beziehung zwischen Kalzium, Magnesium und Aluminium zu bestehen. Kalzium- oder Magnesiummangel scheint durch Aluminium verursachte Beschwerden hervorzurufen.

Für Menschen im dritten Lebensabschnitt ist es ratsam, den Gebrauch von Aluminiumtöpfen oder -folie zu vermeiden, insbesondere wenn man irgendwelche Schwierigkeiten mit der Konzentration oder dem Gedächtnis hat. Auch sollte man sicherstellen, daß man in der Nahrung genügend Kalzium aufnimmt (s. Kapitel 10). Auch wenn Aluminium vielleicht nicht die Ursache der Beschwerde ist, kann es diese möglicherweise verschlimmern.

Gedächtnisprobleme

Die Ursache für Gedächtnisprobleme sollte – wenn möglich – diagnostiziert werden, eine professionelle Beurteilung ist empfehlenswert, bevor man zu medikamentöser Behandlung irgendwelcher Art greift.

Alumina – Gegen Gedächtnisbeschwerden, die morgens schlimm sind, aber im Tagesverlauf besser werden. Es lohnt sich, Alumina zu geben, wenn Kochutensilien aus Aluminium verwendet werden.

Ambra grisea – Gegen Gedächtnisverlust bei gebrechlichen, zittrigen Personen. Es besteht die Tendenz, von einer Frage zur anderen zu springen, als sei die Absicht der ersten Frage vergessen, wenn einem die zweite einfällt.

Anacardium orientale – Gegen Gedächtnisverlust, Weinerlichkeit, Jammern und Unbeholfenheit.

Barium carbonicum – Wenn Gedächtnisverlust, Konzentrationsschwierigkeiten und kindisches Verhalten zusammenkommen. Denken an den Gedächtnisverlust oder andere Beschwerden verschlimmert die Situation.

Causticum – Wenn Gedächtnisschwäche besteht, insbesondere, wenn man versucht zu denken. Wird gereizt, hat aber immer Mitgefühl mit den Problemen anderer.

Cocculus – Denken, Konzentration und Gedächtnis sind allgemein langsam. Hat Schwierigkeiten, auf das richtige Wort zu kommen. Haßt Widerspruch.

Lycopodium – Macht sich Sorgen, daß die Gedächtnisschwäche schlimmer sei, als sie tatsächlich ist. Hat eine sorgenvoll gerunzelte Stirn.

Rhododendron – Gedanken verschwinden einfach. Schlimmer bei Gewitter.

Augenbeschwerden

Augenschmerzen sind immer ernstzunehmen, da ein Glaukom oder eine Iritis zugrunde liegen könnte. Beide Erkrankungen könnten Sehverlust verursachen, daher sollte dringend ärztlicher Rat eingeholt werden. Ein weiterer gefährlicher Zustand ist Arteriitis temporalis (Horton-Riesenzellarteriitis), die durch furchterregende, hämmernde Kopfschmerzen angezeigt wird. Wieder sollte ärztlicher Rat eingeholt werden, wenn solche Schmerzen zum ersten Mal auftreten.

Apis – Gegen blaßrosa-wäßrige Schwellung der Augenlider, mit unangenehmem Brennen.

Euphrasia – Gegen unangenehmes Brennen in den Augen, die ständig tränen. Wenn die Sicht verschwommen ist, besonders bei frühem Katarakt.

Gelsemium – Getrübte Sicht und Unbehagen bei Augenbewegung.

Phosphor – Die Sicht scheint verschleiert, man muß die Augen beschatten. Auch hier besteht die Möglichkeit eines beginnenden Kataraks.

Ruta – Empfindung von getrübter Sicht nach Anstrengung der Augen.

Hörschwierigkeiten – Taubheit und Tinnitus

Da Gehörschwierigkeiten eine große Behinderung darstellen können (manche Ursachen, wie Ansammlung von Ohrenschmalz, lassen sich leicht beheben), ist es wichtig, die Ohren erst einmal untersuchen zu lassen.

Causticum – Bei Taubheit, Tinnitus (Ohrenklingen) und Widerhall der Stimme.

China officinalis – Bei Taubheit, Tinnitus und Empfindlichkeit der Ohren von geschwächten Personen.

Lycopodium – Bei Taubheit und Absonderung aus den Ohren. Neigt zu Sorgenfalten auf der Stirn.

Acidum nitricum – Bei Taubheit, die in lauten Räumen besser ist. Kann zeitweilig ein Splittergefühl bekommen.

Beschwerden des Geruchssinns

Anacardium orientale – Gegen beeinträchtigten und pervertierten Geruchssinn mit verstopfter Nase. Häufiges Niesen.

Calcium carbonicum – Gegen beeinträchtigten Geruchssinn bei Nasenpolypen.

Natrium muriaticum – Gegen beeinträchtigten Geruchssinn bei einer Erkältung, die mit Niesen beginnt. Gewöhnlich Gelüste auf salzige Dinge.

Phosphor – Bei beeinträchtigtem Geruchssinn verbunden mit Brennen und Neigung zu Nasenbluten.

Pulsatilla – Wenn beeinträchtigter Geruchssinn entsprechend der Schleimmenge variiert. Dies kann sich von einem Tag auf den andern ändern. Schlimmer in stickigen Räumen. Bevorzugt frische Luft.

Verminderter Geschmackssinn

Kann zusammen mit Veränderungen des Geruchssinns auftreten.

Natrium muriaticum – Gegen verminderten Geschmacks- und Geruchssinn. Stark fließende Sekretion aus der Nase.

Phosphor – Gegen trockene, rote Zunge und Geschmacksverlust. Kann Nasenbluten bekommen.

Silicea – Wenn der Geschmackssinn herabgesetzt ist und mit einer Empfindung von einem Haar im Mund oder auf der Zunge einhergeht.

9. Das Rätsel des Schmerzes

Schmerzen gehören zu den häufigsten Beschwerden, aber sind manchmal sehr schwer zu definieren. Das Problem ist, daß Schmerzen eigentlich selbst keine Einheit sind. Es ist eine Erfahrung, die für den Menschen einzigartig ist, der die Schmerzen hat. Wegen dieser Tatsache ist die Homöopathie ein nützlicher Ansatz für den Umgang mit Schmerzen.

Bevor wir weitergehen, wollen wir zunächst den akuten Schmerz vom chronischen unterscheiden. Viele Menschen nehmen fälschlicherweise an, daß es im Spektrum der Erfahrung zwei Pole gibt. Das ist nicht der Fall.

«Akuter» Schmerz ist die erwartete physiologische Reaktion auf eine Stimulierung, die vom Körper unmittelbar als schädlich empfunden wird. Das einfachste Beispiel ist der unmittelbare Rückzugsreflex der Hand, wenn man sich die Finger verbrennt. Wenn die Verbrennung geringfügig ist, wird der Schmerz in relativ kurzer Zeit nachlassen. Diese Art von Schmerz hat offenbar einen bestimmten Zweck, und zwar macht er den Körper auf ein Problem aufmerksam, das leicht zu beseitigen ist.

«Chronischer» Schmerz andererseits ist die kontinuierliche Erfahrung einer unangenehmen Empfindung, die wahrscheinlich nicht von selbst verschwindet. Zum Beispiel kann man den chronischen Schmerz einer Arthritis haben. Anders als bei akutem Schmerz sollte klar sein, daß dieser Schmerz keine nützliche Funktion hat. Er wirkt nur zermürbend und kann einem das Leben ziemlich versauern. Mit chronischen Schmerzen fertigzuwerden kann schwerfallen, da es nie einfach ist, den Schmerz zu ignorieren. Bei manchen Menschen kann die Intensität so stark sein, daß die Schmerzen ihr Leben beherrschen.

Menschen, die über einen längeren Zeitraum unter Schmerzen leiden, die sich nicht lindern lassen, fühlen sich normalerweise gefangen oder hilflos. Oft entwickelt sich ein Teufelskreis, der sie an ihren Schmerz kettet. Nachdem man für einige Zeit unter Schlafmangel leidet, ist es normal, daß sich eine nervöse Ängstlichkeit entwickelt. Diese wiederum führt mit der Zeit dazu, daß man sich von Freunden und Angehörigen zurückzieht, weil man das Gefühl hat, daß niemand richtig verstehen kann, was man durchmacht. Das Ergebnis davon ist ein Isolationsgefühl. Schließlich verbringt man mehr Zeit damit, an den Schmerz zu denken, weil man sich isoliert fühlt – und dies erzeugt Angst.

Diese Angst kann vielerlei Formen annehmen. Man kann an dem Gedanken verzweifeln, daß man nie wieder gesund wird, oder fürchten, daß die zugrunde liegende pathologische

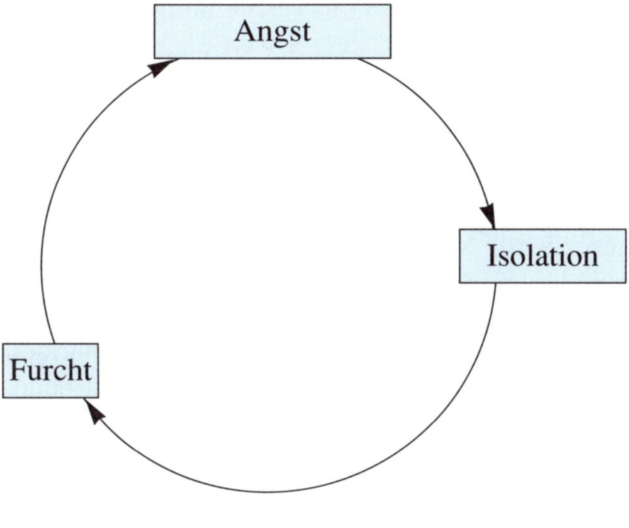

Abb. 4

Veränderung ernster ist, als man zuerst angenommen hat. Die Folge der Furcht jedoch ist nur, daß sich die Gefühle von Spannung und Angst verstärken. Wenn dies geschieht, konzentriert sich der Geist wieder auf den Schmerz, mit dem Ergebnis, daß sich der Schmerz verstärkt.

Diese Triade von Angst, Isolation und Furcht (Abb. 4) kann bei vielen Menschen der Kernpunkt der chronischen Schmerzen sein. Ja, sie kann sogar erklären, warum viele Menschen, die an chronischen Schmerzen leiden, nicht auf Schmerzmittel reagieren. Der Teufelskreis wird so stark, daß die symptomatische Schmerzlinderung einfach nicht funktioniert. In solchen Fällen kann es sein, daß sich das Problem dadurch lösen läßt, daß man den Kreis der oben erwähnten Verbindungen durchbricht.

Homöopathie und Schmerzen

So etwas wie homöopathische Schmerzmittel gibt es nicht, ebensowenig wie homöopathische Antibiotika, Beruhigungsmittel oder Stimulantien. In der Homöopathie versuchen wir, das zu dem Patientenbild passende Arzneimittelbild zu finden. Wenn Schmerzen ein Teil des Bildes sind, dann kann das entsprechende Mittel diesem Menschen helfen.

Aus der oben ausgeführten Diskussion sollte ebenfalls klar hervorgehen, daß es sich in jeder Situation von chronischen Schmerzen lohnt, die Triade von Angst, Isolation und Furcht zu behandeln. *Man kann die Bachblüten verwenden, um den Teufelskreis der Schmerzen zu durchbrechen.*

Als ersten Schritt würde ich vorschlagen, die Gefühle zu untersuchen, die der Schmerz hervorruft, und sich dann besonders die Heilmittel unter den Überschriften Bachs für Furcht, Einsamkeit, Niedergeschlagenheit und Verzweiflung anzusehen, wie in Kapitel sechs beschrieben. Natürlich können andere negative Zustände entstehen, und auch diese lassen sich bekämpfen.

Berücksichtigen Sie die Art der Schmerzen

Die Schulmedizin scheint sich seltsamerweise um die Art, wie der einzelne seine Schmerzen empfindet, nicht zu kümmern. Die Forschung konzentriert sich zum großen Teil darauf, die Schmerzen zu messen, als seien Schmerzen etwas, was eine bestimmte Bandbreite hat und was sich in Kalibern ausdrücken ließe. Die Tatsache, daß sechs Patienten, die an genau derselben Beschwerde leiden, ihre Schmerzen auf sechserlei verschiedene Art beschreiben können, scheint unbemerkt zu bleiben.

Im Gegensatz dazu sind wir uns in der Homöopathie der Art der Schmerzen, die empfunden werden, durchaus bewußt. Ja, der Schmerztyp kann sogar eine Indikation für das bestimmte Arzneimittel darstellen, da viele der homöopathischen Mittel charakteristische Schmerzqualitäten haben.

Schmerztyp	Geeignete Mittel
Bohrende Schmerzen	Argentum nitricum Belladonna Pulsatilla Spigelia

Schmerztyp	Geeignete Mittel
Brennende Schmerzen	Acidum nitricum Aconitum Apis Arnica Arsenicum album Belladonna Bryonia Causticum Euphrasia Graphites Mercurius Natrium muriaticum Nux vomica Phosphor Pulsatilla Rhus toxicodendron Spigelia Sulfur
Krampfschmerzen	Acidum phosphoricum Belladonna Calcium carbonicum Colocynthis Cuprum metallicum Magnesium phosphoricum Natrium muriaticum Phosphor Sulfur Zincum metallicum

Schmerztyp	Geeignete Mittel
Pochende Schmerzen	Acidum nitricum Aconitum Calcium carbonicum Phosphor Pulsatilla Sepia
Schneidende Schmerzen	Belladonna Calcium carbonicum Colocynthis Drosera Lycopodium Nux vomica Natrium muriaticum Pulsatilla Sulfur Zincum metallicum
Splitterartige Schmerzen	Acidum nitricum Argentum nitricum Hepar sulfuris
Stechende Schmerzen	Acidum nitricum Belladonna Bryonia Calcium carbonicum Causticum Ignatia Nux vomica Sepia

Schmerztyp	Geeignete Mittel
Wundheitsschmerz	Arnica Belladonna China Drosera Hepar sulfuris Natrium muriaticum Nux vomica Phosphor Rhus toxicodendron Sulfur Zincum metallicum

Überlegen Sie, was die Schmerzen lindert oder verschlimmert

Die Modalitäten, d.h. die Umstände welche Symptome verschlimmern oder erleichtern, sind sehr wichtig, wenn es um Schmerzen geht.

Symptome verändern sich	Geeignete Mittel
Schlimmer durch «Daran-Denken»	Barium carbonicum Causticum Gelsemium Nux vomica
Besser durch Bewegung	Acidum phosphoricum Dulcamara Lycopodium

Symptome verändern sich	Geeignete Mittel
	Rhododendron Rhus toxicodendron Ruta
Schlimmer durch Bewegung	Aconitum Apis Arsenicum album Belladonna Bryonia Gelsemium Hypericum Lachesis Magnesium phosphoricum Natrium muriaticum Nux vomica Phosphor Spigelia Sulfur Zincum metallicum
Besser im Liegen	Acidum nitricum Bryonia Nux vomica
Schlimmer im Liegen	Arsenicum album Belladonna Drosera Lycopodium Pulsatilla Rhus toxicodendron Zincum metallicum

Symptome verändern sich	Geeignete Mittel
Besser durch Reiben	Calcium carbonicum Natrium muriaticum Phosphor Pulsatilla Rhus toxicodendron Thuja Zincum metallicum
Schlimmer durch Kälte	Acidum nitricum Arsenicum album Barium carbonicum Causticum China Dulcamara Graphites Hypericum Lycopodium Magnesium phosphoricum Phosphor Ranunculus Rhus toxicodendron Sepia Spigelia
Besser durch Kälte	Bryonia Gelsemium Pulsatilla

Symptome verändern sich	Geeignete Mittel
Besser durch Feuchtigkeit	Acidum nitricum Aconitum Belladonna Bryonia Causticum Hepar sulfuris Nux vomica Zincum metallicum
Schlimmer durch Feuchtigkeit	Bryonia Dulcamara Gelsemium Hypericum Thuja
Schlimmer durch Wetterwechsel	Dulcamara Phosphor Ranunculus Rhododendron Rhus toxicodendron
Schlimmer durch nasses Wetter	Arsenicum album Calcium carbonicum Dulcamara Pulsatilla Rhododendron Rhus toxicodendron

Zusammenfassung

Schmerz ist ein komplexes Problem, das auf mehreren Ebenen betrachtet werden muß. Denken Sie immer an die Lebenseinstellung, um negative Gemütszustände zu beurteilen, mit dem Ziel, den Teufelskreis des Schmerzes durch die Verwendung von Bachblüten zu durchbrechen. Dann untersuchen Sie die Art der Schmerzen, und berücksichtigen Sie alle offenkundigen Modalitäten. Wenn diese vorliegen und Sie ein homöopathisches Mittel aufgeführt finden, überprüfen Sie die charakteristischen Merkmale in dem Abschnitt über Arzneimittel.

10. Arthritis und Rheumatismus

Was unter dem Namen «Rheumatismus» läuft, ist eigentlich eine ganze Reihe verschiedener pathologischer Zustände. Darunter fallen verschiedene Erkrankungen der Gelenke, Knochen und des weichen Gewebes. Einige sind schwerer und schwächender als andere, daher sollten sie von einem Arzt diagnostiziert werden.

Hier werden wir uns einige dieser Beschwerden ansehen, um eine Vorstellung von der Bandbreite zu bekommen.

Gelenkerkrankungen

Rheumatoide Arthritis ist eine Bindegewebserkrankung, die alle Körperteile befallen kann, hauptsächlich aber die Synovialhäute der Gelenke angreift. Wenn sie im dritten Lebensabschnitt vorliegt, leidet die betreffende Person gewöhnlich bereits seit vielen Jahren daran. Sie zieht vor allem die Hände, Füße, Knie und Ellenbogen in Mitleidenschaft und verursacht häufig recht ausgeprägte Deformierungen und Instabilität in den Gelenken.

Osteoarthritis kommt im dritten Lebensabschnitt häufiger vor. Es ist die Arthritis der Abnutzung. Alle Gelenke können betroffen sein, am häufigsten die Wirbelsäule, Hüften, Knie und Hände. Im Alter von 65 liegen bei 80 – 90 Prozent der Bevölkerung röntgenologisch nachweisbare osteoarthritische Veränderungen vor, aber nur 20 Prozent leiden dabei unter Schmerzen.

Gicht wird durch die Ansammlung von Harnsäurekristallen in den Gelenken verursacht, klassischerweise in der großen

Zehe, aber auch im Knie. Diuretische Medikamente können einen Anfall hervorrufen.

Knochenerkrankungen

Osteomalazie ist eine generalisierte Knochenerkrankung, von der ungefähr 5 Prozent der Personen im dritten Lebensabschnitt betroffen sind. Es besteht ein Kalziummangel in den Knochen, der durch Vitamin D-Mangel verursacht ist. Sie verursacht starke Schmerzen in den Knochen, Muskelschwäche und ein charakteristisches «Wackeln». Personen, die daran leiden, haben vielleicht Schwierigkeiten beim Treppensteigen und Haarekämmen. Die gute Nachricht ist, daß dieser Zustand nach der Diagnose korrigierbar ist.

Osteoporose ist eine Knochenerkrankung, die als moderne epidemische Beschwerde angesehen wird. Es ist ein generalisierter Verlust von Knochenmasse, der etwa 20 Prozent der Frauen im dritten Lebensabschnitt betrifft. Die kritische Zeit, in der diese Knochenmasse verlorengeht, ist die Periode um das Klimakterium, allerdings kann es auch durch Einnahme von Steroiden, Mangel an Kalziumeinnahme und Immobilisierung durch lange Bettlägerigkeit verursacht werden. Sie erzeugt Fragilität der Knochen, besonders der Handgelenks- und Oberschenkelknochen.

Paget Syndrom ist eine Knochenerkrankung, die durch eine chaotische Art der Bildung von neuen Knochen gekennzeichnet ist. Dies führt zu grober Verdickung und Deformierung des Skeletts. Es verursacht Schmerzen (bei 5 Prozent der Personen mit diesem Leiden), Taubheit durch Eindrücken der akustischen Nerven, Brüchigkeit der betroffenen verdickten

Knochen, Ischiasbeschwerden und möglicherweise Bewegungsprobleme. Es ist eine weitere Erkrankung, bei der eine richtige Diagnose wichtig ist, weil schulmedizinische Behandlung wirksam sein kann.

Maligne Knochenerkrankungen. Hier muß auch erwähnt werden, daß mehrere Krebsarten auf die Knochen übergreifen können – insbesondere Leukämie und Karzinome der Lungen, Hoden, Ovarien, Brust, Schilddrüse und Prostata. Wenn Knochen in Mitleidenschaft gezogen sind – und hier kann sich die zugrunde liegende Krankheit als erstes bemerkbar machen –, werden extreme Schmerzen verursacht.

Aus diesem Grund sollte man jeden plötzlichen starken Schmerz in Rücken, Wirbelsäule oder Gliedern ernst nehmen und ärztlichen Rat einholen.

Erkrankungen der weichen Gewebe

Polymyalgia rheumatica ist eine Erkrankung, die Entzündung in den Muskeln des Schulter- und Beckengürtels verursacht. Sie werden extrem schmerzhaft, außerordentlich empfindlich und reagieren nicht auf gewöhnliche Schmerzmittel. Wieder sollte man sich von einem Arzt beraten lassen, weil sich dies zu einer Arteriitis temporalis (nicht zu verwechseln mit «Arthritis») weiterentwickeln kann. Dies ist recht gefährlich, weil es die Blutgefäße in Kopfhaut und Augen angreift und im schlimmsten Fall plötzliche Blindheit erzeugt. Sie ist durch hämmernde Kopfschmerzen gekennzeichnet.

Aus diesem Grund soll man jeden hämmernden Kopfschmerz, begleitet von Schmerzen und Empfindlichkeit der Muskeln, ernst nehmen und dringend ärztlichen Rat einholen.

Homöopathische Mittel

Viele dieser Zustände sind so gravierend, daß es meiner Meinung nach wichtig ist, erst eine professionelle Diagnose zu bekommen. Sobald dies geschehen ist, können homöopathische Arzneimittel viel zur Linderung von Schmerzen und Steifheit beitragen.

Gesichtsschmerzen

Gesichtsschmerzen können fast unerträglich sein. Sie können durch eine ganze Reihe von Zuständen verursacht werden, von einer Nebenhöhlenentzündung über Arthritis im Kiefergelenk bis hin zur Trigeminusneuralgie. Die Arzneimittel, die ich am häufigsten verwende, sind:

Aconitum – Besonders, wenn die Schmerzen durch kalten Wind oder Zugluft verursacht sind.

Arsenicum album – Wenn die Schmerzen phasenweise in regelmäßigen Abständen auftreten und brennender Natur sind.

Colocynthis – Wenn der Schmerz schneidend, krampfartig oder reißend ist. Kann verschlimmert werden durch Zorn oder mit einer starken negativen Emotion begonnen haben. Betrifft gewöhnlich die linke Seite.

Magnesium phosphoricum – Wenn der Schmerz krampfartig oder zuckend ist. Eher friedfertiges Wesen. Betrifft gewöhnlich die rechte Seite.

Ranunculus bulbosus – Wenn der Schmerz brennend und juckend ist, hauptsächlich über den Augenbrauen. Besonders, wenn die Schmerzen nach einem Anfall von Gürtelrose entstehen.

Spigelia – Wenn die Schmerzen bohrend oder stechend sind. Greift die linke Schläfe an. Kann auch Herzklopfen hervorrufen.

Nackenschmerzen

Aconitum – Gegen plötzliche Steifheit durch Zugluft.

Magnesium phosphoricum – Gegen plötzliche krampfartige Schmerzen mit Zuckungsgefühl.

Rhus toxicodendron – Gegen Schmerzen und Steifheit, die durch Bewegung gebessert werden.

Rückenschmerzen und Arthritis

Arnica – Wenn ein Prellungsgefühl in den Gelenken besteht oder nach Verletzung eines arthritischen Gelenks.

Argentum nitricum – Für ängstliche, linkische Personen, die nach einem Sturz einen Arthritisschub bekommen.

Barium carbonicum – Bei brennenden Schmerzen in den Gelenken. Schlimmer durch Kälte, durch Waschen und «Daran-Denken».

Bryonia – Gegen Schübe, bei denen Stillhalten den Schmerz erträglich macht. Jede Bewegung verschlimmert.

Causticum – Wenn sich Kontrakturen entwickelt haben.

Dulcamara – Gegen Schübe nach einem Wetterwechsel, insbesondere wenn es kalt und feucht wird.

Pulsatilla – Wenn die Schmerzen von einem Gelenk zum anderen springen.

Rhododendron – Wenn der Schmerz bei einem aufziehenden Gewitter schlimmer wird. Er ist wie ein Barometer. Neigt zu Angst vor Gewittern.

Rhus toxicodendron – Gegen Schmerzen und Steifheit, die durch Bewegung gebessert werden.

Ruta – Wenn Ganglien und Knötchen vorliegen. Fühlt sich vielleicht an, als habe man die Partie überbeansprucht.

Ischialgie

Dies ist eine Art von Nervenwurzelschmerz, der das Gesäß entlang, das Bein hinab bis in den Fuß verläuft. Wieder handelt es sich um einen Schmerz, der einer ärztlichen Diagnose bedarf.

Arsenicum album – Gegen brennende Schmerzen entlang des Beines. Kann Krämpfe in den Waden haben.

Colocynthis – Schneidende, krampfartige oder reißende Schmerzen, die das Bein hinablaufen. Normalerweise mehr auf der linken Seite. Kann durch Zorn verschlimmert werden.

Lycopodium – Wenn Verschlimmerung durch Liegen auf der betroffenen Seite eintritt. Betrifft gewöhnlich die rechte Seite.

Magnesium phosphoricum – Gegen krampfartige Schmerzen, Zuckungen oder Schmerzen wie «Stromschläge», die das Bein abwärts durchzucken. Gewöhnlich friedfertige Typen. Betrifft normalerweise die rechte Seite. Füße können empfindlich sein.

Rhus toxicodendron – Wenn Verschlimmerung durch Kälte und Feuchtigkeit eintritt. Besser durch Bewegung.

Brennende Füße

Graphites – Gegen brennende Empfindung in den Sohlen. Schlimmer durch Bewegung.

Phosphor – Gegen brennende Empfindung in den Sohlen. Schlimmer durch Wetterwechsel. Schlimmer durch Kälte. Besser durch Reiben.

Pulsatilla – Wenn sich Füße und Beine schwer anfühlen. Füße können entzündet wirken. Schlimmer, wenn die Füße herabhängen (aus dem Bett).

Sulfur – Wenn eine brennende Empfindung in den Füßen besteht, die gebessert wird, wenn man die Füße nachts aus dem Bett hängen läßt.

Gicht

Lycopodium – Wenn sich ein Fuß kalt und der andere heiß anfühlt. Dies gilt nicht nur für die Zeit eines akuten Gichtschubes.

Pulsatilla – Wenn die Schmerzen von einem Gelenk zum anderen überspringen.

11. Der Thorax

Erkrankungen von Herz und Lungen sind im dritten Lebensabschnitt häufig. Ein Viertel aller älteren Menschen leidet an ischämischer Herzerkrankung, entweder symptomfrei oder mit einer Angina, abnormem Herzrhythmus oder Herzversagen. Hinzu kommt, daß chronische Bronchitis, Emphysem, akute Infektionen der Atemwege und Lungenkrebs mit zunehmendem Alter häufiger werden.

Da es sich um ernste Erkrankungen handelt, ist in all diesen Fällen eine ärztliche Diagnose erforderlich.

Eine homöopathische Behandlung sollte nicht die konventionelle Behandlung ersetzen, aber sie kann in Verbindung mit schulmedizinischen Medikamenten verwendet werden, wobei Sie Ihren Arzt darüber informieren sollten.

Unter keinen Umständen sollten Sie Ihre Medikamente absetzen, es sei denn, Ihr Arzt rät Ihnen dazu.

(Siehe Anmerkungen über Potenz und Dosierung am Anfang des 3. Teiles.)

Herzstörungen

Das Herz ist die Pumpe, die das Blut durch den Körper zirkulieren läßt. Es ist selbst unfähig, Sauerstoff aus dem Blut zu beziehen, das durch es hindurchläuft, also muß es durch spezielle Arterien versorgt werden, die Sauerstoff in sein Muskelgewebe bringen. Ischämische Herzerkrankung wird die

Störung bezeichnet, bei der das Herz nicht genug Sauerstoff bekommt, die Herzkranzarterien enger werden und der Fluß des mit Sauerstoff angereicherten Blutes in das Gewebe behindert ist.

Ein Myokardinfarkt, Herzkranzthrombose oder «Herzinfarkt» tritt auf, wenn eine oder mehrere Herzkranzarterien plötzlich blockiert werden, was zu plötzlichen starken Schmerzen führt (im dritten Lebensabschnitt kann dies erstaunlich schmerzfrei vonstatten gehen) und eine permanente Vernarbung jenes Teils des Herzens zur Folge hat, der von dem betreffenden Gefäß versorgt wird. Der Ausgang kann natürlich tödlich sein, also ist es sinnvoll, wenn man versucht, einem Herzinfarkt durch Nichtrauchen, Nicht-Überessen und angemessene sportliche Betätigung vorzubeugen (s. Kapitel 5).

Angina

Angina pectoris wird durch einen Krampf im Herzmuskel verursacht, wenn dieser nicht genügend Sauerstoff bekommt. Der Schmerz tritt typischerweise in der mittleren Brust auf, mit Ausstrahlung in den linken Arm hinab. Ärztlicher Rat sollte immer befolgt werden, doch Personen, die regelmäßig daran leiden, könnten die folgenden homöopathischen Arzneimittel als Ergänzung guttun. Wenn ein Anginaanfall länger anhält oder nicht auf die gewohnten Tabletten oder Nitratsprays reagiert, sollte man dringend ärztliche Hilfe einholen.

Aconitum – Wenn Anfälle durch Zugluft ausgelöst werden. Wenn sie mit Furcht und Panik einhergehen.

Arsenicum album – Wenn Anfälle periodisch auftreten. Der Schmerz scheint zu brennen und kann nach oben über den

Nacken in das Hinterhaupt ausstrahlen. Die Anfälle gehen immer mit Angst einher.

Cactus – Bei Anfällen, die immer von schraubstockartigen Schmerzen begleitet werden.

Lachesis – Wenn die Anfälle das Bedürfnis hervorrufen, die Kleidung zu lockern, insbesondere um den Hals. Es besteht ein Blähungsgefühl. Gewöhnlich redselige Persönlichkeit.

Spongia – Wenn als Begleiterscheinungen Schweißausbruch, Todesangst und die Empfindung auftreten, als würde das Herz im Brustkorb anschwellen.

Herzklopfen

Dies ist die Empfindung eines abnormen Rhythmus'. Es kann ein Gefühl von Herzrasen sein, eine Unregelmäßigkeit oder ein Gefühl, als würde das Herz bei einzelnen Schlägen aussetzen.

Arsenicum album – Gegen Herzklopfen, das morgens beim Aufstehen anfängt. Es geht immer mit Angstgefühlen einher.

Barium carbonicum – Gegen Herzklopfen, das durch Linksseitenlage verschlimmert wird. Es wird ausgelöst, wenn man daran denkt.

Natrium muriaticum – Gegen variierende Anfälle. Manchmal ist der Puls sehr langsam, manchmal rast er. Hinlegen hilft. Gewöhnlich haben diese Menschen Gelüste auf Salz.

Rhus toxicodendron – Bei einem Gefühl von Unregelmäßigkeit oder der Empfindung, als würde das Herz einen Schlag aussetzen. Schlimmer im Sitzen, wird besser, wenn man sich bewegt.

Spigelia – Empfindung von rasendem Herzschlag, schlimmer durch Bewegung. Tritt auf, während man im Bett liegt. Gelindert durch Rechtsseitenlage mit hochgelagertem Kopf.

Herzinsuffizienz

Wir stellen uns das Herz als Doppelpumpe vor. Die rechte Seite sendet Blut zu den Lungen, und die linke Seite erhält es zurück, bevor sie es in den übrigen Körper schickt. Beide Herzseiten können als Pumpe «versagen», das Ergebnis ist, daß sich Flüssigkeit in verschiedenen Teilen des Körpers ansammelt.

Wenn die linke Seite insuffizient wird – akute linke ventrikuläre Insuffizienz –, kommt es zu plötzlicher Atemnot wegen Flüssigkeitsansammlung in den Lungen. Dies geschieht häufig nachts. *Hier ist dringend ärztliche Behandlung vonnöten.*

Die rechte Herzseite neigt dazu, allmählich insuffizient zu werden – Stauungsherzinsuffizienz –, wobei es zu einem Anschwellen der Leber und ödematösen Flüssigkeitsansammlungen in Füßen und Fußknöcheln kommt. Wieder ist ärztliche Behandlung nötig, aber homöopathische Arzneimittel können in beträchtlichem Maße helfen.

Arsenicum album – Wenn große Angst besteht. Hier liegt ein Gefühl von hochgradiger Erschöpfung vor, Ruhelosigkeit und Brennen über den geschwollenen Fußgelenken.

Cactus – Wenn häufig schraubstockartige Beklemmungsanfälle auftreten. Hände und Fußgelenke sind geschwollen, und zwar bereits bei Beginn einer Flüssigkeitsansammlung.

Lachesis – Engegefühl im ganzen Rumpf. Bedürfnis, die Kleidung zu lockern. Der Patient kann leicht aufgedunsen, bläulich oder rötlich aussehen. Es besteht Hitzegefühl und Verschlimmerung nach dem Schlafen.

Störungen der Lungen

Chronische Verengung der Atemwege ist eine Bezeichnung für eine Gruppe von Erkrankungen, die alle die Funktionsfähigkeit der Lungen als Organe, die für den Gasaustausch zwischen Körper und äußerer Umgebung verantwortlich sind, beeinträchtigen.

Die Differenzierung zwischen chronischer Bronchitis und Emphysem ist auf klinischer Basis schwierig. Eine chronische Bronchitis ist eine anhaltende Entzündung der Atemwege in den Lungen, zusammen mit einem hartnäckigen Husten mit Auswurf seit mindestens drei Monaten. Ein Emphysem ist ein Funktionsverlust des Lungengewebes durch vorangegangene Schädigung. Beide Erkrankungen repräsentieren das «irreversible» Ende der chronischen Verengung der Atemwege, insofern als bronchodilatorische Medikamente die Atemwege nicht öffnen können, um die Effizienz zu verbessern und die Atemnot zu lindern.

Asthma ist das «reversible» Ende der chronischen Atemwegsverengung, insofern als bronchienerweiternde Medikamente die Atmung verbessern können.

Es ist wichtig, daß eine angemessene Diagnose gestellt wird. Bei länger anhaltender Atemnot und hartnäckigem Husten im dritten Lebensabschnitt ist es vor allem wichtig, jede maligne Entartung auszuschließen.

Da es sich bei diesen Beschwerden um ernste Erkrankungen handelt, sollte in allen Fällen eine ärztliche Diagnose gestellt werden.

Wie bei Herzerkrankungen sollte auch hier die homöopathische Behandlung nicht die konventionelle Behandlung ersetzen, aber sie kann in Verbindung damit verwendet werden, und Ihr Arzt sollte davon in Kenntnis gesetzt werden.

Husten

Da ein Husten das häufigste Lungensymptom im dritten Lebensabschnitt ist, sehen wir uns die verschiedenen Typen und entsprechenden Arzneimittel an.

Trockener Husten ohne Auswurf

Aconitum – Gegen harten, trockenen Husten, der durch Kälte ausgelöst wird.

Barium carbonicum – Gegen trockenen Erstickungshusten. Schlimmer bei jedem Wetterumschwung.

Belladonna – Gegen trockenen Kitzelhusten, der krampfartig auftritt. Schlimmer nachts. Die Kehle fühlt sich normalerweise wund und empfindlich an.

Bryonia – Gegen trockenen Husten mit Wundheitsgefühl im Brustkorb. Schlimmer durch Bewegung, Essen oder Trinken.

Calcium carbonicum – Gegen trockenen Husten mit Schmerzen in der Kehle. Schlimmer nachts.

Pulsatilla – Gegen trockenen Husten der sich abends und nachts verschlimmert. Schlimmer durch Eintreten in einen warmen, stickigen Raum. Besser durch Aufsitzen. Besser an der frischen Luft.

Spongia – Gegen trockenen, bellenden Husten. Schlimmer vor Mitternacht. Besser durch Essen oder Trinken.

Lockerer Husten mit Auswurf

Ipecacuanha – Wenn der Erstickungshusten zu Würgen am Schleim führt, gefolgt von Übelkeit und Erbrechen.

Mercurius – Gegen Husten mit Auswurf von gelbem Schleim. Schlimmer bei Bettwärme. Schlimmer nachts. Schlimmer bei nassem Wetter.

Sepia – Gegen trockenen Husten (wenn überhaupt) tagsüber, aber mit Auswurf nachts.

Krampfartiger Husten

Cuprum metallicum – Gegen krampfartige Hustenanfälle mit Einschnürungsgefühl in der Brust. Besser durch das Trinken kalten Wassers.

Magnesium phosphoricum – Gegen krampfartigen Husten, der sich durch Hinlegen verschlimmert.

12. Das Abdomen

Der Verdauungsapparat wird mit zunehmendem Alter anfälliger für Krankheiten aller Art. Manche davon können schwerwiegend sein, daher ist eine ärztliche Beratung und Diagnose in den folgenden Situationen wichtig.

- **Plötzliche starke Schmerzen im Unterleib.**
- **Erbrechen, insbesondere in Verbindung mit Ausdehnung des Unterleibs.**
- **Gewichtsverlust, der nicht absichtlich durch Einhaltung einer Diät eintritt.**
- **Veränderungen der gewohnten Darmtätigkeit, entweder durch Durchfall oder Stuhlverstopfung.**

Wenn eine rezidivierende Beschwerde vom Arzt diagnostiziert worden ist, können homöopathische Arzneimittel als Ergänzung zur schulmedizinischen Behandlung verwendet werden.

Schluckbeschwerden (Dysphagie)
Dieses Symptom muß immer von einem Arzt untersucht und diagnostiziert werden, um das Risiko einer ernsten Erkrankung auszuschließen.

Acidum nitricum – wenn ein Splittergefühl im Hals besteht.

China officinalis – Wenn der Hals sich empfindlich anfühlt. Speisen schmecken zu salzig.

Gelsemium – Schluckbeschwerden beim Schlucken warmer Speisen. Juckreiz im Gaumen und eine ständige Empfindung von einem Kloß im Hals.

Ignatia – Wenn die Schwierigkeiten nach einem Trauerfall oder emotionalen Trauma eingesetzt haben. Schlucken von Flüssigkeiten kann schwieriger sein als Schlucken fester Nahrung.

Lachesis – Wenn ein Blähungsgefühl im Hals besteht und die Haut bläulich verfärbt ist.

Sodbrennen

Dies Symptom bezeichnet die Empfindung von Brennen, wenn Magensäure aus dem Magen in die Speiseröhre aufsteigt. Man spürt daher, wie sie durch den Brustkorb in die hintere Halsöffnung hochsteigt.

Viele Menschen nehmen Antazida ein, die entweder rezeptfrei erhältlich sind oder vom Arzt verschrieben wurden. Zwar ist es nicht empfehlenswert, die schulmedizinische Medikation abzusetzen, es sei denn, dies geschieht mit Einverständnis des behandelnden Arztes, aber man sollte daran denken, daß Antazida die Wirkung von homöopathischen Arzneimitteln aufheben, wenn sie eine halbe Stunde vorher oder nachher eingenommen werden.

Calcium carbonicum – Gegen Magenkrämpfe, lautes Rülpsen und brennendes Sodbrennen. Kann nach Rülpsen einen sauren Geschmack im Mund bekommen. Milch wird nicht vertragen (normalerweise wird Sodbrennen durch Milch gelindert).

Lycopodium – Gegen brennendes Sodbrennen mit Aufstoßen bereits nach kleinen Mahlzeiten. Das Brennen reicht nur bis zum Adamsapfel, aber hält trotz Antazida, Milch oder Wasser stundenlang an.

Pulsatilla – Gegen Sodbrennen, wenn der Nachgeschmack der Speisen noch lange anhält.

Verdauungsstörung (Magenstörung)
Dieses Symptom soll für uns hier in diesem Zusammenhang als Beschwerde definiert werden, die ihren Ursprung im Magen hat. Daher werden Empfindungen erzeugt, die im oberen Abdomen auftreten.

Argentum nitricum – Gegen Übelkeit, nagendes Unbehagen im oberen Abdomen und Würgen von Schleim. Gelüste auf Süßigkeiten.

Nux vomica – Wenn der Magen durch gehaltvolle Speisen, Alkohol und laute Umgebung leicht durcheinander gerät. Tritt klassischerweise etwa zwei Stunden nach einer Mahlzeit auf.

Pulsatilla – Wenn Übelkeit und hochgradiges Engegefühl im oberen Abdomen nach einer Mahlzeit bestehen. Kann das Gefühl haben, als läge ein Stein im Magen. Fast immer durstlos.

Sulfur – Bei brennenden Schmerzen im oberen Abdomen. Tritt gewöhnlich etwa eine Stunde nach einer Mahlzeit auf. Neigt zu Schwächegefühl und einer Empfindung, als würde der Magen gegen 11 Uhr vormittags nach unten sinken.

Kolik
Dieses Symptom ist eine spezifische Art von Schmerz, der das Ergebnis eines Spasmus in einem Hohlorgan ist, gewöhnlich im Dünn- oder Dickdarm. Anders als «Verdauungsstörung» (in der hier verwendeten Bedeutung) wird dieser Schmerz eher im mittleren oder unteren Abdomen empfunden.

Wenn er plötzlich und hochgradig auftritt, sollte man einen Arzt aufsuchen, um auszuschließen, daß es ein Hinweis auf den Beginn eines Notfalls ist, bei dem ein chirurgischer Eingriff notwendig wird. In einer solchen Situation kann die Homöopathie im dritten Lebensabschnitt keinerlei Dienste leisten.

Andererseits können homöopathische Arzneimittel für rezidivierende Beschwerden, deren Ursache man kennt, wirksam sein.

Bryonia – Gegen Kolik mit Besserung durch Stilliegen. Schlimmer durch die Hitze einer Wärmflasche.

Colocynthis – Gegen krampfartige, schneidende Schmerzen, die nach Zorn oder tiefen Emotionen einsetzen. Sehr ruhelos.

Magnesium phosphoricum – Gegen Koliken, die durch die Hitze einer Wärmflasche gebessert werden.

Stuhlverstopfung

Damit bezeichnen wir die seltene, schwierige und manchmal schmerzhafte Entleerung des Darms. Häufig ist der Stuhl sehr hart.

Eine Stuhlverstopfung kommt im dritten Lebensabschnitt sehr häufig vor. Ursachen dafür können sein:

- altersbedingte Veränderungen im Darm
- schlechte Ernährung mit wenig Einnahme von Ballaststoffen
- unbefriedigende Toiletteneinrichtung
- Unbeweglichkeit
- Darmerkrankung
- Nebenwirkungen von Medikamenten – z.B. aluminiumhaltige Medikamente, Kalziumsalze, Schmerzmittel.

Jede Veränderung der gewohnten Darmtätigkeit kann sehr ernstzunehmende Ursachen haben. Daher sollte umgehend ärztlicher Rat eingeholt werden.

Ernährung – Man sollte versuchen, reichlich Ballaststoffe zu essen. Diese sind enthalten in Vollkornprodukten, Haferflocken, Obst und Gemüse. Vollkornbrot ist Weißbrot vorzuziehen, und Vollkorngebäck ist besser als andere Backwaren.

Flüssigkeit – Viele Menschen schränken ihre Flüssigkeitszufuhr aus Angst vor Flüssigkeitsansammlung im Gewebe ein, wodurch es zu geschwollenen Knöcheln, häufiger Blasenentleerung usw. kommt. Man sollte für eine ausreichende Flüssigkeitszufuhr sorgen, andernfalls holt sich der Körper die benötigte Flüssigkeit, indem er sie dem Darminhalt während der Passage der Nahrung durch den Dickdarm entzieht. Dies ist eine der möglichen Ursachen für Stuhlverstopfung.

Unbeweglichkeit – Längere Bettlägerigkeit hat für die Darmtätigkeit schlimme Folgen.

Eingeschränkte Bewegungsfähigkeit kann dazu führen, daß der Stuhldrang ignoriert wird. Dadurch kann ein Teufelskreis einsetzen, der Stuhlverstopfung hervorruft.

Die sanitären Einrichtungen sollten angemessen sein. Wenn nötig, kann Ihr Arzt beurteilen, ob irgendwelche unterstützende Maßnahmen helfen könnten.

Medikamente – Aus den meisten Studien über Menschen im dritten Lebensabschnitt geht hervor, daß bis zu 50 Prozent der betroffenen Personen regelmäßig Abführmittel einnehmen. Häufig werden diese eingenommen, um die verstopfende Wirkung anderer Medikamente aufzuheben. Ihr Arzt kann Sie diesbezüglich immer beraten.

Sie sollten keine Medikamente ohne ärztlichen Rat absetzen.

Homöopathische Behandlung von Stuhlverstopfung

Bachblüten
Es ist eine Tatsache, daß sich Menschen im dritten Lebensabschnitt oft stark mit ihrem Darm beschäftigen. Es ist natürlich vernünftig, Maßnahmen zur Verhütung von Stuhlverstopfung zu ergreifen, aber wenn man davon besessen wird, kann das ganze Wohlbefinden beeinträchtigt werden. Wenn ein negativer Gemütszustand eintritt, lohnt es sich, die folgenden Heilmittel zu erwägen:

Mimulus – Furcht, daß man eine Krankheit wie Krebs bekommen könnte.

White Chestnut – Unfähigkeit, an irgend etwas anderes zu denken. Völlig besessen.

Crab Apple – Wenn Gefühle von Ekel vor sich selbst auftreten.

Acidum nitricum – Wenn das Öffnen des Darms schmerzhaft ist. Es fühlt sich an, als wandere der Stuhl über scharfe Stöckchen.

Alumina – Gegen Stuhlverstopfung mit Erzeugung von harter, knotiger Stuhlentleerung, die Bluten verursachen kann.

Barium carbonicum – Gegen Stuhlverstopfung mit hartem knotigem Stuhl.

Bryonia – Bei großen, harten Stühlen, die bei der Entleerung zu brennen scheinen. Stuhlverstopfung scheint schlimmer zu sein, wenn man viel reist. Trinken großer Flüssigkeitsmengen scheint keinerlei Wirkung zu haben.

Calcium carbonicum – Gewöhnlich fühlen sich diese Menschen bei Stuhlverstopfung besser.

Silicea – Der Stuhl scheint im Mastdarm steckenzubleiben. Starkes Pressen verursacht stechendes Brennen. Wenn der Stuhl teilweise entleert ist, schlüpft er oft wieder zurück.

Hämorrhoiden

Es ist wichtig, die Diagnose von Hämorrhoiden vom Arzt bestätigen zu lassen, bevor man mit irgendeiner Form von Behandlung beginnt. Dies gilt besonders dann, wenn Blutungen aus dem Mastdarm auftreten, um Mastdarmkrebs auszuschließen.

Acidum nitricum – Wenn ein Splittergefühl besteht.

Aloe – Wenn Hämorrhoiden wie «Trauben» vorliegen. Sie sind sehr schmerzhaft, empfindlich und es besteht ständige Ungewißheit, ob Gas oder Stuhl entleert wird.

Barium carbonicum – Wenn es bei der Harnentleerung zu Hämorrhoidenvorfall kommt.

Causticum – Wenn der Anus wund ist, brennt und juckt.

Hamamelis – Wenn Prellungsschmerz im Darmausgang besteht. Dieses Arzneimittel kann entweder oral oder als Salbe verwendet werden.

Hypericum – Wenn der Anus extrem empfindlich ist. Die Hämorrhoiden können bei Berührung leicht bluten.

Thuja – Wenn Warzen vorliegen. (Aber die Diagnose muß bestätigt werden. Die bloße Annahme, daß es Warzen sind, genügt nicht.)

13. Die Harnwege

Beschwerden in den Harnwegen treten extrem häufig auf. Nicht nur der Muskeltonus der Harnorgane nimmt ab, sondern die Effizienz der Nieren läßt mit zunehmendem Alter nach. Mit 85 Jahren fließt nur noch halb soviel Blut zu den Nieren wie in dem Körper eines jungen Erwachsenen. Ebenso ist das funktionstüchtige Nierengewebe um die Hälfte reduziert. Diese beiden Faktoren bedeuten, daß das verbleibende funktionsfähige Gewebe überbeansprucht wird, da die Nieren sich bemühen, den Flüssigkeitshaushalt im Körper im Gleichgewicht zu halten.

Zusätzlich kann eine Prostatavergrößerung bei Männern und eine Neigung zum Schwächerwerden der Vaginalwände bei Frauen Probleme in den Funktionen der Blase bewirken.

Gefahrensymptome

Wie bei den Unterleibsbeschwerden ist es wichtig, umgehend eine ärztliche Diagnose stellen zu lassen, wenn folgende Symptome auftreten:

Unerwartete Gewichtsabnahme
Blut im Urin
Harninkontinenz
Harnretention (Notfall)
Plötzliche starke Schmerzen in den Lenden oder im unteren Abdomen (Notfall)

Infektionen der Harnwege sind häufig. Einige Studien haben gezeigt, daß die Infektionsrate bei älteren Menschen, die zu

Hause leben, bis zu 20 Prozent betragen kann, die Mehrzahl davon ist sich dessen noch nicht einmal bewußt. Das Gefahrenpotential jedoch ist, daß die Infektion von der Blase in die Nieren aufsteigen und zu einer Pyelitis (= Nierenbeckenentzündung) führen könnte, was katastrophale Folgen haben kann.

Plötzliche Veränderungen der Harnwegsfunktionen sollten von einem Arzt beurteilt werden, bevor man mit irgendeiner Behandlung beginnt.

Häufiger Harndrang

Wenn der häufige Harndrang seit langem besteht und wenn Nachforschungen jede ernste Ursache ausgeschlossen haben, dann können die folgenden homöopathischen Arzneimittel hilfreich sein:

Barium carbonicum – Bei ständigem Harndrang. Hämorrhoiden können hervortreten, wenn der Harn entleert wird.

Causticum – Wenn sowohl tagsüber als auch nachts häufiger Harndrang besteht.

Nux vomica – Wenn häufiger Harndrang besteht, aber wenig entleert wird. Es liegt allgemeine Reizbarkeit vor. Häufig Juckreiz während der Harnentleerung.

Sepia – Wenn eine Druckempfindung nach unten während der Harnentleerung vorliegt.

Brennen während der Harnentleerung

Voraussetzung ist wieder, daß eine Infektion ausgeschlossen wurde:

Acidum nitricum – Wenn der Harn brennt, beißt und abstoßend riecht (klassischerweise nach Pferdeharn), ohne daß eine Infektion vorliegt.

Apis – Wenn ein Gefühl von Brennen und Beißen besteht. Der Harn kann sehr konzentriert wirken.

Argentum nitricum – Wenn Brennen, Jucken und ein Splittergefühl vorliegen. Harn ist dunkel und spärlich.

Arsenicum album – Wenn das Brennen so stark ist, daß es Unruhe erzeugt. Der Patient kann nicht stillhalten.

Sulfur – Wenn die Harnentleerung Brennen verursacht, das noch lange danach anhält.

Inkontinenz

Die unfreiwillige Harnentleerung ist ein sehr lästiges Symptom. Im dritten Lebensabschnitt kann es sein, daß das Problem keine echte Inkontinenz ist, sondern die Schwierigkeit, rechtzeitig die Toilette zu erreichen. Dies muß berücksichtigt werden.

Es lohnt sich immer, Übungen zu machen, um den Blasentonus zu erhöhen und somit bessere Kontrolle zu erhalten.

Eine erste Übung besteht darin, den Afterschließmuskel zusammenzupressen. Setzen Sie sich einfach hin, und kneifen Sie die Gesäßbacken zusammen. Während sie versuchen, die Spannung fünf bis zehn Sekunden lang beizubehalten, versuchen Sie, den After fest zu schließen. Überanstrengen Sie sich nicht dabei, aber steigern Sie die Übung allmählich, bis Sie es pro Übung fünfmal schaffen. Versuchen Sie, diese Übung dreimal täglich zu machen.

Die zweite Übung kann man jedesmal während der tatsächlichen Harnentleerung durchführen. Entleeren Sie einfach die Blase nicht vollständig auf einmal. Versuchen Sie den Strahl in der Mitte für fünf Sekunden anzuhalten, dann entleeren Sie etwas mehr Harn, halten Sie den Strahl wieder für fünf Sekunden an, und entleeren Sie die Blase vollständig. Dies wird dabei helfen, den Tonus zu stärken.

Apis – Wenn bei Husten Brennen, beißendes Stechen und Inkontinenz auftreten.

Causticum – Wenn häufige Harnentleerung tagsüber und nachts vorliegt, und wenn der Harn unbemerkt abgehen kann.

Natrium muriaticum – Wenn geringe Harnmengen beim Husten, Lachen oder bei Belastung abgehen. Druckinkontinenz. Gelüste auf Salz.

Sepia – Wenn Harn unfreiwillig im Schlaf abgeht.

Prostatabeschwerden

Vergrößerung der Prostata bei Männern erhöht die Häufigkeit des Harndrangs mit zunehmendem Alter. Schwierigkeiten bei der Harnentleerung muß immer untersucht werden.

Prostatakrebs ist der häufigste Krebs bei Männern im dritten Lebensabschnitt.

Aus diesem Grund sollte jeder Mann in den Achtzigern oder Neunzigern, der bis dahin gesund gewesen ist, eine ärztliche Untersuchung durchführen lassen, wenn er anfängt, sich allgemein unwohl zu fühlen.

Bei gutartiger Prostatavergrößerung kann ein chirurgischer Eingriff nötig sein, aber homöopathische Arzneimittel können die Symptome lindern.

Barium carbonicum – Wenn bei vergrößerter Prostata die Harnentleerung Brennen verursacht.

Calcium carbonicum – Für große, beleibte Männer. Der Harn bildet möglicherweise nach der Entleerung einen weißen Satz.

Silicea – Wenn beim Pressen zur Stuhlentleerung Sekret aus dem Penis abgesondert wird.

Thuja – Wenn häufiger und dringender Drang zur Harnentleerung besteht. Die Person kann zu Warzenbildung neigen und gern Tee trinken.

14. Frauenleiden

Das Klimakterium kann für viele Frauen eine traumatische Zeit sein. Es bezeichnet das Ende des reproduktiven Teils ihres Lebens, also ist es eine Zeit großer Veränderung. Der Hormonspiegel verändert sich, da die Ovarien aufhören, Eier zu produzieren, etwas Knochensubstanz geht verloren (was zu Osteoporose führen kann) und es müssen psychische Eingewöhnungen stattfinden.

Der Hauptschuldige in dieser Zeit scheint das Hormon Östrogen zu sein. Wenn der Östrogenspiegel in der Menopause sinkt, werden dadurch Hitzewallungen, Trockenheit und schmerzhafte Empfindlichkeit der Vagina verursacht. Es besteht auch eine komplizierte Beziehung mit dem Stoffwechsel von Kalzium und anderen Mineralien, was zu Verlust an Knochenmasse und Osteoporose führen kann.

HRT (hormone replacement therapy), Hormonsubstitution wird zur Zeit Frauen, die auf das Klimakterium zugehen bzw. durchmachen, empfohlen, um Beschwerden wie Hitzewallungen und Schmerzhaftigkeit der Vagina so gering wie möglich zu halten und um dem Entstehen von Osteoporose vorzubeugen. Doch nicht jede Frau verträgt diese Behandlung, und nicht jede Frau entscheidet sich dafür.

Es gibt Dinge, die Frauen tun können, um Beschwerden im Klimakterium und den Jahren danach so gering wie möglich zu halten.

Hören Sie mit dem Rauchen auf

Es ist nie zu spät, aufzuhören. Auch wenn die Zusammenhänge noch nicht vollständig nachvollzogen werden können, so besteht doch kein Zweifel daran, daß Zigarettenrauchen ein Hauptrisikofaktor für Herzerkrankungen, alle Krebsarten und Osteoporose ist.

Sport
Sportliche Betätigung in gemäßigter Form scheint besser zu sein als anstrengender Sport (s. Kapitel fünf). Für eine gesunde Siebzigerin wären eine Runde Golf pro Woche, einmal Schwimmengehen oder strammes Gehen angemessene Sportarten. Für eine gesunde Achtzigerin wäre ein Spaziergang zweimal pro Woche angemessen. Jene Menschen, die weniger beweglich sind und Gehhilfen brauchen (z.B. Stock, Dreifuß oder Laufgestell), sollten sich dennoch darum bemühen, sie soviel wie möglich zu verwenden, da viel Energie benötigt wird, um eine geringere Entfernung zurückzulegen.

Hören Sie auf Ihren Körper, und versuchen Sie nicht, über Ihre Grenzen hinauszugehen. Denken Sie an die Jahrzehnte. Was für eine durchschnittliche Fünfzigerin vernünftig wäre, ist für eine durchschnittliche Sechzigerin recht anstrengend usw. Wenn Sie sich über Ihre Grenzen nicht im klaren sind, reden Sie darüber mit Ihrem Arzt.

Ernährung
Es gibt zwei Hauptbestandteile, die in Ihrem Speiseplan erhöht werden sollten:

Kalzium
Phytoöstrogene (Pflanzenöstrogene)

Kalzium Auf einer Konferenz, die kürzlich in Kopenhagen gehalten wurde, kam man zu dem Ergebnis, Frauen im Klimakterium die Einnahme von 1000-1500 mg Kalzium täglich zu empfehlen. Danach, im dritten Lebensabschnitt, sei eine Einnahme von 800-1000 mg angemessen.

Um eine Vorstellung von dem Kalziumgehalt in der Nahrung zu geben: ein halber Liter teilentrahmte Milch enthält etwa 650 mg; ein 125 g Becher Joghurt enthält 240 mg; 28 g Käse enthalten etwa 200 mg.

Wegen des potentiellen Risikos der Entwicklung von Nierensteinen ist es jedoch wichtig, im dritten Lebensabschnitt den täglichen Konsum von 1500 mg nicht zu überschreiten (es sei denn natürlich, Ihr Arzt rät Ihnen dazu).

Pflanzenöstrogene Seit den siebziger Jahren weiß man, daß manches Getreide, daß man für Viehweiden verwendet, eine östrogenartige Wirkung hat. Ebenso weiß man, daß manche Pflanzen natürliche Chemikalien enthalten – Pflanzenöstrogene.

1990 sah sich ein australisches Team die Wirkung dieser natürlich vorkommenden Pflanzenöstrogene bei Frauen an, die das Klimakterium hinter sich hatten. Zu diesem Zweck wurde ihre Ernährung mit Sojamehl, verschiedenen Keimen und einer geringen Menge Leinöl ergänzt. Sie stellten eine sehr gute Wirkung auf die Zellen der Vagina fest, kompatibel mit verbesserter Östrogenaktivität.

In diesem Zusammenhang sind mit «Keimen» verschiedene Hülsenfrüchte und Samen gemeint, die angefeuchtet werden und die man dann keimen läßt, z.B. Sojabohnen und roter Klee.

Zusätzlich zu den Pflanzenöstrogenen liefern Hülsenfrüchte auch viel Eiweiß, Vitamin B und C. In kleineren Mengen enthalten sie außerdem Eisen, Magnesium und Kalzium.

Wenn man rotes Fleisch z.T. mit Soja ersetzt und dazu vielleicht zwei oder drei Mal wöchentlich Keimlinge ißt, z.B. Linsen, kann dies die Symptome bessern.

Hülsenfrüchte müssen immer gekocht werden, um die Pflanzensäuren und schädlichen Lecithine darin zu zerstören, da sie andernfalls eine schwere Gastroenteritis bewirken können.

Brustbeschwerden

Ärztlichen Rat sollte man umgehend einholen, wenn eines der folgenden Probleme auftritt:

Knoten in der Brust
Ekzem oder Exanthem um die Brustwarze
Absonderung aus der Brustwarze

Eine selbst oder vom Arzt durchgeführte Brustuntersuchung ist alle sechs Monate zu empfehlen. Die Technik kann man leicht lernen.

Bryonia – Wenn sich die Brüste einfach schwer und wund anfühlen und durch Druck Linderung eintritt.

Lachesis – Bei unbestimmten anhaltenden Schmerzen in den Brüsten am Morgen. Normalerweise besteht eine Abneigung gegen hochgeschlossene Kleider oder Blusen.

Hitzewallungen

Hitzewallungen können bis in den dritten Lebensabschnitt hinein bestehenbleiben. Sie sind ein Zeichen für Östrogenmangel und können durch Zufuhr von pflanzenöstrogenhaltiger Nahrung gelindert werden.

Aurum metallicum – Bei häufigen Hitzewallungen. Gewöhnlich melancholisches Temperament.

Lachesis – Wenn die Hitzewallungen mit Übelkeit, Blähungsgefühl und sogar Würgen einhergehen. Mag keine enge Kleidung.

Sepia – Wenn die Hitzewallungen von einer Druckempfindung nach unten im Abdomen begleitet sind.

Sulfur – wenn man viel schwitzt.

Absonderungen aus der Vagina

Jede Absonderung oder Blutung aus der Vagina nach der Menopause muß vom Arzt diagnostiziert werden, um ernste Erkrankungen auszuschließen.

Wiederkehrende Vaginalinfektionen können ein Symptom von unbemerktem Diabetes mellitus sein, somit besteht ein weiterer Grund dafür, ärztlichen Rat einzuholen.

Trockenheit der Vagina

Dies ist wieder ein normales Merkmal bei Östrogenentzug. Auch dies kann durch Nahrungsmittel gebessert werden, die Pflanzenöstrogene enthalten.

Acidum nitricum – Bei Trockenheit, Prickeln und Splittergefühl.

Hamamelis – Bei Empfindlichkeit, Trockenheit und Juckreiz.

Lycopodium – Bei Trockenheit, wenn Unbehagen zwischen 16 und 20 Uhr schlimmer wird. Niedergeschlagenheit und ständige Sorgenfalten auf der Stirn.

Natrium muriaticum – Bei Trockenheit; schlimmer am Morgen. Gewöhnlich bestehen Gelüste auf Salz.

Sulfur – Bei Brennen, Trockenheit und Schmerzen.

15. Die Haut

Die Haut altert mit zunehmenden Lebensjahren. Die Epidermis, die äußere Zellschicht, wird dünner. Die darunter liegende Hautschicht, die Dermis, nimmt etwa ab dem sechzigsten Lebensjahr an Masse ab. Innerhalb seiner Substanz gehen elastische Fasern verloren, das Kollagen verändert sich und macht die Haut steifer. All das, kombiniert mit dem Wasserverlust aus den Hautgeweben, führt dazu, daß die Haut ihre mechanische Integrität verliert, was schließlich zur Alterung der Haut führt.

Nicht alle Veränderungen sind jedoch allein auf die biologische Alterung zurückzuführen. In vielen Fällen erzeugen umweltbedingte ultraviolette Strahlen Falten und führen in pigmentierten Bereichen der Haut zu prämalignen oder malignen Veränderungen.

Ein weiterer bedeutsamer Faktor, der die Haut altern läßt, ist die Verwendung von steroidhaltigen Salben. Die unglaubliche Wirkung hat ihren Preis. Anstatt ein Hautproblem zu beheben, unterdrücken sie es oftmals nur und verursachen damit, daß der Körper mit dem Problem auf irgendeine andere Art fertig wird. Es kann sein, daß es nur eingekapselt wird und dem Krankheitsmuster des betreffenden Menschen eine weitere Schale oder Schicht zufügt.

Hautkrebs

Potentiell gefährliche Hautveränderungen sind:

Veränderung der Form und Größe einer Warze
Veränderung der Größe oder Form eines Leberflecks

Haarwuchs auf Leberflecken
Spontanes Bluten von Leberflecken

All diese Veränderungen können ein Hinweis auf den Beginn eines malignen Melanoms sein. Dies ist ein potentiell lebensbedrohender Zustand, daher müssen alle Veränderungen dieser Art mit Argwohn betrachtet werden. Eine ärztliche Diagnose sollte gestellt werden.

Nicht jeder Hautkrebs tritt an Leberflecken auf. Ein Basalzellenkarzinom, die häufigste Form von Hautkrebs, kann irgendwo auf der Hautoberfläche wachsen, am häufigsten auf dem Gesicht. Er hat einen leicht erhöhten Rand und ist gewöhnlich kreisrund. Wenn man ihn sich selbst überläßt, verursacht er langsame Erosion des umgebenden Gewebes, daher der Name «fressendes Geschwür». Jeder verdächtige Fleck im Gesicht sollte immer vom Arzt diagnostiziert werden.

Die Haut ist der Spiegel der Seele

Es liegt viel Wahrheit in diesem alten Spruch. Denken Sie daran, wie viele Menschen vor Verlegenheit erröten, vor Furcht blaß werden, vor Zorn dunkelrot anlaufen und vor Angst in Schweiß ausbrechen.

In der Homöopathie wird erkannt, daß Störungen auf der Haut nur äußere Anzeichen einer tieferliegenden Krankheit des Patienten sind. Da dies so ist, wirken die Konstitutionsmittel anscheinend am besten. Wenn es aber nicht möglich ist, diese auszuwählen, dann sollte man versuchen, das lokale Arzneimittel zu finden, das am besten zum Symptomenbild des Patienten paßt.

Die Bachblüten sind ein guter Ausgangspunkt für jedes Hautproblem. Untersuchen Sie einfach die Einstellung zum Leben, beurteilen Sie negative Gemütszustände und fangen Sie an, das passende Mittel einzunehmen. Bei vielen Hautausschlägen kann dies für den Beginn einer inneren Heilung bereits genügen.

Homöopathische Arzneimittel können entweder oral eingenommen oder als Salbe oder Creme aufgetragen werden. Arnica, Calendula und Hypericum sind alle als Creme erhältlich.

Arnicacreme – Gegen Prellungen.

Calendulacreme – Gegen Schnitte, Lazerationen, Abrasionen, Fissuren und Dekubitus (Wundliegen).

Hypericumcreme – Ähnliches Spektrum wie Calendula. Auch nützlich bei gequetschten, eingeklemmten Fingern, Splittern.

All diese Cremes sind in 30-g-Tuben erhältlich, und es lohnt sich, sie in der Hausapotheke greifbar zu haben.

Trockene und aufgesprungene Haut

Acidum nitricum – Gegen trockene Schrunden, die bluten und über denen sich Krusten bilden. Erzeugt ein stechendes Gefühl um die Nase.

Alumina – Gegen aufgesprungene, trockene Hände und bei einer Neigung zu brüchigen Nägeln und starken Juckreiz. Der Juckreiz kann so schlimm und dadurch das Bedürfnis zu kratzen so stark sein, daß man kratzt, bis es blutet.

Arsenicum album – Gegen trockene, brennende, abschuppende Haut.

Calcium carbonicum – Gegen ungesund aussehende Haut, die leicht ulzeriert.

Graphites – Gegen trockene, aufgesprungene Haut um Nase, Mund und Ohren.

Natrium muriaticum – Gegen trockene Haut an den Händen, besonders um die Nägel, mit Nietnägeln als Folge. Auch Risse um die Gelenke.

Petroleum – Gegen rauhe, harte, trockene Haut, die zu Schrundenbildung neigt und tiefe Fissuren zurückläßt. Auf den Handflächen und über den Fersen. Schlimmer bei Kälte.

Sulfur – Gegen trockene, rote, schuppige Haut, die rissig wird. Oft in Hautfalten am Abdomen, unter den Brüsten und in Gelenkbeugen.

Juckreiz

Dies ist ein eigenartiges Symptom, das von der Stimulation der Nerven herrührt, welche die Empfindung von feiner Berührung und Schmerzen vermittelt. Es gibt anscheinend keine getrennte Nervenbahn für den Juckreiz selbst, die Wahrnehmung von Juckreiz liegt an einer seltsamen Verbindung von zarter Berührung und Schmerzstimulation. Wenn diese Verbindung vor allem aus zarter Berührung besteht, so wird die Empfindung als ein Kitzeln wahrgenommen. Wenn das Schwergewicht auf dem Schmerz liegt, so empfindet man Juckreiz.

Alumina – Gegen aufgesprungene, trockene Hände, bei Neigung zu brüchigen Nägeln und starkem Juckreiz. Der Juckreiz kann so schlimm und dadurch das Bedürfnis zu kratzen so stark sein, daß man kratzt, bis es blutet.

Anacardium orientale – Gegen intensiven Juckreiz und psychische Reizbarkeit, besonders wenn eine Neigung zur Vergeßlichkeit besteht. Es kann sein, daß die Person flucht, was für ihren Charakter sonst ungewöhnlich ist.

Arsenicum album – Gegen trockene, schuppige, brennende und juckende Haut. Kann deswegen sehr ruhelos sein. Sehr ordentliche, adrette Menschen.

Calcium carbonicum – Bei ungesund aussehender Haut. Kann Nesselausschläge (Urtikaria) bekommen. Allgemeine Besserung durch Kratzen.

Graphites – Bei trockener Haut, die so stark juckt, daß man kratzen kann, bis es blutet. Besonders um Nase, Mund und Ohren.

Pulsatilla – Gegen Nesselausschlag nach gehaltvollen Speisen. Der Ausschlag neigt dazu, von einer Körperpartie zur andern zu wandern. Schlimmer in stickigen Räumen.

Sulfur – Gegen brennende, juckende und rot schuppende Haut. Schlimmer durch Hitze, Waschen oder Kratzen.

Urtica urens – Klassisch bei Nesselausschlag (Urtikaria). Haut ist heiß, fleckig. Gegen prickelnde Hitze.

Gürtelrose

Dieser Zustand beruht auf dem Aufflammen des Windpockenvirus in einem Hautnerv, in dem er latent vorhanden war, seit die Person Windpocken gehabt hat. Die Virusinfektion kann sogar achtzig Jahre zurückliegen.

Gürtelrose ist durch einen Hautausschlag und durch Schmerzen gekennzeichnet. Der Ausschlag ist normalerweise rot, es entstehen kleine Bläschen, die aufplatzen und auf denen sich Krusten bilden. Typischerweise ist er auf eine Körperseite beschränkt. Der Schmerz wird in derselben Seite empfunden, auf der der Ausschlag auftritt, und kann von leichtem Unbehagen bis hin zu unerträglichen Qualen reichen. Mit etwas Glück sollten sich Ausschlag und Schmerzen innerhalb von zwei bis drei Wochen wieder legen. Bei einigen wenigen Menschen jedoch kann der Schmerz noch lange nach Abklingen des Exanthems bestehen bleiben. Dies nennt man eine «post-herpetische Neuralgie».

Wenn Gürtelrose im Gesicht ausbricht, ist ärztliche Beurteilung nötig, weil ein Risiko besteht, daß das Auge in Mitleidenschaft gezogen wird.

Arsenicum album – Gegen brennende Schmerzen während des Ausschlags. Kann Besserung durch Hitze haben. Neigt zu großer Ruhelosigkeit.

Lachesis – Bei Gürtelrose mit purpurfarbenem Exanthem. Neigt dazu, extrem empfindlich zu sein. Möglicherweise besser durch Kälte. Redselige Typen.

Ranunculus bulbosus – Bei Gürtelrose mit Brennen und intensivem Juckreiz. Schlimmer durch Berührung. Schlimmer durch Bewegung.

Rhus toxicodendron – Wenn große Ruhelosigkeit besteht, besser durch Bewegung. Der Schmerz ist brennend und geht mit Juckreiz einher.

Thuja – Bei post-herpetischer Neuralgie.

Warzen

Acidum nitricum – Gegen große, zerklüftete Warzen mit Juckreiz und Prickelgefühl. Es besteht Blutungsneigung, wenn sie berührt oder gewaschen werden.

Calcium carbonicum – Gegen Warzen im Gesicht und an den Händen, die zu Juckreiz neigen.

Causticum – Gegen Warzen um Nase und Augen. Es besteht Blutungsneigung.

Natrium muriaticum – Gegen Warzen an den Handflächen.

Thuja – Ein gutes Mittel gegen Warzen aller Art. Oft besteht ein starkes Verlangen nach Tee.

Ulzera und wunde Stellen

Acidum nitricum – Gegen Hautgeschwüre oder wunde Stellen, die bei Berührung oder Waschen bluten. Es kann ein Prickeln darin empfunden werden.

Arsenicum album – Gegen Hautgeschwüre oder wunde Stellen, die brennen. Oft übelriechende Absonderungen. Die Person ist infolgedessen sehr ruhelos.

Belladonna – Wenn sich das Geschwür oder das Wundsein rasch entwickelt und die Umgebung gerötet ist. Die Pupillen können geweitet sein.

Lachesis – Gegen Geschwüre oder wunde Stellen mit dunkelrotem Aussehen. Sie können die Person zornig machen.

Silicea – Gegen Hautgeschwüre oder wunde Stellen, die schwer heilen.

16. Erste Hilfe

Ohnmachtsanfälle, ein Sturz, Schock oder Trauma, all dies kommt im dritten Lebensabschnitt recht häufig vor. Es ist sehr ratsam, eine Reihe gut gewählter homöopathischer Arzneimittel im Erste-Hilfe-Schrank aufzubewahren.

Bei psychischem Schock
Dies könnte eintreten, nachdem man schlimme Nachrichten erhalten, Zeuge eines traumatischen Ereignisses war oder selbst eine Verletzung oder Krankheit erlitten hat.

Notfalltropfen – Die Kombination der Bachblütenmittel, die bei dem emotionalen Zustand hilft, der mit jedem Schock-, Panik- oder Streßerlebnis einhergeht. Ich habe immer eine Flasche in meiner Arzttasche und würde jedem empfehlen, eine in der Hausapotheke aufzubewahren.

Star of Bethlehem – Bei Schock nach schlechten Nachrichten, Trauerfällen oder Unfällen.

Aconitum – Bei physischem oder psychischem Schock, wenn die Person aufgeregt, rastlos, erschreckt oder fiebrig wird. Kann pochende Kopfschmerzen oder Herzklopfen entwickeln.

Bei physischem Schock
Aconitum – Bei physischem oder psychischem Schock, wenn die Person aufgeregt, rastlos, erschreckt oder fiebrig wird. Kann pochende Kopfschmerzen oder Herzklopfen entwickeln.

Arnica – Bei Verletzung des weichen Gewebes wie Prellungen, Zerrungen und Verstauchungen. Es wird auch den Schock beheben, der durch die Verletzung erzeugt wurde. Ein Schock durch einen Unfall kann noch Jahre später eine Wirkung bei der Person haben. In solchen Fällen wird Arnica den Schock und alle chronischen Beschwerden, die daraus entstanden sind, beheben.

Es ist auch nützlich für schwerwiegendere Verletzungen und verkürzt die Zeit der Genesung nach Operationen und Knochenbrüchen.

Carbo vegetabilis – Bei Kollaps und Ohnmachtsanfällen. Hier ist natürlich ärztliche Hilfe notwendig, aber eine Dosis Carbo vegetabilis, während man auf den Notdienst wartet, kann eine überraschende Wirkung haben.

Hypericum – Bei gequetschten oder eingeklemmten Fingern und Zehen und bei jedem Problem, bei dem es eine Nervenschädigung gegeben hat.

Sowohl die C 6 als auch die C 30 Potenz kann in der Erste-Hilfe-Situation verwendet werden. Man kann jede Viertelstunde eine Dosis nehmen, bis eine Besserung eintritt, dann alle 2-4 Stunden über einen Zeitraum von 24 Stunden.

Lokale Behandlung

Zusätzlich zur oralen Einnahme kann die Verwendung von Salben in Notfallsituationen sehr hilfreich sein.

Arnica – Bei allen Prellungen, Zerrungen und Verstauchungen, wo die Haut nicht verletzt ist.

Calendula – Bei allen Schnitten, Schürfwunden, Fissuren, Dekubitus und Geschwüren. Auch nützlich bei kleinen oberflächlichen Verbrennungen. Beachten Sie jedoch, je schwerer die Verbrennung, desto geringer kann möglicherweise der Schmerz sein. In Zweifelsfällen holen Sie eine ärztliche Diagnose ein.

Hypericum – Bei Quetschungen und Verletzungen durch Dornen, Splitter und Bisse.

Notfallsalbe – Die Bachblütenkombination in Cremeform zur äußeren Anwendung. Nützlich bei Geschwüren, Schnitten, Verbrennungen (s. unter Calendula) und Verstauchungen.

III. TEIL

Anmerkungen zur Einnahme der Arzneimittel

Einnahme der Arzneimittel

Es ist wichtig, an die folgenden Punkte zu denken, wenn man homöopathische Mittel in Tablettenform einnimmt.

- Die Tabletten sollten nicht mit der Hand berührt, sondern aus dem Deckel der Arzneiflasche oder mit einem Löffel in den Mund genommen werden. Der Grund dafür ist, daß die Arzneiwirkung der Tablette nur an der Oberfläche liegt, nicht durchgehend wie bei konventionellen Tabletten.
- Man sollte 2 Tabletten gleichzeitig einnehmen – aber sie dürfen nicht geschluckt, sondern müssen gelutscht werden.
- Vor oder nach der Einnahme der Tabletten sollte ein Abstand von mindestens einer halben Stunde zu jeder Aufnahme von Nahrung, Tee, Kaffee, Rauchen oder Zähneputzen liegen.
- Die Arzneimittel haben eine lange Haltbarkeitsdauer, wenn sie getrennt von stark riechenden Substanzen aufbewahrt werden. Am besten werden sie in einer Schublade aufbewahrt, entfernt von Parfums, Gewürzen, Duftkissen oder Mottenkugeln.

Zwei Potenzen werden empfohlen – C 6 für lokale Arzneimittel und C 30 für Konstitutionsmittel. Beide Potenzen sind normalerweise in Apotheken erhältlich, die homöopathische Arzneimittel vertreiben, außerdem in Reformhäusern oder direkt von Herstellern homöopathischer Arzneimittel.

Wenn das Konstitutionsmittel anhand des Studiums der Arzneimittellehre offensichtlich ist, dann kann dieses in der C 30 Potenz eingenommen werden, zwei Tabletten dreimal täglich zu Beginn jeder akuten Krankheit. *Die Einnahme sollte nicht länger als drei Tage fortgeführt werden.* Wenn innerhalb dieser Zeit eine Besserung eintritt, sollte die Einnahme sofort abgebrochen werden. Es ergibt überhaupt keinen Grund, «mehr zu nehmen, nur um ganz sicher zu gehen». Die Einnahme sollte nicht wiederholt werden, es sei denn, es treten wieder Symptome auf.

Das Konstitutionsmittel kann auch alle drei Monate über einen Zeitraum von jeweils drei Tagen zur Auffrischung eingenommen werden.

Wenn ein Arzneimittel in hoher Potenz über einen zu langen Zeitraum eingenommen wird (d.h. mehr als drei Tage), besteht die Wahrscheinlichkeit, daß eine Verschlimmerung der Symptome eintritt.

Lokale Arzneimittel sind nützlich, wenn sie eingenommen werden, um ein bestimmtes Problem zu behandeln. Am besten nimmt man sie in C 6, in tiefer Potenz ein. Sie können häufiger wiederholt werden als hohe Potenzen, aber die Einnahme sollte auch hier abgebrochen werden, sobald eine Besserung der Symptome eintritt. Sie sollten nicht wiederholt werden, es sei denn, es kommt zu einem Wiederauftreten der Symptome.

Arzneimittellehre

Hier sind die Arzneimittelbilder für alle Arzneimittel beschrieben, die in diesem Buch aufgenommen sind.

Wie Sie sehen werden, habe ich jedes Arzneimittel unter den Aspekten der psychischen Verfassung, Modalitäten, bevorzugten Speisen, Getränken, Abneigungen, Krankheitstendenzen und körperlichen Merkmale wie im 4. Kapitel besprochen. Charakteristische Merkmale der Arzneimittel werden kursiv hervorgehoben, z.B. der *Durst* von Aconitum.

Die wichtigsten Konstitutionsmittel sind mit Sternchen gekennzeichnet.

Es gibt zwar noch sehr viel mehr homöopathische Arzneimittel, die im dritten Lebensabschnitt wertvoll sind, aber ich habe die Zahl begrenzt, damit dieses Buch nicht zu kompliziert wird. Gleichzeitig habe ich mich darum bemüht, sicherzustellen, daß die (meiner Erfahrung nach) nützlichsten Mittel aufgenommen sind.

Materia Medica

Arzneimittel	**Abkürzung**
Acidum nitricum	Nit ac
Acidum phosphoricum	Phos ac
Aconitum	Acon
Ambra grisea	Amb gris
Aloe	Aloe
Alumina	Alum
Anacardium orientale	Anac
Apis mellifica	Apis
Argentum metallicum	Arg nit
Arnica	Arn
Arsenicum album	Ars alb
Aurum metallicum	Aur
Barium carbonicum	Bar carb
Belladonna	Bell
Bryonia	Bry
Cactus	Cact
Calcium carbonicum	Calc carb
Causticum	Caust
China	Chin
Cocculus	Cocc
Coffea	Coff
Colocynthis	Coloc
Cuprum metallicum	Cup met
Drosera	Dros
Dulcamara	Dulc
Euphrasia	Euph
Ferrum metallicum	Ferr
Gelsemium	Gels
Graphites	Graph
Hamamelis	Ham

Hepar Sulfuris	Hep
Hypericum	Hyp
Ignatia	Ign
Ipecacuanha	Ipecac
Kalium phosphoricum	Kali phos
Lachesis	Lach
Lycopodium	Lyc
Magnesium phosphoricum	Mag phos
Mercurius solubilis	Merc
Natrium muriaticum	Nat mur
Nux vomica	Nux vom
Petroleum	Petrol
Phosphorus	Phos
Pulsatilla	Puls
Ranunculus bulbosus	Ranun
Rhododendron	Rhod
Rhus toxicodendron	Rhus tox
Ruta graveolens	Rut
Sepia	Sep
Silicea	Sil
Spigelia	Spig
Spongia	Spong
Staphisagria	Staph
Sulfur	Sulf
Thuja occidentalis	Thuj
Urtica urens	Urt
Zincum metallicum	Zinc

Acidum nitricum
(Nitratsäure)

Allgemeine *Schwäche* wie bei allen «Säure»-Typen.
Patienten sind *Kälteempfindlich.*
Splitterartige Schmerzen.
Generalisierte *Stacheligkeit.*

Psychische Verfassung
Depressionen.
Verzweiflung.
Gleichgültigkeit.
Argwohn.
Eigensinn, Starrköpfigkeit.
Reizbarkeit.
Rachsucht.
Empfindlich gegen Geräusche, Schmerzen und Berührung.
Furcht vor dem Tod.

Modalitäten
Schlimmer abends und nachts.
Schlimmer durch Wind.
Schlimmer durch Feuchtigkeit.
Schlimmer durch Donner.
Besser durch Bewegung.

Appetit und Durst
Mag «unverdauliche» Dinge.
Mag Salz.
Mag Fett.

Krankheitstendenzen
Spannungskopfschmerz.
Mundgeschwüre.
Halsschmerzen mit Empfindung wie von Splittern im Hals.
Atemwegsinfektionen mit Prickelgefühl in der Brust.
Übelriechender Harn.
Stuhlverstopfung.
Analfissuren.
Hämorrhoiden mit splitterartigen Schmerzen, die noch lange nach der letzten Stuhlentleerung anhalten.
Warzen, die prickeln, bluten und jucken.

Körperliche Merkmale
Braune Augen.
Möglicherweise dunkelhaarig.
Dunkler Teint.
Risse um Nase und Mund.

Acidum phosphoricum
(Phosphorsäure)

Allgemeine *Schwäche* – zunächst psychisch, dann physisch. Schlimme Folgen von Trauer, Kummer, Enttäuschung und Überbelastung.

Psychische Verfassung
Sanftes Wesen.
Apathie.
Gleichgültigkeit.
Gedächtnisschwäche und Verwirrung nach Enttäuschung.

Modalitäten
Schlimmer durch Anstrengung.
Schlimmer durch Verlust von Körperflüssigkeiten, z.B. Durchfall, Schweiß, Blut.
Schlimmer durch enge Kleidung.
Besser durch Warmhalten.

Appetit und Durst
Mag Fruchtsäfte.
Mag kalte Milch.
Abneigung gegen saure Dinge.

Krankheitstendenzen
Entzündete Augen.
Folgen von Trauer oder Kummer.
Allgemeine Schwäche.
Nasenbluten.
Rückenschmerzen zwischen den Schulterblättern.
Flatulenz oder sehr blasser Durchfall.

Körperliche Merkmale
Möglicherweise frühe Glatzenbildung oder Grauwerden der Haare.
Blaue Ringe um die Augen.
Aufgesprungene Lippen.
Blasse, erdige Gesichtszüge.

Aconitum
(Sturmhut)

Ein gutes Arzneimittel bei *Krankheitsbeginn*. Nicht sehr gut gegen chronische Krankheiten.

Immer *Ruhelos.*
Großer *Durst.*
Kribbeln, Taubheitsgefühl lokaler Partien und *brennende* innere Schmerzen.

Psychische Verfassung
Große Furcht und Angst bei jeder Erkrankung.
Unheilvolle Vorahnungen.
Furcht vor dem Tod.
Angst bezüglich der Zukunft.
Wird ruhelos.
Ausgeprägte Einbildungskraft.
Möglicherweise Gefühl von Hellsichtigkeit.

Modalitäten
Besser durch frische Luft.
Schlimmer in warmen Räumen.
Schlimmer abends und nachts.
Schlimmer beim Aufstehen aus dem Bett.
Schlimmer durch trockene, kalte Winde und Zugluft.
Schlimmer durch Musik.

Appetit und Durst
Durst nach kaltem Wasser.

Krankheitstendenzen
Augenentzündungen.
Fieberhafte Erkrankungen, ausgelöst durch Schock, Schreck, Zugluft und zuviel Sonne.

Körperliche Merkmale
Robuste Typen mit gesunder Hautfarbe.

Aloe

(Aloe socotrina)

Nützlich, wenn viele Medikamente gegeben wurden. Sehr nützlich für angeschlagene Personen im dritten Lebensabschnitt mit unangenehmem Juckreiz und Brennen im After durch *Hämorrhoiden.*

Hämorrhoiden wie Trauben.

Durchfall nach dem Essen oder Trinken.

Kann auch bei *Harninkontinenz* nützlich sein.

Alumina

(Aluminiumoxyd)

Alumina ist ein Arzneimittel gegen die toxischen Wirkungen von Aluminium (s. 8. Kapitel).

Allgemeine *Trockenheit* der Schleimhäute.

Körperpartien sind *schwach* oder sogar *paralysiert.*

Allgemeine *Trägheit* aller Körperfunktionen.

Psychische Verfassung

Depressive Stimmung.

Furcht, die Verstandeskraft zu verlieren.

Veränderliche Stimmung.

Gedächtnisprobleme und Konzentrationsschwäche.

Immer in Eile, obwohl sich die Zeit hinzuschleppen scheint.

Modalitäten

Schlimmer am Morgen.

Schlimmer in warmen Räumen.

Schlimmer durch Kartoffeln.

Besser durch frische Luft.

Besser durch feuchtes Wetter.
Besser an einem Tag, schlimmer am nächsten.

Appetit und Durst
Ungewöhnliches Verlangen nach «unverdaulichen» Dingen.
Mag Tee und Kaffee.
Mag Obst und Gemüse.
Abneigung gegen Fleisch und gegen Kartoffeln.

Krankheitstendenzen
Trockene Augen.
Trockenheit der Schleimhäute der Atemwege mit Husten, chronischem Katarrh und Heiserkeit.
Kopfschmerzen im oberen Schädelbereich.
Verstopfung mit hartem, knotigem Stuhl.
Trockene, schrundige, juckende Hautbeschwerden.
Juckreiz im Mastdarm/After.
Taubheitsgefühl, Schwäche und Lähmung der Gliedmaßen.

Körperliche Merkmale
Blasse, trockene und möglicherweise aufgesprungene Haut.
Dünner Körperbau.

Ambra grisea
(Grauer Amber)

Nützlich für gebrechliche, zittrige, kränkliche Personen im dritten Lebensabschnitt.
Extrem ängstlich.
Vergeßlichkeit.
Schwäche, Kälte und *Taubheitsgefühl.*
Einseitige Beschwerden.

Psychische Verfassung
Große Furcht vor Menschen. Mag Einsamkeit.
Extrem schüchtern.
Ängstlich in Gegenwart anderer.
Konzentration und Gedächtnis schwach am frühen Morgen.
Scheinen Fragen, die sie gestellt haben, bereits zu vergessen, bevor sie die nächste stellen.
Depressive Stimmung wechselt mit Wutausbrüchen.

Modalitäten
Schlimmer durch Musik.
Schlimmer am Morgen.
Schlimmer, wenn die Routine durcheinander gebracht wird.
Besser durch Bewegung.
Schlimmer in Gesellschaft oder wenn man beobachtet wird.

Krankheitstendenzen
Schwindel.
Gedächtnisschwierigkeiten.
Schwäche aller Organsysteme mit zunehmendem Alter.

Körperliche Merkmale
Schwache, gebrechliche, dünne Typen.

Anacardium orientale
(Tintennuß)

Psychische Verfassung
Nützlich bei *Gedächtnisverlust.*
Ungewohntes und unerwartetes *Fluchen.*
Kann starkes Moralempfinden haben, hat daher *Schuldgefühle.*

Kann das Gefühl haben, als sei er zwei Personen.
Möglicherweise Gefühl der Besessenheit.
Leicht gekränkt.

Modalitäten
Besser durch Liegen auf der schmerzhaften Partie.
Besser durch Reiben.
Besser durch Essen.
Schlimmer durch Hitze.
Schlimmer durch Waschen oder Baden in heißem Wasser.

Appetit und Durst
Mag Milch und Milchprodukte.

Krankheitstendenzen
Empfindung von einem *Pfropf* im After, im Ohr, in der Nase.
Kann Magenstörungen bekommen, besser durch Essen.
Kann intensiven *Juckreiz* der Haut bekommen, was die Gereiztheit verschlimmert.
Abstumpfung aller Sinnesempfindungen.

Körperliche Merkmale
Blasses Gesicht.
Blaue Ringe um die Augen.

Apis mellifica
(Honigbiene)

Nützlich bei plötzlich auftretender *Schwellung* oder *Aufgedunsenheit* der Gewebe.
Brennende und *beißende* und *pochende* Schmerzen.
Sehr *Empfindsam* und *Berührungsempfindlich.*
Kein Durst.

Psychische Verfassung
Apathie und Gleichgültigkeit.
Gedächtnisschwierigkeiten.
Eifersucht.
Weinerlichkeit.
Jammern.
Schwer zufriedenzustellen.
Unbeholfenheit.

Modalitäten
Schlimmer durch Hitze in jeder Form.
Schlimmer durch Berührung und Druck.
Schlimmer durch Schlaf.
Besser durch Abdecken und kaltes Wasser.

Appetit und Durst
Gelüste auf Milch.

Krankheitstendenzen
Kopfschmerzen, die stechen und beißen und durch Bewegung verschlimmert werden.
Augenbeschwerden, die beißen und brennen.
Krampfartiger Husten.
Hautjucken. Möglicherweise Quaddelbildung wie Nesselausschlag.
Akutes Aufflackern von Arthritis mit beißenden und brennenden Schmerzen.
Insektenstiche.
Harninkontinenz mit Beißen während der Harnentleerung.

*****

Argentum nitricum
(Silbernitrat)

Angst und nervöses Vorgefühl.
Splitterartige Empfindungen.

Psychische Verfassung
Erwartungsspannung. Macht sich tagelang vor einer Verabredung, einem Termin oder Ereignis Sorgen.
Die Angst verursacht *Durchfall.*
Hat immer das Gefühl, nicht genug Zeit zu haben. Immer in Eile. Impulsiv. Kann scheinbar dummen Impulsen nachgeben.
Furcht vor dem Tod.
Höhenangst mit Impuls, in die Tiefe zu springen.

Modalitäten
Schlimmer durch Hitze.
Schlimmer nachts.
Schlimmer durch Süßigkeiten.
Schlimmer, wenn man in irgendeine emotionale Erregung gerät.
Besser durch Aufstoßen.
Besser durch kalte Luft.
Besser durch Druck.
Schlimmer durch Konzentration.

Appetit und Durst
Gelüste auf Süßigkeiten und Schokolade.
Mag Salz.
Mag Käse.

Krankheitstendenzen

Überanstrengung der Augen.
Flatulenz.
Durchfall.
Splitterartige Halsschmerzen und splitterartige Schmerzen.
Angstzustände.
Kopfschmerzen mit *Zittern*, schlimmer durch Konzentration.
Zittern und Schwäche der unteren Gliedmaßen.

Körperliche Merkmale

Dünner Körperbau.
Kann zu extravertierten Typen passen, die Erfolg haben, weil sie so große Versagensängste haben.
Man fragt sich vielleicht, warum man sich in bestimmte Situationen begibt, da man vor dem Ereignis mit Furcht, Zittrigkeit und Durchfall reagiert.

Arnica

(Berg-Wohlverleih)

Nach Trauma.
Wundheitsschmerz, Prellungsgefühl.
Schock nach Verletzung oder Unfall.
Ein gutes Erste-Hilfe-Mittel, genannt «Arnica, der Heiler».

Psychische Verfassung

Gleichgültig.
Reizbar.
Vergeßlich und geistesabwesend.
Furcht vor dem Tod.
Große Furcht vor Berührung, wenn man Schmerzen hat.
Sagt immer, er fühlt sich wohl, auch wenn er sehr krank ist.

Modalitäten
Schlimmer durch Berührung.
Schlimmer durch Bewegung.
Schlimmer durch Feuchtigkeit.
Schlimmer durch Alkohol.
Besser durch Ruhelage.

Appetit und Durst
Mag Essiggemüse.
Mag Essig.
Abneigung gegen Fleisch.
Abneigung gegen Milch.

Krankheitstendenzen
Alle Traumata.
Wird den Schock beseitigen, der durch einen Unfall oder eine Verletzung entsteht, auch wenn das Ereignis Jahre zurückliegt. Chronische Beschwerden, die durch einen solchen Schock hervorgerufen wurden, können nach einer Behandlung mit Arnica behoben werden.

Körperliche Merkmale
Kann leicht melancholisch sein.
Allgemein stoische Typen, die Probleme herunterspielen und nicht gern ihren Arzt belästigen wollen.

***** **Arsenicum album**
(Arsen)

Hier besteht sehr ausgeprägte *Übergenauigkeit.*
Die Symptome treten *periodisch* auf (d.h. Symptome neigen dazu, in regelmäßigen Abständen wiederzukehren).

Es bestehen *brennende* Schmerzen.
Ruhelosigkeit ist ausgeprägt.
Frostigkeit, inneres Kältegefühl.
Rechtsseitige Beschwerden.

Psychische Verfassung
Angst und Bangigkeit.
Bei einer Krankheit kann Hoffnungslosigkeit bestehen, als habe man das Gefühl, daß nichts helfen kann.
Diese Reaktion ist im Verhältnis zur Beschwerde übermäßig stark, und der Patient kann reizbar werden.
Verlangt unter Umständen bei der geringsten Beschwerde nach Bettruhe.
Ruhelosigkeit und Agitiertheit.
Rasch erschöpft.
Ordentlich in allen Dingen. Nahezu besessen. Äußere Erscheinung, Kleidung, Haus und Garten – alles muß ordentlich und gepflegt sein.
Furcht im Dunkeln.
Durstig.

Modalitäten
Schlimmer bei nassem Wetter.
Schlimmer gegen Mitternacht bis 2 Uhr.
Schlimmer durch Kälte und kalte Getränke oder Speisen.
Besser durch Hitze.
Besser durch warme Getränke.

Appetit und Durst
Mag Fett.
Mag Getränke in geringen Mengen.

Krankheitstendenzen
Hautprobleme, Psoriasis, Schuppen, Herzversagen, Fließschnupfen, der die Nase wund und rot macht.

Körperliche Merkmale
Ängstlich, blaß und dünn.
Intelligente, scharfsinnige und perfektionistische Typen.

Aurum metallicum
(Gold)

Beschwerden verursacht durch Trauer, Kummer und Gram.
Frostigkeit, inneres Kältegefühl.
Bohrende Schmerzen.

Psychische Verfassung
Mangel an Selbstvertrauen.
Depressionen, möglicherweise sogar suizidal.
Haßt Widerspruch.
Kann hysterisch und zornig werden.
Kritisch gegenüber allem und jedem.
Ist am liebsten mit sich selbst allein und redet nicht gern.
Geräusche verursachen Angst.
Furcht vor Männern.
Oft von Alpträumen heimgesucht.

Modalitäten
Schlimmer nachts.
Schlimmer durch Konzentration.
Schlimmer beim Erwachen.
Besser durch Kälte.

Kann im Winter Beschwerden bekommen – jahreszeitlich bedingte Störungen.

Appetit und Durst
Gelüste auf Alkohol.

Krankheitstendenzen
Katarrhalische Beschwerden.
Nasen- und Ohrenbeschwerden.
Bohrende und reißende Gelenk- und Knochenschmerzen.
Hautgeschwüre.

Körperliche Merkmale
Kann vor sich hin starren oder melancholisch aussehen.

***** Barium carbonicum
(Bariumkarbonat)

Oft liegen *vergrößerte Drüsen*, Zysten, Lipome (Fettgeschwulst) oder Knötchen vor. Bei Männern ist die *Prostatadrüse* vergrößert. Der Patient ist *kälteempfindlich.*

Psychische Verfassung
Gedächtnisverlust und Schwierigkeiten beim Denken.
Neigung, bei Problemen und vergangenem Kummer zu verweilen.
Furcht, daß etwas geschehen könnte.
Verwirrung.

Modalitäten
Schlimmer, wenn man an Probleme denkt.
Schlimmer durch Waschen.

Schlimmer durch Liegen auf der betroffenen Seite.
Besser im Freien.

Appetit und Durst
Kalte Nahrung.

Krankheitstendenzen
Kopfschmerzen, die sich anfühlen, als sei das Gehirn locker.
Rezidivierende Halsschmerzen mit vergrößerten Drüsen.
Lipome und Zysten.
Trockener Husten.
Herzklopfen in Linksseitenlage.
Verstopfung mit harter, knotiger Stuhlentleerung.
Hämorrhoiden, die auftreten, wenn Harn entleert wird.
Häufiger Harndrang.
Prostatabeschwerden.

Körperliche Merkmale
Tendenz zu Übergewicht.
Trockene, faltige Haut.

Belladonna
(Tollkirsche)

Hitze, Rötung, Pochen und *Brennen.*
Es ist ein akutes Arzneimittel.
Der Patient hat keinen Durst.
Die Beschwerden treten rasch auf.
Rechtsseitige Beschwerden.
Alle diese Merkmale können das Ergebnis einer schweren bakteriellen Infektion sein und müssen vom Arzt abgeklärt werden. Das ist wichtig, weil sehr viele gefährliche Infek-

tionen im dritten Lebensabschnitt in dieser Form beginnen können.

Psychische Verfassung
Schlimmer durch Berührung.
Schlimmer durch Erschütterung.
Schlimmer durch Lärm oder Geräusche.
Schlimmer durch Zugluft.
Besser durch Aufsitzen.
Besser in warmen Räumen.
Schlimmer durch Haareschneiden.
Schlimmer durch Verkühlung des Kopfes.

Appetit und Durst
Abneigung gegen Fleisch.
Abneigung gegen Milch.

Krankheitstendenzen
Alle plötzlich einsetzenden Infektionen, wie oben erwähnt. Es kann als zusätzliches Mittel neben schulmedizinischer Behandlung nützlich sein.
Pochende Kopfschmerzen.

Körperliche Merkmale
Kräftige Typen.
Lebhafte Typen, wenn sie gesund sind, aber Krankheit haut sie um, sie scheinen in ein Delirium zu verfallen.

Bryonia
(Zaunrübe)

Trockenheit zieht sich wie ein roter Faden durch dieses Arzneimittel. Die Schleimhäute sind trocken, trockener Mund, trockene Augen, trockener Husten und harte trockene Stühle.
Stechende und reißende Schmerzen.
Beschwerden werden durch Zorn hervorgerufen.
Übermäßiger Durst.

Psychische Verfassung
Reizbarkeit und Zorn. Will allein gelassen werden, wenn er krank ist.
Schwaches Gedächtnis.
Angst vor dem Sterben.

Modalitäten
Schlimmer durch Bewegung jeder Art.
Schlimmer durch kalten Wind.
Besser durch Kälte.
Besser durch völlige Ruhestellung.
Alle Beschwerden werden gebessert durch Druck, außer Unterleibsbeschwerden, die dadurch verschlimmert werden.
Besser durch Liegen auf der schmerzhaften Seite.
Besser durch völlige Ruhestellung.
Beschwerden können einsetzen, wenn das Wetter warm wird.

Krankheitstendenzen
Rasende oder berstende Kopfschmerzen. Besser durch Druck.
Arthritis und rheumatische Schmerzen, besser durch Stillhalten.
Stuhlverstopfung.
Trockener Husten und Pleuritis.

Körperliche Merkmale
Dunkle Haut und dunkelhaarig (oder ehemals dunkel).
Kräftiger Körperbau, aber nicht dick.

Cactus
(Cereus grandiflorus, Königin der Nacht)

Einschnürende und *schraubstockartige* Schmerzen.
Beschwerden neigen zu Periodizität oder treten in regelmäßigen Abständen auf.

Psychische Verfassung
Melancholisch. Angst.
Schmerzen sind so schlimm, daß man das Gefühl hat, schreien zu müssen.

Modalitäten
Schlimmer durch Linksseitenlage.
Besser im Freien.
Besser durch Druck.

Krankheitstendenzen
Schraubstockartige Kopfschmerzen.
Schraubstockartige Anginaschmerzen.
Herzklopfen im Gehen.

*****

Calcium carbonicum
(Kalziumkarbonat)

Frostigkeit, inneres Kältegefühl.
Langsamkeit.

Stauung in jeder Form – im Herzen, in den Lungen, im Darm.
Weichheit.

Psychische Verfassung
Depressionen.
Ängste aller Art – im Dunkeln, vor drohendem Unheil, vor Wahnsinn und Tod.
Furcht vor Hirnschlag kommt häufig vor.
Angst schlimmer am Abend, erzeugt Herzklopfen, Vergeßlichkeit und Verwirrung.
Vergißt, was er gelesen hat, bald nachdem er das Buch oder die Zeitschrift beiseite legt.
Allgemeine Langsamkeit der Gedanken.
Patienten haben die Neigung, bei Problemen zu verweilen, häufig zur Frustration von Freunden, Angehörigen und Betreuungspersonen.
Wenn sie über ihre Probleme sprechen, so treibt ihnen das die Tränen in die Augen.
Sie mögen keine Kritik. Wenn man streng mit ihnen spricht, macht es sie ängstlich.

Modalitäten
Schlimmer durch Anstrengung – sowohl körperlich als auch geistig.
Schlimmer durch Kälte in jeder Form.
Schlimmer durch Feuchtigkeit.
Schlimmer im Stehen.
Schlimmer bei Vollmond.
Besser durch Trockenheit und bei warmem Wetter.
Besser durch Liegen auf der schmerzhaften Seite.
Besser durch Reiben.
Besser in Rückenlage.

Appetit und Durst
Mag kein Fleisch.
Mag keine gekochten Speisen.
Mag kein Fett.
Mag keine Milch.
Mag «unverdauliche» Dinge.
Mag Eier.
Mag Salz.
Mag Süßigkeiten.

Krankheitstendenzen
Depressionen.
Chronischer Katarrh (Stauung).
Nasenpolypen (Stauung).
Trockener Reizhusten (Stauung).
Verstopfung (Stauung).
Warzen.
Fettleibigkeit.
Rückenschmerzen.

Körperliche Merkmale
Die äußere Erscheinung ist schwammig, teigig, weich.
Der Händedruck ist schlaff, und die Knöchel an den Händen können wegen des weichen, teigigen Aussehens als Grübchen erscheinen.
Die Füße neigen dazu, kalt und klamm zu sein.
Es besteht eine Neigung zu Schweißbildung an Kopf und Brustkorb.

***** **Causticum**

(Ätzstoff Hahnemanns)

Brennende, stechende und *reißende Schmerzen.*
Progrediente Schwäche, die zu Lähmung führt.
Bei «zusammengebrochenen» Konstitutionen im dritten Lebensabschnitt.
Kontrakturen.
Zustände, die durch Trauer oder Gram verursacht sind.

Psychische Verfassung
Verzweifelt an der Genesung.
Angst im Dunkeln.
Furcht vor Unheil.
Reizbarkeit.
Trauerfall kann Krankheit auslösen.
Mitfühlend anderen gegenüber.
Schwaches Gedächtnis.
Konzentration verschlimmert die Symptome.

Modalitäten
Schlimmer durch kalten Wind.
Schlimmer durch Bewegung.
Besser bei feuchtem, warmem Wetter.

Appetit und Durst
Abneigung gegen Speisengeruch.
Schlimmer durch süße Speisen.
Schlimmer durch Kaffee.

Krankheitstendenzen
Lähmungsbeschwerden, insbesondere wenn einzelne Nerven betroffen sind, z.B. Bellsche Lähmung (Gesichtslähmung).

Kontrakturen von Muskeln und Sehnen.
Schmerzhafter Nacken, erzeugt durch Kälte. Reißende Schmerzen in den Muskeln, Gelenken und Knochen.
Streßinkontinenz beim Husten, Niesen. Lachen und Anstrengung verursachen, daß Harn unfreiwillig entleert wird.
Hämorrhoiden.
Warzen, besonders auf dem Gesicht und den Fingern.

Körperliche Merkmale
Zusammengebrochene Erscheinung – kränkliches Aussehen, dunkeläugige «rheumatische» Typen.
Dunkles Haar (bzw. ehemals dunkel).

China
(Chinarinde)

Ein Arzneimittel gegen Schwäche – durch Durchfall, Blutverlust, übermäßiges Schwitzen und übermäßigen Gebrauch von Laxantien (d.h. durch Verlust von Körperflüssigkeiten).
Periodizität – Beschwerden treten oft jeden zweiten Tag auf.
Frostigkeit, inneres Kältegefühl.

Psychische Verfassung
Apathie.
Gleichgültigkeit.
Verzweiflung.
Kann andere absichtlich verletzen, wenn er dazu in Stimmung ist.
Gedanken schwirren im Kopf herum und verursachen Schlaflosigkeit.
Plötzliche, unerwartete Tränenausbrüche.

Modalitäten
Schlimmer durch geringste Berührung.
Verschlimmerung jeden zweiten Tag. Schlimmer durch Flüssigkeitsverlust aus dem Körper.
Besser durch Zusammenkrümmen.
Besser durch festen Druck.
Besser durch frische Luft.
Besser durch Wärme.

Appetit und Durst
Abneigung gegen Milch.
Abneigung gegen Obst.

Krankheitstendenzen
Berstende Kopfschmerzen gefolgt von empfindlicher Kopfhaut, gelindert durch Druck.
Ausdehnung des Unterleibs nicht gelindert durch Abgang von Gasen.
Tinnitus (Ohrenklingen) – empfindlich gegen Berührung.
Taubheit mit dem Tinnitus.

Körperliche Merkmale
Tiefliegende Augen, blaue Ringe um die Augen und gelbe Skleren (*aber keine Gelbsucht* – es ist keine Verfärbung, die sich entwickelt, sondern die schon immer vorhanden war).
Schweißbildung um die Nase.

Cocculus
(Anamirta cocculus)

Schwäche durch Schlafmangel.
Gutes Arzneimittel gegen Reiseübelkeit und *Schwindel.*

Empfindung, als seien die betroffenen Partien *hohl.*
Gefühl, als seien die betroffenen Partien *Eingeschlafen.*

Psychische Verfassung
Launisch.
Wird sehr trübselig.
Singt plötzlich laut los.
Manchmal schwer von Begriff.
Schnelles Sprechen.
Macht sich Sorgen um andere.
Empfindlich gegen Beleidigung oder Widerspruch.
Schwierigkeit, zu denken oder sich zu konzentrieren, wenn man nicht geschlafen hat.
Kann nicht die passenden Worte finden.

Modalitäten
Schlimmer durch Essen.
Übelkeit beim Geruch von Speisen, besonders bei Schwindel.
Schlimmer durch Schlafmangel.
Schlimmer durch Bewegung.
Schlimmer nach emotionaler Aufregung.

Appetit und Durst
Mag kaltes Bier.
Abneigung gegen jede Nahrung bei Übelkeit.

Krankheitstendenzen
Schmerzhafte Kontrakturen der Gliedmaßen, insbesondere wenn eine Körperseite betroffen ist.
Taubheitsgefühl der Körperpartien, als seien sie eingeschlafen.
Gesichtslähmung.

Verwirrung und Gedächtnisschwäche.
Ständige Schläfrigkeit mit krampfartigem Gähnen.

Körperliche Merkmale
Oft etwas Lahmheit, Lähmung oder Schwäche.
Möglicherweise hellhaarig (bzw. ehemals blond).

Coffea
(Kaffee)

Überempfindlichkeit gegen Schmerzen.
Alle Schmerzen erscheinen unerträglich.
Es besteht eine abnorme Hirnaktivität. Surrende Geschäftigkeit im Gehirn.

Psychische Verfassung
Reizbarkeit.
Die Sinne wirken geschärft.
Der Verstand surrt mit Gedanken.
Angst tritt ebenfalls schnell auf und erzeugt Ruhelosigkeit und Bangigkeit.
Schlaflosigkeit wegen des «Surrens» im Gehirn.

Modalitäten
Schlimmer durch übermäßige Emotionen jeder Art (z.B. Aufregung, Zorn, Freude).
Schlimmer durch starke Gerüche.
Schlimmer an frischer Luft.
Besser durch Wärme.
Besser durch Hinlegen.
Besser durch Halten von kaltem Wasser im Mund.

Krankheitstendenzen
Kopfschmerzen, als würde ein Nagel in den Schädel getrieben.
Schlaflosigkeit.
Herzklopfen bei Erregung, überglücklich oder zornig.
Angst und Agitiertheit.
Überempfindliche Haut.

Körperliche Merkmale
Große, schlanke Typen mit Neigung zu gebückter Körperhaltung.
Dunkle Hautfarbe.

Colocynthis
(Koloquinte)

Beschwerden, die auf *Zorn* und *Empörung* folgen.
Verursacht häufig intensive *Neuralgien.*
Krampfartige, schneidende, einschnürende und *spasmodische* Schmerzen.
Quälende Unterleibsschmerzen, muß sich *Zusammenkrümmen.*
Symptome beginnen häufig auf der *linken Seite.*

Psychische Verfassung
Ruhelosigkeit.
Reizbarkeit.
Zornig, wenn man gefragt wird.
Empörung.
Leicht gekränkt.

Modalitäten
Schlimmer durch Zorn.
Schlimmer durch Empörung.
Besser durch Zusammenkrümmen.
Besser durch festen Druck.

Appetit und Durst
Abneigung gegen Käse.

Krankheitstendenzen
Neuralgien – hauptsächlich *linksseitig.*
Ischiasbeschwerden – linksseitig.
Krämpfe gelindert durch Liegen auf der betroffenen Seite mit angezogenen Beinen.

Körperliche Merkmale
Neigung zu Übergewicht.
Übelriechender Schweiß.
Kontrahierte Muskeln.

Cuprum metallicum
(Kupfer)

Krämpfe, einschnürende Schmerzen und *Spasmen.*
Symptome beginnen häufig in der *linken Seite.*
Symptome fühlen sich immer *extrem hochgradig* an.
Kupfergeschmack – «nach alten Kupfermünzen».

Psychische Verfassung
Leicht müde.
Muß immer auf Trab bleiben.
Verwirrt, wenn man krank ist.

Bekommt fixe Ideen.
Gebraucht häufig die falschen Wörter.

Modalitäten
Schlimmer abends und nachts.
Schlimmer bei Kälte.
Schlimmer durch Erbrechen.
Besser durch kalte Getränke.
Besser durch Schweiß.

Appetit und Durst
Mag kalte Getränke.
Mag warme Speisen.

Krankheitstendenzen
Alle Krämpfe – Thorax, Unterleib, Gliedmaßen oder Neuralgien.
Krämpfe beginnen oft in den Fingern und Zehen.
Übelkeit – gelindert, wenn man kaltes Wasser trinkt.

Körperliche Merkmale
Bläuliche Färbung von Mund und Lippen.
Klagt über schleimigen, metallischen, kupferartigen Geschmack.
Ständiges Bedürfnis, sich die Lippen zu lecken, so daß die Zunge wie bei einem Reptil aus dem Mund und wieder hineinschießt.

Drosera
(Sonnentau)

Spasmodische Beschwerden.
Heisere Stimme.
Asthma beim Sprechen.

Psychische Verfassung
Nichts Besonderes.

Modalitäten
Schlimmer nach Mitternacht.
Schlimmer nach Lachen.
Schlimmer durch Bettwärme.
Schlimmer durch Singen.
Schlimmer durch Lachen.
Besser durch Bewegung.
Besser durch Aufsitzen.
Besser durch Ruhe.
Besser durch kalte Luft.

Appetit und Durst
Abneigung gegen Zitrusfrüchte.
Abneigung gegen Essig.

Krankheitstendenzen
Laryngitis.
Husten, der schlimmer ist durch Hinlegen.
Asthma schlimmer durch Hinlegen.
Tuberkulose in der Familienanamnese.

Körperliche Merkmale
Nichts Besonderes.

Dulcamara
(Bittersüß)

Beschwerden durch *Wetterwechsel.*
Erkältungen verursacht durch kalte, feuchte Umgebung.

Psychische Verfassung
Verwirrung – insbesondere wenn das Wetter umschlägt.

Modalitäten
Schlimmer nachts.
Schlimmer durch Kälte.
Schlimmer durch Feuchtigkeit und Regen.
Besser durch Bewegung.
Besser durch Hitze.

Appetit und Durst
Mag kalte Getränke.
Abneigung gegen jede Nahrung, wenn man krank ist.

Krankheitstendenzen
Juckende Hautprobleme.
Warzen.
Rheumatismus – schlimmer durch Wetterumschwung.
Neuralgie – schlimmer durch Wetterumschwung.
Bindehautentzündung.
Stimmverlust.

Körperliche Merkmale
Nichts Besonderes.

Euphrasia
(Augentrost)

Fließschnupfen mit brennenden Symptomen.

Psychische Verfassung
Nichts Besonderes.

Modalitäten
Schlimmer am Abend.
Schlimmer im Haus.
Schlimmer im Bett.
Schlimmer durch Hitze.
Schlimmer bei Südwind.
Schlimmer durch Licht.
Besser im Dunkeln.
Besser durch Kaffee.

Appetit und Durst
Abneigung gegen Tabak und Rauchen.

Krankheitstendenzen
Katarrhalische Beschwerden der Augen und Nase.
Wäßrige Augen und Nase.

Körperliche Merkmale
Neigung zu Absonderungen aus den Augen und roten Lidrändern.

Ferrum metallicum
(Eisen)

Frostigkeit, inneres Kältegefühl.
Tendenz, leicht eine *erhöhte Temperatur* zu bekommen.
Neigung, durch emotionale Erregung zu erröten.
Blutungsneigung.
Symptome beginnen während des Essens.
Schwäche durch Flüssigkeitsverlust.
Pochende Kopfschmerzen.
Kalte Extremitäten.

Psychische Verfassung
Extrem empfindlich.
Niedrige Schmerzschwelle.
Geräuschempfindlich.
Ruhelosigkeit.
Reizbarkeit.
Stimmungsschwankungen.
Depression.
Angst.

Modalitäten
Schlimmer durch Stillsitzen.
Schlimmer durch Kälte.
Besser durch Bewegung und Hitze.

Appetit und Durst.
Abneigung gegen Fett.
Abneigung gegen Eier.
Abneigung gegen Fleisch.
Abneigung gegen saures Obst.
Gieriger Appetit oder völliger Appetitverlust.

Krankheitstendenzen
Erkältungen und Atemwegsinfektionen.
Schwindel – insbesondere beim Überqueren von Gewässern.
Pochende Kopfschmerzen.
Diarrhoe und/oder Erbrechen beginnt beim Essen.
Rheumatische Schmerzen – insbesondere der Schultern.
Krampfadern.
Nasenbluten – nach emotionaler Erregung.

Körperliche Merkmale
Gewöhnlich blaß, anämisches Aussehen mit «schlaffen Muskeln».

*****

Gelsemium
(Gelber Jasmin)

Das klassische Grippemittel.
Große *Schläfrigkeit* bei jeder Beschwerde. Fast immer besteht das Bedürfnis, sich hinzulegen und zu schlafen.
Entkräftung, Schwindel und *Benommenheit.*
Spannungsgefühl im Kopf, berstende Kopfschmerzen.
Frostschauer die Wirbelsäule auf und ab.
Beschwerden durch starke Gefühle – Furcht, Zorn, Erregung.

Psychische Verfassung
Will allein gelassen werden.
Erwartungsspannung – macht sich tagelang vor einer Verabredung, einem Ereignis oder Treffen Sorgen.
Erregbare Natur.
Verwirrung und Schläfrigkeit.
Unfähigkeit, die Muskeln zu kontrollieren, wenn man krank ist.

Modalitäten
Schlimmer durch feuchtes Wetter.
Schlimmer vor Gewitter.
Schlimmer durch starke Emotionen.
Schlimmer durch denken an Beschwerden.
Schlimmer am Morgen.
Besser durch Nach-hinten-Biegen.
Besser durch Ruhelage.
Besser durch Entleerung großer Harnmengen.

Appetit und Durst
Durstmangel.

Krankheitstendenzen
Paralytische Zustände.
Migräne, insbesondere Kopfschmerzen im Hinterkopf.
Schwindel.
Atemwegsinfektionen und klassische «Grippe», wenn große Entkräftung vorliegt.
Durchfall vor einer/m gefürchteten Verabredung, Ereignis oder Zusammenkunft.

Körperliche Merkmale
Schwere Augenlider.
Gerötetes Aussehen.
Dunkelrote Haut.

*****

Graphites
(Reißblei)

Gewöhnlich ein Frauenmittel.
Hautprobleme – *Eiterneigung* bei Wunden und Schnitten.

Stuhlverstopfung mit hartem, knotigem Stuhl.
Frostigkeit, inneres Kältegefühl.
Haut- und Verdauungsbeschwerden im Wechsel.

Psychische Verfassung
Furchtsamkeit.
Unschlüssigkeit.
Depression.
Neigung, herumzuzappeln.
Angst.
Musik verursacht Weinerlichkeit.
Oft ein Empfinden, als habe man Spinnweben auf dem Gesicht.

Modalitäten
Schlimmer durch Hitze.
Besser im Dunkeln.
Besser durch Einhüllen.
Besser durch Geräusche in der näheren Umgebung.
Besser durch Essen.

Appetit und Durst
Abneigung gegen Fleisch.
Abneigung gegen Meeresfrüchte und Fisch.
Abneigung gegen Süßigkeiten.
Abneigung gegen heiße Getränke.

Krankheitstendenzen
Gerstenkörner.
Hautprobleme – Alle Verletzungen neigen zu Eiterung und brauchen lange, bis sie verheilt sind. Bekommt aufgesprungene, trockene Haut um die Nasenlöcher, Lippen und hinter den Ohren. Kann auch Absonderungen haben, die dick und honig-

artig sind. Anschließend kann es zu Krustenbildung kommen.
Nagelbeschwerden.
Magenbeschwerden und Verdauungsstörungen, gelindert durch Essen.
Nasenbluten.
Frostbeulen.

Körperliche Merkmale
Fettleibigkeit.
Ungesunde Haut.
Rotes Gesicht.
Augenlider oft rot und geschwollen.
Wunde Nase mit aufgesprungener Haut in der Umgebung.
Schlechter Atem.

Hamamelis
(virginischer Zauberstrauch)

Hyperämisch gestaute Blutgefässe, Krampfadern und Hämorrhoiden.
Verletzungen.
Hämmernde Kopfschmerzen.
Kann innerlich oder äußerlich angewendet werden.

Psychische Verfassung
Abgeschlagenheit.
Verlangt, daß man ihm Respekt zollt.

Modalitäten
Schlimmer in warmer, feuchter Luft.
Schlimmer durch Druck.
Schlimmer durch Bewegung.
Besser durch Ruhe.

Appetit und Durst
Mag kalte Getränke.

Krankheitstendenzen
Krampfadern – knotig, geschwollen und wund.
Hämorrhoiden, die leicht bluten.
Empfindung von einem Gewicht im Rektum.
Frostbeulen.

Körperliche Merkmale
Blutunterlaufene Augen, hyperämisch gestaute Blutgefäße auf Wangen und Nase.

*****

Hepar sulfuris
(Calcium sulfuratum Hahnemanni)

Empfindlich gegen alle Eindrücke – Berührung, Schmerzen und Kälte.
Schwitzt leicht, Tag und Nacht, will aber immer gut zugedeckt sein.
Alle Hautbeschwerden scheinen zu *eitern.*
Katarrhalische Neigung.
Frostigkeit, inneres Kältegefühl.
Splitterartige Schmerzen, insbesondere im Hals.

Psychische Verfassung
Reizbar bei der geringsten Provokation.
Überempfindlich, kann gleich böse werden.
Leicht gekränkt. Redet schnell.
Kann schnell übertreiben, wenn er zornig ist.
Von Natur aus brummig, nörgelnd. Kann stark zu Groll neigen.

Modalitäten
Schlimmer durch Berührung.
Schlimmer in trockenen, kalten Winden.
Schlimmer durch Zugluft.
Besser bei nassem Wetter.
Besser durch einhüllen des Kopfes.
Besser durch Essen.

Appetit und Durst
Mag Essiggemüse.
Mag Essig.
Mag Gewürze.
Abneigung gegen Fett.

Krankheitstendenzen
Hautbeschwerden, die zu Infektionen führen.
Dekubitus.
Hautgeschwüre.
Halsschmerzen mit geschwollenen Drüsen.
Augeninfektionen.

Körperliche Merkmale
Aufgesprungene Unterlippe.
Schwitzt stark, aber bleibt trotzdem warm eingehüllt.
Schweiß kann einen sauren, üblen Geruch haben.
Auch Hautabsonderungen neigen dazu, einen üblen Geruch abzusondern.

Hypericum
(Johanniskraut)

Ein großartiges Arzneimittel für alle Stich- oder Quetschwunden, z.B. eingetretener Nagel, Nadeln, Splitter, eingeklemmte Finger und Zehen.
Spasmen nach Verletzung.
Neuralgien.

Psychische Verfassung
Melancholisch.
Depression nach Wunden, Verletzungen oder Operationen.
Mag keine hochgelegenen Orte.

Modalitäten
Schlimmer durch Kälte.
Schlimmer durch Feuchtigkeit.
Schlimmer durch Nebel.
Schlimmer durch Bewegung.
Schlimmer durch Berührung.
Besser, wenn Kopf nach hinten gebogen wird.
Besser durch reiben.

Appetit und Durst
Durstig.
Mag Wein.

Krankheitstendenzen
Wunden, Einstiche, Quetschwunden, Gehirnerschütterung.
Steißbeinschmerz.
Hämorrhoiden, die empfindlich sind und leicht bluten.
Neuralgie.

Körperliche Merkmale
Nichts Besonderes.

Ignatia
(Ignazbohne)

Ein ausgezeichnetes Arzneimittel bei *schlimmen Folgen von Schock, Kummer oder Furcht.*
Symptome sind oft *unerwartet* oder *widersprüchlich*, z.B. Halsschmerzen, besser durch Schlucken fester Nahrung, Verdauungsbeschwerden besser durch Essen, Fieber besser durch Warmhalten.
Frostigkeit, inneres Kältegefühl.
Große *Überempfindlichkeit gegen Schmerzen.*
Pochen, Stechen und *krampfartige Schmerzen.*

Psychische Verfassung
Launisch – Stimmungen wechseln schnell und unerwartet.
«Quecksilbriges Temperament». Kann sehr schnell und beinahe ohne Vorwarnung von Freude zu Depressionen und Weinerlichkeit überspringen.
Angst.
Folgen von *Kummer*.
Kann sitzen und viel seufzen – selbst Jahrzehnte nach dem Ereignis.
Leicht gekränkt.

Modalitäten
Schlimmer am Morgen.
Schlimmer an kalter und frischer Luft.
Schlimmer nach Speisen.
Schlimmer durch Kaffee.

Besser beim Essen.
Besser durch Veränderung der Stellung.
Besser durch Liegen auf der betroffenen Körperpartie.
Besser durch Hitze und Sonne.

Appetit und Durst
Abneigung gegen Branntwein.
Abneigung gegen Kaffee.
Abneigung gegen Tabak.
Mag saure Speisen.
Mag Essig und säurehaltige Speisen.

Krankheitstendenzen
Hysterische Beschwerden.
Anhaltende Schwierigkeiten beim Schlucken, besonders nach einem Trauerfall. Dieses Leiden kennt man als «Globus Hystericus», wenn es einfacher ist, Flüssigkeiten zu schlucken als feste Nahrung.
«Psychosomatische Beschwerden».
Kopfschmerzen, als sei ein Nagel in den Schädel getrieben.
Krampfartige Schmerzen.

Körperliche Merkmale
Kann unfreiwilliges Zucken um den Mund haben.

Ipecacuanha
(Brechwurzel)

Spasmodische Beschwerden.
Feuchter, krampfartiger Husten.
Ständige Übelkeit, mit Würgen oder Erbrechen.

Psychische Verfassung
Reizbarkeit.
Geringschätzig gegen alle möglichen Dinge.
Will immer etwas «anderes».

Modalitäten
Schlimmer durch Feuchtigkeit.
Schlimmer durch Hinlegen.
Besser durch frische Luft.
Besser durch Schließen der Augen.
Besser durch kalte Getränke.

Appetit und Durst
Abneigung gegen Nahrung im allgemeinen.

Krankheitstendenzen
Atemwegsbeschwerden.
Krampfhusten mit Auswurf.
Katarrhalische Beschwerden, die zum Würgen führen.
Bronchitis.
Kopfschmerzen, als seien die Knochen zerquetscht.
Nasenbluten.

Körperliche Merkmale
Ringe um die Augen.

***** **Kalium phosphoricum**
(Kaliumphosphat)

Das Besänftigungsmittel für die Nerven.
Hochgradige Entkräftung.
Allgemeine *Schwäche.*

Frostigkeit, inneres Kältegefühl.
Gelbe Absonderungen.
Schmerzen im unteren Nacken und in der rückwärtigen Brust.

Psychische Verfassung
Angst.
Grauen, große Furcht.
Allgemeine Lethargie.
Abneigung, Menschen treffen zu müssen, obwohl man es haßt, allein zu sein.
Verfällt leicht in Depressionen.
Sehr nervös, furchtsam und schüchtern.
Reizbarkeit, wenn man gezwungen wird, sein Schneckenhaus zu verlassen, oder in die Ecke gedrängt wird.
Alpträume.
Niedergeschlagenheit.
Gedächtnisschwäche und Konzentration, wenn man aufgebracht ist.
Furcht vor *Nervenzusammenbruch.*

Modalitäten
Schlimmer durch Sorgen.
Schlimmer durch körperliche Anstrengung.
Schlimmer durch Gemütserregung.
Schlimmer durch Essen.
Besser durch Hitze.
Besser durch Bewegung.

Appetit und Durst
Mag eiskalte Getränke.
Mag Süßigkeiten.
Mag saure Speisen.

Krankheitstendenzen
Spannungskopfschmerzen. Schwindelgefühl durch Hinlegen. Tinnitus.
Feuchter Husten mit gelbem Sputum. Erkältung mit gelbem Katarrh und Absonderung aus der Nase.
Gelbe Diarrhoe, die beim Essen eintritt.
Zystitis mit gelbem Urin.

Körperliche Merkmale
Dünn, blaß, scheint immer krank auszusehen.
Errötet bei Streß.
Neigung, am Kopf und im Gesicht zu schwitzen.
Klagt über Schmerzen im unteren Nackenbereich.

***** **Lachesis**
(Buschmeister, Gift der Surukuku Schlange)

Ein ausgezeichnetes Arzneimittel für die Menopause und die Zeit danach.
Bei allen Hautproblemen besteht *blaue* und *dunkelrote* Verfärbung der Haut.
Aufgeblähtheit – Abneigung gegen enge Kleidung oder irgend etwas um den Hals.
Brennen.
Überempfindlichkeit – gegen Berührung und Lärm oder Geräusche.
Redselig – Neigung zu schwatzen, schweift ständig vom Thema ab.
Ruhelosigkeit.
Tendenz zu *linksseitigen Problemen*, z.B. Halsschmerzen beginnen auf der linken Seite.

Psychische Verfassung
Kann sich sündhaft fühlen.
Der Morgen ist nie die beste Zeit.
Fühlt sich seit der Menopause nicht mehr richtig wohl.
Mißtrauisch gegenüber Menschen; insbesondere gegenüber dem Ehegatten.
Eifersüchtig.
Alpträume.
Es kommt zu Depressionen nach der Menopause.
Wutanfälle – kann recht beißend und absichtlich verletzend sein.
Beschwerden, die nach Kummer, Trauer oder Gram auftreten.

Modalitäten
Schlimmer durch Schlaf – schläft immer in eine Verschlimmerung der Symptome.
Schlimmer durch Berührung.
Schlimmer durch Druck.
Schlimmer durch Bewegung.
Schlimmer durch Hitze.
Schlimmer durch heiße Getränke.
Schlimmer im Frühling.
Schlimmer bei bewölktem, trübem Wetter.
Besser durch warme Anwendungen.
Besser durch Absonderungen, z.B. durch Infektionen oder Nasenbluten.

Appetit und Durst
Mag Kaffee.
Mag Alkohol.
Mag Meeresfrüchte.
Mag kalte Getränke.

Krankheitstendenzen
Halsschmerzen – blaues oder dunkelrotes Aussehen. Sie beginnen auf der linken Seite. Die Schmerzen sind gewöhnlich im Verhältnis zu den Symptomen übermäßig stark.
Asthma.
Hitzewallungen.
Kopfschmerzen sind typischerweise hämmernd, schlimmer durch Druck und durch Schlaf. Kann sogar mit Kopfschmerzen aufwachen.
Herzklopfen. Einschnürende Anginaschmerzen und ein Blähungsgefühl.
Krampfadern – sehr blau und angeschwollen.
Hämorrhoiden – groß, blau oder dunkelrot.

Körperliche Merkmale
Blaues oder dunkelrotes Gesicht bei Krankheit.
Dünner Körperbau, kann sogar abgemagert wirken.
Blasses Gesicht im gesunden Zustand.

***** **Lycopodium**
(Bärlappsporen)

Rechtsseitige Beschwerden.
Sieht immer älter und besorgter aus als in Wirklichkeit.
Die Symptome sind schlimmer zwischen 16 und 20 Uhr.
Das Haar kann vorzeitig ergraut oder ausgefallen sein.
Schneidende und brennende Schmerzen.
Frostigkeit, inneres Kältegefühl.

Psychische Verfassung
Mangel an Selbstvertrauen.
Ängstliches Vorgefühl, Erwartungspannung vor Ereignissen,

bewältigt die Situation aber gewöhnlich sehr gut, wenn sie eintritt.
Empfindliche Typen.
Melancholie.
Furcht vor Alleinsein, Tod, Gespenstern, Menschenmengen.
Abneigung, fremden Menschen zu begegnen.
Vergißt Wörter beim Schreiben.
Reizbar beim Erwachen.
Durch Kleinigkeiten gereizt.
Abneigung gegen Widerspruch.

Modalitäten
Schlimmer durch Hitze.
Schlimmer durch heiße Anwendungen.
Schlimmer durch Überessen.
Besser durch Bewegung.
Besser durch Abdecken.
Besser durch kleine Mahlzeiten.

Appetit und Durst
Mag süße Speisen.
Mag warme Getränke.
Abneigung gegen Fleisch.
Abneigung gegen Käse.
Abneigung gegen Meeresfrüchte.

Krankheitstendenzen
Migräne.
Halsschmerzen, die auf der rechten Seite beginnen, besser durch warme Getränke.
Verdauungsbeschwerden, z.B. Flatulenz, Magengeschwüre, Gallensteine.
Nierensteine.

Verhärtung der Arterien.
Psoriasis.
Ruhelose Beine.
Trockene Vagina.

Körperliche Merkmale
Sorgenfalten auf der Stirn.
Intellektuelle Typen, z.B. Lehrer, Rechtsanwälte, Ärzte.
Möglicherweise frühe Glatzenbildung oder Grauwerden des Haupthaars.
Gesicht, Hals, Thorax dünn, aber Abdomen wohlgenährt.
Neigung zu gebückter Körperhaltung.
Klagt oft darüber, daß ein Fuß heiß und der andere kalt ist.

Magnesium phosphoricum
(Magnesiumphosphat)

Rechtsseitige Beschwerden.
Krampfartige oder spasmodische Beschwerden.
Der Patient ist erschöpft.
Abneigung gegen geistige Anstrengung.

Psychische Verfassung
Friedfertiges Wesen.
Neigung, über die Schmerzen zu lamentieren, die man erlitten hat.
Verschwommenes Denken.

Modalitäten
Schlimmer auf der rechten Seite.
Schlimmer durch Kälte.
Schlimmer durch Berührung.

Schlimmer nachts.
Besser durch Wärme, Druck und Reiben.
Besser durch Zusammenkrümmen.

Appetit und Durst
Mag kalte Getränke.

Krankheitstendenzen
Neuralgien.
Rechtsseitige Gesichtsschmerzen.
Rechtsseitige Ischialgie.
Unterleibskrämpfe und Kolik.
Tremor der Hand.
Allgemeine Muskelschwäche.
Krampfartiger Husten.

Körperliche Merkmale
Müdes Aussehen, träge, schlappe Typen.

***** **Mercurius solubilis**
(Quecksilber)

Schwäche und Abgespanntheit der Gliedmaßen.
Häufig liegen *Tremor* und eine Neigung zum *Stottern* vor.
Infektionen gehen mit Vergrößerung der Drüsen einher.
Alle Absonderungen sind *übelriechend.*
Der Patient neigt zu starkem *Schwitzen*, mit abstoßendem Geruch des Schweißes.
Metallischer Geschmack im Mund.
Empfindlichkeit gegen *Temperaturschwankungen.*
Brennen und *schneidende Schmerzen.*

Psychische Verfassung
Allgemeine *Langsamkeit* der *Gedanken.*
Schwaches Gedächtnis.
Mißtrauisch gegenüber anderen.
Furcht, den Verstand zu verlieren.

Modalitäten
Schlimmer durch Schwitzen.
Schlimmer durch Bettwärme.
Schlimmer nachts.
Schlimmer durch Feuchtigkeit.
Schlimmer in Rechtsseitenlage.

Appetit und Durst
Mag kalte Getränke.

Krankheitstendenzen
Halsschmerzen mit Exsudat und übelriechendem Atem.
Rezidivierende Mundbeschwerden.
Hautgeschwüre.
Dekubitus.

Körperliche Merkmale
Übelriechender Atem.
Schlaffe Zunge, die Abdrücke der Zähne zeigt.
Mangelhafte Mundhygiene und schwammiges Zahnfleisch.
Haut feucht durch Schwitzen.
Gesicht blaß, sieht schmutzig grau aus.

***** **Natrium muriaticum**

(Salz)

Patienten sind *Kälteempfindlich.*
Es kann ein *Tremor* vorliegen.
Erkältung beginnt mit wiederholtem Niesen.
Wundschmerz, Krämpfe und *hämmernde Schmerzen.*

Psychische Verfassung
Empfindlich, leicht beleidigt oder gekränkt.
Depressionen.
Schlimme Folgen oder Beschwerden nach *Trauer*, Kummer, Gram.
Möchte weinen, aber die Tränen kommen nicht.
Brütet über vergangene Kränkungen.
Groll, Ressentiments.
Durch Kleinigkeiten verärgert oder irritiert.
Mag kein Mitgefühl.
Launisch mit Gefühlsschwankungen.
Träume von Einbrechern.

Modalitäten
Schlimmer am Morgen.
Schlimmer am Meer.
Schlimmer durch Sonne.
Schlimmer durch Gewitter.

Appetit und Durst
Gelüste auf Salz.
Mag kalte Getränke.
Abneigung gegen Brot.

Krankheitstendenzen
Frostbeulen.
Mundgeschwüre.
Erkältungen und Atemwegsinfektionen.
Depressionen nach Trauer oder Schock.
Hämmernde Kopfschmerzen und vorher *Zickzacklinien* im Gesichtsfeld.
Herzklopfen.
Warzen auf Händen und Fingern.
Schwierigkeiten bei der Harnentleerung, besonders, wenn irgend jemand anwesend ist.

Körperliche Merkmale
Landkartenzunge.
Aufgesprungene Unterlippe.
Fettige Haut und feines, fettiges Haar.
Dünner Nacken und dünner Körperbau trotz gutem Appetit.

***** **Nux vomica**
(Brechnuß – strychninhaltig)

Vor allem ein *Männermittel.*
Der Patient ist *Kälteempfindlich.*
Überempfindlichkeit – gegen Geräusch, Licht und Geruch.
Üble Folgen von *Völlerei* und *Zügellosigkeit* – Alkohol, gehaltvolle Speisen, Kaffee, Tee usw.
Brennende, schneidende und *stechende Schmerzen* oder *unbestimmte, anhaltende Schmerzen.*

Psychische Verfassung
Reizbarkeit.
Streitsüchtig.

Abneigung gegen Widerspruch.
Melancholisch.
Abneigung gegen Berührung.
Immer in *Eile*.
Kritisch gegenüber anderen, findet immer Fehler.

Modalitäten
Schlimmer morgens.
Schlimmer bei windigem Wetter.
Schlimmer 2 Stunden nach Nahrungsaufnahme.
Schlimmer an frischer Luft.
Schlimmer in der Sonne.
Besser abends.
Besser durch Schlaf.
Besser bei feuchtem, nassem Wetter.
Besser durch Druck.

Appetit und Durst
Mag Fett.
Mag gehaltvolle Speisen.

Krankheitstendenzen
Rezidivierende Kopfschmerzen und Migräne.
Magenbeschwerden – Sodbrennen und Verdauungsbeschwerden.
Gastritis durch Völlerei.
Übermäßiger Alkoholkonsum.
Schluckauf.
Eingeklemmter Leistenbruch.
Kreuzschmerzen.
Stuhlverstopfung.

Körperliche Merkmale
Dünner Körperbau.
Typen mit sitzender Lebensweise, die «gutes Essen, Wein und Geselligkeit» lieben.
Immer in Eile.

Petroleum
(rohes Erdöl)

Reiseübelkeit.
Trockene, aufgesprungene Haut.
Symptome kommen und verschwinden rasch.

Psychische Verfassung
Schwaches Orientierungsvermögen.
Reizbar.
Leicht gekränkt.
Man fühlt sich manchmal, als sei man doppelt.
Furcht vor dem Tod.
Ängstlich darum besorgt, seine Angelegenheiten in Ordnung zu bringen.

Modalitäten
Schlimmer durch Reisen.
Schlimmer durch Berührung.
Schlimmer durch Gewitter.
Besser durch warme Luft.
Besser, wenn man warm eingehüllt liegt.
Besser bei trockenem Wetter.

Appetit und Durst
Mag kein Fett.

Krankheitstendenzen
Trockene, aufgesprungene Haut.
Schmerzhafte, juckende Frostbeulen.
Reiseübelkeit.

Körperliche Merkmale
Trockene Haut mit aufgesprungenen Fingerspitzen.

***** **Phosphorus**
(Phosphor)

Überempfindlichkeit aller Sinneswahrnehmungen.
Blutungsneigung; hellrotes Blut.
Brennende Schmerzen.
Symptome kommen und verschwinden plötzlich.
Geringer Widerstand gegen Husten, Erkältung, Mageninfektionen.
Schwitzt leicht bei Anstrengung, morgens (insbesondere an der Unterlippe).
Patienten sind *Kälteempfindlich.*
Emotionen erzeugen *Temperaturanstieg.*

Psychische Verfassung
Künstlerisch veranlagt.
Intelligent.
Ausgeprägte Vorstellungskraft.
Übersinnliche oder hellsichtige Wahrnehmungen.
Leicht erzürnt, Wutausbrüche.
Fürchtet Dinge, die kriechen und krabbeln, Gewitter, Dunkelheit und Tod.
Ruhelos und zappelig.
Depressionen.

Gleichgültigkeit.
Apathie.
Hochgradige Erschöpfung, Abgespanntheit.
Mag Mitgefühl.
Ist gern mitfühlend anderen gegenüber.
Braucht ständig Zuspruch.

Modalitäten
Besser durch Essen – muß möglicherweise nachts essen.
Allgemein besser durch Wärme, aber Kopfsymptome besser durch Kälte.
Besser durch Reiben.

Appetit und Durst
Mag Salz.
Mag Gewürze.
Mag saure Speisen.
Mag kalte Getränke, die erbrochen werden können, sobald sie sich im Magen erwärmen.
Schlimmer durch Linksseitenlage.

Krankheitstendenzen
Glaukom.
Gerstenkörner.
Neigung zu Blutungen und Prellungen.
Schwindel.
Berstende Kopfschmerzen.
Rezidivierende Atemwegsinfektionen.
Trockener Husten.
Erhöhte Temperatur und Beschwerden nach starken Emotionen.

Körperliche Merkmale
Groß und schlank.
Braune Augen mit langen Wimpern.
Blasse Haut, ehemals dunkelhaarig oder rothaarig mit Sommersprossen.
Neigt zum Schwitzen auf der Oberlippe.

***** **Pulsatilla**
(Kuhschelle, Küchenschelle)

Gewöhnlich ein *Frauenmittel.*
Die Patientin ist *Kälteempfindlich.*
Veränderliche und *widersprüchliche Symptome*, z.B. jeder Krankheitsschub unterscheidet sich vom vorhergegangenen; Symptome schwanken stündlich auf widersprüchliche Art.
Schweißbildung auf einer Seite des Gesichts.
Kein Durst.

Psychische Verfassung
Mild und sanft.
Neigt zum Weinen – aus Angst, weil man sich elend fühlt, vor Freude.
Lacht leicht.
Eher ruhige Gemütsverfassung.
Mag Mitgefühl.
Argwöhnisch.
Eifersüchtig.
Gereizt, wenn man gekränkt wird.
Religiöse Natur. Kann sich voller Sünden fühlen.
Furcht im Dunkeln und vor Gespenstern.

Modalitäten
Schlimmer in stickiger Atmosphäre.
Schlimmer durch Hitze.
Besser, wenn man aufsteht und herumläuft, aber wenn man krank ist, fühlt man sich vielleicht gut zugedeckt im Bett besser.
Besser, wenn man sich ausgeweint hat.
Besser an frischer Luft.
Besser durch Mitgefühl und Trost.
Besser durch Bewegung.

Appetit und Durst.
Abneigung gegen Fett.
Abneigung gegen gehaltvolle Speisen.

Krankheitstendenzen
Gerstenkörner.
Katarrhalische Beschwerden.
Krampfadern.
Harninkontinenz.
Kolon irritabile (gereizter Darm).
Hautbeschwerden.

Körperliche Merkmale
«Mädchenhaftes Aussehen» trotz des Alters.
Blondes Haar.
Blaue Augen.
Neigt zu Gewichtszunahme.

Ranunculus bulbosus
(Knolliger Hahnenfuß)

Prellungsgefühl oder *Wundschmerz*.
Empfindlich gegen Luft und Berührung.

Psychische Verfassung
Nichts Besonderes.

Modalitäten
Schlimmer an frischer Luft.
Schlimmer durch Bewegung.
Schlimmer durch Berührung.
Schlimmer durch Wetterumschwung.
Schlimmer durch stürmisches Wetter.

Appetit und Durst
Nichts Besonderes.

Krankheitstendenzen
Stiche in der Brust.
Gürtelrose.
Neuralgie folgt auf Gürtelrose (postherpetische Neuralgie).
Hautbeschwerden mit Blasenbildung.
Juckende Hautprobleme.
Chronische Ischialgie.

Körperliche Merkmale
Nichts Besonderes.

Rhododendron
(Goldgelbe Alpenrose)

Ein ausgezeichnetes Rheumamittel.
Immer schlimmer vor einem Gewitter.
Reißende Schmerzen in Nacken und Rücken.

Psychische Verfassung
Es graut einem vor Gewittern.
Angst vor Donner.
Allgemein schwaches Gedächtnis.
Vergeßlich.

Modalitäten
Schlimmer vor Gewittern.
Alle Symptome kommen bei rauhem Wetter wieder.
Besser nach Abklingen des Gewitters.
Besser durch Wärme.
Besser durch Essen.
Besser unmittelbar durch Bewegung.

Appetit und Durst
Nichts Besonderes.

Krankheitstendenzen
Kopfschmerzen, Augenschmerzen, Zahnschmerzen, stechende Brustschmerzen, von denen alle vor einem Gewitter schlimmer sind.
Arthritis schlimmer vor einem Gewitter.
Neuralgische Schmerzen in Gesicht und Zähnen.

Körperliche Merkmale
Nichts Besonderes.

Rhus toxicodendron
(Giftsumach)

Großartiges Arzneimittel gegen *rheumatische* Beschwerden und *Hauterkrankungen.*
Reißende Schmerzen.
Hauptsächlich *rechtsseitige Beschwerden.*
Schlimme Folgen von Durchnässung oder Verkühlung, wenn man schwitzt.
Folgeerscheinungen von einem solchen Ereignis können sogar jahrelang Beschwerden verursacht haben.
Der Patient ist *ruhelos*, so daß die Stellung häufig verändert werden muß.
Schmerzen schlimmer bei Beginn der Bewegung, aber besser bei anhaltender Bewegung.
Steifheit bei Beginn der Bewegung, wird aber besser bei anhaltender Bewegung.

Psychische Verfassung
Melancholisch.
Nachts Angst.
Möglicherweise Suizidgedanken.

Modalitäten
Schlimmer im Schlaf.
Schlimmer bei naßkaltem Wetter.
Schlimmer nach Regen.
Schlimmer nachts.
Schlimmer in Rückenlage.
Schlimmer in Rechtsseitenlage.
Besser durch Wärme.
Besser durch Gehen.
Besser durch Ändern der Lage oder Stellung.

Besser durch Reiben.
Besser durch Strecken.

Appetit und Durst
Mag Milch.
Immer durstig.

Krankheitstendenzen
Kopfschmerzen nach Verkühlung oder Zugluft.
Entzündete Augen nach Durchnässung.
Gelenkschmerzen besser durch Bewegung.
Rückenschmerzen und Kreuzschmerzen.
Verstauchungen und Zerrungen.
Ischialgie.
Taubheitsgefühl und Zucken der Gliedmaßen.
Hauterkrankungen mit Blasenbildung.
Bläschenausschlag.
Gürtelrose.

Körperliche Merkmale
Rotes Dreieck an der Zungenspitze.

Ruta graveolens

(Garten- oder Weinraute)

Ein Arzneimittel gegen *Zerrungen.*
Schmerzen wie nach einer *Prellung.*

Psychische Verfassung
Fühlt sich schwach.
Verzweiflung.

Modalitäten
Schlimmer durch Hinlegen.
Schlimmer durch Kälte.
Schlimmer durch Nässe.
Besser durch Reiben und Kratzen.

Appetit und Durst
Nichts Besonderes.

Krankheitstendenzen
Überanstrengung der Augen durch Nähen, feine Arbeiten oder Lesen.
Kopfschmerzen nach Überbelastung.
Rückenschmerzen und Kreuzschmerzen, besser durch Rückenlage. Schmerzhafte Handgelenke.

Körperliche Merkmale
Nichts Besonderes.

*****

Sepia
(Tinte des Tintenfischs)

Gewöhnlich ein *Frauenmittel.*
Empfindung von *Druck*, als würde es zu einem Vorfall der Gebärmutter kommen. Häufiges Bedürfnis, die Beine übereinanderzuschlagen, um die Empfindung loszuwerden.
Kann starke Depressionen und Zurückgezogenheit entwickeln, aber *wird bei Anstrengung lebendig*, klassische körperliche Betätigung: Tanzen.
Patienten sind *Kälteempfindlich*, aber häufig treten Hitzewallungen auf.
Brennende oder *pochende Schmerzen.*

Psychische Verfassung
Langsamkeit.
Gleichgültigkeit gegenüber nahestehenden Personen.
Depression.
Müdigkeit und Schwäche.
Aggressionen gegenüber nahestehenden Personen.
Gereizt und leicht gekränkt.
Weinerlichkeit.
Gefühl, Situationen nicht bewältigen zu können.
Will von allem loskommen.
Weint sich gern aus.
Abneigung gegen Mitgefühl und Trost.
Abneigung gegen Gesellschaft, aber haßt Alleinsein. Neigt dazu, Menschenansammlungen zu vermeiden.
Nimmt Einmischung und Bemutterung übel.
Furcht vor Krankheit.

Modalitäten
Schlimmer durch Tabak.
Schlimmer vor einem Gewitter.
Schlimmer durch zuviel Tätigkeit im Sitzen.
Besser durch Essen.
Besser durch Anstrengung, besonders Tanzen.
Besser durch Schlaf.

Appetit und Durst
Abneigung gegen Fleisch.
Abneigung gegen Milch.
Abneigung gegen Fett.
Mag Essig.
Mag Gewürze.

Krankheitstendenzen
Depressionen, besonders nach der Menopause.
Migräne und Kopfschmerzen, besser durch Schlaf.
Beschwerden im Klimakterium.
Stuhlverstopfung, Empfindung einer Kugel im Mastdarm.
Hämorrhoiden.

Körperliche Merkmale
Dünner Körperbau.
Gelblicher «Sattel» über dem Nasenrücken, oder eine rosige «Schmetterlings»-Färbung über Nase und Wangen.
Aufgesprungene Unterlippe.
Ehemals möglicherweise brünett.

*****

Silicea
(Kieselsäure)

Langsame Heilung.
Frostigkeit, inneres Kältegefühl.
Übelriechender Schweiß an Kopf und Füßen.
Anfällig für Erkältungen und Atemwegsinfektionen.
Brennende, schneidende Wunde und *pochende Schmerzen.*

Psychische Verfassung
Es graut einem vor Fehlschlägen.
Mangel an Selbstvertrauen.
Furchtsamkeit.
Ängstliche Anspannung vor Ereignissen und Verabredungen.
Nach Unterhaltung erschöpft.
Abneigung zu reden.
Fixe Ideen bezüglich Nadeln – sucht, findet und zählt sie.
Grundsätzlich Angst vor Nadeln.

Modalitäten
Schlimmer durch Zugluft.
Besser durch Wärme oder warmes Einhüllen.

Appetit und Durst
Mag kalte Speisen.
Immer durstig.
Abneigung gegen Fleisch.
Abneigung gegen Milch.

Krankheitstendenzen
Furunkel und septische Tendenzen.
Knochenschmerzen und Knochenerkrankungen.
Kopfschmerzen, besser durch warmes Einhüllen.
Atemwegsinfektionen, die langsam abheilen.
Lungentuberkulose in der Krankengeschichte.
Stuhlverstopfung – wenn die Stühle nur teilweise entleert werden können und dazu neigen, zurückzuschlüpfen.

Körperliche Merkmale
Dünnes, zartes «porzellanpuppenartiges» Aussehen (ausgeprägte Stirn).
Kleine, schweißige Hände und Füße.
Weiße Flecken auf den Nägeln.

Spigelia
(Wurmkraut)

Ein Arzneimittel gegen *Schwäche* bei Anämie und Rheumatismus.
Patienten sind *Kälteempfindlich.*
Berührungsempfindlichkeit.

Psychische Verfassung
Furcht vor scharfen oder spitzen Gegenständen.

Modalitäten
Schlimmer durch Berührung.
Schlimmer durch Bewegung.
Schlimmer durch Lärm oder Geräusche.
Schlimmer durch Waschen.
Besser durch Liegen auf der rechten Seite mit hochgelagertem Kopf.
Besser durch Einatmen.

Appetit und Durst
Nichts Besonderes.

Krankheitstendenzen
Glaukom.
Gesichtsneuralgie.
Herzklopfen und Angina.
Beide Herzsymptome werden anscheinend durch Trinken von heißem Wasser gelindert.

Körperliche Merkmale
Blasses, geschwächtes Aussehen.

Spongia
(Röstschwamm)

Lungentuberkulose in der eigenen Krankengeschichte oder Familienanamnese.
Anfälligkeit für Drüsenerkrankung.

Trockenheit der Beschwerden – trockener Husten, heisere, trockene Stimme, trockene Atemwege.
Einschnürende Symptome.

Psychische Verfassung
Ängste aller Art. Je schlimmer die Ängste, um so schlimmer werden die anderen Symptome, z.B. Husten.

Modalitäten
Schlimmer durch Treppensteigen.
Schlimmer durch Wind.
Schlimmer am späten Abend.
Besser durch Treppen-Hinabgehen.
Besser durch Essen und Trinken.

Appetit und Durst
Immer durstig.

Krankheitstendenzen
Trockener Husten.
Heisere Stimme und wiederkehrende Atemwegsinfektionen.
Angina, schlimmer nach Mitternacht.
Starkes Herzklopfen.
Schluckauf.

Körperliche Merkmale
Nichts Besonderes.

*****

Staphisagria
(Stephanskörner)

Beschwerden durch unterdrückten Zorn oder Empörung.
Überempfindlich gegen Berührung.
Gutes Arzneimittel nach Schnitten aller Art, z.B. chirurgischen Eingriffen.

Psychische Verfassung
Heftige Wutausbrüche.
Aggressivität.
Hypochondrisch – denken immer an Krankheit und Symptome.
Sehr empfindlich.
Leicht gekränkt.
Mag Einsamkeit.
Ressentiments, Groll.

Modalitäten
Schlimmer durch Kälte.
Schlimmer durch Berührung.

Appetit und Durst
Mag Tabak.
Mag Milch.

Krankheitstendenzen
Depressionen.
Gutes postoperatives Arzneimittel, um das Abheilen von Einschnitten in den Körper zu beschleunigen.
Kopfschmerzen durch Zorn oder intensive Emotionen.
Gerstenkörner.
Kolik nach Zorn.

Prostatavergrößerung.
Ekzem.
Warzen um den Anus.
Hauterkrankungen, die nach Zorn beginnen.

Körperliche Merkmale
Eingesunkene Augen, juckende, schuppige Augenlider.
Möglicherweise Ekzem mit verdickten Krusten.

*****

Sulfur
(Schwefel)

Brennen oder *Juckreiz*.
Betroffene Körperpartien *gerötet*.
Abstoßender Geruch.
Schmutzig – Immer läßt sich mindestens ein Aspekt in der äußeren Erscheinung beobachten, der vernachlässigt wurde. Zum Beispiel, wenn die Person einen schönen neuen Anzug trägt, wurden vielleicht die Schuhe nicht geputzt. Adrettes und sauberes Aussehen nimmt bei diesem Typus in der Rangordnung der Prioritäten nicht den höchsten Stellenwert ein.
Periodizität, die Symptome scheinen während einer Erkrankung alle sieben Tage aufzutreten.
Hautprobleme wechseln mit inneren Erkrankungen.
Patienten sind *zappelig* – sie können nicht ruhig stehen, sitzen oder liegen. Sie müssen sich anlehnen, von einem Fuß auf den anderen treten usw.
Es besteht allgemeines *Hitzegefühl*.

Psychische Verfassung
Neigt von Natur aus zum Philosophieren.
Selbstsüchtig und selbstbezogen.
Streitsüchtig und aggressiv.
Geruchsempfindlich, obwohl die Patienten selbst möglicherweise übelriechenden Schweiß absondern, dessen sie sich nicht bewußt sind.
Patienten baden und waschen sich nicht gern, können aber gern Schwimmengehen.

Modalitäten
Schlimmer durch Waschen oder Baden.
Schlimmer durch Bettwärme.
Schlimmer um 11 Uhr vormittags, dann überkommt einen ein Schwächegefühl im Magen.
Schlimmer durch Stillstehen oder Stillsitzen.
Besser im Freien.

Appetit und Durst
Immer durstig.
Immer hungrig.
Mag Fett.
Mag Süßigkeiten.
Mag Kaffee und andere Stimulantien.
Mag Alkohol.

Krankheitstendenzen
Glaukom.
Katarrhalische Beschwerden.
Hauterkrankungen aller Art.
Brennende Schmerzen.
Brennende Füße.
Durchfall am frühen Morgen, der einen aus dem Bett treibt.

Stuhlverstopfung.
Hämorrhoiden – rot, brennend und juckend.
Kreuzschmerzen, wenn man morgens aufsteht oder wenn man sich umdreht.
Alkoholismus.
Gicht.

Körperliche Merkmale
Rote Lippen.
Schmutziges Aussehen.
Hageres, schlaksiges Aussehen, der «zerlumpte Philosoph».
Manchmal eher ein rundlicher Lebemann. Immer bleibt mindestens ein Kleidungsstück oder ein Aspekt der äußeren Erscheinung schlampig.

Thuja occidentalis
(Lebensbaum)

Ein großartiges Warzenmittel.
Patienten sind *Kälteempfindlich.*
Der Schweiß hat einen süßlichen Geruch, häufig starke Schweißbildung an unbedeckten Partien.

Psychische Verfassung
Angst.
Weint leicht.
Macht Fehler beim Lesen und Schreiben.
Kann seltsame fixe Ideen bekommen, z.B. als sei der Körper hart oder zerbrechlich wie Glas. Empfindung, als habe man etwas Lebendiges im Körper.

Modalitäten
Schlimmer durch Bettwärme.
Schlimmer nachts.
Schlimmer durch Kälte.

Appetit und Durst
Abneigung gegen Kartoffeln.
Abneigung gegen Fleisch.
Abneigung gegen Fett.
Liebt Tee.

Krankheitstendenzen
Kopfschmerzen, als sei ein Nagel in den Schädel getrieben.
Gerstenkörner.
Nasenpolypen.
Hämorrhoiden.
Nagelerkrankungen.
Warzen und warzenartige Wucherungen an beliebigen Körperteilen.

Urtica urens
(Brennessel)

Brennende und beißende Schmerzen.
Hautausschläge mit Blasenbildung.

Psychische Verfassung
Nichts Besonderes.

Modalitäten
Schlimmer durch Wasser.
Schlimmer durch Berührung.

Schlimmer durch Kratzen.
Besser durch Reiben und Hinlegen.

Appetit und Durst
Nichts Besonderes.

Krankheitstendenzen
Urtikaria, eine Quaddelbildung auf der Haut, erhaben oder in Blasenform, mit intensivem Juckreiz, genau wie Nessel-Exanthem.
Arthritische Schmerzen, die mit Urtikariaschüben wechseln.

Zincum metallicum
(Zink)

Empfindlich gegen Geräusche und reden.
Ruhelose Beine.
Frostigkeit, inneres Kältegefühl.
Krampfschmerzen.
Mangel an Vitalität.
Neigung zu Zuckungen.
Häufig besteht Anämie.

Psychische Verfassung
Depression.
Gedächtnisschwäche.
Gefühl, als würde der Kopf zu einer Seite fallen, weil er so schwer ist.

Modalitäten
Schlimmer nach dem Mittagessen.
Schlimmer nach Wein.

Besser beim Essen.
Besser nach Absonderungen – aus der Nase, aus Wunden usw.

Appetit und Durst
Immer hungrig am späten Vormittag mit Riesenappetit.

Krankheitstendenzen
Frostbeulen.
Krämpfe aller Art.
Krampfadern.
Ruhelose Beine.

Therapeutischer Index

Ein alphabetisches Verzeichnis häufiger Symptome und Beschwerden mit Angaben der Arzneimittel, die am ehesten helfen.

After, Juckreiz – Alum, Amb gris, Nit ac, Sulf.
Aggressivität – Bell, Nux vom, Staph, Sulf.
Alkohol, Folgen von Mißbrauch – Ars alb, Bar carb, Nux vom, Sulf.
Aluminium, Beschwerden durch – Alum.
Anämie – Es gibt unterschiedliche Anämieformen, die alle einer spezifischen Diagnose bedürfen. Sobald diese durchgeführt wurde, können die folgenden Heilmittel von Nutzen sein.
– Ars alb, Ferr, Chin, Nat mur.
Angina – Cact, Lach, Spig, Spon. (s. Kapitel 11)
Angst vor (s. Kapitel 6)
Dunkelheit – Acon, Calc carb, Caust, Cup met, Lyc, Puls.
Gespenstern – Acon, Ars alb, Caust, Lyc, Phos, Puls, Sulf.
Gewitter – Nat mur, Rhod.
Höhenangst – Arg nit, Hyper.
Lärm – Caust.
Menschen – Acon, Ars alb, Aur, Bar carb, Lyc, Nat mur, Puls, Rhus tox.
Menschenmengen – Acon, Arg nit, Lyc.
Sterben, Tod – Acon, Apis, Arg nit, Ars alb, Bell, Bry, Calc carb, Caust, Coff, Cup met, Gels, Hep sulf, Lach, Lyc, Nux vom, Phos ac, Phos, Puls, Rhus tox.
unheilbarer Krankheit – Phos, Sep.
Apathie – Apis, Chin, Nat mur, Phos, Puls, Sep. (s. Kapitel 6)

Appetitmangel – Anhaltender Appetitmangel kann ein bedeutsames Symptom sein, das untersucht werden muß. Ein vorübergehender Appetitmangel kann auf die folgenden Arzneimittel reagieren.
– Calc carb, Nux vom, Lyc, Puls Rhus tox.

Arthritis – Apis, Arg nit, Arn, Bry, Caust, Dulc, Puls, Rhod, Rhus tox, Rut, Sulf. (s. Kapitel 9 & 10)

Aufgesprungene Lippen – Graph, Hep sulf, Nat mur, Phos ac, Sep.

Augen, Überanstrengung der – Rut.

Azidität – Calc carb, Mag phos, Nux vom.

Besorgnis, Befürchtung – Arg nit, Ars alb, Gels, Lyc, Sil.

Bläschenausschlag – Dulc, Nat mur, Ranun, Rhus tox.

Blasenbildung auf der Haut – Bei großen oder schmerzhaften Blasen sollte man den Arzt um Rat fragen.
– Ars alb, Caust, Lach, Nat mur, Nit ac, Phos, Ranun, Rhus tox.

Bohrende Schmerzen – Arg nit, Bell, Puls, Spig. (s. Kapitel 9)

Brennende Schmerzen – Acon, Apis, Arn, Ars alb, Bell, Bry, Caust, Euph, Graph, Merc, Nat mur, Nit ac, Nux vom, Phos, Phos ac, Puls, Rhus tox, Spig, Sulf. (s. Kapitel 9)

Bronchitis – Acon, Ars alb, Bry, Ipec, Puls, Sulf.

Brüste, schwer oder schmerzhaft – Dies sollte immer durch eine ärztliche Diagnose abgeklärt werden.
– Bry, Lach. (s. Kapitel 14)

Dekubitus – Ars alb, Bell, Lach, Nit ac, Sil. (s. Kapitel 15)

Depressionen – Anac, Ars alb, Aur, Calc carb, Ign, Lyc, Nat mur, Puls, Staph, Sulf. (s. Kapitel 6)

Diarrhoe (Durchfall) – Jede Abweichung von der gewohnten Verdauung muß, wenn sie länger anhält, vom Arzt untersucht werden. (s. Kapitel 12)
– Arg nit, Ars alb, Bry, Coloc, Gels, Lyc, Puls, Sulf.

Distorsion – Acon, Arn, Calend. (s. Kapitel 16)
Dysphagie (Schluckbeschwerden) – Chin, Gels, Ign, Lach, Nit ac. (s. Kapitel 12)
Eifersucht – Apis, Lach, Puls. (s. Kapitel 6)
Einsamkeit (s. Kapitel 6)
Einschnürende Schmerzen – Cact, Coloc, Cup met, Phos.
Erbrechen – Ars alb, Cup met, Ipecac, Nux vom.
Erkältung (Gewöhnliche) – Acon, Euph, Gels, Nat mur, Puls.
Exanthemata (s. Kapitel 15)
Frostbeulen – Apis, Ars alb, Calc carb, Graph, Hamam, Petrol, Puls, Rhus tox, Zinc.
Furcht – s. unter Besorgnis und Angst. (s. Kapitel 6)
Furunkel – Apis, Arn, Ars alb, Graph, Hep sulf, Lach, Sil.
Füße, brennende – Graph, Phos, Puls, Sulf.
Gedächtnisprobleme – Alum, Amb gris, Anac, Apis, Bar carb, Cocc, Lyc, Rhod. (s. Kapitel 8)
Gekränkt, leicht – Alum, Apis, Ars alb, Aur, Calc carb, Caust, Chin, Graph, Lyc, Nux vom, Petrol, Puls, Sep, Spig.
Gelenkschmerzen – Apis, Bry, Rhod, Rhus tox, Rut.
Gemütserregung nach Krankheit – Acon, Arg nit, Aur, Coff, Graph, Nat mur, Phos ac.
Geräuschempfindlich – Acon, Bell, Chin, Coff, Nux vom, Sep.
Gerstenkorn – Graph, Phos, Puls, Staph, Thuj.
Geruchsempfindlich, übermäßig – Acon, Aur, Chin, Coff, Ign, Lyc, Nux vom, Phos, Sep.
Geruchsinn, verminderter – Anac, Calc carb, Nat mur, Phos, Puls. (s. Kapitel 8)
Geschmack, metallisch – Cup met, Merc.
Gicht – Lyc, Puls.

Glaukom – Dies ist eine Erkrankung, die ärztlicher Behandlung bedarf. Die folgenden Arzneimittel können helfen – Gels, Rut.
Gleichgültigkeit – Apis, Chin, Nat mur, Phos, Puls, Sep. (s. Kapitel 6)
Gürtelrose – Ars alb, Lach, Ranun, Thuj. (s. Kapitel 15)
Halsschmerzen – Arg nit, Bell, Gel, Hep sulf, Nit ac, Nux vom, Puls.
Hämorrhoiden – Aloe, Bar carb, Caust, Hamam, Hyper, Nit ac. (s. Kapitel 12)
Hände, schrundige, rissige – Alum, Calc carb, Nat mur, Petrol, Sep, Sil, Sulf.
Harninkontinenz – Apis, Caust, Nat mur, Phos, Puls, Sep. (s. Kapitel 6)
Harnwegsbeschwerden (s. Kapitel 13 &14)
Hautgeschwüre – Ars alb, Bell, Lach, Nit ac, Sil. (s. Kapitel 15)
Hautprobleme (s. Kapitel 15)
Heisere Stimme – Wenn die Heiserkeit länger als zwei Wochen anhält, sollte man einen Arzt aufsuchen, um sicher zu sein, daß keine gefährliche Erkrankung vorliegt, die den Kehlkopf in Mitleidenschaft zieht.
– Caust, Dros, Phos.
Herzbeschwerden – siehe Angina (s. Kapitel 11)
Herzklopfen – Ars alb, Bar carb, Nat mur, Rhus tox, Spig. (s. Kapitel 11)
Hühneraugen – Arn, Calc carb, Lyc, Sil Sulf.
Husten (s. Kapitel 11)
Feucht, mit Auswurf – Dulc, Ipecac, Mag phos.
Krampfartig – Cocc, Cup met, Ipecac, Mag phos.
Trocken, ohne Auswurf – Acon, Bar carb, Bell, Bry, Calc carb, Puls, Phos, Spon.
Hysterie – Aur, Caus, Gels, Ign, Lach, Nat mur, Puls, Sep.

Insomnie – s. *Schlaflosigkeit* (s. Kapitel 7)
Interesse an gegenwärtigen Umständen, ungenügend – (s. Kapitel 6)
Ischialgie – Ars alb, Coloc, Lyc, Mag phos, Rhus tox. (s. Kapitel 10)
Juckreiz – Alum, Anac, Ars alb, Calc carb, Graph, Sulf, Urt. (s. Kapitel 15)
Katarrh – Aur, Graph, Hep sulf, Nat mur, Sulf.
Kolik – Coloc, Cup met, Mag phos, Staph.
Konjunktivitis (Bindehautentzündung) – Acon, Arg nit, Ars alb, Aur, Bell, Dulc, Euph, Rhus tox.
Kontrakturen von Sehnen und Muskeln – Caust.
Kopfschmerzen – Plötzliche starke Kopfschmerzen müssen ernst genommen werden, da die Gefahr eines Hirnschlags besteht. Ebenso sollte ein Arzt aufgesucht werden, wenn sie länger anhalten.
Berstend – Bell, Bry, Chin, Lach, Nat mur, Phos, Sep.
Als würde ein Nagel hineingetrieben – Coff, Ign, Thuj.
Pochend – Bei anhaltenden pochenden Kopfschmerzen muß eine Temporalarteriitis als Ursache angenommen werden, bis das Gegenteil erwiesen ist. Ärztlicher Rat sollte dringend eingeholt werden, da diese Erkrankung unbehandelt zur Erblindung führen kann. (s. Kapitel 10)
– Bell, Chin, Nat mur, Lyc, Sulf.
Spannungskopfschmerz – Apis, Caust, Gels.
Krampfadern – Arn, Hamam, Puls.
Krampfschmerzen – Bell, Caust, Calc carb, Coloc, Cup met, Mag phos, Nat mur, Phos, Phos ac, Sulf, Zinc. (s. Kapitel 8)
Kreuzschmerzen – s. Rückenschmerzen
Kummer (s. TRAUER)
Laryngitis – s. Heiserkeit. Wenn sie länger als zwei Wochen anhält, sollte man sich vom Arzt untersuchen lassen, um

das Risiko einer gefährlichen Kehlkopferkrankung auszuschließen.
– Acon, Arg nit, Bell, Dros, Gels, Hep sulf, Phos, Rhus tox, Spon.

Liebe, Beschwerden durch enttäuschte Liebe (sogar fünfzig Jahre später) – Aur, Ign, Lach, Nat mur.

Magenschmerzen – Chin, Graph, Hep sulf, Ign, Phos, Sep, Sulf.

Mangel an Selbstvertrauen (s. Kapitel 6)

Metallischer Geschmack – Cup met, Merc.

Mundgeschwüre – Hep sulf, Nat mur, Nit ac.

Nagelerkrankungen – Petrol.

Nasenbluten, rezidivierend – Hamam, Ipecac, Phos.

Nasenpolypen – Calc carb, Puls, Thuj.

Neuralgie – Acon, Ars alb, Coloc, Hyper, Mag phos, Ranun, Spig.

Obstipation – Jede anhaltende Abweichung von der gewohnten Verdauung und dem Stuhlgang muß ärztlich untersucht werden. (s. Kapitel 12)
– Alum, Bry, Bar carb, Calc carb, Nit ac, Sep, Sil, Sulf.

Ohrenschmerzen – Apis, Bell, Lach, Nit ac, Nux vom, Puls, Sulf.

Panik (s. Kapitel 6)

Paralytische Erkrankungen – Alle Krankheiten dieser Art bedürfen einer ärztlichen Diagnose. Sobald die Diagnose feststeht, kann eines der folgenden Arzneimittel möglicherweise helfen.
– Ars alb, Bar carb, Cup met.

Prellungen – Arn, Hamam, Hyper, Rut. (s. Kapitel 16)

Prostatabeschwerden – Eine ärztliche Meinung ist unerläßlich, wenn irgendein Verdacht auf eine Prostataerkrankung besteht. Sobald die Diagnose bestätigt, daß es sich um ein gutartiges Problem handelt, kann eines der folgenden Arz-

neimittel von Nutzen sein.
– Bar carb, Calc carb, Sil, Thuj (s. Kapitel 13)

Reiseübelkeit – Acon, Cocc, Petrol.

Rheumatismus (s. Kapitel 10)

Rückenschmerzen – Acon, Arn, Bry, Calc carb, Dulc, Nux vom, Phos ac, Rhod, Rhus tox. (s. Kapitel 9 & 10)

Schlaflosigkeit – Arn, Ars alb, Bell, Chin, Coff, Ign, Nux vom, Phos, Spig, Sulf. (s. Kapitel 7)

Schluckauf – Ars alb, Ign, Ipecac, Mag phos, Nux vom, Ranun, Spon.

Schmerzen (s. Kapitel 9)

Schmerztoleranz, geringe – Coff, Phos.

Schwäche – Wenn die Schwächezustände länger anhalten, sollte man einen Arzt aufsuchen. Wenn es nur eine Folge von Erschöpfung ist, könnten die folgenden Mittel helfen.
– Arn, Ars alb, Calc carb, Kali phos, Nux vom, Sep.

Schwindel – Bell, Bry, Calc carb, Chin, Cocc, Ferr met, Gels, Kali phos, Nat mur, Puls.

Sinusitis – Bell, Calc carb, Hep sulf, Puls, Spig.

Sodbrennen – Calc carb, Lyc, Nux vom, Puls. (s. Kapitel 12)

Steißbeinschmerzen – Apis, Caust, Hyper.

Stuhlverstopfung – s. Obstipation

Taubheit – Caust, Chin, Nit ac, Puls, Sil. (s. Kapitel 8)

Tinnitus – Caust, Chin. (s. Kapitel 8)

Trauer, Kummer, Gram – Aur, Caust, Ign, Nat mur, Phos ac, Puls. (s. Kapitel 6)

Trauerfall – (s. Kapitel 6)

Träume, Angstträume – Acon, Alum, Ars alb, Bar carb, Calc carb, Nat mur, Phos, Puls, Thuj.
vom Fliegen – Apis.
Gejagt zu werden – Sil, Sulf.
von Mord – Arn, Nat mur, Petrol.
von Toten – Ars alb, Thuj.

Zunge – Eine blasse Zunge kann auf eine Anämie hinweisen, darum sollte dies durch eine ärztliche Untersuchung abgeklärt werden.
Gemustert – Nat mur.
Rotes Dreieck an der Zungenspitze – Rhus tox.

Zystitis – Wenn diese länger anhält, sollte man einen Arzt aufsuchen.
– Apis, Arg nit, Ars alb, Bar carb, Bell, Caust, Dulc, Kali phos, Nux vom, Puls, Sep, Sulf.

Allgemeiner Index

Benutzung des Indexes

Körperliche Symptome, Emotionen und Gefühle spielen alle ihre Rolle in der homöopathischen Diagnose. Bei den Einträgen in diesem Index sind die Worte aus dem Text verwendet und mit Querverweisen zu ähnlichen und verwandten Begriffen versehen. Wenn Sie ein bestimmtes Wort nicht finden sollten, schlagen Sie bitte unter einem anderen, verwandten Begriff nach (z.B. Hartnäckigkeit ist nicht aufgeführt, aber Eigensinn und Starrköpfigkeit werden Sie finden). Um lange Listen von Seitenzahlen zu vermeiden, wurden Untertitel verwendet, die ein rasches Auffinden ermöglichen. Manchmal war dies nicht möglich (z.B. Frostigkeit), in diesen Fällen ist es ratsam, zunächst ein anderes Symptom nachzuschlagen. Alle Haupteinträge sind fettgedruckt angegeben.

V

W

Der Autor

Dr. Keith Souter ist praktizierender Allgemeinmediziner, Homöopath, Universitätslehrer und Medizinjournalist. Zahlreiche Veröffentlichungen.